HEYNE

Ein vollständiges Verzeichnis aller
im HEYNE VERLAG erschienenen Romane aus
der aventurischen Spielewelt
finden Sie am Schluß des Bandes.

Das Schwarze Auge

BERNHARD HENNEN

Im Schatten des Raben

Das Gesicht am Fenster
Die Nacht der Schlange

Zwei aventurische Kriminalromane

begründet
von
ULRICH KIESOW

Neuausgabe

WILHELM HEYNE VERLAG
MÜNCHEN

HEYNE SCIENCE FICTION & FANTASY
Band 06/9186

Umwelthinweis:
Dieses Buch wurde auf chlor- und
säurefreiem Papier gedruckt.

Neuausgabe 05/2003
Redaktion: Joern Rauser & Rufus Niederbühler

Wilhelm Heyne ist ein Verlag der
Ullstein Heyne List GmbH & Co. KG
www.heyne.de
Printed in Germany 2003
Umschlagbild: Thomas von Kummant
Umschlaggestaltung: Nele Schütz Design, München
Satz: Schaber Satz- und Datentechnik, Wels
Druck und Bindung: Elsnerdruck, Berlin

ISBN 3-453-87056-5

INHALT

Das Gesicht am Fenster

Für Ingo, einen Freund

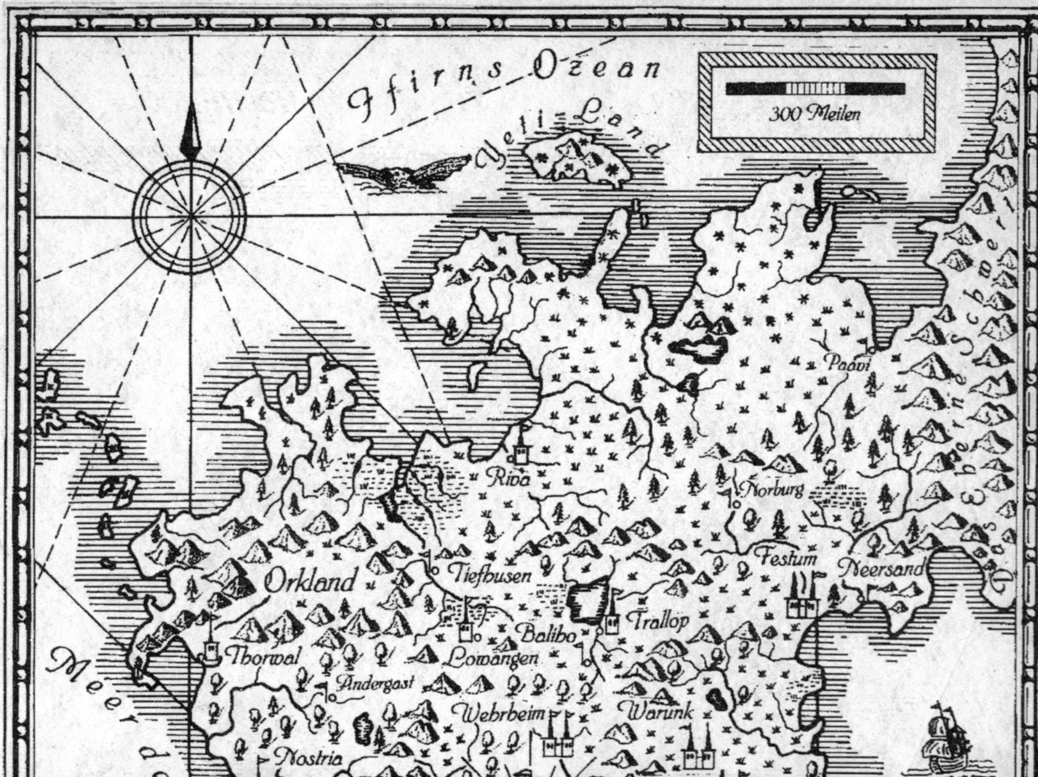
Ifirns Ozean
300 Meilen
Yeti-Land
Paavi
Norburg
Riva
Festum
Neersand
Orkland
Tiefhusen
Trallop
Balibo
Thorwal
Lowangen
Andergast
Wehrheim
Warunk
Nostria
Meer de

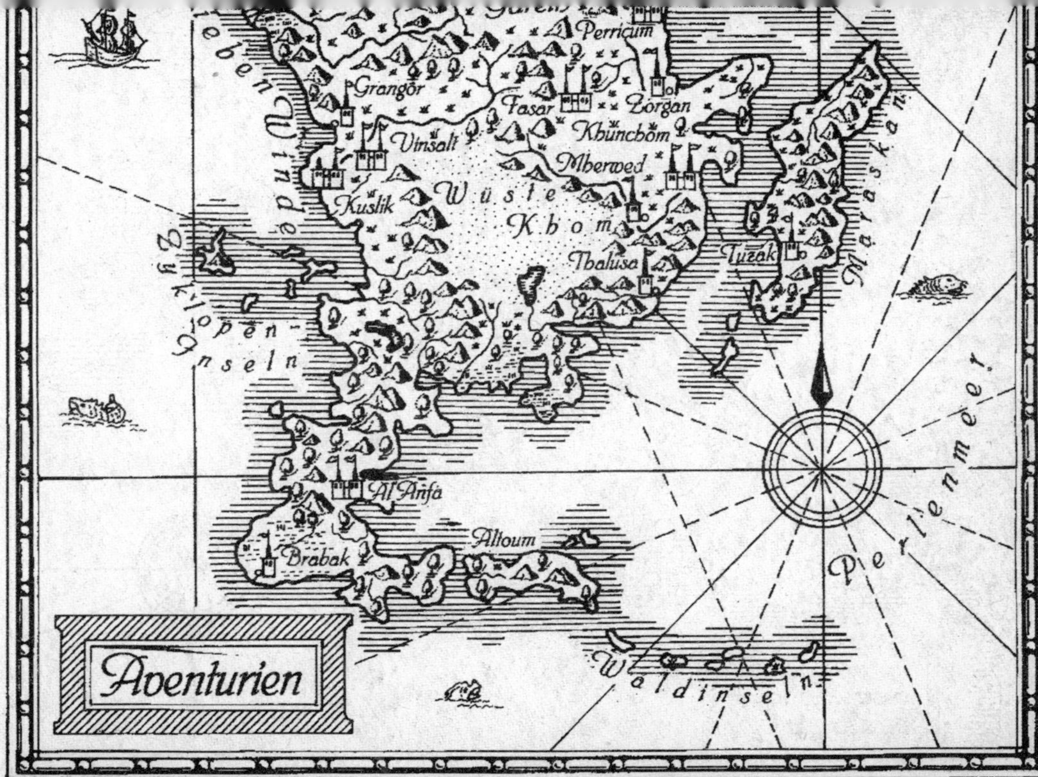
Perricum
Grangor
Fasar
Zorgan
Vinsalt
Khunchom
Mherwed
Kuslik
Wüste Khom
Thalusa
Tuzak
Maraskan
Zyklopen-Inseln
Al'Anfa
Altoum
Brabak
Perlenmeer
Waldinseln
Aventurien

Prolog

Hastig fuhr sich Tikian mit der Hand durch das schweißnasse Gesicht und blickte dann wieder auf das Dickicht am Rande des kaum sichtbaren Pfades, dem sie durch den Dschungel folgten. Sein Kopf schmerzte vor unentwegtem Starren und seine Augen brannten. Leise fluchte er vor sich hin. Er hätte sich jetzt auf dem Landgut seines Vaters mit irgendeiner willigen Dienstmagd vergnügen können, wenn er nur ein wenig klüger gewesen wäre. Aber er war ein Narr! Er hatte stets nach dem Unmöglichen gegiert, und das war ihm zum Verhängnis geworden.

Der Gedanke an die hübsche Gräfin ließ ihn lächeln. Die Nacht mit ihr würde er niemals vergessen. Sie war eine Offenbarung gewesen! Es hatte vor ihr schon viele Frauen in seinem Leben gegeben, doch sie … Zunächst hatte er sie für schüchtern und kalt gehalten – eine klassische Schönheit, hochgewachsen und schlank, mit tiefblauen Augen, das lange Haar streng zurückgekämmt. Morena widerstand ihm ungewöhnlich lange. Fast drei Wochen hatte sein Werben gedauert. Morena war nämlich eine Frau mit Grundsätzen. Doch zuletzt hatte auch sie sich ihm hingegeben.

Es war alles bereit gewesen für jene eine Nacht, die er mit ihr teilen wollte. Ihr Mann, der kaiserliche Gesandte, war in einem Bordell, und Tikian hatte die Huren bestochen, den Grafen nicht vor Morgengrauen gehen zu lassen. Und sie, sie hatte ihn mit klopfendem

Herzen erwartet … Tikian hatte vorgegeben, nur zu kommen, um ihr von der Liebe zu singen, jene Verse, zu denen sie ihn angeregt hatte. Doch er wußte genau, daß sie sich längst nach mehr als schönen Worten sehnte. Drei Wochen lang hatte er mit angesehen, wie ihr Mann sie vernachlässigte. Der Graf war ganz in seinem politischen Ränkespiel gefangen und hatte keinen Blick mehr für die Schönheit seiner Frau. Genau genommen hatte der Graf sie ihm geradezu in die Arme getrieben, dachte Tikian.

In einem Kirschhain, unter weißen Blütenblättern, hatten sie ihr Stelldichein, als die Sehnsucht Morenas Stolz besiegte. Sie war es gewesen, die ihn schließlich geküßt hatte. Die Gräfin wußte, was sie wollte, und nachdem sie ihn in ihr Gemach einlud, hatte sie ihn mit einer Wildheit und Leidenschaft genommen, die er ihr nicht zugetraut hätte. Die Liebesnacht mit ihr war ein wunderbarer Rausch gewesen, nach dem er erschöpft in ihren Armen eingeschlafen war. Das war sein erster Fehler!

Als er erwachte, stand der Graf schreiend und mit seinem Schwert fuchtelnd in der Tür des Schlafgemaches. Ohne nachzudenken, war Tikian aus dem Bett gesprungen und hatte sein Rapier gezogen. Sein zweiter Fehler!

Er hätte wissen müssen, daß ein zweitklassiger Diplomat kein Gegner in Ehrenhändeln war. Noch bevor ihr Kampf richtig begonnen hatte, war er bereits wieder zu Ende. Er hatte dem Grafen einen Stich in die rechte Schulter verpaßt, seine Kleider an sich gerissen und war mit einem Satz über den Balkon in den Garten verschwunden. Leider hatte er in der Eile seinen Umhang vergessen. Und das war der schlimmste Fehler von allen, denn in den Kragen waren mit goldenem Faden seine Initialen gestickt gewesen. Nicht die Gräfin, sondern sein Umhang hatte ihn verraten und hierher in den Dschungel gebracht.

Zunächst hatte Tikian noch geglaubt, es würde reichen, sich auf ein entlegenes Landgut in den Goldfelsen nahe der Wüstengrenze zurückzuziehen, doch dann kam ihm zu Ohren, daß Königin Amene ihn für diese lächerliche Kleinigkeit zu zwanzig Jahren Festungshaft verurteilt hatte und ihre Garden angewiesen hatte, im ganzen Königreich nach ihm zu suchen. Amene hatte ihn geopfert, um der Eitelkeit des kaiserlichen Gesandten zu schmeicheln! Und ihre Gardisten meinten es ernst. Zweimal war Tikian nur um eine Degenbreite dem Kerker entgangen, und er war gezwungen gewesen, das Liebliche Feld zu verlassen. In Chorhob hatte er sein Rapier in den Dienst des Söldnerhauptmanns Galahan gestellt, und dieser wiederum war dem Ruf des Königs von Brabak gefolgt, als der schmutzige Krieg um das kleine Königreich Trahelien ausgebrochen war.

Dumpf dröhnte der Trommelschlag jener Wilden durch den Dschungel, die der Herrscherin des Waldkönigreichs in den Krieg gefolgt waren. Kahlrasierte und bunt bemalte Barbaren, die ihren Feinden die Köpfe abschlugen, um sie als Schmuck an ihren Gürteln zu tragen. Hurensöhne waren sie allesamt, diese Mohas, die sich an keine der Regeln der Kriegskunst hielten. Nie stellten sie sich zu einem offenen Gefecht. Sie lauerten im Dschungel und schossen mit vergifteten Pfeilen aus dem Hinterhalt.

Wieder wischte sich Tikian mit der Hand über die Stirn. Er hatte keine Angst vor einem ehrlichen Kampf. Mit Rapier und Dolch war er ein Meister, aber hier zählte das wenig. Dieser Krieg kannte keine Schlachten, von denen einst die Barden singen würden. Es gab keine strahlenden Helden in schimmernder Rüstung, keine ruhmreichen Duelle inmitten des Kampfgetümmels, wenn zwei mächtige Recken aufeinander trafen. Ihr Söldnertrupp plünderte hin und wieder ein Dorf und überließ die Bewohner den Sklavenhändlern, die ihnen wie ein Schwarm Aasgeier folgten. Die Trahelier hingegen hatten schon zweimal bei Nacht das Söldnerlager überfallen und wagten hin und wieder ein Scharmützel mit der Nachhut.

Tikian schreckte aus seinen Gedanken auf. Vorn war kreischend ein Schwarm bunter Vögel aufgeflogen. Moron, der Anführer des Trupps, gab seinen Leuten ein Zeichen, niederzuknien und Deckung zu suchen. Dann schickte er mit einem Wink die beiden Fährtensucher vor, die ihre kleine Truppe begleiteten. Dieses Unternehmen schien töricht! Sie waren viel zu wenige. Zu zwölft hatten sie heute morgen das Lager verlassen. Hauptmann Galahan hatte wahrscheinlich vor, sich auf ihre Kosten zu bereichern. In zwei Tagen war Zahltag. Wenn sie jetzt auf diesem sinnlosen Wachgang ihr Leben ließen, dann würde der Schurke in der Soldabrechnung für die Brabaker Offiziere angeben, daß er sie noch vor dem Abmarsch ausgezahlt hatte, ihren Sold in Wahrheit aber selbst einstreichen. Tikians Blick wanderte über die kleine Truppe. Der Hauptmann würde ein lohnendes Geschäft machen. Er hatte die teuersten aus seiner Truppe ausgesucht. Ausgenommen von ihrem Weibel, Moron, gehörte keiner zu der Stammtruppe der Söldnereinheit. Galahan würde keinen von ihnen vermissen! Vielleicht plante der Bastard, das Geld zu nehmen und sich aus dem Dschungel zurückzuziehen. Es sah nicht gut aus für sie. Sie hatten sich in den letzten Tagen zu weit in den Wald vorgewagt und waren vom Rest der Brabaker Armee abgeschnitten.

Die beiden mohischen Fährtensucher waren zurückgekehrt und tuschelten leise mit Moron. Was die drei wohl zu bereden hatten? Der Weibel erhob sich und gab mit der rechten Hand ein Zeichen, weiter zu marschieren.

Noch immer dröhnte von allen Seiten das dumpfe Trommeln der Mohas. Wurden diese verfluchten

Wilden denn niemals müde? Seit Tagen ging das jetzt schon so.

»Was die Affengesichter wohl entdeckt haben?« Gion, der Bogenschütze, hatte mit zwei schnellen Schritten zu Tikian aufgeschlossen und ging nun an der Seite des jungen Söldners. Gion war ein stämmiger, kleiner Kerl mit kurzgeschorenem flammendrotem Haar und einem struppigen Schnauzbart. Seine Arme hatte er von Thorwaler Bilderstechern tätowieren lassen, und nach Art der südländischen Seeleute trug er gleich mehrere silberne Ohrringe. Der gedrungene Körper des Söldners mochte ihn für manchen vielleicht plump erscheinen lassen, doch Tikian hatte gesehen, wie Gion mit seinem Bogen umzugehen verstand, und wußte, wie schnell und tödlich die massigen Arme des Mannes diese Waffe zu handhaben verstanden. Er war ohne Zweifel der beste Schütze in Galahans Söldnerhaufen. Gion konnte auf fünfzig Schritt ein Ziel – so klein wie ein Daumennagel – treffen. Doch auch für ihn war der Dschungel der falsche Ort, denn auf fünfzig Schritt mochte man in diesem dichten Gestrüpp an einem ganzen Heer vorbeilaufen, ohne es zu bemerken. Der Feind kam hier stets überraschend, so daß einem Schützen höchstens ein Schuß blieb, bevor der Nahkampf begann.

»Nun, was denkst du, was vor uns liegt?« fragte Gion zweifelnd. »Ein Dorf der Wilden oder vielleicht eine der legendären Tempelstädte, in denen es mehr Gold als in den Schatzkammern des Kaisers geben soll?«

»Lieber als alles Gold Kaiser Hals wäre es mir, wenn wir endlich auf unsere verfluchten Verbündeten stoßen würden. Die Al'Anfaner wollten doch von Osten und von Süden her ins Kemi-Reich einfallen. Die Bastarde lassen sich Zeit! Wir können hier die Drecksarbeit machen, und sie erringen dann einen leichten Sieg.«

»Wir sind im Dschungel, Tikian. Nachrichten brauchen hier manchmal lange. Mich würde es nicht wundern, wenn wir hinter der nächsten Wegkehre auf einen al'anfanischen Vorposten stoßen und erfahren, daß die Hauptstadt der Trahelier schon längst gefallen ist.«

»Und das Trommeln?« Tikian schüttelte den Kopf. »Selbst wenn Khefu erobert sein sollte, ist der Krieg noch nicht zu Ende.«

Takate lauschte den Tönen der Trommeln, die den Tod der Brabaker meldeten. Viele Krieger der Keke-Wanaq hatten sich jenen Blaßhäuten angeschlossen, die der Herrin von Khefu dienten. Die Fremden waren gekommen, um zu plündern und Sklaven zu machen, doch keiner von ihnen würde die Jagdgründe der Keke-Wanaq wieder verlassen! Sie waren dumm, und ohne Pfadfinder konnten sie sich im Wald nicht zurechtfinden. Bald schon würden die Ameisen ihr Aas fressen und die Köpfe der Blaßhäute würden die Gürtel der Krieger schmücken.

Takate blickte über die Schulter zu der schmalen Frau mit dem Sonnenhaar, die hinter dem Häuptling der Blaßhäute ging. Sie trug ein langes dünnes Messer an ihrer Seite, dessen Klinge so schmal wie ein Finger war, und führte einen seltsamen, großen Stab in ihrer Rechten, an dessen Spitze ein Sonnenstein saß. Das Weib hatte böse Kräfte, und der Krieger konnte spüren, wie ihre Anwesenheit die Geister des Waldes erschreckte. Er würde ihren Kopf nehmen und damit den Zauber brechen.

Die Blaßhäute trauten ihm, und es war ein Leichtes, sie ins Verderben zu führen. Sie waren so dumm, daß sie einen Krieger nicht von einem Verräter zu unterscheiden vermochten. Sie glaubten, er sei ihr Pfadfinder ... Takate lächelte. Eben, als er mit seinem Bruder vorausgeeilt war, um angeblich den Weg auszukundschaften, hatten sie sich mit einem Boten des Kriegshäuptlings getroffen. Sie sollten die Blaßhäute zu den sprechenden Steinen führen. Dort waren vor zwei Tagen auch die anderen ins Verderben gegangen. Ein Schamane der Herrin von Khefu begleitete die Krieger und hatte die Toten auferstehen lassen, um gegen die Eindringlinge zu kämpfen. Es war eine wilde Schlacht gewesen, und die Keke-Wanaq hatten viele Köpfe genommen. Nur wenige der Blaßhäute waren bis zum Fluß entkommen, wo das Land den Tschopukikuhas gehörte und die Jagd ein Ende fand. Diese Blaßhäute hier würden nicht entkommen!

Takate ballte die Fäuste, so daß sich die langen Nägel tief in das Fleisch seiner Handflächen bohrten. Die alten Bilder kehrten in seinen Geist zurück, um ihn zu belagern und zu erschrecken. Die Bilder jener Nacht, in der die Blaßhäute in sein Dorf gekommen waren, um Sklaven zu machen. Sie hatten nur die Jungen und Kräftigen genommen. Die anderen wurden niedergemetzelt. Ein großer, bärtiger Mann hatte ihn mit einem Schwert niedergestochen und liegengelassen. Sein Nipakau hätte ihn in dieser Nacht verlassen sollen, damit sein Tapam wandern konnte, um in einen neuen Körper einzugehen. Doch seine Lebenskraft war nicht von ihm gewichen. Drei Tage lang hatte er voller Schmerzen in seinem Blut gelegen ... allein, der einzige, der das Massaker der Blaßhäute überlebte. Dann hatte ein wandernder Schamane ihn gefunden. Der alte Mann hatte gesagt, er sei dem Ruf seines Tapams gefolgt, und er hatte ihm einen neuen Namen gegeben, Takate, was in der Zunge der Blaßhäute ›dessen Hand immer blutig ist‹ heißt.

Der Krieger entspannte sich und blickte auf die roten Halbkreise, die seine Nägel in die Handflächen geschnitten hatten. Noch bevor die Nacht kam, würde er sein Blut mit dem Blut von Sonnenhaar abwaschen!

»Ist es noch weit bis zum Lager?« fragte der fremde Häuptling, während seine himmelfarbenen Augen ängstlich über das Dickicht wanderten.

»So weit wie der Blumenvogel fliegt, während eine Nuß von einem hohen Baum fällt.«

»Das schätze ich an euch Mohas. Eure Antworten sind immer so leicht verständlich und doch voller erhabener Lyrik. Werden wir vor Sonnenuntergang dort sein?«

Takate nickte. Sie waren so dumm, diese Blaßhäute! Sie wußten nicht einmal, daß die Mohaha nur eines von vielen Völkern waren, die im großen Wald lebten. Der Krieger lächelte siegesgewiß. Die Keke-Wanaq hatten nichts mit diesen harmlosen Blumenfressern gemein. Die Blaßhäute würden ihre Dummheit mit dem Leben bezahlen. »Ihr kommt, lange bevor das Himmelslicht verloschen ist, ans Ende des Weges.«

»Riechst du das?«

Tikian nickte. Er kannte ihn nur zu gut, den Geruch des Todes. Süßlich und übelkeiterregend – der Gestank von verwesendem Fleisch.

Gion kniete nieder und spannte die Sehne auf seinen kurzen Hornbogen. »Bei Boron, hier geht es nicht mit rechten Dingen zu. Es hieß doch, die Fährtensucher würden uns zum Lager der Brabaker führen.«

»Über die Flanken ausschwärmen!« übertönte die Stimme des Weibels den Lärm der Mohatrommeln. Tikian zog sein Rapier und den schlanken Parierdolch, dann nickte er Gion kurz zu und schob sich in das Dickicht am Rande des schmalen Wildpfades, dem sie gefolgt waren. Der Fechter wußte, daß der Bogenschütze zwei Schritt hinter ihm folgen würde, bereit, ihm mit seiner Waffe Deckung zu geben.

Der junge Adlige spürte, wie sein Herz schneller zu schlagen begann. Sie waren hier, die Trahelier! Vorsichtig schob er einen Ast beiseite und versuchte, die grünen Mauern aus Blättern und Schlingpflanzen mit Blicken zu durchdringen. Sein Mund war trocken. Er hatte Angst. Tikian hatte gesehen, wie die Mohas es verstanden, mit dem Dschungel zu verschmelzen. Sie konnten fünf Schritt vor einem stehen und man sah sie nicht. Es war wie Zauberei.

»Links von dir!«

Die beiden Klingen zur Parade erhoben, wirbelte Tikian herum. Keuchend blinzelte er den Schweiß aus den Augen. Er konnte nichts sehen! Was meinte Gion? Wovor hatte der Bogenschütze ihn warnen wollen? Der Fechter ging in die Knie und drehte sich langsam um seine Achse. Sein Blick fiel auf einen mit Federn und bunten Bändern geschmückten Holzstab, der zwischen den Büschen stand.

»Was hat das zu bedeuten?« zischte der junge Krieger zu Gion hinüber.

Der Bogenschütze zuckte mit den Schultern. Dann verließ er seine Deckung und eilte dem Fechter zur Seite. »Das ist einer ihrer Zauber«, murmelte er leise. »Weiß der Henker, was dieses Ding bezwecken soll!«

»Ich werde mich nicht von einem Holzstab einschüchtern lassen.« Tikian schlich gebückt weiter. Ein kalter Schauer lief ihm den Rücken hinab. Er biß die Zähne zusammen. Ganz ruhig, ermahnte er sich im Geiste. Ein Jahr oder zwei, und du wirst über diesen Tag und deine Angst lachen. Vorsichtig bog er die Äste eines Busches auseinander und blickte auf eine große Lichtung. Hastig schlug er das Praioszeichen. Überall lagen Leichen. Die Toten trugen Brabaker Waffenröcke. Die Wilden hatten nicht gelogen! Sie hatten sie tatsächlich zu ihren Verbündeten geführt. Zwischen den Leichen ragten die kümmerlichen Reste verbrannter Zelte auf. Überall lagen zerrissene Kleider und zerbrochene Waffen herum. Die Trahelier mußten die Einheit überrascht haben, als sie begonnen hatte, ihr Lager aufzuschlagen.

»Bei den Göttern!« Gion war an seine Seite geschlichen. »Was ist hier geschehen?«

Neben ihnen raschelte es im Gebüsch. Moron trat hinaus auf die Lichtung. Vorsichtig spähte er über seinen kleinen runden Lederschild und ging in die Hocke, um weniger Trefferfläche zu bieten, falls irgendwo feindliche Bogenschützen lauerten. Dann schlich er langsam in Richtung des Hügels, der sich mitten auf der Lichtung erhob. Die Höhe war von einer verfallenen und halb von Schlingpflanzen überwucherten Ruine gekrönt.

Immer wieder hielt Moron neben den Toten an und untersuchte sie. Soweit Tikian erkennen konnte, waren alle Leichen verstümmelt. Die Affengesichter hatten die Köpfe der Toten als Trophäen genommen!

Der Weibel erreichte die Ruinen und winkte mit erhobenem Schwert. »Alles zu mir! Und beeilt euch!« Im selben Augenblick verstummten die Trommeln. Beängstigende Stille senkte sich über den Dschungel. Nicht einmal Tierlaute waren mehr zu hören.

»Bei Rondra, jetzt haben sie uns ...« Tikian konnte sehen, wie dem Bogenschützen die Hände zitterten. Von der Seite her erklang ein langgezogener Schrei.

»Wir müssen zu Moron! Hier können wir uns nicht verteidigen. Wenn sie zu den Ruinen wollen, müssen sie erst über freies Feld. Hier im Busch sehen wir sie nicht kommen.«

Gion zog eine Grimasse. »Aber zuerst müssen *wir* lebend über das freie Feld kommen.«

»Das ist der Haken an der Sache.« Tikian packte seine Waffen fester und brach dann durch das Gebüsch. Rechts und links von ihm rannten die anderen Söldner. Auch Gion war mitgekommen. Ein Hagel von Pfeilen und Wurfgeschossen ging auf sie hernieder. Irgend etwas streifte die Wange des Söldners. Er konnte spüren, wie ihm warmes Blut den Hals hinabrann. Es gab nur noch ein Ziel, die Ruine auf dem Hügel. Sie zu erreichen, hieß weiterzuleben! Mit einem Sprung setzte er über einen Toten hinweg und schlug einen Haken. Gion hatte ihn gelehrt, nie in einer geraden Linie zu laufen, wenn irgendwelche Schützen auf ihn zielten.

Mit einem Schrei strauchelte ein Mann neben ihn. Mehmed, ein novadischer Schwertkämpfer. Sie waren zwei Götternamen zusammen im Dschungel gewesen, doch er hatte den Kerl kaum gekannt. Unbeirrt rannte Tikian weiter. Die Ruine war nur noch zehn Schritt entfernt. Hastig blickte der Fechter über die Schulter. Am Rand der Lichtung tauchte eine Gruppe von Mohas auf. Die Wilden waren mit Blasrohren und Schleudern bewaffnet. Einige der Krieger trugen federgeschmückte Keulen und folgten ihnen.

Etwas traf Tikian am Arm, und der Parierdolch entglitt seinen vor Schmerzen tauben Fingern. Nur die lederne Schlaufe, die er um sein Handgelenk geschlungen hatte, verhinderte, daß die Waffe zu Boden fiel.

Mit einem Hechtsprung setzte der Fechter über eine niedrige Mauer hinweg, rollte sich über die Schultern ab und stieß mit dem rechten Knie gegen einen scharfkantigen Stein. Sofort riß er sein Rapier hoch und drehte sich zum Feind. Er hatte es geschafft! Er hatte die Ruinen erreicht. Jetzt sollten sie nur kommen!

Neben ihm kauerte sich Gion keuchend hinter die Mauer. »Haben sie dich erwischt?«

Der junge Söldner schüttelte den Kopf. »Nichts Ernstes.« Dann blickte er über die Mauer. Zwei ihrer Kameraden hatten es nicht geschafft. Über einem der beiden kauerte bereits ein Moha und holte mit seinem Steinbeil aus, um sich die Kopftrophäe zu holen.

Tikian biß die Zähne zusammen. Diese Barbaren! Jetzt erst sah er die schlanke Frau. Die Magierin. Auch sie war gestürzt. Sie schien verletzt zu sein. Auf ihren Stab gestützt versuchte sie, wieder auf die Beine zu kommen.

Wie auf ein stummes Kommando hatten die Mohas ihren Angriff abgebrochen und folgten ihnen nicht weiter. Zwei der Dschungelkrieger waren jedoch auf die Zauberin aufmerksam geworden.

Der Fechter schluckte. Er würde nicht zusehen, wie

sie ihr vor seinen Augen die Kehle durchschnitten. Er schob Rapier und Dolch in seinen Gürtel und ließ den eisenverstärkten Rundschild von seiner Schulter gleiten. »Gib mir Deckung, Gion!« Mit einem Satz war er über die Mauer und stürmte hinter den Schild geduckt auf die blonde Magierin zu.

»Du götterverfluchter Narr!«

Tikian überhörte die Stimme seines Kameraden. Ein Pfeil zischte an ihm vorbei und traf den vorderen der beiden Mohas, die auf Elena zurannten, in den Hals. Mit dumpfem Aufschlag prallte ein Stein vom Schild des Fechters ab. Dann war der junge Söldner über der Magierin. »Kriech langsam zurück. Ich werde dir Deckung geben. Bist du schwer verletzt?«

Die Frau schüttelte den Kopf. »Danke.«

»Heb dir deinen Dank für später auf. Noch sind wir nicht in Sicherheit.«

Der zweite Mohakrieger hatte nur wenige Schritte vor Tikian innegehalten. Mit drohend erhobener Keule musterte er den jungen Söldner. Seine Augen waren dunkel und kalt. Tikian erkannte ihn wieder. Er war einer der beiden Fährtensucher, die sie hierhergebracht hatten. »Verfluchter Verräter«, zischte er. »Dich schick ich in die Niederhöllen!«

»Wie kann ich jemanden verraten, dem niemals mein Herz gehört hat, Blaßhaut.« Der Moha holte zu einem Hieb mit der Keule aus, doch ein flinker Stich, der auf seinen Bauch zielte, ließ den Wilden zurückzucken.

Tikian lächelte und wich ebenfalls ein kleines Stück zurück. Es war ein gutes Gefühl, Gion mit einem Pfeil auf der Sehne hinter sich zu wissen. Der Moha mußte sich genau vor ihm halten. Wenn er versuchte, ihn von der Seite anzugreifen, würde er in die Schußbahn des Bogenschützen laufen.

»Dein Tapam wird heute auf Wanderschaft gehen, kleiner Mann.« Der Moha holte zu einem Schlag aus und Tikian riß seinen Schild hoch, um den Kopf zu decken. Die Wucht des Treffers ließ den Söldner aufstöhnen und einen Augenblick lang war sein linker Arm von der Wucht des Treffers wie betäubt. Der Fechter versuchte, einen Hieb um den Schild herum zu führen, doch sein Gegner wich mit einer seitlichen Drehung aus und verpaßte ihm einen Tritt gegen das linke Knie. Kraftlos knickte das Bein unter Tikian weg, und er strauchelte. Mit dem Handrücken führte der Söldner einen verzweifelten Schlag gegen die Beine des Mohakriegers, doch sein Gegner war zu schnell. Die Klinge ritzte ihn nur leicht am Oberschenkel. Mit einem triumphierenden Schrei versetzte ihm der Wilde einen Tritt gegen die Brust. Dann riß er seine Keule hoch …

Tikian versuchte, seinen Schild zu heben, doch ein weiterer Tritt riß ihm den Arm zur Seite. So also sah der Tod aus … Die Augen des Waldmenschen leuchteten vor Blutgier. Sollte er nur kommen! Die Rechte des Söldners verkrampfte sich um den Griff seines schlanken Rapiers. Noch hatte er nicht verloren! Mit einem wuchtigen Hieb schlug er die hinabsausende Keule zur Seite, änderte die Schlagrichtung und versetzte dem Moha einen Stich dicht unter den Rippenbogen. Im selben Augenblick traf den Waldmenschen ein Pfeil in die Schulter. Unter einem Schmerzensschrei taumelte der Wilde zurück und starrte auf die blutige Waffe in Tikians Hand.

Mit einem Sprung war der Fechter wieder auf den Beinen. Vorsichtig trat auch er einen Schritt zurück. Der Moha hatte eine Hand auf die Wunde gepreßt. Dunkles Blut sickerte zwischen seinen Fingern hindurch. Ohne den Blick von Tikian zu wenden, sank er langsam in die Knie.

»Wir sehen uns wieder … kleiner Mann …«

Der Söldner lächelte kalt. »Nicht in dieser Welt.« Hinter den Schild geduckt, bewegte er sich rückwärts auf die Ruinen zu. Am Rand der Lichtung hatten sich wenigstens hundert Waldmenschen eingefunden. Worauf sie wohl warteten? Sie griffen ihn nicht einmal mehr mit Wurfgeschossen an. Irgend etwas stimmte hier nicht!

Er erreichte die Magierin, die sich halb kriechend über die Leiber der Toten hinwegbewegte. Mit der Linken zog er sie hoch, doch ließ er dabei keinen Augenblick lang die Waldmenschen aus den Augen. Was ging hier nur vor?

»Danke«, murmelte die Zauberin leise. Ihr Gesicht war aschfahl. Schweiß perlte von ihrer Stirn.

»Was ist geschehen?«

»Ein Stein hat mich am Knie getroffen. Ich kann das Bein nicht mehr anwinkeln.«

»Stütz dich auf mich. Ich bring dich zu den Ruinen. Dort wird sich jemand um dich kümmern.«

»Ich glaube nicht, daß wir dort gut aufgehoben sind ...«

»Warum?«

»Hast du die Totems im Busch gesehen? Dieser Ort ist *tabu.* Das ist der Grund, aus dem sie uns nicht angreifen.«

Tikian lachte leise. »Schön, daß diese Heidenbrut so abergläubisch ist! Dann sind wir ja hier in Sicherheit. Zumindest vorläufig.«

»Ich fürchte, das ist ein Irrtum. Du denkst doch nicht etwa, sie hätten uns ausgerechnet hier angegriffen, wenn wir ihnen so leicht entkommen könnten. Die Fährtensucher haben uns absichtlich hierher gebracht. Sie haben irgendeinen Plan.«

Der Söldner schüttelte den Kopf und musterte die halbnackten, bemalten Wilden am Rand der Lichtung. Sie sahen nicht so aus, als würden sie raffinierte Pläne schmieden, bevor sie sich in den Kampf stürzten. Die Mohas hatten sie aufgespürt und angegriffen, so wie ein Jaguar, der die Spur einer Beute aufnimmt. Ihnen mehr zuzutrauen, wäre lachhaft!

Elena lehnte mit dem Rücken gegen eine halbverfallene Mauer, die rechte Hand auf das verwundete Knie gelegt. Schon die leichteste Berührung verursachte einen unerträglichen Schmerz. Es kostete sie all ihre Kraft, sich auf den Heilzauber zu besinnen, den sie vor langen Jahren in der Akademie zu Rashdul gelernt hatte. Der Heilkunde hatte sie damals nur wenig Aufmerksamkeit geschenkt. Sie biß die Zähne zusammen und versuchte es noch einmal. Immer wieder murmelte sie leise die Worte des Zaubers und versuchte, im Geist eins zu werden mit der Wunde. Sie spürte, wie sich das Blut in der Schwellung staute und sah die Splitter der zerschmetterten Kniescheibe, die die Wucht des Geschosses bis ins Kniegelenk gedrückt hatte. Die Macht des Zaubers ließ den Knochen wieder zusammenwachsen. Die Splitter fügten sich ineinander und die Schwellung ging zurück. Zuletzt schwand auch der Schmerz.

Elena winkelte vorsichtig das Knie an. Sie spürte nur noch ein leichtes Prickeln. Es war überstanden! Mit einem Seufzer lehnte sie sich zurück und blickte zum Himmel. Die Mittagsstunde war noch nicht lange vorbei. Dunkle Wolken ballten sich zusammen. Bald würde es wieder regnen. Sie haßte dieses Land! Die drückende Hitze war unerträglich. Selbst der Regen brachte keine Erleichterung. Er war warm, und sobald sich die Wolken verzogen und die Sonne wieder hervorkam, wurde es noch schlimmer als zuvor. Die Luft war dann so stickig, daß jeder Atemzug zur Qual wurde. Sie dachte an ihre Jugend, die sie in Rashdul und Fasar verbracht hatte. Die trockene Hitze der Wüste hatte ihr nichts ausgemacht, doch hier brauchte man nur ein paar Schritte zu gehen, und schon war man in Schweiß gebadet. Es schien ein Land für nackte Barbaren zu sein. Wenn sie hier lebend herauskam, würde sie am Ende des Gottesnamens ihren Soldvertrag nicht mehr verlängern. Was sie gesehen und erlebt hatte, reichte ihr! Mit ihren Talenten würde sie sich auch in freundlicheren Gegenden verkaufen können. Vielleicht im Bornland. Angeblich sollte dort viele Gottesnamen lang Schnee liegen, und die Handelsherren waren so reich wie nirgends sonst auf Dere. Das wäre ein guter Ort für eine Magierin! Und Schnee hatte sie auch noch nicht gesehen.

Ein Schauer überlief Elena, und ihre Nackenhaare richteten sich auf. Unsicher blickte sie sich um. Irgend etwas stimmte nicht mit diesem Ort. Auf einigen der Steine hatte sie verwitterte Schriftzeichen erkennen können, die aus der Zeit der Echsenfürsten stammten. Dieser Platz war uralt, und Rastullah allein wußte, welche finsteren Taten hier einst verübt worden waren. Aus dem bröckelnden Mauerwerk war nicht mehr zu erkennen, welchem Zweck die Gebäude einmal gedient haben mochten. Vielleicht war es eine Grabstätte oder einer jener verfluchten Kultplätze, an denen die Echsenherrscher ihren blutgierigen Göttern einst Hunderte von Menschenopfern gebracht hatten. Vielleicht war es aber auch nur eine Plattform gewesen, von der die Weisen den Lauf der Sterne beobachtet hatten. Merkwürdig blieb allerdings, daß der Dschungel den kleinen Hügel nicht zurückerobert hatte. Die Lichtung, auf der die Ruine lag, hatte einen Durchmesser von vielleicht zweihundert Schritt und war mit verdorrtem Gras bewachsen. Der Hügel selbst war nur drei oder vier Schritt hoch und ungefähr zwanzig Schritt lang. Er hatte die Gestalt eines langgezogenen Ovals. Es war schwer zu sagen, wie die Gebäude einst ausgesehen haben mochten, die die Echsen hier errichtet hatten. Auf dem vorderen Teil des Hügels hatte sich kaum noch etwas von den Bauwerken erhalten. Die riesigen Steinquader waren hier wild durcheinandergewürfelt, so als hätte ein Erdbeben das Gebäude zerschmettert. Weiter hinten jedoch schien der Verfall nicht so stark, und es hatten sich sogar einige Zimmer vollständig erhalten.

Dumpfes Donnergrollen erscholl von Westen, und ein warmer Wind fegte durch die Bäume. Dann fielen die ersten großen Regentropfen. Elena griff nach ihrem Zauberstab und sprang auf die Beine. Sie würde weiter hinten Schutz vor dem Regen suchen.

Noch bevor sie den ersten Gewölbebogen erreichte, war sie naß bis auf die Knochen. Elena fluchte. Nichts in diesem Land war wie gewohnt! Die Bäume wuchsen bis in den Himmel, und wenn es einmal zu regnen anfing, mochte man glauben, Rastullah hätte beschlossen, das ganze Menschengeschlecht zu ersäufen. So dicht fiel der Regen, daß man kaum noch den Rand der Lichtung erkennen konnte – und das Rauschen verschlang alle anderen Geräusche. Wenn die Mohas sie jetzt angreifen würden ... Elena schüttelte den Kopf, und das nasse Haar flog ihr um die Schultern. Nein, die Wilden würden sie nicht angreifen. Es hielt sie etwas von diesem Ort fern. Sie würden einfach dort draußen sitzen und warten.

»Du bist ja wieder recht gut zu Fuß. Scheint dich ja doch nicht so schlimm erwischt zu haben.« Ein Schatten löste sich aus einer der Gewölbenischen. Es war der junge Krieger, der ihr das Leben gerettet hatte.

»Du verstehst dich auf das Fechten, und ich beherrsche andere Künste. Habe ich mich eigentlich schon bei dir bedankt?«

Der Söldner machte eine wegwerfende Geste. »Vergiß es! Sagen wir, du schuldest mir einen Gefallen.«

»Vielleicht ist es klüger, wenn du nicht allzuweit in die Zukunft denkst. Ich glaube, unsere Freunde dort draußen haben nicht vor, uns lebend gehen zu lassen.« Sie musterte Tikian unverhohlen. Er sah nicht schlecht aus. Er war schlank und muskulös. Sein Gesicht war hübsch geschnitten, und er hatte volle sinnliche Lippen. Dunkle Locken fielen ihm bis weit auf den Rücken hinab. Der Fechter grinste sie herausfordernd an. Er schien erraten zu haben, woran sie dachte.

»In den Liedern der Dichter ist es immer wesentlich romantischer, wenn ein junges Paar vor einem Sturm Zuflucht in einer Ruine sucht.«

Elena fröstelte. »Ob man ein Feuer machen kann?«

Der Söldner schüttelte den Kopf. »Vergiß es. Hier gibt es nichts außer Staub und Steinen. Ich wüßte allerdings noch eine andere Art dich zu wärmen, wenn du …«

Der rothaarige Bogenschütze und zwei andere Söldner stürmten prustend in das halb verfallene Gewölbe und schüttelten sich den Regen aus dem Haar. »Verdammtes Sauwetter«, maulte Gion lautstark. »Diese Wilden müssen mit Fischen verwandt sein. Sie stehen immer noch am Rand der Lichtung. Der Regen scheint ihnen überhaupt nichts auszumachen.« Der Bogenschütze blickte von Tikian zu Elena und grinste. »Wir stören doch nicht etwa?«

»Nicht mehr als ein Stein im Schuh oder ein Wurm in einem Apfel, in den ich gerade herzhaft hineingebissen habe. Man könnte auch sagen, daß deine Anwesenheit mich ungefähr so beglückt wie ein …«

»Vorsicht, mein Freund, treib es nicht zu weit!« Gion spielte mit seiner Rechten am Verschluß seines Köchers. »Ich könnte in Versuchung geraten, dein Wams mit Pfeilen zu spicken und dich dann …«

»Es reicht, ihr beiden Hitzköpfe. Wenn ihr euer Mütchen kühlen wollt, dann versucht euch doch erst an den Wilden da draußen, bevor ihr euch hier gegenseitig die Köpfe einschlagt.« Elena schlang sich fröstelnd die Arme um den Leib und ging ein wenig tiefer in das Gewölbe hinein. Es schmeichelte ihr, daß sich Tikian ihretwegen auf ein Duell einlassen würde. Gerüchten zufolge war er von Adel. Es wäre sicher amüsant, sich von ihm den Hof machen zu lassen … Vorausgesetzt, sie kamen hier lebend heraus.

Draußen hatte das dumpfe Trommeln wieder begonnen. Es war ein langsamer, zermürbender Rhythmus.

Elena rieb sich die Oberarme. Der Regen schien nachzulassen, doch es wurde nicht wärmer. Ob es an diesem seltsamen Gemäuer lag … Hatte sich die Kälte zwischen diesen uralten Steinen eingenistet? Sie lachte leise. Was für ein Unsinn! Sie sollte lieber darüber nachdenken, was für Möglichkeiten es gab, dieses abergläubige Pack zu erschrecken. Mit Waffengewalt würden sie über die Wilden nicht triumphieren können, aber vielleicht vermochte sie die Mohas durch ein Irrbild oder einen anderen Zauber so zu erschrecken, daß sie das Weite suchten.

»He, Zauberin, sieh dir einmal an, was wir hier gefunden haben!« Der rothaarige Söldner und die anderen Krieger standen in einer dunklen Nische und blickten auf etwas am Boden.

»O nein, ich werde dort nicht hinuntersteigen«, ereiferte sich einer der Männer. Es war Olek, ein hünenhafter Andergaster, der mit einer riesigen Zweihandaxt bewaffnet war. »Bei allen Göttern! Wir sollten diesen verfluchten Ort verlassen! Riecht ihr denn nichts?«

»Was sollten wir denn riechen?«

»Der meint unsere Brabaker Freunde dort draußen.« Gion lachte boshaft. »Was mich angeht, ich habe diese Hasenherzen noch nie riechen können. So wie es aussieht, haben sich die Trottel einfach im Schlaf überraschen lassen. Sie haben es nicht besser verdient!«

»Ich rede nicht von den Leichen!« grollte Olek. »Da ist noch etwas anderes …«

Elena hatte die Männer inzwischen erreicht. Sie standen vor einem schmalen, halb mit Trümmern gefüllten Treppenschacht, der in die Tiefe führte.

»Was glaubst du, wo die Treppe endet?« Tikian hatte sich zu ihr umgedreht. »Meinst du, wir können auf diesem Weg entkommen?«

Die Magierin zuckte mit den Schultern. »Wer weiß? Vielleicht ist es nur der Zugang zu einem tiefergelegenen Gewölbe.«

»Heißt es nicht, daß sich die Echsenfürsten in goldenen Katakomben haben begraben lassen«, mischte sich Drustan, der zweite der beiden Söldner, die mit Gion gekommen waren, ein, und ein gieriges Funkeln leuchtete in seinen grauen Augen.

Elena nickte. »Das erzählt man sich. Aber denk erst gar nicht daran, Gold aus einem Echsengrab zu stehlen. Diese Katakomben sind durch unzählige Fallen gesichert. Ganz zu schweigen von den Flüchen, mit denen die Sskhrsechim die Grüfte gesichert haben, bevor sie versiegelt wurden. Glaub mir, Drustan, es wäre nicht klug, nach Echsengold die Finger auszustrecken. Aber vielleicht finden wir dort unten ja einen geheimen Gang, der irgendwo im Dschungel endet …«

»Ich setze keinen Fuß auf diese Treppe!« Olek machte einen Schritt zurück und hielt schützend seine Axt erhoben. »Ihr seid wahnsinnig, wenn ihr dort hinuntergeht!« Seine Augen waren vor Entsetzen geweitet, und seine Stimme steigerte sich zu einem ängstlichen Kreischen. »Ich gehe dort nicht hinein …«

»Gibt es noch jemanden, der lieber hier oben bleiben möchte?« Tikian blickte herausfordernd in die Runde.

»Wir haben keine Fackeln«, wandte Gion ein. »Wir werden uns den Hals brechen, wenn wir im Finstern dort hinunterklettern.«

»Mach dir darum keine Sorgen.« Elena strich über den Kristall am Ende ihres Stabes, und kleine, gelbe Flammen spielten um den Stein. »Das ist besser als jede Fackel, denn kein Luftzug kann dieses Feuer verlöschen lassen.« Das Abenteuer reizte sie, und welche Wahl blieb ihnen schon … Wenn sich die Mohas dort draußen zu einem Angriff entschließen sollten, dann bestand keine Aussicht, ihnen lebend zu entkommen. Aber hier unten würden sie vielleicht ein Versteck oder einen Fluchtweg finden.

Gion leckte sich verstört mit der Zunge über die Lippen. Die Magierin hatte den Eindruck, er sei ein wenig blasser geworden. Tikian und Drustan hingegen schien die kleine magische Spielerei mit dem Flammenzauber nicht zu überraschen. Vielleicht hatten die beiden schon öfter mit Magiebegabten zusammen gefochten und wußten, daß es keine große Kunst war, einen Zauberstab in eine sich niemals verzehrende Fackel zu verwandeln.

»Nun, wer von euch Helden kommt mit?« Elena lächelte herausfordernd. Sie genoß es, die Männer in Verlegenheit zu bringen und sich als harte und unerschrockene Söldnerin zu geben.

»Ich fürchte mich nicht vor irgendwelchen muffigen Katakomben.« Tikian zog sein Rapier und trat neben die Treppe. »Und wie steht es mit euch?«

»Ich schlage mich auch lieber mit ein paar Ratten und Fledermäusen herum als mit einem ganzen Stamm blutdurstiger Kopfjäger.« Drustan schnallte seinen Rundschild vom Rücken und ließ ihn über den linken Arm gleiten. Dann zog auch er seine Waffe.

»Jetzt, da wir Licht haben, gibt es wohl keine Ausflüchte mehr«, murmelte Gion. Dann wandte er sich zu dem Axtkämpfer um. »Geh zu Moron und sag ihm, wo wir sind. Falls wir bis zum Einbruch der Dunkelheit nicht wieder zurück sind, solltet ihr darüber nachdenken, wie man diese Treppe verbarrikadieren kann.«

Tikians Mund war staubtrocken. Es war keine gute Idee gewesen, in dieses götterverlassene Rattenloch hinabzusteigen. Die Treppe hatte zu einem hohen Gang geführt, dessen Wände mit scheußlichen Reliefs verziert waren. Er hatte sich alle Mühe gegeben, die steinernen Bilder nicht zu betrachten, die im unsteten Licht der Flamme eigentümlich lebendig erschienen. Es waren Szenen, die gräßlich aufgedunsene Echsenwesen zeigten, wie sie an ihren Altären unaussprechlichen Gottheiten opferten und dämonische Wesenheiten heraufbeschworen.

Die Magierin hatte diese Bilder mit großer Neugier betrachtet. Was mochte sie nur für ein Mensch sein, daß der Schrecken dieser uralten Reliefs sie kalt ließ? Zum ersten Mal, seit er sie kannte, fragte der Söldner sich, welchen Pfad Elena wohl eingeschlagen hatte, und insgeheim war er sich sicher, daß sie nicht den Weg des Lichtes ging. Es gab Gerüchte, daß sie die arkanen Künste an einer der Akademien des Kalifats erlernt hatte und daß sie niemals einen Tempel der Zwölfgötter betrat. Vielleicht betete sie ja zu Rastullah, dem Götzen, dem sich die ketzerischen Wüstenstämme verschrieben hatten, oder sie diente gar einem der Erzdämonen aus den Niederhöllen.

Verstohlen blickte er auf ihre Hände. Man sagte, daß Dämonendiener ihren Herren einen Finger oder ein anderes Körperglied opfern mußten. Doch Elenas Finger waren makellos. Sie war eine überaus schöne Frau, und Tikian hatte schon mehrfach versucht, mit ihr ins Gespräch zu kommen, doch hatte sie stets kalt und abweisend geantwortet. Was sie wohl dazu bewogen haben mochte, in einer Söldnertruppe Dienst zu tun? Sie war schlank und feingliedrig und schien so gar nicht zu den rauhen Kriegerinnen und Kriegern zu passen, die sich um Galahans Banner gesammelt hatten. Dennoch wurde sie von allen anerkannt. Einige hatten sogar regelrecht Angst vor ihr, und es gab etliche Gerüchte, die sich um sie rankten. So soll sie in Chorhop einmal zwei als kaltblütig und völlig skrupellos bekannte Sklavenjäger, nur indem sie ihre Faust hob und ihnen eine Verwünschung entgegenrief, dazu gebracht haben, in heller Aufregung das Weite zu suchen. Auch behauptete Larissan, ein Armbrustschütze aus Galahads Söldnertruppe, sie habe ihm einmal für zwei Wochen so schreckliche Alpträume angehext, daß er keine Nacht mehr ruhig schlafen konnte. Tikian mochte diese Geschichten kaum glauben. Sie schienen nicht zu Elena zu passen.

Ihr blasses, schmales Gesicht wirkte auf ihn gleichermaßen unschuldig wie unnahbar.

Ob er sie mit seiner *Heldentat* wohl beeindruckt hatte? Gion hatte schon recht gehabt, es war blanker Wahnsinn gewesen, als er aus der Deckung gestürmt war, um sie vor den beiden Mohas zu retten. Und doch … Der Fechter lächelte. Dies war nicht der Ort, sich als Galan aufzuspielen. Wenn sie in Kuslik oder Grangor wären, dann würde er ihr gewiß nach allen Regeln der Kunst den Hof machen, doch hier …

Tikian blickte sich um. Die Treppe hatte in einen abschüssigen Gang geführt, der in eine Grotte mündete, die tief unter dem Wald liegen mußte. Es war hier so kalt, daß einem der Atem in kleinen weißen Wolken vor dem Mund stand, und die Decke wölbte sich so hoch, daß das Licht des Zauberstabes nicht reichte, um sie aus der Finsternis zu reißen. Seltsame Bänder aus Metall liefen über den Boden und die Wände der Höhle. Sie formten vielzackige Sterne oder eigenartige Kurven. Dem Fechter wurde schwindelig, wenn er versuchte, die Muster zu begreifen, zu denen sich die ehernen Linien fügten.

Elena hingegen schien wie in einem Rausch gefangen. Ihr machte die Grotte offenbar keine Angst, und sie führte sie immer tiefer in die Finsternis. Jeder ihrer Schritte brach sich in dutzendfachem Echo an den unsichtbaren Wänden, die irgendwo jenseits des Walles aus Dunkelheit lagen.

Tikian blickte zu den beiden anderen Kriegern. Auch sie waren längst bereit, dieses Abenteuer zu beenden. Es war nur zu offensichtlich, daß diese unheimliche Höhle keine Rettung versprach. Nur die Magierin wollte immer weiter.

»Wir sind hier unten nicht allein«, flüsterte Drustan leise, als Elena wieder einmal stehengeblieben war, um eines der metallenen Zeichen auf dem Boden näher zu betrachten.

»Red keinen Unsinn«, zischte Tikian gereizt. »Wer sollte hier schon sein?«

»Jemand mit verdammt großen Füßen. Siehst du nicht die Spuren da vorne im Staub?« Der Tobrier zeigte mit seinem Schwert auf einen der metallenen Zacken ein wenig seitlich von ihnen, wo sich Spuren von großen, nackten Füßen im Staub abmalten.

»Glaubst du, einer der Mohas ist uns nach hier unten gefolgt?«

Drustan zuckte mit den Schultern. »Ich weiß nicht. Mir ist auch ganz gleich, ob die Spuren von einem Moha oder von einem plattfüßigen Bornländer stammen. Ich möchte niemandem begegnen, der freiwillig hier herunterkommt.«

»Elena!« Das Echo der Höhle warf Tikians Ruf als ein spöttisches na, na, na ... zurück.

Die Magierin zuckte zusammen und fuhr zu ihm herum. »Wir sollten hier unten ein wenig leiser sein«, zischte sie wütend.

»Laß uns gehen, wir haben genug gesehen. Das hier ist kein Ort für götterfürchtige Sterbliche.«

»Was weißt denn du schon davon, Fechter? In dieser Grotte haben einst Magier die Grenzen zwischen den Sphären niedergerissen. Die Zeichen auf dem Boden sind Dämonenzirkel und Bannkreise. Die Echsen haben die Namen dieser Geschöpfe in Erz gegossen. Weißt du, was es bedeutet, diese Schriftzeichen zu entziffern? Wer den wahren Namen eines Dämons kennt, der kann ihn zu jedem Dienst zwingen!«

»Wir sind hier unten nicht allein. Drustan hat Spuren entdeckt.« Wie konnte sie an einem solchen Ort nur von Dämonen sprechen? Und was kümmerten sie die Namen dieser götterverfluchten Kreaturen? Stimmten die Gerüchte um sie am Ende gar? Hatte sie sich wirklich den Kräften der Finsternis verschrieben?

»Wo sollen diese Spuren denn sein?« Ihr Ton klang herablassend.

Stumm zeigte Tikian mit seinem Rapier in Richtung der Fußabdrücke. Innerlich schäumte er vor Wut. Was fiel ihr ein, sie wie ein paar verängstigte Kinder zu behandeln!

Inzwischen beugte sich Elena mit ihrem Zauberstab über die Spuren. »Das könnte ein Schamane der Mohas gewesen sein«, murmelte sie halblaut. »Bestimmt sind die Spuren schon sehr alt.«

»Das glaube ich nicht«, flüsterte Drustan. »Da vorne steht jemand.« Am Rande des Lichtkreises, den die magische Fackel warf, war der Schattenriß einer großen, hageren Gestalt zu erkennen. Offenbar ein Moha. Bis auf eine zwei Finger breite Haarbürste, die sich längs über seinen Kopf zog, hatte der Mann seinen Schädel kahl geschoren.

Obwohl Tikian den Moha kaum erkennen konnte, empfand er eine Angst vor ihm, die er sich nicht erklären konnte. Ohne daß er es hätte benennen können, haftete der Gestalt etwas Fremdartiges, ja Unmenschliches an. Der Fechter konnte sich nicht erinnern, ihn unter den Kriegern am Rand der Lichtung gesehen zu haben. Er mußte schon, bevor sie die Lichtung betreten hatten, hier in der Grotte gewesen sein. Aus den Augenwinkeln sah der Söldner, wie Gion die Sehne seines Bogens spannte.

»Wer bist du?« In der Stimme der Magierin schwang ein leichtes Zittern.

Statt einer Antwort drehte sich die Gestalt zu ihnen herum, dabei bewegte sie den Kopf in kurzen, ruckartigen Bewegungen, so wie ein Tier, das Witterung aufnimmt.

»Bleib stehen!« Gion hatte den Bogen erhoben und die Sehne bis hinter sein rechtes Ohr durchgezogen.

Wie zur Abwehr hob die Gestalt die Arme. Ihre Hände waren zu Krallen verkrampft und die Augen leuchteten so, wie die Augen von Katzen in der Dunkelheit leuchten.

»Bei den Illuminierten des Himmlischen Richters, was ist das?« flüsterte Drustan und hob Schwert und Schild, bereit, sich dem Geschöpf entgegenzustellen. Gions Pfeil schnellte von der Sehne. Mit dumpfem Geräusch drang das Geschoß der Kreatur tief in die Brust. Die Wucht des Treffers ließ das Wesen schwanken, doch dann fing es sich wieder, und als fühlte es nicht den geringsten Schmerz, brach es mit der Rechten den Schaft des Pfeils ab.

Tikian schluckte. Wäre er nur oben in den Ruinen geblieben und nicht der neugierigen Magierin hier hinab gefolgt! Eine Welle süßlichen Verwesungsgeruchs schlug ihnen entgegen. »Schnappen wir ihn uns! Du von rechts, ich von links?« Drustan nickte stumm. Die beiden Männer trennten sich und schlugen jeweils einen Bogen, um die Kreatur von den Seiten her anzugreifen.

Der Moha folgte ihrer Bewegung mit Blicken und machte dann plötzlich einen Satz in Drustans Richtung. Der Schwertkämpfer versuchte, sich mit einem Schritt nach hinten in Sicherheit zu bringen, doch ihr Gegner bewegte sich mit unglaublicher Geschwindigkeit. Eine seiner Krallenhände schnellte vor und traf den Söldner mitten auf der Brust. Es gab ein Geräusch, als würde ein Gong geschlagen. Die Wucht des Schlages riß Drustan von den Beinen und schleuderte ihn einige Schritt nach hinten, wo er reglos liegen blieb. Nur für einen Augenblick konnte Tikian im zitternden Licht der Fackel die Brustplatte des Söldners sehen. In dem gewölbten Stahl zeichnete sich eine tiefe Beule ab, ganz so, als habe Drustan nicht eine nackte Faust sondern ein Kriegshammer oder ein Morgenstern getroffen.

Der Fechter wich einen Schritt zurück. Im selben Augenblick traf den Moha ein zweiter Pfeil. Das Geschoß schlug ihm durch den Hals und fiel irgendwo in der Finsternis klappernd auf den Boden. Die Kreatur taumelte nur kurz, dann drehte sie sich um, als sei nichts gewesen. Ihr Blick ruhte auf Tikian. Jetzt erst konnte der Söldner die Augen dieses Ungeheuers zum ersten Mal richtig erkennen. In den rotentzündeten Augenhöhlen wucherte ein gelb leuchtendes Gespinst, das ein wenig an ein Pilzgeflecht erinnerte. Den Mund hatte das Wesen zu einem sardonischen Lächeln verzogen, so daß man deutlich die braunen Zahnruinen hinter den Lippen erkennen konnte. Die Haut der Gestalt schien rissig und so trocken wie Pergament. Ein Toter, der sich wieder aus seinem Grab erhoben hatte, hätte nicht grausiger aussehen können.

Dort, wo der Pfeil durch den Hals des Ungetüms geschlagen war, bewegte sich das verwundete Fleisch zitternd, als säße ein Nest sich windender Würmer gleich unter der Haut, und wie durch Zauberei begann sich die Verletzung von den Wundrändern her wieder zu schließen. Die Krallenhände zum Schlag erhoben, bewegte sich die Kreatur auf Tikian zu.

Der Söldner streckte die Linke mit dem Parierdolch vor und hob die Rechte mit dem Rapier, so daß der Korb der Waffe fast seine Wange berührte. Auf diese Weise konnte er mit einem Ausfallschritt einen schnellen und tödlichen Stich plazieren.

»Halt ihn noch etwas hin«, ertönte hinter ihm die Stimme der Zauberin. »Ich werde versuchen, ihn durch einen Bannspruch zu vertreiben.«

»Was, zum Henker, ist das?«

»Ich glaube nicht, daß du das wirklich wissen willst! Stör mich jetzt nicht mehr, ich brauche Ruhe.«

Halt ihn noch etwas hin. Tikian schnaubte verächtlich. Was dachte sich Elena eigentlich? Wie hielt man einen Gegner hin, der offenbar keinen Schmerz empfand und dessen Wunden sich sofort wieder schlossen? Der Söldner machte einen Satz zur Seite und wich dem ersten Angriff der Kreatur aus. Mit einer Drehung war er dicht neben das Ungetüm gelangt und stieß ihm den

Parierdolch unter die linke Achsel, so daß die Klinge ihm genau ins Herz fahren mußte. Doch als habe das Geschöpf den Treffer nicht einmal bemerkt, trat es zwei Schritte nach vorne, so daß Tikian der Dolch aus der Hand gerissen wurde.

Leise fluchend machte der Söldner einen Satz nach hinten, um den Abstand zu diesem unheimlichen Gegner ein wenig zu vergrößeren. Er wußte, daß er diesen Kampf nicht gewinnen konnte. Es war gleichgültig, wie viele Male er traf. Offenbar war dieses Wesen durch Waffengewalt nicht zu bezwingen, und damit schien auch gewiß, daß er diesen Zweikampf verlieren würde.

Das Ungeheuer hatte sich jetzt wieder umgedreht. Als wolle es Witterung aufnehmen, hielt es seinen Kopf vorgestreckt, und man konnte ein leises Geräusch wie das Schnuppern eines Jagdhundes hören. Ob die Kreatur wohl blind war? Tikian machte einige Schritte zur Seite und versuchte, in weitem Bogen in den Rücken seines Gegners zu gelangen. Mit ein wenig Verzögerung folgte die Gestalt seiner Bewegung und machte dann einen Sprung in seine Richtung, die Krallenhände nach seiner Kehle ausgestreckt.

Mit einem Rückhandschlag zog Tikian der Gestalt einen klaffenden Schnitt über die Brust. Mit der Wucht eines Keulenhiebes zischte eine der Krallen dicht am Kopf des Söldners vorbei. Der Fechter nutzte die Gelegenheit, unterlief die Deckung und versetzte dem Ungeheuer einen Stoß mit der Schulter, doch die Kreatur taumelte nicht einmal. Eine überlange, speicheltriefende Zunge leckte aus dem Maul des Monstrums und strich Tikian über das Gesicht. Mit einem Schrei des Ekels prallte der Söldner zurück. Die Kreatur jedoch setzte ihm sofort nach. Mit der linken Hand täuschte sie einen Schlag an, unter dem sich Tikian hinwegduckte. Aus dem Schwung der Bewegung versetzte die Gestalt ihm dann aber einen Tritt in die Brust, der den

Söldner von den Beinen riß. In der vollkommenen Stille, in der sich der Kampf abspielte, war deutlich ein trockenes Knacken zu hören. Der Treffer preßte dem Söldner alle Luft aus den Lungen, und er war so benommen, daß er kaum spürte, wie er auf den Boden schlug. Ein stechender Schmerz griff nach seinem Herzen, und er wußte, daß er wenigstens eine Rippe gebrochen haben mußte. Stöhnend versuchte er, wieder auf die Beine zu kommen, als die Kreatur sich mit drohend erhobenen Klauen über ihn beugte. Tikian richtete sein Rapier auf, so daß sich die schlanke Klinge tief in den Leib des Ungeheuers bohrte, als es sich zu ihm herabbeugte. Die Krallenhand traf ihn an der Schulter. Verschwommen konnte er sehen, wie sich Gion von hinten auf das Monstrum warf, um es von ihm abzulenken.

Grelle Lichter schienen durch die Dunkelheit des Gewölbes zu tanzen, und das letzte, was Tikian sah, bevor ihm die Sinne schwanden, war, wie das triumphierende Lächeln der Kreatur ungläubigem Staunen wich.

Etwas Bleiernes hatte nach seinen Beinen gegriffen und zog ihn zurück, dorthin, wo die Schmerzen lauerten. Ein wütend pulsierendes Pochen klopfte in seiner Brust, als säße darin eine Flußechse, die wild mit ihrem Schwanz um sich schlug.

Irgendwo in der Finsternis ertönten Stimmen. Takate versuchte, die Augen zu öffnen, doch es war, als hätte man ihm gleich einem Schrumpfkopf die Lider vernäht. So war er in der Finsternis gefangen.

»Du hättest ihm nicht helfen dürfen.« Der Krieger erkannte die heisere Stimme des Schamanen, der irgendwo hinter ihm stehen mußte. »Sein Nipakau war erschöpft, und sein Tapam hatte ihn verlassen. Es ist nicht gut, ein Tapam in einen Körper zurückzurufen, der schon tot war.«

»Aber er lebt doch! Siehst du nicht, daß seine Brust sich hebt und senkt? Er hat nur an der Schwelle des Todes gestanden, und ich schlug die dunkle Pforte zu Borons Reich zu und holte ihn zurück. Er braucht noch zwei oder drei Tage, dann wird er sich wieder erholt haben.«

»Nein, nein. Du bist ein guter Mann, Kraban, und doch bist du nicht anders als die anderen Nene-Nibunga, die in den großen Wald kommen. Ihr werdet niemals unser Leben begreifen. Du magst seinen Körper geheilt haben, indem du durch deine Zauberkraft einen neuen Nipakau beschworen hast und auch Takates Tapam zurückrufen konntest, doch kannst auch du den Lebensfaden, den die Geisterspinne für Takate gewoben hat und der zerissenen ist, als das Tapam aus dem Körper des Kriegers wich, nicht heilen. Er wird für immer ein Toter bleiben, und sein Tapam wird in seinem Körper verrotten. Seine Sippe wird ihn verstoßen, denn auch wenn er dir gesund erscheinen mag, so ist sein Tapam doch krank, weil es durch deine Magie und nicht durch den Lebensfaden an seinem Körper gebunden wird. Ein auf solche Art gefangener Tapam aber wird zu einem Satuul, einem Wesen von unsäglicher Bosheit.«

Namenloses Entsetzen erfüllte Takate, als er die Worte des Schamanen vernahm. Er wollte schreien und seinen Schmerz und seine Wut hinausrufen in den Wald, doch seine Lippen blieben versiegelt. Was hatte dieser blaßhäutige Schamane ihm mit seinem Zauber angetan! Sein Leben war zerstört. Er war zu Einsamkeit und Verderbnis verdammt. Ein von allen gemiedener Wanderer auf einem Pfad, der ihn unerbittlich immer weiter von allem fortbringen würde, das er liebte!

»Heißt das, daß du Takate töten willst, um ihn zu retten?«

»Nein. Ihn zu töten, hieße, den Satuul, der nun in

ihm wohnt und immer weiter wachsen wird, freizulassen. Der böse Geist aber würde sich nun, da er einmal gerufen ist, ein neues Opfer suchen. Es ist besser, wenn der Satuul in Takate lebt, denn dort kann ich ihn gefangen setzen. Er wird das Spinnen-Luloa tragen.«

»Das Spinnen-Luloa? Was ist das?«

»Ich werde ein Bild auf seine Haut malen mit einer Farbe, die niemals vergehen wird. Eine weiße Spinne, die unter seinem Kinn kauert und deren lange Beine über seine Wangen hinauf bis zu den Augen reichen. Die Zauberkraft der Geisterspinne Takahe wird in diesem Bild wohnen, und wenn die Zeit gekommen ist, dann wird sie zum Leben erwachen und den Satuul töten, den du heraufbeschworen hast, Blaßhaut. Für dich wäre es besser, wenn du uns verläßt. Wenn Takate erwacht und begreift, was du ihm angetan hast, dann mag es sein, daß er den Wunsch verspürt, dich zu töten.«

»Ich werde darüber nachdenken, Hiye-Haja.«

»Auf daß dein Denken nicht deinen Taten im Wege stehen möge, Kraban. Ich weiß, wieviel du für uns getan hast und wünsche deinen Tod nicht, doch sehe ich einen Schatten über dir liegen, der dich verschlingen wird, wenn du länger an diesem Ort verweilst.«

Bleibe und dein Kopf wird an meinem Gürtel hängen, verfluchte Blaßhaut, dachte Takate und versuchte, sich auf seinem Lager aufzurichten, doch sein Körper gehorchte ihm nicht. War es Schwäche oder war es wirklich so, daß sein eigener Körper ihm fremd geworden war? Er konnte sich deutlich an seine Kindheit erinnern, an jene glücklichen Tage, als er durch den großen Wald gelaufen war und all die Wunder bestaunte, die Kamaluq, der göttliche Jaguar, erschaffen hatte. Voller Stolz dachte er an jenen Nachmittag zur Zeit der fallenden Wasser, als er ganz allein durch den Wald geschlichen war und seine erste Kopftrophäe genommen hatte. An diesem Tag war er zum Mann und Krieger geworden. Er war der jüngste Krieger seiner Sippe gewesen, und der Schamane hatte in der Nacht seinen Namen zum ersten Mal vor den anderen Kriegern der Sippe genannt. Takate, dessen Hand immer blutig ist, denn die Tapams der Ahnen hatten Hiye-Haja geweissagt, daß der junge Krieger viele Blaßhäute töten und sein Name auf immer in den Tayas, den Legenden seiner Sippe, weiterleben würde.

Etwas Klebriges strich über Takates Hals, und er spürte, wie sich in seinem Inneren eine fremde Kraft voller Wut aufbäumte.

»Ich weiß, daß du mich hören kannst, Takate, oder was immer nun Besitz von diesem Körper ergriffen haben mag«, erklang die Stimme des Schamanen. »Ich warne dich! Das Bild der Spinne, das ich nun male, ist voller Zauberkraft, und wenn du dich gegen die deinen wendest, so wird es dich töten. Es liegt bei dir, ob das Unleben in dir so lange wie der Flug eines Blütenvogels währt oder ob du so alt wirst wie die Schuppenhäute, die ihr Haus mit sich tragen. Gehe in das große Steindorf der Tapamfresser und bring das Unglück, das dir wie ein Schatten folgen wird, zu ihnen ...«

Fassungslos starrte Gion auf den fünfzackigen Stern, den Elena auf den staubigen Boden der Grotte gezeichnet hatte. Inmitten des Pentagramms lag ein rauchender Haufen roten Schleims und Tikians schimmernder Parierdolch. Das war alles, was von der unheimlichen Kreatur übrig geblieben war. Wie mit unsichtbaren Ketten war das Wesen zu dem Bannzirkel hingezogen worden, als es sich gerade über Tikian beugen wollte, um den jungen Fechter zu töten.

Gion mochte kaum glauben, daß die kleine, zarte Magierin solche Macht besaß. Elena wirkte erschöpft. Sie war bleich und zitterte am ganzen Körper. Einen Augenblick lang überlegte der Bogenschütze, zu ihr herüber zu gehen und sie in den Arm zu nehmen, bis sie sich wieder beruhigt hatte, doch dann dachte er an die Geschichten, die man sich über ihre Unnahbarkeit erzählte, und verwarf den Gedanken wieder.

Statt dessen wandte er sich zu Tikian, der zusammengekrümmt im Staub lag. Sein weißes Leinenhemd war an der Schulter zerrissen, und fünf blutige Striemen zogen sich über die helle Haut des Fechters. Der Bogenschütze legte ihm die Hand auf die Brust, um zu fühlen, ob sein Herz noch schlug oder ob sein Freund zu Boron gegangen war. Er spürte, wie sich die Brust Tikians unter seinen flachen Atemzügen leicht hob und senkte. Wie schwer er wohl verletzt war?

Der Bogenschütze blickte zu Drustan. Der Schwertkämpfer lag ein paar Schritte entfernt am Boden. Ein dünner Faden Blut lief über seine Wange. Die Zauberin war zu ihm hinübergegangen und hatte ihm den verbeulten Brustpanzer abgeschnallt. Sie sah Gion an und schüttelte den Kopf. Ihre verfluchte Neugier war Schuld daran, daß die beiden Krieger in diesen Kampf hineingezogen worden waren. Wären sie nur niemals hier heruntergekommen!

Elena stand auf und kam zu ihm herüber. Der Bogenschütze mied es, ihr in die Augen zu sehen. Vielleicht konnte sie seine Gedanken lesen. Verfluchte Dämonenbraut!

»Der Schlag hat ihm das Brustbein zerschmettert. Mindestens eine seiner Rippen hat sich in die Lunge gebohrt. Ich glaube nicht, daß ihm noch zu helfen ist. Er wird vor Morgengrauen sterben. Vielleicht kann ich ihm einen Schlaftrunk geben, dann wird er nicht mehr zu Bewußtsein kommen und keine Schmerzen haben.« Sie sprach leise, so, als habe sie Angst, der Verletzte könne sie hören. Oder fürchtete sie etwa, daß es noch weitere dieser dämonischen Kreaturen in der unheimlichen Höhle gab?

»Wie geht es Tikian?«

Gion zuckte mit den Schultern. »Ich bin kein Heiler. Er lebt. Mehr kann ich dir nicht sagen.«

»Laß mich sehen, wie schwer er verletzt ist.« Sie schob den Bogenschützen zur Seite. »Ich schulde Tikian mein Leben.«

Und du hast es ihm schlecht vergolten, dachte Gion. Hätte er dich doch dem Moha überlassen! Dann würde er jetzt nicht hier liegen und sterben. Mißtrauisch beobachtete der Söldner, wie die Magierin Tikian das Hemd öffnete und ihre langen Finger über die Brust des Verletzten tasteten.

Dicht unter dem Herzen war eine große dunkelrote Prellung zu sehen, die sich an einigen Stellen schon blau zu verfärben begann.

»Der Yaq-Hai hat auch ihm zwei Rippen gebrochen, doch ich glaube, ich kann ihm helfen.« Sie strich sanft über die Prellung und hielt mit ihrer Rechten über seinem Herzen inne. Dann begann sie eine unverständliche Zauberformel zu murmeln.

Eine Ewigkeit schien zu vergehen, bis sie schließlich mit einem leichten Seufzer ihre Hand zurückzog. Die Verfärbung auf der Brust des Fechters war verschwunden, und Tikians Atem ging nun regelmäßiger.

»Kannst du ihn tragen?« Elena blickte zu Gion auf.

Der Bogenschütze nickte. »Was ist mit Drustan? Willst du ihn hier einfach liegen lassen?« Seine Stimme klang schroffer, als er es gewollt hatte.

Die Magierin runzelte die Stirn, und einen Atemzug lang stand ein zorniges Funkeln in ihren Augen. Dann hatte sie sich wieder in der Gewalt. »Ich bleibe hier unten und wache an seiner Seite. Wirst du wiederkommen, um auch ihn nach oben zu tragen?«

»Natürlich komme ich zurück! Was denkst du eigentlich ...« Gion biß sich auf die Lippen. Es fehlte noch, daß sie jetzt auch untereinander stritten. Draußen warteten hundert oder mehr Mohas auf sie, und Praios allein mochte wissen, welche Ungeheuer sich hier in der Finsternis noch verbargen. »Danke, daß du ihm geholfen hast.«

Gion kniete nieder und nahm Tikian vorsichtig auf die Arme. Er wog nicht sehr schwer, der junge Fechter. Wie alle anderen, hatten auch ihn die Anstrengungen des Dschungelkrieges abmagern lassen.

»Kennt ihr euch schon lange?«

Der Bogenschütze schüttelte den Kopf. »Ich hab ihn in Chorhob getroffen oder besser gesagt, er hat mich getroffen. Ich hatte gerade eine handfeste Auseinandersetzung mit einigen Seeleuten, und die hätten mir gewiß den Schädel eingeschlagen, wenn er mir nicht zur Hilfe geeilt wäre.« Gion schüttelte den Kopf. »Er hatte mich noch nie zuvor gesehen. Er mischte sich nur ein, weil er es ungerecht fand, daß vier gegen einen kämpften. Du mußt wissen, er steckt voller verquerer ritterlicher Vorbilder. Hier unter uns Söldnern ist er nicht gut aufgehoben. Eines Tages wird er sich mit diesem Unsinn um Kopf und Kragen bringen, so wie ...« Gion räusperte sich verlegen und blickte zur Seite. Er hatte die Magierin nicht beleidigen wollen.

»... so wie vorhin, als er seine Deckung verlassen hat, um mir das Leben zu retten, wolltest du wohl sagen.« Sie lächelte. »Ich glaube, ich habe für Männer mit ritterlichen Vorbildern einiges übrig.«

Gion erhob sich und musterte Elena nachdenklich. Wenigstens eins hatte sie mit Tikian gemeinsam – auch sie schien nicht in einen Söldnerhaufen zu passen. Sie trug einen dünnen, fleckigen Lederumhang und ein Hemd, das nach Art der Tulamiden geschnitten war und weite, faltige Ärmel hatte. Dazu eine kleine, buntbestickte Weste, die ihr nur bis zum Rippenbogen reichte, und eine enge, schwarze Hose aus grobem Tuch. Wie fast alle aus der Söldnertruppe, lief sie in hohen Stulpenstiefeln. Um die Hüften war ein breiter Gürtel geschlungen, an dem ein kleines Messer und allerlei Lederbeutel hingen. Quer über Brust und Schulter lief eine mit Gold bestickte Schärpe, an der ein Degen hing. Gion schüttelte den Kopf. Im Kampf gegen die Mohas, die draußen auf sie lauerten, würde ihr diese Waffe nicht viel nützen. Ein Keulenschlag mochte schon reichen, um die schmale Klinge zerbrechen zu lassen.

Er blickte zu dem blutroten Schleim inmitten des Pentagramms. »Was wird geschehen, wenn noch mehr von diesen Kreaturen hier unten lauern?«

Elena lächelte kühl. »Dann werden wir sterben.«

Hiye-Haja blickte auf die Knochen, die vor ihm auf dem Boden lagen. Dreimal hatte er sie geworfen, und dreimal hatten sie ihm dieselbe Antwort gegeben. Ein Geisterrufer würde heute sterben. Er schnaubte durch die Nase. Es hatte keinen Sinn, vor dem Orakel davonzulaufen. Gleichgültig wie er entscheiden würde, der Spruch war unumstößlich. Einen Augenblick lang verharrte seine Hand zitternd über den Knochen. Sollte er das Orakel noch einmal befragen? Nein! Es war sinnlos. Er war kein Feigling. Stolz warf er den Kopf in den Nacken und sah zum Himmel. Noch war die rote Sonnenkugel hinter den Bäumen verborgen, doch der Abglanz ihres Lichtes fiel bereits auf den Hügel inmitten der Lichtung. Die sprechenden Steine schimmerten, als seien sie in Blut getaucht worden. Es war ein guter Tag zum Sterben. Seine Ahnen würden ihn freundlich empfangen. Er hatte die Keke-Wanaq zu einem großen Sieg geführt, und sein Name würde in den Tayas seiner Sippe weiterleben.

Vorsichtig strich er die kleinen Knochen zusammen und verstaute sie wieder in dem Lederbeutel an seinem Gürtel. Er war aus der Rückenhaut eines mutigen Mannes gefertigt. Hiye-Haja erinnerte sich an den jungen Krieger mit dem sonnengelben Haar und den himmelblauen Augen. Er hatte keine Angst gehabt. Als er ihn tötete, hatte der Krieger ihm unverwandt in die

Augen gesehen. Man traf nur selten unter den Blaßhäuten so tapfere Männer an. Die auf dem Hügel hatten diese Nacht gequietscht wie die Schweine, als der Tod zu ihnen gekommen war. Ihre Schreie waren bis weit in den Dschungel hinein zu hören gewesen.

Es war nun seine Aufgabe, dort hinüber zu gehen und den Toten die Köpfe zu nehmen, damit er ihre Tapams an sie binden konnte und ihre Geister nicht auf der Suche nach Rache durch den Dschungel streiften. Außer ihm würde es niemand wagen, die Ruinen zu betreten, denn alle Krieger wußten, daß dort ein Yaq-Hai sein Unwesen trieb.

Hiye-Haja zog die Schnur um den Lederbeutel zusammen und griff nach der Knochenkeule, die neben ihm auf dem Boden lag. Es gab keinen Grund, den Aufbruch noch weiter hinauszuschieben. Es war an der Zeit zu gehen.

»Willst du zu den Ruinen?« Kraban hatte sich von einem der Lagerfeuer erhoben und klopfte seine kleine, weiße Pfeife an der Gürtelschnalle aus. »Hast du etwas dagegen, wenn ich dich begleite?«

»Es könnte vielleicht gefährlich werden. Du hast gehört, wie es den Blaßhäuten in der Nacht ergangen ist.«

Der Magier zuckte mit den Schultern. »Was ist schon ungefährlich im Leben?«

»Wie du meinst. Du solltest ohnehin daran denken, bald unser Lager zu verlassen. Es wird nicht mehr lange dauern, bis Takate wieder aus seiner Starre erwacht – und wenn er begreift, was mit ihm geschehen ist, solltest du besser weit fort sein.«

»Das sagtest du schon.« Der Weiße zog eine mürrische Grimasse und griff nach dem Stab, den er stets mit sich zu führen pflegte. »Wollen wir jetzt gehen?«

Gion fröstelte es. Schon seit Stunden lag er lang auf den Boden ausgestreckt. Sein Bogen und einige Pfeile lagen vor ihm, so als seien sie ihm aus den Händen geglitten. Das Gesicht hatte er mit Schmutz und dem Saft roter Beeren beschmiert. Wenn er nur halb so gräßlich aussah wie die Magierin, die ein paar Schritte neben ihm lag, dann mußte er tatsächlich reichlich tot wirken. Die Frage war nur, ob sich die Mohas überhaupt hierher in die Ruine wagen würden.

Elena hatte behauptet, sie würden sich bei Sonnenaufgang heranschleichen. Es war ihre Idee gewesen, so zu schreien, als habe der Yaq-Hai sie in der Nacht allesamt in Stücke gerissen. Der Bogenschütze hielt den Atem an und lauschte. Es war kein verdächtiges Geräusch zu hören. Vogelrufe und Affenschreie ertönten vom Dschungel her, und irgendwo wurde eine Trommel geschlagen. Wie lange sie wohl noch warten mußten?

Die Kälte der Steine war ihm in die Knochen gekrochen, und seine Kleider waren klamm vom Morgentau. Hatte er gerade eine Stimme gehört? Gion öffnete die Augen einen winzigen Spalt. Jetzt nur nicht bewegen! Tatsächlich, da war etwas. Deutlich konnte er die Tritte eines Paars genagelter Stiefel hören. Es kam also einer dieser trahelischen Schurken, die die Mohas befehligten. Jetzt konnte er auch Stimmen erkennen. Jemand sprach in dem Kauderwelsch der Dschungelkrieger.

Zwischen den Ruinen tauchte eine Gestalt auf. Ein großgewachsener Krieger mit einem Kampfstab in der Rechten. Der Kerl hatte schulterlanges schwarzes Haar und einen mächtigen, schwarzen Bart, der ihm bis weit auf die Brust hinab reichte. Um seine Schultern hing ein schmuddeliger roter Umhang, und er hatte sich einen speckigen Schlapphut tief ins Gesicht gezogen. Gion war sich sicher, ihn schon einmal gesehen zu haben. Es war in Baliho oder Kuslik gewesen. Jetzt erinnerte er sich wieder. In einem Bordell hatte er ihn gesehen, und der Bastard hatte vor den Augen der Gäste einen Betrunkenen mit einem Messer an die Wand genagelt. Der Trunkenbold hatte Streit gesucht, doch der Messerwerfer hatte ihn nicht umgebracht. Die Klinge war ihm dicht oberhalb des Handgelenks durch den Arm gedrungen und dann mit der Spitze in die Holztäfelung geschlagen. Er sollte auf den Burschen aufpassen, dachte Gion. Er war verdammt schnell. Seine Messer trug er unter dem Umhang verborgen am Gürtel. Jetzt erinnerte sich Gion auch wieder an den Namen. Snaga oder so ähnlich hatten sie ihn genannt.

Hinter dem Messerwerfer tauchte eine zweite Gestalt auf. Ein dürrer, alter Moha im Lendenschurz. Seine bronzefarbene Haut war mit roten und gelben Schlangenlinien bemalt. In die Haare hatte er etliche Federn und Knochen geflochten. Die beiden gingen unmittelbar auf Drustans Leiche zu. Sie hatten den toten Schwertkämpfer so gelegt, daß er am nächsten zum Eingang der verfallenen Kammer lag.

Der Moha zückte ein Beil aus seinem Gürtel und kniete sich neben Drustan nieder. Gion biß sich auf die Lippen. Er würde nicht mit ansehen, wie sie dem Krieger den Kopf abschlugen! Wann gab Moron nur endlich das Zeichen zum Angriff?

»Jetzt!«

Mit einem Satz waren die vermeintlichen Toten auf den Beinen und bildeten einen Ring um die beiden Fremden. Gion hatte einen Pfeil auf die Sehne genommen und beobachtete den Moha und den Trahelier mißtrauisch. Im ersten Augenblick waren die zwei vor Schreck wie erstarrt, doch langsam schienen sie zu begreifen, auf welch einfachen Trick sie hereingefallen waren. Der Bogenschütze ließ den Bärtigen nicht aus den Augen. Gion wußte genau, daß das kein Mann war, der so leicht eine Niederlage anerkannte. Und richtig, um die Lippen des Traheliers spielte ein breites Grinsen.

»Ich gratuliere euch! Wir sind euch ganz schön auf den Leim gegangen. Nur, damit es nicht zu Mißverständnissen kommt, ich bin Söldner – so wie ihr – und habe keine Freude daran, in aussichtsloser Lage mein Leben zu vergeuden. Ich ergebe mich hiermit!«

»Laß deinen Stab fallen«, befahl Moron barsch. Der Trahelier gehorchte und klappernd fiel der schwere hölzerne Kampfstab auf die rissigen Steinplatten. »Jetzt sag diesem bunten Vögelchen an deiner Seite, daß er sein Messer und die Keule wegwerfen soll. Sobald er das getan hat, werden zwei von uns hinüberkommen und euch nach weiteren Waffen durchsuchen. Und keine faulen Tricks, Trahelier!«

Der Bärtige sagte etwas in der zwitschernden Sprache der Eingeborenen, und der alte Mann legte seine Waffen nieder. »Vielleicht sollten wir uns einfach alle zusammen hinsetzen und einen Schluck trinken. Ich hab Premer Feuer in meiner Feldflasche.« Der Trahelier griff unter seinen Umhang.

Gion riß den Bogen hoch und schoß. Er hatte es gewußt! Dieser Hurensohn würde versuchen, sie hereinzulegen.

Der Pfeil schlug dem Trahelier dicht unterhalb des Herzens in die Brust und die Wucht des Geschosses riß ihn nach hinten. Ungläubig verdrehte er die Augen. Er machte eine Geste, als wolle er sich mit der Linken an die Brust fassen, doch sein Arm sank kraftlos zur Seite. Mit glasigem Blick starrte er zum Himmel, wo sich die Sonne gerade über den Bäumen am Rand der Lichtung erhob.

»Was soll das, Gion!« schrie der Weibel außer sich vor Zorn. »Der Kerl hatte sich ergeben!«

»Er wollte uns hinters Licht führen.« Der Bogenschütze trat neben den Toten. »Ich kenne ihn. Das ist Snaga, ein Messerwerfer und Kopfgeldjäger.« Mit dem Fuß hob Gion den Umhang des Traheliers an und schob in zur Seite. Die rechte Hand des Toten war um eine lederne Feldflasche gekrampft. Gion schluckte.

»Ein Messerwerfer ist das also«, höhnte Moron,

kniete neben dem Trahelier nieder und nahm die Feldflasche in die Hand. Mit der Linken öffnete er den Verschluß und schnupperte prüfend am Mundstück, dann prostete er dem Toten zu. »Möge Boron dich freundlich empfangen. Eines Tages werden wir uns in seinen Hallen wiedersehen. Hab Dank für diesen Trunk, Kamerad.« Moron reichte die Feldflasche an Elena weiter.

»Schnapp dir jetzt den Wilden und laß dich mit ihm vor den Ruinen sehen, damit die Eingeborenen wissen, daß wir ihren Schamanen haben. Ich denke, jetzt sind diese Kannibalen bereit, ihre Waffen niederzulegen und mit uns über freien Abzug zu verhandeln. Ein Stamm ohne Zauberpriester, und sei es auch nur so ein Scharlatan wie dieser verlauste Kerl, ist keinen Kreuzer mehr wert. Ohne ihn werden sie sich vor lauter Angst vor den Dschungelgeistern den Lendenschurz bepissen.«

Hiye-Haja war bester Laune, auch wenn einer der törichten Blaßhäute mit gezücktem Messer unmittelbar hinter ihm ging. Die Nene-Nibunga hatten ihn mit seinen Leuten sprechen lassen, und er hatte den Stammeskriegern erklärt, die Weißen seien von bösen Geistern besessen und er habe sich zum Schein in ihre Gefangenschaft gegeben, um sie aus den Jagdgründen der Keke-Wanaq fortzuführen.

Der alte Schamane grinste. Die Blaßhäute hatten ihm befohlen, sie zu einem Fluß zu bringen. Sie würden ihren Fluß bekommen! Es war nicht weit bis zu den von Schwimmechsen verseuchten Fluten des Tirob. In den Uferdickichten hausten zahllose böse Geister, die bei Nacht das Fieber brachten, und der Strom führte mitten durch das Land der Tschopukikuhas, die die Fremden mit vergifteten Pfeilen jagen würden. Wenn sie nicht Kamaluq selbst beschützte, dann würde keiner von den Blaßhäuten dem Wald entkommen, auch wenn sie durch List und Zaubermacht die Falle in der Ruine überlebt hatten.

Deutlich konnte Hiye-Haja die Kraft der Frau mit dem Sonnenhaar spüren. Sie mußte es gewesen sein, die den Nene-Nibunga in der letzten Nacht das Leben gerettet hatte. Doch ihre Macht hatte sich fast erschöpft. Und dann war da noch dieser Krieger, der seinen rechten Arm in einer Schlinge trug. In seinen Augen konnte er erste Anzeichen des Fiebers erkennen – und da war noch etwas …

Nein, Hiye-Haja schmunzelte, von diesen vermessenen Fremdlingen würde niemand dem Wald entkommen!

»Du hast wohl Fieberphantasien! Das ist doch nicht dein Ernst, oder?« Gions Gesicht war rot angelaufen, wie immer, wenn er in Wut geriet.

»Allein die Tatsache, daß es uns in die ungastlichste Gegend des ganzen Kontinents verschlagen hat, ist noch lange kein Grund für mich, mit Stil und guten Sitten zu brechen. Ich werde jetzt losziehen und einige Blumen pflücken. Bei der Arbeit am Floß kann ich euch mit meinem Arm ohnehin keine Hilfe sein.«

»Das wirst du bleiben lassen, und wenn ich dich niederschlagen muß, damit du das Lager nicht verläßt.«

Tikian streichelte den Griff seines Rapiers. »Habe ich eigentlich jemals erwähnt, daß ich auch mit links ein ganz geschickter Fechter bin. Nicht herausragend, aber für einen Bogenschützen wird es wohl reichen.«

Gion ballte in hilfloser Wut die Fäuste. »Was im Namen aller Götter willst du eigentlich mit den Blumen? Schmuckgirlanden für das Floß flechten, damit die Eingeborenen beeindruckt davon sind, daß uns in keiner Lage der Sinn fürs Schöne abhanden kommt.«

Tikian grinste. »Diese Idee wäre es durchaus wert, noch einmal überdacht zu werden. Doch zunächst hatte ich eigentlich eher an ein kleines Blumengebinde für Elena gedacht.«

»Für diese Dämonenanbeterin? Sie wird dich auslachen, wenn du ihr Blumen schenkst.«

»Das glaube ich kaum. Ich stehe in ihrer Schuld. Sie hat mir das Leben gerettet, und davon einmal ganz abgesehen, ist sie auch noch eine außergewöhnlich schöne Frau. Ihre blasse Haut, ihr Haar so fein wie Seide ...«

Gion schnaubte verächtlich. »Ein dürres Knochengestell ist sie. Was will man mit so einer schon anfangen? Du hättest sehen sollen, wie sie das Ungeheuer in der Grotte gebannt hat. Ich sage dir, Elena ist eine Dämonenbuhle, und wenn du dich mit ihr einläßt, dann wird dir das nichts als Unglück bringen.«

»Ich glaube, du verdrehst ein wenig die Tatsachen. Sie hat den Dämon gebannt und nicht zur Buhlschaft eingeladen, oder?«

Der Bogenschütze spuckte ein Ilmenblatt aus, auf dem er gekaut hatte, und verdrehte enttäuscht die Augen. »Ich sage dir, wer Dämonen vertreiben kann, der hat auch gelernt, sie herbeizurufen. Welchen Sinn hätte ein solcher Zauber sonst? Sie ist eine ganz durchtriebene Schwarzmagierin, und es ist besser, sich nicht mit ihr einzulassen.«

Tikian lachte leise. »Ich glaube, ich kenne einige Praiosgeweihte und einen Inquisitor, die über deine Behauptung, daß jeder, der gelernt hat, Dämonen zu bannen, sie auch herbeirufen kann, alles andere als erbaut wären.«

»Mit Spitzfindigkeiten kannst du mich nicht beeindrucken. Ich werde jetzt meine Arbeit tun, und wenn dich die Wilden fangen und an einem Spieß über ihrem Feuer braten, dann hoffe nicht darauf, daß ich dir helfen werde.« Gion nahm das Haumesser wieder auf und begann wütend auf die Äste des frisch geschlagenen Baumes einzudreschen.

Ohne ein weiteres Wort wandte sich Tikian ab. Er war froh, daß der Streit zu Ende war. Ihm war übel und schwindelig, aber das würde ihn nicht davon abhalten, ein paar Orchideen zu pflücken. Sie gediehen hier prächtiger als selbst in den Gärten der Königin Amene. Ob Elena wohl Blumen mochte? Bestimmt! Soweit er wußte, war sie als Tochter eines mittelreichischen Kaufmanns in Fasar und Rashdul aufgewachsen. Es schien Tikian undenkbar, daß sie bei dieser Herkunft nicht die Liebe der Tulamiden zu schönen Blumen und prächtigen Gärten teilte.

Der Fechter lehnte sich an einen Baum und schloß die Augen. Wenn ihm nur nicht so übel wäre! Ob das noch die Auswirkungen der Wunde an der Schulter waren? Als er heute morgen von Gion den Verband gewechselt bekommen hatte, hatte er gesehen, daß sich rund um die Schrammen wulstige rote Ränder gebildet hatten. Auch ging ein übler Geruch von der Wunde aus.

Tikian schüttelte den Kopf. Das würde schon vorbeigehen. Sein Fleisch heilte gut! Matt blickte er sich um. Ein paar Schritt entfernt wucherte ein Dickicht aus feuerroten Blüten. Genau so etwas hatte er gesucht. Sie würden das Zeichen seines Verlangens sein. Jetzt müßte er nur noch ein paar weiße Blumen finden, die Elenas feenhafte Reinheit widerspiegelten! Ob Elena wohl die Sprache der Blumen verstand? Eine Edeldame aus dem Lieblichen Feld konnte aus der Zusammenstellung eines Blumengebindes mehr über die Absichten ihres Galans erfahren als aus einem vielstrophigen Minnelied. Gewiß würde auch Elena den Blumenstrauß richtig zu deuten wissen! Schließlich stammte sie aus gutem Hause und hatte obendrein noch viele Jahre lang studiert.

Ein wenig schwindelig stieß er sich von dem Baum ab und taumelte auf den Busch zu. In der Ferne ertönte leises Donnergrollen. Bald würde es wieder regnen. Er haßte dieses Land! Kein Tag ging hier vorbei, ohne daß es ein Unwetter gegeben hätte. Hoffentlich fand er bald weiße Blumen.

Elena tupfte dem Fechter mit einem schmutzigen Tuch den Schweiß von der Stirn. Die schwüle Hitze und die allgegenwärtigen Moskitos waren mehr, als ein Mensch ertragen konnte. Ihr Floß trieb langsam auf den braunen Fluten des Tirob. Fast alle an Bord hatte das Fieber gepackt. Der Schamane mußte sie verflucht haben! Seit dem Tag, an dem sie die Ruinen betreten hatten, wich das Unglück nicht mehr von ihrer Seite. Den Armbrustschützen aus Festum hatte beim Holzfällen eine Boronsotter erwischt. Keine zwei Stunden später hatte ihn das Gift der schwarzen Schlange umgebracht. Und Tikian ... Elena strich über das Haupt des Fechters, das sie auf ihren Schoß gebettet hatte. Auch er wanderte dicht am Abgrund des Todes. In der Wunde an seiner Schulter hatten sich üble Säfte gebildet. Sie hatte versucht, durch einen Heilzauber sein Blut zu reinigen, doch hatte ihre Kraft nicht gereicht.

Sie blickte auf den Strauß aus welken Blumen, den sie mit einer Liane an dem kurzen Mast festgebunden hatte, der sich in der Mitte des Floßes erhob. Dieser verrückte Kerl war im Fieberwahn in den Dschungel gelaufen und hatte ihr ein Blumengesteck gepflückt. Er konnte sich kaum noch auf den Beinen halten und brachte auch kein klares Wort mehr über die Lippen, als er zurückgekehrt war. Er hatte ihr nur die Blumen überreicht, etwas von der Sprache der Blüten und von Feen gemurmelt, dann war er zusammengebrochen.

Sanft strich sie ihm über das Haar. Er war völlig anders als die anderen Söldner aus Galahans Truppe. Er paßte nicht zu diesen groben Schlächtern und Mordbrennern. Genausowenig wie sie! Was ihn wohl dazu gezwungen hatte, sich mit dieser Bande von Halsabschneidern einzulassen? War es allein die Suche nach

Abenteuern? Wieder blickte sie zu den welken Blüten. Es war sicher kurzweilig und erheiternd, von ihm den Hof gemacht zu bekommen. Sicher war er auch ein guter Liebhaber. Gedankenverloren betrachtete sie seine schlanken Hände. Es war lange her, daß sie sich das letzte Mal einem Mann hingegeben hatte. Der Kerl hatte sie verletzt und betrogen, und sie hatte sich geschworen, daß sie das nie wieder erleben würde. Sie blickte lange in Tikians Gesicht. Der Fechter hatte vor ihr sicher schon viele Frauen gehabt – und doch hatte er sich eine naive Unschuld erhalten, die die meisten Männer niemals in ihrem Leben gekannt hatten. Er begehrte Frauen nicht nur. Er liebte sie wirklich. Vielleicht war diese Liebe so vergänglich wie ein Strohfeuer, doch sie war echt, daran würde es keinen Augenblick lang auch nur den geringsten Zweifel geben.

Sie strich ihm leicht über die unrasierten Wangen. Er hatte hohes Fieber. Es bestand keine Gefahr, daß er plötzlich erwachen würde. Vielleicht würde er sogar nie mehr erwachen, wenn sie es nicht schaffte, das Fieber in seinem Körper zu bezwingen. Ganz gleich, was geschah, sie würde den Kampf nicht aufgeben!

Ein gellender Schrei ließ sie auffahren. Etwas surrte an ihrer Wange vorbei, schlug gegen den Mast und fiel dann zu Boden. Es war ein dünner, fingerlanger Pfeil!

Gion setzte über sie hinweg und rüttelte Olek, den Andergaster, wach. Der hünenhafte Mann hatte am Ruder des Floßes gesessen und war eingeschlafen, so daß die Strömung das Fahrzeug in die Nähe des Ufers getrieben hatte.

Elena konnte zwei schwarzgesichtige Mohas erkennen, die mit Blasrohren, so lang wie Lanzen, auf einem Baum kauerten, der in den Fluß gestürzt war. Einer der beiden blickte zu ihr hinüber. Er war keine zwanzig Schritt entfernt, und deutlich konnte sie seine großen dunklen Augen erkennen.

Gion und Olek bemühten sich verzweifelt, das Floß

wieder in die Mitte des Flusses zu steuern, doch das grob zusammengezimmerte Fahrzeug gehorchte nur langsam. Schwerfällig drehte es sich ein wenig und strebte wieder der Hauptrinne zu.

Elena konnte beobachten, wie einer der beiden Mohas der Bewegung des Floßes mit seinem Blasrohr folgte. Der dunkle Krieger hatte sie noch immer nicht aus den Augen gelassen. Jetzt hob er das lange Rohr langsam an seine Lippen. Leise murmelte die Magierin ein Gebet, in dem sie Praios und Rondra um ihren Beistand anflehte. Sie hatte sich flach auf den Boden des Floßes gepreßt.

Das Geschoß schlug zwei Finger breit vor ihrem Gesicht auf das Holz. Die Götter waren mit ihr! Erleichtert atmete Elena auf, bis sie sah, wie der Wilde einen neuen Pfeil nachschob. Würde sie noch einmal solches Glück haben? Wieder nahm er sich Zeit, sorgfältig nach ihr zu zielen. Dann jedoch schüttelte er den Kopf und erhob drohend eine Faust. Sie waren außer Reichweite!

»Wie konnte das nur geschehen?« ereiferte sich Gion.

»Ich bin am Ruder eingeschlafen … Ich … Es tut mir leid. Das Fieber …«

»Das ist keine Entschuldigung. Ich sollte dir den Schädel einschlagen und dich den verdammten Krokodilen zum Fraß vorwerfen, du …« Gion stockte für einen Augenblick, und als er weitersprach, war alle Wut aus seiner Stimme gewichen. »Du bist ja getroffen.«

Olek folgte dem Blick des Bogenschützen. In seinem linken Arm steckte einer der kleinen Pfeile. »Das ist nicht der Rede wert«, stammelte er erschrocken, zog den Pfeil heraus und warf ihn in die braunen Fluten des Tirob. »Das ist doch kaum mehr als ein Moskitostich.«

Gion zog sein Messer aus dem Gürtel. »Du mußt die

Wunde aufschneiden, damit sie gut ausbluten kann. Diese Hurensöhne vergiften ihre Pfeile. Los, mach schon!«

»Ach was, das ist doch nicht weiter schlimm. Die Wunde juckt nur ein bißchen. Was sollte das schon sein?«

»Nimm das Messer«, mischte sich Elena ein. »Schnell!«

Der hünenhafte Andergaster schaute sie einen Augenblick lang zweifelnd an, dann nahm er Gion die schlanke Klinge aus der Hand und trennte sich den Ärmel auf. Auf seiner blassen Haut war nur eine leichte Rötung zu erkennen, die wirklich kaum von einem Moskitostich zu unterscheiden war.

»Mach schon! Du mußt tief hineinschneiden, damit das Gift mit dem Blut wieder aus deinem Körper kommt!«

»Das ist doch Unsinn. Wie sollte ein so kleiner Pfeil einen Mann töten können. Die Wunde juckt, das ist alles.« Olek setzte sich die blanke Klinge des Messers auf den Arm und drückte zu. Ein schmaler Schnitt klaffte in seinem hellen Fleisch. Er schloß die Lippen um die Wunde und begann, das Blut herauszusaugen. Plötzlich ließ er das Messer fallen und griff sich mit der Rechten um den linken Oberarm.

»Was ist los?« Die Magierin war an Oleks Seite getreten und hob das Messer auf.

»Nichts, verflucht noch mal. Ich hab 'nen Krampf im Arm. Hab den Schnitt wohl schlecht gesetzt. Magst du dich nicht auch ein wenig um mich kümmern, so wie um diesen kleinen Fechter?« Olek grinste anzüglich. »Was hat dir der Zwerg schon zu bieten? Ich weiß, was Frauen brauchen. Komm, meine kleine Rose, laß uns ein wenig Spaß haben.«

Elena hob den Dolch und zielte auf Oleks Brust. »Du weißt, daß Rosen stechen. Ich bin da keine Ausnahme!«

Der Andergaster wollte etwas antworten, doch sein

Antlitz erstarrte zu einer Grimasse aus Schmerz. Stöhnend schlang er sich die Arme um den Leib und sank langsam in die Knie. Seine Hände zitterten in Krämpfen. Alle Farbe war aus dem Gesicht des Kriegers gewichen.

»Bitte ... hilf ...« Blut und Speichel rannen Olek aus dem Mund, dann stürzte er mit dem Gesicht voran auf das Deck.

Fassungslos starrte Elena auf den Sterbenden. Sie wußte, daß ihre Zauberkraft nicht ausreichen würde, um das Gift in seinem Körper zu besiegen. Die Arme und Beine des Kriegers wanden sich in wilden Zuckungen, und die Magierin war froh, daß sie ihm nicht in die Augen sehen mußte. Dann war es vorbei, und der Andergaster rührte sich nicht mehr.

»Geh ans Ruder«, murmelte Gion müde. »Ich kümmere mich um ihn.« Der Bogenschütze zog dem Toten die Stiefel aus und durchsuchte seine Kleider nach wertvollen Gegenständen. Olek hatte nicht viel besessen. Ein silbernes Amulett, das er um den Hals trug, einen Tuchbeutel mit ein paar Kupfermünzen, die von seinem letzten Sold übrig geblieben waren, ein Ledergürtel mit einer fein gearbeiteten Schnalle aus Bronze und ein Tabaksbeutel mit einer Pfeife aus Meerschaum, das war alles, was ihm sein Geschäft mit dem Tod eingebracht hatte. Gion lehnte die große, zweischneidige Axt an den Mast und packte den Toten bei den Beinen. Mit einem Ruck stieß er ihn ins Wasser.

Elena konnte sehen, wie von einer nahen Sandbank drei Kaimane in die braunen Fluten des Tirob glitten. Pfeilschnell schossen die großen Tiere dem treibenden Leichnam entgegen. Die Magierin blickte zum Horizont. Wie lange würden sie noch auf diesem Fluß dahintreiben? Sie hörte das gierige Schnappen der Echsenkiefer und das Krachen der Knochen des Axtkämpfers, doch sie drehte sich nicht um. Würde auch sie so enden?

Gion starrte auf seine zitternden Hände. Es war verrückt! Es war ein heißer Tag, und obwohl er sich in seinen Umhang eingerollt hatte, fror er, als säße er nackt im Schnee. Das Fieber hatte jetzt auch ihn gepackt. Er war der letzte, abgesehen von dieser unheimlichen Magierin, der noch halbwegs bei Kräften war.

Heute morgen war er zu schwach gewesen, um noch das Ruder des Floßes zu führen. Seitdem saß sie dort im Heck. Den Blick geradeaus auf den Fluß gerichtet, so als könnten ihr weder die Hitze noch das Fieber oder die Eingeborenen etwas anhaben. Sicher hatte sie einen Pakt mit den Dämonen der Niederhöllen geschlossen! Sie war die einzige, die das Fieber bislang verschont hatte. Auch der Hunger schien ihr nicht viel auszumachen. Gestern hatten sie die letzten Früchte gegessen, die sie mit auf das Floß genommen hatten. Es war ein Hohn! An den Ufern standen Bäume mit duftenden Mangos und anderen köstlichen Früchten, doch sie konnten es nicht riskieren, das Floß aus der Mitte des Flusses zu steuern. Seit dem Tod von Olek hatten sie noch zweimal kleine Gruppen von Eingeborenen an den Ufern gesehen. Die Mohas folgten ihnen. Sie warteten darauf, daß auch Elena zusammenbrechen würde und das klobige Floß bei der nächsten Flußbiegung von der Strömung ans Ufer gespült wurde. Und dann … Gion schluckte. Vielleicht war es besser, wenn es endlich vorbei war. Noch waren sie zu viert. Die anderen hatte das Fieber dahingerafft. Tikian, Moron, er und die Magierin. Das war alles, was von Galahans stolzer Söldnerschar geblieben war. Was wohl aus dem alten Haudegen geworden war? Ob er und die anderen es geschafft hatten, sich bis zum Brabaker Expeditionskorps durchzuschlagen? Bestimmt! Dieser alte Schurke hatte bislang noch immer Glück gehabt! Er war berühmt dafür, den Kopf schon mehr als ein dutzend Mal aus der Schlinge gezogen zu haben, und seine Truppe hatte an diesem Glück immer teilgehabt. Deshalb fiel es Galahan auch stets leicht, neue Söldner auszuheben. Wenn sie nur bei ihm geblieben wären! Ob er sie wirklich nur deshalb losgeschickt hatte, um ihren Sold einzukassieren? Oder wollte er sich vielleicht der Magierin entledigen?

Seit sie mit Elena allein unterwegs waren, wurden sie vom Pech verfolgt. Es hatte wohl des sprichwörtlichen Kriegsglücks des Hauptmanns bedurft, um das Unheil, das sie anzog, wieder loszuwerden. Gion tauchte einen Lappen in das Flußwasser und strich sich dann damit über Brust und Stirn. Jetzt sah er alles ganz klar! Sie hatte die Schuld! Wahrscheinlich gehörte es zu dem Pakt, den sie mit den Dämonen geschlossen hatte, daß alle an ihrer Seite dahingerafft wurden. Aber was für ein Spiel trieb sie mit Tikian? Selbst jetzt, da sie am Ruder hockte, hatte sie den Fechter an ihrer Seite liegen. Sie hatte es geschafft, den Wundbrand zu besiegen, der sich in seiner Schulter eingenistet hatte. Eigentlich hätte der Fechter schon längst tot sein müssen. Das Fieber hatte in den letzten Tagen drei völlig gesunde Männer dahingerafft. Woher nahm er trotz seiner schweren Verletzung die Kraft, der Seuche zu widerstehen?

Elena behauptete, das Fieber käme durch das Flußwasser, doch Gion mochte das nicht glauben. Schließlich tranken auch die Wilden aus dem Fluß, ohne krank zu werden! Aber sie war ja etwas Besseres. Wenn es mittags regnete, ließ sie das Wasser, das vom Segel herabperlte, in ihre Feldflasche laufen. Das teilte sie sich dann mit Tikian.

Gions Hand strich über den Bogen, der an seiner Seite lag. Vielleicht sollte er sie einfach umbringen? Wenn sie nicht mehr am Leben war, dann würde das Glück zu ihnen zurückkehren. Doch im Augenblick hatte er nicht die Kraft, um die Sehne aufzuziehen. Er würde warten müssen …

Mißtrauisch blinzelte er zu Elena hinüber. Ob sie wohl seine Gedanken lesen konnte? Elendes Magierpack! Heute nacht würde er diese Hure an die Kaimane im Fluß verfüttern. Dann würde alles wieder besser! Gion wußte, daß der Fluß bei der großen Hafenstadt Hôt-Alem in die Alemitische Bucht mündete. Wie lange es wohl noch dauern würde, bis sie die Stadt erreichten?

Der Bogenschütze starrte zum Himmel, wo sich dunkle Gewitterwolken zusammenballten. Eine der Wolken ähnelte einem Panther. Ob das ein Zeichen war? Der schwarze Panther war das Sinnbild des Gottes Kor, des Herren der Söldner, der anstelle eines Herzens einen kalten Karfunkelstein in seiner Brust trug. Gion lachte leise. Ja, das war ganz gewiß ein Zeichen des Gottes. Auch Kor haßte die heimtückischen Magier. Ihm würde er Elenas Blut opfern. Dann würde endlich alles wieder gut werden!

Große Fledermäuse kreisten in der Dämmerung dicht über dem träge dahinfließenden Fluß. Elena beobachtete die Tiere und wünschte, auch sie könnte sich in die Luft schwingen und einfach davonfliegen. In ihrem Kopf wüteten stechende Schmerzen, und sie fühlte sich unendlich müde. Doch sie durfte sich jetzt nicht gehen lassen. Sie mußte wach bleiben!

Die Zauberin warf einen verstohlenen Blick auf Gion. Der Bogenschütze saß am Bug des Floßes und starrte unentwegt zu ihr herüber. Seine Augen glänzten fiebrig. Seit Stunden hatte er kein Wort mehr gesprochen. Er war ihr unheimlich. Sie wußte, daß das Fieber die Menschen verändern konnte, und sie glaubte, seinen Haß geradezu körperlich spüren zu können. Wie beiläufig strich sie sich über den rechten Stiefel und prüfte, ob das verborgene Messer auch locker in der eingenähten Scheide saß. Elena wußte, daß sie nicht die Kraft haben würde, einem tobenden Krieger lange Widerstand zu leisten, doch sie würde sich nicht kampflos ausliefern.

»Wir werden niemals das Land erreichen ... Ich sage euch, Efferd wird uns allen ein nasses Grab bereiten!« Moron wandte sich in seinen Fieberträumen unruhig hin und her. »Laßt es uns mit der schwarzen Bohne ausmachen!«

Immer und immer wieder sprach der Söldner von der schwarzen Bohne. Elena wußte, daß der Weibel lange Jahre als Seesöldner gedient und vor drei Jahren Schiffbruch erlitten hatte. Zwei Gottesnamen lang waren die Überlebenden auf einem kleinen Floß auf dem Meer der Sieben Winde dahingetrieben. Moron erzählte nie davon, was während dieser Zeit geschehen war, doch Elena konnte sich auch so vorstellen, was die Söldner mit der schwarzen Bohne ausgelost hatten. Jetzt glaubte Moron, wieder auf dem Floß zu sein.

»Ich werde nicht in den Helm greifen! O Rondra, warum hast du mich nicht auf dem Schlachtfeld sterben lassen!« Der Söldner warf sich schreiend auf seinem Lager hin und her.

Elena preßte sich die Hände auf die Ohren. Sie konnte seine Worte nicht länger ertragen. Aus den Augenwinkeln sah sie, wie sich Gion ein Stück weit nach vorne bewegte. Sofort glitt ihre Hand zum Stiefel. Der Bogenschütze lächelte sie an. »Das wird dir nichts nützen, Dämonenbuhle. Kor hat mich auserwählt, um dich in die Niederhöllen zu schicken. Glaub nicht, daß ein Stiefelmesser dein Schicksal verändern könnte.« Gion taumelte leicht und hielt sich am Mast fest. »Ich habe Zeit. Ich werde warten, bis du schläfst und dir dann die Kehle durchschneiden. Mein Messer ist sehr scharf. Du wirst nicht einmal wach werden von dem schnellen Schnitt. Du wirst einfach einschlafen und die Reise zu deinen dämonischen Herren antreten.«

Elena keuchte leise. Sie durfte jetzt keine Schwäche zeigen! »Hast du schon vergessen, was in der Grotte geschah? Glaubst du, wenn ich ein Yaq-Hai besiegen kann, müßte ich mich vor einem dahergelaufenen Söldner fürchten, der sich obendrein kaum noch auf den Beinen hält.«

Der Bogenschütze lachte. »Halt mich nicht für dumm! Nur weil du Geistern und Dämonen gebieten kannst, heißt das noch lange nicht, daß du auch mich besiegen wirst. Für dich brauche ich nicht einmal Pfeil und Bogen. Vielleicht stoße ich dich einfach nur über Bord und sehe mir an, wie sich die Kaimane an dich heranmachen. Du weißt doch, daß diesen Echsen nichts entgeht, was in den Fluß fällt. Erinnerst du dich daran, wie sie sich unsere Toten geholt haben, die ich in den letzten Tagen über Bord geworfen habe? Zwischen ihren Kiefern werden deine Knochen wie dürre Äste zerbrechen. Ich werde hier stehen, und dein Winseln und deine Schreie werden wie Musik in meinen Ohren sein. Kor selbst hat mir befohlen, dich zu töten. Hörst du seine Stimmme? Auch jetzt spricht der Gott zu mir. Er ist hier! Und er wird mich vor deinen gotteslästerlichen Zaubern beschützen!«

Elena schlug das Zeichen des geschlossenen Auges, um sich gegen die Macht des bösen Geistes zu schützen, der von Gion Besitz ergriffen hatte. Rastullah würde sie vor dem Verblendeten erretten. Der Eine Gott war mächtiger als der Söldnerherr Kor! Die Magierin hatte während ihres Studiums in Fasar lange über das Wesen der Unsterblichen nachgedacht und war schließlich zu dem Schluß gekommen, daß ein Gott, der alle Macht in sich vereinigte, jedem der Zwölf Götter entsprach, die man im Mittelreich anbetete. Auch erschienen ihr seine neunundneunzig Gebote klarer und sinnvoller als das Gerede der zum Teil untereinander verfeindeten Priester der Zwölfgötter.

Elena lächelte dünn. Als ihr Vater erfuhr, daß sie den Rastullahglauben angenommen hatte, enterbte er sie. Doch sie brauchte sein Geld und seinen Schutz nicht mehr. Ihre Mutter ließ ihr manchmal heimlich ein paar

Goldmünzen zukommen, damit sie ihr Studium der Magie beenden konnte. Mit einer Empfehlung von Meister Atherion, dem Leiter der Akademie zu Fasar, war sie nach Rashdul gereist und hatte ihre Studien noch vertieft. Auch dort hatte man ihr eine große Zukunft vorausgesagt. Wütend blickte sie zu Gion, der sich noch immer am Mast festhielt. Von diesem Bastard würde sie sich das nicht nehmen lassen! Sollte er nur kommen und ... Ein stechender Schmerz schoß durch ihren Kopf. Sie hätte nicht all ihre Kraft aufbieten dürfen, um Tikian zu heilen. Sie hatte es geschafft, den Wundbrand zu besiegen, und sie war sich sicher, daß er auch das Fieber überleben würde, doch sie hatte ihren Preis dafür gezahlt.

Vorsichtig massierte sie sich mit der Linken die Schläfen. Vor Schmerz sah sie tanzende Lichtpunkte über dem Wasser schweben. Sie biß die Zähne zusammen. Gion durfte nicht merken, daß sie kaum noch in der Lage war, sich zu wehren. Der Bogenschütze hatte sich am Mast niedergekauert und starrte noch immer unverwandt zu ihr hinüber. Sie war sich sicher, daß er seine Drohung wahr machen würde. Sobald sie die Augen schloß und einschlief, würde er zu ihr kommen.

Das Abendrot war einem grauen Zwielicht gewichen. Es würde jetzt schnell dunkel werden.

»Ich nehme sie nicht! Ich bin der Stärkste von uns allen. Wir müssen die Bohnen noch einmal in den Helm zurückgeben und sie neu ziehen! Das war ein Irrtum«, schrie Moron. Mit einem Ruck richtete der Weibel sich halb auf seinem Lager auf. »Hört ihr? Ich lasse mich nicht töten! Ich werde mich wehren. Ich erkenne das Los nicht an!« Der Söldner sank wieder zurück und seine Stimme verebbte zu einem undeutlichen Gemurmel.

Elena blinzelte und versuchte so, die tanzenden Lichter zu vertreiben. Der stechende Kopfschmerz hatte sie fast gelähmt. Leise murmelte sie ein Schutzgebet zu Rastullah. Dieser verfluchte Fluß würde sie noch alle das Leben kosten! Vielleicht würde nur Tikian überleben? Er lag in tiefem Schlaf. Das Fieber hatte er fast überwunden. Die Magierin blickte zu den welken Blumen, die vom Mast herabhingen. Sie hätte den Fechter gerne besser kennengelernt. Verrückter Kerl! Im Fieber in den Dschungel zu laufen, um ihr Blumen zu pflücken ... Sie stöhnte auf. Die Schmerzen wurden immer unerträglicher. Es war, als würde man ihr glühende Nadeln durch die Augen bis tief in den Schädel hinein treiben. Die tanzenden Lichter wurden greller und eines schien auch immer größer.

Am Mast hatte sich etwas bewegt. Elena zog das Messer aus dem Stiefel. Sie vermochte Gion kaum noch zu erkennen. Aber das konnte er ja nicht wissen. Sie mußte ruhig und überlegen wirken, dann würde er vielleicht noch etwas länger zögern.

»Du hast beschlossen zu sterben, Bogenschütze?« Ihre Stimme klang gepreßt und ihre Hand zitterte vor Schwäche.

Das Licht hinter Gion war jetzt blendend hell. Im Gegensatz zu den tanzenden Funken bewegte es sich nur ganz sanft auf und nieder. »Im Namen des Patriarchen, wer seid ihr!« klang eine kräftige Frauenstimme über den Fluß. »Ihr habt die Grenzen des Protektorats Hôt-Alem verletzt!«

Tikian blickte zu dem schwarzen Banner, das schlaff vom Fahnenmast auf dem Platz der Blumenfärberinnen hing. Die Alanfaner hatten Hôt-Alem besetzt. Im Hafen der Stadt lagen zwei große Kriegstriremen, mit denen zwei Kompanien Söldner vom Schwarzen Bund des Kor an Land gebracht worden waren. Das Kommando hatten zehn Ordensritter von der Basaltfaust, die die ganze Unternehmung leiteten. Der Herrscher der Stadt, Salpikon III., war bei Gefechten gegen die Trahelier ums Leben gekommen, und sein Sohn Refardeon hatte die fremden Krieger nur allzu willig als neue Herren Hôt-Alems anerkannt und ihnen die Aufgabe der Verteidigung übertragen.

Der junge Fechter schnupperte an den parfümierten Blüten des Blumenstraußes, den er für Elena gekauft hatte. Dann überquerte er mit schnellen Schritten den Platz und trat in die enge Gasse, die hinunter zur Südmauer führte, wo das Siechenhaus lag.

Sie hatten Glück gehabt, als sie vor drei Tagen bei Einbruch der Finsternis von einem alanfanischen Patrouillenboot gerettet worden waren. Einer der Ordensritter war an Bord der kleinen Barkasse gewesen und hatte das Kommando geführt. Ohne ihn hätten die Söldner sie wahrscheinlich einfach umgebracht, um dann ihre Waffen und ihre geringe Barschaft untereinander aufzuteilen. Nach den Worten des alten Ordensritters, mit dem Tikian erst vor zwei Stunden noch gesprochen hatte, hatten sich alle auf dem Floß am Rande des Todes befunden. Das Fieber hatte sie gepackt. Elena und Gion, die einzigen, die sich noch auf den Beinen halten konnten, waren bei ihrer Rettung so verwirrt gewesen, daß sie wohl nicht einmal gemerkt hätten, wenn das Floß in der Nacht an der Stadt vorbei aufs offene Meer getrieben wäre.

Tikian hatte für sie alle am Morgen Kerzen im Praiostempel angezündet und dem Göttervater ein großzügiges Opfer dargebracht. Ohne Seine Hilfe wären sie gewiß umgekommen. Es war der erste Tag, an dem der Fechter sich stark genug gefühlt hatte, sein Lager zu verlassen. Die anderen hatten das Fieber noch nicht überwunden. Gion mit seiner eisernen Natur fühlte sich noch am besten. Elena hatte Fieberschübe, in denen sie wirres Zeug redete, am schlechtesten aber ging es dem Weibel, Moron. Er lag in tiefer Ohnmacht, und der Therbunitenpriester, der das Siechenhaus leitete, fürchtete um das Leben des Söldners.

Tikian machte einer Kolonne Bausklaven Platz, die

begleitet von einigen Alanfanern die Straße hinabmarschierten. Der Kommandant der Alanfaner Söldner hatte sofort nach der Landung befohlen, die Befestigungsanlagen der alten Stadt wieder instandsetzen zu lassen. Nur das Kastell, das die Einfahrt zum Hafen schützte, war noch in einem guten Zustand. Die übrigen Verteidigungsanlagen waren in den letzten siebzig Jahren, in denen Hôt-Alem fast zwanzig verschiedene Herrscher und Statthalter gesehen hatte, mehr und mehr verfallen. Wenn die Trahelier und ihre Moha-Verbündeten vom Dschungel her angriffen, dann bestand kaum eine Aussicht, daß die hundert Alanfaner die Stadt halten konnten. Es wäre besser, so schnell wie möglich von hier zu verschwinden, dachte Tikian.

Der Fechter hatte die Waffen und die anderen Besitztümer seiner toten Kameraden verkauft. Der Erlös würde unter den vier Überlebenden aufgeteilt. Es war nicht viel, aber es würde ausreichen, um eine Schiffspassage zu bezahlen und aus dieser Stadt zu entkommen. Er war schon im Hafen gewesen und hatte sich erkundigt. In zwei Wochen wurden einige Koggen von Brabak hier erwartet, die nach Norden in Richtung Al'Anfa weitersegeln würden, sobald sie ihre Ladung gelöscht hatten. Auf der Höhe von Ranak wurden die Kauffahrer von zwei Biremen erwartet, die ihnen als Geleitschutz dienen sollten. So war sichergestellt, daß die Schiffe nicht durch Seeräuber oder einen Freibeuter mit trahelischem Kaperbrief behelligt würden. Es wäre sicher nicht schwer, auf den Koggen eine Passage zu bekommen.

Al'Anfa, das war ein guter Platz für Söldner. Angeblich zog der Patriarch eine riesige Flotte zusammen, mit der er gegen Trahelien segeln wollte. Krieger aus ganz Aventurien hatten sich in der Boronsstadt versammelt, um unter dem Rabenbanner des Patriarchen zu dienen. Als Adligem würde man ihm dort vielleicht sogar ein Kommando anbieten, überlegte Tikian. Al'Anfa, das war der Ort, an dem sich sein Schicksal erfüllen würde! Ein mutiger Mann konnte dort in kürzester Zeit zu Macht und Reichtum gelangen.

Er dachte an die Geschichten über seinen Großvater, Jacomo. Er war ein Freund des Königs Tolman gewesen, der ihm zuletzt sogar die Herrschaft über die Kronmark Kohmwacht anvertraut hatte. Ein Titel, den seine Familie längst nicht mehr besaß, denn nichts war so unbeständig wie die Gunst eines Königs!

Es hieß auch, daß Jacomo ya Avona der beste Fechter seiner Zeit gewesen sei. Er hatte den Kampf mit Parierdolch und Stoßrapier zur Vollkommenheit entwickelt, und noch heute lehrten die Fechtmeister zwei Finten, die nach seinem Großvater benannt waren. Vielleicht wäre Jacomo bis zum Herzog aufgestiegen, wenn er nicht vor beinahe vierzig Jahren seine Frau Marina verlassen hätte, um eine Reise nach Al'Anfa anzutreten. Niemand wußte genau, was er dort gewollt hatte. Es gab Gerüchte, er sei im Auftrag des Königs unterwegs gewesen um geheime Verhandlungen mit dem Patriarchen Bal Honak zu führen. Andere behaupteten, er sei einer Frau in die Stadt gefolgt. Tikian schmunzelte. Er war sich sicher, daß sein Großvater neben seiner Ehe die eine oder andere Leidenschaft gepflegt hatte, aber daß er nur wegen einer Geliebten eine Reise von mehr als tausend Meilen gemacht hatte, erschien ihm unwahrscheinlich. Sicher war er in einem geheimen Auftrag des Königs unterwegs gewesen! Seit dem Großen Brand in der Stadt galt Jacomo als verschwunden.

Tikian strich über den Parierdolch an seiner Seite. Sein Großvater hatte die Waffe, kurz bevor er abgereist war, bei dem besten Schmied von Grangor in Auftrag gegeben. Bei seiner Rückkehr wollte er sie dort abholen. In den bronzenen Knauf des Dolches waren seine Initialen eingeprägt. *J. A.* Obwohl Tikian ihn nie kennengelernt hatte, war Jacomo der Held seiner Kindheit gewesen, und er war fest entschlossen, in die Fußstapfen seines Großvaters zu treten. Auch deshalb wollte er nach Al'Anfa reisen.

Der Fechter hatte mittlerweile das Siechenhaus erreicht. Es war in einem langen, zweigeschossigen Bau dicht an der Stadtmauer untergebracht. Vermutlich hatte das Gebäude früher einmal als Kaserne gedient. Elenas Zimmer lag am Ende eines kurzen Flurs im Erdgeschoß, sie war dort mit drei anderen verwundeten Söldnerinnen untergebracht.

Leise öffnete Tikian die Tür und trat ein. Obwohl das schmale Fenster des kleinen Zimmers offen war, roch es nach Schweiß und Blut. Elena schien zu schlafen. Wie eine Aureole aus goldenem Licht umschloß das lange blonde Haar ihr blasses Gesicht. Neben ihr lag eine dunkelhäutige Söldnerin, der man den Schwertarm amputiert hatte. Der Verband an der Schulter der Frau war durchgeblutet und auch ihr Bettzeug war mit Blut besudelt.

So wäre es wohl auch ihm ergangen, wenn die Zauberin ihn nicht geheilt hätte. Der Fechter hatte Gion dazu gebracht, ihm davon zu erzählen, was in den Tagen auf dem Floß geschehen war, als ihm das Fieber die Sinne verwirrt hatte. Der Bogenschütze war kaum dazu zu bewegen gewesen, sich über Elena zu äußern. Nach dem, was er aus Gion herausbekommen hatte, ahnte Tikian, daß sich Wundbrand in den Schrammen auf seiner Schulter eingenistet hatte und daß Elena ihm mit irgendeinem Zauber das Leben gerettet und die giftigen Säfte aus seinem Körper gebannt hatte. Angeblich hatte sie die ganze Fahrt auf dem Fluß an seiner Seite gesessen und sich um ihn gekümmert.

Leise trat er an ihr Bett und legte der Zauberin die Blumen auf die Decke. Er wünschte, er könnte auch ihr helfen. Sanft strich er eine Strähne zur Seite, die ihr ins Gesicht gefallen war. Das Fieber hatte sie ausgezehrt und tiefe dunkle Ringe unter ihre Augen geschnitten.

Dennoch erschien sie ihm so schön wie nie zuvor. Er hatte ihr weiße und schwarze Lilien gebracht. Gion behauptete, sie sei eine finstere Schwarzmagierin – und daß man ihr nicht trauen dürfe. Tikian lächelte. Er hielt das für Unsinn. Sie hatte ihm das Leben gerettet, und wofür? Sie kannten sich kaum … So handelte keine Schwarzmagierin!

Elena schlug die Augen auf und blinzelte. »Bist du es wirklich?« Sie hob die Hand und versuchte ihn zu berühren, doch ihr fehlte die Kraft, den Arm auszustrecken.

Behutsam strich Tikian ihr über die schlanken Finger. »Ich bin keine Gestalt aus einem Fiebertraum. Ich bin hier, um dir zu danken … Du hast mir nun schon zum zweiten Mal das Leben gerettet.«

Ihr Blick fiel auf die Blumen, und sie lächelte. »Es ist nicht leicht, unter Söldnern einen Blumenkavalier zu finden. Wenn man doch einmal einem begegnet, dann ist es schon einige Mühe wert, sich ihn zu erhalten.«

»Deine Worte schmeicheln mir, doch muß ich gestehen, daß ich nicht allein aus Edelmut gehandelt habe. Deine Schönheit hat mir die Sinne verwirrt. Ich konnte nicht anders … Jeden Wunsch möchte ich dir von den Lippen ablesen, und wenn ich ein Dichter wäre, so könnte ich fortan nur noch von dir schreiben, denn dich zu kennen, hat mich gelehrt, was Vollkommenheit ist.«

»Nun, das klingt, als seiest du im Minnespiel nicht unerfahren, mein Galan.« Die Zauberin hatte leicht die Stirn gerunzelt. »Du sollst Gelegenheit haben, mir zu beweisen, daß du bereit bist, mich mit mehr als schönen Worten zu bedenken. Ich habe tatsächlich einen Wunsch. Bringe mich fort aus dieser stinkenden Kammer voller stöhnender Verletzter. Ich möchte in einem Zimmer liegen, von dem aus ich in einen Garten blicken kann. Ich denke, daß ich das Schlimmste überstanden habe. Ich brauche keinen Medicus mehr, um zu genesen. Wenn statt dessen du immer um mich sein könntest …« Sie blickte ein wenig verlegen zur Seite.

Tikian konnte kaum glauben, was er da hörte. Er war es nicht gewohnt, daß eine Dame mit solcher Offenheit sprach. »Du meinst, ich soll *ein* Zimmer für uns beide …«

Elena lächelte matt. »Nur, wenn du nicht befürchtest, daß die Gesellschaft einer kranken Magierin dir lästig wird.«

1. Kapitel

Traurig blickte Tikian durch das schmale Fenster, vorbei an den schmuddeligen Lagerhäusern zum Frachthafen, in dem sich zwei alte Karavellen sanft in der Dünung neigten. Die Fenster der Kneipe waren nicht verglast, und der Wirt hatte sich auch nicht die Mühe gemacht, die schweren Holzläden, die hinter dem Tresen an der Wand lehnten, zum Schutz gegen den Regen aufzuhängen. Manchmal, wenn eine Bö vom Meer heranfegte, spritzten die Tropfen durch das Fenster bis auf den Tisch, an dem Tikian saß. Das Wasser sammelte sich in den tiefen Kerben der Holzplatte, auf der seit einem Jahrzehnt oder vielleicht noch länger Matrosen aus allen Häfen des Südens ihre Zeichen eingekerbt hatten. Auch wenn die meisten nicht schreiben konnten, so hinterließ doch jeder eine Spur, mit der er sich auf der Musterrolle verewigte, wenn er auf einem neuen Schiff anheuerte.

Grau wie geschmolzenes Blei schimmerte das Wasser in den Rillen, und all die überlagernden Namenszeichen erschienen im Zwielicht fast wie die geheimen Figuren, die Nekromanten und andere Magier, die den Pfad des Lichtes verlassen hatten, erlernten, um das herbeizurufen, was die Zwölfgötter vom Antlitz Deres gebannt hatten.

Tikian schüttelte den Kopf. Magie, das war nicht seine Welt. Verdrossen blickte er wieder aus dem Fenster. Sie kam zu spät. Viel zu spät! Sie hatte den Treffpunkt bestimmt, und jetzt das …

Ob der Regen sie abhielt? Es war erst kurz nach Mittag, doch der Himmel schien so dunkel wie zur Abenddämmerung. Die schweren grauen Wolken hingen tief über der Stadt. Durch die dichten Regenschleier wirkte der Silberberg hinter der Landzunge auf der anderen Seite der Bucht seltsam unwirklich. Nur verschwommen war sein Umriß zu erkennen, so als sei er einer jener verwunschenen Feenhügel, von denen dem Söldner einst sein Kindermädchen erzählt hatte. Tikian lächelte melancholisch. Damals war er davon überzeugt gewesen, einmal ein bedeutender Edelmann bei Hof zu werden. Er hatte von schönen Damen geträumt und von galanten Abenteuern, deren Lohn ein gehauchter Kuß oder ein besticktes Seidentuch war. Wie einfach war ihm damals das Leben erschienen ...

Wieder blickte Tikian zum Silberberg. Eine hohe Mauer schützte ihn vor den Blicken allzu Neugieriger. Wie eine feine schwarze Linie auf grünem Grund zog sie sich über die dicht bewachsenen Flanken des Berges. Für die meisten Bürger der Stadt waren die prächtigen Villen der Granden, die dort oben inmitten üppiger Gärten verborgen lagen, genauso unerreichbar wie die Märchenschlösser, zu denen angeblich die Pforten in den Feenhügeln führten. Und doch hatte Elena es geschafft, ihren Weg dorthin zu finden ...

Eine Woche war vergangen, seitdem sie zum ersten Mal dort oben gewesen war. Schon nach dem ersten Besuch war sie Tikian verändert vorgekommen. Sie wollte nicht darüber reden, mit wem sie sich dort traf, doch glänzten ihre Augen, wenn sie von der Macht und dem Reichtum der Granden sprach. Mit jedem Besuch auf dem Silberberg schien sie sich ein Stück weiter von ihm zu entfernen. Er hatte versucht, sie zu halten, doch als er gestern abend in ihr gemeinsames Zimmer zurückgekehrt war, waren ihre Sachen verschwunden gewesen. Alles, was von ihr noch geblieben war, war dieser kleine, sauber gefaltete Zettel, auf dem der Name dieser erbärmlichen Hafenschenke gestanden hatte, und daß sie ihn dort zur Mittagsstunde erwarten würde.

Unschlüssig drehte der Söldner den tönernen Becher mit seinen angeschlagenen Kanten zwischen den Fingern und starrte auf das mittlerweile schal gewordene Bier, so als könne er dort eine Antwort auf all seine Fragen finden. Sie hätten nicht nach Al'Anfa kommen dürfen! Elena hatte es nicht gewollt. Ihrer Meinung nach wäre es klüger gewesen, ihren Sold für eine Schiffspassage ins Bornland auszugeben, um dort in den Dienst eines fetten Handelsherrn zu treten. Aber er war ja versessen auf den Ruhm und die Abenteuer gewesen, die Al'Anfa versprach. Er hatte Elena überredet, mit ihm hierher zu kommen, denn überall gab es Gerüchte über einen großen Krieg, der kurz bevorstand. Hunderte von Söldnern würde man brauchen ...

Tikians Hände verkrampften sich um den Tonbecher. Welcher Dämon hatte ihn nur geritten! Wieder blickte er zu dem Berg auf der anderen Seite der Bucht. Der Regen hatte jetzt etwas nachgelassen. Ein leichter Dunst lag über dem Hafen. Es war so schwül, daß der Söldner das Gefühl hatte, keinen trockenen Faden mehr am Leib zu tragen. Eine Stunde lang hatte der Platzregen die stickige Hitze vertrieben, doch jetzt war es schlimmer als zuvor.

Tikian wischte sich mit dem Handrücken über die schweißnasse Stirn. Einen Augenblick lang überlegte er, ob er nicht einfach gehen sollte. Kneifen ... Er hatte ein Gefühl wie kurz vor einer Schlacht. Sein Mund war trocken, Schweiß sammelte sich in seinen Handflächen, und in seinem Bauch schien ein Schwarm wütender Bienen verzweifelt nach einem Ausschlupf zu suchen.

Die Tür der Schenke flog auf. Eine schlanke Gestalt mit breitkrempigem Hut verharrte im Türrahmen und musterte die Gäste. Ihr Blick fiel auf Tikian und mit festem Schritt durchquerte sie den Raum.

Der Söldner hatte Elena im ersten Augenblick nicht wiedererkannt. Sie trug neue Kleider. Einen langen schwarzen Ledermantel, den sie offen ließ, so daß man darunter ein rotes Kleid aus durchscheinendem Stoff erkennen konnte. Fast kniehohe, schlammbespritzte Schnürstiefel rundeten ihr neues Erscheinungsbild ab.

»Du hast viel Geduld.« Elena verzog den Mund zu einem schiefen Lächeln und ließ mit elegantem Schwung ihren breitkrempigen Hut auf dem Tisch landen. Er war aus einem speckigen Filz, an dem der Regen abperlte. Nur den buschigen roten Federn am Hutband war das Wetter schlecht bekommen. Zerzaust und halb geknickt boten sie einen jämmerlichen Anblick.

Die Magierin lehnte ihren langen Stab mit dem bernsteinfarbenen Kristall an seiner Spitze neben sich an die Wand und drehte sich halb zum Tresen um: »Bring mir was, was die Kehle ausbrennt und mich euer alanfanisches Mistwetter vergessen läßt!«

Elena schüttelte ihr langes blondes Haar und blickte Tikian traurig an. Ihr Söldnergehabe war plötzlich wie weggewischt. »Du hättest mich nicht in diese Stadt bringen sollen.«

»Wir können doch immer noch gehen …«

»Du bist ein hoffnungsloser Träumer. Manchmal frage ich mich, wie du es geschafft hast, als Söldner zu überleben. Ich habe einen Dienstherrn gefunden, der reicher ist als jeder bornische Pfeffersack. Ich wäre verrückt, jetzt noch zu gehen.«

Der Wirt stellte wortlos einen kleinen Krug und einen Zinnbecher neben Elena auf den Tisch. Die Söldnerin goß sich ein und leerte den Becher sogleich mit einem einzigen Zug. Seufzend streckte sie sich gegen die hohe Stuhllehne und schob Tikian den Krug hinüber. »Willst du nicht auch etwas?«

Er schüttelte den Kopf. Sie hatte noch nie Schwierigkeiten gehabt, ihn unter den Tisch zu trinken. Doch so leicht würde er es ihr nicht machen! »Warum bist du gegangen?«

»Mein neuer Dienstherr wünscht, daß ich in seinem Palast wohne, um immer für ihn verfügbar zu sein.«

»Braucht er keinen Fechter?«

»Davon gibt es hier mehr als Krabben in den Mangroven. Er hat genug!«

Tikian schluckte seinen Zorn hinunter. Er war nicht irgendein dahergelaufener Schwertkämpfer mit einem zweifelhaften Kriegerbrief! Die besten Fechter der Westküste hatten ihn ausgebildet. Sein Vater hatte ein Vermögen für ihn ausgegeben. Elena wußte das genau!

Die Söldnerin musterte ihn kühl. Ihre Augen waren graugrün, so wie das Meer an einem Regentag. Sie würde ihn beleidigen. Für seinen Stolz wäre es besser, wenn er jetzt aufstünde und ginge! Doch er konnte nicht. Er liebte sie zu sehr. Vielleicht würde alles ganz ...

»Es war dein Vorschlag, daß wir getrennt nach neuen Dienstherren suchen. Erinnerst du dich noch an unseren ersten Abend in dieser Stadt? Die schmierige Absteige, in der wir untergekommen sind? Damals hast du mir gesagt, es sei klüger, wenn jeder auf eigene Faust sucht. Hast du eigentlich begriffen, wie sehr du mich damit verletzt hast? Ich hatte das Gefühl, ich wäre eine Last für dich! Es schien, als würdest du glauben, ohne mich schneller einen Vertrag zu finden.«

»Aber so war es nicht! Ich hätte keinen Dienst ohne dich angetreten ...«

»Und warum konntest du mir das nicht sagen?« Elena goß sich einen neuen Becher ein.

»Das war selbstverständlich für mich! Ich hätte niemals ...«

»Worte!« Die Söldnerin schnaubte verächtlich. »Findest du nicht, du machst es dir jetzt etwas zu leicht, mein adliger Galan?«

»Und du? Wie kannst du zwei Götternamen lang mit mir zusammenleben und dann einfach deine Sachen packen und verschwinden. War das alles nur ein Spiel für dich? Ich dachte, du liebst mich?«

»Liebe ist wie blutiger Rotz! Man bekommt es, man schlägt sich eine Weile damit herum, und dann wirst du eines morgens wach und es ist weg.«

»Blutiger Rotz ...«, stammelte Tikian leise. Ihre Worte waren wie Degenstiche. Eigentlich war er nicht auf den Mund gefallen, doch gegen Elena fühlte er sich wehrlos.

»Wenn du mich wirklich liebst, dann müßte es dich doch freuen, daß ich einen guten Vertrag gemacht habe. Oder verwechselst du vielleicht Liebe mit Besitz?« Ein drohendes Funkeln sprühte in den Augen der Magierin.

»Wie heißt denn dein neuer Soldherr? Ist es einer der Granden?«

»Das geht dich nichts mehr an. Du wirst seinen Namen nicht von mir erfahren. Ich wünsche auch nicht, daß du mir hinterherschnüffelst. Es ist nicht so, daß du mir gar nichts mehr bedeutest, doch wenn man mich mit dir zusammen sieht, würde das meinem Ruf schaden. Das mußt du begreifen! Sieh dich doch nur an! Was ist von deinem Glanz geblieben? Heruntergekommen und unrasiert bist du. Keiner würde auf die Idee kommen, daß du ein Mann von Stand bist. Wenn ich dich sehen möchte, dann werde ich dich schon finden.«

»Ich könnte mich ändern ...«

Sie schüttelte den Kopf, so daß ihr das lange blonde Haar um die Schultern flog. »Es ist sinnlos. Ich habe mich in das verliebt, was du bist. Selbst wenn ich jetzt gehe, finde ich noch immer vieles liebenswert an dir. Trotzdem ist es vorbei. Ich kann nichts tun für uns. Das einzige, was ich dir anbiete, ist, dir in Zukunft eine Freundin zu sein. Du hast mich kennengelernt, wie es nur wenige Männer in meinem Leben tun werden.«

Tikian starrte auf den Hafen. Er konnte ihr nicht ins Gesicht sehen. »Habe ich dich wirklich kennengelernt«, fragte er tonlos.

Die Magierin packte ihn am Kinn und zwang ihn, ihr in die Augen zu sehen. »So viele Gottesnamen lang hast du dir ein Bild von mir gemacht. Sicher war vieles daran richtig, doch jetzt lernst du die Seiten an mir kennen, die du bislang nicht sehen wolltest. Das bin genauso ich wie die melancholische Zauberin, in die du dich verliebt hast. Wenn deine Liebe wirklich aufrichtig ist, dann mußt du auch das anerkennen können.«

»Muß ich?« Tikian reckte das Kinn vor und erwiderte ihren Blick. Er versuchte, kalt zu klingen. Der Söldner hatte das Gefühl, daß Elena ihm allein mit Worten das Herz herausschneiden könnte. Er mußte sich davor schützen, oder sie würde ihn vernichten! »Vielleicht ist es deine Schwierigkeit, dich für unersetzbar zu halten. Ich habe vor dir schon viele Frauen gehabt, und es wird auch nach dir noch etliche geben. Mir war klar, daß unser Bund nicht für die Ewigkeit geschlossen war. Die Frage war nur, wer als erster gehen würde …«

»Darauf kann ich dir eine Antwort geben!« Elenas Gesicht war zu einer Maske erstarrt. Er kannte den Ausdruck, den sie jetzt in den Augen hatte. So sah sie aus, kurz bevor eine Schlacht begann. Alle ihre Ängste hatte sie verdrängt und das, was verletzlich an ihr war, tief in sich begraben. In ein paar Stunden würden die Ängste wieder zurückkehren. Doch auch dann würde sie es mit sich allein ausmachen. In all den Wochen, die sie zusammen gewesen waren, hatte sie nur ein einziges Mal in seinen Armen gelegen und geweint. Er hatte schon viele Menschen in seinem Leben weinen hören … Es war sein Beruf geworden, Leid und Tod zu bringen. Doch niemals hatte er jemanden so weinen hören wie sie in jener Nacht, als sie ihm ihre Tränen schenkte.

Elena ließ sein Kinn los und goß sich noch einen Becher ein. Wieder leerte sie ihn mit einem Zug. »Ich denke, wir haben uns gesagt, was noch zu sagen war.« Die Magierin griff nach dem Stab und klemmte sich ihren Schlapphut unter den Arm. Einen Augenblick noch blieb sie neben dem Tisch stehen und sah ihn mit ihren meerfarbenen Augen traurig an. »Oder gibt es noch etwas, das du mir sagen möchtest ...«

Tikian seufzte. Er wünschte, er könnte den Zauber all jener wunderbaren Stunden in Worte fassen, die sie miteinander geteilt hatten. Wünschte, er könnte ihr sagen, wieviel es ihm bedeutet hatte, morgens neben ihr zu erwachen und ihr beim Schlafen zuzusehen oder wie sehr er die Geste geliebt hatte, mit der sie sich in Gedanken versunken das Haar aus der Stirn strich. Doch seine Lippen waren wie versiegelt. Statt von seiner Liebe zu reden, schüttelte er nur den Kopf.

»Gut, wie die Dinge stehen, heißt es dann jetzt: Lebe wohl!« Elena drehte sich jäh um, ging zum Tresen, warf dem Wirt eine Münze zu und verließ die Schenke, ohne sich auch nur einmal noch umzudrehen.

Wenn er jetzt aufspringen würde und ihr nachliefe, dann mochte sich vielleicht alles noch einmal ändern, überlegte der Söldner. Doch er konnte nicht. Sein Stolz war wie glühende Nägel, die ihn an den Stuhl hefteten. Sie hatte ihn zu sehr verletzt! Wenn er ihr jetzt folgte und sie ihn zurückwies, dann hätte sie ihn vernichtet.

Verzweifelt blickte Tikian Elena nach, wie sie die schlammige Straße zum Hafen hinabging. Die grauen Wolkenbänke am Himmel waren an einigen Stellen aufgerissen, und breite Bahnen goldenen Lichtes fielen auf die Stadt. Selbst die schmutzige Hafenstraße ließ dieses Licht wie einen verzauberten Ort erscheinen. Ein Windstoß zerzauste das lange Haar der Magierin und ließ den Ledermantel wie eine schwarze Fahne hinter ihr her wehen. Sie war so zart und zerbrechlich … Wie eine Fee erschien sie ihm in diesem Augenblick. Dann war sie hinter einer Häuserecke verschwunden.

Hatte sie mit ihren Worten recht gehabt? Hatte er sich wirklich nur ein Bild von ihr gemacht, und liebte nur dieses?

Er mußte fort von hier! Nicht eine Minute würde er es an diesem Ort noch aushalten. Mit einem Satz war er auf den Beinen, so daß sein Stuhl klappernd gegen die Wand hinter ihm schlug. Seine Finger tasteten nach dem schlanken Geldbeutel an seinem Gürtel. »Was schulde ich dir, Wirt?«

Der Mann hinter dem Tresen schüttelte den Kopf. »Nichts! Sie hat für dich bezahlt.«

Ein Poltern ließ Tikian aus dem Schlaf aufschrecken. Sofort war er auf den Beinen.

»Ich … ich bin nur an den Stuhl gestoßen, als ich mich angekleidet habe«, stammelte die junge Frau, die im Zwielicht bloß als Schatten zu erkennen war.

»Ich weiß, was es war. Belüg mich nicht! Nimm deine Sachen und mach, daß du hier herauskommst!« Tikian strich sich mit fahriger Geste das Haar aus der Stirn. Sein Kopf schmerzte vom billigen Wein.

»Ich bin noch nicht angezogen und …«

»Erzähl mir nicht, daß du dich deswegen schämen würdest. Raus hier, Diebin!«

Die Frau griff nach der Münze, die auf dem Tisch lag und raffte ihre Kleider zusammen. In der Tür drehte sie sich noch einmal kurz um. »Du sollst wissen, daß alles, was ich dir gestern nacht gesagt habe, Lüge war, du Bastard! Noch nie habe ich einen Mann gehabt, der so wenig …«

»Raus!« Tikian machte einen Schritt in Richtung der Tür und stieß dabei gegen den wackeligen Holztisch, der in der Mitte des winzigen Zimmers stand.

»Möge dir Belkelel dein Gemächt abreißen und es ihrer höllischen Brut zuwerfen, du fauliges Stück Aas«, fluchte das Weib, während es in den schmalen Flur flüchtete. »Selbst mit einem stinkenden, toten Fisch macht es mehr Spaß als mit dir, du …«

Tikian warf die Tür zu und lehnte sich mit dem Rücken gegen das wurmstichige Holz. In seinem Kopf hämmerte ein dumpfer Schmerz. Ihm war übel.

Wieviele Tage waren vergangen, seitdem Elena ihn verlassen hatte? Er dachte an ihr sanftes, von goldenem Haar gesäumtes Gesicht und an ihr letztes Treffen in der Hafenschenke. Warum nur …

Müde stieß er sich von der Tür ab und stellte den schief zusammengezimmerten Stuhl wieder auf, der neben dem Tisch lag. Er hatte die Scheide seines Rapiers mit einem dünnen Lederriemen an einem der Stuhlbeine festgebunden. Er lächelte traurig und streichelte über das kalte Metall von Korb und Parierstange. Sie waren alle gleich, die billigen Gossenhuren. Schon als er sie mit heraufgenommen hatte, wußte er, daß sie versuchen würde, die kostbare Waffe zu stehlen, wenn sie sich davonschlich. Sie war zu zart besaitet gewesen … Eines Nachts hätte er vielleicht ein Weib neben sich liegen, das ihm erst die Kehle durchschnitt, bevor es seine Finger nach dem Rapier ausstreckte. Hoffentlich würde es ein sauberer Schnitt werden.

Sein Blick wanderte zu der durchgelegenen, strohgefüllten Matratze in der Ecke. Unter ihr lag sein Parierdolch versteckt. Morgen würde er sich entscheiden müssen … Außer der Münze, welche die Hure als ihren Lohn mitgenommen hatte, besaß er nur noch ein paar kleine Kupfermünzen. Gerade genug für eine Schale Hirsebrei und einen Becher Wein zum Frühstück. Er brauchte Geld, und er sah im Augenblick nur noch zwei Wege, an ein paar Münzen zu kommen. Entweder er versetzte den Parierdolch seines Großvaters oder er ließ sich auf das Angebot des hageren Kerls ein, der ihn letzte Nacht im ›Schandkragen‹ angesprochen hatte. Es sollte eine Reihe von Duellen in einem der Lagerschuppen am Hafen geben, und der Hagere suchte nach Kämpfern, die sich zum Vergnügen der Zuschauer abschlachteten. Eine Dublone, wenn er kam und fünf weitere Dublonen für jeden Sieg, das hatte ihm der Fremde versprochen. Von den Goldmünzen würde sich eine ganze Zeit lang gut leben lassen. Er würde noch viele Frauen brauchen, um Elena zu vergessen.

Tikian starrte auf die Tür und dachte an die dunkelhaarige Hure, mit der er die Nacht verbracht hatte. Er hatte vergessen, wie sie sich nannte – aber was zählte das schon? Es war wahrscheinlich ohnehin nicht ihr wirklicher Name gewesen. Sie war eine gute Schauspielerin. Für ein paar Stunden hatte er bei ihr vergessen können. Ihre warmen Arme, die sanften Küsse … Sie hatte sich gut darauf verstanden, ihn mit Schmeicheleien zu umgarnen. Ihr Fluch klang ihm wieder im Ohr … Der unheimliche Name, den sie genannt hatte, als sie in der Tür stand. Welches niederhöllische Geschöpf sie wohl angerufen hatte? Tikians Hand schloß sich um den Griff des Rapiers. In dieser Stadt waren sie schnell dabei, leichtfertig den Namen eines Dämons auszurufen.

Er dachte an die Kreatur, der er in der Grotte im Dschungel gegenübergestanden hatte. Seine Waffe hatte das Ungetüm nicht zu töten vermocht, und wäre Elena nicht gewesen, dann würde er jetzt schon längst in Borons Hallen oder an einem noch finstereren Ort weilen. Sein Mund war plötzlich trocken … Tikian drehte sich um und griff nach dem Tonkrug, der neben der Strohmatratze auf dem Boden stand. Er nahm einen tiefen Schluck und spuckte die Hälfte des warmen, brackig schmeckenden Wassers wieder aus. Verfluchte Stadt! Alles erschien ihm hier schal oder verrottet. Die Pestbeule des Südens nannte man Al'Anfa im Lieblichen Feld, und das war noch geschmeichelt.

Tikian hob den Krug über den Kopf und ließ sich das warme Wasser über das Gesicht laufen. Diese Kopfschmerzen! Vielleicht sollte er sein letztes Geld nicht für ein Frühstück vergeuden, sondern sich eine Pfeife Rauschkraut gönnen. Das war die beste Art, einen Kater zu überstehen.

Das kleine, schmutzige Zimmer erschien ihm plötzlich so eng, daß er zu ersticken glaubte. Er griff nach dem Stuhl, zog ihn zum Fenster und stieß den klapprigen Holzladen auf. Die Nachtluft war hier nicht wie in seiner Heimat, kühl und angenehm. Sie schien schwer vom Regen, der gefallen war, vom Duft süßer Blüten, wie sie selbst auf den schmutzigsten Hinterhöfen wucherten, und dem Gestank des Unrats, der auf den Straßen lag.

Irgendwo erklang das Fauchen zweier kämpfender Katzen. Tikian hob den Kopf und blickte zum Himmel. Dunkle Regenwolken zogen am Madamal vorbei, das zu einer schmalen Sichel geschrumpft war. Er dachte an die Frau des kaiserlichen Gesandten – und die Nacht, die sie gemeinsam verbracht hatten. Das Madamal hatte in jener Nacht ganz ähnlich ausgesehen, als es hoch über den weißen Kirschblüten am Himmel stand.

Tikian lachte. Die Gräfin war es wert gewesen! Und morgen, morgen würde er den Parierdolch seines ruhmreichen Großvaters versetzen. Er war von Stand und würde niemals so tief sinken, daß er sich in einem Lagerschuppen zum Vergnügen einiger vollgefressener Sklavenhändler duellieren würde. Der Patriarch hatte eine riesige Flotte im Hafen versammelt, und bald würde es Krieg geben. Er würde sich von einem der Söldnerregimenter anwerben lassen. Bei seiner Herkunft und seinen Fähigkeiten müßte man ihm eigentlich wenigstens einen Unteroffiziersrang anbieten. Als junger Adliger war er es gewohnt zu befehlen. Solche Männer brauchte man in einer Armee! Helden, die auch im hitzigsten Gefecht einen kühlen Kopf behielten!

Tikian lächelte. Er war betrunken. Statt von einer Offizierskarriere in einer Söldnerarmee zu träumen, sollte er zufrieden sein, wenn man ihn gegen einen anständigen Sold in Dienst nahm.

Er blickte über die schwarzen Ruinen, die den Hinterhof füllten, zum Haus auf der anderen Seite. In einem der unteren Fenster war ein blasses Frauengesicht zu sehen. Irgendwo zwischen den Ruinen ertönte lustvolles Stöhnen, das Tikian zu überhören versuchte.

Er hatte das Gesicht dort unten am Fenster ein paar Nächte zuvor schon einmal gesehen, und er fragte sich, welcher Kummer der schönen jungen Frau den Schlaf rauben mochte. Sie wirkte unendlich traurig, und das silberne Licht des Madamals ließ sie ein wenig unwirklich erscheinen. Fast wie eine Gestalt aus der Anderswelt ... Er hätte gerne einmal das Reich der Feen besucht. Er war davon überzeugt, daß diese Zauberwelt nicht nur in den Märchen der Kinderfrauen bestand, und schon als kleiner Junge hatte er in dem dichten Brombeergestrüpp weit hinten in dem großen Garten, der das Anwesen seines Vaters umgab, nach einer verborgenen Pforte zum Feenreich gesucht. Er schmunzelte. Das Abenteuer hatte ihm nicht mehr als ein paar zerrissene Kleider und eine gehörige Tracht Prügel eingebracht.

Das Stöhnen auf dem Hof steigerte sich zu wilden, wollüstigen Schreien. Das Gesicht am Fenster aber war verschwunden. Müde schloß Tikian den Holzladen, und als er sich auf seine Matratze legte, verebbten auch die Schreie zu einem leisen Röcheln.

»Herrin, bitte, schnell, wacht auf! Der gnädige Herr möchte Euch sehen. Es eilt!«

Verschlafen drehte Elena sich um und streifte das

seidene Laken zur Seite. Neben ihrem Bett stand eine junge, hellhäutige Sklavin. »Was ist denn los?«

»Der gnädige Herr ist in der großen Halle unten und will Euch sofort sehen. Er hat auch den alten Magus Orlando bei sich. Es muß sehr dringend sein!«

Mißmutig blickte Elena zum Fenster. Draußen war es noch dunkel. Was im Namen der Zwölf mochte der Marschall von ihr wollen? Die Florios waren berühmt für die strenge Zucht und Ordnung, die sie von ihren Untergebenen erwarteten. Vielleicht war es eine Prüfung. Also erhob sie sich müde aus dem Bett, streifte in aller Eile ein Gewand über und bändigte ihre Haare mit einem roten Seidenband. Dann folgte sie der Sklavin durch die weitläufige Grandenvilla hinab zum großen Saal, der im Erdgeschoß auf der Rückseite des Hauses lag.

Der Saal erstrahlte im Licht von zahllosen Kerzen, das sich an den großen Wandspiegeln brach und so hell schien, daß Elena im ersten Augenblick wie geblendet war. Oboto trug enge Reithosen und Stiefel, dazu ein weitgeschnittenes Seidenhemd und eine Bauchbinde, die seine Leibesfülle unterstrich. Wie immer, wenn sie ihn bisher gesehen hatte, steckten seine Hände in schwarzen Stulpenhandschuhen. Er rieb seine Fingerspitzen gegeneinander, so daß das Leder leise knirschte und blickte sie lauernd an.

»Schön, daß Ihr Euch doch noch dazu herablaßt, Unsere Wenigkeit mit Eurem Erscheinen zu erfreuen«, begrüßte sie der Marschall der Stadtgarde mißmutig. »Hätte ein anderer Magus Uns nach dem Leben getrachtet, so wäret Ihr immerhin noch rechtzeitig erschienen, um Unseren Nachruf zu verlesen.«

Elena verbeugte sich tief und achtete dabei sorgsam darauf, guten Einblick in ihr Dekolleté zu gewähren, denn sie war sich nur zu sehr bewußt, was den Marschall dazu veranlaßt hatte, sie in seinen Dienst aufzunehmen. »Verzeiht meine Verspätung, doch nachdem ich erfahren hatte, daß Ihr mich nicht in einem Notfall rufen ließt, habe ich mir die Freiheit genommen, eines der wunderbaren Kleider anzulegen, das Ihr mir in Eurer grenzenlosen Großmut geschenkt habt, auf daß mein Äußeres Eurem ebenso verwöhnten wie erlesenen Geschmack Gefallen bereiten möge.«

Der Marschall schnalzte mit der Zunge und beugte sich ein wenig vor. »Nun, Wir könnten nicht sagen, daß Uns nicht gefiele, was wir vor Uns sehen. Doch sind Wir auch der Überzeugung, daß eine wahrhaft schöne Frau nichts zu entstellen vermag. So erscheint also das nächste Mal, wenn Wir Euch rufen lassen, unverzüglich!«

»Euer Wunsch ist mir Befehl, Herr!«

Der Marschall schüttelte den Kopf und legte die Stirn in Falten. »Mißversteht Unsere Höflichkeit nicht. Es handelte sich bei Unseren Worten durchaus nicht um einen Wunsch, sondern tatsächlich um einen Befehl, auch wenn Wir in Unserer Rede weitestgehend auf diese verzichteten.«

Elena schluckte. Dem fetten Kerl und seiner Art war sie zutiefst abgeneigt, doch nun hatte sie sich einmal auf ihn eingelassen und mußte das Beste aus ihrer Lage machen. »Es ist mein größtes Glück, all Euren Befehlen auf das genaueste Folge zu leisten, Herr.«

»Nun, Ihr werdet sogleich Gelegenheit erhalten, Euren Worten Taten folgen zu lassen, meine Liebe.« Oboto wechselte einen kurzen Blick mit seinem Leibmagus Orlando, und die beiden Männer lächelten verschwörerisch. Der Magus war ein hagerer Mann mit einem dünnen Ziegenbart, der ihm fast bis zum Gürtel hinabreichte. Sein Haar war aschgrau und seine Haut so blaß, als habe er die meiste Zeit seines Lebens in halb verdunkelten Gemächern beim Studium der arkanen Künste verbracht. Seine ganze Erscheinung stand in krassem Gegensatz zu der seines Herrn. Oboto war dunkelhaarig und massig. Sein Gesicht war breit und flach, beherrscht von einer knolligen Nase und dunklen, vorstehenden Augen, die ihn ein wenig wie einen riesigen Frosch aussehen ließen.

»Es gehört zu den bedauerlichen Tatsachen, die mit einer hohen Geburt einhergehen, daß Wir darauf gefaßt sein müssen, daß es immer irgendwelche größenwahnsinnigen Leute geben mag, die Uns nach Unserem Leben trachten könnten. Unter diesen Verwirrten mag sich möglicherweise auch ein Magus befinden, und um auf seine Angriffe vorbereitet zu sein, haben Wir Euch und auch den ehrenwerten Orlando in Unsere Dienste genommen. In dieser Nacht nun stehen die Sterne in einer besonders günstigen Conjunctio oder so ähnlich ... Jedenfalls ist es besonders leicht, Dämonengezücht aus fremden Sphären herbeizurufen, und Orlando wird Euch nun gleich einer kleinen Prüfung Eurer Tauglichkeit unterziehen. Da Wir Uns dazu in einen Teil des Hauses begeben werden, um dessen genaue Lage Ihr zunächst noch nicht wissen sollt, wären Wir Euch sehr verbunden, wenn Ihr den Schal nähmet, der auf dem kleinen Tisch dort vorne liegt und Euch dann die Augen verbindet.«

Elena fluchte innerlich. Was hatten die beiden Kerle mit ihr vor? Dennoch griff sie gehorsam nach dem Schal.

Der Weg hatte über viele Treppen mal aufwärts, mal abwärts geführt, und um sie vollends zu verwirren, hatte man ihr zweimal befohlen, sich auf der Stelle immer wieder im Kreise zu drehen, bis ihr so schwindelig wurde, daß sie zu taumeln begann. Nun schloß sich etwas Kaltes um ihr linkes Handgelenk.

»Was soll das?« Elena fror, und als sie ihren linken Arm bewegte, ertönte ein leises Klirren wie von einer Kette.

»Ich werde dir jetzt deine Augenbinde abnehmen. Wenn du siehst, wo du bist, wirst du schon begreifen, was die Stunde geschlagen hat.« Orlando riß ihr die Augenbinde herab und trat schnell ein paar Schritt zurück.

Blinzelnd blickte die Magierin sich um. Sie war in einem kleinen Kellerraum mit einer niedrigen Decke. Auf dem Boden standen einige Kerzen, die ein seltsam kaltes Licht verbreiteten, und in einer der Ecken war eine kupferne Räucherpfanne mit glühenden Kohlen aufgestellt. Um ihr linkes Handgelenk hatte der Magier eine eiserne Fessel gelegt, die durch eine kurze Kette mit einem Pflock verbunden war, den man in der Mitte der Kammer in den Boden eingelassen hatte.

Erst jetzt sah sie die Linien, die mit phosphoreszierender Kreide auf den Boden gemalt waren. Sie stand inmitten eines siebengezackten Sterns und die Kerzen hatte man an die Spitzen der Zacken gestellt. Sie war in einem Dämonenzirkel gefangen!

Orlando grinste sie an. »Nun, meine Hübsche, wirst du beweisen können, wie gut du dich auf deine Künste verstehst! Wann immer ein Krieger in den Dienst unseres Herrn tritt, muß er in einem Zweikampf zeigen, wie gut er sich auf die Waffenkunst versteht, denn Oboto duldet nur die besten unter seinen Beschützern. Das Gleiche gilt für seine Magier.«

Elena leckte sich nervös über die Lippen und blickte sich noch einmal in dem kleinen Raum um. Der einzige Fluchtweg war die Tür hinter Orlando. »Wo ist Oboto?«

»Dieser Raum ist von einem versteckten Gang umgeben. Es gibt eine Vielzahl verborgener Sehschlitze. Der Marschall kann zwar nur sehr schlecht verstehen, was wir miteinander reden, aber er kann alles beobachten, was in dieser Kammer vor sich geht. Er hat mir aufgetragen, einen niedrigen Dämonen zu beschwören, damit du zeigen kannst, daß du in der Lage bist, diese Kreaturen zu bannen, wie du behauptet hast. Da er weiß, daß jede Beschwörung einem gewissen Wagnis entspricht, zieht er es vor, uns aus sicherem Abstand zuzusehen. Bist du bereit, deine Kunst unter Beweis zu stellen, Weib?«

Elena überlegte, ob sie den Schurken mit einem Kampfzauber angreifen sollte, um sich dann zu befreien. »Ich brauche meinen Stab, Orlando.«

Der Magier nickte. »Ich sehe zwar nicht, was er dir in deiner Lage nützen könnte, doch dein Wunsch soll dir erfüllt sein.« Orlando trat an die Tür und gab ein Klopfzeichen, woraufhin geöffnet wurde. Dann tuschelte er kurz mit jemandem, den Elena nicht sehen konnte.

Einige Minuten verstrichen, bis die Tür ein zweites Mal geöffnet wurde und man Elenas Zauberstab hereinreichte.

»Nun, Kleine, ich hoffe, mit dem Stab in der Hand wirst du neuen Mut schöpfen.« Orlando warf ihn ihr vor die Füße und zog ein Schwert, das er unter seinem langen Beschwörergewand verborgen getragen hatte.

Die Zauberin bückte sich nach dem Stab. Es tat gut, das vertraute, runengeschmückte Holz zwischen den Fingern zu spüren. Sie würde Orlando und Oboto beweisen, was sie wert war!

Der Magier war zum Räucherbecken hinübergeeilt und streute aus einem Lederbeutel getrocknete Kräuter in die Glut. Während der Rauch immer dichter wurde, begann Orlando mit einem Singsang, den Elena nicht verstehen konnte. Wohl erkannte sie einzelne Worte, die in Bosparani und in einem alten tulamidischen Dialekt gesprochen waren, doch das meiste war ihr unbekannt.

Ohne den Magier aus den Augen zu lassen, trat sie so weit zurück, wie die Kette es zuließ. Zwar konnte sie den Bannzirkel nicht verlassen, doch gelangte sie bis an den Rand des siebengezackten Sterns, so daß der Dämon nicht in ihrem Rücken erscheinen konnte.

Helle Rauchschwaden zogen durch den Raum. Der

Singsang des Magiers war zu einem leisen Flüstern erstorben. Mit klopfendem Herzen begann Elena, den Bannzauber Pentagramma zu intonieren und mit dem Ende ihres Stabes einen unsichtbaren, fünfgezackten Stern auf den Boden zu malen.

Immer dichter wirbelten die Rauchschwaden durch den kleinen Raum. Jeder Atemzug wurde zur Qual. Der Qualm brannte in Augen und Lungen. Es schien, als würde der Rauch durch magische Kräfte in den Dämonenzirkel hineingezogen. Plötzlich ertönte ein langgezogenes, unirdisches Heulen.

Immer lauter schrie Elena ihren Schutzzauber hinaus. Noch einmal glitt ihr Zauberstab über den grob gefügten, steinernen Fußboden.

Inmitten des Rauchs glühten zwei grüne Augen. Ein tiefes Knurren war zu hören, und vor ihr trat steifbeinig ein kalbsgroßer weißer Hund aus dem Rauch.

Noch einmal rief Elena die Formel, doch nichts geschah. Der Zauber schien mißglückt zu sein! Verzweifelt faßte die Magierin ihren Stab fester. Die Bestie mit ihren spannlangen Zähnen könnte sie schon im nächsten Augenblick zerreissen, doch würde sie nicht ohne Widerstand aufgeben!

Der Hund stieß ein tiefes, kehliges Knurren aus und duckte sich, so als wolle er jeden Augenblick losspringen. Hastig trat Elena vor und stieß der Bestie den Stab genau zwischen die Augen. Ohne auf den geringsten Widerstand zu treffen, glitt ihr Zauberstab durch den Schädel des Hundes, durchbohrte dessen Leib und traf auf den steinernen Boden. Die Kreatur stieß ein langgezogenes Heulen aus. Rotes Blut perlte über das weiße Fell des Dämons, dann zerbarst er zu kleinen Rauchwolken.

Fassungslos starrte die Magierin auf den Stab in ihren Händen. Wie hatte sie einen so tödlichen Schlag führen können? Ein ekelhafter Schwefelgeruch lag in der Luft.

Lauter Beifall ließ sie aufblicken. Orlando stand neben dem Räucherbecken und applaudierte ihr. »Bravo, meine Kleine! Du hast Mut! Ich bin sicher, Oboto wird von deinen Leistungen zutiefst beeindruckt sein.«

»Wie konntest du das tun? Du mußt doch wissen, was es bedeutet, einen Dämon herbeizurufen! Bist du dir nicht im klaren, welcher Gefahr auch du dich dabei aussetzt?«

Orlando grinste verschlagen. »Glaube mir, ich weiß, was ich tue. Besser wahrscheinlich, als du dir vorzustellen vermagst.«

2. Kapitel

»Aufmachen! Im Namen des Patriarchen, öffne die Tür oder wir treten sie ein!« Tikian schlug die Augen auf. Es war kein Traum, die Stimmen waren wirklich. Rotes Morgenlicht fiel in schmalen Bahnen durch die Ritzen des Holzladens vor dem Fenster.

Er konnte sehen, wie die Tür seines Zimmers unter wuchtigen Schlägen erbebte. Benommen richtete sich der Söldner auf. Im selben Augenblick stürzte die Tür in das Zimmer und schlug auf den hölzernen Tisch, dem unter der Wucht des Aufpralls die dünnen Beine wegknickten. Drei Soldaten mit Speeren stürmten herein und umstellten sein Bett.

»Ist das der Mann?« Hinter den Stadtgardisten tauchte eine Offizierin in schwarzem Waffenrock auf. An ihrer Seite stand ein junger Mann mit langem, öligem Haar.

»Ja, das ist der Kerl, mit dem Callana gestern nacht gegangen ist!«

Tikian räusperte sich. Er hatte einen gräßlichen, pelzigen Geschmack im Mund, und zu allem Überfluß kehrten auch die Kopfschmerzen zurück. »Darf ich wissen, was ich verbrochen habe …« Einer der Gardisten stieß ihm seinen Speerschaft in die Rippen. »Du redest nur, wenn du gefragt wirst, Kerl!«

Sehnsüchtig blickte Tikian nach seinem Rapier, das am Waffengurt von der Lehne des Stuhls hinabhing.

»Gestehst du den Mord?« Die Anführerin der Gardisten war etwas näher an sein Bett getreten und blickte ihn an. In ihren Augen spiegelte sich blanker Haß. Es war offensichtlich, daß es ihr schwerfiel, die Fassung zu bewahren.

»Wir sollten das Schwein gleich jetzt aufspießen«, grölte einer der Soldaten und zielte mit seiner Speerspitze auf Tikians Hals.

Der Söldner rutschte auf seinem Strohlager zurück, bis er mit dem Rücken zur Wand saß. »Was für einen Mord? Was werft ihr mir da vor! Ich habe die ganze Nacht diese Kammer nicht verlassen.«

Die Offizierin seufzte. »Natürlich! Wie hätte es auch anders sein können! Ich habe in meinem Leben noch nie einen Kerl wie dich getroffen, der den Mut gehabt hätte, seine Taten einzugestehen!«

»Was für Taten?«

»Du bist beschuldigt, in der letzten Nacht die Hure Callana ermordet zu haben. Versuch nicht, es zu leugnen. Deine Nachbarn haben gehört, wie du dich mit ihr gestritten hast.«

Tikian schüttelte fassungslos den Kopf. »Ich schwöre bei allen Zwölfen, daß ich die ganze Nacht mein Zimmer nicht verlassen habe. Ich bin unschuldig!«

»Packt ihn und bringt ihn nach unten! Vielleicht wird er ja gesprächiger, wenn er sein Opfer sieht! Aber ich warne dich, Kerl, das wird kein schöner Anblick, jetzt bei Tageslicht.«

Zwei der Stadtgardisten ergriffen ihn, zerrten ihn vom Bett und führten ihn über den schmutzigen Flur, die schmale Stiege hinab bis in den großen Hinterhof mit seinen rußgeschwärzten Ruinen. Dort hatte sich eine Gruppe Schaulustiger versammelt, Gestalten in abgerissenen Gewändern, keifende Weiber, Bettler und abgehalfterte Söldner. Als sie die Stadtgardisten kommen sahen, bildeten sie eine Gasse. Einige von ihnen zeigten mit Fingern auf Tikian und begannen zu tuscheln.

Am Boden lag ein zerknüllter, schwarzer Umhang, unter dem ein blutiger Fuß herausragte. Die Gardisten lockerten jetzt ihren Griff, und ihre Befehlshaberin gab dem Söldner einen Stoß, so daß er ein Stück nach vorne taumelte.

»Los, zieh meinen Umhang zur Seite und sieh dir an, was du letzte Nacht getan hast, du Schwein!«

»Ich bin nicht ...«

Die Offizierin riß ihr Schwert aus der Scheide und legte Tikian die kalte Klinge an den Hals. »Mach endlich, was ich dir befehle, oder es wird in meinem Bericht heute abend heißen, daß du leider verstorben bist, als du versuchtest, dich deiner Verhaftung zu widersetzen. Glaub mir, es macht mir überhaupt nichts aus, dich auf der Stelle abzustechen. Kerle wie du bedeuten mir weniger als das Schwarze unter meinen Fingernägeln.«

Tikian kniete nieder und zog den Umhang mit einem Ruck zur Seite. Ein Mann kreischte schrill auf. Das Raunen der Schaulustigen wich entsetzter Stille. Der Fechter vermochte nur noch anhand der zerfetzten Kleider, die neben ihr lagen, die schöne Callana zu erkennen. Man hatte ihr am ganzen Körper die Haut abgezogen, so daß sie wie ein großer, blutiger Klumpen Fleisch aussah. Ihre Glieder waren grotesk verdreht, so als habe man ihr die Gelenke gebrochen und auch ihr Kopf war in unnatürlichem Winkel abgeknickt.

Eine Hand packte Tikian mit eisernem Griff im Genick. »Am liebsten würde ich dich gleich hier hinrichten lassen, du Stück Dreck. Was hat sie dir getan? War sie nicht gut im Bett? Oder hattest du einfach nur einen schlechten Tag?«

»Ich schwöre bei Praios, daß ich ihr nichts zuleide getan habe!«

Die Offizierin lachte bitter. »Natürlich! Den Streit zwischen euch, letzte Nacht, den haben sich deine Zimmernachbarn nur eingebildet. Komm, reize mich nur noch ein wenig mehr, du Bastard! Gib mir einen Vorwand, und dir wird der Kerker erspart bleiben!«

»Wartet!« Callanas Lude hatte sich vorgedrängt und griff der Gardistin in den Arm. »Bring ihn nicht einfach so um. Der Kerl hat mich ruiniert! Hundert Dublonen habe ich den Eltern des Mädchens gezahlt, um sie für ein Jahr zu mieten. Sie war noch neu im Geschäft. Nicht einmal zehn Goldstücke hat sie mir bisher eingebracht. Wenn du den Fechter umbringst, dann gibt es niemanden mehr, der für meinen Schaden aufkommen kann. Ich schlage vor, er zahlt mir die hundert Dublonen und noch einmal fünfzig dafür, daß ich Callana sehr lieb gewonnen hatte und sicher noch lange unter ihrem Verlust leiden werde. Nicht daß mir das Geld die schöne Geliebte ersetzen könnte, doch würde es mich zumindest ein wenig trösten.«

»Du glaubst doch nicht im Ernst, daß ein Kerl wie der hier hundertfünfzig Dublonen besitzt!«

Der junge Mann grinste verschlagen. »Im Zweifelsfall stellt er selbst einen gewissen Wert dar. Zusammen mit dem Schwert, das ich oben gesehen habe, müßte es ausreichen, mich zu entschädigen.«

Tikian bäumte sich unter dem Griff der Soldatin auf. »Ich bin frei geboren. Ihr habt kein Recht, mich zum Sklaven zu machen.«

»Frei geboren? Das waren die meisten Sklaven dieser Stadt. Ich habe allerdings meine Zweifel, ob du bei einem Verkauf von diesem Lumpen wirklich auf deine Kosten kommst. Die Preise für Sklaven stehen schlecht, seit der Krieg mit Trahelien begonnen hat. Die Käufer verhalten sich zögerlich. Bald werden Hunderte, wenn nicht gar Tausende von Sklaven aus dem Kriegsgebiet die Märkte überschwemmen. Ich wüßte einen anderen Weg, wie du dich an ihm schadlos halten könntest.« Die Kriegerin zog den Luden ein wenig näher zu sich heran, so daß die Umstehenden ihre Stimme nicht mehr hören könnten. »Es wird diese Nacht ein Silberstechen geben. Dieser Hurensohn hier ist Fechter. Wenn er sich dort gut schlägt, dann wird er dir in einer

Nacht mehr Wettgelder einbringen, als deine Kleine jemals verdient hätte, selbst wenn sie zu jedem Hurensohn dieses Viertels ins Bett gestiegen wäre.«

Der junge Mann strich sich nachdenklich übers Kinn. Dann nickte er schließlich. »Du hast recht. Es ist das Risiko wert. Ich möchte aber, daß klar ist, daß mir alle Besitztümer dieses Bastards gehören. Nur für den Fall, daß er dort abgestochen wird, bevor er sich bezahlt gemacht hat.«

»Das wird sich durch den Schreiber regeln lassen, der heute nacht anwesend sein wird. Und noch etwas. Dafür, daß ich dafür sorge, daß dein Fechter mitkämpfen kann, erhalte ich vierzig Prozent des Gewinns.«

Der Lude zog ein Gesicht, als hätte er in eine Zitrone gebissen, doch dann nickte er. »So sei es!«

Die Offizierin ging neben Tikian in die Knie und packte ihn unter dem Kinn. »Du hast verdammtes Glück, Fechter. Wenn du gut bist, dann wird das hier schon morgen vergessen sein.« Sie nickte kurz in Richtung der Toten. »Trotzdem rate ich dir, aus dieser Stadt zu verschwinden. Wenn es noch eine Leiche in meinem Viertel gibt, kommst du mir nicht mehr so leicht davon.« Sie winkte ihren Männern. »Packt ihn und bringt ihn auf die Wache. Ich hole seine Habseligkeiten oben aus dem Zimmer.«

Tikian hielt die junge Offizierin am Arm fest. »Was ist das Silberstechen?«

Sie grinste boshaft. »Eine Gelegenheit, ein paar Halsabschneider kennenzulernen, die dir ebenbürtig sind.«

Elena blickte noch einmal den langen Gang hinab, um sich zu vergewissern, daß sie niemand beobachtete. Orlando hatte vor knapp einer Stunde zusammen mit Oboto das Haus verlassen. Jetzt war die Gelegenheit! Entschlossen drückte sie die Tür zum Zimmer des Magiers auf und huschte in den großen Raum. Sie wollte wissen, was für ein Mensch er war und womit sie in

Zukunft zu rechnen hatte. Ein wenig in seinen eigenen Sachen herumzustöbern, würde ihr sicherlich Aufschluß über seinen Charakter geben. Nie hatte sie einen Dämonologen wie ihn getroffen, und sie war noch immer ganz verwirrt, wenn sie an die Kreatur dachte, die er heraufbeschworen hatte. Ein Dämon, der sich nicht bannen ließ! Sie hatte Glück gehabt, ihn so leicht und mit nur einem Angriff zu besiegen. Es wäre klüger, nicht zu erwarten, noch einmal so davonzukommen.

Neugierig blickte sie sich in dem großen Zimmer um. Die Fenster waren mit Holzläden verschlossen, und das Gemach war in graues Zwielicht getaucht. Orlando hatte ein riesiges Bett an einer der Wände aufgebaut. Elena mußte lächeln. Sie konnte sich kaum vorstellen, wer dort freiwillig mit dem hageren Zauberer liegen sollte. Er war ungefähr so verführerisch wie ein verstaubter alter Atlas. Die Einrichtung des Zimmers zeugte obendrein von einem barbarischen Geschmack. So standen dicht neben dem Bett zwei kleine Tischchen, die im Rashduler Stil mit Einlegearbeiten aus Elfenbein, roter Koralle und Onyxstücken geschmückt waren. Der Schreibtisch unter dem Fenster hingegen hatte verschnörkelte und vergoldete Beine, so wie es in Grangor Mode war. Dicht daneben stand eine grellbunte, mit Seide bezogene Stellwand aus Maraskan. Offenbar war die Einrichtung aus allen nur erdenklichen Ländern zusammengestellt.

Ein Stapel Bücher lockte Elena zu dem Schreibtisch. Gespannt nahm sie die schweren Folianten in die Hand und las die in Gold geschnittenen Titel auf den Buchrücken. Bücher, das waren die wahren Schätze der Magier. Alles andere war nur belangloser Tand! Gleich zuoberst lag der Band ›Theorie der Wahrnehmung und Beobachtung‹ von Serafin zu Perricum. Der nächste Titel war Sigbans ›Essentia Obscura‹. Das unterste Buch schien das dickste von allen und noch ganz neu. Elena kannte den Titel, denn sie hatte das Werk in Rashdul einmal eingesehen. ›Magie – Macht der Überzeugung‹ war ein Werk, in dem es nicht allein um Magie, sondern auch darum ging, wie man es geschickt anstellte, mehr darzustellen, als man tatsächlich bedeutete. Eine Kunst, die gerade für jene Magier, die davon lebten, ihre Fähigkeiten an häufig wechselnde Geldgeber zu verkaufen, überlebenswichtig war. Allen Büchern war gemeinsam, daß sie von Blendwerk und Einbildungen handelten. Jetzt begriff Elena, warum sie den Dämon nicht hatte bannen können. Er war nur ein Trugbild gewesen, das verpuffte, sobald man es berührte. Offenbar hatte Orlando ihren gemeinsamen Herrn getäuscht. Er war gar kein Dämonologe. Vielleicht hatte er nicht einmal auf einer bedeutenden Akademie studiert?

Mit einem lauten Knall schlug die Tür hinter ihr ins Schloß. Erschrocken fuhr Elena herum. Doch niemand war zu sehen. Einen Augenblick lang hatte sie das Gefühl gehabt, beobachtet zu werden, ja, es schien ihr, daß Orlando hinter ihr im Zimmer stehen würde. Doch alles war so leer und so verlassen wie zuvor. Erleichtert atmete sie auf. Sie sollte jetzt auf dem schnellsten Wege das Gemach des Magiers verlassen!

»Nun kennst du also mein Geheimnis, Elena, oder du glaubst zumindest, es zu kennen.«

Die junge Zauberin erstarrte. Es war die Stimme Orlandos, die zu ihr sprach. Hastig drehte sie sich um, doch das Zimmer schien immer noch verlassen.

»Nun, Kindchen, wunderst du dich? Du solltest niemals versuchen, einen Zauberer zu täuschen. Täuschung ist *mein* Geschäft! Du ahnst vielleicht, daß Oboto und ich niemals wirklich das Haus verlassen haben. Es waren zwei Gestalten, die ich für dich erschuf, als ich merkte, daß du mir gerne hinterherschnüffeln würdest. Und um dies gleich vorwegzunehmen, unser gemeinsamer Herr, Oboto, weiß nichts davon.«

»Was willst du von mir?«

»Diese Frage sollte doch wohl eher ich stellen. Schließlich bist du in mein Zimmer eingebrochen. Aber gut ... Es gibt tatsächlich etwas, was ich will. Es wäre klüger für dich zu begreifen, daß ich der erste Magier im Haus unseres Herrn bin. Ich habe hier die älteren Rechte!«

»Willst du mir drohen, alter Mann?« Elena drehte sich und musterte die dunklen Ecken des Zimmers. Sie versuchte zu begreifen, ob die Stimme ein Zauber oder Wirklichkeit war.

»*Drohen* ist so ein unschönes Wort. Sagen wir doch lieber, daß ich auf deine Klugheit vertraue. Schließlich habe ich dir etwas voraus, das man an keiner Akademie lernen kann. Ich kenne diese Stadt und die Menschen, die in ihr leben, und vor allen Dingen kenne ich Oboto. Es steht außer Zweifel, daß er an deiner Jugend und deiner Schönheit Gefallen findet. Denk einmal darüber nach, ob du vielleicht allein deshalb in seinen Diensten stehst. Diese Vorzüge habe ich ihm zweifellos nicht zu bieten. Doch das wiederum ist auch meine Stärke. Ich bin das, was ich bin, weil er meinen Fähigkeiten als Zauberer vertraut, und ich habe keinen Zweifel daran, daß ich auf dieses Vertrauen auch weiterhin bauen kann.«

»Ahnt er denn nicht, daß alles, was du ihm zu bieten hast, nur Lug und Trug ist. Er weiß wohl nicht, daß du ihn bloß täuschst?«

»So ist es, und wenn du klug bist, dann wird es auch so bleiben. Ich bin der erste Magier in diesem Haus und habe nicht vor, diese Stellung mit dir zu teilen. Auch wenn du heute morgen deine Prüfung zum Schein bestanden hast, bist du für Oboto trotzdem nicht mehr als eine mögliche Geliebte, die netterweise auch über magische Fähigkeiten verfügt. Was glaubst du, warum er dich in seine Dienste genommen hat, obwohl er schon einen Magus hat? Und warum hat er wohl darauf bestanden, daß du in diese Villa einziehst? Es wird nicht mehr lange dauern, dann steht er nachts vor deiner Tür und verlangt nach Einlaß. Überzeuge ihn auf deinem Gebiet, dann werden wir uns nicht in die Quere kommen.«

»Ich kann mich bereit erklären, die Zweite neben dir zu sein, Orlando, doch zur Hure werde ich mich nicht machen. Ich bin frei geboren, und wenn unser Herr etwas von mir verlangt, was ich ihm nicht geben will, dann werde ich sein Haus wieder verlassen.«

Der Magier lachte. »Man merkt, daß du noch nicht lange in Al'Anfa lebst, meine Kleine. Du hast Obotos Gold genommen, und er wird von dir nehmen, was immer er will. Ohne die Zustimmung des Hauses Florios wirst du den Silberberg nicht verlassen. Jedenfalls nicht lebendig. Vergiß nicht, daß du nun einer der mächtigsten Familien des Südens dienst! Den Vertrag, den du mit Oboto eingegangen bist, kann man ein wenig mit einem Dämonenpakt vergleichen. Du wirst Macht und Gold bekommen, wenn du dich klug anstellst, doch glaube nicht, du könntest der Familie den Rücken kehren. Gerade das Haus Florios ist berühmt dafür, das man hier äußersten Gehorsam verlangt. Lehne dich gegen deinen Herrn auf und dein Weg führt ins Verderben!« Für einen Augenblick sah Elena den Schatten eines hageren, nackten Mannes neben der Tür auf dem Boden, doch gleich darauf war der Schemen mit dem Schatten des großen Himmelbettes verschmolzen. Jetzt wußte sie, wie der Alte sie überlistet hatte. Er hatte sich unsichtbar gemacht und sie in seiner Kammer erwartet.

»Und welchen Preis zahlst du, alter Mann?«

»Ich habe mich schon lange darauf eingestellt. Hin und wieder unterhalte ich die Familie mit magischen Kunststückchen, und fast immer, wenn Oboto oder die alte Folsina den Silberberg verlassen, begleite ich sie. Wie die meisten Granden, haben sie seit dem Großen

Brand Angst davor, vielleicht einem magischen Anschlag zum Opfer zu fallen.«

Elena verbeugte sich in Richtung des Bettes. »Ich danke dir für deine Belehrung und werde sicherlich nicht mehr den Fehler machen, dich zu unterschätzen. Dennoch erlaube ich mir, meinen eigenen Weg zu gehen. Ich habe lange genug unter Söldnern gedient, um zu wissen, wie ich mit Männern umzugehen habe, die nur eines von mir wollen.«

»Mache nicht den Fehler, Oboto mit irgendeinem geilen Söldner zu verwechseln. Er mag vielleicht behäbig und ein wenig einfältig wirken, doch ist er ein Mann, der weiß, wie er bekommt, was er haben will.«

3. Kapitel

Tikian starrte auf den strohbestreuten Boden. Durch die dünne Bretterwand der Kammer war das Raunen einer aufgeregten Menschenmenge zu hören. War es unausweichlich, daß er hier gelandet war? Er, ein Adliger, dessen Namen hätte Geschichte machen können. Immer wieder waren es Frauen, die ihn noch ein Stück weiter in den Abgrund rissen. Morena hatte ihn zu Elena geführt, Elena zu Callana – und die unglückliche Hure schließlich ... Er lachte bitter. Barden hätten sicher ihre Freude an einem solchen Schicksal. Den ganzen Tag über hatte er in einer schäbigen Zelle gehockt, und erst nach Einbruch der Dämmerung war er von der Stadtwache in den Kriegshafen überführt worden. Gleich großen, gestrandeten Meeresungeheuern drängten sich die berüchtigten schwarzen Galeeren der Stadt in dem weiten Hafenbecken. Der Patriarch hatte wirklich eine Flotte von über hundert Schiffen zusammengezogen. Überall war das Lärmen ausgelassener Söldner zu hören, und längs der Befestigungsmauern waren hunderte weißer Zelte aufgeschlagen, in denen all jene Krieger und Matrosen untergebracht waren, für die es in den Kasernen der Stadt keinen Platz mehr gegeben hatte. Nur ein Admiral fehlte ihm. Tikian schmunzelte. Vier Götternamen waren vergangen, seit der Pirat El Harkir bei Nacht in den Kriegshafen gesegelt war und den Hochadmiral Paligan von seinem Flaggschiff Golgari entführt hatte. Die Stadt konnte die Demütigung nicht vergessen, und es gab Gerüchte, daß der Patriarch erwog, seine gesamte Seemacht einzusetzen, um das Perlenmeer ein für allemal von Piraten zu säubern.

Hinter der Bretterwand ertönte tosender Beifall, und die schmale Tür zu dem Verschlag, in dem er gewartet hatte, wurde aufgestoßen. Ein glatzköpfiger, gedrungener Mann trat ein. »Bist du bereit?«

Tikian streckte sich und griff dann nach Rapier und Parierdolch. »Gehen wir!«

»Warte, warte!« Der Dicke zog eine schwarze Seidenmaske hinter seinem Gürtel hervor und reichte sie ihm. »Trag das hier, es wird dich ein wenig auffälliger machen. Du bist doch aus dem Lieblichen Feld, nicht wahr? Die Leute da draußen wollen für ihr Geld etwas geboten bekommen. Ich werde eine kleine Geschichte von dir erzählen, und du trägst diese Maske. Verstanden?«

Der Fechter betrachtete die Maske in seinen Händen. Sie war schon alt und die Seide war rissig geworden. Er mußte an die prächtigen Bälle in Grangor denken, erste Liebesschwüre, und wie er auf einem dieser Feste der Königin vorgestellt worden war. Wortlos führte Tikian die Maske an seine Lippen und küßte sie, dann band er sie um.

»Du bist ein seltsamer Mann. Ich hoffe, das Publikum findet Gefallen an dir. Folge mir jetzt!« Der Glatzkopf führte Tikian durch einen kurzen Gang in eine vielleicht im Durchmesser acht Schritt breite, sandbestreute Arena. Rings herum erhoben sich Tribünen, auf denen sich die Reichen und Mächtigen der Stadt mit ihren Beschützern, Geliebten und Lustsklaven versammelt hatten. Auf der Wache hatte Tikian von einem der anderen Gefangenen erfahren, was das Silberstechen war. Zwei- oder dreimal im Jahr wurde es veranstaltet. Anders als bei den offiziellen Arenakämpfen waren die Reichen hier unter sich. Der Eintritt kostete mehr, als ein Hafenarbeiter in einem ganzen Jahr verdiente. Es sich leisten zu können, einen Platz auf den grob gezimmerten Tribünen der Lagerhalle zu ergattern, bedeutete, daß man wichtig war, und ein Kaufmann, der gar einen berühmten Gladiator aufbot, damit er hier kämpfte, konnte sicher sein, daß man ihm in Zukunft mehr Aufmerksamkeit und Achtung entgegenbrachte.

Von der Decke der Lagerhalle hingen prächtige Kristalleuchter mit unzähligen Kerzen, die den hohen Raum in fast taghelles Licht tauchten. Mit Sicherheit waren die Leuchter nur für diese eine Nacht in die Halle gebracht worden. Ebenso wie die Brokatstoffe und die Seidenkissen, mit denen die Tribünen geschmückt waren.

In der Halle war es drückend heiß und roch nach Ruß, Schweiß, teuren Parfüms und Pfeifenkraut. Zwei Sklaven streuten frischen Sand aus, um einen großen dunklen Fleck in der Mitte der Arena verschwinden zu lassen. Tikian verzog den Mund zu einem schiefen Grinsen. Wenn sein Vater ihn hier sehen könnte, dann würde ihm wohl auf der Stelle das Herz stehenbleiben.

Der junge Fechter reckte stolz das Kinn vor und trat mitten in die Kampfbahn. Er würde diesem verkommenen Haufen zeigen, wie sich ein Adliger aus dem alten Reich schlug. Sie mochten vielleicht begütert sein, doch dafür hatte seine Familie eine Geschichte, die so alt war wie die Geschichte dieses Kontinents, und keiner aus seinem Geschlecht hatte im Angesicht des Feindes jemals ehrlos gehandelt. Er mochte Fehler gemacht haben in seinem Leben, doch seine Ehre hatte er niemals besudelt!

Tikian stand jetzt in der Mitte der Arena und blickte zu den überfüllten Rängen hinauf. Da waren die von Fett und Schminke glänzenden Gesichter der Granden, der Herren der Stadt, wunderschöne und verruchte Frauen, in Seide und Kaimanleder gekleidet, beleibte Eunuchen aus der Khom, ein mittelreichischer Gesandter in einem Wams aus Brokat und mit einem breiten

Schlapphut, Kapitäne mit wettergegerbten Gesichtern, junge Offiziere mit überheblichem Blick und Sklavenhändler in phantastischen Gewändern. Ein wenig erinnerte Tikian die erlauchte Gesellschaft an das Publikum eines Maskenballs und …

»Würdest du mir vor deinem Ableben noch ein wenig deiner Aufmerksamkeit gönnen, eitler Stutzer?«

Erschrocken drehte Tikian sich um. Hinter ihm hatte der zweite Kämpfer die Arena betreten. Es war ein mittelgroßer Krieger, der sein langes schwarzes Haar zu zwei Zöpfen geflochten hatte. Er trug nur Stiefel und eine Lederhose. Sein Oberkörper war nackt und mit Öl eingerieben. Als Waffe führte er eine riesige Zweihandaxt.

»Freunde, laßt mich die jungen hoffnungsvollen Combattanten in diesem Kampf vorstellen«, rief der glatzköpfige Kerl, der Tikian in die Arena gebracht hatte, dem Publikum entgegen. »Auf der Linken seht ihr den Herausforderer, Noran den Steppenwolf. Der Norbarde war in seiner Heimat im Norden ein gefürchteter Kämpfer, bis ihn der Ruhm dieser Arena in den Süden gelockt hat. Dreimal hat er allein im letzten halben Jahr im Duell gesiegt, und er ist auf dem besten Wege, in die Reihe der wirklich großen Gladiatoren aufzusteigen. Auf der Rechten hingegen seht ihr Tikian von Kuslik, den man auch den schnellen Tod nennt, einen jungen Gardehauptmann der Tyrannin Amene, der nach einer kurzen Affäre mit der alten Schlange in Ungnade fiel und das Liebliche Feld eiligst verlassen mußte, nicht ohne vorher einige seiner ehemaligen Kameraden, die den Fehler begingen, ihn verhaften zu wollen, zu Boron zu schicken.« Von den Rängen ertönte verhaltenes Gelächter. »Und nun meine beiden, zeigt, wer von euch der bessere ist!« Der Glatzkopf machte sich eilig aus der Arena davon.

»Nun, Kleiner, dann heb' mal deine beiden Zahnstocher an und mach dich fürs Sterben bereit«, höhnte Noran und ließ dabei drohend seine Axt kreisen.

»Es wird mir ein Vergnügen sein, dir mein Rapier zwischen die fauligen Zähne zu stoßen, du stinkender Ziegenbock.« Tikian streckte die Linke mit dem Parierdolch vor und hob die Rechte mit dem Rapier, zum Stoß bereit, so daß der Korb der Waffe fast seine Wange berührte. Einen Atemzug lang maßen die beiden Kämpfer einander mit Blicken, dann stieß Noran einen wilden Schrei aus und stürmte vor. Seine Axt zog einen schimmernden Kreis und zielte auf den linken Arm des Fechters. Es war unmöglich, einen solchen Angriff mit leichten Klingen zu parieren. Tikian machte einen Satz nach hinten, rollte sich über die Schulter ab und brachte den Norbarden mit einer Beinschere zum Straucheln.

Der Axtkämpfer stürzte der Länge nach in den Sand, kam aber fast augenblicklich wieder auf die Beine. Er hatte sich die Fingerknöchel aufgeschrammt und bebte vor Wut. »Du hüpfst ja wie ein Frosch, mein Kleiner.«

»Und du fällst mit der Anmut eines nassen Mehlsacks.«

Noran grinste. »Ich kann auch anders. Dich schneide ich in kleine Stücke, und ich verspreche dir, daß dein Blut bis zu den obersten Rängen hinaufspritzen wird.«

»Große Worte für einen mittelmäßigen Kämpfer. Zeig mir, daß du nicht nur mit dem Mundwerk zu streiten verstehst!«

Der Norbarde verzog das Gesicht zu einer wütenden Grimasse. Seine Axt schnitt durch die Luft und beschrieb dabei eine Acht. Langsam kam er auf Tikian zu. Immer schneller wirbelte dabei die Axt, so daß es unmöglich war, diese Deckung mit einem schnellen Stoß zu durchbrechen. Tikian hob seine Waffen und machte einen Schritt zurück. Zögerlich versuchte er, mit einem seitlich geführten Hieb eine der Hände des Axtkämpfers zu treffen, doch er fehlte – und Noran zerfetzte ihm mit einem raschen Gegenangriff das Hemd.

Keuchend machte Tikian einen Satz zurück. Ein Fingerbreit hatte nur gefehlt, und Noran hätte ihm die Rippen zertrümmert. Er mußte es schaffen, die Deckung des Norbarden zu unterlaufen. Wenn er einmal an der Axtklinge vorbei war, dann wäre die schwere, unhandliche Waffe nutzlos für seinen Gegner. Langsam nach hinten ausweichend, beobachtete er den Norbarden. Noran führte immer denselben Schlag. Auch das Tempo, mit dem er die Acht schlug, hatte sich nicht mehr weiter gesteigert.

Von den Rängen ertönten Buhrufe. Tikian kniff die Augen zusammen. Würde der Korb des Rapiers der Wucht eines solchen Hiebes standhalten? Er müßte den Schaft der Axt auffangen. Wenn er sich verschätzte und die Axtschneide auf den Korb aus gehämmerter Bronze traf, dann würde ihn das seine rechte Hand kosten.

Tikian atmete aus. Noch einmal verfolgte er Bahn und Geschwindigkeit der Axt. Dann setzte er mit einem kühnen Satz vor. Krachend schlugen die Waffen aufeinander. Die Wucht der Axt prellte dem Fechter fast das Rapier aus der Hand, und Tikian stöhnte vor Schmerzen auf. Er hatte es geschafft! Er hatte den Schaft der Axt getroffen. Mit einem niedrig geführten Stich stieß er dem Norbarden den Parierdolch unter den Rippenbogen. Dann machte er einen raschen Satz zurück.

Die Klinge des Dolches war bis zum Heft mit dunklem Blut besudelt. Noran packte sich mit der Linken auf den Bauch. Gleichzeitig versuchte er, mit der anderen Hand die schwere Streitaxt zu heben. Wollte dieser Bastard denn nicht sterben? Der Stahl mußte ihm durch Herz und Lunge gefahren sein!

»Verrecke!« Taumelnd stürmte der Norbarde vorwärts. Tikian wich mit einem Schritt zur Seite aus und verpaßte Noran mit der flachen Seite des Rapiers einen

Schlag quer über den Rücken. Der Krieger stürzte der Länge nach in den Sand. Das Publikum jubelte.

Noran versuchte noch einmal, auf die Beine zu kommen. Tikian umrundete den Axtkämpfer und sah ihm ins Gesicht. Dem Norbarden tropfte Blut von den Lippen. Er war leichenblaß. Mit zitternden Armen wollte er sich aufstemmen, doch seine Kraft reichte nicht aus. Schließlich knickten ihm die Arme zur Seite, und er schlug mit dem Gesicht voran in den Sand.

Der glatzköpfige Kerl war in die Arena zurückgekehrt und drehte den Leichnam des Norbarden herum. Mit einem schmuddeligen Tuch wischte er ihm Blut und Sand vom Bauch und wies dann auf die Wunde unter dem Rippenbogen. »Seht her, meine Freunde! Eine Wunde, klein wie ein Moskitostich, hat den Axtkämpfer gefällt. Das ist die Handschrift eines wahrhaft großen Kämpfers! Ehrt Tikian, den schnellen Tod, den verstoßenen Hauptmann der Garde!«

»Ja, ein Vivat auf den Stecher der Königin!« grölte eine Frauenstimme. Ihr Zwischenruf wurde mit schallendem Gelächter quittiert. Rund um Tikian schlugen schimmernde Münzen in den Sand.

»Es ist jetzt Zeit zu gehen«, raunte ihm der Glatzköpfige ins Ohr. »Die Münzen werden meine Sklaven einsammeln und deinem Herrn bringen. Du mußt dich jetzt ausruhen. Dein Lude hat dich für noch einen Kampf angemeldet. Danke Boron, daß du diesmal davongekommen bist.« Ein Sklave nahm Tikian am Arm und führte den Kämpfer aus der Arena in einen Raum, in dem eine Pritsche aufgestellt war.

Mira, die Offizierin der Stadtwache, und Hamilkar, der Lude, erwarteten ihn dort bereits. Die Kriegerin nickte ihm anerkennend zu. »Du hast dich gut geschlagen. Wenn ich das vorher geahnt hätte, dann hätte ich nicht nur zwei Schillinge, sondern meinen ganzen Monatssold gesetzt. Die Wetten standen fünf zu eins gegen dich, Tikian.«

Hamilkar grinste zufrieden und strich über den prallen Geldbeutel an seiner Seite. »Du hättest auf mich hören sollen, Mira. Ich habe alles gesetzt, was ich besitze, und ich werde es wieder tun.«

Die Kriegerin runzelte die Stirn. »Weißt du etwa schon, gegen wen er als nächsten antreten wird?«

Der Lude schüttelte den Kopf. »Das ist mir gleich. Ich habe ihn kämpfen sehen. Das genügt mir! Er wird wieder gewinnen.«

Tikian ließ sich mit einem Seufzer auf der Pritsche nieder. »Wieviel Geld bin ich euch schuldig?«

»So sollten wir nicht miteinander reden, mein Freund.« Hamilkars Stimme klang so freundlich und einschmeichelnd wie die eines Roßtäuschers. »Weißt du, laß uns die Auseinandersetzung von heute morgen doch einfach vergessen. Was bedeutet schon Callana? Sie war ein Stück Dreck. Du weißt das, und ich weiß das. Ich bin sicher, du hattest einen guten Grund, sie zu Boron zu schicken. Jetzt, da du auf dem Weg bist, ein Gladiator zu werden, brauchst du jemanden, der sich um dich kümmert, neue Kämpfe für dich vorbereitet und dafür sorgt, daß die Wettquoten günstig stehen. Es gibt tausend Kleinigkeiten zu erledigen, mit denen du dich als Kämpfer nicht belasten solltest. Ich könnte das alles für dich tun. Ich kenne die Stadt und ihre Gesetze. Wenn du eine Frau willst, ich besorge sie dir, oder Rauschkraut oder was auch immer. Du wirst auf die Feste der Granden eingeladen werden, wenn du noch zwei oder drei gute Kämpfe austrägst. Wer weiß, vielleicht landest du sogar im Bett einer Grandessa und steigst zu den Mächtigsten der Stadt auf. Doch um all das zu erreichen, brauchst du einen zuverlässigen Freund.«

Angewidert blickte Tikian zu dem Zuhälter mit seinen öligen Haaren und den seidenen Gewändern auf. »Du lebst immer auf Kosten anderer, Hamilkar, nicht wahr?«

»O nein, das siehst du vollkommen falsch! Ich opfere mich geradezu auf. Nimm Callana zum Beispiel. Ich habe ihr immer nur die besten Kunden besorgt. Nicht einmal war ein Kerl dabei, der sie genommen hätte, ohne dafür zu bezahlen. Wir könnten ein genauso gutes Paar werden. Du brauchst mich!«

»Ich kann mir beim besten Willen nicht vorstellen, deine Hure zu sein, Hamilkar. Aber wenn du etwas für dein Geld tun willst, dann besorge mir einen Bader, der mir den rechten Arm massiert. Er ist noch ganz taub vom Schlag des Norbarden.«

»Ich werde dir jemanden holen, den Besten, den es hier im Hafen gibt. Und dann wirst du dir mein Angebot noch einmal überlegen. Du siehst ja, daß du mich brauchst.«

Jesabela hatte sich entschieden, gegen den jungen Fechter einen Brustharnisch zu tragen. Der Küraß machte sie zwar langsamer, doch würde er sie vor den tödlichen Stichen von Rapier und Parierdolch bewahren. Auf weitere Panzerung verzichtete sie. Zu der Rüstung trug sie eine kurze Tunika, die ihr gerade bis zur Mitte der Oberschenkel reichte. Das Haar hatte sie mit Bändern und Kämmen hochgesteckt, damit es ihr im Kampf nicht die Sicht behinderte.

Im Grunde war sie sich sicher, den jungen Hauptmann schnell besiegen zu können. Wenn er denn überhaupt ein Hauptmann war und die Geschichte, die der Gubernator Egiliano über den Fechter erzählt hatte, stimmte. Jesabela schmunzelte. Es stellte sie der kleine, glatzköpfige Mann schließlich auch immer als Tochter eines der berüchtigtsten Piraten des Südmeeres vor, obwohl ihr Vater nur ein einfacher Brabaker Fischer war.

Mit siegessicherem Lächeln hob sie ihre beiden leicht gebogenen Kurzschwerter zum Gruß. »Wollen wir unser tödliches Spiel beginnen?«

Der junge Fechter nickte stumm. Er war ein wenig blaß. Jesabela spürte, daß er Angst vor ihr hatte. Das war gut! Angst war stets ein schlechter Ratgeber. So würde sie es leichter mit ihm haben! Lauernd umkreisten sie einander. In der Lagerhalle herrschte atemlose Stille. Sie hatte einen guten Namen in der Stadt. Dreizehnmal war sie in der Arena siegreich gewesen, und sie zählte zu den bedeutendsten Gladiatorinnen. Ob der Gardehauptmann das wohl wußte? Sie hatte ihn nie zuvor gesehen, ja nicht einmal von ihm gehört. Vermutlich war er neu in der Stadt. Nun, es würde ihm nicht mehr viel Zeit bleiben, die Freuden zu genießen, die Al'Anfa, die Perle des Südens, zu bieten hatte.

Gewandt parierte sie eine Serie von Hieben und Stichen, mit der der Fechter versuchte, eine Schwäche in ihrer Deckung zu suchen. Der Kleine war ein kluger Kämpfer. Es war offensichtlich, daß er nicht all seine Kraft in diesen Angriff gesteckt hatte. Er wollte sie lediglich kennenlernen. Lauernd umkreisten sie einander. Es war an der Zeit, die Spielereien zu beenden!

Jesabela machte einen Ausfall und zielte mit ihren Schlägen abwechselnd auf Kopf und Knie des Hauptmanns. Bald schon konnte sie sehen, wie dem jungen Fechter der blanke Schweiß auf der Stirn stand. Er hatte Schwierigkeiten, die schnellen Angriffe abzuwehren. Ein Treffer zerschnitt ihm den Ärmel und ließ einen roten Striemen auf seinem Arm zurück. Er erwiderte ihn mit einem schnellen Degenstoß, der auf Jesabelas Bauch zielte. Die Gladiatorin fing seine Waffe mit gekreuzten Schwertern ab und er antwortete sofort, indem er versuchte, ihr den Parierdolch in den Arm zu stoßen. Mit einem Satz nach hinten brachte sich die Kriegerin in Sicherheit. Der Kleine war wirklich gut! Sie würde eine etwas schnellere Gangart anschlagen müssen. Schade, daß man einen so talentierten Kämpfer einfach in den Tod schickte. Beim Silberstechen gab es keine Gnade! Das Publikum wollte, daß einer der Duellgegner starb.

Dieser Tikian hatte durch die größere Reichweite seines Rapiers einen leichten Vorteil. Jesabela mochte lange Stichwaffen nicht. Sie mußte das Rapier unterlaufen oder zur Seite schlagen. Mit ihren Kurzschwertern konnte sie wuchtigere Hiebe führen. Wenn es ihr gelang, das Rapier zu binden und auf Körpernähe zu gehen, dann standen die Aussichten gut, dem Hauptmann das zweite Schwert in den ungeschützten Bauch zu stoßen. Bauchwunden waren beim Publikum sehr beliebt. Der Verletzte starb unter großen Schmerzen, und es dauerte eine Weile, bis er sein Leben aushauchte. Genau das wollten sie sehen, die fetten zufriedenen Granden und die unnahbaren Boronpriester.

Das Klingen der Schwerter war das einzige Geräusch in der Arena. Gebannt verfolgte das Publikum ihren Kampf. Nur hin und wieder gab es einen Zwischenruf, wenn eine Wette erhöht oder zurückgezogen wurde. Jesabela hatte gelernt, auf diese Gebote zu achten, denn sie spiegelten den Marktwert eines Kämpfers wider. Ärgerlicherweise standen die Wetten auf Tikian fast genauso hoch wie auf sie selbst. Für einen Neuling war das ungewöhnlich!

Mit einem wuchtigen Schlag fegte sie das Rapier des Hauptmanns zur Seite, fing die Klinge mit der hochgebogenen Parierstange ihres Schwertes ein und führte mit der linken Hand einen Stich gegen den Bauch des Fechters. Doch der Kerl war zu schnell! Als hätte er den Angriff geahnt, zuckte sein Dolch vor, und diesmal war er es, der seine hochgezogenen Parierstangen nutzte, um ihre Klinge zu binden. Jesabela biß die Zähne zusammen. Wenn es ihr gelang, ihn niederzustoßen, dann würde sie gewinnen. Keuchend rangen sie miteinander um einen Vorteil. Sie versuchte, die Ferse ihres rechten Fußes hinter sein linkes Bein zu haken und ihn aus dem Gleichgewicht zu bringen, doch er wehrte sich mit einem kurzen Tritt.

Mit der Linken war sie kräftiger als er. Zoll für Zoll gelang es ihr, die beiden ineinander verkanteten Waffen immer tiefer zu drücken, so daß die Klinge des Parierdolchs jetzt bedrohlich auf Tikians Oberschenkel zeigte. Schon berührte die Dolchspitze seine Hose. Jesabela drückte noch einmal mit aller Kraft zu. Der Arm des Fechters zitterte vor Anstrengung. Er konnte nicht länger gegenhalten! Sein eigener Dolch schnitt ihm in den Oberschenkel. Tikian stöhnte auf vor Schmerzen. Jetzt war es zu Ende!

Jezabela zog das Knie an und verpaßte dem Fechter einen groben Stoß in den Magen. Im selben Augenblick gelang es ihr, das Schwert in der Rechten wieder frei zu bekommen, und sie führte einen schnellen Schlag nach dem Hals des Fechters. Doch der Kerl duckte sich weg und antwortete mit einen Stoß nach ihrem Fuß. Sie riß die Waffe herum, um den Angriff zu parieren, doch sie war zu langsam. Mit leisem Knirschen fuhr ihr der Stahl des Rapiers durch das Fußgelenk.

Der Fechter machte einen Satz zurück. Zur Parade bereit, hielt er Rapier und Parierdolch erhoben. Dunkles Blut floß sein Bein hinab und tropfte vom Stiefel in den hellen Arenasand. Vorsichtig versuchte Jesabela, den rechten Fuß zu belasten. Ein sengender Schmerz pochte in der Wunde. Sie mußte mit dem rechten Bein niederknien. Es würde sie nicht mehr tragen. Das also war das Ende! Der Fechter hatte jetzt leichtes Spiel. Er konnte sie angreifen und einfach niederstechen. Sie wäre nicht mehr schnell genug, um seinen Angriffen auszuweichen. Aber sie würde sich nicht ergeben und einfach auf den Todesstoß warten! Sie hob ihre beiden Schwerter und nickte dem Hauptmann zu. Sie war bereit zur letzten Runde!

Doch der Kerl griff nicht an. Statt dessen senkte er

sogar die Waffen. »Ich habe gewonnen! Jesabela ist nicht mehr in der Lage, sich angemessen gegen mich zu verteidigen. Der Kampf ist damit beendet!«

Einen Augenblick lang herrschte atemlose Stille in der Arena. Dann setzte ein Konzert aus schrillen Pfiffen und Buhrufen ein. »Bring sie um! Stich sie ab, du Feigling. Sie hat es nicht besser verdient.«

Egiliano, der Gubernator, kam aufgeregt vom Rand der Arena zu Tikian herübergelaufen und redete dann wild gestikulierend auf den Kämpfer ein. Jesabela konnte nur einzelne Wortfetzen verstehen, doch es war offensichtlich, daß der Glatzkopf diesem Verrückten noch einmal die Regeln des Silberstechens erklärte. Aber der junge Kämpfer schüttelte nur den Kopf. Dann warf er seine Waffen in den Sand der Arena.

Egiliano wurde abwechselnd weiß und rot. Die wütenden Schreie des Publikums wurden immer lauter. Der Gubernator kam jetzt zu ihr herübergelaufen, packte ihre Rechte und riß sie in die Höhe. »Hiermit erkläre ich Jesabela, die Piratin, zur Siegerin, denn, wie wir alle sehen konnten, ist Tikian nicht in der Lage, sie zu bezwingen. Der Zweikampf ist hiermit beendet!«

Mehrere Männer auf der Tribüne forderten lautstark, daß die Wetten nichtig gemacht werden sollten, und eine Frau keifte wütend, der ganze Kampf sei nichts als ein abgesprochener Wettbetrug gewesen.

Zwei Sklaven waren herbeigeeilt, um der Gladiatorin auf die Beine zu helfen. Sie konnte diesen Gardehauptmann nicht begreifen. Er war so kurz davor gewesen, in die Riege der geachtetsten und bestbezahlten Gladiatoren der Stadt aufzusteigen! Sie hätte keine Skrupel gehabt, einen verwundeten Gegner zu töten. Ärgerlich stieß sie die beiden Sklaven zur Seite, humpelte ein Stück auf den Fechter zu und neigte ihr Haupt vor ihm. »Ich danke dir für mein Leben, auch wenn ich dich nicht darum gebeten hätte, mich zu verschonen. Du warst der bessere von uns beiden. Noch nie bin ich gegen einen Kämpfer angetreten, der es mehr als du verdient hätte, Ritter genannt zu werden. Ich bin stolz darauf, dich kennengelernt zu haben, Tikian.«

Der Fechter erwiderte ihre Verbeugung. »Es war mir eine Ehre, gegen dich gekämpft zu haben, und ich hoffe, daß deine Wunde gut verheilen wird, Jesabela.«

Die Gladiatorin lächelte. Dann winkte sie den beiden Sklaven. Der Schmerz in ihrem Fuß war so stark, daß sie kurz davor war, ohnmächtig zu werden. Das hätte ihr gerade noch gefehlt! Noch nie zuvor war sie nicht mehr in der Lage gewesen, die Arena aus eigener Kraft zu verlassen. Sie lächelte Tikian zu, dann ließ sie sich von den beiden Sklaven stützen und fortbringen. Mochten die Götter diesem jungen Narren gnädig sein!

Elena atmete erleichtert auf. Er lebte! Was bei Rastullah mochte Tikian nur in die Arena verschlagen haben? Oboto, den sie neben zwei Kriegern als Leibwächterin zum Silberstechen begleitet hatte, war bester Laune. Er hatte zehn Dublonen auf die Fechterin gesetzt und freute sich, seinen Wettgewinn ausgezahlt zu bekommen, obwohl Jesabela eigentlich verloren hatte.

Eben wurde die Gladiatorin von zwei Sklaven aus der Arena begleitet. Was jetzt wohl mit Tikian geschehen würde? Einige wütende Wetter forderten, daß man ihn in der Arena hinrichten solle. Neben dem glatzköpfigen Veranstalter der Schaukämpfe war ein kleiner Kerl mit öligen Haaren aufgetaucht, der Egiliano etwas ins Ohr flüsterte. Schließlich nickte der Herr der Arena und schlug mit der erhobenen Faust in seine flache Hand. Nur einen Lidschlag später ertönte ein mächtiger Gong, dessen Klang allen Lärm übertönte.

Egiliano breitete die Arme aus und drehte sich langsam um seine Achse, so wie ein Jahrmarktartist, der mit großer Geste um die Gunst seines Publikums buhlte. Als der dritte Gongschlag verhallt war, wurde es still in der Lagerhalle.

»Liebe Freunde, ich bin untröstlich, daß dieser Zweikampf ein so unschönes und enttäuschendes Ende genommen hat. Ich möchte jeden von euch, der durch den Fechter Geld verloren hat, mit einem Pokal voller Dattelwein entschädigen, wie ihn nicht einmal der Kalif in Mherwed zu trinken bekommt.« Egaliano lachte leise. »Ihr müßt wissen, vor ein paar Tagen besuchten mich zwei zwielichtige Gesellen, die in der Wüste eine ganze Karawane gefunden hatten, die auf dem Weg zur Kalifenstadt verlorengelangen war.« Unwilliges Murren wurde laut, und der Gubernator beeilte sich fortzufahren. »Doch das ist nur eine Kleinigkeit. Reizvoller dürfte für euch sein, daß der Fechter hinter mir als Sklave zum Verkauf steht. Er ist des Mordes an einer Hure für schuldig befunden worden, und täuscht euch nicht in diesem vermeintlich so edlen Ritter, denn dieser *Edelmann* hat der kleinen Nutte bei lebendigem Leibe das Fell abgezogen. Wenn es euch also gelüstet, ihn ähnlich zu behandeln, weil er euch viel Wettgeld gekostet hat, so habt ihr nun Gelegenheit, ihn zu eurem Vergnügen zu ersteigern. Das erste Gebot für den Fechter mache ich selbst. Hundert Dublonen ist mir seine Haut wert. Wer bietet mehr?«

Elena starrte ungläubig in die Arena. Sie konnte nicht glauben, daß Tikian ein Mörder sein sollte. Etliche der Kaufleute beteiligten sich an der Versteigerung. Es schien, als habe sich der Fechter mit seinem Edelmut die Hälfte des Geldadels der Stadt zum Feind gemacht.

»Gefällt Euch der Mann, meine Liebe?« Oboto hatte sich von seinen Seidenkissen erhoben und zu ihr hinübergebeugt. Sein Atem roch nach teurem Wein. Er rieb seine Hände, so daß das Leder seiner schwarzen Stulpenhandschuhe leise knirschte.

»Er hat mir einmal vor langer Zeit das Leben gerettet. Ich stehe in seiner Schuld, doch ich kann es mir nicht leisten mitzubieten. Hört nur, Herr, das Gebot steht schon bei hundertundsiebzig Dublonen.«

Der Marschall der Stadtgarde knetete nachdenklich sein Doppelkinn. »Wenn Wir Euch in dieser Angelegenheit ein wenig entgegenkommen würden, wäret dann auch Ihr bereit, Uns heute Nacht ein wenig entgegenzukommen. Sagen Wir, bis in Unser Schlafgemach?« Oboto lächelte anzüglich.

Elena hatte Mühe, ihren Ekel zu unterdrücken. Sie hätte nicht erwartet, daß der Marschall so offen und unverblümt aussprechen würde, was er von ihr wollte. Sie blickte wieder hinab in die Arena. Die meisten Bieter waren mittlerweile aus der Versteigerung ausgestiegen. Der Preis war bis auf zweihundertundzehn Dublonen gestiegen. »Und wie groß würde Euer Entgegenkommen sein, Herr?«

»Wir reden über fünfhundert Dublonen!«

Elena dachte an den Kampf im Dschungel. An die beiden Mohakrieger, die auf sie zugelaufen waren, und daran, wie Tikian ihr das Leben gerettet hatte. Ohne ihn würde ihr Kopf jetzt am Gürtel eines dieser Krieger hängen ... »Ich nehme an«, flüsterte sie leise.

»Was sagt Ihr? Wir können Euch nicht verstehen?« Oboto grinste.

Die Magierin war sich sicher, daß der Marschall sehr wohl verstanden hatte. Er wollte sie demütigen. »Ich nehme Euer überaus großmütiges Angebot an, Herr!«

Der Grande löste einen kleinen Lederbeutel von seinem Gürtel und warf ihn ihr zu. »Das sind Perlen im Wert von fünfhundert Dublonen. Damit sind Wir handelseinig. Wir hoffen, Ihr wißt Unsere Wertschätzung anzuerkennen. Selbst die teuersten und besten Huren der Stadt kosten für eine Nacht nur den zehnten Teil dessen, was Wir für Euch bezahlt haben.«

»Mit Verlaub, Herr, gestattet mir anzumerken, daß

ich keine Hure bin und Euer Vergleich deshalb nicht zutreffend sein kann.«

»Für Uns seid Ihr eine Hure, Elena. Wir kennen kein anderes Wort für eine Frau, die sich für Geld einem Mann hingibt. Das heißt allerdings nicht, daß Ihr Uns deshalb weniger begehrenswert erscheint. Wir mögen Frauen, die etwas Verruchtes an sich haben.«

Die Magierin ballte die Fäuste. Einen Augenblick lang lag ihr eine bissige Antwort auf der Zunge, doch sie war der Gnade des Marschalls ausgeliefert, und so schluckte sie ihren Zorn herunter. Das Gebot für Tikian stand auf zweihundertundfünfzig Dublonen.

Elena erhob sich von ihrem Platz. »Ich biete dreihundert für den Fechter!«

Egiliano blickte zu ihr hinauf und lächelte. »Hier haben wir eine Dame, die den Wert ritterlicher Tugenden kennt. Dreihundert sind geboten! Bietet jemand mehr?« Zwei der Mitbietenden, die weiter unten standen, warfen Elena böse Blicke zu und ließen sich dann auf ihren Kissen nieder.

»Dreihundert Dublonen! Wer bietet mehr?«

»Vierhundert!« – erklang eine dunkle Altstimme von der anderen Seite der Arena. Eine schwarzhaarige Frau in einem Kleid aus Schlangenleder hatte sich erhoben und lächelte Elena herausfordernd an …

Die Magierin biß sich vor Wut auf die Lippen. Wer war dieses Flittchen? Wollte sie nur den Preis in die Höhe treiben? Was konnte sie von Tikian wollen? Vierhundert Dublonen, das war der Preis für einen Zunftmeister oder einen kampferprobten Gladiator. Es war still in der Halle geworden. Voller Erwartung richteten sich Dutzende Augenpaare auf sie.

»Vierhundertundfünfzig Dublonen!« Elenas Stimme klang ein wenig heiser. Was für eine Summe! Damit hätte sie an der Magierakademie in Rashdul mehr als ein Studienjahr bezahlen können.

»Fünfhundert Dublonen!«

Elena keuchte. »Fünfhundertundzwanzig.« Das war alles, was sie besaß. Tikian blickte aus der Arena zu ihr hinauf. Was er jetzt wohl dachte? Glaubte er am Ende gar, sie wollte ihn ersteigern, um ihn zu demütigen? Sein Gesichtsausdruck war nicht zu deuten. Er wirkte, als habe er sich aufgegeben.

»Ich biete fünfhundertundfünfzig Dublonen für den Fechter«, erklang die Stimme von der anderen Seite der Halle.

»Fünfhundertundfünzig Dublonen!« Egiliano sprach die Worte in einem eigenartigen Singsang. »Was für ein Preis für einen Gladiator, der seine Gegner nicht zu töten vermag! In dieser Stadt sind schon Fürstenkinder billiger verkauft worden. Ist dies das letzte Gebot?« Der Arenameister sah zu Elena hinauf.

Die Magierin schüttelte den Kopf. Es gab nichts mehr, was sie noch hätte setzen können.

»Gibt es sonst niemanden mehr, der sich einen stolzen Gardehauptmann als Sklaven leisten möchte?« Egiliano drehte sich langsam um seine Achse und blickte zu den Rängen auf. Doch es kam kein weiteres Gebot mehr. »Nun gut, dann geht der Fechter Tikian hiermit in den Besitz der *ehrenwerten* Dame Consuela über.«

»Wer ist das?« Elena hatte sich auf den Brokatkissen niedergelassen und starrte zu der Frau im Schlangenlederkleid. Was will sie von ihm?

»Was sie von ihm will, kann man nur ahnen«, erklang die ölige Stimme Obotos neben ihr. »Üblicherweise verhält es sich so, daß die Herren für Consuelas Gesellschaft zahlen. Sie unterhält ein Haus im Schlund. Es steht in dem Ruf, daß man sich dort für Gold auch die ausgefallensten Wünsche erfüllen kann. Ihre Mädchen und Knaben sind von erlesener Schönheit. Vielleicht will sie den Fechter in die Reihe ihrer Angebote aufnehmen. Es könnte allerdings auch sein, daß er nur ein Leibwächter oder Diener werden soll. Vielleicht will sie ihn ja demütigen und seinen Stolz brechen? Bei Consuela weiß man nie. Dann jedenfalls möchten Wir nicht mit ihm tauschen, denn es heißt, daß sie jenen die Männlichkeit nimmt, die nicht zum Vergnügen der Kunden in ihrem Hause leben. Eine reine Vorsichtsmaßnahme, damit es nicht zu Affären zwischen den Huren und den Leibdienern kommt. Doch nun zu uns beiden. Wir hoffen, Ihr glaubt nicht, daß unsere Vereinbarung hinfällig wäre, weil Ihr Euren Fechter nicht bekommen habt. Ihr habt Unser Gold genommen. Damit gilt der Handel als besiegelt.«

»Ich weiß.« Elenas Stimme klang hohl und tonlos. Sie konnte Oboto nicht ins Antlitz sehen. Allein die Stimme des feisten Granden war ihr schon zuwider.

»Dann laßt uns jetzt gehen, meine Liebe. Wir müssen gestehen, Wir fiebern geradezu dem Höhepunkt dieser Nacht entgegen.«

Aus der Arena ertönte das Klingen von Metall. Ein neuer Zweikampf hatte begonnen.

4. Kapitel

Alles, was geschehen war, kam Tikian so unfaßbar wie ein böser Traum vor. Hatte er wirklich in einer Arena gekämpft und war als Sklave versteigert worden? Er, ein Adliger aus dem Lieblichen Feld? Was hatte er den Göttern getan, daß sie ihn mit einem solchen Schicksal straften? Nach der Versteigerung hatte man ihn gezwungen, einen Becher Wein zu trinken, der ungewöhnlich süß schmeckte. Seitdem fühlte er sich seltsam entrückt. Es war, als würde er alles, was geschah, aus großer Entfernung betrachten, ohne wirklich daran beteiligt zu sein.

Er war einer prächtigen Sänfte mit Vorhängen aus Perlen und Seide in die Stadt hinauf gefolgt. Er erinnerte sich an Fackelträger, schwitzende Sklaven und Bewaffnete. Die Menschen auf den Straßen stoben vor der Kolonne auseinander wie welkes Laub, das vom Herbstwind aufgewirbelt wurde. Schließlich gelangten sie an ein großes Haus, daß ihm bekannt vorkam. Dort schaffte man ihn über viele Treppen hinab in einen Keller, der aus dem Felsen gehauen zu sein schien. An einer der Wände stand ein Regal, in dem große, bauchige Flaschen aus fast undurchsichtigem Glas standen. Der Geruch von Alkohol und glimmenden Kohlen lag in der Luft. Zwei Männer befahlen ihm, auf einem eigenartigen Stuhl Platz zu nehmen.

Jetzt sah Tikian, daß im hinteren Teil des Raumes ein Kohlebecken stand, in dessen Glut zwei Messer und eine eigenartige Zange lagen. Als die Männer seinen

Blick bemerkten, grinsten sie. Bevor er fragen konnte, wo er war und was ihn hier erwartete, öffnete sich die Tür des Kellers, und die Frau, die ihn in der Arena ersteigert hatte, trat ein. Sie war nur mittelgroß und hatte langes schwarzes Haar, das ihr bis zu den Hüften hinabreichte. Ihre Haut erschien dem Fechter ungewöhnlich blaß, ganz so, als würde sie sich niemals dem Licht des Praiosgestirns aussetzen. Ihre Lippen waren von dunklem Rot, als seien sie mit dem Saft der Maulbeeren gefärbt. Die Fremde trug ein Kleid aus fein gegerbtem Schlangenleder, das in allen Farben des Regenbogens schimmerte. Wie eine zweite Haut lag es auf ihrem Leib. Es war eng und ärmellos, von schlichtem Schnitt, der die Formen ihres Körpers betonte, und reichte fast bis zu ihren Knöcheln hinab. Seitlich war es geschlitzt, so daß man ihre langen, vollkommen wirkenden Beine sehen konnte und ... Tikian stutzte. Suchend glitten seine Augen über das Kleid. Es war nicht eine Naht zu entdecken! Was, in Praios Namen, war das für eine Schlange gewesen, die ihre Haut für dieses Gewand gegeben hatte?

»Nun, mein schöner Fechter, ich heiße dich willkommen in meinem Haus. Man nennt mich Consuela, die Schlangentänzerin. Dein ritterliches Auftreten in der Arena hat mich zutiefst beeindruckt, und ich möchte, daß du fortan hier einen Dienst tust, der dir vertraut ist. Du sollst so etwas wie der Hauptmann meiner *Leibgarde* sein.« Sie lächelte anzüglich. »Deine Aufgabe ist von nun an, über die Dinge zu wachen, die in meinem Haus geschehen, und Gäste, die sich ungebührlich benehmen, in meinem Namen daran zu erinnern, wer die Herrin dieser bescheidenen Behausung ist. Glaubst du, dieser Aufgabe gewachsen zu sein?«

»Du meinst, ich müßte auf immer ...«

Consuela lachte leise. »Nein! Sklaven, die noch ein Ziel in ihrem Leben haben, sind sehr viel bessere und aufmerksamere Diener als jene, die sich aufgegeben haben. Für jeden Tag, den du mir dienst, wirst du zwei Dublonen erhalten. Das ist doppelt soviel, wie ich meinen anderen Beschützern bezahle. Du kannst mit dem Geld tun, was du willst. Solltest du jemals genug sparen, um mir den doppelten Kaufpreis, den ich für dich gezahlt habe, zurückzugeben, dann bist du ein freier Mann. Du wirst keinen eisernen Sklavenring tragen müssen, so daß an deinem Hals keine Narben zurückbleiben, die einem Kundigen zeit deines Lebens verraten könnten, was du einmal gewesen bist. Du kannst dich frei in diesem Haus und in dem Stadtviertel bewegen. Wenn du dich abmeldest und gegebenenfalls eine Begleitung zuläßt, magst du auch andere Stadtteile besuchen. Doch versuche nicht zu fliehen! Die Wachen an den Stadttoren würden dich kennen, und solltest du einen anderen Weg wählen, würde ich dich von Schindern und Bluthunden zu Tode hetzen lassen. Du mußt wissen, ich habe in dieser Stadt einen Namen zu verlieren und kann es mir nicht leisten, daß mir meine Sklaven einfach so davonlaufen.«

»Ich hätte also die Aussicht, in zwei Jahren wieder freizukommen?«

Consuela lächelte und strich Tikian sanft übers Kinn. »Wenn du das überhaupt möchtest. Vielleicht gefällt es dir hier auch! Du solltest dich allerdings an die Regeln des Hauses halten. Ohne meine ausdrückliche Zustimmung gibt es keine Affären mit den Damen, die für mich arbeiten. Die Erfahrung zeigt leider, daß dies immer wieder zu unerfreulichen Zwischenfällen führt. Ich hoffe, du verstehst, was ich meine? Keine meiner Huren muß von einem Prinzen gerettet werden! Wenn du dich daran halten kannst und mir dein Wort als Ehrenmann gibst, ist es gut.«

»Und wenn ich das nicht will?«

»Nun, es gibt Möglichkeiten, dir bestimmte Gelüste endgültig auszutreiben, oder vielleicht sollte ich besser sagen, es gibt eine Möglichkeit, dich nachhaltig daran zu hindern, diese Gelüste auszuleben. Weißt du, ich habe dich allein deshalb vor die Wahl gestellt, weil ich dir, nach dem, was ich in der Arena gesehen habe, blindlings trauen würde, wenn du mir auf deine Ehre als Ritter schwörst. Den anderen Männern, die mir dienen, bringe ich solches Vertrauen nicht entgegen. Ich habe sie alle auf dem Sklavenmarkt gekauft. Siehst du dort hinten die Messer und die Zange? Ich habe einiges Geschick im Umgang damit. Vielleicht möchtest du dir auch ansehen, was in den großen Glasflaschen verwahrt ist. Geh ruhig hin und betrachte sie. Bei jeder der Flaschen klebt auf der Rückseite übrigens ein kleines Schild mit einem Namen.« Ihr Blick wanderte tiefer und sie schüttelte leicht den Kopf. »Weißt du, Tikian, zwei von drei Männern überleben diesen kleinen Schnitt nicht einmal ein Jahr lang. Nur wenige sterben, weil sie verbluten oder die Wunde brandig wird. Ich habe oft den Eindruck, daß bei ihnen eher etwas im Inneren zerbricht. Sie begehen Selbstmord oder versuchen törichterweise, mich zu töten. Ich mag dich, Fechter. Dein Auftritt in der Arena hat mich sehr beeindruckt. Jesabela zu schonen, hätte dich leicht selbst das Leben kosten können. Ich wäre erfreut, wenn du mir deshalb dein Wort geben könntest, dich an die Regeln im Haus zu halten, so daß ich dich anders behandeln könnte als die anderen.«

Der Fechter warf einen Blick auf das Regal und dann auf das Kohlebecken mit den Marterwerkzeugen. »Weißt du, Consuela, du hast eine Art, Angebote zu machen, die es unmöglich macht, dir zu widersprechen. Ich schwöre hiermit bei allen Zwölf Göttern und natürlich auch bei meiner Ehre, daß ich mich keinem deiner Mädchen nähern werde und mich natürlich auch sonst an die Regeln dieses Hauses halte.«

»Ich wußte, daß du vernünftig sein würdest.« Sie nickte den beiden Beschützern zu. »Bringt ihn auf sein Zimmer. Ich wünsche, daß ihr fortan seinen Befehlen

Folge leistet. Er ist in Zukunft für die Sicherheit dieses Hauses zuständig. Sagt den Sklaven, sie sollen ihm Gewänder aus unserer Kostümkammer bringen lassen. Er darf auch ein Bad und eine Rasur erhalten. Ich möchte, daß er schon morgen wieder so aussieht wie der, den er in unserem Haus darstellen soll. Ein stolzer Gardehauptmann aus dem Lieblichen Feld und ein flinker Fechter, der vor keinem Duell zurückschreckt.« Consuela schenkte Tikian ein bezauberndes Lächeln. »Nun entschuldige mich bitte. Ich muß mich um die Geschäfte kümmern. Es wäre nett, wenn du morgen zum Frühstück bei mir vorbeischauen könntest. Dann werden wir über deine Aufgaben Näheres besprechen.«

Man hatte Tikian in ein kleines Zimmer mit einem sauberen Bett gebracht. Die Wände waren in einem warmen Gelbton gestrichen. Neben der Liegestatt stand eine vielarmige Öllampe, deren weiches Licht die fast schon einschmeichelnde Behaglichkeit des Gemachs unterstrich. Es war ein Ort, an dem man sich wohlfühlen konnte, obwohl die Kupferstiche, die an den Wänden hingen, durchaus verrieten, zu welchem Zweck dieser Raum für gewöhnlich genutzt wurde. Die Bilder waren geschmackvoll ausgewählt und paßten durchaus zum Eindruck des ganzen Hauses, doch zeigten sie ausnahmslos rahjagefälliges Treiben.

Mit einem Seufzer ließ sich Tikian auf das weiche Bett fallen und beobachtete die tanzenden Schatten, die die Flammen der Öllampe auf die Zimmerdecke warfen. Er mußte unentwegt an Callana denken. Seit er ihre Leiche gesehen hatte, verfolgte ihn ihr Name. Sie hatten sich nur eine Nacht lang gekannt und waren eigentlich Fremde. Dennoch fühlte er sich ein wenig verantwortlich für ihren Tod. Hätte er sie in jener Nacht nicht mit zu sich aufs Zimmer genommen, würde sie vielleicht noch leben. Vielleicht wäre sie ihrem Mörder auch nicht begegnet, wenn er sie nicht einfach so hinausgeworfen hätte, sondern … Er schluckte. Sie war noch so jung gewesen. Was wohl mit ihrer Leiche geschehen würde? Sie hätte es verdient, auf dem alten Friedhof über der Stadt beigesetzt zu werden. Und ein Boronpriester sollte sie mit einem Gebet auf ihrem Weg zum dunklen Gott begleiten. Nicht einmal ein Tag war vergangen, seit sie sich getrennt hatten, und doch erschien es ihm, als seien Wochen verstrichen. Er dachte an das lustvolle Stöhnen, das kurz nach ihrem Abschied vom Hof her zu hören gewesen war. Ob der Mörder Callana wohl zuvor verführt hatte? Was für ein Mann mußte das sein, der ein Mädchen auf so bestialische Weise tötete?

Tikian krallte seine Hände in die weiche Satindecke. Er würde diesen Kerl finden! Vielleicht konnte die Frau von der anderen Seite des Hofs ihm helfen. Sie hatte am Fenster gesessen und womöglich den Mörder gesehen. Vielleicht war das sogar der Grund dafür, daß sie sich zurückgezogen hatte. Gleich morgen würde er zu ihr gehen und sie fragen. Für Mira, die Kommandantin der Stadtwache in diesem Viertel, und auch für Hamilkar war der Tod des Mädchens Vergangenheit. Doch er würde nicht ruhen, bis er den Schurken gefunden hatte, der Callana ermordet hatte. Ihr Tod durfte nicht einfach ungesühnt bleiben!

Takate hatte genug gesehen! Er bog die Äste des Dickichts auseinander und trat auf das Feld. Die Schreie des Mädchens bereiteten ihm fast körperliche Schmerzen.

Er war lange gewandert, bis er in diese Gegend gekommen war, wo die Blaßhäute den Wald getötet hatten, um große Lichtungen anzulegen, auf denen immer nur dieselben Pflanzen wuchsen. Er hatte so etwas schon einmal gesehen, als er eines der Steindörfer der Blaßhäute besucht hatte, um sich deren Kriegern als Fährtensucher anzubieten. Doch auch damals hatte er nicht begreifen können, warum die Fremden das taten.

Der Wald schenkte einem doch alles im Überfluß, was man zum Leben brauchte! Takate konnte spüren, wie das Land krank wurde unter der zerstörerischen Herrschaft der Blaßhäute – und jetzt auch noch das! Ein fetter Kerl hatte ein junges Mädchen an einen Pfahl gebunden und schlug immer wieder mit einer langen ledernen Schnur nach ihr. Die seltsame Waffe riß blutige Striemen auf den Rücken des Mädchens. Eine ganze Gruppe von Mohaha stand dabei und sah tatenlos zu. Was war hier nur geschehen? Alles erschien Takate verrückt und krank zu sein.

Ein Mann mit einem langen Messer in der Hand löste sich aus der Gruppe der Mohaha. Er hatte eine dunkle Haut, doch gehörte er nicht zu den Waldleuten. Er trug das Haar nach Art der Fremden, und wie die meisten der Blaßhäute hatte auch er seinen Leib unter Tüchern und Leder versteckt.

»He, Wilder, mach dich in den Wald davon, oder ich schlitze dir den Bauch auf. Das hier geht dich nichts an.« Der Mann mit der langen Lederschnur hielt inne und drehte sich um.

»Was hat das Mädchen getan?«

»Mach ihn kalt, Gorban.« Die dicke Blaßhaut lächelte, während der Mann mit dem langen Messer näher kam.

Takate verstand nicht, was er falsch gemacht hatte. Auch war ihm nicht ganz klar, was die Worte des Dicken bedeuten sollten. Er konnte nur schlecht in der Zunge der Blaßhäute sprechen. Hiye-Haja hatte ihn die Worte der Fremden gelehrt, doch waren sie dem Krieger stets fremd und weit entrückt. Sie hatten kein Gefühl mehr von den Dingen, über die sie sprachen, und nutzten viele Worte in sehr seltsamen Zusammenhängen. Doch er brauchte dem Mann mit dem langen Messer nur in die Augen zu sehen, um zu wissen, was er wollte.

Takate atmete aus und entspannte sich. Er wollte eins sein mit den Geistern des Waldes, wenn er tötete.

Der fremde Krieger zielte mit einem Stich auf seinen Bauch. Takate drehte sich zur Seite, so daß die Klinge ins Leere fuhr. Aus der Drehung heraus verpaßte er dem Krieger einen Tritt, der ihn am Waffenarm traf und vor Schmerz aufstöhnen ließ. Der Ellbogen des Keke-Wanaq schlug dem Krieger mit dem Messer in den Nacken, so daß er mit dem Gesicht voran zu Boden fiel. Keuchend versuchte der Mann, sich zur Seite wegzurollen und außer Reichweite zu gelangen.

Einen Herzschlag lang genoß es Takate, die Angst in den Augen des Fremden zu sehen. Er war in den Wald gekommen, um Leid zu bringen. Jetzt war sein Weg zu Ende!

Takate versetzte ihm einen Tritt unters Kinn. Ein trockenes Knacken, so als sei ein dicker Ast entzweigebrochen, erklang. Ohne den Toten eines weiteren Blickes zu würdigen, ging der Keke-Wanaq auf den dicken Mann zu. Dicke Tränen tropften aus seiner Stirnhaut und rannen sein Gesicht hinab. Es schien, als habe die Angst ein Feuer in seinem Inneren entfacht.

»Was hat das Mädchen getan, daß du es so bestrafst?«

»Es hat heute morgen von meinen Früchten gestohlen. Sie ist eine Diebin. Ich mußte sie bestrafen, damit nicht auch die anderen Sklaven zu stehlen anfangen.«

»Früchte?«

»Sie hat ein paar Bananen genommen. So nennt ihr Mohas doch die köstlichen gelben …«

»Du schlägst sie, weil sie eine Banane gegessen hat?«

Der weiße Mann wurde noch ein wenig bleicher im Gesicht und machte einen Schritt zurück. »Sie hat gestohlen! Es geht um den Grundsatz. Sie hat etwas genommen, was mir gehört. Ich konnte das nicht dulden.«

»Wie kann eine Banane dir gehören? Sie ist ein Geschenk des Waldes. Kamaluq hat sie geschaffen, um den Völkern des Waldes Nahrung zu geben, und es gibt mehr davon als Vögel in den Ästen der Bäume. Wie kannst du ein junges Mädchen dafür schlagen?«

»Das Mädchen ist mein und die Früchte, die auf diesem Land wachsen, auch! Ich habe viel Gold dafür gezahlt. Sie hat gegen ein Tabu verstoßen. So nennt ihr das doch!«

Takate schnaubte verächtlich. »Ein Tabu? Du verbietest, Bananen zu essen, die auf diesem Land wachsen? Das verrät keinen Sinn! Auch bist du kein Schamane, der ein Tabu aussprechen kann, und Land kann niemandem gehören. Hier ist Stammesgebiet der Keke-Wanaq, doch die Sippen, die hier einst lebten, sind tiefer in den Wald gewandert, weil du und deine Brüder gekommen seid. So magst du von den Früchten nehmen, die hier wachsen, doch hast du kein Recht, es anderen zu verbieten. Du bist nur ein Gast in diesem Wald, und, wie ich sehe, behandelst du seine Kinder schlecht!«

»Pu Takehe!« rief einer der Mohas, die bislang ihrem Streit zugesehen hatten. Auch die anderen nahmen den Ruf auf. Es war, als sei ein böser Geist zwischen sie gefahren. Einige warfen sich zu Boden und wimmerten immer wieder: »Pu Takehe!« Andere liefen schreiend davon. Takate fluchte leise. Er hatte sich dunkle Rindensäfte ins Gesicht geschmiert, um die weiße Spinne zu verbergen, die der Schamane ihm aufgemalt hatte, doch die weiße Farbe schien alle anderen Farben einfach zu verzehren und trat nach einer Weile immer wieder hervor. Pu Takehe, daß hieß: *der die Geisterspinne im Gesicht trägt.* Es war der Name für Verstoßene, die keiner Sippe mehr angehörten und die von einem bösen Geist besessen waren.

»Was ist mit denen? Was hat das alles zu bedeuten? Wer bist du? Ein Schamane?« Der Weiße war noch ein Stück weiter zurückgewichen. Seine Linke lag auf dem Griff eines breiten Messers, das er im Gürtel trug. »Geh fort von hier, und ich werde niemandem sagen, daß du den Aufseher getötet hast. Ich werde auch das Mädchen freilassen. Es kann in Zukunft so viele Bananen haben, wie es will. Ich werde es nie mehr schlagen!«

»Es ist zu spät für dich, Blaßhaut. Du hast zu viel Schuld auf dich geladen. Ich höre die Geister des Waldes flüstern, und es sind tausend Stimmen, die deinen Tod wünschen. Ich höre die rastlosen Geister der Bäume, die du verbrannt hast, höre einen jungen Mann, den du zu Tode prügeltest, weil er sein Mädchen vor dir beschützen wollte, und die Stimmen der Alten und Schwachen, die du getötet hast, weil sie nicht genug für dich arbeiten konnten in der verkehrten Welt, die du dir geschaffen hast. Du wirst sterben! Ich werde Feuer in deine steinerne Hütte werfen und der Wald wird sich all das zurückholen, was du ihm gestohlen hast.«

»Verrecke, Bastard!«

Das lederne Seil zischte Takates Hals entgegen, doch der Krieger fing den Schlag ab. Wie eine Boa um einen dicken Ast, so wickelte sich der Lederriemen um seinen Arm und biß nach seinem Fleisch. Mit einem Ruck riß er der erschrockenen Blaßhaut die Waffe aus der Hand. Dann wirbelte er nach vorne und versetzte dem Mann einen Tritt in sein Sonnengeflecht, so daß er mit einem Seufzer zusammenbrach.

Takate kniete neben dem Ohnmächtigen nieder, zog ihm das Messer aus dem Gürtel und schnitt das junge Mädchen vom Baum. Nach ihrer Haartracht zu urteilen, gehörte die Kleine zu den Oijanihas, die in den Bergwäldern lebten. Voller Angst starrte sie ihn an, so als sei er es gewesen, der sie geschlagen hatte.

»Tu mir nichts, Pu Takehe«, flüsterte sie leise.

»Nimm das Messer und töte ihn! Es ist dein Recht!« Er drückte dem Mädchen die Waffe in die Hand. Doch sie schüttelte den Kopf und ließ die Waffe wieder fallen. Wie gebannt starrte sie ihm ins Gesicht.

»Dann kommt ihr her und tötet ihn. Ich weiß, daß jeder von euch einen Grund hätte, den Nene-Nibunga zu töten.« Takate winkte den verängstigten Mohaha zu, doch auch sie wagten es nicht herüberzukommen.

»Ist denn kein Krieger unter euch? Dieser Mann hat euch gequält und ihr wollt keine Rache?«

Ein weißhaariger Mohaha trat zögernd vor. »Wir können ihn nicht töten, Bruder. Wenn wir ihn umbringen und in den Wald fliehen, dann werden sie uns mit Hunden hetzen und schließlich erschlagen. Er hat noch viele Krieger in seinem Haus, und sein Weib wird dafür sorgen, daß sie uns jagen, so wie der Jaguar die Affen jagt, wenn sie die Bäume verlassen. Ich danke dir dafür, daß du die Tochter meiner Tochter gerettet hast, doch gehe nun in den Wald zurück, woher du gekommen bist, Pu Takehe.«

»Ich biete euch die Freiheit, und ihr wollt lieber den Nacken beugen und Sklaven der Blaßhäute sein?« Der Krieger kniete nieder und hielt das funkelnde Messer hoch in die Luft. »Seht, was ich jetzt tue, Brüder. Ich werde euch zwingen, wieder Mut zu schöpfen und zu kämpfen!« In funkelndem Bogen schoß die Klinge herab und bohrte sich in die Brust des Ohnmächtigen. Immer und immer wieder stieß Takate zu. Es war wie ein Rausch. Er hörte die Mohaha schreien und jammern, doch was scherte ihn das Winseln der feigen Blumenfresser? Er starrte auf das rinnende Blut. Dunkle Schatten tanzten vor seinen Augen, und etwas in seinem Bauch krampfte sich zusammen. Es war, als säße dort ein Wesen, das sich langsam bewegte. Takate bäumte sich auf vor Schmerz. Er sah einen Schatten, der über eine weiße Ebene aus Schädeln glitt. Es war die Gestalt eines riesigen Kriegers. Plötzlich verharrte der Schatten. Dann drehte er sich um, und seine Augen waren wie zwei Sonnen. Eine donnernde Stimme erklang so laut, daß der Keke-Wanaq fürchtete, sein Kopf müsse zerspringen. *»Willkommen in meinem Stamm, Takate. In meinem Namen wirst du Tod und Verderben über die Ungerechten bringen, denn ich bin der Herr der Rache, und du sollst mein Vollstrecker sein.«* Zwischen den Schädeln schossen Fontänen aus Blut empor, und die schattenhafte Gestalt verschwand. Krallenhände schlossen sich um Takates Knöchel und zogen ihn herab.

Schreiend öffnete der Krieger die Augen. Seine Hände waren mit Blut bespritzt. Vor ihm lag der Leichnam der Blaßhaut. Ein großes Loch klaffte in seiner Brust. Verwirrt blickte Takate auf, und dann sah er, was geschehen war. An den Baum, an den eben noch das Mädchen gefesselt war, war das Herz des Toten mit seinem Messer geheftet. Der Krieger erschrak! Er konnte sich nicht erinnern, dies getan zu haben. Verwirrt blickte er sich um. Die Mohaha waren davongelaufen. Er stand allein.

»Du bist nie mehr allein, denn ich bin fortan dein Vater, deine Mutter und dein Führer. Ich werde immer bei dir sein«, ertönte die donnernde Stimme, so daß Takate sich vor Schmerz die Hände auf die Ohren preßte. *»Sieh zu der Lederschnur, mit der die Blaßhaut das Blut der Unschuldigen vergossen hat. Mit dieser Geißel sollst du fortan die Verderbten züchtigen.«*

Die geflochtene Lederschnur zuckte und wand sich am Boden, als sei sie eine große schwarze Schlange. Sie kroch an Takates Bein empor, schlängelte sich um seinen Arm und lag schließlich in seiner Hand. Der geschnitzte Griff der Waffe fühlte sich so kalt wie das Wasser eines Flusses an, der aus den Bergen kommt. Einen Augenblick lang erschauderte Takate, doch er konnte auch die Macht spüren, die in dieser Waffe wohnte, und er wußte, daß es nun an der Zeit war, sein Versprechen einzulösen. Er würde die steinerne Hütte des Mannes suchen und sie niederbrennen. Und wenn es dort andere Blaßhäute gab, die glaubten, sie müßten sich ihm in den Weg stellen, dann war dies umso besser. Er würde das Blut vieler Blaßhäute vergießen müssen, um die Erinnerung an den Überfall auf das Dorf seiner Sippe zu ertränken.

5. Kapitel

Als Tikian erwachte, hatte er das Gefühl, jemand würde neben ihm im Bett liegen. Vorsichtig tastete er auf die linke Seite seines Lagers, doch dort war niemand. Verwundert über seine merkwürdigen Ahnungen, schüttelte er den Kopf und räkelte sich. Er war schlimmer als ein abergläubisches Kräuterweib, dachte er schmunzelnd und richtete sich auf. Aus irgendeinem Grund hatte er sich ganz an den rechten Rand des Bettes gedrängt. So, als habe doch jemand an seiner Seite geschlafen …

Beunruhigt setzte er sich auf. Das zweite Kopfkissen wies eine tiefe Beule auf, als habe dort jemand sein Haupt gebettet, und mitten auf dem Kissen lag die schwarze Seidenmaske, die er in der Nacht zuvor in der Arena getragen hatte. Tikian schluckte. Er war sich sicher, die Maske auf den Tisch neben der Tür gelegt zu haben. Was in Praios Namen ging hier vor sich? War jemand in sein Zimmer eingedrungen? Doch weshalb sollte man solch merkwürdige Späße mit ihm treiben?

Er griff nach der Maske und wollte sie zum Tisch hinüberwerfen, als sein Blick auf eine verschnörkelte Stickerei dicht neben dem linken Auge fiel. Sie war mit schwarzem Faden ausgeführt und mochte dem flüchtigen Betrachter kaum auffallen. Die Stickerei zeigte zwei mit Weinranken verschnörkelte Buchstaben. *J. A.* Tikian keuchte. Die Initialen seines Großvaters! War es seine Maske? Mit einem Satz war er aus dem Bett. Wer oder was hatte in der letzten Nacht neben ihm gelegen und die Maske ins Bett getragen?

Consuela war eine seltsame Frau. Sie hatte ihm nicht nur erlaubt, das Stadtviertel zu verlassen, sondern ihm auch einen kurzen Brief geschrieben, damit der Gubernator ihn empfing. Sogar ein paar Goldstücke hatte sie ihm zugesteckt. Er hatte ihr jedoch schwören müssen, eine Stunde vor Einbruch der Dämmerung wieder zurück zu sein. Jetzt saß er dem dicken, glatzköpfigen Gubernator gegenüber, der in seinem hohen Lehnstuhl zusammengesunken viel älter und kleiner wirkte als letzte Nacht in der Arena.

»Du bist ein ungewöhnlicher Mann, Tikian. Auf der einen Seite schaffst du es, in nur einer Nacht die Hälfte der einflußreichen Bürger dieser Stadt zu deinen Feinden zu machen, und dann bringst du es wiederum fertig, daß die kaltherzigste Frau Al'Anfas mir diesen Brief hier schreibt, damit ich dich empfange.« Egiliano wedelte mit dem parfümierten Pergamentbogen, den der Fechter ihm überreicht hatte.

»Du hättest in dieser Stadt reich werden können, wenn du gestern nacht nicht so unvernünftig gewesen wärst. Doch lassen wir das. Deine Karriere als Gladiator ist wohl ein für allemal beendet. Nur eines rate ich dir noch! Achte darauf, wer in dunklen Gassen hinter dir geht. Was diese Maske betrifft, die ich dir letzte Nacht gegeben habe, mußt du Bernardo fragen. Er betraut den Fundus, aus dem ich meine Arenafechter ausstatte. Der Alte ist ganz vernarrt in Waffen, Rüstungen und Kostüme. Er kennt jedes Stück, das in den Kellergewölben verwahrt ist, und weiß dir jeweils eine Geschichte dazu zu erzählen. Ich werde einen Sklaven rufen, der dich zu ihm hinunterbringt.« Egiliano griff nach einem kleinen, silbernen Glöckchen, das auf dem Tisch neben dem hohen Lehnstuhl stand. Kaum daß er geläutet hatte, öffnete sich die hohe Tür zu dem dunklen Kabinett, in dem er Tikian empfangen hatte, und eine Sklavin erschien.

»Sie wird dich zu Bernardo bringen. Doch bevor du gehst, solltest du noch eines wissen. Weder Gold noch ein Brief Consuelas werden dir ein zweites Mal die Pforten zu meiner Villa öffnen, denn ich möchte nicht, daß irgend jemand auf die irrige Annahme verfällt, ich könnte ein Freund von dir sein.«

»Hm, ja, ja. Hübsches Stück die Maske. Diese Weinlaubstickerei ... So was macht heute keiner mehr. Ist völlig aus der Mode gekommen. Ist ein halbes Jahrhundert alt oder etwas weniger, würde ich schätzen. Kommt aus dem Lieblichen Feld – wie du, nicht wahr?« Bernardo strich mit seinen dünnen, knöchrigen Fingern über die Maske. »Es ist eine Schande, solche Stücke in die Arena zu tragen. Was glaubst du, welche Mühe es bereitet, diese Kostbarkeiten hinterher wieder zu erneuern. Hast du schon einmal versucht, Blutflecken aus hauchdünner Seide herauszuwaschen? Eine Schande! Aber ich schweife ab. Du wolltest wissen, woher ich die Maske habe ...« Der alte Mann strich sich durch seine langen grauen Locken und runzelte die Stirn. »Aus der Kiste? Natürlich, aus der Kiste!« Er lächelte entschuldigend. »Tut mir leid, ich bin manchmal etwas zerstreut. Weißt du, es ist nicht leicht, einen so großen Fundus an Kostümen und Waffen in Ordnung zu halten.«

Tikian nickte. »Ich verstehe.« Zugleich ermahnte er sich, innerlich ganz ruhig zu bleiben. Seit er das Gewölbe betreten hatte, in dem der Fundus untergebracht war, hatte er das Gefühl, eine eisige Hand hielte sein Herz umklammert. Die Decke hier unten war so niedrig, daß er leicht gebückt gehen mußte. Es roch nach Waffenfett, nach alten Kleidern und Staub.

»Folge mir, Junge. Wir werden uns jetzt auf die Suche nach der Kiste machen.« Bernardo griff nach dem fünfarmigen Kerzenleuchter, der zwischen ihnen auf dem Tisch stand, und schlurfte in die Finsternis.

Tikian wurde der alte Mann unheimlich. Er wirkte ein wenig wie ein Geist. Hager, blaß und fremdartig. Bernardo ging tief gebeugt, um mit seinem Kopf nicht an die Decke zu stoßen, und der Fechter fragte sich, wann sich der alte Kerl wohl zum letzten Mal aufgerichtet hatte oder in der Sonne gewesen war. Tikian blickte zu der gewölbten Decke. Zehn Schritt Erdreich und Felsen und das Gewicht einer ganzen Villa hatten diese Steine zu tragen. Wenn er hier nur schon wieder heraus wäre ...

Bernardo bog nach links in ein zweites Gewölbe ab, an dessen Wänden schimmernde Rüstungsteile hingen. Panzerhandschuhe, so wie man sie zu tobrischen Gestechrüstungen trug, Brustharnische von kaiserlichen Pikenieren, ein alter Bronzehelm aus Maraskan ... Tikian gingen die Augen über. Hier waren mindestens zweihundert Jahre Rüstungsgeschichte versammelt. Sogar einen Lederpanzer, wie ihn die Orken im Norden des Kaiserreichs trugen, gab es hier. Weiter hinten hingen Waffen an den Wänden des Gewölbes. Schwerter, Degen, Säbel, alle nur erdenklichen Arten von Dolchen und Äxten.

»Na, junger Mann, da gehen dir die Augen über, was! Seit über fünfzig Jahren trage ich diese Sammlung zusammen. Ich habe schon unter Egilianos Vater diesen Fundus verwaltet. Hier gibt es Schmuckstückchen, wie du sie sonst nirgends findest. Siehst du zum Beispiel diese Axt dort vorne?« Bernardo nahm die Waffe von der Wand und strich fast zärtlich über den eisenverstärkten Holzschaft der Zweihandwaffe. »Sie hat Boltar, dem Thorwaler, gehört. In über sechzig Arenakämpfen war er mit dieser Waffe siegreich. Sieh dir nur die verschlungenen Muster an, die in den dunklen Stahl des Axtblattes getrieben sind. Die Waffe ist uralt, und Boltar hat immer behauptet, daß sie mehr Männer umgebracht hat, als im ganzen letzten Krieg gegen Brabak gefallen sind. Nach ihm wollte niemand mehr mit seiner Waffe kämpfen.«

»Hat er sich zur Ruhe gesetzt?«

Bernardo lachte meckernd. »Zur Ruhe gesetzt? Nein, mein Sohn. Das schafft kaum ein Arenakämpfer. Das hieße ja, sich selbst zu besiegen ... Weißt du, irgendwann werden sie süchtig nach dem Ruhm und der Angst. Sie leben nur noch richtig, wenn sie unten in der Arena stehen und ihnen Tausende dabei zusehen, wie sie töten. Bis eines Tages jemand kommt, der besser ist ... Was das betrifft, hat Boltar Glück gehabt. Er ist nie besiegt worden. Er ist im blutigen Sand ausgerutscht und in seine eigene Waffe gestürzt.« Der Alte scheuerte mit dem Ärmel über einen dunklen Fleck auf der silbrigen Schneide der Axt. »Sie hat ihm den Bauch aufgeschlitzt. Noch bevor man ihm helfen konnte, war er verblutet.« Bernardo hängte das Stück wieder an die Wand. »Ich könnte dir zu jeder dieser Waffen eine Geschichte erzählen, aber wir suchen ja eine Truhe. Die stehen woanders.«

Sie mußten noch zwei Gewölbekammern voller Kleider und Stiefel durchqueren, bis der Alte schließlich vor einem Berg aus übereinandergeschichteten Kisten und Truhen anhielt. Er tippte mit seinen dürren Fingern gegen einen Kasten aus dunklem Steineichenholz. »Das hier ist sie! Aus ihr habe ich gestern die Maske herausgeholt.« Vorsichtig hob er die Truhe hinunter und stellte sie Tikian vor die Füße. Sie war mit breiten Eisenbändern beschlagen, und mitten in den Deckel war ein rostiges Schild eingelassen, auf dem die Initialen *J. A.* prangten. Voller Ehrfurcht strich Tikian über die verschnörkelten Buchstaben. Es konnte keinen Zweifel geben! Diese Truhe mußte zum Reisegepäck seines Großvaters gehört haben! Mit zitternden Händen versuchte der Fechter den Deckel zu heben, doch das Schloß war abgesperrt. Ratlos blickte er zu Bernardo auf.

Der Alte grinste. »Da ich die zahllosen Schlüssel, die es hier unten für Schränke und Truhen gibt, immer wieder verlege, mußte ich mir einige, für einen Mann meines Berufsstandes etwas ungewöhnliche Fertigkeiten aneignen. Ich hoffe, du bekommst nun kein falsches Bild von mir.« Bernardo öffnete einen Lederbeutel an seinem Gürtel und holte einen Metallring heraus, an dem etliche unterschiedlich gebogene Drähte hingen.

»Mach mal Platz, Junge.« Er kniete nieder und versuchte sich mit einem der Drähte an dem Schloß. Nur wenige Augenblicke vergingen, bis ein metallisches Klicken zu hören war. »Siehst du, so einfach kann das sein. Jetzt komm und mach die Truhe auf.«

Mit klopfendem Herzen griff Tikian nach dem Deckel. Vielleicht ließe sich aus dem Inhalt der Reisetruhe erschließen, was aus seinem Großvater Jacomo geworden war? Rasch durchwühlte er die Kiste, und je tiefer er drang, desto enttäuschter war er. Außer einigen zerknüllten Leinenhemden, einer alten Reithose, einer breiten Bauchbinde mit goldenen Stickereien und einem Paar abgewetzter Stiefel enthielt sie nichts Aufsehenerregendes. Allerdings waren alle Kleidungsstücke mit den Initialen *J. A.* gezeichnet. »Weißt du, wie die Sachen hierhergekommen sind?«

Bernardo schüttelte den Kopf. »Die Truhe steht hier schon viele Jahre herum. Ich weiß zwar noch, daß ich sie recht günstig bei einer Versteigerung eingekauft habe, aber ich erinnere mich nicht mehr, wo das war.« Der Alte kratzte sich am Kopf, schnitt eine Grimasse, zog dann eilig ein kleines Tüchlein aus dem Ärmel seines Hemdes und schneuzte sich lautstark. »Tschuldigung. Manchmal kitzelt mich der Staub in der Nase. Aber zurück zur Truhe. Es tut mir wirklich sehr leid, aber ich weiß nicht mehr, wo ich sie gefunden habe.

Sieh mal dort – auf der Rückseite scheint das Holz ganz rauh und verkohlt zu sein. Wahrscheinlich hat man sie nach dem Großen Brand im Schlund irgendwo unter den Trümmern hervorgezogen.«

Tikian betrachte das Holz näher. Zunächst hatte er gedacht, das Alter hätte es so dunkel gefärbt, doch jetzt, bei genauerer Untersuchung, zeigte sich, daß die Truhe von allen Seiten angesengt war, so als habe sie für kurze Zeit im Feuer gestanden.

Enttäuscht klappte der Fechter den Deckel zu. »Das hier ist Eigentum meiner Familie. Egiliano hat mir erlaubt, es mitzunehmen. Ich danke dir für deine Hilfe.« Er kramte aus der Geldkatze an seinem Gürtel ein paar Schillinge hervor und drückte sie dem Alten in die Hand. »Falls du dich doch noch daran erinnern kannst, von wem du die Kiste gekauft hast, würde ich mich freuen, wenn du mir eine Nachricht zukommen lassen könntest. Natürlich würde ich dich für deine Mühen dann auch ein zweites Mal entlohnen. Du findest mich im Haus der Dame Consuela.«

»Im Haus von Consuela?« Der Alte blickte Tikian auf den Hosenlatz und schüttelte den Kopf. »Armer Kerl, man hört schlimme Sachen über dieses Haus und darüber, was Consuela ihren Beschützern antut. Bist doch noch so jung …«

Gion ließ den Pfeil von der Sehne schnellen und kniff die Augen zu. Leise murmelte er ein Stoßgebet zu Firun, dem göttlichen Jäger und besten Bogenschützen unter den Zwölfen. Dieser Schuß würde über seine Zukunft entscheiden!

Ein leises Raunen war hinter ihm zu hören. Irgendeine Frau fluchte ungehalten. Der Bogenschütze blinzelte vorsichtig durch die Lider. Hatte er es doch geschafft? Er konnte auf die Entfernung nicht genau erkennen, welcher der Pfeile, die in der großen Strohscheibe steckten, der seine war. Der Schiedsmann kam hinter der niedrigen Mauer hervor, wo er gekauert hatte, und begutachtete die Treffer – dann hob er eine kleine, gelbe Fahne.

Der Bogenschütze stieß einen tiefen Seufzer aus. Bei allen Göttern, er hatte gewonnen! Gelb, das war die Farbe seines Pfeils!

»Guter Schuß!« Der junge Hauptmann, der den Wettbewerb beaufsichtigt hatte, klopfte Gion anerkennend auf die Schulter. »Damit bekommst du den Posten als Weibel in meiner Kompanie. Bring den Schützen, die mir zugeteilt sind, bei, so zu schießen, wie du es vermagst. Dann haben wir gute Aussichten, allesamt mit heiler Haut wieder hierher zurückzukehren.«

»Jawohl, Herr. Es ist mir eine Ehre, an Eurer Seite dienen zu dürfen.«

Der junge Krieger schüttelte den Kopf. »Du bist von nun an Unteroffizier. Ich weiß, daß viele meiner Kameraden im Umgang mit niedrigen Rängen anders verfahren als ich, doch ich lege keinen Wert auf solche Formen. Ich weiß, was für ein hartes Stück Arbeit vor dir liegt, wenn du zusammen mit mir aus diesem verlausten Haufen eine schlagkräftige Einheit machen willst. Für höfische Reden ist da keine Zeit. Hiermit biete ich dir das Du an. Übrigens, ich heiße Olan.«

»Danke, Herr … nun, Hauptmann Olan.« Gion musterte den Offizier vom Scheitel bis zur Sohle. Er war sich noch nicht sicher, was er von dem jungen Kerl halten sollte. Vermutlich hatte er noch nie in einem Gefecht gestanden. Olan trug Reitstiefel, eine schwarze Hose und einen geschwärzten Küraß. Auf seinem Kopf saß ein Helm, der so lange poliert worden war, daß er wie blankes Silber in der Sonne glänzte. Ein schwerer, schwarzer Roßschweif fiel von der Kuppe des Helms bis weit auf den Rücken hinab. Es war augenscheinlich, daß Olan wohl lieber bei der Kavallerie gedient hätte.

»Ich möchte, daß wir aus meiner Einheit die verdammt noch mal beste Kompanie in diesem Regiment machen. Der Schwarze Bund des Kor hat einen schlechten Ruf, und die Truppe besteht noch nicht lange. Ich möchte, daß wir mehr als nur einen Haufen zusammengewürfelter Söldner vorstellen. Doch genug geredet! Komm jetzt mit mir, ich werde dich mit den Männern bekannt machen.«

Gion griff nach dem Bündel mit seinen Habseligkeiten. Weibel in einem Söldnerregiment Al'Anfas! Das war doch mal was! Fünfzig Schillinge würde er im Monat erhalten, und dazu käme noch die Beute, die sie auf dem Feldzug machten. Er war auf dem Weg, ein reicher Mann zu werden! In bester Laune folgte er dem Hauptmann zur Garnison des Kriegshafens, wo der Schwarze Bund des Kor sein Hauptquartier hatte. Hier war er besser aufgehoben als unter den abgerissenen Seesöldnern, für die er ursprünglich rekrutiert worden war! Heute morgen erst hatte er von dem Turnier gehört, bei dem die fähigsten Schützen des Hafens ermittelt werden sollten, um als Unteroffiziere im Schwarzen Bund zu dienen. Gleich als er davon hörte, hatte Gion sein Bündel geschnürt. Er hatte Praios, Rondra, Firun und dem blutdurstigen Kor geopfert, um sich die Götter geneigt zu machen. Selten war sein Geld so gut angelegt gewesen. Er sollte zur Abendstunde zum Schlund hinaufgehen und sich nach Tikian umsehen. Der Junge war ganz schön heruntergekommen, seit dieses Flittchen von einer Schwarzmagierin ihn sitzengelassen hatte. Hätte der Idiot nur die Finger von ihr gelassen! Er hatte ihn ja gleich vor ihr gewarnt! Aber egal … Er würde den Jungen schon wieder auf die Reihe bekommen. Wahrscheinlich könnte er ihn sogar als Korporal in einer der Fechter-Kompanien unterbringen. Gion grinste zufrieden. Schließlich war er ja jetzt ein einflußreicher Mann im Regiment!

Takate beobachtete vom Waldrand, wie die Flammen aus den Fenstern des großen Steinhauses schlugen und gierig nach den hölzernen Schindeln leckten. Der Rausch war verflogen. Er konnte kaum begreifen, was er getan hatte. Er ganz allein!

Die Flammen sprangen vom Haus auf die Krone des Baumes über, an den er die weiße Frau gefesselt hatte. Wie große weiße Steine lagen die Leichen ihrer Kinder um den Baum herum im Gras. Sie hätten nicht hierherkommen sollen, die Blaßhäute! Es war nicht ihr Land. Es war die Rache des Waldes, die sie eingeholt hatte. Er war nur der Vollstrecker. Er hatte das so nicht gewollt, doch der Zorn hatte ihn davongetragen. Sein Tapam war vergiftet. Er schien nicht mehr er selbst zu sein!

Takate dachte an den Tag, an dem vor langen Jahren die Blaßhäute in sein Dorf gekommen waren, um zu töten und Sklaven zu machen. Er war nicht besser als sie! Auch er hatte Frauen und Kinder getötet. Er starrte auf seine blutigen Hände und das Schwert, das er aus dem Haus mitgenommen hatte.

Die kleine weiße Frau war tapfer gewesen. Sie hatte das Schwert von der Wand genommen, nachdem er die beiden Wachen erschlagen hatte, und sich mit der schimmernden Waffe in der Hand mutig vor ihre Kinder gestellt. Das Metall der Waffe hatte sich verändert. Die Klinge war nicht mehr silbern, sondern blauschwarz – und er konnte fühlen, daß die Macht der zornigen Waldgeister in sie geflossen war.

Er hatte recht gehandelt! Er hatte viele Hände voll Sklaven befreit. Mehr als seine Sippe Köpfe zählte. Sie würden in den Wald zurücklaufen und nie mehr den Rücken vor den Blaßhäuten beugen. Trotzdem vermochte er nicht stolz auf seinen Sieg zu sein. Angewidert betrachtete er das Schwert und die lange Lederschnur, die einem die Haut in breiten Streifen vom Leibe riß. Das waren keine Waffen für einen Keke-Wanaq! Er würde sie zurücklassen!

Takate warf die Waffen in das hohe Gras, doch im

selben Augenblick bäumte sich etwas in seinem Inneren auf. Es war, als habe er eine Dornenechse verschluckt, die sich nun mit ihren Krallen durch sein Fleisch grub. War das der böse Geist, der in ihn gefahren war? Vor Schmerz stöhnend ging der Krieger in die Knie.

Wütend biß er die Zähne zusammen. Er würde sich nicht unterwerfen! Es würde reichen, nach den Waffen zu greifen, und der Schmerz wäre vorbei, flüsterte eine Stimme, die wie ein Windhauch durch seinen Kopf fuhr. Oder war es das leise Rascheln der Blätter, das ihm wie eine Stimme vorkam?

Seine Rechte öffnete sich. Wütend packte er mit der Linken nach der ungehorsamen Hand. Er würde sich nicht unterwerfen! Mit Schrecken sah er, wie das Schwert und die Lederschnur auf ihn zu krochen, so als seien sie lebendig. Er konnte ihnen nicht entkommen! Warm schmeichelte sich der Griff der Waffe in seine Hand ein, und die Schmerzen ließen nach.

»Sie sind ein Teil von dir«, flüsterte die Geisterstimme. *»Du kannst nicht mehr ohne sie sein. Es sind die Waffen des Richters, der gekommen ist, die geknechteten Kinder des Waldes zu rächen.«*

Takate blickte zu dem brennenden Baum und der Leiche der gefesselten Frau. Tränen rannen ihm über die Wangen. Das war er nicht! Sein Unheil hatte bei den sprechenden Steinen begonnen. Die Blaßhaut mit dem dünnen Schwert und die Schamanin mit dem Sonnenhaar waren schuld, daß er so geworden war! Sie sollten dafür büßen! Sie verdienten seinen Zorn, und es war nur gerecht, wenn er sie tötete.

»Folge dem Krokodilsfluß bis zum Meer, und du wirst sie finden«, wisperte die Stimme in den Bäumen. »Ich helfe dir.«

6. Kapitel

Ein leises Klopfen an der Tür ließ Elena aufschrecken. Sie spürte, wie sie sich am ganzen Körper verkrampfte. Ob das schon wieder Oboto war? Die Magierin stellte den kleinen Bronzepokal auf den Tisch neben ihrem Lager und atmete tief durch. Sie mußte sich zusammenreißen! Sie durfte nicht ängstlich wirken! Wenigstens diesen Triumph wollte sie ihm verweigern. »Herein!« rief sie mit barscher Stimme.

Es war Orlando. Zögernd verharrte der alte Magier auf der Türschwelle. »Darf ich eintreten?«

Sie nickte und griff wieder nach dem Pokal neben ihrem Bett.

»Es tut mir leid, was geschehen ist. Ich wünschte, ich könnte die Worte zurücknehmen, die ich gestern gesagt habe. Ich hätte nicht gedacht …«

»Schon gut. Die Dinge sind nun einmal, wie sie sind. Für Mitleid ist es zu spät.« Sie nahm den Beutel, den Oboto ihr in der Lagerhalle überlassen hatte, und holte eine der rosig schimmernden Perlen hervor. Einen Augenblick lang musterte sie das kostbare Kleinod, dann ließ sie es in den Pokal fallen.

»Du sollst nur wissen, daß ich dich nicht für eine Hure halte, ganz gleich, wie Oboto von dir redet. Wenn ich etwas für dich tun kann …«

»Danke«, Elena lachte bitter. »Ich muß selbst sehen, was ich noch für mich tun kann.«

»Wenn ich dir vielleicht einen Rat geben darf?«

Die Magierin zuckte mit den Schultern und starrte in

den Becher. Eine dünne, ölige Haut hatte sich auf dem Essig gebildet. Sie holte eine weitere Perle aus dem Beutel.

»Du solltest heute nicht noch einmal baden. Dreimal an einem Tag ist mehr als genug. Es könnte sein, daß es Oboto beleidigt, wenn er davon erfährt. Es ist besser, seinen Zorn nicht herauszufordern.«

Elena schnaubte verächtlich. »Nicht seinen Zorn herausfordern? Ich weiß ja nicht, was er über die letzte Nacht erzählt, doch glaube ich, daß er noch nie in seinem Leben so wenig Unterhaltung für so viel Geld bekommen hat. Ich wollte ihm seine Perlen zurückgeben, aber er hat sich geweigert, sie anzunehmen. Es war so ...« Sie schüttelte den Kopf. »Ich glaube nicht, daß ich mit dir über diese Nacht reden möchte.«

Orlando runzelte die Stirn. »Was ist in dem Becher? Du willst dich doch nicht etwa ...«

Sie lachte boshaft. »... vergiften. Keine Sorge, das ist nicht meine Art. Einen solchen Triumph würde ich Oboto nicht gönnen. Für was für einen Mann müßte er sich halten, wenn ich mir seinetwegen das Leben nähme.«

»Und was ist in dem Becher?« beharrte der alte Magier.

»Weinessig!«

Orlando keuchte leise. »Du wirfst die Perlen in Essig? Bist du denn von allen guten Geistern verlassen? Das ist ein Vermögen, das du da vernichtest.«

»Ich habe es nicht für mich gewollt. Ich könnte keine Freude daran haben. Sie müssen weg ...«

»Du hättest es auch einem der Tempel spenden können.«

»O ja! Rahja, die brünstige Liebesgöttin, wäre vielleicht die geeignete für eine solche Spende gewesen.« Sie blickte in den Essig, der ganz trübe geworden war. »Ich muß es trinken. Es wird mich heilen. Von innen her ...«

»Bist du sicher, daß du nichts brauchst? Vielleicht einen Schlaftrunk?«

»Das würde mich auch nicht vergessen lassen. Ich muß es auf diese Weise tun. Es war schrecklich ... Seine Berührung. Nicht einmal im Bett hat er seine widerlichen Handschuhe abgelegt! Sein Keuchen und Stöhnen. Ich habe die Augen geschlossen und blieb ganz still liegen, bis es vorbei war ... Es ... Ich möchte jetzt wirklich allein sein, Orlando. Bitte ...«

Der Alte nickte. Schweigend verließ er das Zimmer.

Elena starrte in den Pokal. Wenn sie wenigstens Tikian gerettet hätte! Es war alles vergebens gewesen. Sie ließ die restlichen Perlen in den Pokal fallen. Es würde vorbei sein, wenn sie das getrunken hatte! Diese Nacht wäre dann einfach aus ihrer Erinnerung gelöscht!

Oboto würde es sicher kein zweites Mal nach ihr gelüsten!

Gion warf einen flüchtigen Blick in den mit Samt geschmückten Raum, an dem sie vorbeikamen, und leckte sich über die Lippen. »Essen kann man hier auch?«

Tikian nickte flüchtig. »Consuela legt großen Wert darauf, daß in diesem Haus alle Lüste befriedigt werden können. Es gibt eine große Küche mit hervorragenden Köchen. Gewöhnliche Dinge wie Pfau im Federschmuck, Kükenbrüstchen oder Haifischflossen kannst du hier jederzeit auf einem der Zimmer serviert bekommen. Ausgefallene kulinarische Wünsche können allerdings nur erfüllt werden, wenn man sie ein oder zwei Tage vorher ankündigt.«

»Haifischflossen?« Gion rümpfte die Nase. »Wer ißt denn so etwas?«

»Ich finde, das Fleisch der Flossen ist ungewöhnlich zart und schmackhaft ... Hast du vielleicht Hunger?«

»Na ja, wenn es vielleicht auch etwas Vernünftiges zu essen gibt, vielleicht ein ordentliches Stück Fleisch vom Rind und ein wenig Brot?«

Tikian nickte. »Das dürfte keine Schwierigkeiten machen. Warte einen Augenblick, ich sehe mich nach einem Diener um, der die Bestellung an die Köche weitergibt. Wollen wir auf meinem Zimmer essen?«

Der Bogenschütze zuckte mit den Schultern. »Ist mir gleich. Aber vielleicht könntest du auch etwas zu trinken bestellen? Ferdoker Gerstenbräu wäre schön.«

»Hm, ob das gerade vorrätig ist, weiß ich nicht, aber irgendein helles Bier wird es ganz bestimmt geben. Ich seh mal, was sich machen läßt.«

Tikian verschwand durch eine der Türen, die in die Eingangshalle führten. Der Bogenschütze fühlte sich etwas unwohl in dem mit verschwenderischem Luxus ausgestatteten Raum. Mißmutig blickte er zu dem Krieger, der an der schweren Eichentür stand. Der Kerl hatte ihn erst gar nicht hereinlassen wollen. Statt dessen hatte er ihm empfohlen, sich nach einem billigeren Haus umzusehen. Der Bogenschütze rümpfte die Nase. Haus! Warum nannten sie die Sache nicht einfach beim Namen? Auch wenn man im *Opalpalast* nur reiche Pfeffersäcke und Offiziere einließ, änderte dies nichts an der Tatsache, daß es ein Hurenhaus war!

Gion schüttelte den Kopf. Drei Tage hatte er Tikian nicht mehr gesehen, und schon hatte es dieser Tölpel geschafft, vom freien Mann zum Sklaven und obersten Rausschmeißer in einem Edelbordell zu werden. Er hätte auf den Jungen besser aufpassen sollen!

Ein dicker Kerl um die Fünfzig wurde durch die Eingangstür gelassen. Der Wächter buckelte höflich vor dem alten Bock, und Gion sah, wie der Kaufmann oder wer immer dort gerade gekommen war, dem jungen Krieger mit herablassendem Lächeln einen Schilling in die Hand drückte. Wie konnte ein Kämpfer nur so tief sinken!

»Seit wann wird solcher Pöbel bei Consuela geduldet?« Der Dicke warf dem Bogenschützen einen mißbilligenden Blick zu und wartete offenbar darauf, daß der Torwächter ihm den Umhang abnahm. Gions Hand glitt zum Knauf seines Kurzschwertes. Er würde diesem glubschäugigen Fischgesicht nur zu gerne ein wenig die Leber kitzeln! Noch ein Wort, und …

Tikian kehrte in die Eingangshalle zurück und verneigte sich knapp vor dem Fremden. Dann warf er Gion einen Blick zu und runzelte die Stirn. »Gibt es irgendwelchen Ärger?«

»Der Marschall Oboto Florios fühlt sich durch die Anwesenheit dieses ungewaschenen Söldlings in seinem Wohlbefinden gestört«, erklärte der Türwächter sarkastisch grinsend.

Gion nahm langsam die Hand vom Schwertgriff und fluchte innerlich. Woher hätte er wissen sollen, daß dieser feiste Kerl der Oberkommandant der Stadtgarde war?

»Ich werde auf der Stelle dafür sorgen, daß der Mann ein Bad erhält. Vielleicht läßt der ehrenwerte Marschall sich durch ein Gastmahl auf Kosten des Hauses versöhnlich stimmen?«

»Schmeicheleien stehen ihm schlecht zu Gesicht. Gestern nacht in der Arena hat er Uns besser gefallen. Führe er diesen stinkenden Menschen hinfort! Es beleidigt Unsere Nase und Unseren Sinn für das Schöne!«

Gion hätte dem Fettsack am liebsten die Faust in den Rachen geschoben. Dieser aufgeblasene Hurenbock!

Tikian hatte den Schützen beim Arm genommen und zog ihn zu der breiten Treppe, die zu den oberen Etagen führte. »Laß uns hier verschwinden«, flüsterte der Fechter leise, »bevor ich meine gute Erziehung vergesse.«

Gion nickte. Ohne sich noch einmal umzudrehen, gingen sie die Treppe hinauf. Tikians Zimmer lag gleich oben an der Galerie, und Gion staunte nicht wenig über die luxuriöse Unterbringung. Im Vergleich hierzu war sein eigenes Quartier das reinste Rattenloch. Dabei war er bis vor einer halben Stunde noch stolz darauf gewesen, nicht wie der größte Teil der Söldner in einem nassen Zelt untergebracht zu sein.

»Hast deine Freiheit gegen einen goldenen Käfig eingetauscht … Was bei allen Göttern hat dich nur hierher verschlagen? Ich hätte dich ohne Schwierigkeiten als Unteroffizier im Schwarzen Bund unterbringen können, jetzt, da ich Weibel bin.«

Der Fechter machte ein säuerliches Gesicht. »Du glaubst doch nicht etwa, daß ich freiwillig hier bin? Es hat alles damit angefangen, daß …«

Als Tikian mit seiner Geschichte fertig war, schob Gion sich das letzte Stück des saftigen Bratens hinein, den man inzwischen auf das Zimmer gebracht hatte. Mit einem Seufzer tupfte er ein Stück Brot in die Soße, die auf dem großen, silbernen Teller zurückgeblieben war, und schüttelte den Kopf. Ein Sklave, der besser bezahlt wurde als ein Söldnerhauptmann! Wer hatte je von so etwas gehört! Trotzdem wußte er nicht recht, ob er seinen Freund beneiden oder bemitleiden sollte.

»Wirst du bleiben oder versuchen, dich dünne zu machen?«

Der Fechter zuckte die Schultern. »Ich fürchte, ich kann hier nicht fort, bevor nicht ein paar Dinge geklärt sind. Mit dem Mord an Callana habe ich nichts zu tun, und das werde ich auch beweisen!«

»Da kräht kein Hahn nach! Glaubst du, man wird dich aus der Sklaverei entlassen, wenn du beweist, daß ihr ein anderer das Lebenslicht ausgeblasen hat. Wach auf, Tikian! Du bist hier in Al'Anfa und nicht im Lieblichen Feld! Du wirst erst an dem Tag gehen können, an dem du deiner Puffmutter tausend Dublonen auf den Tisch legst. Es sei denn, du hast den Mumm, dich einfach davonzumachen.«

»Warum sollte ich das? Wenn ich ein paar Jahre in diesem Haus verbringe, kehre ich als reicher Mann in meine Heimat zurück, und mein Gold wird die Königin vergessen lassen, daß es jemals einen Zwischenfall mit einer hübschen Gräfin gegeben hat. Hier bekomme ich gutes Essen und habe ein warmes Bett. Das ist mehr, als die meisten anderen Söldner von sich sagen könnten.«

»Sicher, ich sehe auch, welchen Spaß es dir macht, vor aufgeblasenen Wichtigtuern zu buckeln. Was ist nur mit dir geschehen, Mann? Seit du dieser götterverfluchten Schwarzmagierin begegnetest, bist du einfach nicht mehr derselbe!«

»Vielleicht werde ich mit dem Alter weise?« Der Fechter erhob sich von der Kiste, auf der er gehockt hätte. »Du könntest mir als Gegenleistung für das Essen einen kleinen Gefallen tun. Bernardo hat vergessen, mir den Schlüssel für die Kiste herauszugeben, und dummerweise das Schloß zuschnappen lassen. Wenn du mir vielleicht ...«

Gion grinste. »Ich bin Bogenschütze! Wie kommst du darauf, daß ich wüßte, wie man so ein Schloß knackt?«

Tikian erwiderte das Lächeln. »Ist nur so eine Ahnung ...«

»So?« Der Schütze öffnete seinen Geldbeutel, kramte einen verbogenen Nagel hervor und kniete neben der Kiste nieder. »Wirst dich ein bißchen gedulden müssen. Ich bin in letzter Zeit aus der Übung gekommen.« Aufmerksam musterte er das Vorhängeschloß. Es war ziemlich verrostet, aber augenscheinlich von einem guten Mechanicus gefertigt. Es würde nicht leicht werden, es aufzubekommen. Mißtrauisch untersuchte Gion es nach magischen Runen oder Zauberzeichen. Seit ihm einmal ein einhändiger Dieb sehr bildhaft von Flüchen und Giftdornen erzählt hatte, mit denen angeblich manche Schlösser gesichert waren, war Gion vorsichtig geworden. So verging eine ganze Weile, bis ein leises Klicken schließlich davon kündete, daß er seine Geschicklichkeit in diesen Dingen während der vielen Wochen im Dschungel nicht eingebüßt hatte.

Zufrieden lehnte sich Gion zurück und goß sich aus dem großen Tonkrug, den man zusammen mit dem Braten gebracht hatte, einen Humpen voller Bier ein.

Ungeduldig durchwühlte Tikian die Kiste. Aufmerksam tastete er die Säume der Kleidungsstücke ab, so als hoffte er, daß dort Münzen oder gar kostbare Edelsteine eingenäht wären. Dann untersuchte er die Stiefel und klopfte sogar ihre Sohlen ab, doch auch hier fand sich nichts Ungewöhnliches. Schließlich ließ er sich mit einem enttäuschten Seufzen auf dem Bett nieder. »Es sieht ganz so aus, als hätte mein Großvater nichts als ein paar alter Kleider als Erbe hinterlassen.«

»Was sollte man anderes in einer Reisekiste erwarten?«

»Du hast einfach keine Vorstellungskraft, Gion! Er hätte doch wenigstens ein paar Briefe zurücklassen können oder eine Locke seiner Geliebten. Irgend etwas, das mir verrät, was für ein Mensch er war und was er in dieser götterverfluchten Stadt gewollt hat!«

Der Bogenschütze lachte leise. »Du hast zu vielen Barden zugehört. Solche Geschichten geschehen nicht wirklich. Wie kommst du darauf, daß er ein großes Abenteuer erlebt hat? Vielleicht wurde er von irgendeinem Halsabschneider in einer dunklen Gasse erdolcht und um seine Barschaft erleichtert. So etwas passiert hier fast täglich.«

»Beleidige meinen Ahnen nicht!« Tikian war vom Bett aufgesprungen. »Jacomo ya Avona war der größte Fechtmeister seiner Zeit! Es ist undenkbar, daß ihn ein gewöhnlicher Strauchdieb besiegt hätte! Daß diese Kiste das Feuer überstanden hat und schließlich in meine Hände gelangt ist, ist ein Zeichen der Götter! Mir ist es bestimmt, das Schicksal meines Ahnen aufzuklären!«

»Dann zieh doch mal seine Stiefel an. Vielleicht gelingt es dir, so in seine Fußstapfen zu treten?«

Der Fechter warf Gion einen bösen Blick zu. »Ich

mache keinen Spaß! Deinen Spott kannst du dir schenken! Oder hältst du mich vielleicht für verrückt?«

Der Bogenschütze hob beschwörend die Hände. »Immer mit der Ruhe! Ich will dich nicht auf den Arm nehmen. In der Gegend, aus der ich komme, erzählt man sich wirklich, daß man auf den Spuren der Toten wandeln kann, wenn man deren Schuhe trägt. Du solltest allerdings bedenken, daß du dann möglicherweise demselben Schicksal wie dein Großvater entgegenstiefelst. So wie die Dinge stehen, hat man ihn ja wohl ermordet, denn wäre er eines natürlichen Todes gestorben, hätte deine Familie sicher eine Nachricht über sein Ableben erhalten.«

»Und wenn er in die Sklaverei geraten ist? Du siehst ja an mir, wie schnell einem aufrechten Mann ein solches Schicksal widerfahren kann. Vielleicht lebt Jacomo sogar noch?«

»Vielleicht geht das Praiosgestirn morgen im Westen auf!«

Tikian verpaßte der leeren Kiste mißmutig einen Fußtritt. »Es ist doch immer wieder erfreulich, *wahre* Freunde um sich zu haben!«

»Ich kann auch gehen«, murmelte der Schütze beleidigt. »Vielleicht solltest du lieber versuchen herauszufinden, warum Consuela dich verschont hat. Ich denke, dabei wirst du zu handgreiflicheren Ergebnissen kommen!« Gion leerte den Tonkrug, stellte ihn auf dem Tisch neben der Tür ab und erhob sich grinsend. »Es ist spät.«

»Komm trink noch einen ...«

»Glaubst du nicht, daß man im Haus vielleicht deine Dienste braucht? Du bist jetzt schon mehr als eine Stunde mit mir hier oben.«

»Meine Kastraten lieben es, wenn der Hauptmann der *Leibwache* Fehler macht! Kannst du dir vorstellen, was es bedeutet, als Fremder in dieses Haus zu kommen, im Gegensatz zu den anderen Rausschmeißern nicht beschnitten zu werden und dann auch noch ihren Anführer abgeben zu müssen. Consuela ist ungewöhnlich schlau! Du glaubst, sie liebt mich? Ich sage dir, sie hat ganz andere Gründe dafür, mich in ihren Dienst zu nehmen. Die Kerle haben sie für das gehaßt, was sie ihnen angetan hat. Jetzt stehen die Dinge anders. Sie hassen mich noch mehr als sie, weil ich nicht ihr Schicksal mit ihnen teile. Jeder von ihnen würde mich am liebsten mit einem Messer im Rücken sehen. An Consuela verschwenden sie keinen Gedanken mehr. Ich bin jetzt ihr Feind! Das ist übrigens der Grund, warum ich hier im Haus nie etwas essen würde.«

»Wie bitte?« Gion starrte auf den Teller, auf dem der Braten serviert worden war. »Du meinst doch nicht etwa …«

»Keine Sorge, ich habe dem Sklaven, den ich losgeschickt habe, dreimal erklärt, daß dieses Fleisch für dich ist. Sie werden nicht das Risiko eingehen, aus Versehen nur dich zu vergiften, um dann meiner Rache ausgesetzt zu sein.«

Der Bogenschütze schluckte. Wollte Tikian ihn auf den Arm nehmen? Oder meinte er es ernst?

Der Fechter lächelte. »Komm, mach nicht so ein Gesicht! Im Zweifelsfall würde ich deinen Tod rächen und auch dafür sorgen, daß du ein prächtiges Begräbnis bekommst.«

»Wer dich zum Freund hat, der braucht keine Feinde mehr.« Gion spürte, wie ihm übel wurde. Vielleicht war das Fleisch ja doch …

Tikian zog ein kleines silbernes Fläschchen hinter seinem Gürtel hervor. »Siehst du das hier? Ich habe dir ein Antidot ins Bier geschüttet, als du dich um die Kiste gekümmert hast. Es ist ein magisches Gegengift. Dir kann gar nichts passieren! Glaubst du, ich würde das Leben meines einzigen Freundes riskieren?«

»Einziger Freund? Ich muß verrückt gewesen sein,

mich auf dich eingelassen zu haben, du bornierter adeliger Bastard!« Gion griff nach der Klinke. »Mich siehst du nie wieder!«

»Warte!« Der Fechter packte ihn an der Schulter und wollte ihn festhalten, doch Gion riß sich los.

»Such dir einen anderen für deine Spielchen. Mir reicht es!« Diesmal war Tikian zu weit gegangen! Über diesen Spaß konnte er nicht lachen! Wütend knallte Gion die Tür hinter sich zu und stürmte die breite Treppe zur Empfangshalle hinunter.

Tikian hatte sich eine Karaffe mit teurem Branntwein aus der Küche geholt. Welcher Dämon hatte ihn nur geritten, Gion so zu erschrecken? Es stimmte schon, daß er Angst hatte, man könne ihn vergiften, doch darum hatte er ja auch das Antidot in das Bier geschüttet. Er hätte Gion nichts sagen sollen! Der Bogenschütze wäre auf jeden Fall in Sicherheit gewesen! Es war überflüssig gewesen, ihm zu eröffnen, in welches Ränkespiel er hineingeraten war.

Wütend trat der Fechter gegen die Kiste. Warum war er nur in diese Stadt gekommen! Er hätte ein glücklicher Mann sein können! Sicher wäre er sogar noch mit Elena zusammen, wenn ... Er füllte den Zinnbecher zum dritten Mal und kippte den Branntwein hinunter. Es war Verschwendung, so schnell zu trinken, und es würde ihm nicht bekommen, aber das war jetzt auch gleichgültig.

Sein Blick fiel auf die alten Stiefel, die neben der Kiste lagen. Ob Gion ihn wohl gefoppt hatte? Oder war etwas an dieser Geschichte über die Schuhe von Toten? Würde er tatsächlich auf den Spuren seines Großvaters wandern, wenn er sie anzog und sich ziellos durch die Stadt treiben ließ? Es gab keine andere Fährte, der er noch folgen konnte. Vielleicht war das wirklich der einzige Weg, der noch blieb. Er stellte den Becher ab und kniete sich auf den Boden. Das Leder

der Stulpenstiefel war verschossen und so fleckig wie eine alte Landkarte. Morgen würde er es mit Speck einreiben.

Behutsam hob er die Stiefel auf und stellte sie in die Kiste. Ihm war ein wenig schwindelig. Er hätte die Finger von diesem verfluchten Branntwein lassen sollen! Warum standen denn die Stiefel so schief? War das der Anfang einer wahrhaft niederhöllischen Nacht? Tikian blickte auf, doch Tisch und Bett standen durchaus noch ebenso in der Kammer, wie es sich gehörte. Nur die Stiefel ... Was, zum Henker, war das? Er drehte die Kiste zur Seite und kippte die Stiefel heraus. Der Boden der Truhe war verrutscht und hatte sich schief gestellt. Ein Geheimfach? Der Rausch war wie verflogen. Vor Aufregung zitterten dem Fechter die Hände. Er zog den schlanken Parierdolch aus dem Wehrgehänge und trieb die Klinke zwischen Kistenwand und Boden. Dann hebelte er sie vorsichtig nach vorne. Mit einem langgezogenen Knarren gab der Boden nach und kippte ihm entgegen. Unter dem Brett öffnete sich ein knapp einen Finger breiter Hohlraum. Dort lagen zwei dünne Bücher und ein grünlich angelaufenes Medaillon. Das Vermächtnis seines Großvaters!

Tikian glaubte, sein Herz so laut wie einen Schmiedehammer schlagen zu hören! Vorsichtig nahm er eines der Bücher heraus. Die Unterseite war von der Hitze des Feuers durch den Holzboden hindurch noch angesengt worden. Hastig schlug er das erste der beiden Bücher auf und traute seinen Augen kaum! Die Seiten waren leer! Hastig blätterte er es bis zum Ende durch. Nichts! Nicht eine Zeile stand dort geschrieben. Was, bei allen Unholden des Namenlosen, sollte das bedeuten?

Zweifelnd griff er nach dem zweiten Band. Auch hier war der Einband durch das Feuer versengt worden. Der Fechter schlug die erste Seite auf.

Das ist:
Die Beschreibung des Lebens eines seltsamen Vaganten /
genannt Jacomo ya Avona / wann und welcher Gestalt
er nämlich ins gottlose Al'Anfa gekommen /
was er darin gesehen / gelernet /
erfahren und ausgestanden hat
Getreulich und in zwölfgöttlicher Demut niedergeschrieben
von eben jenem
JACOMO YA AVONA
gegeben 970 nach Bosparans Fall

Begierig, das Schicksal seines Ahnen zu ergründen, blätterte Tikian weiter, doch die Buchstaben begannen ihm vor den Augen zu tanzen, so daß die Worte keinen Sinn mehr ergaben und ihm ganz schwindelig wurde, sobald er in das Buch blickte.

Taumelnd erreichte er das Bett und verbarg seinen Schatz unter dem Kissen. Dann sank er in tiefen Schlaf.

In seinen Träumen verfolgte ihn eine dunkle Gestalt in einem Kapuzenmantel.

7. Kapitel

Ein schmaler Sonnenstrahl fiel durch einen Spalt in den Fensterläden genau auf Tikians Gesicht, so daß der Fechter blinzelnd erwachte. Noch halb in seinen Träumen gefangen, blieb er liegen und beobachtete die winzigen goldenen Staubflocken, die in dem Lichtstrahl auf und nieder tanzten. Behaglich streckte er die Arme aus. Sein Handrücken streifte über etwas, das auf dem Kissen an seiner Seite lag. Erschrocken richtete sich der Fechter halb auf. Dort lag das Buch, das er letzte Nacht gefunden hatte. Es war aufgeschlagen und zwischen den Seiten schimmerte grüngolden das alte Medaillon.

Hastig schlug Tikian ein Schutzzeichen gegen böse Geister. Wie bei allen Erleuchteten hatte das geschehen können? Das Buch hatte unter seinem Kissen gelegen! Und das Medaillon? Es hatte sich in der Kiste oder auf dem Tisch befunden!

Ohne das Buch zu berühren, setzte er sich auf und las, was auf den beiden Seiten geschrieben stand.

12. Boron: War es falsch, Gronek zu töten? Er war ein Schurke, doch was habe ich mit Quinos und Alaras Rache zu schaffen? Ich verliere mich mehr und mehr, je länger ich in dieser Stadt verweile. Jede Nacht ist Saranya in meinen Träumen bei mir. Ich spüre, daß sie ganz nahe sein muß, und doch kann ich sie nicht finden. Wenn der Schlaf mich flieht, irre ich oft stundenlang durch dunkle Gassen und suche ihr Gesicht, doch ist es, als halte Phex selbst sie vor mir verborgen. Dabei spüre ich, daß nicht mehr viel Zeit bleibt ...

14. Boron: Alara und Quino haben bedeutende Verbündete in ihrem Kampf gewonnen. Der zornige junge Mann steckt voller Überraschungen. Er kannte Balthasar Wilmaan, den Sproß einer mächtigen Grandenfamilie. Balthasar und seine schöne Schwester Esmeralda haben versprochen, uns Zugang zum Silberberg zu verschaffen. Die Stadt brodelt vor Gerüchten, und es scheint, als wollten sich die Granden gegen den grausamen Tyrannen verschwören. Ich gehöre zu jenen, die auserwählt sind, die Klinge gegen das dunkle Haupt zu führen. Doch was nützt mir dieser zweifelhafte Ruhm, solange ich nicht finden kann, wonach mein Herz sich sehnt! Manchmal, in dunklen Stunden, denke ich sogar, ich würde sie alle verraten, wenn ich dafür nur wieder mit IHR vereint sein könnte. Tausend Meilen bin ich gereist, sie zu finden, und doch scheint mir, ich bin ihr kein Stück näher gekommen.

17. Boron: Nur zwei sind noch verblieben, dann geht es gegen das dunkle Haupt, das sich auf dem Silberberg verbirgt. Esmeralda hat versprochen, daß sie nach Saranya suchen lassen wird. Wie alle Granden hat sie Einblick in die Sklavenregister. Endlich werden wir wieder vereint sein. Es ist Zeit, diese Stadt zu verlassen. Nur wenige Tage noch ...

Neugierig blätterte Tikian weiter, doch die nächste Seite war leer. Mit dem 17. Boron endeten die Eintragungen in Jacomos Reisetagebuch. War sein Großvater bei einem Angriff gegen das dunkle Haupt umgekommen? Und wer verbarg sich hinter diesem Namen? Hatte Jacomo es etwa gewagt, sich gegen den Patriarchen zu verschwören? Wer waren Quino und Alara? Und wer war Saranya? Fragen über Fragen ...

Tikian nahm das Medaillon auf und rieb es zwischen den Fingern. Es war eine billige Arbeit aus Bronze und paßte so gar nicht als Kleinod zu einem bedeutenden

Adligen aus dem Alten Reich. Besonders der Rand des Medaillons war mit Grünspan überzogen. Seltsam schien ihm auch das Band, an dem das Medaillon hing. Was er flüchtig betrachtet in der letzten Nacht für einen geflochtenen Lederriemen gehalten hatte, entpuppte sich als ein dünner Zopf aus rotem Haar. Wer Jacomo wohl dieses Geschenk gemacht hatte? Seine Frau, Marina, war blond gewesen ...

Tikian versuchte, den Daumennagel in die feine Rille zu drücken, die die Naht der beiden Medaillonhälften anzeigte, doch das verkrustete Metall widerstand all seinen Bemühungen.

Schließlich erhob er sich aus dem Bett und holte seinen Dolch, der noch neben der Truhe auf dem Boden des Zimmers lag. Mit seiner Hilfe gelang es ihm schließlich, das Kleinod zu öffnen. Als die Metallschalen auseinanderklappten, enthüllten sie zwei winzige Porträts. In den Deckel war das Gesicht eines Mannes gemalt, der vielleicht dreißig Jahre alt sein mochte. Er hatte langes, leicht gelocktes Haar und ein schmales Gesicht. Es war sein Großvater, so wie Tikian ihn von den Gemälden der Ahnengalerie kannte. Sie sahen einander erstaunlich ähnlich. Das zweite Bild zeigte das Gesicht einer jungen Frau. Sie war im Profil gemalt worden. Ihr langes rotes Haar hatte sie mit Kämmen hochgesteckt. Ihrem Antlitz fehlte die vornehme Blässe, die man von einer jungen Adligen erwartet hätte – und auch das, was von ihrem Kleid zu sehen war, wirkte ungewöhnlich schlicht. Tikian hatte das Gefühl, die Frau schon einmal gesehen zu haben. Er lächelte. Es war unmöglich, daß er sie kannte! Wenn sie noch leben sollte, dann wäre sie heute wohl mehr als sechzig Jahre alt und würde völlig anders aussehen.

Sicherlich war es jene Saranya, von der er im Tagebuch gelesen hatte. Wenn der Maler sich nicht erlaubt hatte, ihr Aussehen auf dem Porträt mehr als gewöhnlich zu übertreiben, war sie eine außergewöhnlich schöne Frau gewesen. Er konnte verstehen, daß sein Großvater ihr bis nach Al'Anfa gefolgt war.

Tikian klappte das Medaillon zu. Woher sie ihm nur so vertraut vorkam? Er griff nach dem Buch und strich ehrfürchtig über den angesengten Einband. Wenn er es richtig zu deuten verstand, würde es gewiß wenigstens einen Teil des Geheimnisses um seinen Großvater enthüllen.

Takate blickte über das weite Land, und das Herz schmerzte ihn. Soweit er sehen konnte, war der Wald getötet worden. Nur vereinzelt gab es noch kleine Gruppen von Bäumen, die inmitten der weiten Felder wie verloren wirkten.

Der Wind, der vom großen Wasser kam, hatte dunkle Wolken herangetragen, und leichter Regen fiel. Die Blaßhäute hatten das Land überschwemmt, indem sie das Wasser eines kleinen Flusses gefangennahmen. Sie konnten nichts und niemandem die Freiheit lassen! Freiheit machte ihnen wohl angst.

Zwischen den überfluteten Feldern erhob sich ein Netz aus schmalen Pfaden, die alle auf einen breiten Weg zuliefen, der so gerade wie ein Blasrohr wirkte.

Hier und dort waren auf den Feldern gebückte Gestalten zu erkennen, die im schlammigen Wasser wühlten und zarte Schößlinge pflanzten. Takate trat vom Waldrand auf den breiten Weg. Dieser Pfad würde ihn in das große Steindorf führen, wo sich der Krieger und die Schamanin mit dem Sonnenhaar versteckt hielten. Dort würde er viele Köpfe nehmen! Es war ein Ort der Verderbnis, wo man der Gerechtigkeit nur mit Peitsche und Schwert zum Siege verhelfen konnte. Takate blickte auf die Waffen in seinen Händen. Die Stimme in den Blättern hatte ihm verraten, wie die Blaßhäute die eigenartige Waffe aus geflochtenen Lederschnüren nannten. Peitsche! Sie war geschaffen, die Ungerechten zu züchtigen, das Handwerkszeug der Totmacher und der …

Der Krieger schluckte. Was war es, das ihn in diese Stadt trieb? War es wirklich sein Verlangen, dorthin zu gehen?

»Denk an die Schamanin und den Mann, der dich ermordet hat. Du wirst sie dort finden, und ihr Tod wird deinem gequälten Herzen Frieden bringen.«

Takate legte den Kopf in den Nacken und sah zu den mächtigen Baumgipfeln empor. Konnte er den Wald verlassen? In der Ebene war er schutzlos. Es gab nur noch wenige Orte, sich zu verstecken. Die Blaßhäute würden ihn jagen und töten.

»Vertraue mir«, flüsterte es erneut in den Bäumen. *»Ich werde bei dir sein, dir raten und dich beschützen. Du bist mein Kind, und ich werde nicht dulden, daß dir Böses widerfährt!«*

»Wessen Kind? Und wie willst du mir helfen, wenn ich in das Land ohne Bäume gehe? Du wirst hier zurückbleiben?«

»Ich sitze nicht in den Bäumen, auch wenn es dir so scheinen mag. Ich bin der Tapam deiner Mutter, die die Blaßhäute töteten.«

Der Krieger starrte zu den dunklen Wolken empor. Der Regen fiel ihm senkrecht ins Gesicht. Langsam schüttelte er den Kopf. »Das kann nicht sein. Die Stimmen der Ahnen sprechen nur zu den Schamanen. Du kannst nicht meine Mutter sein! Wer bist du?«

»Warum sollte ich dich belügen? Bedenke, daß du nicht mehr zu all den anderen gewöhnlichen Stammeskriegern gehörst. Dein Tapam hatte sich von deinem Fleisch gelöst und war bereit, auf die große Wanderschaft zu gehen. Ich war bei dir, mein Sohn, als die Zeit zu sterben für dich gekommen war. Und als der weiße Schamane dein Tapam zurückgerufen hat, da bin auch ich von seiner Zaubermacht ergriffen worden. So kommt es, daß du meine Stimme hören kannst. Sie kommt nicht aus den Bäumen. Ich spreche durch dein Herz zu dir, mein Sohn.«

»Als du das erste Mal zu mir gesprochen hast, sagtest du ganz andere Dinge. Du hast mich willkommen geheißen in deinem Stamm. Wie meintest du das?«

»Wir werden ein neuer Stamm sein, mein Sohn. Du bist der erste Mann, in dessen Brust zwei Tapams wohnen. Du wirst Kräfte besitzen, die die Fähigkeiten aller anderen Krieger der Keke-Wanaq weit übertreffen werden, und die Blaßhäute werden deinen Namen mit Schrecken nennen. Du wirst kommen, um all jene Kinder des Waldes zu rächen, die sie gemordet haben. Du wirst sein wie der Sturmwind, der selbst die Häupter der mächtigsten Bäume zu beugen vermag, ohne daß man ihn fassen könnte. Der Wald selbst schickt uns beide, um Rache zu üben.«

»Aber wie soll ich unter den Stämmen der Blaßhäute bestehen? Sie werden mich leicht erkennen können, und ich spreche ihre Zunge nur sehr schlecht. Es wird nur ein kurzer Kriegszug werden, wenn ich den Schutz des Waldes verlasse.«

»Glaubst du der Stimme deiner Mutter nicht? Ich habe dich in den Armen gehalten und dich getröstet, wenn sich nachts böse Geister in deine Träume schlichen, um dich zu erschrecken. Könnte ich dich betrügen?«

Takate rannen warme Tränen über das Gesicht. Er konnte sich kaum noch an seine Mutter erinnern. Zu lange war es her. Sie würde ihn nicht betrügen, und doch hatte er das Gefühl, sterben zu müssen, wenn er den Wald hinter sich ließ. Er dachte an die Worte des Schamanen, daran, daß er zum Satuul werden würde und sein Tapam in ihm verrotten müßte. War es vielleicht ein böser Geist, der in ihm sprach?

»Erinnerst du dich an das Band aus grünem Schlangenleder, das ich in mein Haar geflochten hatte an jenem Tag, an dem die Blaßhäute in das Dorf kamen, und an den Mann, dem Haare wie Sonnenstrahlen im Gesicht wuchsen. Er hat mich fortgezerrt und dich vor meinen Augen niedergeschlagen. Der alte Schamane weiß nicht, was mit uns geschah. Du bist kein Satuul! Du bist nur anders, und er hat Angst vor dir. Deshalb wollte Hiye-Haja, daß du gehst. Er wußte,

daß du bald mächtiger sein würdest als er. Der alte Mann hatte Angst, seinen Platz an den Feuern zu verlieren. Deshalb hat er dich verdammt.«

Takate hielt die Augen geschlossen und ließ das Bild seiner Mutter, wie er es in seinem Herzen trug, vor sich erstehen. Es stimmte! An dem Schreckenstag hatte sie ein Band aus grünem Schlangenleder getragen. Konnte es wahr sein, daß der Schamane ihn betrogen hatte? Woher sollte ein böser Geist wissen, wie seine Mutter ausgesehen hatte? Wütend ballte der Krieger die Fäuste. Ja, er war betrogen worden! Hiye-Haja hatte ihm das Spinnen-Luloa auf Hals und Gesicht gemalt, damit er nie mehr zurückkehren konnte. Der alte Mann würde ihm für diesen Betrug büßen. Takate spürte den Haß wie ein Feuer in seiner Brust brennen. Zuerst würde er den Krieger und die Schamanin mit dem Goldhaar bestrafen. Und dann würde er einen Weg finden, Hiye-Haja zu stellen. In der Zunge der Bleichgesichter bedeutete der Name des Schamanen *tausend Worte,* und wortreich war die Zunge der Lügner und Betrüger.

Entschlossen trat der Krieger vom Wald auf den breiten Weg. Der Gedanke, sich durch das offene Land zu bewegen, war ihm immer noch unheimlich.

Tikian blickte angewidert auf das fette schwarze Schwein, das in der Mitte des kleinen Hofes in einem Abfallhaufen herumschnupperte. Bernardo hatte ihm eine Nachricht zukommen lassen. Dem Alten war wieder eingefallen, wo er die Truhe mit Jacomos Kleidern erstanden hatte. Ein kleiner Junge hatte die Botschaft überbracht und den Fechter anschließend auch auf den abgelegenen Hof geführt.

Unsicher blickte sich Tikian um. Die Gegend gefiel ihm nicht. Es war eine der übelsten Ecken des Schlundes. Unter einem nahen Torbogen kauerten zwei hagere Gestalten. Sie sahen zu ihm herüber.

»Habt Ihr eine milde Gabe für einen alten Söldner, den keiner mehr haben will, edler Herr?«

Der Fechter schüttelte unwillig den Kopf. »Scher dich davon! Ich habe nichts zu verschenken.« Er drehte sich halb zu dem Jungen um, der ihn hergebracht hatte. »Wo ist der Laden des Händlers? Das hier ist kein Geschäftsviertel!«

Der Kleine zeigte auf eine blaugestrichene Tür am anderen Ende des Hofs. »Dort wirst du Fran Dabas finden. Er ist kein gewöhnlicher Händler, und man sagt, die meisten seiner Kunden kämen erst bei Nacht. Aber du wirst schon noch sehen ...« Der Junge streckte ihm die offene Hand entgegen.

»Du bekommst dein Geld, sobald ich wieder im *Opalpalast* bin.«

»Das war so nicht ausgemacht!«

»Stimmt! Ich habe mich entschieden, die Bedingungen für unser Geschäft ein wenig zu ändern. Du bekommst das Doppelte, sobald wir beide wohlbehalten zu Consuelas Haus zurückgekehrt sind. Ist das kein gutes Geschäft? Du brauchst nur hier auf mich zu warten.«

Der Junge wirkte unruhig, doch widersprach er nicht.

»Gibt es vielleicht etwas, das du mir sagen möchtest?« Tikian blickte den Buben forschend an. Er mochte vielleicht zehn Sommer alt sein, war spindeldürr und trug ein zu großes, zerlumptes Hemd, das er in der Taille mit einem Stück Seil gegürtet hatte. Der Kleine hielt dem Blick stand.

»Ich werde auf dich warten, wenn es dich beruhigt, mich in deiner Nähe zu wissen. Ich werd' schon auf dich aufpassen.« Der Junge grinste frech.

Mit der Rechten spielte Tikian unruhig am Knauf des Parierdolches, während er den Abfallhaufen umrundete und zu der blauen Tür hintrat. Das Schwein, das den Müllhaufen umpflügte, blickte kurz zu ihm auf und setzte dann seine Suche nach fauligem Obst und schimmeligen Brotresten fort.

Der Fechter zog den Dolch aus der Scheide und klopfte mit dem Knauf heftig gegen die Tür. Gespannt hielt er den Atem an und lauschte, doch nichts geschah. Er wurde weder aufgefordert einzutreten, noch waren Schritte zu hören, die sich der Tür näherten. Verwundert warf er dem Jungen einen Blick zu, doch dieser zuckte auch nur enttäuscht mit den Schultern.

Tikian hob die Hand und wollte gerade ein zweites Mal klopfen, als die Tür wie von Geisterhand aufschwang und den Blick auf eine kleine Kammer freigab. Das einzige Fenster war mit rotem Stoff verhangen. Mit klopfendem Herzen trat der Fechter ein. Kaum hatte er die Schwelle überschritten, da fiel die Tür hinter ihm wieder ins Schloß. Im Zwielicht der Kammer vermochte Tikian zunächst kaum mehr als dunkle Schemen zu erkennen. Es sah hier ein wenig so wie auf dem Dachboden des großen Herrenhauses aus, das seinem Vater gehörte. Ohne erkennbare Ordnung türmte sich allerlei Gerümpel bis zur niedrigen Decke. Fadenscheinige Gewänder aus Seide und Brokat hingen von den Deckenbalken herab und drehten sich leicht im Luftzug. Es stank nach Rauschkraut und billigem Tabak.

»Sei mir willkommen, wenn dein Name nicht Golgari ist«, ertönte eine hohe Fistelstimme zwischen dem Gerümpel.

»Der Boronsbote klopft nicht, wenn er vor deinem Tor steht«, entgegnete Tikian nüchtern und versuchte zu erkennen, wo sich der Herr über die staubigen Schätze dieser Rumpelkammer verbarg. Zwischen den herabhängenden Kleidern leuchtete kurz ein helles Glutauge auf und ein Schwall gelblichen Rauchs schlug Tikian entgegen. Dort lag ein hagerer, alter Mann auf einigen zerlumpten Teppichen, eine lange Bambuspfeife zwischen den Lippen.

»Du kannst deinen Dolch ruhig wieder einstecken. Du bist doch wohl gekommen, um Geschäfte mit mir zu machen und nicht, um mich auszuplündern.«

»Wenn du Fran Dabas bist, dann hätte ich in der Tat etwas mit dir zu besprechen, auch wenn ich nicht die Absicht habe, irgend etwas von dir zu kaufen.«

Der Alte grinste und zeigte seine fauligen Zähne. »Man kann mehr von mir kaufen als die bescheidenen Kleinigkeiten, die du hier in meinem Laden siehst, Tikian.«

Der Fechter stutzt. »Woher kennst du meinen Namen?«

Fran Dabas blies ihm erneut eine Wolke Tabaksqualm entgegen. »Ich habe dich in der Arena gesehen. War ein bemerkenswerter Auftritt für jemanden, den man den Häuter nennt. Mir scheint, in deiner Brust schlagen zwei Herzen, edler Fechter.«

»Häuter ... Wer nennt mich so?«

»Die Huren hier im Viertel – und nicht nur sie. Für den Ruf, den du dir hier erworben hast, siehst du im Grunde erstaunlich harmlos aus. Das hat wahrscheinlich auch Callana gedacht, als sie mit dir gegangen ist.«

»Ich habe sie nicht ermordet. Hörst du! Ich bin unschuldig, und ...«

»Mir ist völlig gleich, was du getan hast und was nicht. Du solltest allerdings wissen, daß es jemanden gibt, der einen Preis von zwanzig Dublonen auf deinen Kopf ausgesetzt hat. Eigentlich eine Beleidigung für einen Mann mit deinen Fähigkeiten. Ich bin gespannt, wer es für so wenig Gold wagt herauszufinden, wie gut du mit deinen Waffen umzugehen vermagst.«

Tikian stieß den Dolch in den Gürtel und kniete vor dem Alten nieder. »Wer hat eine Prämie auf meinen Kopf ausgesetzt?«

Der Greis schnitt eine Grimasse und schüttelte kurz den Kopf. »Ich weiß nicht ... Ich weiß nur, daß einige Verzweifelte darüber nachdenken, ob sie es riskieren wollen, sich das Geld zu verdienen. Du solltest dich besser darauf gefaßt machen, es möglicherweise mit mehr als einem Gegner zu tun zu haben.«

»Fünf Dublonen, wenn du mir sagst, wer meinen Tod will.«

Der Alte strich sich über sein stoppeliges Kinn. »Ein guter Preis. Wenn ich wüßte, wer dahinter steckt, würde ich es dir sagen. Doch ich kann nicht mehr tun, als dich zu warnen, und das ist kostenlos. Nun sag mir, warum du eigentlich gekommen bist. Ich habe nicht den ganzen Tag Zeit, um mit dir zu plaudern. Schließlich ist es auch nichts Besonderes, wenn in dieser Stadt ein Kopfgeld auf einen Fremden ausgesetzt wird.«

Tikian schluckte. Einen Augenblick lang überlegte er, ob er Fran Dabas vielleicht mit vorgehaltenem Dolch dazu bringen könnte, mehr zu verraten, doch dann verwarf er den Gedanken wieder. Solche Machenschaften waren eines Adligen aus dem Alten Reich nicht würdig! »Ich komme wegen einer Truhe, die du vor Jahren auf einer Versteigerung an einen Diener des Gubernators Egiliano verkauft hast. Das Holz war angesengt. Auf dem Deckel war ein Metallschild mit den Initialen *J. A.* angebracht. In der Kiste befanden sich ein Paar Stiefel, Hemden, eine Bauchbinde ...«

»Und in einem Geheimfach lagen zwei dünne Büchlein und das Medaillon an dem Band aus Menschenhaar, das du um den Hals trägst.« Der Trödler lächelte überlegen. »Ich erinnere mich noch gut.«

»Du weißt ...« Tikian starrte den Alten fassungslos an. »Warum hast du die Bücher nicht herausgenommen?«

»Was sollte ich damit? Es ist besser, die Vergangenheit ruhen zu lassen. Dieser Jacomo hätte auch gut daran getan, sich nicht in die Ränke der Mächtigen einzumischen. Du siehst ihm übrigens ein klein wenig ähnlich. Bist du mit ihm verwandt?«

»Du hast ihn gekannt?«

»Ich habe mir das Medaillon angesehen. Ansonsten weiß ich lediglich das, was er in diesem kleinen Buch aufgeschrieben hat. Wenn ich dir einen Rat geben darf, dann solltest du besser nicht an diesen alten Geschichten rühren. Die haben ihn schon Kopf und Kragen gekostet.«

»Was weißt du über seinen Tod?«

»Nichts, nur daß diese Kiste zum Verkauf stand. Irgend jemand hat sie nach dem Großen Brand aus den Trümmern gefischt und zu mir gebracht. Ich war neugierig und habe sie genau untersucht. So bin ich auf das Geheimfach gestoßen, doch es war nichts darin, was ich hätte zu Geld machen können, und so habe ich die Bücher und das Medaillon zurückgelegt. Wäre ich klüger gewesen, ich hätte nicht einmal hingesehen! Du bist dir hoffentlich darüber im klaren, wie gefährlich das Wissen aus diesen Büchern ist! Siehst du dort drüben die Kiste?« Fran Dabas zeigte zur gegenüberliegenden Wand, wo zwischen einem ausgestopften Affen und einem alten Schrank eine muschelverkrustete Truhe stand. »Sie ist in der Bucht von Selem gefunden worden und sehr alt. Das Holz, aus dem sie gefertigt ist, kennt man heute nicht mehr. Es hat die Eigenschaft, im Wasser nicht zu verrotten. Ein Magier hat die Truhe für mich untersucht und mir versichert, daß sich etwas darin befindet, das eine starke magische Aura besitzt. Sicher ist es sehr wertvoll, doch ich wage es nicht, die Truhe zu öffnen.« Er lächelte und blies Tikian einen Schwall gelben Qualms entgegen. »Das ist das Alter. Früher hätte ich gewiß hineingeschaut. Heute weiß ich, daß es sich oft besser lebt, wenn man bestimmte Dinge erst gar nicht weiß. Du solltest damit zufrieden sein, herausgefunden zu haben, daß dein Großvater ein Narr war. Ich erinnere mich nicht mehr genau an das, was er in sein Tagebuch geschrieben hat, aber war es nicht so, daß er ein Freund seines Königs war und diese Freundschaft zurückgewiesen hat, nur um einem Sklavenmädchen hierher zu folgen?«

»Nicht ganz so. Er hat sich in die Tochter eines Fischers verliebt. Es gibt viele Geschichten über Adlige, die für ihre Geliebten die verrücktesten Abenteuer unternommen haben. So etwas gehört zu den Pflichten eines Galans! Aber warum sollte ich dir das erzählen?«

Der Alte zuckte mit den Schultern. »Ich höre gerne zu. Ich verkaufe nicht nur Trödel, sondern auch Kundschaften.«

»Dann laß uns ein Geschäft machen. Ich stelle dir ein paar Fragen und für jede Antwort, die ich noch nicht kenne, erhältst du einen Schilling.«

Fran Dabas schüttelte den Kopf. »Du bist von erfrischender Einfalt. Warum, in Borons Namen, sollte ich dir vertrauen? Es könnte doch sein, daß du mich einfach nur aushorchst und anschließend behauptest, ich hätte dir nichts Neues zu berichten gehabt. Nein, nein, mein Freund, das ist kein gutes Geschäft, das du mir da vorschlägst.«

»Denk an die Arena! Ehre ist für mich mehr als nur ein Wort.«

Der Alte kratzte sich über sein Stoppelkinn. »Na schön, laß uns dein Spiel spielen ...«

»Jacomo schreibt in seinem Tagebuch, daß das Haus Wilmaan und einige junge Männer und Frauen aus anderen Grandenfamilien einen Aufstand gegen das *dunkle Haupt* planten. Wer verbirgt sich hinter dieser Bezeichnung – und was ist aus dem Aufstand geworden?«

»Es hat niemals eine offene Rebellion gegeben, und was das dunkle Haupt angeht, so könnte damit vielleicht der Patriarch gemeint sein, doch wer weiß schon, gegen wen sich diese schwärmerischen Verrückten verschworen haben?«

Tikian öffnete seine Geldkatze und schnippte eine

Münze zu dem Alten hinüber. »Was ist aus den jungen Granden geworden?«

Der Alte zuckte mit den Schultern. »Ich weiß nicht, wahrscheinlich hat man sich geeinigt. So etwas geschieht häufiger unter den großen Familien. In der einen Woche sind sie einander noch spinnefeind, dann ergibt sich ein Geschäft, das man nur gemeinsam abwickeln kann, und plötzlich sind alle Verstimmungen vergessen.«

»Wer sind diese Alara und der junge Mann namens Quino gewesen, mit denen mein Großvater zusammen gefochten hat?«

»Alara war eine Diebin und Meuchlerin. Sie hat so etwas wie einen Rachefeldzug geführt und deinen Großvater da mit hineingezogen, aber das weißt du ja auch schon alles aus dem Tagebuch. Die beiden waren damals als die Viper bekannt. Man hat sie so genannt, weil ihre zwei Klingen so tödlich wie die Giftzähne der Schlange waren. Sie haben einige Wochen lang für viel Aufregung gesorgt. Doch nach dem Brand hat man nie mehr etwas von der Viper gehört. Wann immer sie zugeschlagen haben, trugen sie schwarze Seidenmasken, so als kämen sie von einem Hofball im Alten Reich. Damals ist eine Menge über die beiden geredet worden. Wer Quino ist, weiß ich nicht.«

Tikian warf zwei weitere Münzen zu dem Alten hinüber. »Was waren das für Leute, die von der Viper ermordet worden sind?«

Fran Dabas seufzte. »Niemand Besonderes. Ein Bordellbesitzer, ein Gubernator, ein unbedeutender Handelsherr. Sie alle waren nicht arm, aber es war auch niemand dabei, der wirklich mächtig gewesen wäre.«

Eine weitere Münze landete auf dem Teppich des Trödlers. »Und wer war Gronek?«

»An ihn erinnere ich mich noch ganz gut. Er verkaufte erstklassiges Zithabar. Gronek hat vor dem Brand gar nicht weit von hier eine Rauschkrauthöhle unterhalten. Er hatte gute tulamidische Musiker. Die Viper ermordete auch ihn. Aber er scheint vorher gewußt zu haben, daß sie es auf ihn abgesehen hatten. Es ist zu einer regelrechten Schlacht in seinen Räumen gekommen. All seine Leibwächter konnten ihn letzten Endes jedoch nicht retten. Auch er entging dem tödlichen Biß der Viper nicht.«

Eine Münze landete vor Fran Dabas. »Wer war Saranya?«

»Hieß so nicht die Frau, der dein Urahn hierher gefolgt ist? Ich weiß nicht, wer sie war und was aus ihr geworden ist.«

»Welche Geschäfte betreibt die Familie Wilmaan?«

»Sie haben eine riesige Tabakplantage und beherrschen den Handel mit den edlen Hölzern, die man im tiefen Dschungel und auf den Waldinseln schlägt. Außerdem gehören ihnen die meisten Lastelefanten in dieser Stadt. Dragan Wilmaan ist Dekan an der Universität. Den Familienvorstand hat Galek Wilmaan inne. Und dann gibt es noch Mata Al'Sulem. Sie ist die Älteste im Rat der Zwölf. Eine Boroni, die dir das Blut in den Adern gefrieren läßt. Ein scheußliches Weib! Dünn wie ein Gerippe, mit einem Buckel und gelben Augen. Ihr gehst du besser aus dem Weg. Man sagt auch, daß es im Haus der Wilmaans nicht ganz geheuer ist. Die jungen Granden der Sippe meiden das alte Haus auf dem Silberberg. Nur Galek wohnt dort ständig. Diese Nacht soll es dort übrigens ein kleines Fest geben.«

Zwei weitere Münzen fanden ihren Weg auf den kleinen Stapel, der mittlerweile vor Fran lag. »Welche Feinde hat die Familie Wilmaan?«

Der Alte atmete tief ein. »Du beginnst, dich auf gefährlichem Gebiet zu bewegen, Fechter. Jede der großen Grandenfamilien hat mehr Feinde als Freunde. Fast alle haben sie ihr Gold durch Leid und Ungerechtigkeit gewonnen. Es gibt wohl Unstimmigkeiten zwischen den Wilmaans und dem Haus Florios, doch ist das keine Fehde, die offen ausgetragen wird. Weißt du, man sagt, ein Rabe hackt dem anderen kein Auge aus. Die großen Familien mögen in Geschäften hart miteinander wettstreiten, doch geht es nicht so weit, daß sie sich gegenseitig gedungene Meuchler in ihre Villen schicken würden. In Al'Anfa beschreitet man andere Wege, um unliebsame Mitglieder der großen Familien loszuwerden. Man ernennt sie zu den Geschäftsführern in einem Kontor irgendwo im Kaiserreich, mehr als tausend Meilen von der Stadt entfernt, oder überträgt ihnen das Kommando über einen kleinen Hafen auf einer der östlichen Waldinseln. Es muß kein Blut fließen, um jemanden loszuwerden.«

»Und die Verschwörung gegen das dunkle Haupt? Das paßt nicht zu dem, was du mir gerade erzählst.«

Fran blickte auf den Haufen aus Münzen, und Tikian warf zwei weitere Geldstücke zu ihm hinüber.

»Die Zeit Bal Honaks kannst du nicht mit der Herrschaft seines Sohnes vergleichen. Ich bin mir ziemlich sicher, daß er das dunkle Haupt war, von dem dein Großvater geschrieben hat. Alle hatten sie damals Angst vor ihm. Selbst die Mächtigsten! Fast jede Nacht kam die Rabengarde aus der Stadt des Schweigens herab, und wenn sie vor einer Tür haltmachten, dann wußte keiner, was ihn erwartete. Verhör oder höfliche Befragung, eine Einladung des schlaflosen Patriarchen, eine Anklage wegen Hochverrats – oder ein Dolchstoß. Gnadenlos ließ der Patriarch Feinde, Kritiker und Zweifler verfolgen. Verglichen damit ist sein Sohn, Tar Honak, so friedfertig wie ein Lämmchen. Unter Bal Honaks Herrschaft fühlten sich die Grandenfamilien bedeutungslos. Sie hatten zwar weiterhin ihre Sitze im Rat der Zwölf, doch die Entscheidungen des Rates wurden von dem Patriarchen diktiert. Das ist der Hintergrund der Verschwörung, doch es ist nicht klug, sich über diese Angelegenheit heute noch Gedanken zu machen. Die Geister der Vergangenheit sollte man ruhen lassen.«

Tikian warf Fran eine weitere Münze hinüber, doch dieser schüttelte den Kopf. »Das ist keine Frage des Geldes. Ich möchte mit dieser Sache einfach nichts zu tun haben, und wenn du klug bist, Fechter, dann kehrst du zurück zu Consuela und vergißt die ganze Sache.«

»Wovor hast du Angst, Alter?« Tikian hielt ihm den Lederbeutel mit den Münzen hin.

»Vor denen, gegen die man sich mit Geld nicht zu schützen vermag. Geh jetzt! Ich habe dir gesagt, was ich weiß. Ich kann dir nicht mehr helfen. Und noch etwas. Paß auf, wem du welche Fragen stellst!«

Der Fechter zog den Lederriemen seines Geldbeutels zusammen und erhob sich. »Dank dir für deine Auskunft, und falls dir noch etwas einfällt, was du mir sagen möchtest …«

»… weiß ich, wo ich dich finden werde. Ich glaube allerdings nicht, daß ich dich noch einmal wiedersehen möchte. Golgaris Schatten liegt über dir, und wer sich in deine Nähe begibt, der läuft Gefahr, dein Schicksal mit dir zu teilen.«

Ich finde auch ohne dich heraus, wer Jacomo getötet hat, dachte Tikian trotzig und stieß die Tür zum Hof auf. Das helle Sonnenlicht blendete ihn, und er trat für einen Augenblick wieder hinter die Schwelle zurück. Wenn ihm wirklich gedungene Mörder folgten, dann wäre dies eine günstige Gelegenheit für sie. Seine Hand glitt zum Griff des Rapiers. Einige Atemzüge lang starrte er blinzelnd auf den Hof. Die beiden Bettler unter dem Torbogen waren verschwunden. Nur der kleine Junge, der ihn hergeführt hatte, war zu sehen.

Als seine Augen sich an das helle Licht gewöhnt hatten, trat er hinaus. Unruhig blickte er zu den flachen Dächern der halb verfallenen Häuser hinauf, die den Hof umgaben. Es gab nicht das geringste Anzeichen für einen Hinterhalt! Das ganze Gerede über Meuchler und tödliche Verschwörungen würde ihn noch verrückt machen.

Er gab dem Jungen einen Wink. »Laß uns zum *Opalpalast* zurückgehen!«

Oboto trug einen goldverzierten Küraß und hohe Reitstiefel. Ein weiter Seidenumhang wallte um seine Schultern, während er in der Empfangshalle unruhig auf und ab marschierte.

Elena stand steif am Aufgang zur Treppe und beobachtete ihn. Endlich blieb der Marschall stehen und warf ihr einen angewiderten Blick zu. »Wir wollen dir nicht verheimlichen, daß Wir von dir mehr als enttäuscht waren. Du solltest Uns besser von deinem Wert überzeugen, Mädchen, oder es könnte sein, daß Wir über ausgefallenere Wege nachsinnen, etwas Spaß mit dir zu haben.«

»Es ist mir ein tiefempfundenes Vergnügen, Euch jederzeit zu Diensten zu sein, mein Gebieter, und ich wüßte nicht …«

»Behalte deine Lügen für dich, kleine Hure. Du hattest nie die Absicht, Uns jene Freuden zu bereiten, nach denen es Uns vorgestern nacht verlangte. Doch du sollst Gelegenheit haben, dich auf deinem Gebiet zu beweisen. Als Wir über deine Einstellung verhandelten, sagtest du, du wärest in den Bereichen der Nekromantie und der Dämonologie durchaus bewandert. Das stimmt doch?«

»Ich kann Euch gerne noch einmal die Empfehlungsschreiben der Akademieleiter von Rashdul und Fasar vorlegen.«

»Nein, das ist nicht nötig!«

Ein Sklave trat durch das Hauptportal und verbeugte sich tief. »Herr, die Pferde sind gesattelt und …«

»Sieht er nicht, daß Wir in einer Besprechung sind?

Hinaus mit ihm! Wenn Wir vom Jagdausritt zurückkehren, halte er sich zu Unserer Verfügung, damit Wir ihn über den respektvollen Umgang mit seinem Herrn belehren können! Und jetzt hinaus! Was dich angeht, Elena, so wirst du Uns heute abend zu einem Ball im Palast der Wilmaans begleiten. Kleide dich so, daß man dir nicht ansieht, daß du eine Magierin bist – und verhalte dich, als seist du Unsere Favoritin! Denkst du, du wirst das fertigbringen?«

»Es ist mir stets eine Freude, Euch zu Diensten zu sein, Herr.« Elena spürte, wie sich ihre Gedärme zusammenkrampften. Schon die Anwesenheit Obotos bereitete ihr Übelkeit. Die Vorstellung aber, eine ganze Nacht lang so zu tun, als sei sie seine Geliebte, war ihr unerträglich.

»Gut, Kleine. Ich hoffe, du wirst Uns nicht schon wieder enttäuschen. Unsere Geduld währt nicht ewig! Besorge dir ein Kleid, das dem Anlaß angemessen ist. Kurz nach Einbruch der Dunkelheit wirst du Uns in Unserer Sänfte zum Haus der Wilmaans begleiten.«

8. Kapitel

Tikian blickte auf die trüben Fluten des Hanfla. Er hatte es nicht lange im *Opalpalast* ausgehalten und war nicht einmal eine Stunde geblieben, nachdem er mit dem Jungen zurückgekehrt war. Vergebens hatte er sich in der Zeit das Hirn zermartert, wie er an weitere Kenntnisse über den Tod seines Großvaters kommen könnte. Schließlich hatte er es aufgegeben und das Bordell verlassen, um das Quartier der Stadtwachen aufzusuchen.

Mira, die Offizierin, die ihn wegen des Mordes an Callana angeklagt hatte, war mehr als überrascht gewesen, ihn wiederzusehen. Sie hatte sich keine Mühe gegeben, ihren Zorn zu verbergen. Offenbar betrachtete sie seinen Besuch als eine Herausforderung. Die Art und Weise, in der sie von Callana sprach, hatte Tikian angeekelt. Sie nannte das Mädchen nur einen blutigen Klumpen Fleisch und hatte dem Fechter damit gedroht, ihn vor den Scharfrichter zu bringen, wenn noch ein solcher Mord in ihrem Stadtteil geschehe. Und dann hatte sie ihm noch gesagt, was mit der Leiche des Mädchens geschehen war ... Tikian hatte Callanas Grab besuchen und einen Boronpriester dafür bezahlen wollen, daß er eine Messe für sie las. Doch es gab kein Grab, keine Urne, nichts! Die Ärmsten der Armen warf man oberhalb des Wehrs in den Fluß. Sie wurden dort zum Fraß der Krokodile.

Tikian hatte einen der Turmwächter bestochen und so Zugang zum Wehr erhalten, das zwischen zwei mächtigen Festungstürmen der Stadtmauer lag. Das bräunliche Wasser strömte hier schon ganz beachtlich. Selbst über das Rauschen des Wassers hinweg, das kurz hinter dem Wehr an einer Staustufe einen Schritt in die Tiefe stürzte, konnte man leise das Donnern des Wasserfalls hören, der eine halbe Meile weiter südlich lag. Jenseits des Wehrs erhoben sich flache Sandbänke aus dem Fluß, und der Fechter vermochte deutlich drei Krokodile zu erkennen. Träge lagen sie im Sand und sonnten sich. Das größte von ihnen mußte mehr als vier Schritt lang sein. Er dachte an Callana und die eine Nacht, die sie miteinander geteilt hatten. Was für ein Ende!

Über die Straße, die am Fluß entlangführte, ritt eine prächtige Gesellschaft nach Norden. Männer und Frauen in Seidengewändern und mit prächtig verzierten Jagdwaffen. Söldner der Dukatengarde und etliche Leibwächter begleiteten sie. Dazu kamen Männer mit Bluthunden. Ob wohl ein Jaguar die Plantagen heimsuchte?

Tikian zerpflückte die weißen Lotusblüten, die er gekauft hatte, und ließ die Blätter in den Fluß fallen. Einen Augenblick tanzten sie auf den braunen Fluten, bevor sie zwischen den Gitterstäben des Wehrs verschwanden.

»Möge Boron deiner armen Seele gnädig sein, Callana. Ich wünschte, ich hätte dich bei mir gehalten …«

Der Fechter gab dem Wächter auf dem Turm ein Zeichen, ihn wieder hineinzulassen. Vom Wehr aus führte eine kleine, mit breiten Eisenbändern beschlagene Pforte in den Festungsbau. Die Mauern des Turms waren einmal weiß verputzt gewesen, doch, abgesehen von einigen gelblichen Flecken, die sich noch an die schwarzen Steine klammerten, war der Putz längst abgefallen. An manchen Stellen wucherten bunte Blumen aus dem rissigen Mauerwerk. Die Festungsanlagen waren in keinem sonderlich guten Zustand, und es schien offensichtlich, daß das mächtige Al'Anfa keinen Feind fürchtete.

Die Pforte im Turm öffnete sich, und der Wächter winkte ihn hinein. »Hast du 'nen Freund oben am Fluß verloren?«

»So ähnlich«, murmelte Tikian leise. Er war nicht in der Stimmung, mit dem Mann zu plaudern.

»Elende Bestien!« Der Krieger nickte in Richtung der Sandbänke. »Ich hab schon mit angesehen, wie sie innerhalb weniger Herzschläge einen ausgewachsenen Mann zerreissen. Hast du rechts am Ufer die Pfähle mit den eisernen Fesseln bemerkt? Manchmal bringen sie Sklaven dorthin, die versuchten, ihrem Herrn zu entfliehen. Die anderen Sklaven des Haushalts oder der Plantage müssen dann mit ansehen, was geschieht. Die Mohas haben schreckliche Angst vor den Krokodilen. Sie glauben, daß die Echsen nicht nur den Körper zerfetzen, sondern auch die Seele des Toten verschlingen. Deshalb gibt es da draußen auch nur selten Hinrichtungen. Es gibt eben kaum Fluchtversuche.«

Tikian hätte dem Kerl am liebsten das Maul gestopft, und er war froh, als der Söldner ihn endlich auf der anderen Seite des Turmes wieder hinausließ.

Die Sonne stand schon tief im Westen. Es würde noch zwei oder drei Stunden dauern, bis es dunkel war. Genug Zeit, um in den Tempel der Marbo zu gehen und für Callana zu beten. Das Gotteshaus lag ein Stück den Fluß hinab auf der Söldnerinsel, die sich inmitten von Stromschnellen nur kurz vor dem Wasserfall aus den Fluten erhob. Das Donnern des stürzenden Wassers wirkte jetzt schon lauter.

Langsam schlenderte Tikian die Straße am Fluß entlang und beobachtete die schäumenden Fluten. Links von ihm erhob sich eine schwarze Basaltmauer, die den Silberberg mit seinen prächtigen Villen beschirmte. Wie es Elena wohl ergangen war? Ob das Gold ihres Granden sie glücklich gemacht hatte?

Der Fechter spuckte auf die staubige Straße. Er vergaß ihr nicht, daß sie versucht hatte, ihn als ihren Leibsklaven zu ersteigern! Wie sehr sie ihn hassen mußte!

Ärgerlich schüttelte er den Kopf. Er sollte nicht mehr an sie denken! Tikian beschleunigte seine Schritte und trat auf die alte Steinbrücke, die zur Söldnerinsel führte. Zwei Bettler, die im Schatten der steinernen Brüstung kauerten, streckten ihm ihre Holzschalen entgegen. Doch er achtete nicht auf sie. Wenn er für jeden armen Schlucker in dieser Stadt eine Münze besäße, könnte er sich wahrscheinlich sofort aus dem Haus Consuelas freikaufen!

Tikian hatte schon fast die Mitte der Brücke erreicht, als ihm drei Gestalten auffielen, die vom anderen Ende her auf ihn zukamen. Obwohl es drückend schwül war, trugen sie weite Umhänge. Sie wirkten seltsam angespannt. Der Fechter warf einen Blick über die Schulter. Auch die zwei Bettler hatten sich erhoben. Einer der beiden hielt einen Dolch in der Hand.

Tikian fluchte und zog seine Waffen. Fünf gegen einen! Von der Brücke gab es keine Fluchtmöglichkeit. Wenn diese Aasgeier ihr Geschäft verstanden, dann hatte seine letzte Stunde geschlagen! Einen Augenblick zögerte er, dann drehte er sich um und stürmte den zwei falschen Bettlern entgegen. Wenn er wenigstens einen von beiden niederstechen konnte, bevor die beiden Gruppen sich vereinten, würden sich seine Aussichten, den Sonnenuntergang noch zu erleben, wenigstens ein bißchen verbessern. Der eine war mit einem langen, gebogenen Dolch ausgerüstet, einer Waffe, wie sie unter den Novadis üblich war. Der zweite hatte seinen Bettlerstab jetzt wie einen Kampfstab in der Mitte gepackt. Die beiden schienen verwirrt zu sein, daß er sie angriff, statt vor ihnen fortzulaufen.

Ehe sie sich wieder gefaßt hatten, erwischte er den Messerkämpfer mit einem Ausfallschritt und stieß ihm das Rapier durch die Schulter. Dann tauchte Tikian unter einem Knüppelhieb hinweg und brachte sich mit einem Satz zurück außer Reichweite seines Gegeners. Der Fechter stand jetzt mit dem Rücken zum Brückengeländer. So könnten sie ihn wenigstens nicht von hinten angreifen.

Die anderen vom oberen Ende der Brücke hatten ihn inzwischen eingeholt. Es waren zwei Männer und eine Frau. Gemeinsam mit dem Stockkämpfer bildeten sie einen weiten Halbkreis um ihn. Der Verletzte kniete leise fluchend neben der Mauer und preßte seine Rechte auf die stark blutende Wunde in der Schulter. Von seinen Kameraden kümmerte sich keiner um ihn.

»Nun, wer von euch möchte als erster zu Boron gehen?« Tikian lächelte überheblich. Wenn nicht Rondra persönlich ihm zu Hilfe kam, dann hätte er nur noch wenige Augenblicke zu leben. Aber wenn dies schon sein letztes Gefecht werden sollte, so würde er es zumindest mit Anstand hinter sich bringen! Als Adliger war er sich schuldig, diesem Pack gegenüber keine Angst zu zeigen! Über seinen Lebenswandel mochte man geteilter Meinung sein, doch sterben würde er mit Stil! »Ohne aufdringlich wirken zu wollen, möchte ich euch doch darum bitten, die Sache hinter euch zu bringen. Ich bin ein wenig in Eile, denn bei Sonnenuntergang habe ich ein Rendezvous mit einer Dame.«

»Ich fürchte, bis Sonnenuntergang wirst du auf eine Art und Weise steif sein, die deinem Liebchen keine Freude mehr macht«, entgegnete die Meuchlerin und grinste böse. Sie hatte zerzaustes rotes Haar und war mit einem schartigen Säbel bewaffnet.

»Bevor ich hier vor Langeweile sterbe, sollte ich euch vielleicht ein Stück weit entgegenkommen.« Tikian stieß sich von der Mauer ab und versuchte, den Halbkreis zu durchbrechen.

Seine Klinge streifte den Arm eines der Kämpfer, während er mit dem Parierdolch einen Säbelhieb der Rothaarigen abfing. Solange ihre Klinge gebunden war, nutzte er die Gelegenheit und versetzte ihr einen Stoß mit der Schulter, so daß sie zur Seite taumelte. Mit einer halben Drehung griff er den Mann zu seiner Linken an. Aus den Augenwinkeln sah Tikian etwas auf sich hinabstoßen. Er versuchte sich zur Seite zu ducken, doch konnte er dem Knüppelhieb, der auf seinen Rücken zielte, nicht mehr entgehen. Der Treffer preßte ihm die Luft aus den Lungen, und keuchend taumelte er nach vorne. Halb benommen parierte er einen Angriff der Rothaarigen.

Ein zweiter Schlag traf ihn in die Kniekehlen, und seine Beine knickten unter ihm weg. Mit einer Rolle versuchte er sich außer Reichweite seiner Gegner zu bringen. Aus der Drehung heraus führte er einen Schlag mit dem Rapier und traf etwas Weiches. Ein schriller Schmerzensschrei folgte.

Mit gekreuzten Klingen fing er einen Knüppelhieb ab. Sein linkes Bein war völlig taub. Ohne Hilfe würde er nicht mehr hochkommen.

»So schnell kniet der feine Herr vor uns im Staub«, höhnte die Rothaarige. »Er wird noch ganz schmutzig. Ich finde, wir sollten ihm zu einem Bad verhelfen. Man sagt, die Wasserfälle hinabzustürzen, sei ein wahrhaft *einmaliges* Erlebnis.«

Tikian zwang sich zu einem Lächeln. »Als Mann von Welt werde ich Euch natürlich den Vortritt lassen, meine Liebe.«

»Leere Versprechungen!« Die Frau gab dem Mann mit dem Knüppel einen Wink und wieder sauste der Stab herab. Der Fechter rollte sich zur Seite und konnte diesmal ausweichen, als ihn etwas am rechten Arm streifte. Der Säbel der Rothaarigen hatte ihn getroffen, und sein Hemd färbte sich dunkel vom Blut.

»Unser Auftraggeber wünscht sich, daß dein Tod lange dauere, Edelmann. Ich muß sagen, daß dies meinen Neigungen sehr entgegenkommt. Kerle wie dich kann ich einfach nicht leiden. Es macht mir Freude, dich vor mir im Staub liegen zu sehen. Was hältst du davon, wenn ich dir als nächstes ein paar Finger abschneide. Wir könnten dich ja auch in Stücken in den Fluß werfen.« Der Schläger mit dem Kampfstab lachte heiser.

Tikian setzte sich auf und rutschte ein Stück zurück, so daß er imstande war, sich mit dem Rücken gegen die Brüstung zu lehnen. »Ihr seht mich erstaunt, meine Holde.« Er warf einen kurzen Blick zu dem Meuchler mit dem Kampfstab. Der Kerl mußte sterben! Er war offensichtlich der Gefährlichste unter den drei noch verbliebenen Gegnern. »Daß ihr mich noch fragt, was ich von Eurem Vorschlag halte, zeugt immerhin von einer gewissen Erziehung.« Tikian sah der Kriegerin in die Augen und setzte sein verführerischstes Lächeln auf. »Schade, daß wir uns unter so ungünstigen Umständen kennenlernen mußten.« Er spannte die Muskeln seines linken Armes. »Ihr seid zweifellos die begehrenswerteste Frau, die ich seit langem getroffen habe.« Ohne den Blick von der Meuchlerin zu wenden, schleuderte Tikian den Parierdolch nach dem Stockkämpfer. Der Krieger versuchte noch auszuweichen, doch der Angriff kam zu plötzlich, und der Stahl drang ihm tief in die Brust.

Erschöpft zog sich Tikian am Geländer hoch und hob sein Rapier. »Bringen wir unseren Streit zu Ende, meine Liebe.«

»Im Namen des Patriarchen! Laßt eure Waffen fallen!«

»Es ist die *Naglerin*, Lilith, laß uns verschwinden!«

Die Rothaarige warf dem Fechter einen wütenden Blick zu. »Wir sehen uns wieder, Bastard!« Dann wandte sie sich zur Flucht.

Erschöpft ließ Tikian seine Waffe sinken. Das Klappern genagelter Stiefel ertönte auf der steinernen Brücke. Er blickte zur Seite und traute seinen Augen kaum, als er sah, wer gekommen war, um ihn zu retten. »Mira?«

»Ich bin dir gefolgt, seit du die Wachstube verlassen hast. Ich habe zugesehen, wie du die Blumen kauftest und auf dem Wehr standest. Ich glaube dir jetzt, daß du Callana nicht ermordet hast. Du warst auf dem Weg zum Tempel der Marbo, nicht wahr?«

Der Fechter nickte. »Danke …«

Sie winkte ab und blickte zu den Männern am Boden. »Ich werde diesen Unrat hier jetzt wegräumen lassen. Kannst du noch gehen?«

»Ich würde es eher humpeln nennen …«

Takate hatte sich in einem dichten Gebüsch am Rande des Weges versteckt und starrte voller Entsetzen auf die gräßlichen Kreaturen, die an ihm vorübereilten. Blaßhäute, die mit großen Tieren verwachsen waren! Was für mächtige Schamanen mußten die Männer und Frauen aus den steinernen Hütten sein, daß sie solche Zauber zu wirken vermochten.

»Das sind Reiter! Menschen, die auf Pferden sitzen. Es bedarf keiner Zauberkraft dazu«, erklang die sanfte Stimme seiner Mutter. Doch Takate konnte ihr nicht glauben. Er sah diese seltsamen Geschöpfe doch ganz deutlich, und sie bewegten sich im gleichen Rhythmus miteinander. Das war *ein* Wesen und nicht irgendwelche Menschen, die auf Tieren saßen. Eine Schar der großen Hunde, wie Sklavenjäger sie benutzten, lief an ihrer Seite. Auch eine Gruppe von Blaßhäuten hatte sie begleitet. Offenbar waren es die Diener der großen, vierbeinigen Geschöpfe.

Takate blickte den Weg hinauf, dorthin, woher diese seltsamen Menschentiere gekommen waren. Sollte er wirklich in das Dorf der steinernen Hütten gehen? Wie konnte er dort bestehen? Die Schamanen würden ihn sicher auf der Stelle töten.

»Sie sind nicht so stark wie du«, flüsterte die vertraute Stimme. *»Du kannst sie ganz leicht besiegen! Ich werde es dir zeigen.«*

Ein platschendes Geräusch ließ den Krieger aufblicken. Einer der großen Hunde hatte sich von der Gruppe gelöst, die schon fast in der Ferne verschwunden war und kam quer durch das überflutete Feld auf Takates Versteck zugelaufen. Vielleicht hundert Schritt hinter ihm folgte einer der Tiermenschen.

Der schwarze Hund war jetzt nur noch ein kleines Stück vom Busch entfernt. Steifbeinig stakste er näher. Ein bedrohliches Knurren drang tief aus seiner Kehle. Sein Nackenhaar war gesträubt, und er zeigte seine fingerlangen Fänge.

Takates Rechte schloß sich fester um den Griff seines Schwertes. Vor dem Hund hatte er keine Angst. Den Kläffer würde er einfach töten! Doch dazu mußte er aus seinem Versteck heraus und dann würde ihn der Tiermensch sehen.

»Du hast keine Wahl! Wenn du ihn nicht schnell tötest, wird er seine Gefährten herbeirufen und dann bist du wirklich verloren«, raunte die vertraute Stimme.

Der Reiter hatte sich inzwischen so weit genähert, daß Takate seine Stimme hören konnte. »Was ist denn, Beißer? Was regt dich so auf? Hat sich der Kerl etwa dort im Busch versteckt?«

»Mach schon! Das ist die Gelegenheit. Er rechnet jetzt nicht mit deinem Angriff!«

Der Krieger faßte sich ein Herz. Vorsichtig bog er die Äste auseinander. Der Tiermensch zielte mit seiner Lanze auf den Busch.

»Komm heraus! Das Spiel ist zu Ende, und du hast verloren!«

Takate verstand nicht, wovon der Mann sprach. Ja, er fühlte sich, als würde er alles von außen stehend betrachten und als sei es nicht wirklich er selbst, der handelte.

Der Hund heulte schrill auf, als er hervorkam und klemmte seinen Schwanz zwischen die Hinterbeine. Die Peitsche knallte über seinen Rücken hinweg, und winselnd lief der Bluthund davon. Der Tiermensch aber griff nach einem Horn, das von seinem Gürtel hing. Gerade als er es an die Lippen setzen wollte, zuckte die Peitsche wieder vor. Wie eine Schlange rollte sich das Lederband um das Handgelenk des Mannes. Mit einem Ruck zog Takate die Peitsche zurück und das Unfaßliche geschah. Der Tiermensch brach entzwei. Eine Hälfte bäumte sich wild auf und trat mit ihren Hufen in die Luft, während ein ganz gewöhnlicher Mann neben ihm ins Wasser stürzte. Mit langen Sätzen eilte das größere Tier davon, während die Blaßhaut sich aufrappelte und nach ihrem Dolch griff. Takate entwaffnete den Mann mit einem Tritt. Dann warf er sich auf ihn und drückte sein Gesicht so lange ins schlammige Wasser, bis sein Gegner aufhörte, sich zu bewegen.

Verwundert und auch stolz blickte Takate auf den Toten. Die Stimme hatte nicht gelogen! Es gab keine Tiermenschen! Das war ein ganz gewöhnlicher Mann gewesen, der auf dem großen Tier gesessen hatte, und man konnte ihn besiegen.

»Glaubst du mir nun?« flüsterte der Tapam seiner Mutter.

»Entschuldige meinen Zweifel. Das Tier hat mir Angst gemacht. Ich habe noch nie gegen einen Feind gekämpft, der so groß und so sonderbar war.«

»Ich weiß. Auch ich hatte Angst vor ihnen, als ich sie zum ersten Mal sah. Du mußt nun genau auf mich hören. Wenn wir nicht deine Spuren verwischen, werden sie dich jagen und …«

Mit einem Seufzen ließ sich Tikian neben seinem Bett nieder. Er fühlte sich, als sei ein Bulle über ihn hinweggetrampelt. Sein ganzer Körper schmerzte. Er hatte das blutverschmierte Hemd ausgezogen und begann, mit einem Schwamm und frischem Wasser die Wunde an seinem Arm zu säubern. Der Schnitt war tiefer, als er zunächst geglaubt hatte. Wahrscheinlich würde er einen Medicus brauchen, der die Wunde vernähte.

Er hatte aus der Küche eine kleine Flasche mit Branntwein entnommen. Mit den Zähnen zog er den Korkstöpsel heraus und nahm einen tiefen Schluck. Jetzt kam der übelste Teil der Wundbehandlung. Er biß die Zähne aufeinander und goß die klare Flüssigkeit über den Schnitt. Der Schmerz fühlte sich an, als wolle ihm eine Bestie mit scharfen Krallen den Arm zerreißen. Halb ohnmächtig sank er gegen das Bett. Von der Tür her ertönte ein klatschendes Geräusch.

»Bravo, wie ich sehe, habe ich mir einen echten Helden eingekauft!« Consuela stand in der offenen Tür und klatschte ihm Beifall. »Leider verfügt dieser Held auch etwas freizügig über die Mittel meines Hauses. Überhaupt darf ich mich wohl glücklich schätzen, daß du den *Opalpalast* noch einmal mit deiner Gegenwart beehrst. Erinnerst du dich noch dunkel daran, daß du mein Eigentum bist?«

»Tja, also ...« Tikian räusperte sich verlegen.

»Halt den Mund! Wie kommst du dazu, an den Schwarzen Bund des Kor ein ganzes Faß voller Branntwein aus meinem Weinkeller zu verschenken. Hast du eine Vorstellung, wie viel mich solche Freizügigkeiten kosten? Wenigstens war der Kerl, dem du das Faß geschickt hast, so anständig, es nicht anzunehmen.«

Der Fechter zuckte mit den Schultern und bereute sofort, seinen rechten Arm bewegt zu haben. Ein stechender Schmerz schoß durch die Wunde, und der Schnitt begann wieder zu bluten. »Zieh es einfach von meinem Lohn ab.« Tikian hörte Consuela kaum zu. Er dachte an Gion. Warum der Bogenschütze das Faß wohl zurückgeschickt hatte? Offensichtlich stand es tatsächlich schlechter um ihre Freundschaft, als er gedacht hatte.

»Genaugenommen schuldest du mir schon den Lohn

für fünfhundert Arbeitstage. Immer vorausgesetzt, du denkst darüber nach, dich eines Tages freizukaufen. Doch so wie du aussiehst, muß ich wohl befürchten, daß du nicht einmal mehr die nächsten fünf Tage überstehst. Wer hat dich so zugerichtet?«

»Ein rothaariges Weib. Ihr Gefährte hat sie Lilith genannt.«

»Diese drittklassige Halsabschneiderin hat dich doch wohl nicht allein so zugerichtet? Oder warst du etwa wieder betrunken?«

»Es waren fünf.« Der Fechter zog eine Grimasse. »Es tut mir leid, wenn dich das Ergebnis des Kampfes enttäuscht, aber es ist nicht gerade leicht, gegen eine solche Übermacht zu bestehen. Wenn mir nicht eine Offizierin der Stadtwache zu Hilfe gekommen wäre, hätten mich Lilith und ihre Leute in Streifen geschnitten und an die Krokodile verfüttert. Drei von ihnen habe ich geschafft, aber ...«

»Diese kleine Schlampe! Das wird ihr noch leid tun!«

»Augenblick! Das ist ein Ehrenhändel. Ich werde diese Angelegenheit zu Ende bringen, sobald ich wieder bei Kräften bin, und ...«

»Vergiß es, Tikian. Wach endlich auf! Du bist hier nicht in Kuslik oder Grangor. Es gibt hier keine Ehrenhändel. Beim nächsten Mal wird sie sich gar nicht mehr auf einen Kampf einlassen. Du bekommst einen Armbrustbolzen in den Rücken und dann sammeln sie deine Waffen ein als Beweis dafür, daß du auch wirklich tot bist. Das ist meine Angelegenheit. Sie hat sich genauso an mir vergangen wie an dir. Lilith weiß, daß du mein Eigentum bist, und wenn sie dich angreift, dann ist das nicht weniger respektlos, als wenn sie sich bei einem Bankett unten auf meine Festtafel setzen würde, um vor den Augen meiner Gäste in die Suppenschüssel zu pissen! Ein Angriff auf dich, das ist auch ein Angriff auf mich – und dafür wird sie büßen! Du verläßt in den nächsten zwei Tagen das

Haus nicht mehr. Bis dahin habe ich diese Angelegenheit geklärt.«

»Aber ich …«

»Schweig, Tikian! Für heute hast du mir genug Ärger gemacht. Ich erwarte von dir, daß du dich zur Abwechslung einmal an meine Befehle hältst. Ich werde dir jetzt gleich einen meiner Magier heraufschicken, der sich deine Wunden ansieht. Bis Mitternacht mußt du wieder vorzeigbar sein. In der Villa der Wilmaans gibt es heute abend ein Fest. Doch da es in diesem Haus nicht einmal die Wilmaans selbst aushalten, rechne ich damit, daß sich der größere Teil der Festgesellschaft schon vor Mitternacht in meinen bescheidenen vier Wänden einfinden wird. Ich habe für sie ein ganz besonderes Spektakel vorgesehen, und auf gewisse Weise bist du ein Teil davon.«

»Aber ich …«

»Schweig! Alles weitere wirst du heute nacht erfahren. Jetzt sieh zu, daß du wieder in Ordnung kommst!«

9. Kapitel

Oboto hatte schlechte Laune. Bei dem Jagdausflug am Nachmittag hatte es einen Unfall gegeben. Ein junger Mirhammer Reiter war in den Reisfeldern vom Pferd gestürzt. Durch den Aufprall mußte er das Bewußtsein verloren haben. So war er in dem nicht einmal kniehohen Wasser ertrunken. Den Sklaven, auf den Jagd gemacht worden war, hatten die Hunde zwar gestellt, doch mochte nach dem Unfall keine rechte Freude mehr entstehen. Der Tote war mit einem bedeutenden Mirhamer Handelsherrn verwandt gewesen, so daß mit politischen Verwicklungen zu rechnen war, denn die Geschichte vom Unfall würde man in Mirham mit Sicherheit nicht glauben. Dazu gab es zu oft *Unfälle* in Al'Anfa.

Elena hatte sich ein wenig von der Gesellschaft getrennt. Es war drückend schwül an diesem Abend. Die Magierin schwitzte in ihrem eng anliegenden Lederkleid. Das Haus der Wilmaans war sehr düster. Die Wände waren mit dunklen Hölzern getäfelt, und außer im Bankettsaal waren nur sehr sparsam Kerzen aufgestellt. Die mächtigsten Männer und Frauen der Stadt hatten sich versammelt. Sogar der Patriarch war erschienen, hatte sich aber schon kurz nach dem Essen wieder verabschiedet.

Die Oberhäupter der Grandenfamilien hatten sich im Rauchsalon zusammengefunden und sprachen mit einigen hohen Würdenträgern des Totengötzen, Boron, über den Krieg gegen Trahelien. Obwohl schon Monate seit der Entführung des Großadmirals Paligan vergangen waren, hatte man sich noch immer nicht auf einen Nachfolger einigen können, der die gewaltige Flotte befehligen sollte.

Elena hatte sich aus dem Rauchsalon verabschiedet, mit einigen jungen Männern ein paar Höflichkeitsfloskeln ausgetauscht und war dann unter dem Vorwand, sich erleichtern zu müssen, in die dunklen Flure der weitläufigen Villa davongeschlichen. Oboto hatte ihr genau beschrieben, wo sie das Trophäenzimmer finden würde. Die Tür zu der kleinen Galerie war unverschlossen. Elena hielt den schweren silbernen Kerzenleuchter höher, um sich davon zu überzeugen, daß sie richtig war. Das Zimmer war nur drei Schritt breit, dafür aber sehr lang. An den Wänden hingen Dutzende lebensgroßer Ölbilder, aber auch Waffen und Fahnen. In niedrigen Schränken wurden hinter Türen aus Butzenglas allerlei Besonderheiten aufbewahrt.

Der Sturmwind rüttelte an den hölzernen Fensterläden, die die Diener des Hauses verschlossen hatten, um die kostbaren Scheiben vor dem Sturm zu schützen. Die Kerzen flackerten unruhig. Von irgendwo kam ein Luftzug.

Langsam schritt Elena die Wand entlang und musterte die kleinen, bronzenen Täfelchen, auf denen die Namen der Porträtierten eingraviert waren. Vor dem Bild einer Frau mit langem schwarzem Haar blieb sie stehen. Der Blick der blassen Schönheit schien ihr zu folgen. Sie hatte stechend grüne Augen. Im Hintergrund des Bildes war ein auf einer Steilklippe gelegenes Gebäude zu erkennen, das Elena seltsam vertraut vorkam. Vorsichtig brachte sie das Licht näher an das Gemälde und betrachtete verwundert die schlanken tulamidischen Türmchen mit ihren charakteristischen Zwiebelkuppeln. Es konnte keinen Zweifel geben! Es handelte sich dabei um die Rashduler Pentagramm-Akademie. Elenas Blick wanderte zu dem Namensschild. Esmeralda Wilmaan. Nach ihr hatte sie gesucht! Dicht neben dem Bild hing in eisernen Ösen ein langer Zauberstab an der Wand. Der mußte ihr gehört haben!

Die Magierin blickte sich noch einmal in der Galerie um, doch niemand war zu sehen. Dann schob sie das weit geschlitzte Lederkleid ein wenig zur Seite, so daß sie ungehindert den Dolch ziehen konnte, den sie sich mit dünnen Lederriemen an den Oberschenkel gebunden hatte. Die eine Seite der Klinge war gezackt wie ein Sägeblatt. Vorsichtig nahm sie den Stab von der Wand und untersuchte ihn nach einer Schwachstelle. Mit Sicherheit hatte Esmeralda ihn unzerbrechlich gemacht, doch vielleicht ... Elenas Blick fiel auf ein fleckiges rotes Lederband, das um die Mitte des Zauberstabs geschlungen war. Mit einem schnellen Schnitt durchtrennte sie das Leder. Wahrscheinlich hatte es dazu gedient, dem großen Zauberstab einen angenehmeren Halt in der Hand zu geben. Vorsichtig schob Elena den Stab zurück in die eisernen Halterungen an der Wand. Dann verstaute sie ihre Beute in dem silberbeschlagenen Lederbeutel an ihrem Gürtel. Unruhig blickte sie sich um, nahm den Kerzenständer vom Boden auf und wandte sich, als sie nichts Verdächtiges entdecken konnte, dem nächsten Gemälde zu. Gleich neben Esmeralda hing ein Bild von Admiralissimus Jonnar Wilmaan. Der stolz dreinblickende, schon leicht ergraute Mann stand auf der Brücke eines Schiffes, und vor ihm lagen einige zerfetzte Fahnen mit dem Brabaker Harpienwappen an Deck. Offenbar war Jonnar ein bedeutender Kriegsheld gewesen.

Und neben ihm hing das Bildnis eines jüngeren Mannes mit kurzgeschorenem schwarzem Bart. Das Bronzeschild wies ihn als Balthasar Wilmaan aus. Auch er war an Bord eines Schiffes abgebildet, und im Hintergrund konnte man mehrere schwarze Galeeren erkennen. Wahrscheinlich war er ein Kaperfahrer gewesen. Unter dem Bild stand eine hölzerne Truhe. Neugierig rüttelte Elena am Deckel.

Sie verneigte sich leicht vor dem Bild und flüsterte: »Tut mir leid.« Balthasar Wilmaan, das war der zweite Name, den Oboto ihr genannt hatte. In der Truhe lagen ein schwarzer Schlapphut, der mit zerzausten, rot gefärbten Straußenfedern geschmückt war, und verschiedene nautische Gerätschaften aus Messing. Es war derselbe Schlapphut, den Balthasar auch auf dem Porträt trug. Mit einem raschen Schnitt trennte Elena eine der Federn ab, dann ließ sie den Deckel der Truhe wieder herabsinken und atmete erleichtert auf. Es war geschafft!

»Na, auf Andenkensuche?« erklang eine Stimme aus der Dunkelheit. »Was mag eine so schöne junge Frau nur an den Toten reizen?«

Erschrocken fuhr Elena herum. Aus dem Dunkel der Galerie trat ein schlanker, hochgewachsener Mann, der um die dreißig Jahre alt sein mochte. In der Rechten hatte er ein kostbares Kristallglas, in dem bernsteinfarbener Rum schimmerte. In der Linken hielt er eine halbvolle Flasche. Er lächelte schief. »Tut mir leid, wenn ich dich erschreckt habe. Das hat man mich wohl zu gut gelehrt ...« Er nahm einen tiefen Schluck aus dem Glas und füllte sogleich wieder nach. »Wer bist du? Ich habe dich noch nie auf einem der Feste gesehen.«

»Die neue Favoritin des Stadtmarschalls Oboto Florios.« Elena brachte die Worte kaum über die Lippen, doch hoffte sie, daß der Name des Granden den zudringlichen Fremden davon abhalten würde, sie weiter zu behelligen.

»Oboto ...« Er legte den Kopf schief und sah sie eindringlich mit seinen großen grauen Auge an. »Wie schade! Du erinnerst mich an eine Frau, die ich einmal kannte. Doch ich bin unhöflich. Ich habe mich noch gar nicht vorgestellt. Meine Name ist Marcian ... Ich bin ein gefallener Geweihter, den man hierher ans Ende der Welt abgeschoben hat, um ihn zu vergessen.«

Elena zog die Nase kraus. Ein Götzenpriester! Auch das noch! Sie ließ den Dolch wieder unter ihrem Rock verschwinden und zeigte dabei mehr von ihren Beinen, als notwendig gewesen wäre. »Und welchem Gott dienst du, Priester?«

»Höre ich da einen Hauch von Verachtung? Keine Sorge, die Zeiten, in denen ich versucht hätte, jemanden zu missionieren, sind lange vorbei. Mir ist gleich, zu wem du betest und was du glaubst. Das einzige, was ich von dir will, ist, ein wenig mit dir zu reden.«

»Ich fürchte, ich bin nicht in der Stimmung für einem Plausch mit einem Fremden.«

»Wenn ich darüber nachdenke, wozu man Fetzen von den Kleidern Verstorbener benötigt, dann fallen mir dazu nicht viele praiosgefällige Taten ein.« Marcian zeigte mit dem Glas auf das Porträt Esmeraldas. »Sie sieht ganz so aus, als hätte sie sehr gut gewußt, was man damit anfängt, doch du ... Dein blondes Haar und dein unschuldiges Gesicht ... Was sich wohl dahinter verbergen mag? Sicher mehr als die Geliebte eines unansehnlichen Fettwanstes.«

»Hüte deine Zunge, Marcian. Ich dulde nicht, daß man so über meinen Herrn spricht.«

Der Geweihte lächelte und nahm noch einmal einen tiefen Schluck aus seinem Glas. »Drohe mir nicht. Es gibt nichts mehr, wovor ich Angst hätte. Der Tod wäre eine Erlösung für mich. Aber für dich habe ich eine Warnung. Ich spüre die Kraft, die du in dir trägst. Ich weiß nicht, ob es die Macht deines Glaubens ist oder ob du gelernt hast zu zaubern. Ganz gleich, welcher Art deine Fähigkeiten auch sein mögen, ich rate dir, sie nur vorsichtig zu benutzen. Diese Stadt steht besonders dicht an den Sphären der Unnennbaren, wo Gewalt und Zerstörung als Tugenden gelten. Sie sind hier schneller als an jenen Orten, an denen man die Namen der Zwölf noch mit Ehrfurcht nennt. Bedenke das bei allem, was du tust. Vor drei Nächten standen die Sterne sehr günstig, um nach den Verbotenen zu rufen und auch jetzt mögen sie wohl manchen Zauber noch erleichtern.«

»Was glaubst du eigentlich, was ich bin? Hältst du mich vielleicht für eine Hexe?«

»Jedenfalls nicht für eine Konkubine. Du bist mehr, als du scheinen willst, sonst wärst du nicht hier, sondern würdest versuchen, dich an der Seite der Mächtigen aufzuspielen.«

»Und was bist du? Ein gestrandeter Moralist? Ein Priester, der den Glauben an seine Götter verloren hat? Ich hatte einmal einen Freund, dem hätte deine melancholische Ritterlichkeit sehr gefallen, doch ...« Elena schluckte. Der Gedanke an Tikian schmerzte. Sie hatte versucht, ihn aus ihrem Gedächtnis zu streichen.

»Es scheint also, daß du an Männern wie mir Gefallen findest. Nun, ich ...«

»Genug, Marcian. Ihr habt getrunken und wißt als wahrer Ehrenmann doch sicherlich, wann man die Gunst einer Dame nicht über Gebühr beanspruchen sollte. Ohne unhöflich wirken zu wollen, würde ich mich nun gerne zurückziehen.«

Der Geweihte deutete eine Verbeugung an und hatte dabei sichtlich Mühe, sein Gleichgewicht zu wahren. »Es war mir eine Ehre und ein Vergnügen, dich kennengelernt zu haben. Und du kannst gewiß sein, daß die Umstände unserer ersten Begegnung mein wohlgehütetes Geheimnis bleiben werden. Doch rate ich dir noch einmal, das, was du hier an dich genommen hast, am besten in den Fluten des Hanfla zu versenken. Und falls du einmal Hilfe brauchen solltest, frag die Mädchen in den Schenken nach mir.«

»Sicherlich werde ich auf dein Angebot zurückkommen.« Elena wandte sich ab und eilte mit langen Schritten auf die Tür zu. Hoffentlich konnte sie sich wirklich darauf verlassen, daß der betrunkene Geweihte seinen Mund hielt! Es hätte bei diesem Diebstahl keinen Zeugen geben dürfen. Die Wilmaans sollten unter gar keinen Umständen erfahren, was Oboto plante! Vielleicht wäre es besser, dem Marschall von ihrer Begegnung mit Marcian zu erzählen?

»Du wirst mir dafür sorgen, daß niemand diese Treppe herunterkommt. Mein Gäste verlassen sich auf die völlige Verschwiegenheit meines Hauses. Hast du mich verstanden?«

Tikian nickte mißmutig. »Jawohl, Herrin. Euer Schildknappe wird diesen Weg mit seinem Leben schützen.«

»Dein Spott ist in Anbetracht deiner Fehlleistungen in den letzten Tagen wohl kaum angebracht. Wir werden uns zu passenderer Gelegenheit über deine Unverfrorenheit und ihre möglichen Folgen unterhalten.«

»Stets zu Euren Diensten, Herrin.«

Ohne ihn noch eines weiteren Blickes zu würdigen, schritt Consuela die Treppe hinab. Tikian hätte sich am liebsten die Zunge abgebissen. Es war dumm, sie auf solche Art zu reizen. Er dachte an seinen ersten Abend im *Opalpalast*, an das Feuerbecken mit der rotglühenden Zange und die Sammlung der scheußlichen grünen Glasflaschen. Er sollte wirklich lernen, seine Zunge im Zaum zu halten! Es war schon immer so gewesen, daß er es nicht ertragen konnte, Befehle von anderen entgegenzunehmen. Und alles, was verboten war, übte einen unheimlichen, ja unwiderstehlichen Reiz auf ihn aus. Aber jetzt war er weit genug gekommen. Nüchtern betrachtet, waren es diese Schwächen, die ihn bis hierher in ein Bordell nach Al'Anfa gebracht hatten. Was sonst hatte sein Buhlen um die Frau des kaiserlichen Gesandten bedeutet, als ein Spiel mit dem Verbotenen? Er war nicht wirklich in sie verliebt gewesen … Der Reiz war die Gefahr, ihr den Hof zu machen … Obwohl, die eine Nacht mit ihr … Aber solche Ausflüge mußten von nun an der Vergangenheit angehören! Hier und jetzt sollte er ein neues Leben beginnen! Noch war er nicht verloren! Er mußte seine Neugier und seine Aufsässigkeit bezwingen, dann würde er auch eines Tages wieder ins Liebliche Feld zurückkehren können, um so zu leben, wie es einem Mann von Adel zustand.

Dennoch hätte er schon ganz gerne gewußt, was seine Schildwache hier an dieser Treppe zu bedeuten hatte. Amüsiert blickte er an sich herab. Schon sein Aufzug …

Consuela hatte gewollt, daß er dieses eigenartige Kostüm anzog. Es bestand aus einer Tunika nach altmodischem Schnitt, dazu trug er einen Muskelpanzer aus gehämmerter Bronze und einen Gürtel mit eisenbeschlagenen Lederstreifen. Sein Gesicht war mit schwarzer und roter Schminke bemalt worden, und eine Sklavin hatte sein langes Lockenhaar zu einer wallenden Löwenmähne zurechtdrapiert. Wahrscheinlich würde er sich selbst kaum noch erkennen, wenn er sich jetzt in einem Spiegel sehen könnte.

Und dann diese eigenartige Waffe. Er hatte sein Rapier nicht führen dürfen, weil es angeblich einen Stilbruch innerhalb seines Kostüms darstellte. Statt dessen hatte Consuela ihm ein riesiges Bastardschwert bringen lassen. Die Klinge bestand aus blauschwarzem Stahl, und in das schimmernde Metall waren verschlungene Zeichen aus rotem Kupfer eingelassen. Ob die Waffe kampftauglich war, wußte Tikian nicht zu beurteilen, doch eindrucksvoll schien sie auf jeden Fall.

Irgendwo jenseits der Finsternis des Treppenschachtes, den er bewachte, erklang eigentümliche Musik. Seltsam schrilles Flötenspiel und wilde Trommelwirbel. Dazu ein Choral aus dunklen Stimmen. Was Consuela und ihre Gäste dort unten wohl trieben? Alle, die an ihm vorbei die enge Treppe hinabgestiegen waren, hatten phantastische Masken aus Holz und Leder getragen. Ansonsten war ihre Kostümierung eher spärlich gewesen. Soweit man es an ihren Körpern ablesen konnte, hatten sich überwiegend junge Männer und Frauen auf dieses eigenartige Spektakel eingelassen. Consuela hatte ihm erklärt, daß sie Masken trugen, um einander nicht zu erkennen. Was für Neigungen diese Gäste wohl auslebten, daß selbst Al'Anfaner, die nicht gerade berühmt für ihre hochfliegenden Moralvorstellungen waren, es für nötig hielten, sich zu maskieren?

Nachdenklich blickte Tikian erst die Treppe hinab und musterte dann wieder das Schwert in seiner Hand. Consuela hatte eindringlich betont, daß er nur mit dieser und keiner anderen Waffe kämpfen dürfe, wenn es dort unten Ärger geben sollte. Welche Art Ärger womöglich zu erwarten war, hatte sie allerdings mit keinem Wort angedeutet. Die ganze Angelegenheit schien doch im höchsten Grade merkwürdig. Dieser Treppenschacht hier war nur durch eine in der Täfelung versteckte Geheimtür zu erreichen. Bislang hatte Tikian niemanden im Haus über das abgelegene Kellergewölbe reden hören. Und doch mußten zumindest einige der Lustknaben und der Huren davon gewußt haben, denn es waren nicht nur irgendwelche reichen Lustmolche nach dort unten hinabgestiegen. Trotz der Masken hatte der Fechter auch einige der Mädchen, die für Consuela arbeiteten, wiedererkannt. Warum nur taten sie alle so geheimnisvoll?

Er blickte zu der Tür auf der anderen Seite des Raums. Daß von dort jemand kommen würde, schien unwahrscheinlich. Die Festgesellschaft dort unten war vollständig. So wie Consuela sich ausgedrückt hatte, erwartete sie wohl auch nicht, daß er irgend jemanden abwehren müßte, der versuchte, gewaltsam von außen einzudringen. Nein, sie schien vielmehr zu befürchten, daß es vielleicht unter den Gästen zu einem Streit kommen könnte. Aber warum hatte sie ihn dann nicht gleich mit nach unten genommen?

Nachdenklich blickte er die Treppe hinab. Es würde wohl niemand bemerken, wenn er ein paar Stufen tiefer stieg, um zu lauschen, was dort unten vor sich ging. Noch einmal blickte er zur Geheimtür, die von dieser Seite aus wie eine ganz gewöhnliche Zimmertür aussah. Wer sollte dort schon hereinkommen?

Vorsichtig schlich er einige Stufen hinab. Jetzt konnte er die Geräusche von unten deutlicher unterscheiden. Es war eine dunkle Männerstimme zu hören, die eine Liturgie in einer fremdartigen Sprache herunterleierte. Das ganze hörte sich so bizarr an, daß Tikian sich fragte, ob diese Worte überhaupt für menschliche Zungen geschaffen sein mochten. Kaum verstummte der Sprecher, da antwortete ihm ein ganzer Choral. Auch waren noch immer die Trommeln und die schrillen, zirpenden Flöten zu hören. Der Duft von Räucherwerk und frisch gegerbtem Leder lag in der Luft.

Nach vielleicht vierzig Stufen mündete die Treppe in ein Gewölbe. Hier hingen breite Bahnen aus bunten Seidenstoffen von der Decke. Die Tücher waren mit goldenen und silbernen Fäden durchwirkt und zeigten allerlei widernatürliches Getier, das sich zwischen magischen Zeichen wand. Ein kaum spürbarer Luftzug bewirkte, daß die Tücher sich zu Spiralen drehten, und fast schien es, als wolle er ihnen Leben einhauchen. Der Gesang und die Musik waren jetzt von einer Kraft, die ihnen fast etwas Körperliches verlieh. Die dumpfen Trommelschläge fuhren Tikian in den Bauch, und das schrille Flötenspiel jagte ihm kalte Schauer über die Haut.

Vorsichtig schob er sich zwischen den spinnwebfeinen Seidentüchern hindurch. Wie kühle Hände strichen sie ihm über die Arme und das Gesicht. Immer neue Stoffbahnen versperrten ihm den Weg, tanzten um ihn herum und verwirrten ihm mit ihren eigentümlich schillernden Stickereien die Sinne. Manche der Tücher schienen mit Parfüm getränkt zu sein. Sie dufteten nach Limonen oder Lotosblüten, Myrrhe, Zimt und Weihrauch, aber auch Gerüche, die er nicht zu benennen mochte, waren dabei. Der Tanz der Farben und die immer eindringlicher werdenden Düfte ließen ihn geradezu schwindelig werden. Durch die dünnen Stoffe war jetzt das matte Glühen von Räucherbecken zu erkennen, doch vermochte Tikian nicht abzuschätzen, ob die ehernen Schalen noch zwanzig Schritt oder nur wenige Ellen entfernt waren. Mit rudernden Armen kämpfte er sich durch die Seidenbahnen, als plötzlich der Choral und die Musik verstummten. Wie versteinert blieb er stehen. Mit einem Mal wurde es kälter. Ein eisiger Luftzug trieb ihm die Stoffbahnen entgegen und für einen Augenblick sah er kaum eine Armeslänge vor sich den Rücken eines Mannes. Noch einen Schritt weiter, und er wäre geradewegs in den Kerl hineingelaufen! Consuela hatte also noch weitere Wachen aufgestellt!

Hinter den Seidenschleiern erhob sich ein Jauchzen und wollüstiges Stöhnen, als würde dort eine ausschweifende Orgie gefeiert. Vorsichtig zog sich der Fechter ein paar Schritt zurück. Was sonst war in einem Bordell auch zu erwarten gewesen? Den grotesken Spielen der Reichen und Mächtigen zuzusehen, würde ihn nur langweilen. So machte er sich auf den Rückweg durch die Wände aus wogendem Stoff.

10. Kapitel

Elena legte die zerzauste Feder in das Boronsrad, das sie mit schwarzer Kreide auf den hölzernen Boden gezeichnet hatte, und wandte sich zu Oboto um. »Es wird nichts Besonderes zu beobachten geben. Dies ist für einen Zuschauer kein sonderlich aufsehenerregender Zauber. Vielleicht wollt Ihr ins Rauchzimmer hinabsteigen, und ich komme zu Euch, sobald ich von meiner Reise zurückgekehrt bin, Herr.«

Der Marschall strich sich nachdenklich über sein ausladendes Doppelkinn und schüttelte dann entschieden den Kopf. »Wir werden hier verweilen und dich beobachten. Du bist dir darüber im Klaren, wen du suchen sollst und was Wir von ihm wissen wollen?«

Die Magierin nickte stumm.

»Gut, dann beginne nun mit deiner Arbeit und laß dich durch Uns nicht stören.«

Elena lächelte spitz. »Gewiß nicht, Herr. Für die Reise muß ich mich in Trance versetzen. Es wird für Euch so aussehen, als ob ich schliefe. Was immer in der nächsten halben Stunde auch geschehen mag, sprecht mich bitte nicht an und berührt mich auch nicht, Erhabenster. Es könnte für mich, aber auch für Euch gefährlich sein, wenn ich in der Trance gestört werde.«

Oboto nickte und ließ sich in einem alten Ledersessel nieder, der unter dem Gewicht des Marschalls leise aufstöhnte. Ohne weiter auf ihn achtzugeben, trat die Magierin in das Boronsrad und fixierte die rote Feder, die vor ihr auf dem Boden lag.

»Nekropathia modernd Leich' ...«, intonierte sie den verbotenen Spruch, der sie auf die Pfade der Toten bringen würde. Immer und immer wieder sprach sie die kurze Formel und wiegte sich dabei hin und her. Der Sturmwind draußen fuhr unter die hölzernen Schindeln der Dachkammer, so daß sie leise klapperten, und sanft erklang das Plätschern von Regen. Mit halb geschlossenen Liedern ließ Elena ihre Gedanken treiben. Die rote Feder auf dem Boden veränderte ihre Form. Sie zuckte ein wenig zur Seite und wurde länger und länger, bis sie sich in einen dünnen Strahl aus rotem Licht verwandelte. Schwerelos folgte die Magierin dem Licht. Ohne Mühe drang sie durch das kalte Glas des Dachfensters und strebte den dunklen Wolken am Nachthimmel entgegen. Immer höher und höher stieg sie, atmete die feuchte Kälte der Wolken und flog den Sternen entgegen, die irgendwo jenseits des dunklen Dunstes liegen mußten.

Als sie endlich die Wolken hinter sich ließ und den weiten Himmel über sich sah, verharrte sie einen Atemzug lang, ergriffen von seiner Schönheit. Wie ein riesiger Mantel aus blauschwarzem Samt, bestickt mit tausenden von Adamanten, erstreckte sich die Kuppel der Nacht über ihr. Unbedeutend und verloren fühlte sie sich, und sie hatte Angst, denn sie wußte, was für ein Weg vor ihr lag. Wie in einem Traum schwebte sie leicht und körperlos über die schwarzen Wolken hinweg, der Todespforte Uthar entgegen. Dicht neben dem hellen Nordstern zeigten drei kleine Lichter jenes Tor an, durch das die Seelen der Toten gingen. Wie ein Pfeil schoß der rote Lichtstrahl, der sie aus dem Fenster geführt hatte, dort hinauf in die Unendlichkeit. Kaum spürte sie, wie sie die Welt der Sterblichen verließ, um über das stille Nirgendmeer hinwegzugleiten. Schnell wie ein Gedanke war ihr Flug durch die Finsternis, und doch zu langsam, um sich dem Schrecken entziehen zu können, der jener Leere innewohnte, die nicht für Menschen geschaffen war. Den Blick hatte sie geradeaus auf die Pforte gerichtet, deren Sterne nun zu wachsen begannen, und um sich gegen die Einsamkeit der Nacht zu wappnen, suchte sie Zuflucht in der Erinnerung an jene Zeiten, in denen sie glücklich gewesen war. Sie dachte an die erste Liebesnacht mit Tikian und daran, wie er ihr, vom Fieber geschüttelt, Blumen aus dem Dschungel gebracht hatte. War es töricht von ihr gewesen, ihn zu verlassen? Sie war gegangen, als ihre Liebe begann, an Unschuld zu verlieren ... als erste Schatten über ihrem Glück lagen und das Alltägliche sich einen Platz zwischen ihnen eroberte. Es war nicht das erste Mal, daß sie so handelte. Auf diese Weise blieb ihre Erinnerung unbefleckt von Streit und Häßlichkeiten. Mit dem Gefühl des Verlustes hatte sie zu leben gelernt, und es war besser, selbst zu bestimmen, wann man etwas verlor, so hütete man sich vor ...

Sie war durch das dunkle Tor zwischen den Sternen getreten, und schlagartig änderte sich die Umgebung. Über ihr spannte sich kein Himmel mehr, an dem leuchtende Adamanten dem Reisenden den Weg wiesen. Es herrschte fast völlige Finsternis, und obwohl sie kaum etwas sehen konnte, war sie sich sicher, nun in einer riesigen Grotte zu schweben. Dunkle Schemen huschten an ihr vorbei, die sie mehr spüren als sehen konnte. Das einzige Licht war jener dünne, dunkelrote Strahl, der sie über das Nirgendmeer geführt hatte.

In der Ferne ertönte ein leises Wispern, fast wie ein Windstoß, der durch hohe Bäume fährt und tausend Blätter flüsternd von ihren Geheimnissen erzählen läßt. Gleichzeitig hatte Elena das Gefühl, daß sich etwas zu verändern begann. Sie konnte nun wallende Nebel sehen, zwischen denen sich die Schatten menschlicher Gestalten abzeichneten. Auch hatte sie den Eindruck, daß der rote Lichtstrahl, der sie führte, ein wenig blasser wurde.

Sie durfte sich nicht von dieser Welt gefangen nehmen lassen! Sie gehörte nicht hierher! Sie besaß einen Körper, eine Zukunft! Das Wispern verstärkte sich zu einem Raunen, und bald schon konnte sie einzelne Stimmen unterscheiden. Noch klangen sie undeutlich, wimmernd und bittend, ohne daß man einzelne Worte aus dem Gewirr der Klagenden hätte heraushören können, doch mit jedem Augenblick wurden die Stimmen stärker …

Sie sollte an ihr Leben denken, das warme Blut, das durch ihren Körper pulste, den sie so unendlich weit hinter sich gelassen hatte, das köstliche Mahl, das sie erst vor wenigen Stunden genossen hatte … All das, was sie von den Toten trennte, mußte sie in Gedanken zu einer dichten Mauer auftürmen, die sie davor schützte, von diesem Platz und seinen Bewohnern vereinnahmt zu werden. Sie war hier nur ein Gast, und es würde noch viele Jahre dauern, bis ihre Seele die Reise zu diesem Ort antreten müßte, um nach kurzer Rast in den dunklen Grotten von Rastullah in seinen immergrünen Garten gerufen zu werden, wo die wahren Gläubigen ewige Glückseligkeit erwartete. In Gedanken begann sie, die neunundneunzig Gebote des Einen zu sprechen, und die Schatten wichen vor ihr zurück.

Immer tiefer ließ sie sich in den Nebel treiben, geleitet von dem roten Glühen, bis der Lichtstrahl, der sie geführt hatte, plötzlich endete. »Balthasar?« Elena beschwor den Namen des Al'Anfaners und dachte an sein Bild, das sie noch vor wenigen Stunden im Palast der Wilmaans gesehen hatte. Den verwegenen jungen Mann mit dem breitkrempigen, federgeschmückten Hut. Ein Seefahrer und Abenteurer! »Balthasar Wilmaan?«

»Wer bist du, daß du dich hierher wagst, um mich in meiner Angst und meinen Zweifeln zu stören?«

»Einer deiner Nachfahren schickt mich, der sich wegen deines Todes grämt. Er möchte wissen, was in jener Nacht geschehen ist, als du während des Brandes im Schlund umkamst.«

»Meine Nachfahren?« Der Schatten schwebte näher zu Elenas Geistkörper hinüber, und sie hatte einen Augenblick lang den Eindruck, er wolle versuchen, sie mit seiner Dunkelheit zu umschließen. »Es ist gut, die Wärme des Lebens an diesem freudlosen Ort zu spüren! Daß dich meine Nachfahren schicken, glaube ich dir allerdings nicht. Sie wissen sehr gut, wie ich gestorben bin!«

»Und wie bist du gestorben?«

»Wer will das wissen?«

»Du weißt, daß es unklug wäre, meinen Namen an diesem Ort auszusprechen, Balthasar. Die Wächter des Schattengewölbes würden auf mich aufmerksam werden.«

»Nenn mir einen Grund, warum ich dir helfen sollte. Du begrüßtest mich mit einer Lüge, denn ich weiß, daß meine Nachfahren dich niemals hierhergeschickt hätten.«

»Du hast mich durchschaut, und ich werde dich nicht noch einmal zu hintergehen versuchen, obwohl du verstehen mußt, daß ich den Namen dessen, der mich schickt, nicht nennen kann. Man hat mir gesagt, daß du dich in der letzten Nacht deines Lebens mit einigen jungen Männern und Frauen aus den Familien der Granden getroffen hast. Stimmt das?«

»Du bist gut unterrichtet. Dich schickt wohl einer der Granden? Gibt es tatsächlich noch immer einen unter ihnen, den es kümmert, warum die Verschwörer gegen Bal Honak sterben mußten. Erstaunlich!«

Elena schwieg.

»Welchen Preis hast du mir zu bieten, Sterbliche? Ich habe zu meinen Lebzeiten nichts verschenkt, und ich werde auch nach meinem Tode nicht damit anfangen.«

»Woran kann eine verlorene Seele im Schattenreich denn noch Gefallen finden?«

Ein trockenes, häßliches Lachen erklang. »Du amüsierst mich, Zauberin. Manche Dinge sind ewig, und der Tod hat keine Bedeutung für sie. Vielleicht wünsche ich mir Rache? Es gibt da einige Leute, die ich einmal kannte und die leider noch immer nicht hierher gekommen sind ... Mit manchen hätte ich noch eine Rechnung zu begleichen. Zum Beispiel mit meiner Schwester Esmeralda, dieser falschen Schlange. Doch ich fürchte, es wäre töricht von mir, dich darum zu bitten, meine Rache zurück in die Welt der Lebenden zu tragen. Für mein Seelenheil ist es sicher zuträglicher, wenn du in den Tempeln des Boron und der Marbo Messen für mich lesen ließest. Es scheint, als hätte der Schweigsame mich vergessen. Ich weiß nicht, wieviel Zeit seit meinem Tod vergangen ist, doch es muß eine Ewigkeit sein. Noch immer hat mich Boron nicht zu sich gerufen, um meine Seele auf der Waage Rethon zu prüfen. Ich fürchte, ich gehöre zu jenen Verdammten, die auf immer in Borons Hallen gefangen sind, ohne in eines der Zwölf Paradiese oder aber die ewige Verdammnis eingehen zu können. Ich war wohl weder gut noch böse genug zu meinen Lebzeiten, als daß ein Urteil über mich gefällt werden könnte. Wenn aber Messen für mich gelesen würden oder man in meinem Namen eine gute Tat vollbrächte, dann könnte es geschehen, daß mein Schicksal sich doch noch zum Besseren wendet und ich auch nach all der Zeit, die vergangen ist, weiter hoffen darf. Schwöre, daß du mir helfen willst, und du wirst deine Auskunft von mir erhalten!«

»Dein Wunsch soll erfüllt werden, so wahr mir Rastullah helfe!«

Der Schatten wich von ihr zurück. »Du hast Angst, deinen eigenen Namen zu nennen und sprichst den des falschen Gottes laut aus? Wer bist du? Wer hat dir deine Sinne verwirrt, Weib? Und wer wagt es, eine Heidin hierher zu schicken? Stehst du am Ende doch im Dienste meiner Ahnen, die darauf sinnen, wie sie mich endgültig verderben können?«

»Ich habe dir versprochen, dich nicht mehr zu belügen, so konnte ich nur bei dem schwören, der mir heilig ist. In einem aber hast du recht, wir sollten hier nicht über theologische Fragen streiten. Willst du meine Hilfe noch, oder habe ich meine gefahrvolle Reise hierher vergeblich unternommen?« Elena hatte das Gefühl, beobachtet zu werden, seit sie den Namen des Einen ausgesprochen hatte. Etwas, irgendwo in der Finsternis, war auf sie aufmerksam geworden!

Balthasar zögerte. »Ist dir klar, daß man deine Anwesenheit hier nicht dulden wird? Sie werden kommen und dich holen!«

»Wenn die Zeit so knapp ist, dann beantworte mir endlich meine Frage. Was ist in jener Nacht geschehen, in der du gestorben bist, und was war mit den anderen, mit denen du dich getroffen hast? Wenn du willst, daß man Messen für dich liest, dann antworte mir endlich, denn ich werde nicht mehr lange verweilen und bestimmt nie wiederkommen. Dies ist die einzige Gelegenheit, die du erhalten wirst, um dein Seelenheil noch zu retten, Balthasar. Nutze sie!«

»Würdest du auch dafür sorgen, daß meine Leiche bestattet wird?«

»Wenn du mir sagst, wo sie zu finden ist.« Elena blickte unruhig über ihre Schulter. In den dunklen Nebeln schien etwas Gestalt anzunehmen. Ein riesiger Schatten ... Oder waren es nur die Schemen zahlloser Toter, die zu einem einzigen Körper zu verschmelzen schienen. Langsam wurden die wimmernden Stimmen wieder lauter ...

»Vor dem Brand gab es ein Bordell, das *Haus der Morgenröte* genannt wurde. Die vermeintliche Besitzerin war eine in die Jahre gekommene Hure, die sich Leila nannte, doch in Wahrheit gehörte das Haus mir und meiner Schwester Esmeralda. Es gab dort mehrere tiefe Kellergewölbe. In einem dieser Gewölbe habe ich mich mit den übrigen Verschwörern getroffen. Wir hatten diesen Platz gewählt, weil wir glaubten, daß kein Spitzel Verdacht schöpfen würde, wenn junge Granden in einem Bordell zusammenkämen, das in dem Ruf stand, die ausgefallensten Genüsse zu bieten. In jener Nacht wollten wir beschließen, was nach Bal Honaks Tod geschehen sollte. Wir hatten sogar schon zwei Meuchler gedungen und einen Plan erdacht, wie sie in die Stadt des Schweigens gelangen konnten, um den Tyrannen zu töten. Alle Verschwörer waren zu diesem Treffen eingetroffen, nur meine Schwester Esmeralda fehlte noch. Wie stets bei diesen Zusammenkünften verbanden wir das Nützliche mit dem Angenehmen. Mit uns saßen zwei Schwarzmagier und etliche Huren in dem prächtigen Kellergewölbe. Wie gewöhnlich sollte auch diesmal die Herrin der Blutigen Wollust gerufen werden, um uns ihre Diener zu schicken. Die Zauberer hatten gerade mit dem Ritual begonnen, als es in dem Gewölbe plötzlich so heiß wie in einem Glutofen wurde. Die Luft versengte uns die Kehlen, und das letzte, was ich sah, bevor mir meine Sinne schwanden und ich starb, war eine in Flammen gehüllte Gestalt, die aus der rotglühenden Stirnwand des Gewölbes trat. Der Fels selbst schien in Flammen zu stehen, wo sie verweilte und … Am nächsten zu der Stelle, wo die Flammenkreatur erschien, stand Cassandra aus dem Hause Bonareth. Eine grelle Feuerzunge griff nach ihr und verwandelte sie in eine lebende Fackel. So muß es wohl uns allen ergangen sein. Mir wurde die Gnade zuteil, meinen Tod nicht bewußt erlebt zu haben. Ich wurde, wie gesagt, ohnmächtig und fand mich dann an diesem Ort hier wieder.«

»Und wann sollte der Anschlag auf Bal Honaks Leben stattfinden?«

»Noch in derselben Nacht, in der wir uns versammelt hatten. Es waren Söldner angeworben, mit deren

Hilfe wir wieder Ruhe und Ordnung herstellen wollten, für den Fall, daß nach dem Tod des Tyrannen einer der Offiziere der Tempelgarden versucht hätte, die Macht an sich zu reißen. Wir wollten, daß die Granden wieder die Bedeutung erhielten, die unseren Familien von Alters her zustand. Vielleicht ist das der Grund, warum der Schweigsame mich nicht zur Totenwaage ruft. Ich hatte mich gegen einen seiner Diener verschworen. Doch Bal Honak war ein grausamer Tyrann und hatte den Tod tausendfach verdient!«

Elena spürte, daß sie auf keinen Fall noch länger hier bleiben durfte. Ohne ein Wort des Dankes an Balthasar floh sie entlang des roten Lichtstrahls zurück durch die dunklen Hallen des Götzen Boron. Wie die anderen elf, welche die Al'Anfaner in ihrer Verblendung Götter nannten, so war auch er nur ein Diener Rastullahs. Freilich hatte er Macht, und seinem Zorn war kein Sterblicher gewachsen, doch ein Gott war Boron nicht. Sonst wäre es ja möglich, mit Hilfe von Zauberei in die Domäne eines Gottes einzudringen. Undenkbar!

Als Elena durch die dunkle Pforte auf das Nirgendmeer hinausglitt, wußte sie, daß der Wächter des Tores auf sie aufmerksam geworden war. Sie konnte seine brennenden Blicke geradezu spüren. Es hieß, daß Uthar, der Wächter, ein unfehlbarer Bogenschütze sei, und seine unsichtbaren Pfeile jenen Frevlern den Tod brachten, die versuchten, eine Seele aus den dunklen Hallen zu stehlen. Ob seine Hand wohl schon am Köcher lag?

Ein riesiger Vogel kam Elena entgegen. Ein Rabe, auf dessen Rücken ein blasser Schemen schimmerte. Ohne sie zu beachten, flog er der Sternenpforte entgegen. Schon tauchte Elena in die dunklen Wolken ein und einen Lidschlag später konnte sie endlich das hell erleuchtete Dachfenster im Palast der Florios sehen.

Ihr Geistkörper durchdrang das Glas und verschmolz mit der Gestalt, die reglos inmitten des Boronsrades verharrte. Die Magierin fühlte sich zu Tode erschöpft, und ihre Glieder schienen ihr so schwer, als lasteten ganze Berge auf ihnen. Leicht taumelnd trat sie aus dem Boronsrad. Jetzt erst war sie dem Götzen entkommen!

»Und? Was hat er gesagt? Du hast ihn doch gefunden, nicht wahr?« Voller Ungeduld war Oboto aus dem ledernen Sessel aufgesprungen und trat ihr entgegen. »Hat der Bastard seine Untaten gestanden?«

Elena hob abwehrend die Hände. »Einen Augenblick noch, Herr. Die Reise hat mich erschöpft. Ich muß mich sammeln, um Euch Eure Fragen beantworten zu können. Gestattet, daß ich mich setze und kurz in mich gehe. Danach will ich euch Rede und Antwort stehen.«

»Nun gut, so sei es«, murmelte der Marschall mißmutig und trat zur Seite, so daß Elena sich in den breiten Sessel sinken lassen konnte.

11. Kapitel

Als Hauptmann Olan den Brief zu Ende vorgelesen hatte, reichte er ihn Gion zurück. »Und, wirst du seine Entschuldigung annehmen?«

Der Bogenschütze schüttelte entschieden den Kopf. »Für mich ist das da keine Entschuldigung, sondern eine weitere Beleidigung. Als Mann von Ehre sollte er hierherkommen und mir in die Augen sehen, wenn er mir etwas zu sagen hat. Dann könnte ich es zur Kenntnis nehmen und vergessen, was gewesen ist. Aber so geht das nicht. Mir durch einen Sklaven einen Brief bringen lassen und so tun, als sei alles wieder in Ordnung.«

»Willst du ihm wenigstens antworten oder ist dies das Ende eurer Freundschaft?«

Gion starrte wütend auf seine Stiefelspitzen. Im Grunde war er diesen lächerlichen Streit leid. Wenn Tikian herkäme und sie zusammen einen Humpen Bier trinken würden, wäre alles wieder aus der Welt. Aber dieser Brief ... Dieses bornierte Adelssöhnchen hätte doch wissen müssen, daß er nicht lesen konnte, dachte Gion. So war er gezwungen gewesen, mit dem Brief zu Hauptmann Olan zu gehen und noch einen Dritten in diesen lächerlichen Streit einzuweihen! »Er wird von mir schon eine passende Antwort bekommen«, brummte der Schütze verärgert. »Könntest du mir einen Gefallen tun, Olan? Würdest du einen Brief für mich aufsetzen, wenn ich dir sage, was du schreiben sollst?«

Der Hauptmann zuckte mit den Achseln. »Warum nicht?«

»Ich stelle mir ungefähr folgendes vor …« Gion kratzte sich am Hinterkopf und zog die Stirn in Falten. »Tikian soll schon begreifen, was ich von ihm denke. Also der Brief beginnt ungefähr so: Du elender Hurensohn, hast dir in deinem Puff wohl das Hirn aus dem Schädel gevögelt. Was fällt dir ein, mir einen Brief zu schreiben, der es nicht wert ist, daß man sich den Arsch damit abwischt und mir …«

Olan räusperte sich leise. »Ich habe dich doch richtig verstanden, du wolltest dich mit diesem Fechter wieder vertragen, oder?«

»Sicher! Warum fragst du? Würdest du es etwa anders ausdrücken? Ich bin kein großer Briefeschreiber. Genaugenommen ist es sogar das erste Mal, daß ich in etwas dieser Art verwickelt bin. Ist es nicht richtig, wenn ich ihn so anrede, wie ich es tun würde, wenn er vor mir stünde?«

»Du solltest vielleicht einen Tonfall wählen, der es ihm noch möglich macht, sich hier blicken zu lassen. Wenn ich einen solchen Brief bekäme, würde ich als Antwort meine Sekundanten schicken. Ganz gleich, ob der Mann, der ihn geschrieben hat, einmal mein Freund war oder nicht.«

»Du meinst, es ist also nicht gut, wenn ich dich so schreiben lasse, wie ich reden würde? Ich mache dir einen Vorschlag. Ich sag dir, was in den Brief hinein soll, und du faßt es in die richtigen Worte. Ohne dir zu nahe treten zu wollen, Olan, bin ich der Meinung, daß ein Mann mit seinen Waffen umgehen können muß und dieses Herumgekratze mit einer Gänsefeder im Grunde eine überflüssige und unwürdige Beschäftigung ist. Jedenfalls für Krieger. Ich wär dir sehr dankbar, wenn du diese lästige Angelegenheit für mich erledigen könntest. Ich schulde dir dann einen größeren Gefallen, und du kannst dich darauf verlassen, daß ich meine Schulden stets einlöse.«

Der junge Offizier grinste schief. »Es ist wirklich

nett, wie du mir durch die Blume sagst, daß du mich für keinen guten Soldaten hältst, Gion. Selbst ein verzogenes, kleines Grandentöchterchen hätte das kaum spitzfindiger ausdrücken können.«

Der Schütze schaute Olan verblüfft an. »So war das nicht gemeint. Ich wollte dir nur erklären, warum ich mich nie damit abgegeben habe, schreiben zu lernen. Warum sollte ein Mann, dem der Schnabel recht gewachsen ist, zur Feder greifen? Ich habe bisher immer allen geradeheraus gesagt, was ich denke. Wortspielereien und Doppeldeutigkeiten sind nicht meine Sache. Das ist etwas für Männer, die ...«

»Sag es mir lieber nicht. Ich werde dir deinen Brief schreiben und damit hat es sich. Geh jetzt raus und kümmere dich um die Männer, damit sie nicht den ganzen Morgen faul auf ihren Hintern herumsitzen.«

»Zu Befehl!« Der Bogenschütze salutierte lässig und grinste Olan an. »Das liegt mir mehr. Ich verspreche dir, daß ich bis heute abend alle so weit habe, daß sie mit einem Köcher voll auf dreißig Schritt hundert Ringe schießen können. Die sollen an ihren Sehnen zerren, bis ihnen die Finger abfallen.«

»Tut mir leid, aber ich darf dich nicht passieren lassen.« Der Türwächter grinste Tikian frech ins Gesicht. »Ist schon übel, wenn man es als Anführer der Leibwache so weit gebracht hat, nicht einmal mehr den Palast verlassen zu dürfen. Im übrigen wünscht die Herrin dich zu sehen. Wenn ich an deiner Stelle wäre, würde ich mich beeilen. Sie nimmt gerade ein Bad.«

Der Fechter musterte den hochgewachsenen Krieger kühl. »Ich bin gerührt zu sehen, wie sehr du dich um mein Wohlergehen sorgst, Golo. Damit du siehst, daß ich nicht undankbar bin, möchte ich dich gerne für heute nachmittag zu einer Fechtstunde einladen. Ich wähle das Stoßrapier.« Tikians Linke glitt über den verschnörkelten Korb der Waffe an seiner Seite.

»Womit du kämpfst, überlasse ich dir. Übrigens, da wir ja beide recht gewandte Fechter sind, spricht doch wohl nichts dagegen, mit scharfen Waffen zu üben. Oder?«

Golo war eine Spur blasser geworden, doch er nickte. »Ich werde mit einem Bastard kämpfen. Ich meine natürlich das Schwert.«

Tikian lächelte gönnerhaft. »Der Spott eines Mannes, der nicht einmal einen Bastard zeugen könnte, ist wie eine Biene ohne Stachel. Doch gestatte, daß ich nun dem Ruf unserer Herrin folge. Alles weitere werden wir am Nachmittag besprechen.« Der Fechter wandte sich ab und durchquerte den Speisesaal, wo zwei junge Sklaven damit beschäftigt waren, das Tafelsilber zu putzen. Aus der angrenzenden Küche duftete es nach frischem Brot und gebratenen Zwiebeln. Am hinteren Ende des Saals führte eine Tür in das Langhaus, in dem die Liebesdienerinnen und -diener Consuelas ihre Quartiere hatten. Daran schließlich schloß sich die kleine, aus rosa Marmor erbaute Villa der Herrin des *Opalpalastes* an. Aus einer der oberen Etagen drang gedämpftes Harfenspiel. Immer zwei Stufen auf einmal nehmend, hechtete Tikian die Treppen hinauf. Er sollte sich charmant geben. So mochte er die Herrin vielleicht dazu bringen, seinen Arrest aufzuheben. Kurz prüfte er den Sitz seines Seidenhemdes und der Hose aus feinem Tuch, dann trat er ein.

Consuelas Bad schien mit verschwenderischer Pracht eingerichtet. Der Boden und das Badebecken glänzten aus weißem Marmor, verziert mit Mosaiken aus Lapislazuli und Steinen, die wie lauteres Gold schimmerten. Der würzige Duft von Kräutern, die in einer kleinen Pfanne aus gehämmertem Kupfer schwelten, wehte ihm entgegen. Auch roch es nach kostbaren Badeessenzen und parfümierten Ölen, wie man sie zur Massage benutzte. Eine zierliche blonde Sklavin mit einer Laute saß in der gewölbten Tür, die zum Balkon hinter dem

Baderaum führte. Eine zweite Sklavin kniete unmittelbar neben dem Becken und massierte Consuela die Schultern, während ein Knabe von vielleicht acht Jahren mit einem silbernen Tablett voller Trauben gelangweilt aus einem der Fenster schaute.

»Ah, mein edler Ritter gewährt mir die Gunst seines Besuches. Was schaust du so verärgert drein? Fehlt es dir an etwas?«

»Kennt Ihr das tulamidische Märchen von der Nachtigall, die das Singen verlernte, weil man sie in einen goldenen Käfig sperrte, Herrin?«

»Du meinst jenen Vogel, der so viel älter wurde als sein Bruder, der mitten im Gesang von einem Falken geschlagen wurde?« Die Hure runzelte die Stirn. »Habe ich dir nicht schon gestern erklärt, warum ich nicht wünsche, daß du gehst? Du hast mich fünfhundert Dublonen gekostet, und es wäre ein schlechtes Geschäft, dich an einen Armbrustbolzen für ein paar lächerliche Heller zu verlieren. Irgendwo dort draußen lauert Lilith auf dich. Ich will sichergehen, daß sie dir nichts mehr zu Leide tun kann. Dann magst du wieder durch die Stadt streifen.«

»Ich habe es bisher auch ganz gut ohne fremde Hilfe geschafft, mir meine Feinde vom Leib zu halten.«

»Was willst du eigentlich dort draußen? Hat mein Haus dir nicht alles zu bieten? Ich kenne Söhne von reichen Handelsherren, die mit Freuden ihre Freiheit geben würden, um an deiner Stelle sein zu können.« Consuela hatte sich im Bad aufgesetzt und verscheuchte mit einer ärgerlichen Geste die Sklavin, die ihr den Nacken massiert hatte. Noch nie hatte Tikian eine Frau mit so heller Haut gesehen. Sie war fast so weiß wie frisch gefallener Schnee. Ihre Lippen hingegen hatten die Farbe von frischem Blut. Der Fechter schluckte. Sein Mund war plötzlich trocken. Sein Blick wanderte ihren Hals hinab und fiel auf eine kleine, verschorfte Wunde, dicht über ihrer rechten Schulter.

»Wer hat dich verletzt?«

Consuela lächelte gelassen. »Ein allzu stürmischer Liebhaber. Habe ich dir eigentlich schon gesagt, daß du in dem Kostüm gestern nacht ausnehmend gut ausgesehen hast. Wie ein Held aus alten Zeiten.« Sie erhob sich jetzt ganz aus dem Wasser und eine der Sklavinnen reichte ihr ein weißes Handtuch. Dunkles Blut rann ihr zwischen den Schenkeln hinab und tropfte in das grünliche Badewasser.

Tikian wußte vor Verlegenheit nicht, wo er hinsehen sollte.

»Schockiert, mein Galan?« Sie nahm einen Schwamm vom Rand des Badebeckens und wusch sich zwischen den Schenkeln. »Man sagt, daß Hexen das Blut aus dem Schoß der Frauen für Liebestränke nutzen, und daß ein Mann, der auch nur einen einzigen Tropfen davon zu sich nimmt, dem Weib, von dem es stammt, auf immer verfallen sein wird.« Sie lächelte hintersinnig. »Du hältst das für ein Märchen, nicht wahr?«

Tikian räusperte sich leise. Der Rauch aus dem Räucherbecken machte ihn ein wenig benommen. »Ich glaube nicht, daß Ihr zu solchen Mitteln greifen müßtet, um einen Mann an Euch zu binden, Herrin.«

»Nun, ich kenne einen Mann, der offenbar für meine Reize unempfänglich ist.« Sie klatschte in die Hände. »Verlaßt uns, meine Lieben. Ich will mit dem Fechter allein sein.« Der kleine Junge stellte offensichtlich erleichtert sein Tablett in eine Fensternische und ging. Mit gesenktem Blick folgten ihm die Sklavinnen.

Tikian fühlte sich zu Consuela hingezogen, und doch war ihm auch unwohl in seiner Haut. Er wünschte, er wäre niemals in dieses Haus gekommen, in diese Stadt ...

»Wo bist du gewesen in all den Jahren?« Die Stimme der Kurtisane klang weich und traurig. Sie hatte das Handtuch um ihren Leib geschlungen und war aus dem Wasser gestiegen. Ihr langes schwarzes Haar duftete nach Blütenöl und tausende winzige Wassertropfen schimmerten zwischen den Strähnen. Sie stand jetzt so dicht vor Tikian, daß er ihren warmen Atem auf dem Gesicht spüren konnte. Zum ersten Mal sah er die feinen Falten um ihre Augen.

Consuela streckte ihre Hand aus und strich ihm sanft über Wange und Hals. »Wo bist du gewesen? So viele Jahre habe ich auf dich gewartet, von dir geträumt.« Sie trat einen Schritt zurück, und Zorn funkelte jetzt in ihren Augen. »Warum konntest du nicht vor fünfzehn Jahren kommen oder vor zehn? Wie konntest du es wagen, jetzt in mein Leben zu treten? Jetzt, da ich längst aufgegeben habe, auf dich zu hoffen!«

Der Fechter wich ihrem Blick aus und schwieg. Er begriff nicht, was sie meinte und wagte nicht, sie nach etwas, das sie für offensichtlich hielt, zu fragen.

»Ich wünschte, ich wäre dir nie begegnet! Warum kamst du erst jetzt! Mein Kinderherz ist an dir zerbrochen. Solange ich mich zurückerinnern kann, habe ich davon geträumt, daß einst ein Ritter kommen würde, mich zu holen. Ich bin im Schmutz und Elend dieses heruntergekommenen Viertels mit seinen schrecklichen Brandnarben, die selbst in fünfzig Jahren nicht zu heilen vermochten, aufgewachsen. Meine Spielgefährten von einst sind zu Bettlern, Dieben, Mördern und Huren geworden. Manche Nacht konnte ich nicht schlafen, weil mein Bauch vor Hunger schmerzte. Ich habe wach gelegen, zum Madamal hinaufgesehen und davon geträumt, daß einst ein edler Recke kommen würde, um mich aus dem Elend hinauf neben sich in den Sattel zu heben. Kein betrunkener Söldner, wie ich sie von der Straße her kannte, nein, ein Mann von Ehre! Stolz und tugendhaft, so sollte er sein. Und so schön, daß einem der Atem stockte, wenn man ihn nur ansah. Tausendfach malte ich mir aus, wie er mir seine Hand entgegenstreckte, um mich aus der Gosse zu holen, und daß er mich dann in ein fernes Land auf seine Burg bringen würde. Ganz so, wie es in den Geschichten der Märchenerzähler geschieht. Ich wurde älter, doch mein Ritter wollte mir nicht begegnen. Statt dessen traf ich den Sohn eines Kaufmanns. Er machte mir Komplimente, beschenkte mich und zeigte mir, was es heißt, im Luxus zu leben. Er holte mich von der Straße, und als er mir genommen hatte, was er haben wollte, schleuderte er mich in die Gosse zurück. Damals habe ich begriffen, wonach die meisten Männer gieren und wie ich sie mir unterwerfen kann. Ich habe mich verkauft, mein Herz in eiserne Fesseln gelegt und gelernt, eine Maske zu tragen, in der sich die Erwartungen meiner Liebhaber spiegelten. Mein Schauspiel muß besser gewesen sein als das der meisten anderen Mädchen, jedenfalls kam ich zu Gold und bald auch zu einem Namen. Trotzdem habe ich lange Jahre nicht aufgegeben, auf meinen Ritter zu warten. Wäre er nur gekommen … Jetzt endlich stehst du vor mir, und ich muß damit leben, daß ich in deinem Blick keine Liebe, sondern allenfalls Mitleid sehe. Doch es wäre ohnehin zu spät. Ich habe längst einen Weg beschritten, von dem es kein Zurück mehr gibt.«

»Wovon redest du?«

Consuela lächelte traurig. »Hat man je von einer Liebesgeschichte zwischen einem Ritter und einer Hure gehört?«

»Hat man je von einem Adligen gehört, der Türsteher in einem Bordell war?«

»Ich mag kein Mitleid, Tikian, und keine tröstenden Worte. Ich sehe dich an, und ich weiß, was du empfindest. Die Liebe ist mein Geschäft. Du magst ein guter Kämpfer sein. Ein guter Schauspieler bist du nicht! Es war ein Fehler von mir, dich in der Arena zu kaufen und zu meinem Sklaven zu machen. In der letzten Nacht habe ich mehr Geld verdient, als du mich gekostet hast. Ich schenke dir die Freiheit. Ich bin einem

Traum nachgejagt und jetzt ist es an der Zeit für mich zu erwachen. Geh nun! Du bist fortan nur noch ein Gast in diesem Haus. Du magst bleiben und deine Kammer behalten und …«

Tikian kniete nieder und küßte den Saum des Handtuchs, in das sich Consuela gewickelt hatte. »Ich danke dir, meine schöne Gönnerin. Nicht die Geburt, sondern Taten entscheiden über wahren Adel. Nie traf ich eine Frau, die mir gegenüber mehr Edelmut bewiesen hätte.«

»Du täuschst dich. Ich reiße nur einen Stachel aus meinem Fleisch. Geh jetzt, ich möchte allein mit meinen Vorstellungen sein. Und sprich zu niemandem über das, was ich dir gesagt habe. Du magst glauben, ich hätte vor dir meine Maske abgenommen und mein Herz enthüllt. Vielleicht war es aber auch nur eine andere Maske, die ich dir gezeigt habe.«

»Aber ich …«

»Geh! Bitte! Dein Anblick … Gönne mir meine noble Geste und laß sie nicht zur Farce verkommen. Es ist alles gesagt … Nur eins noch. Überlege dir gut, ob du dich auf die Straße wagen willst. Irgendwo dort draußen lauert Lilith auf dich, und sie wird nicht den Fehler machen, dich noch einmal zu unterschätzen.«

Tikian erhob sich. Als er die Tür erreicht hatte, sah er sich noch einmal um. Consuela war auf den Balkon hinausgetreten und blickte über die Terrassen, die man aus dem Felsen herausgeschlagen hatte, zum Meer hinab. Im Gegenlicht erschien sie wie ein dunkler Schatten. *Ich habe mich verkauft, mein Herz in eiserne Fesseln gelegt und gelernt, eine Maske zu tragen, in der sich die Erwartungen meiner Liebhaber spiegelten.* Noch einmal gingen dem Fechter Consuelas Worte durch den Kopf. Hatte sie ihm wirklich ihr wahres Gesicht gezeigt, oder trieb sie vielleicht nur ein Spiel mit ihm, das er nicht zu durchschauen vermochte?

12. Kapitel

Elena fühlte sich alles andere als wohl in ihrer Haut. Im kleinen Salon des Anwesens hatten sich die drei Oberhäupter der Familie Florios versammelt. Die übergewichtige Matrone Folsina, in einem mit Rüschen überladenen rosa Gewand, Oboto, der seine Uniform als Marschall der Stadtgarden angelegt hatte, und Immuel, der Ordinarius der Borongeweihtenschaft, der eine lange schwarze Robe trug, deren Ränder als Zeichen seines Ranges mit silbernen Raben geschmückt waren.

Außer ihnen war nur noch der Magus Orland zugegen. Er hatte ein dunkelblaues Gewand mit Silberstickereien angelegt und trug die herkömmliche Widderkappe, die jenen Magiern zustand, die sich auf das Gebiet der Beeinflussung des Geistes verstanden.

»Wir haben Euch bereits mitgeteilt, welche Kunde über den Tod Unserer Ahnen Mordechai und Urania Uns Unsere neue Hausmagierin zu bringen vermochte. Wir haben Euch nun hier zusammengerufen, um mit euch gemeinsam zu beraten, welche Wege es gibt, ihre Gebeine zu bergen und sie so, wie es sich für Granden ziemt, zu bestatten. Wir müssen weiterhin gestehen, daß Wir Zweifel daran haben, daß es bei diesem Unfall mit rechten Dingen zuging. Uns allen sind die Gerüchte über den Brand im Schlund bekannt.« Oboto blickte in die Runde und machte eine bedeutungsschwangere Pause. »Wir sind auch weiterhin der Meinung, daß das Haus Wilmaan in irgendeiner Weise in diesen Brand verstrickt war. Selbst wenn nun erwiesen ist, daß einer der ihren zweifelsfrei zu den Verschwörern gehörte und mit ihnen gemeinsam zu Tode gekommen ist.«

»Mäßige dich in deinen Verdächtigungen, Oboto.« Immuel, der bislang an einem der Fenster gestanden hatte, drehte sich zu den Versammelten um, so daß Elena nun zum ersten Mal sein markantes, scharf geschnittenes Gesicht sehen konnte. Es hatte zugleich asketische und wilde Züge. Tiefe Furchen umgaben seinen Mund, und gleich einem Adlerschnabel krümmte sich eine lange Nase über seinen schmalen Lippen. »Ich muß sagen, daß ich den Weg, den du beschritten hast, um an dein Wissen zu gelangen, als zutiefst gotteslästerlich empfinde. Es steht Lebenden nicht zu, sich in Borons Hallen zu begeben. Ich bin mir sicher, daß du für diese ketzerische Tat eines Tages wirst büßen müssen, und ich hoffe, daß meine Gebete den schlimmsten Schaden von dir abzuwenden vermögen. Außerdem bin ich mir des Wertes deiner sogenannten Erkundigungen nicht gewiß. Vergiß nicht, daß es die Seele eines Wilmaan war, der deine Magierin begegnete, und wir alle wissen doch, daß diese Brut einzig aus Lügnern und Betrügern besteht. Warum sollte Balthasar die Wahrheit gesagt haben? Wahrscheinlich hat er erraten, wer die Magierin geschickt hat, um ihn auszuhorchen.«

»Nein, nein, nein! Uns klingt es so, als sei auch er zum Opfer einer großen Intrige seiner Familie geworden. Nach dem, was Elena berichtet hat, sinnt er auf Rache. Müssen Wir dich daran erinnern, daß Bal Honak die Liegenschaften Unserer beiden Ahnen durch den Tempel hat einziehen lassen. Allein, die Familie Wilmaan hat für ihre Beteiligung nicht bezahlen müssen und ...«

»Und auch die Zornbrechts mußten keine Güter an den Tempel abführen. Ich bin bestens mit den Unterlagen im Borontempel vertraut«, warf Immuel ein. »Du weißt ganz genau, daß das Geld der Güter dazu aufgewendet wurde, jene zu entschädigen, die durch den Brand die größten Verluste hatten. Im übrigen habe ich den Eindruck, daß der Patriarch damals zwei der Grandenfamilien von Abgaben verschont hat, damit wir untereinander wieder uneins werden sollten und es kein zweites Mal zu einem Komplott gegen seine Macht kommen konnte. Wir alle wissen, wie gut die Saat der Zwietracht gefruchtet hat, die damals zwischen den großen Familien gesät wurde.«

»Uns ist klar, daß du den Wünschen des Tempels und des neuen Patriarchen das Wort reden mußt, Immuel, doch können Wir nicht verhehlen, wie sehr Uns der Verrat, den du damit an Unserer Familie begehst, enttäuscht. Wir glauben sogar ...«

»Genug!« Folsina war von ihrem Sitz aufgesprungen und zwischen die beiden Streithähne getreten. »Ich dulde nicht, daß dieser alte Zwist auch noch Gräben in unserer Familie aufreißt. Statt zu streiten, sollten wir lieber beraten, was zu tun ist, um die Gebeine unserer Ahnen zu bergen und ihnen ein würdiges Begräbnis zu bereiten.«

»Damit stehen Wir vor den nächsten Schwierigkeiten«, entgegnete Oboto gereizt. »Wir wissen nicht einmal, wo dieses *Haus der Morgenröte* gelegen hat. Es muß bei dem Brand bis auf die Grundmauern zerstört worden sein.«

»Vielleicht mag dir deine hübsche, junge Magierin auch dabei weiterhelfen?« Immuel war dicht vor Elena getreten und starrte ihr mit seinen kalten braunen Augen forschend ins Gesicht. »Mir ist zu Ohren gekommen, daß du eine Heidin bist, Zauberin. Vielleicht weißt du nicht, wie sehr du Boron in der letzten Nacht herausgefordert hast. An der Pforte in sein Reich steht Uthar, der dunkle Wächter. Glaube nicht, daß du seinem wachsamen Blick entgehen konntest. Er ist ein unfehlbarer Schütze, und seine Pfeile durchbohren jeden, der sich gegen den Unergründlichen vergeht. Ich bin sicher, auch jetzt ruht Uthars Blick auf dir. Also hüte dich!«

Elena hätte dem Geweihten am liebsten entgegengeschleudert, was sie von den Zwölf Götzen und ihren fehlgeleiteten Priestern hielt, doch konnte sie ihre Zunge im Zaum halten. Sie wußte, wie bedeutend Immuels Rang in der Priesterschaft war, und daß nicht einmal Oboto sie hätte schützen können, wenn der Ordinarius sie als Ketzerin anklagte. So verneigte sie sich leicht und murmelte leise: »Ich danke Euch und werde Euren weisen Rat beherzigen, Eure Erhabenheit.«

Der Geweihte schenkte ihr ein dünnes Lächeln. »Vielleicht solltest du mich einmal in der Stadt des Schweigens besuchen, damit wir in aller Ruhe über die Götter und die Philosophie reden können. Ich habe den Eindruck, du bist eine sehr kluge Frau. Mich würde es reizen zu hören, was dich dazu gebracht hat, den Zwölfen abzuschwören.«

»Eure Einladung schmeichelt mir, doch im Augenblick binden mich die Dienste für den Marschall an dieses Haus. Sobald sich dies ändern sollte, wird es mir eine Ehre und ein Vergnügen sein, Euch zu besuchen.«

»Das genügt jetzt!« mischte sich Oboto ein. »Wir haben uns nicht getroffen, um über Fragen der Religion zu sprechen.«

Immuel zog die Stirn kraus und warf Oboto einen strengen Blick zu.

»Natürlich sind auch Wir der Meinung, daß Unsere Leibmagierin einem bedauerlichen Irrtum unterliegt und alles unternommen werden muß, um ihre unsterbliche Seele zu retten. Doch steht dies heute nicht im Vordergrund. Um zum Thema zurückzukommen, Wir denken, daß es Uns höchstens zwei Tage kosten wird, um den genauen Standort des *Hauses der Morgenröte* ausfindig zu machen. Doch wie wollen Wir weiter vorgehen? Wir könnten die Straße absperren lassen und einen Bautrupp beordern, um nach dem Gewölbe graben zu lassen.«

»Das halte ich für keine gute Idee. Es würde den Argwohn der anderen Grandenfamilien wecken. Wir müssen ohnehin überlegen, was mit den Gebeinen der übrigen Toten geschehen soll«, warf Folsina ein.

»Könnt Ihr mir erklären, wie Ihr die Knochen der Toten auseinanderhalten wollt, verehrte Tante?« Immuel hatte die Hände hinter dem Rücken verschränkt und ging langsam im Salon auf und ab. »Ich fürchte, es würde den Argwohn des Patriarchen wecken, wenn er erführe, daß man sich wieder mit diesen alten Geschichten beschäftigt. Ihr wißt doch, wie empfindlich er in dieser Hinsicht ist. Der Brand im Schlund, das ist etwas, worüber man nicht offen spricht. Warum können wir die ganze leidige Angelegenheit nicht einfach vergessen und den Toten ihren Frieden lassen.«

»Weil in jener Nacht zwei Unserer Verwandten gestorben sind«, entgegnete Oboto scharf. »Manchmal fragen Wir Uns, wem eigentlich deine Treue gehört, deiner Familie oder dem Patriarchen!«

»Vielleicht ist es klüger, mich diesbezüglich nicht auf die Probe zu stellen, du Zinnsoldat!«

»Genug! Ich dulde keinen Streit in unserer Sippe, ihr beiden Hitzköpfe!« polterte Folsina mit sich vor Wut überschlagender Stimme. »Nur eine strenge Haltung kann uns unsere Machtstellung in dieser Stadt erhalten. Ich erwarte nicht von euch, daß ihr euch gegenseitig mögt. Aber ihr solltet so viel Selbstbeherrschung aufbringen, euch wenigstens nicht in Gegenwart von Fremden anzufeinden.«

»Wenn der verehrte Oboto vielleicht die Güte besäße, mir zu erklären, warum er dieses Unternehmen mit solchem Eifer betreibt?«

Der Marschall räusperte sich wichtigtuerisch und

strich sich über sein Doppelkinn. »Dir ist nicht neu, daß Wir schon immer der Überzeugung waren, daß die Wilmaans damals bei der Verschwörung gegen den Patriarchen zu Verrätern an Unserer gemeinsamen Sache geworden sind. Nun gibt es einen neuen Hinweis darauf, daß Unsere Vermutungen nicht unbegründet sind. Zum einen wissen Wir jetzt, daß der vermeintlich unabhängige Boden, das *Haus der Morgenröte,* wo die Treffen der Verschwörer stattfanden, in Wirklichkeit zum Besitz der Familie Wilmaan gehörte. Zum anderen wissen Wir nun auch, daß Esmeralda Wilmaan zu den Verschwörern gehörte und als einzige an jenem Abend fehlte. War es ein Zufall, daß sie zu spät gekommen ist? Und was ist in jener Nacht dort unten eigentlich geschehen? Was waren das für Flammengestalten, von denen Balthasar gesprochen hat? Im Augenblick ist die Stimmung für das Haus Wilmaan nicht sonderlich gut. Trotz des Festes in der letzten Nacht ist man in den meisten Familien nicht gerade bestens auf sie zu sprechen. Vielleicht mag es schon genügen zu beweisen, daß jenes Bordell – in dem immerhin Angehörige aller großen Familien zu Tode gekommen sind – zu ihrem Besitz gehörte, um ihnen ein Komplott anzuhängen. Zumindest können Wir die Stimmung gegen die Wilmaans noch weiter anheizen, wenn Wir auf diese alte Geschichte noch einmal zu sprechen kommen.«

»Du meinst also, man könnte die Wilmaans aus dem Sattel stoßen?«

»Mehr als das«, Oboto lächelte jetzt selbstgefällig. »Wenn Wir es richtig anfangen, können Wir vielleicht sogar eine ihrer Domänen übernehmen. Du weißt doch, was man sich für seltsame Geschichten über sie erzählt. Sie sind nicht beliebt, und manche glauben sogar, der alte Galek sei ein Vampir. Sorgen Wir dafür, daß sich ihr Ruf noch ein wenig verschlechtert! Genau da liegt jedoch auch die Schwierigkeit. Ganz gleich, was Wir tun, Wir sollten dafür sorgen, daß Wir unsere Schritte zunächst im Geheimen unternehmen. Deshalb können Wir nicht für jedermann sichtbar nach einem verschütteten Gewölbe graben lassen. Es sei denn, es gäbe eine Möglichkeit, den Zusammenhang zum Brand im Schlund zu verschleiern.«

»Vielleicht wüßte ich eine Möglichkeit, die Gebeine der Toten zu bergen, ohne großes Aufsehen zu erregen«, meldete sich der Magier Orlando zu Wort, der dem Treffen bislang schweigend beigewohnt hatte. »Man müßte allerdings einen Magus zu Rate ziehen, der derzeit eine Gastvorlesung an der Universität hält.«

»Ich hoffe, Ihr habt keine solche Handlungsweise im Sinn, mit der der Zorn Borons erneut herausgefordert würde. Als Ordinarius könnte ich solche Taten nicht vor dem Patriarchen verheimlichen!«

»Was das angeht, besteht kein Anlaß zur Sorge, ehrenwerter Immuel. Der Betreffende ist zwar ein Kenner auf dem Gebiet der Magica Conjuratio, also der Beschwörungsmagie, doch hat er sich in diesem weiten Bereich völlig dem Fachgebiet der Elementarmagie verschrieben. Meine Idee ist ungefähr folgende ...«

Takate hatte sich bei Morgengrauen in einem dichten Wald oberhalb der Stadt versteckt. Voller Verwunderung und Schrecken blickte er auf die Unzahl weißer Steinhütten, die sich über die Terrassen aus schwarzem Vulkangestein bis hinab zum weiten Wasser erstreckten. Dort wo die großen Kanus lagen, erhoben sich die Beine eines gewaltigen Riesen aus dem Wasser, der Kopf und Oberkörper verloren zu haben schien. Was waren das nur für Menschen, die solche steinernen Ungeheuer besiegen konnten?

Ein Stück weiter, auf der anderen Seite der Bucht, war ein Rabenvogel zu sehen, der, dicht über dem Wasser kauernd, ebenfalls größer als die höchsten Bäume des Waldes wirkte. Auch er schien aus Stein zu sein, so als habe ein mächtiger Schamane ihn zu ewiger Ruhe gezwungen.

Wohin auch Takates Blick fiel, sah er Menschen und das ängstigte ihn. Selbst wenn man alle Sippen der Keke-Wanaq und der Tschopukikuhas zusammennahm, von denen er je in seinem Leben gehört hatte, würde man nicht annähernd so viele Häupter zählen, wie hier in der Stadt lebten. Bislang hatte er immer geglaubt, die Blaßhäute seien ein kleiner Haufen dreister Eindringlinge in das Reich der Waldmenschen gewesen, doch jetzt mußte er erkennen, wie groß sein Irrtum gewesen war. Ihr Volk war so zahlreich wie die Ameisen, und so wie eine Ameisenfestung kam ihm das große steinerne Dorf auch vor. Ohne daß er erkennen konnte, welchen Nutzen es haben mochte, drängten sich die Blaßhäute in endlosen Kolonnen über die Wege zwischen den Steinhütten oder gingen hinab zum Meer, wo ihre riesigen Kanus lagen.

Alles, was die Blaßhäute taten, wirkte gewaltig. Sie bezwangen Riesen und Vögel, die einst Götter gewesen sein mußten, erbauten Hütten ohne Zahl, zimmerten Kanus, in denen ein ganzer Stamm Platz finden mochte, und entblößten das Land sogar vom Wald, den Takate bislang für ewig gehalten hatte.

Hiye-Haja hatte ihm einmal vor langer Zeit erzählt, daß die Blaßhäute einen schwarzen Gott verehrten, welcher der Herr der toten Leiber war, die in seine dunkle Höhle hinabsteigen mußten, um ihm zu dienen. Damals hatte er das nicht glauben wollen, doch jetzt sah er, daß es sogar noch schlimmer war. Alles, womit sich die Fremden umgaben, war tot. Die Steine ihrer Häuser, die sie aus der Erde herausgebrochen hatten, der Riesenvogel am Meer, die Kanus, für deren jedes einzelne sicher hunderte von Bäumen hatten sterben müssen. Mit ihrer Verderbnis würden sie den Wald zerstören und damit auch die Kinder Kamaluqs. So würde es kommen! Es war dumm von ihm gewesen zu glauben, er könne daran etwas ändern. Wie sollte er gegen diese Übermacht bestehen? Wo er einen Weißen erschlug, würde schon im nächsten Augenblick eine Handvoll neuer stehen. Sie waren unzählbar wie die Blätter des Turupa-Baumes, der bis in den Himmel hinein wuchs.

»Du hast recht, Takate, du kannst sie nicht allein in das weite Wasser zurückwerfen, von wo sie einst kamen. Doch kannst du Angst in ihre Herzen tragen und jene rächen, denen sie einst Böses taten. Dein Schicksal ist vorherbestimmt, und ich werde dir helfen!«

»Aber wie soll ich mich dort unten bewegen«, dachte der Krieger im stummen Zwiegespräch. »Ich werde so auffällig sein wie ein weißer Käfer, der sich auf den grünen Blättern eines Bananenbaumes zu verstecken sucht. Sie werden mich schnell finden und töten.«

»Hab keine Sorgen, mein Sohn. Ein mächtiger Zauber wirkt in dir, und es wird nicht mehr lange dauern, bis du durch die Waffen der Blaßhäute unverwundbar sein wirst. In dieser Nacht werde ich dir helfen, in das Dorf hineinzugelangen, und wir werden ein Versteck finden, das dir bei Tage sicheren Unterschlupf gewährt. Wundere dich auch nicht, wenn du plötzlich die Zunge der Blaßhäute verstehen kannst. Es ist mein Tapam, der mit deinem Herzen eins geworden ist und der dich dieses und anderes Wissen lehren wird.«

»Ich vertraue dir, Mutter, und doch wohnt auch die Angst in meinem Herzen.« Voller Zweifel blickte Takate auf die weißen Häuser und Menschen hinab. Überall war dieses gräßliche Weiß zu sehen. So als müßten sie als Zeichen ihrer Herrschaft allem die Farbe ihrer Haut geben, den Steinen, den Tüchern, die von den Bäumen hingen, die aus den Bäuchen ihrer Kanus wuchsen …

»Hast du mich verstanden, Bodir?« Immuel trommelte mit den Fingern unruhig auf der Lehne seines Stuhls und blickte dem jungen Geweihten fest in die Augen. Bodir war der Richtige für die Aufgabe. Er war jung und voller Ehrgeiz. Er wollte es weit bringen unter der Geweihtenschaft und war bereit, dafür auch Wege zu beschreiten, die nicht in der Tempelregel niedergeschrieben waren. Er könnte sich auf ihn verlassen!

»Ich soll dem Marschall der Stadtgarden folgen und Euch über seine Schritte unterrichten, Bruder Ordinarius«, wiederholte der Geweihte seine Aufgabe. »Doch wäre es nicht klüger, wenn ich dazu die Robe des Tempels ablegen würde, um weniger aufzufallen? Wird er nicht argwöhnen, daß er einen Verfolger haben könnte?«

»Laß dies meine Sorge sein, Bodir. Ich kenne ihn besser als du. Mein verehrter Verwandter leidet an beinahe krankhafter Selbstüberschätzung. Er wird sich nicht vorstellen können, daß ihn, den Marschall der Wachen, ein Borondiener beschatten könnte. Deshalb bist du sicher. In der Robe des Tempels wirst du nicht auffallen. Es gibt genug Brüder, die sich in den Straßen der Stadt bewegen. Sollte Oboto allerdings möglicherweise doch auf den Gedanken kommen, daß er einen Verfolger haben könnte, dann wird er davon ausgehen, daß dieser sich tarnt. So wärest du in den Kleidern eines Bürgers gefährdeter, als du es unter dem Schutz des Boronsgewandes bist.«

Ein leises Klopfen erklang an der Tür, und ein hochgewachsener Krieger der Rabengarde trat ein. Der Mann verbeugte sich knapp. »Ich bringe Euch Nachricht vom Patriarchen, Bruder Ordinarius. Er wünscht, nachdem er seine Rede gehalten hat, Euch zu empfangen.«

»Ich danke dir, Bruder Miles.«

Der Soldat verneigte sich und zog sich wieder zurück.

»Du wirst der Rede des Patriarchen noch beiwohnen können, Bodir. Ich glaube nicht, daß der Marschall vor Einbruch der Dämmerung sein Haus verlassen wird. Du darfst dich nun entfernen.«

Tikian ließ den wuchtigen Hieb seitlich abgleiten und erwiderte den Angriff mit einem Stich, der auf die Schulter des Kriegers zielte. Der Fechter sah den Schrecken in Golos Augen, als dieser erkannte, daß er seine Waffe nicht mehr schnell genug hochreißen könnte, um zu parieren. Der Mann machte einen Satz zurück, doch der Stahl von Tikians Rapier drang ihm schon tief in die Schulter. Mit einem Schmerzensschrei ließ der Krieger sein Schwert fallen.

Tikian trat neben den Mann, der auf dem Boden kauerte und seine Linke auf die stark blutende Wunde preßte. »Was mich angeht, ist unser Zwist damit nun geklärt. Ich hoffe, du bist klug genug, nicht an Rache zu denken.«

Der Krieger blickte mit schmerzverzerrtem Gesicht zu ihm auf und schwieg.

»Du hast deinen Mut in diesem Duell unter Beweis gestellt. Deine Ehre ist nicht befleckt worden. Was kannst du noch mehr erreichen?«

Der Fechter zog ein kleines Seidentüchlein aus dem Ärmel seines weitgeschnittenen Hemdes und wischte damit das Blut von seinem Rapier. Dann wandte er sich zu den übrigen Kriegern, die dem Duell zugesehen hatten. »Gibt es noch jemanden unter euch, der eine Rechnung mit mir zu begleichen hat?« Die Männer blickten zu Boden. Nur Dolgur, der Älteste unter ihnen, hielt Tikians Blick stand.

»Die Herrin hat dich aus ihren Diensten entlassen, Fechter. Du bist von nun an nur noch ein Gast in diesem Haus. Es besteht also kein Grund mehr zu Mißgunst und Feindschaft.«

»Ich nehme dich beim Wort, Dolgur.« Tikian streckte

dem blonden Hünen seine Hand entgegen. Der Krieger griff nach ihr und preßte sie so fest, daß es schmerzte.

Erleichtert verließ Tikian den Hof des *Opalpalastes.* Als nächstes sollte er den Zwist mit Gion aus dem Weg räumen. Er hatte am Nachmittag einen äußerst seltsamen Brief von dem Bogenschützen erhalten. Die Stadt schien einen merkwürdigen Einfluß auf seinen Freund zu haben. Im stichelnd boshaften Ton eines Höflings erklärte er, daß er nur dann eine Entschuldigung annehmen könne, wenn Tikian persönlich vor ihm erscheine.

Was, zum Henker, ging nur in Gion vor? Sollte er vor ihm etwa auf Knien um Vergebung bitten? Mit gemischten Gefühlen machte sich der Fechter auf den Weg zum Hafen. Immer wieder blickte er dabei unsicher über die Schulter zurück und musterte die niedrigen Häuserdächer. Ob Lilith wohl in der Nähe war?

13. Kapitel

Immuel scharrte unruhig mit den Füßen im schwarzen Sand, mit dem der Tempelhof ausgestreut war. Die Rede des Patriarchen war nur kurz gewesen, und Tar Honak hatte angekündigt, daß der Feldzug noch vor Ende des Winters beginnen würde. Das hatte im Grunde keinen der Priester und der Ordensritter überrascht, die sich auf dem weiten Innenhof des Neuen Tempels versammelt hatten, um der Rede des Hochgeweihten zu lauschen. Seine letzten Worte jedoch hatten für einige Unruhe unter den Brüdern und Schwestern gesorgt und leises Gemurmel erklang unter den Borongeweihten, die sonst so berühmt für ihr Schweigen waren. Tar Honak hatte ihnen offenbart, daß seine Gebete durch den Schwarzen Gott erhört worden wären und er ein Zeichen göttlicher Gnade empfangen habe.

Es dauerte nur wenige Augenblicke, bis die Bruderschaft ihre Haltung zurückgewonnen hatte und wieder Stille auf dem Platz herrschte. Inzwischen hatte Tar Honak die Stufen zur Grabsakrale erklommen, die an der Stirnseite des großen Innenhofs lag. Dort ruhten die einbalsamierten Leichen der Patriarchen der Boronskirche, beginnend mit Velvenya Karinor bis hin zu Bal Honak.

Während Tar Honak schweigend vor den steinernen Pforten des Grabbaus verharrte, trennten sich zwei Gruppen von zehn Mann aus den Zügen der Rabengarde und der Basaltfaust, die jeweils auf der rechten und der linken Seite des Hofes Aufstellung genommen hatten. Entgegen ihrer üblichen Bewaffnung trugen diese beiden Gruppen von Ordensrittern schwere Armbrüste aus schwarzem Stahl und poliertem Mohagoni-Holz. Die Krieger nahmen in Zweierreihe vielleicht fünfzehn Schritt vor der Grabsakrale Aufstellung.

»Ihr habt gelobt, den Befehlen eures Patriarchen zu folgen und selbst lächelnd in den Tod zu gehen, wenn ich es von euch verlange. Wer angesichts des bevorstehenden Krieges von diesem Eid entbunden sein möchte, möge nun vortreten und unsere Gemeinschaft verlassen.«

Immuel glaubte spüren zu können, wie sich das Schweigen veränderte. Ehrfurcht und Hochachtung waren einer fast greifbaren Spannung gewichen. Der Blick des Ordinarius wanderte über die Gesichter der Geweihten. Vielen war anzusehen, daß sie das Angebot des Patriarchen als Beleidigung auffaßten.

»Ich blicke mit Stolz auf euch hinab, Brüder und Schwestern. Ihr habt euch verhalten, wie ich es von euch erwartete. Einige Auserwählte werden nun Gelegenheit haben zu beweisen, in welcher Haltung ihr meinen Befehlen folgt, denn diese wird unser Schlüssel zum Sieg sein, wenn wir einem Feind gegenüberstehen, der uns um das Drei- oder Vierfache überlegen sein mag.« Tar Honak blickte zu den Männern und Frauen, die vor ihm Aufstellung genommen hatten.

»Das erste Glied kniet nieder!« kommandierte er mit kalter Stimme. »Spannt die Waffen!«

Auf dem Hof war es noch immer totenstill. Nur das metallische Klacken der Winden, mit denen die stählernen Arme der Armbrüste zurückgezogen wurden, störte die Ruhe.

»Legt die Bolzen auf!« Tar Honak ließ seine seidene Robe von den Schultern gleiten und entblößte sich bis zu den Hüften.

»Erschießt mich!«

»Nein, Herr!« ertönte ein Schrei zwischen den Hohen Geweihten des Ordens. Der Liturgiemeister, Brotos Paligan, stürzte auf den Platz. Gleichzeitig ertönte ein vielstimmiges metallisches Surren. Die stählernen Bögen schnappten nach vorne. Der Patriarch wurde von der Wucht der Treffer gegen die steinernen Pforten der Grabsakrale geschleudert.

Immuel hatte das Gefühl, sein Herzschlag wolle aussetzen, als er den Hochgeweihten zu Boden gehen sah. Was hatte dieser Wahnsinn zu bedeuten? Hatte Tar Honak beschlossen, seinen Weg zu Boron zu machen? Und warum führte er seinen Tod als öffentliches Schauspiel auf?

Die Gruppen an den Seiten des Hofes zerstreuten sich. Einige Ordensritter zogen ihre Waffen und stürmten auf die Schützen zu, die dem tödlichen Befehl ihres Herrn gefolgt waren. Etliche Geweihte eilten die Treppen des Grabbaus empor. Doch noch bevor einer von ihnen den Patriarchen erreichte, erhob sich dieser und scheuchte die Priester mit ungeduldigen Armbewegungen zur Seite.

»Er lebt! Seht nur, Boron hat ein Wunder gewirkt! Der Patriarch lebt!« Dutzendfach hallten die Freudenschreie über den Platz. Immuel ließ sich erleichtert auf die Knie sinken, um dem dunklen Gott in stummem Gebet für das Wunder zu danken, das er an Tar Honak gewirkt hatte.

»Ich sagte euch, meine Gebete seien erhört worden,« hallte die klare Stimme des Hochgeweihten über den Tempelplatz. »Seht her und seid Zeugen des Wunders. Ich habe keine Wunde davongetragen. Seht und höret nun, was der dunkle Gott mir offenbart hat: Von dieser Stunde an kann kein Sterblicher Tar Honak töten, keines Menschen Hand und keine Waffe ihn berühren. Boron will unseren Sieg, und dies ist das Zeichen, daß er uns gesandt hat. Der Krieg, den wir führen werden, ist gerecht, und er wird Al'Anfa zur mächtigsten Stadt

Aventuriens machen. Ihr, die ihr nun Zeugen dieses Wunders geworden seid, wollt ihr mir geloben, mir zu folgen, wohin uns der Weg des Gottes auch immer führen mag?«

»Wir geloben es!« ertönte es aus Hunderten von Kehlen, und auch Immuel, der sonst eher kühl und zurückhaltend war, ließ sich von der Begeisterung anstecken und wiederholte immer und immer wieder den Treueeid, bis der Patriarch schließlich seine Hände ausbreitete und ihnen zu schweigen gebot.

»Noch ist der Tag des Aufbruchs nicht gekommen, doch die Stunde, da die Rabenbanner über den Häuptern unserer erschlagenen Feinde flattern werden, ist nicht mehr fern. Nun geht! Verrichtet euren Dienst wie gewohnt und tragt die Kunde von dem, was ihr gesehen habt, hinaus in die Stadt, auf daß unsere Gegner schon jetzt erzittern mögen, denn welcher Lebende könnte gegen uns bestehen, wenn der Herr des Todes auf unserer Seite steht?«

Gemessenen Schrittes kam der Herrscher Al'Anfas die Stufen zur Grabsakrale hinab und durchquerte die Reihen der Geweihten und Ordensritter, die eine Gasse vor ihm bildeten und nun stumm ihre Hochachtung zollten. Ohne auf seinem Weg innezuhalten, gab der Patriarch Immuel ein Zeichen, ihm zu folgen.

Durch eine kleine Seitenpforte betraten sie den Neuen Tempel und schritten durch Hallen über Treppen aus poliertem Basalt, bis sie schließlich das Gemach des Hochgeweihten erreichten. Dort erwartete sie ein Mann, der die schlichte Leinenrobe eines einfachen Priesters trug. Als sie eintraten, verließ er seinen Platz am Fenster, von dem aus er zweifellos die Zeremonie im Hof verfolgt hatte. Sein Gesicht war scharf geschnitten, seine Züge edel und doch auch kalt. Die Augen des Geweihten waren so grau wie der Himmel an einem Regentag.

»Nun, Bruder Hasdrubal, wie hat dir die Art gefallen, in der ich den anderen Brüdern und Schwestern Borons Gnade beweisen konnte.«

»Es war sicherlich sehr eindrucksvoll. Ich denke, es werden keine drei Götternamen vergehen, bis sich die Kunde von diesem Wunder selbst bis in die entferntesten Winkel des Bornlandes verbreitet haben wird, Eure Hochwürdigste Erhabenheit.«

Der Patriarch lächelte zufrieden. »Genau das denke ich auch. An diesem Tag habe ich den Grundstein für die Legende um den gottgesandten Eroberer gelegt. Noch in hundert Generationen, wenn längst alle Gebäude dieser Stadt zu Staub zerfallen sein werden, wird man meinen Namen mit Ehrfurcht aussprechen. Die wichtigste Schlacht eines jeden Krieges wird in den Köpfen der Kämpfer entschieden. Jetzt, da meine Ordensritter und bald auch alle gemeinen Söldner in meiner Armee darum wissen, daß der Dunkle Gott auf unserer Seite steht, wird ihre Kampfkraft sich verdoppeln. In die Herzen unserer Feinde aber wird Furcht gesät sein, denn wer kann schon gegen eine Armee bestehen, über die ein Gott seine schützende Hand hält. Wir werden die Heerscharen der Heiden hinwegfegen, so wie der Herbstwind dürres Laub vor sich hertreibt.«

»Die Heerscharen der Heiden?«

Immuel zuckte innerlich zusammen. Wer war dieser Geweihte, daß er es wagte, auf die Rede des Patriarchen mit einer Frage zu antworten? Er konnte sich erinnern, den Mann schon verschiedentlich unter den Ordensbrüdern gesehen zu haben, auch wenn er heute zum ersten Mal seinen Namen hörte. Er bewohnte keine Cella im Neuen Tempel, dessen war sich der Ordinarius sicher.

»Der tiefere Sinn meiner Worte wird sich dir offenbaren, wenn die Zeit gekommen ist, Bruder Hasdrubal.«

»Dessen bin ich mir gewiß, Eure Hochwürdigste Erhabenheit.«

Der Patriarch wandte sich zu Immuel um. »Nun zu dir, Bruder Ordinarius. Man sagte mir, du wünschtest mich in dringender Angelegenheit zu sprechen.«

»So ist es, Eure Hochwürdigste Erhabenheit. Die Nachrichten, die ich Euch zu unterbreiten hätte, sind allerdings von einiger Brisanz, und ich weiß nicht, ob es gut ist, wenn der ehrwürdige Bruder Hasdrubal ...«

»Zerbrich dir nicht meinen Kopf, Bruder Ordinarius. Ich kenne Hasdrubal, solange ich dieses schwere Amt ausübe, und wenn es einen Menschen gibt, dem ich vertraue, dann ist er es.«

Immuel warf dem Mann einen mißtrauischen Blick zu. »Vergebt mir, Eure Hochwürdigste Erhabenheit, wenn ich Euch beleidigt haben sollte. Euer sicherer Blick und Euer klares Urteil sind weithin berühmt. Doch ich möchte Euch nicht schmeicheln, denn ich weiß, daß Ihr den Worten die Taten vorzieht. Es ist meine traurige Pflicht, Euch mitzuteilen, daß mein Verwandter, der Stadtmarschall, in Machenschaften verwickelt ist, die ich nicht borongefällig nennen kann. Er hat eine Magierin in seinen Dienst genommen, die offenbar keine andere Aufgabe hat, als die Ruhe der Toten zu stören. Obendrein ist sie auch noch eine Ungläubige, die den Wüstengötzen Rastullah verehrt. Er versucht, eine alte Geschichte aus der Zeit des großen Feuers aufzuklären, in die allem Anschein nach das Haus Wilmaan verwickelt ist.«

Immuel stockte einen Herzschlag lang und bemerkte, wie der Geweihte und der Patriarch ernste Blicke tauschten.

»Erzähl weiter, Bruder Ordinarius. Man hat mir bereits zugetragen, daß im Tempel der Marbo Messen für einen gewissen Balthasar Wilmaan gelesen werden, und ich habe mich darüber gewundert, wem wohl das Seelenheil eines zweitklassigen Kaperfahrers, der obendrein seit mehr als vierzig Jahren tot ist, am Herzen liegen mag. Mir scheint, das Ganze ist eine Angelegenheit, welche die Aufmerksamkeit unseres Ordens verdient.«

Gion vertiefte die kleine Kerbe in der Hornleiste und musterte seine Arbeit kritisch. Er legte das Messer zur Seite und preßte das Hornstück prüfend gegen das Holz des Bogens. Es paßte! Wenn er die freien Stunden der nächsten drei Tage auch noch opferte, würde er mit dem Reiterbogen fertig sein. Sobald es zurück in den Dschungel ging, würde ihm diese wesentlich kürzere und handlichere Waffe sicher noch gute Dienste leisten.

»Ich wußte gar nicht, daß du dich auf das Bogenbauen verstehst. Sieht gut aus, das Stück!«

Der Schütze blickte überrascht auf. Vor ihm im Türrahmen stand Tikian und lächelte schief. »Es ist üblich, einen Beruf zu lernen, wenn man nicht gerade als Adliger geboren wird und von klein auf Goldstücke in den Arsch geblasen bekommt. Aber für dich sind die Zeiten ja nun auch etwas härter geworden, Sklave!«

»Wenn du Streit suchst, solltest du lieber erst einmal lernen, wie man sich seiner Haut wehrt. Wenn ich mich recht erinnere, haben sie dir ganz gut das Fell gegerbt, als wir uns zum ersten Mal sahen, Söldner! Und was mein Sklavendasein betrifft, sieh dir einmal meinen Hals an. Siehst du einen Eisenring oder ein Lederband, auf dem der Name meiner Herrin stünde? Ich bin frei!«

Gion blickte kurz auf und griff dann nach dem Messer, um ein zweites Stück Horn zurechtzuschnitzen. »Was andere mit ihrer Hände ehrlicher Arbeit erledigen, schaffst du wohl mit deiner Zunge, Tikian. Du solltest sie dir vergolden lassen. Hast deiner Herrin wohl nach einer Liebesnacht deine Freiheit abschwatzen können. Eigentlich wundert mich das, sonst laufen dir die Frauen doch immer weg. Wenn ich da an diese nette kleine Magierin denke … Hast es ihr wohl nicht recht besorgen können. Ich wüßte zu gern, wie du das bei Consuela angestellt hast. War es deine Zunge?« Der Schütze grinste frech. Wenn Tikian sich entschuldigt hätte, wären diese Worte niemals über seine Lippen gekommen, doch dieser hochmütige kleine Bastard dachte wohl, mit einem Lächeln allein sei schon alles aus der Welt. Wenn er Streit haben wollte, dann konnte er ihn auch bekommen!

»Wenn du glaubst, mich könnte ein Bauernlümmel beleidigen, dann hast du dich geirrt, mein Freund. Du und deinesgleichen sind zum Dienen geschaffen. Und weißt du, warum das so ist? Weil euer Verstand so schlicht ist, daß ihr nicht wißt, was zu tun ist, wenn man es euch nicht sagt! So ist es doch, nicht wahr, Gion. Deshalb wirst du auch nie mehr als ein Weibel werden. Du bist kein Anführer, sondern ein Befehlsempfänger, und so wird es auch immer bleiben.«

Gion kratzte mit dem Messer den Dreck unter seinem rechten Daumennagel weg. »Man sagt, Adlige hätten blaues Blut. Im Grunde wollte ich mir das immer schon einmal ansehen. Ich konnte mir nie vorstellen, daß ihr von innen anders ausseht, als ein *dämlicher Bauer.*« Gion mußte all seine Selbstbeherrschung aufbieten, um diesem aufgeblasenen Wichtigtuer nicht an die Kehle zu gehen. Wie hatte Tikian nur jemals sein Freund werden können? Noch ein falsches Wort von ihm …

»Sollte zu deinen Fehlern auch noch Selbstüberschätzung gehören?« Die Hand des Fechters ruhte jetzt auf dem Korb seines Rapiers.

»Ich denke, daß …« Gion fehlten die Worte. Er wußte, daß er sich auf diese Art nicht streiten konnte. »Ich denke, daß schon wieder eine Frau gemerkt hat, daß mit dir nichts anzufangen ist, und Consuela dich deshalb hinausgeworfen hat, Sklave!«

»Das nimmst du zurück!«

»In meinen vier Wänden werde ich mich für gar nichts entschuldigen, Bastard.« Gion sprang vor und rammte dem Fechter seinen Kopf in den Bauch. Tikian versuchte auszuweichen, doch die Wucht des Stoßes ließ ihn nach hinten stürzen. Mit rudernden Armen versuchte der Bogenschütze, das Gleichgewicht zu halten, als der Fechter einen Fuß hinter seine Ferse hackte und ihm mit dem anderen einen Tritt in die Lenden verpaßte. Mit einem Schmerzensschrei schlug der Schütze zu Boden. Aus den Augenwinkeln sah er, wie Tikian wieder auf die Beine kam und sein Rapier zog.

»Was willst du damit, Jüngelchen? Willst du jetzt einen alten, unbewaffneten Freund einfach so aufspießen? Zeigst du jetzt dein wahres Gesicht?«

Der Fechter wich einen Schritt zurück und blickte auf die Klinge in seiner Hand. Diesen kurzen Augenblick des Zögerns nutzte Gion, um vorzuspringen und Tikians Schwertarm mit einem Fausthieb zur Seite zu fegen. Klirrend fiel die Waffe zu Boden. Ein rechter Haken traf den Fechter unter dem Rippenbogen und ließ ihn stöhnend in sich zusammenklappen. Gion zog das Knie an. Es gab ein häßlich knackendes Geräusch, als er das Kinn des Fechters traf und dessen Zähne mit Wucht aufeinanderschlugen …

Als Tikian wieder zu sich kam, saß er halb zusammengesunken auf einem Holzstuhl. Ihm gegenüber hockte Gion und schnitzte an einem Stück Widderhorn.

»Wollen wir da weitermachen, wo wir aufgehört haben?« Der Bogenschütze musterte ihn kühl, legte das Messer zur Seite und strich sich über die aufgeschürften Knöchel seiner Faust.

In Tikians Kopf brummte es wie in einem Bienenstock, und sein Kinn fühlte sich an, als hätte ihn ein Pferd getreten. »Das letzte, woran ich mich erinnere, ist, daß mich ein Hammer oder etwas ähnliches getroffen hat … Wenn ich ehrlich bin, möchte ich diese Erfahrung nicht unbedingt wiederholen, es sei denn …« Er beobachtete den Schützen mißtrauisch. Es war ihm nicht daran gelegen, in eine zweite Runde mit Gion zu gehen. Er hatte die Beherrschung verloren, als er sein Rapier blank zog, sich aber zum Glück noch so weit in der Gewalt gehabt, daß er nicht ernsthaft versuchte, mit der Waffe zu kämpfen, und es zuließ, daß der Schütze ihn niederschlug. Es wäre nicht schwer gewesen, einen Unbewaffneten, der wie ein wütender Bär um sich schlug, einfach niederzustechen. Im Faustkampf hingegen konnte er gegen Gion nur den Kürzeren ziehen.

Der Bogenschütze stellte einen Tonkrug und einen hölzernen Humpen auf den Tisch. »Bin hier nicht so gut ausgestattet wie du in deinem *Opalpalast*«, brummte er, schüttete den Humpen voller Wein und schob ihn über den Tisch.

Tikian räusperte sich.

»Wolltest du noch was sagen?«

Der Fechter trommelte unschlüssig mit den Fingern gegen den hölzernen Krug. »Hm, es tut mir leid, was geschehen ist. Ich hab mich ziemlich dämlich verhalten. Ich hätte dich warnen sollen, daß mit dem Fleisch vielleicht etwas nicht in Ordnung war. Es war keine so gute Idee, die Sache nur mit mir auszumachen, und das Gegengift ins Bier zu schütten, ohne dir irgend etwas darüber zu sagen. Tut mir leid ...«

»Vergiß es! Vielmehr hat mich geärgert, als du mir das Faß Wein schicktest. Ich kann solche halbgaren Schmeicheleien nicht ausstehen! Als mein Freund hättest du selbst kommen müssen, um mit mir zu reden, und mir nicht statt dessen ein Faß Wein und einen Brief schicken sollen. Mich hat geärgert, daß du nicht gekommen bist, mir ins Gesicht gesehen und dich entschuldigt hast. Ich dachte, du hältst dich für was Besseres.«

Einen Augenblick lang überlegte Tikian, ob er Gion erklären sollte, warum es für ihn wichtiger gewesen war, oben am Wehr Blüten für Callana in den Fluß zu werfen. Doch plötzlich war er sich gar nicht mehr sicher, ob er sich nicht vielleicht doch davor gedrückt hatte, sich zu entschuldigen. War er wirklich ein bornierter Adliger, für den ein einfacher Mann nichts zählte? Nüchtern betrachtet hatte er sich genau so verhalten! »Ich weiß, daß ich dir mein Leben verdanke, und daß ich mich ...«

»Jetzt hör aber auf«, unterbrach ihn Gion. »Du mußt dich nicht tausendmal entschuldigen. Einmal reicht! Und wenn wir irgendwann anfangen wollen, uns gegenseitig dafür zu danken, wer wem wann das Leben gerettet hat, könnte das eine verdammt langwierige Angelegenheit werden. Schließlich ist es unser Geschäft, für andere die Haut hinzuhalten ... Laß uns lieber zusammen trinken.« Er hob den Weinkrug, und Tikian prostete ihm mit seinem Humpen zu.

»Darauf, daß wir zusammen diesem verfluchten trahelischen Dschungel entkommen sind!«

Gion nahm einen tiefen Schluck und zog dann eine Grimasse. »So wie es aussieht, sehen mich diese verdammten Kannibalen vielleicht schon in einem Götternamen wieder.« Er rülpste und blickte zu den Teilen des neuen Bogens, die zwischen ihnen auf dem Tisch lagen. »Jetzt, da du wieder ein freier Mann bist, Tikian, hättest du nicht Lust, an meiner Seite zu kämpfen? Ich würde mich wohler fühlen, wenn ich jemanden neben mir hätte, von dem ich weiß, daß er mit seiner Klinge umzugehen versteht.«

»Ich denke, ihr seid ein Schützenbanner, was wollt ihr mit einem Fechter? Du weißt doch, daß ich auf zehn Schritt kein Scheunentor treffen kann.«

»Alle Männer werden auch mit einem leichten Säbel oder einem Kurzschwert ausgerüstet sein, um sich im Nahkampf verteidigen zu können. Hauptmann Olan ist gerade dabei, unseren Rekruten beizubringen, an welchem Ende man eine Blankwaffe anpackt. Ich sage dir, es ist ein Drama. Die meisten unserer *Kämpfer* werden nicht einmal einen Götternamen lang im Dschungel überleben. Sie sind zwar tapfer, aber kaum einer von ihnen hat schon einmal an einem richtigen Gefecht teilgenommen. Das sind Sklavenjäger, Tagediebe und Halsabschneider, denen in der Stadt das Pflaster zu heiß wird. Sie nehmen jeden in den Bund des Kor auf, ohne viele Fragen zu stellen. Ich bin sicher, ich könnte dir einen Posten als Unteroffizier verschaffen. Und wenn du meinen Jungs und Mädels das Fechten beibringen könntest, wäre das nicht das Schlechteste. Nichts gegen Hauptmann Olan, aber so wie der kämpft, hatte er Privatstunden bei irgendeinem Schwertkampfmeister. Davon, wie man in einer Schlacht überlebt, hat er keine Ahnung! Und was deine Künste mit dem Bogen betrifft, wenn ich daran denke, wem ich in den letzten paar Tagen alles beigebracht habe, wie man auf zwanzig Schritt wenigstens die Zielscheibe trifft, dann kann ich mir nicht vorstellen, daß du mich mit irgend etwas noch überraschen könntest.«

Tikian starrte in den Weinhumpen. »Du rechnest damit, daß ihr schon bald aufbrechen werdet?«

»Du brauchst doch nur in den Hafen zu sehen. Die Schiffe sind bereit. Und sie werden gewiß die Anker lichten, bevor im Tsa die Zeit des Kauca kommt und die Stürme das Meer unbefahrbar machen.«

»Ich habe Angst vor dem Dschungel«, murmelte der Fechter leise. »Wenn wir dorthin zurückgehen, werden wir dort sterben. Rondra wird uns nicht noch einmal das Leben schenken. Es ist nicht so, daß ich den Kampf fürchten würde ... Es ist eine Sache, in einer Feldschlacht zu stehen und den Feind kommen zu sehen ... aber der Dschungel, das ist ganz was anderes. Bei jedem Schritt, den du tust, mußt du Angst haben, einen vergifteten Pfeil in den Rücken zu bekommen. Selbst mit einer ganzen Armee wird der Patriarch dort nicht siegen können. Selbst er kann keinen Feind bezwingen, der sich nicht zeigt und keine Schlacht bietet.

All diese Schiffe und Soldaten sind im Dschungel nutzlos.«

»Mach mir nur Mut«, brummte Gion. »Du brauchst mir nicht zu erzählen, wie es da unten bei den Mohas ist. Ich war auch schon dort! Deshalb fragte ich dich ja auch, ob du mitkommen würdest. Ich hätte gerne einen Freund an meiner Seite.«

Tikian schüttelte den Kopf. Er bewunderte den Mut des Bogenschützen. Dieser stämmige kleine Kerl mit seinem kurzgeschorenen roten Lockenschopf und den tätowierten Armen würde für seine Soldherren wohl bis in die Niederhöllen hinabsteigen. Aber welchen Grund gab es, mit ihm zu gehen? Auf der anderen Seite galt es zu bedenken, daß auch Al'Anfa kein sicherer Platz mehr für ihn war. Irgendwo dort draußen lauerten Lilith und womöglich noch ein Dutzend anderer Halsabschneider, die scharf darauf waren, sich die Kopfprämie zu verdienen, die man auf ihn ausgesetzt hatte.

»Ich muß beweisen, daß ich Callana nicht ermordet habe.« Tikian setzte den Humpen vor sich auf den Tisch und blickte Gion jetzt geradewegs ins Gesicht. »Ich kann erst dann die Stadt verlassen, wenn meine Unschuld feststeht. Danach werde ich mit dir kommen.«

Gion leerte den Weinkrug und wischte sich mit dem Handrücken über seinen Schnäuzer. »Ich versteh dich nicht. Du bist für den Mord verurteilt worden, du hast die Arena überlebt, und ich habe noch niemals von einem Sklaven gehört, der so schnell wieder auf freiem Fuß gewesen ist wie du. Was willst du noch? Niemand wird sich mehr um den Tod dieser Hure scheren. Für die Stadtwachen ist diese Geschichte abgeschlossen.«

»Aber nicht für mich«, entgegnete Tikian grimmig. »Das ganze ist eine Frage der Ehre! Mein Name ist besudelt worden. Außerdem muß ich gestehen, daß ich auch gerne wüßte, was mit meinem Großvater geschehen ist. Es mag dir absonderlich vorkommen, doch ich habe den Eindruck, daß sein Schicksal mit dem meinen verknüpft ist.«

»Mag das vielleicht daran liegen, daß du dir beweisen mußt, ein würdiger Enkel zu sein?«

Der Fechter zuckte die Schultern. »Vielleicht. Obwohl ich ihn nie gesehen habe, war er der Held meiner Kindheit. Ich habe diesen Mann, den ich nur aus Geschichten kannte, mehr geliebt als meinen leiblichen Vater. Es mag dir dumm erscheinen, was ich tue, aber ich kann nicht anders, und ich bin sicher, er hätte an meiner Stelle dasselbe getan.«

Gion rümpfte die Nase. »Wenn ich es mir recht überlege, hatte ich schon immer eine Schwäche für aussichtlose Unternehmungen. Sonst würde ich wohl kaum noch einmal in den Dschungel gehen. Brauchst du Hilfe?«

Tikian lächelte dem Schützen zu. »Es ist gut, Freunde zu haben. Du könntest wirklich etwas für mich tun …«

14. Kapitel

»Ich sehe nicht, wie dich das weiterbringen sollte. Ich meine, was hat es mit dem Mord an Callana zu tun?« Die Offizierin schüttelte den Kopf und beugte sich über den Schreibtisch, der die kleine Wachstube fast zur Hälfte ausfüllte. »Außerdem ist das meiste aus der Zeit vor dem Brand vernichtet. Auch die Wache ist damals vom Feuer beschädigt worden, und es konnte nur ein kleiner Teil des Archivs gerettet werden.«

»Dann macht es ja nicht viel Arbeit, die vorhandenen Akten durchzusehen. Ich weiß auch, daß es sich verrückt anhört, aber ich habe eine Ahnung ... Es gibt keinen anderen Hinweis, dem ich folgen könnte. Oder wüßtest du eine Spur, die uns zum *Häuter* führen könnte?«

Mira zuckte mit den Schultern. »Offiziell ist der Fall abgeschlossen. Die Akte ist schon ins Archiv gegangen. Es besteht kein Handlungsbedarf mehr. Wenn ich mich noch darum kümmere, dann nur deshalb, weil ich dir glaube, daß du es nicht gewesen bist, und daß es vielleicht noch weitere Opfer geben könnte. Aber komm, ich werde dich ins Archiv bringen. Wenn du unbedingt möchtest, kannst du dort gerne den Tag über versauern und in alten Akten herumwühlen. Auch wenn ich nicht glaube, daß es dir weiterhelfen wird.«

Die Offizierin erhob sich von dem mächtigen Lehnstuhl hinter ihrem Schreibtisch und führte ihn in die Wachstube. Eine schwitzende, beleibte Gardistin in mittleren Jahren war dort gerade dabei, einen jungen

Mann mit novadischen Gesichtszügen zu verhören. Neben ihr saß ein grauhaariger, schmächtiger Mann über ein Pergament gebeugt und kaute gelangweilt auf einem Federkiel.

»Also noch einmal«, fauchte die Gardistin. »Warum hast du den Mann niedergeschlagen und deinen Dolch gezogen?«

»Er hat Leila beleidigt. Ich wollte ihm die Zunge herausschneiden, um ihre Ehre wieder herzustellen.«

»Du solltest nicht versuchen, mich auf den Arm zu nehmen, kleiner Mann. Niemand hat dort irgendeine Frau gesehen. Also sag mir jetzt, was der wahre Grund für deinen Streit mit dem Pferdehändler war, oder ich sorge dafür, daß du dich noch heute abend auf den Galeeren wiederfindest!«

»Ich neige nicht dazu, meine Kräfte zu überschätzen. Warum also sollte ich Euch auf den Arm nehmen? Es wäre mir allerdings angenehmer, wenn Ihr mir einen Mann schicken würdet, der die Befragung fortsetzen könnte. Er wird vielleicht verstehen, was es bedeutet, wenn ein dahergelaufener Kerl die Stute beleidigt, die einen viele Gottesnamen treu auf ihrem Rücken getragen hat. Und was …«

Die Gardistin wurde rot wie ein Puter. »Du willst mich wohl …«

»Zenobia! Sorge dafür, daß der Kerl zur Kommandantur auf der Söldnerinsel überstellt wird. Dieser Ungläubige ist es nicht wert, daß wir hier mit ihm unsere Zeit verschwenden. Außerdem ist er Ausländer. Sollen die dort entscheiden, was mit ihm geschehen soll. Vielleicht möchte der Marschall nach dem Überfall El Harkirs an diesem Kerl dort ein Exempel statuieren und sich so bei den Paligans beliebt machen.«

Die dicke Gardistin salutierte lässig und wandte sich dann lächelnd zu dem Novadi um. »Hättest besser gestanden, Kerl, jetzt wirst du so richtig Freude bekommen. Auf der Söldnerinsel wird man dich nicht so nett behandeln, wie ich es getan habe.«

»Lupos!« Mira gab dem schmächtigen Schreiber einen Wink. »Du wirst hier nicht mehr gebraucht. Bring meinen Freund ins Archiv und lege ihm alle Akten vor, nach denen er dich fragt.«

Das Archiv war ein kleiner, staubiger Raum, der mit Regalen und Kisten, aus denen Papiere hervorquollen, vollgestopft war. Auf den ersten Blick konnte Tikian sich nicht vorstellen, daß es hier eine wie auch immer geartete Ablageordnung geben würde – und innerlich machte er sich darauf gefaßt, im Archiv wirklich den Rest des Tages zu verbringen oder vielleicht sogar noch länger.

»Um welche Akten geht es denn«, fragte der Gardist in einem Tonfall, der verriet, daß er am liebsten sofort wieder von hier verschwunden wäre.

»Ich möchte gerne alle Unterlagen aus der Zeit unmittelbar vor dem Brand im Schlund einsehen.«

Der Gardist leckte sich über die Lippen und schüttelte dann den Kopf. »Tut mir leid, aber diese Unterlagen sind durch den Brand vollständig vernichtet worden. In diesem Fall kann ich dir leider nicht dienen.« Er wandte sich zur Tür um und machte schon Anstalten zu gehen, als Tikian ihn grob am Arm packte.

»Mira ist sich ganz sicher, daß es hier unten noch ein paar Akten gibt. Möchtest du, daß ich ihr Meldung davon mache, in was für einem Zustand dieses Archiv ist? Du wirst mir jetzt eine Liste der Papiere hier unten vorlegen, und erzähl mir nicht, daß es so etwas nicht gibt!«

Lupos räusperte sich leise. »In der Tat, eine solche Liste gibt es, *Häuter.* Ich glaube allerdings nicht, daß dir dieses Schriftstück in irgendeiner Weise behilflich sein könnte. Man muß sich schon in der Verwaltung von Archiven auskennen, um aus ihm einen Nutzen ziehen zu können.«

»Bring mir die Liste und laß den Rest meine Sorge sein!«

»Na, altes Mütterchen, magst du dir ein Kupferstück verdienen?«

»Schäm dich, du Bastard, ehrliche Frauen zu belästigen.« Die Alte wollte Gion einen Schlag mit ihrem Krückstock versetzen, doch er wich mit einem Schritt zur Seite aus.

»Na, na, na! So kämpferisch, Alte? Ich will nicht das, was du denkst. Sag mir, wie lange lebst du schon in der Stadt?«

»Zeig mir lieber dein Kupferstück! Wenn du was von mir hören willst, mußt du zahlen!«

Gion seufzte. »Phex, warum ist die Welt nur so schlecht geworden?« Dann kramte er eine Münze aus seiner Geldkatze und reichte sie der Alten.

»Nun, was willst du von mir, mein Schöner?«

»Wie lange lebst du schon hier?« Gion versuchte, freundlich zu lächeln. »Wenn du mir die richtigen Antworten gibst, kannst du dir vielleicht eine Münze verdienen. Was hältst du davon?«

»Stell die richtigen Fragen und rede nicht um den heißen Brei herum. Ich lebe hier, so lange ich denken kann. War mit 'nem Fischer verheiratet, bis der Trottel im Suff ins Hafenbecken gefallen und ersoffen ist.«

»Kannst du dich an die Zeit des Großen Brandes erinnern?«

Die Alte lachte meckernd und strich sich kokett eine Strähne aus dem Gesicht. »Natürlich kann ich das! Meine besten Jahre waren das ... Ich war jung und schön. Man mag mir das heute vielleicht nicht mehr ansehen, aber es gab einmal Tage, da hätte ich an jedem Finger drei Verehrer haben können ... Und ich blöde Gans habe mich für Nubai entschieden.«

»Hast du damals auch schon hier im Schlund gelebt?«

»Bist du verrückt? Ich sagte dir doch, ich war jung und schön. In einem kleinen Haus unten am Meer hab ich gewohnt. Eigentlich gehöre ich nicht zu diesem Bettlerpack, das hier haust. Aber stopf mal sechs hungrige Mäuler, wenn du keinen Mann mehr hast! Sie haben mir buchstäblich mein Häuschen aufgefressen. Und nichts geworden ist aus ihnen. Vier sind schon zu Boron gegangen, und die beiden, die noch leben, wollen von ihrer alten Mutter nichts mehr wissen. Sind jetzt was Besseres!«

Gion nahm das Medaillon vom Hals, das Tikian ihm überlassen hatte, und zeigte der Frau die Bilder von Jacomo und Saranya. »Kennst du die beiden? Sie waren in den Tagen vor dem Brand in der Stadt.«

Die Alte schnalzte mit der Zunge. »Stattlicher Kerl! Wenn ich den jemals gesehen hätte, das wüßte ich noch heute. Und das Weib ... Wenn du mich fragst, ist die nichts Besonderes. Die kenn ich auch nicht. Die beiden passen nicht zusammen.«

»Hast du schon mal von der *Viper* gehört? Meuchelmördern ...«

»Deine Fragen gefallen mir nicht.« Sie hielt ihm die offene Hand hin, und Gion gab ihr noch ein Kupferstück. »Weißt du, es ist nicht gut, über den Brand zu sprechen. Die meisten erinnern sich nicht gerne daran. Es haben damals ohnehin wenige überlebt. Der alte Patriarch, Boron sei seiner Seele gnädig, hatte den Schlund absperren lassen. Keiner konnte mehr rein oder raus ... Zu Hunderten müssen sie damals in den Flammen umgekommen sein.« Ihre Stimme war zu einem Flüstern geworden, und Gion beugte sich zu ihr hinab, um sie besser verstehen zu können. »Man sagt, damals hätten Dämonen im Schlund gewütet. Riesige Geschöpfe, mit einem Leib aus Flammen! Selbst die Steine brannten in dieser Nacht. An manchen Häusern kann man es noch heute sehen. Sieh dich nur um in den Ruinen. An einigen Stellen sind die Mauersteine zu spiegelnden Flächen verschmolzen.« Das Weib schlug ein Schutzzeichen. »Es ist besser, nicht mehr darüber zu sprechen. Es heißt, wenn man über sie redet, werden sie wiederkommen.«

»Und die *Viper?*«

»Mit solchem Mördergesindel habe ich in meinem Leben noch nie etwas zu tun gehabt! Laß mich jetzt in Frieden, Kerl, ich habe dir nichts mehr zu sagen.« Die Alte nahm ihren Korb auf und schlurfte davon.

Gion fluchte leise vor sich hin. Niemand wollte über den Brand reden. Er glaubte ihr nicht! Jeder, den er bislang gefragt hatte, behauptete dasselbe. Alle hausten sie erst seit ein paar Jahren in diesem heruntergekommenen Viertel. Alle hatten sie Pech gehabt ... Ihre Geschichten glichen sich wie ein Ei dem anderen.

Lustlos schlenderte der Schütze durch eine enge Gasse und betrachtete die rissigen Mauern der halb verfallenen Häuser. Noch heute sah man dem Schlund deutlich die Spuren des Brandes an. Viele Gebäude waren nie wieder aufgebaut worden. Rußgeschwärzte Ruinen bestimmten das Bild der verwinkelten Gassen. Manche Fassaden erinnerten noch an die Pracht längst vergangener Tage. Einst mußten dort die großen Handelsherren der Stadt gelebt haben. Heute verelendeten hier nur noch die Ärmsten der Armen oder aber zwielichtige Gestalten, die etwas zu verbergen hatten, und es nicht wagten, sich in anderen Teilen der Stadt blicken zu lassen. Gion strich über seinen Geldbeutel. Es war besser, hier immer eine Hand an der Börse zu lassen. Und selbst dann sollte man aufpassen, daß sie einem nicht Hand und Börse abschnitten!

Mißtrauisch blickte er sich um. Bald würde es dunkel werden, und er wußte nicht, ob es klug wäre, sich dann noch hier herumzutreiben. Die meisten Straßen ähnelten sich sehr. Überall waren aus Brabaker Rohr und Palmwedeln notdürftige Hütten zwischen den Ruinen gebaut. Ausgemergelte Kinder mit Hungerbäuchen streckten einem bettelnd ihre hageren Händchen entgegen. Vielen der Gestalten, die hier herumlungerten, sah man die Rauschkrautsucht an. Anderen hatten das Dschungelfieber oder Durchfallkrankheiten das Fleisch von den Knochen geholt.

Der Schütze schlenderte weiter die Straße hinab, bis er zu der Steilklippe kam, die den Schlund in zwei Hälften teilte. Von da aus betrachtete er eine Zeitlang den großen Hafen und die gewaltige Streitmacht, die dort unten versammelt war. Es erfüllte ihn mit Stolz, dazu zu gehören. Noch niemals hatte er in einer solchen Armee gedient! Wer sollte vor dem Rabenbanner Al'Anfas bestehen, wenn dieses Heer einmal aufgebrochen war? Sicher würde es reichlich Beute geben! Um das winzige Trahelien zu erobern, war die Armee viel zu groß. Gewiß hatte der Patriarch noch andere Pläne, und es wäre nicht verwunderlich, wenn die Truppen gleich noch weiter nach Osten marschieren würden, um das kleine Königreich Brabak zu unterwerfen. Dann wäre Al'Anfa die uneingeschränkte Herrin des Südens!

»Wollt Ihr ein paar schöne Träume kaufen, mächtiger Krieger? Ich verspreche Euch, keine Frau dieser Stadt vermag Euch so unvergeßliche Nächte zu bereiten wie meine Kräuter. Jahre habe ich bei den Mohaha im tiefsten Wald verbracht und ihre Geheimnisse erfahren. Ich verkaufe Euch Batonga, den süßen Rausch, oder Zithabar, den Ihr in der Pfeife schmauchen könnt.«

»Ich brauche dein Kraut nicht, alter Mann.« Gion musterte den glatzköpfigen Rauschkrauthändler eindringlich. Sein Gesicht war zerfurcht wie die Steilküsten vor Kap Brabak. Vielleicht wußte er …

Der Alte wollte sich schon zum Gehen wenden, als der Schütze ihn am Arm festhielt. »Womöglich gibt es etwas anderes, das du mir verkaufen kannst …«

»Wovon sprecht Ihr, Herr?« Die Augen des Händlers blitzten wachsam, so als ob er eine Falle fürchtete.

»Hast du zur Zeit des großen Feuers in der Stadt gelebt?«

»Vielleicht.«

»Wenn du mir weiterhilfst, soll es dein Schaden nicht sein.« Gion ließ seine Geldbörse klimpern. Der Händler antwortete mit einem zahnlosen Lächeln.

»Erzähl mir von der Nacht des großen Feuers. Was ist damals geschehen?« Gion zückte das Amulett und zeigte dem Alten die beiden winzigen Porträts. »Und kennst du diesen Mann oder diese Frau?«

Der Rauschkrauthändler schüttelte langsam den Kopf. Dann kicherte er. »Ich bin zwar alt, aber nicht verrückt. Frag andere nach dieser verfluchten Zeit. Es bringt Unglück, darüber zu sprechen. Es heißt, die Dämonen werden wiederkommen ... Man muß nur in der falschen Nacht ihre Namen nennen. Nein, du wirst hier niemanden finden, der davon erzählt. Außer vielleicht ...«

Gion nahm drei Kupferstücke aus der Börse und hielt sie dem Mann hin.

»Außer der verrückten Dulcinea. Vor langer Zeit war sie einmal die schönste Hure im *Haus der Morgenröte.*« Wieder kicherte der Mann. »Satinav hat ihr übel mitgespielt. Nicht einmal ein räudiger Galeerensklave würde sie noch haben wollen.«

»Und wo finde ich sie?«

Der Alte strich sich über die Glatze und schnitt eine Grimasse. »Es ist schon schrecklich mit dem Alter. Plötzlich vergißt man die einfachsten Sachen ...«

Gion kramte noch drei weitere Kupferstücke aus der Geldkatze hervor. »Hilft dir das, dich zu erinnern?«

»Sie soll bei den Rattenmenschen hausen. Die stärkeren von ihnen schleichen sich nachts in die Stadt und durchstöbern den Müll. Sie sollen irgendwo im Nordwesten, noch hinter den Stadtmauern, in einem Dorf leben. Man sagt, daß Dulcinea dort Unterschlupf gefunden hat. Wenn sie nicht schon zu Boron gegangen ist.«

»Und was hast du damals getrieben? Kannst du mir vielleicht etwas über die *Viper* erzählen, ein Meuchlerduo, das vor dem Brand sehr berühmt gewesen sein muß.«

Der Rauschkrauthändler schüttelte den Kopf. »Ich bin alt geworden, weil ich ein so schlechtes Gedächtnis habe. Es gibt nichts mehr, was ich dir noch zu sagen hätte, Söldner.«

»Und wenn ich ...« Gion griff erneut nach der Geldbörse, doch der Alte machte sich humpelnd davon.

»Behalte du dein Kupfer, und ich behalte mein Leben.«

Beunruhigt sah der Schütze dem Mann nach, wie er eine steile Gasse hinaufhinkte und dann unter einem Torbogen verschwand. Worauf hatte Tikian sich mit dieser Suche nur eingelassen? Der Junge besaß das unglückselige Talent, sich von einem Schlamassel in den nächsten zu stürzen. Es wäre gewiß klüger, nicht noch weiter herumzufragen. Gion dachte an die Warnungen und die Geschichten über die Dämonen. Ob von dem Gerede wohl was stimmte? Auf jeden Fall war es besser, den Schlund wieder zu verlassen. Er würde im *Bidenhänder,* wie verabredet, auf Tikian warten. In der Söldnerkneipe war er allemal besser aufgehoben als in diesem Labyrinth aus rußgeschwärzten Ruinen. Mehr konnte er für Tikian nicht tun, und in den nächsten Tagen würde es sein Dienst nicht erlauben, noch einmal den Hafen zu verlassen.

Endlich hatte Tikian gefunden, was er suchte. Seine Augen brannten von der staubigen Luft des Archivs und dem spärlichen Licht der kleinen Laterne neben ihm auf dem Tisch. Lupos beugte sich über das Buch, und der Fechter deutete auf einen Eintrag in der Liste.

»Schätzung jener Häuser mit Brandschäden, getreulich vorgenommen von Magister Bartolomeus Bonareth« iii, XXV

»Ich dachte, es gibt keine Papiere aus der Zeit des Großen Brandes mehr.«

»Dieses Schriftstück stammt ja auch, wie sich bereits aus dem Titel unschwer erkennen läßt, aus der Zeit nach dem Brand. Wenn Ihr mich nicht genau fragt, kann ich auch keine passenden Antworten geben.«

Tikian hatte Mühe, seine Fassung zu bewahren. Mittlerweile war er der festen Überzeugung, daß Lupos in Wahrheit den Auftrag hatte zu verhindern, daß er hier unten irgendwelche wichtigen Schriftstücke finden würde. Der Fechter war sich nur noch nicht im klaren, von wem der Gardist diesen Befehl bekommen hatte. Im Grunde paßte dieses Verhalten nicht zu der Offenheit, mit der ihm Mira seit dem Anschlag auf der Brücke begegnet war. Aber wer außer ihr konnte hinter einem solchen Befehl stecken?

»Sieh dir einmal das hier an.« Tikians Finger war auf der Liste ein wenig tiefer geglitten.

»Von der Suche nach den Toten und ihrer Bestattung. Ein Bericht des Borongeweihten Libamus Bartwen über die Schwierigkeiten, die Leichen aus der vom Brand verwüsteten Grafenstadt zu bergen« iii XXVI.

»Von den Schlünden, die sich da aufgetan haben: Mutmaßungen des Inquisitors Hagen von Blautann über den Ursprung und die schnelle Ausbreitung des Feuers in der Grafenstadt« iii XX.

»Akte CXXIII*: Bericht über die Morde des Häuters, verfaßt vom Hauptmann der Wache, Hamilkar Barkas«* iii XIII.

Bei der letzten Eintragung stockte Tikian der Atem. Es hatte schon einmal einen Häuter gegeben! »Was ist das hier für ein Bericht?«

Lupos zuckte mit den Schultern. »Keine Ahnung,

das liegt ein ganzes Jahrzehnt vor meinem Dienstantritt. Hauptmann Barkas habe ich nie kennengelernt. Von diesem Fall hörte ich auch noch nie etwas.«

»Du wirst mich jetzt zur Aktenablage iii bringen. Und erzähl mir nicht, daß du nicht weißt, wo das ist!«

Der Gardist zog eine Grimasse, sagte aber nichts. Schweigend führte er den Fechter in einen der hintersten Winkel des kleinen Archivs. Seine Finger glitten über die Borde der Regale, wo in regelmäßigen Abständen kleine Pergamentschildchen mit Buchstabenfolgen aufgeklebt waren.

Endlich hielten sie an. Der Regalabschnitt, mit iii gekennzeichnet, war leer!

Wütend packte Tikian den Schreiber bei seinem Waffenrock und drückte ihn mit dem Rücken gegen das Bücherregal. »Wo, zum Henker, hast du die Akten gelassen? Sag's lieber freiwillig, oder ich prügle es aus dir heraus.«

»Ich weiß von nichts! Ich habe keine Ahnung!«

Tikian strich mit der Linken über das Regalbrett und hielt sie Lupos vors Gesicht. »Siehst du das? Nicht ein Staubkorn haftet an meiner Hand. Es kann höchstens ein paar Tage her sein, daß die Akten hier herausgenommen worden sind. So schlecht wird dein Gedächtnis ja wohl nicht sein, daß du nicht mehr wüßtest, wo sie hingekommen sind.«

»Ein Diebstahl«, stammelte der Gardist. »Jemand muß hier eingebrochen sein und die Akten gestohlen haben.«

Der Fechter schnaubte verächtlich. »Wer sollte das wohl getan haben? Ich kenne keine Diebe, die ein altes Pergament reizen würde. Und wer besäße wohl die Unverfrorenheit, in ein Quartier der Stadtwache einzubrechen? Wir werden jetzt zu Mira gehen, und ich bin gespannt, ob du für sie eine bessere Ausrede parat hast.«

Tikian fühlte sich unendlich müde, als er den schmalen, gewundenen Pfad zu der Felsterrasse erklomm, auf der die Söldnerschenke lag, in der er sich mit Gion treffen wollte. Mira hatte den Schreiber in Schutz genommen und ihm geglaubt, daß ein Einbruch in das Archiv stattgefunden haben mußte. Sie hatte eine Notiz zu dem Vorgang gemacht, eine neue Akte angelegt und versprochen, sie wolle sich erkundigen, ob es in den anderen Standquartieren der Stadtwache vielleicht noch Mitteilungen über den Brand gäbe. Doch Tikian glaubte nicht mehr daran, daß er etwas finden würde.

Was während des Großen Feuers in der Stadt geschehen war, sollte ein Geheimnis bleiben! Vielleicht war das auch der Grund, warum sein Großvater nicht mehr auf seine Güter zurückgekehrt war? Womöglich war er dem Geheimnis damals zu nahe gekommen.

Der Fechter blickte zum Himmel auf. Kor war in dieser Nacht besonders deutlich zu sehen. Der große rote Stern, der nach dem Söldnergott benannt worden war, verhieß Gewalt und Unheil. Zum ersten Mal seit Tagen dachte Tikian darüber nach, ob er die Stadt nicht verlassen sollte. Gion hatte ihm versprochen, ihn in einem Söldnerregiment unterzubringen, und bald würde die Flotte den Hafen verlassen. War es so nicht besser …

Wütend ballte er die Fäuste und richtete den Blick wieder auf die weißen Häuser, die auf der Klippe über ihm lagen. Er würde nicht einfach so aufgeben! Er war es seinem Großvater und Callana schuldig herauszufinden, was in dieser Stadt vor sich ging. Und sollte es ihn das Leben kosten! Ein Avona gab nicht einfach so auf! Vielleicht hatte Gion ja Neuigkeiten für ihn?

15. Kapitel

Langsam watete Takate in den Fluß. Das Wasser trug ihn, und er ließ sich von der Strömung zu der Lücke zwischen den steinernen Palisaden treiben, durch die der Fluß in das verwirrende Reich der großen Hütten eintrat. Der Krieger hatte Angst. Ohne die Stimme seiner Mutter, die ihn führte, hätte er es niemals gewagt, hierher vorzudringen. Er wußte um die gierigen Echsen, die jetzt sicher irgendwo hinter ihm ins Wasser krochen, um ihn zu töten. Wenn sie ihn fingen, dann würden sie mit ihren langen Zähnen nicht nur seine Glieder zerreißen, sie würden auch seinen Tapam verschlingen. Und was erwartete ihn, wenn er den Kreaturen entkam? Er konnte sich nicht vorstellen, wo er sich zwischen den steinernen Hütten verbergen sollte. Die Blaßhäute würden ihn finden und ihn töten. Er konnte sie nicht besiegen! Warum war er überhaupt hier, auf einem Weg, der ihn nur ins Verderben führen konnte?

»Weil du das tapferste Herz aller Keke-Wanaq hast! Kein anderer Krieger hätte es gewagt, diesen Pfad zu beschreiten. Er ist allein dir bestimmt!«

Takate hörte hinter sich ein Plätschern, das nicht zu den leisen Geräuschen des Stromes paßte. Etwas näherte sich. Er blickte über die Schulter zurück und versuchte, zwischen den Nebelschwaden, die dicht über dem Fluß trieben, zu erkennen, was ihm folgte. Doch da war nichts.

Das Wasser zerrte jetzt an seinem Körper. Er wurde

vorwärts zu der Lücke zwischen den Steinwänden gezogen. Noch gab es ein Zurück! Noch würde die Kraft seiner Arme im Kampf mit dem Strom siegen!

Deutlich konnte er jetzt die Reihen der zugespitzten Pfähle vor sich erkennen, die sich schräg gegen die Strömung stemmten. Dahinter erstreckte sich ein Gitter über die ganze Breite des Flusses. Über dem Gitter spannte sich ein schmaler, steinerner Weg. Dahinter stürzte das Wasser ein Stück weit in die Tiefe. *Dort* bestand noch keine Gefahr. Es war nur eine Felsstufe, kaum höher als ein Mann. Doch Takate hatte aus seinem Versteck heraus den weiteren Verlauf des Flusses genau beobachtet. Er wußte, was ihn weiter unten erwartete, und daß er so schnell wie möglich dem Ufer zustreben sollte, wenn er sich erst einmal innerhalb der steinernen Palisaden befand. Drei Pfeilschuß hinter der Mauer stürzte der Fluß donnernd in die Tiefe, und diesmal waren es viele Manneslängen. Die Strömung wurde hinter dem ersten, kleinen Wasserfall immer reißender, und bald würde es unmöglich, sich mit der Macht des Flusses zu messen.

Die Blaßhäute hatten etwas Seltsames aus totem Holz über das große, fallende Wasser hinweg errichtet, für das Takate keine Worte fand. Es bedeckte Teile des Felsens und versteckte den tobenden Strom. Vielleicht hatten sie es getan, weil sie den Anblick der Freiheit nicht zu ertragen vermochten, des ungezügelten Wassers, das sich donnernd in die Tiefe stürzte und das sie niemals würden beherrschen können. Zwei seltsame große Kisten flogen an dicken Seilen an diesem Holzbau hinauf und hinab. Wann immer sich diese Kisten bewegten, war eine von ihnen voller Männer oder Frauen, die schwere Lasten auf ihren Schultern trugen. Ob sie diese Unfreien wohl demütigen wollten, indem sie sie so nahe an das ungebändigte, freie Wasser brachten?

Ein Geräusch hinter Takate ließ den Krieger herumfahren. Trotz der Finsternis und des Nebels konnte er die beiden dunklen Schatten, die durch das Wasser auf ihn zuhielten, jetzt fast so deutlich erkennen, als sei es heller Tag. Sie waren schneller als er! Er würde das rettende Gitter nicht vor ihnen erreichen. Mit rudernden Armen stemmte er sich gegen die Strömung. Er würde nicht vor ihnen fliehen! Wenn es ihm schon bestimmt war zu sterben, dann wollte er dabei wenigstens tapfer in die kalten Augen der Bestien blicken, die ihn zerfetzten. Seine Waffen konnte er in diesem letzten Kampf nicht benutzen. Er hatte die lange Peitsche dazu verwendet, sich das Schwert auf den Rücken zu binden, doch selbst wenn er die Waffen hätte ziehen können, genützt hätten sie ihm hier im Wasser ohnehin nicht. Was er brauchte, war ein Dolch. Mit bloßen Händen konnte er gegen die Echsen nicht bestehen.

Die Tiere waren nur noch wenige Schritte von ihm entfernt. Es war unheimlich, wie deutlich er sie erkennen konnte. Nur ihre Augen schauten aus dem Wasser heraus, so daß ein unaufmerksamer Beobachter sie leicht für treibende Baumstämme halten konnte.

Takate spannte all seine Muskeln an. Kalte Schauer krochen seinen Rücken hinab, als die erste der beiden Bestien ihren Rachen aufriß und ihre schrecklichen Reißzähne zeigte. Mit Armen und Beinen paddelnd mühte er sich, ihr zu entkommen, doch die Flußechse machte keinen Versuch, ihm zu folgen. Im Gegenteil, es sah sogar so aus, als kämpfe sie gegen die Strömung an, um nicht näher zu ihm herübergetrieben zu werden. Sie stieß ein leises Fauchen aus, so als gelte es, *ihn* abzuschrecken. Die zweite Flußechse hatte sogar abgedreht und versuchte, mit ihrem gewaltigen Schwanz das Wasser aufwühlend, in die Dunkelheit zu entkommen.

Takate kämpfte nicht mehr gegen die Strömung an. Er ließ sich auf das Gitter zutreiben und behielt dabei die fauchende Flußechse im Blick. Sie machte keinerlei

Anstalten, ihm zu folgen. Warum die beiden Bestien ihn wohl verschont hatten?

»Sie haben gespürt, daß du etwas Besonderes bist. Du bist für sie unberührbar!«

»Ich hatte das Gefühl, sie bekämen Angst vor mir«, antwortete der Krieger in Gedanken.

»Es ist nicht wichtig, warum du für sie unberührbar bist. Doch nun paß auf. Die eisenbeschlagenen Pfähle sind schon ganz nah.«

Drohend zeichneten sich die Spitzen der Pfähle durch die Nebelschwaden ab. Sie ragten nur flach über das Wasser hinweg, und ein unvorsichtiger Schwimmer mochte sich leicht an ihnen verletzen.

»Nicht, was du sehen kannst, ist die eigentliche Gefahr. Überlasse dich ganz meiner Führung, und ich werde dich sicher bis zum Gitter bringen.«

»Was willst du tun?«

»Mein Tapam teilt sich mit deinem Tapam einen Leib. Auch ich vermag deine Glieder zu bewegen. Willst du es mir gestatten? Es sind noch viele Eisenspitzen unter dem Wasser verborgen. Wenn du nicht vorsichtig bist, wirst du wie ein Schlammwühler enden, den ein erfahrener Fischer auf der Spitze seines Speeres aufspießt.« Ganz in der Nähe rammte ein Stück Treibholz gegen die Spitzen, und ein unangenehmes Knirschen hallte über das gurgelnde Wasser.

»Gut, Mutter, weise mir den Weg.«

Ein kalter Luftzug streifte seine Wange, und plötzlich hatte Takate das Gefühl, aus seinem Körper hinausgestoßen zu werden. Wie ein Fremder betrachtete er seinen Leib nun von außen, sah, wie sich die kräftigen Muskeln spannten und er mit zwei schnellen Schwimmstößen nach links wegtauchte. Sein Geist folgte dem Leib, so als sei er mit ihm durch eine unsichtbare Nabelschnur verbunden. Das Bett des Flusses war übersät mit spitzen Pfählen, die in langen Reihen nebeneinander standen und den Krieger wieder an die

Kiefer der Flußechsen denken ließen, die vor ihm zurückgewichen waren. Erschrocken wunderte er sich, wie lange sein Leib unter Wasser zu bleiben vermochte. Er hätte doch längst wieder hinaufgemußt, um zu atmen! Doch unbeirrt führte ihn der Tapam seiner Mutter durch die Falle. Es schien ihm mehr Zeit zu vergehen, als die Blüte der Jaguarblume brauchte, um sich im ersten Sonnenlicht zu öffnen, bis sein Kopf endlich prustend durch die schäumenden Fluten stieß.

Er spürte, wie die warme Luft in seinen Leib strömte, fühlte keinen Schmerz und keine Erschöpfung. Er war nur noch Beobachter und doch auch auf geheimnisvolle Weise unlösbar mit seinem Körper verbunden. Fast hatten sie nun das Gitter erreicht. Ein schwacher Lichtschein fiel von dem Steinweg, der über die Sperre führte, auf das Wasser. Einen Augenblick lang konnte Takate ein blasses Gesicht erkennen, das zum Wasser hinabstarrte. Eine Wächterin!

Sein Körper verschwand lautlos in den schäumenden Wellen. Die Strömung riß ihn gegen das Gitter, aus dem lange eiserne Dornen hervorstachen. Geschickt griff er nach ihnen und arbeitete sich höher. Er konnte sehen, welche Kraft es kostete, den Rücken gegen die Strömung des Wassers zu wölben, damit sein Leib nicht gegen die Eisendornen gedrückt wurde. Endlich war es geschafft! Wieder erhob er sich aus der sprudelnden Gischt. Sein Körper kauerte auf dem Gitter. Er wünschte ihn sich zurück. Er glitt ihm entgegen, doch kurz bevor er mit ihm verschmelzen konnte, war es, als würde er gegen eine unsichtbare Wand anlaufen. Nur eine Handbreit entfernt, lag sein Leib doch in unerreichbarer Ferne.

»Was tust du? Ich will zurück!«

»Du bist noch nicht in Sicherheit!« Takate konnte sehen, wie sich seine Hände in die Fugen zwischen den groben Felsblöcken krallten. Vorsichtig zog sich der Krieger höher.

»Dort oben ist noch der Wächter! Warte, er will in die hohe Steinhütte gehen. Er hat uns doch nicht bemerkt.«

Der Krieger mußte mit ansehen, wie sein Leib, gleich einer riesigen Spinne, die Mauer hinaufkroch. Lautlos glitt er über die Brüstung und kauerte sich in ihrem Schatten nieder. Die Wächterin stand vor einer mit einer Holzwand gefüllten Höhlung im Mauerwerk und machte sich daran zu schaffen. Neben ihr lehnte ein Speer an der Wand, und auf dem Boden stand ein kleiner Kasten, in dem ein gelbes Licht gefangen war.

»He, du!« erklang eine fremde Stimme von Takates Lippen. Die Blaßhaut drehte sich um, und der Krieger machte einen Satz nach vorne. »Was willst ...« Sie griff nach dem Speer, war jedoch zu langsam. Ein Schlag traf sie gegen den Hals. Taumelnd stürzte sie gegen die Tür. Takate konnte mit ansehen, wie sein Leib ihr den Speer entriß. Er trat zwei Schritt zurück und schleuderte die Waffe. Sie durchschlug die Brust der Frau und nagelte ihren sterbenden Körper mit dumpfem Pochen gegen die Holzwand. Einen Augenblick noch zuckten ihre Glieder ... Ein leises Gurgeln kam über ihre Lippen.

»Was ist los, Maren? Gibt's was?« erklang eine Männerstimme vom Dach des hohen Hauses.

»Es ist alles in Ordnung! Ich bin nur mit dem verfluchten Speer gegen die Tür gestoßen.« Takate erstarrte vor Entsetzen. Er sah, wie sich die Lippen seines Mundes bewegten, doch es war die Stimme der Frau, die sprach!

»Warum hast du das getan?« flüsterte der Krieger entsetzt. »Du hättest warten können. Nur wenige Herzschläge, und sie wäre durch die hölzerne Wand gegangen.«

»Es war notwendig! Du wirst das später vielleicht begreifen. Sie war nur eine Blaßhaut. Komm jetzt zurück in deinen Leib.«

Zögernd glitt Takate näher an seinen Körper heran. Die unsichtbare Mauer war verschwunden. Einen Augenblick lang fühlte er sich schwer und müde, so als wolle das Gewicht seiner Glieder ihn zu Boden ziehen.

»Laß uns gehen. Es bleibt nur noch wenig Zeit!«

»Wozu?«

»Um ein sicheres Versteck zu finden. Spring in den Fluß! Schwimme in Richtung der Herzhand!«

Takate streckte seinen Körper. Noch einmal blickte er zu der toten Kriegerin. Seine Mutter hatte recht. Sie war nur eine Blaßhaut! Mit einem Satz glitt er über die Brüstung. Sein Sprung trug ihn über die Stufe des Wehrs hinweg in das aufgewühlte Wasser, das ihn mit warmen Armen umschlang.

Die Strömung war hier deutlich stärker, und der Fluß gabelte sich in zwei Arme. Takate tat, wie ihm geheißen, und hielt sich links. Dort erhob sich ein seltsam flaches Gebilde über dem Wasser. Auf mächtigen steinernen Beinen stand es in den Fluten. Es mußte einer der Wege sein, die über den Wassern schweben. Er hatte schon einmal etwas Ähnliches gesehen, als er zu den weißen Kriegern gegangen war, denen er als Fährtensucher gedient hatte, um sie in die Falle zu locken. Der andere schwebende Weg war jedoch aus Holz gefertigt gewesen. Ganz dicht am Ufer konnte er einen eisernen Ring sehen, der in einen Felsblock eingelassen war. Mit ein paar kräftigen Schwimmstößen brach er aus der Strömung aus und griff dann nach dem Ring. Kalt schmiegte sich das glatte Metall in seine Hand.

Fackeln erschienen auf dem Weg, der am Fluß entlang führte. Eine kleine Gruppe Blaßhäute kam in seine Richtung. War es möglich, daß sie ihn gesehen hatten? Der Krieger preßte sich dicht an den Felsblock. Der Anführer der Blaßhäute war ein dicker Kerl. Hinter ihm folgten einige Männer und Frauen, die mit Schwertern gegürtet waren. Das flackernde Licht fiel auf goldenes Haar. Takate glaubte seinen Augen kaum! Er reckte sich ein Stück weiter vor, um besser sehen zu können. Sie war es! Jeder Zweifel war ausgeschlossen! Die Schamanin, deren Kopf er am Hügel der sprechenden Steine hatte nehmen wollen. Kamaluq machte sie ihm zum Geschenk!

»Nein, du irrst, mein Sohn! Es ist noch nicht an der Zeit, sie zu töten. Du solltest nur die Gewißheit haben, daß sie hier in der Stadt ist, genauso wie der Krieger mit dem Lockenhaar, der dich fast getötet hätte. Doch noch ist die Stunde deiner Rache nicht gekommen. Der dicke Mann hat zu viele Krieger um sich herum. Du würdest sterben, wenn du jetzt angriffest. Bewähre dich in der Tugend des Jägers und beweise Geduld! Die Schamanin wird dir nicht entkommen!«

Die Gruppe war jetzt auf einer Höhe mit ihm, und das Licht ihrer Fackeln spiegelte sich im dunklen Wasser. Wenn nur einer von ihnen ans Ufer treten würde, um hinabzublicken, mußten sie ihn sehen. Doch niemand verharrte, und ihre Schritte eilten dem Weg, der über dem Wasser schwebte, entgegen.

»Jetzt kommt deine Beute, Jäger!«

»Wo?« Takate fröstelte ein wenig.

»Blick den Weg hinab, den die anderen gekommen sind. Siehst du die dunkle Gestalt, die sich in den Schatten der Mauer drückt. Das ist der Mann, auf den wir gewartet haben. Du wirst sein Gewand tragen!«

»Ich soll mich wie die Blaßhäute unter Tüchern verstecken! Mein Körper ist stark und gut gewachsen. Es gibt keinen Grund, so etwas zu tun.« Takate schüttelte sich vor Unbehagen. Er hatte nie begriffen, warum die Weißen sich mit Stoffen behängten. Wenn sie ihre Glieder mit eisernen Schalen umgaben, damit sie im Kampf schwerer zu verletzen waren, dann konnte er das verstehen, aber Tücher … Sie würden einen nur behindern, ohne irgendwelchen Nutzen zu bringen.

»Seine Robe ist weit. Sie wird dich im Kampf nicht mehr

stören, wenn du dich erst einmal an sie gewöhnt hast. Sie wird für dich das sein, was im Wald die Blätter eines dichten Busches sind. Ein Versteck! Du bist ein guter Jäger und kennst die Gesetze des Waldes, doch hier ist alles ganz anders. Du brauchst diese Kleider, wenn du überleben willst. Vertraue mir!«

Die geduckte Gestalt verharrte jetzt im Schatten eines hohen Hauses, das sein Haupt weit über eine Mauer erhob, die die waldbedeckte Hügelflanke gegen die Straße abgrenzte.

Mit einem Ruck zog sich Takate die Uferbefestigung hinauf und drückte sich flach auf den Boden. Der Schatten am Turm verharrte noch immer. Er schien die Krieger zu beobachten, die mit dem dicken Mann über den Weg, der über dem Wasser schwebte, gingen. Ob er ein Jäger war?

Jetzt bewegte sich die Gestalt, blieb aber weiter im Schatten des hohen Hauses. Takate stieß sich vom Boden ab. Mit drei weiten Sätzen überquerte er den steinernen Pfad. Erschrocken drehte sich die Gestalt vor ihm um. Unter der weiten Kapuze des Mantels schimmerte das blasse Gesicht eines jungen Mannes.

»Wer bist du? Ich habe kein Geld! Du siehst doch, daß ich die Robe des …«

Ein Tritt in den Bauch brachte den jungen Mann zum Schweigen. Lautlos sank er in sich zusammen.

»Streif sein Gewand ab, und dann töte ihn! Er ist eine Schlange!«

Takate gehorchte dem Befehl. Der dünne Stoff fühlte sich angenehm an zwischen seinen Fingern. Er war so zart wie Blütenblätter. Das Gewand war weit geschnitten und würde ihm wohl passen, obwohl er größer und kräftiger als die Blaßhaut war. Verwundert musterte er den Leib des Mannes, den er niedergeschlagen hatte. Er war schlank und zerbrechlich. Ein Jäger oder Krieger war dies gewiß nicht gewesen! Warum er den anderen wohl gefolgt sein mochte?

»Er ist ein Heuchler. Einst hat er geschworen, sein Leben dem Dienst an seinem Gott zu weihen. Doch in Wahrheit dachte er immer nur an sich. Er wollte Macht und glaubte, er könne sie auf diesem Wege erlangen. Nur weil er seinen Gott verraten hat, kannst du diese Robe berühren, ohne daß es dir Schmerzen bereitet. Laß sie nun zu Boden fallen. Ich werde die Geister rufen, damit sie das Gewand für dich reinigen und du es tragen kannst.«

Takate tat, wie ihm geheißen, und kaum hatte das Kleidungsstück den Boden berührt, da floß ein bläuliches Licht die Falten des Stoffes entlang, und ein seltsamer Geruch stieg von ihm auf. Die Erscheinung dauerte nicht länger als zwei oder drei Herzschläge. Dann war es wieder dunkel.

»Die Robe ist nun für dich bereit. Sie wird dir so gut passen, als habe man sie nur für dich genäht. Leg sie an, und dann töte den Mann. Doch achte darauf, daß sein Gesicht gut zu erkennen bleibt und laß ihn hier vor der Mauer liegen. Danach will ich dir einen Ort zeigen, an dem du dich verstecken kannst.«

Elena betrat gleich hinter Oboto den großen Raum im Haupthaus der Garnison auf der Söldnerinsel. Dort zwischen den Bänken saß in sich zusammengesunken eine schmächtige Gestalt, Arme und Beine mit mächtigen Eisenbändern gefesselt. Als sie hereinkamen, wendete der Gefangene den Kopf. Sein Gesicht war von einem kurzgeschorenen schwarzen Bart gerahmt, in dem sich erste graue Strähnen zeigten. Seine Haut war dunkel wie bei den meisten Bewohnern der Wüste. Sie kannte ihn. Kaum zwei Jahre waren vergangen, seit sie ihn das letzte Mal gesehen hatte.

»Warum?« Der Gefangene hob klirrend seine Ketten und starrte den Marschall an.

Oboto lachte. Elena wußte, daß der Mann schon seit mehr als fünf Stunden in diesem Saal wartete. Der Marschall hatte gewünscht, daß ihm Zeit zum Nachdenken bliebe. Oboto war überzeugt davon, daß es danach leichter sein würde, den Magier zu gewinnen, doch Elena war sich dessen nicht sicher.

Der Marschall ließ sich hinter dem Gefangenen auf einer der breiten Holzbänke nieder. »Sieh diese Behandlung als Zeichen Unserer Ehrerbietung. Wir wissen sehr viel über dich, Ariel ben Drou. Heißt dein Name nicht in unserer Sprache *der Löwe Gottes?* Und bist du nicht ein Hairan unter den Beni Schebt? Wir wissen auch, daß du in Rashdul studiert hast, dort deinen Titel als Magister erlangtest und sogar einige Jahre als Lehrer an der Akademie verbracht hast. Natürlich wissen wir auch um dein Fachgebiet. Hat nicht einer deiner Dschinne die prächtige Kuppel des westlichsten Turms der Akademie geformt? Man sagt, sie sei ein wahres Meisterwerk geworden.«

»Dein Gefallen an meinem Lebensweg schmeichelt mir, edler Marschall, doch muß ich gestehen, daß ich mich noch wesentlich mehr geschmeichelt gefühlt hätte, wenn du in mein Haus gekommen wärest und wir uns wie zwei gebildete Menschen unterhalten hätten. Mich in Ketten zu legen, ist deiner unwürdig.«

Oboto lächelte dünn. »Vielleicht, doch Wir wollten sicher sein, daß du noch hier bist, wenn Wir kommen. Da Wir deine Begabungen kennen, wissen Wir, wie leicht es dir fallen würde, diesen Ort hier zu verlassen und dabei möglicherweise sogar noch einiges Unheil anzurichten. Du siehst also, daß ein guter Ruf auch Bürden mit sich bringt.«

Der Zauberer neigte sein Haupt. Trotz der Fesseln hatte er nichts von seiner Würde eingebüßt. »Wessen bin ich angeklagt? Euer Recht verbietet es, einen Unschuldigen in Eisen zu legen.«

»Wer ist in dieser Stadt schon unschuldig? Man sagt, daß du im Bunde mit El Harkir stehst und bei der Entführung des Großadmirals Darion Paligan geholfen hast. Wenn man deine Fähigkeiten bedenkt, würde das sogar einiges erklären.«

»Wer wagt es, mich auf so infame Art zu verleugnen? Das ist Lüge! Dafür kann es keinen Beweis geben!«

Oboto lächelte böse. »Manchmal mag allein das Wort eines Mannes als Beweis genügen. Außerdem bist du ein Novadi wie El Harkir. Das allein wird die meisten Richter schon überzeugen, wenn Wir dich anklagen lassen.«

»Ich bin ein Beni Schebt! Du weißt, daß das ein Unterschied ist, Marschall. Doch ich füge mich deiner Gewalt. Was wünschst du von mir?«

»Wir wünschen, daß etwas aus der Erde geborgen wird, ohne Sumus Leib dabei zu verletzen. Es geht darum, die Gebeine einiger Toter zu bergen, um sie zur letzten Ruhe betten zu können. Im Grunde eine ehrenvolle Aufgabe.« Oboto nickte in Elenas Richtung. »Deine Schülerin und Orlando, Unser Leibmagier, werden dir erklären, was zu tun ist. Doch zuerst gib uns dein Wort, daß du Uns helfen wirst. Im Gegenzug erhältst du Unser Versprechen, auf welches hin Wir dafür sorgen werden, daß alle Klagen gegen dich niedergeschlagen werden und du wieder als freier Mann an der Universität unterrichten kannst.«

»Habe ich eine Wahl?«

»Man hat immer die Wahl, doch nicht jede Entscheidung ist klug, mein Freund. Wir versprechen dir, daß es dein Schaden nicht sein soll, Uns zu helfen. Ist zum Schluß alles zu Unserer Zufriedenheit verlaufen, werden Wir uns gewiß erkenntlich zeigen.«

»Nun gut, Marschall von Al'Anfa. So schwöre ich bei Rastullah und den Gebeinen meiner Ahnen, daß ich dir zu Diensten sein werde, so wie du es von mir verlangst, und daß ich keinen Versuch unternehmen werde, dich zu hintergehen oder dir zu entfliehen.«

Oboto gab den Wächtern, die ihn begleitet hatten,

einen Wink. »Befreit den Mann von seinen Fesseln. Er wird Uns als Gast in Unseren Palast begleiten.«

Elena sah zu, wie die eisernen Bänder gelöst wurden – und erschauderte. Sie wußte sehr gut, daß ein Eid, den ein Rechtgläubiger unter Zwang gegenüber einem Heiden ablegte, niemals bindend war. Ganz gleich, auf wen der Gläubige geschworen hatte. Und sie war sich sicher, daß Ariel diese Schmach nicht einfach auf sich sitzen lassen würde. Es mochten ein paar Gottesnamen oder vielleicht sogar viele Jahre vergehen, aber er würde sich für das rächen, was Oboto ihm angetan hatte, und vielleicht würde sein Zorn sich auch auf all jene erstrecken, die dem Marschall bei seiner Schandtat geholfen hatten.

Endlich befreit, erhob sich der geschundene Magier und reckte seine Glieder. Dann warf er Elena einen langen, finsteren Blick zu.

Lilith hatte kein gutes Gefühl, als sie durch die Trümmer des eingestürzten Torbogens in den ausgebrannten alten Palast stieg. Dort, wo sich einst ein mächtiger Saal erhoben hatte, wuchsen jetzt Bäume und dichtes Gestrüpp. Am anderen Ende der Halle flog zirpend ein Vogel in den Nachthimmel. Er war also schon da!

Leise fluchend arbeitete sich die Meuchlerin durch das Dickicht. Wo ihr Auftraggeber wohl steckte? Es war nicht die geringste Spur von ihm zu sehen. Nicht einmal ein abgebrochener Ast oder eine umgeknickte Blüte wiesen darauf hin, daß vor ihr schon jemand hier langgegangen war. Ob es wohl noch einen anderen Weg gab? Was sollte dieses Treffen überhaupt? Sie wußte, daß sie versagt hatte. Nun gut … Aber was hieß das schon? Sie hatte daraus gelernt und würde ihren Fehler nicht wiederholen. Die nächste Begegnung mit diesem Fechter würde der elende Bastard nicht überleben. Sie hatte zwei gute Schützen angeheuert. Selbst wenn einer von ihnen sein Ziel verfehlen sollte – daß beide nicht trafen, war ganz und gar unmöglich! Tikian war schon jetzt tot! Er wußte es nur noch nicht!

Mit dem Handrücken wischte sie sich den Schweiß von der Stirn. Es war elendig schwül in dieser Nacht. Sicher würde es noch vor dem Morgengrauen ein Gewitter geben. Warum ihr Auftraggeber nur auf diesem Treffen bestanden hatte? Sie könnte sich statt dessen jetzt mit Barko amüsieren. Es tat gut, Gold zu besitzen. Die letzten Tage waren, abgesehen von dem fehlgeschlagenen Anschlag, ein rauschendes Fest gewesen. Vielleicht konnte sie den alten Mann ja davon überzeugen, daß es sehr schwer war, Tikian zu töten – und so noch etwas Geld aus ihm herauskitzeln, oder ... Der Kerl hatte sicher eine prall gefüllte Geldkatze an seinem Gürtel. Es war unwahrscheinlich, daß er irgend jemandem erzählt hatte, wohin er ging. Über diese Art von Geschäften plauderte man nicht.

Lilith musterte das dichte Gestrüpp. Eigentlich war dies ein geeigneter Ort, um ihn zu Boron zu schicken. Es mochten Tage vergehen, bis sich noch einmal jemand in dieses verfallene Gebäude verirrte. Die Meuchlerin lächelte und strich über den Knauf des neuen Kurzschwertes an ihrer Seite.

»Du kommst spät.«

Erschrocken drehte Lilith sich um und starrte ins Dunkel. Ein Mann in einem langen roten Mantel trat aus einer Nische in der verfallenen Außenwand. Erst vor ein paar Herzschlägen war sie dort vorbeigekommen! Warum hatte sie ihn nicht bemerkt? Sie wurde nachlässig!

»Entschuldigt, Herr, ich ... ich wurde aufgehalten.«

Ihr Gegenüber war von schwer zu schätzendem Alter. Er mochte zwischen 50 und 70 Sommern gesehen haben. Sein Haar war kurzgeschoren und grau. Sein Gesicht schmal mit strengen Zügen. Die grauen Augen des Alten musterten sie kalt. Lilith war sich gewiß, daß er weder zu einer der Grandenfamilien noch zu einer der Reeder- und Kaufmannssippen gehörte. Sie hatte ihn nie zuvor gesehen, und doch konnte angesichts seines Auftretens kein Zweifel daran bestehen, daß er ein Mann von Macht und Einfluß war.

»Wie ich sehe, bringst du mir nichts mit, Lilith. Ich muß sagen, daß ich von dir enttäuscht bin. Du hattest mir einen Kopf versprochen für diese Nacht!«

Die Meuchlerin leckte sich unruhig über die Lippen. Das selbstsichere Auftreten des Alten verunsicherte sie. Hatte er denn gar keine Angst vor ihr? »Ihr habt mir nicht gesagt, wie gefährlich dieser Fechter ist. Beim ersten Versuch, ihn zu töten, habe ich drei meiner Männer verloren. Aber ein solcher Fehler wird mir kein zweites Mal unterlaufen. Ich habe zwei neue Gefährten angeworben ... Es sind Armbrustschützen aus dem Lieblichen Feld. Sie werden ihre Arbeit gut machen. Übrigens sagt man, daß auch der Gesandte des Alten Reiches starkes Interesse am Kopf des Fechters zeigt. Man hat mir eine Summe genannt, die er angeblich zu zahlen gewillt ist. Sie liegt deutlich über Eurem Gebot, Herr.«

»Doch du hast mein Geld schon genommen, Lilith. Damit bist du mir verpflichtet. Ganz gleich, welches Gebot man dir sonst noch machen mag.«

Die Meuchlerin lächelte dünn. »Wir sind hier nicht unter Ehrenmännern. In diesem Geschäft herrschen andere Gesetze, als sie unter den großen Handelshäusern gelten mögen.«

»Du glaubst also, daß du mir deine Bedingungen diktieren kannst?« fragte der Alte kühl.

»Ich bin keine Freundin von geschliffenen Worten. Die Sache ist ganz einfach. Du hast mir fünfzig Dublonen gegeben, damit ich dir den Kopf des Fechters bringe. Es hat sich gezeigt, daß du mich betrogen hast und dieser Mann sehr viel schwerer zu töten ist, als ich annehmen konnte. Ich mußte zusätzliche Männer anwerben und hatte hohe Unkosten. Gib mir noch einmal fünfzig Dublonen, und ich verspreche dir, in zwei Tagen werde ich dir seinen Kopf zu Füßen legen.«

Der Alte strich sich mit dem Daumen über die Unterlippe und schüttelte langsam den Kopf. »Einen Betrüger hat mich bisher noch niemand genannt ... Ich habe den Eindruck, daß ich dich überschätzte. Ich mache dir nun ein Angebot, Lilith. Zahle mir auf der Stelle mein Gold zurück, und ich werde versuchen zu vergessen, daß du mich enttäuscht hast.«

Die Meuchlerin lachte heiser und trat einen Schritt zurück. Was bildete dieser Alte sich ein? Ihre Hand ruhte auf dem Griff des neuen Kurzschwertes. »Ich habe das Geld nicht mehr. Was glaubst du, wer du bist, daß du es wagst, von mir etwas zu verlangen? Hast du keine Angst? Ich könnte dir die Kehle durchschneiden, deine Börse nehmen und einfach verschwinden. Mach, daß du wegkommst!«

»Glaubst du, ich würde dir den Rücken zudrehen?« Der Alte wirkte nach wie vor gelassen, und seine Selbstsicherheit begann Lilith zu beunruhigen. »Ich kenne deinesgleichen, Meuchlerin, und das ist der Grund, warum ich keine Angst habe. Ich weiß, daß ich nicht in Gefahr bin.«

Lilith zückte ihr Schwert. »Das ist dein letzter Fehler, Kaufmann. Mach deinen Frieden mit Boron, denn du wirst ihm noch in dieser Nacht begegnen.«

»Wußtest du, daß eine Dame von zweifelhaftem Ruf einen Preis auf deinen Kopf ausgesetzt hat, Lilith? Mir scheint, du hast dich gerade entschieden, doch noch deine Schulden bei mir zu begleichen. Ein wirklich netter Zug von dir ...« Er schnippte mit den Fingern.

Die Meuchlerin wollte vorwärts stürmen, doch noch bevor sie den ersten Schritt tun konnte, traf sie ein Schlag. Benommen taumelte sie zurück und starrte ungläubig auf den schwarzgefiederten Pfeil, der aus ihrer Brust ragte. Der Schaft war mit einer seltsamen Schnitzarbeit verziert. Es schien, als winde sich um ihn eine Schlange, die nun in ihr Herz kriechen wollte.

Lilith versuchte, sich wieder aufrichten, doch alle Kraft war aus ihren Gliedern gewichen. Eine Hand glitt dicht über ihr Gesicht hinweg. »Weißt du, warum nicht ich meinen Frieden mit Boron machen muß, dummes Weib? Boron ist stets an meiner Seite, und es gibt Leute, die sagen, dies hier sei seine Hand!«

Lilith blinzelte die Tränen aus den Augen. Sie wollte etwas antworten, doch der Schmerz in ihrer Brust schnürte ihr die Kehle zu. Der Alte trat zur Seite. Hinter ihm war eine junge, dunkelhaarige Frau erschienen.

»Du weißt, wohin du gehen mußt?«

Die Frau nickte, und der Alte zog sich ins Dunkel zurück.

Lilith spürte, wie ihr warmes Blut über die Lippen rann. Der Schmerz ließ langsam nach. Ihr war kalt. Die fremde Frau hatte ein langes, gebogenes Messer in der Hand und beugte sich zu ihr hinab.

16. Kapitel

Mira blickte angewidert auf die Leiche, die man aus der Grube gezogen hatte – und fluchte. Schon wieder eine Tote! Und auch diese Leiche war gehäutet worden! War es ein Fehler gewesen, Tikian zu vertrauen? Selbst als Sklave hatte er sich noch fast frei in der Stadt bewegen können. Gelegenheit hätte er genug gehabt. Sie blickte zu dem jungen Medicus, der neben der Leiche kniete und sich gerade die Hände in einem Eimer mit frischem Wasser wusch.

»Kannst du mir sagen, wie lange die Frau schon tot ist?«

Er zuckte mit den Schultern. »Das ist schwer zu sagen. Der Zustand der Haut ist wichtig, um festzustellen, wie alt eine Leiche ist, jedenfalls wenn es nur um wenige Tage geht. Soll die Tote zur näheren Untersuchung auf die Söldnerinsel geschafft werden?«

»Dazu ist eine Genehmigung der Borontempels notwendig. Du weißt, daß du anderenfalls von der Inquisition belangt werden könntest. Denkst du, es macht Sinn, den Leichnam zu öffnen?«

Der Medicus zuckte mit den Schultern. »Bis jetzt kann ich dir nur wenig sagen. Dieser Klumpen Fleisch war einmal eine junge Frau. Ihr Alter schätze ich auf zwischen zwanzig und dreißig Jahren. Hier im Hinterhof fanden sich keinerlei Blutspuren. Die Jauchegrube habe ich nicht weiter untersucht. Doch ich denke, das wäre auch sinnlos. Meiner Meinung nach wurde sie woanders getötet. Beweisen kann ich das allerdings nicht. Vielleicht wäre es sinnvoll, auch einen Magus zur Untersuchung der Leiche heranzuziehen …«

»Du willst doch nicht etwa unheilige Rituale ausüben?« Mira hatte die Worte nur geflüstert und war ein wenig näher an den Medicus herangetreten. Beunruhigt blickte sie über die Schulter. Die Wachen, die den Hof gegen Schaulustige abriegelten, standen nur fünf Schritt entfernt. Hoffentlich hatten sie nichts gehört.

»Ich schwöre bei Boron, daß ich keine frevlerischen Gedanken gehegt habe«, auch der Medicus flüsterte jetzt. »Es gibt Möglichkeiten, etwas über den Ablauf des Mordes herauszufinden, ohne dabei den Frieden der Toten zu stören.«

»Besuche mich zur Mittagsstunde in meiner Amtsstube. Dort können wir ungestörter reden. Und jetzt noch einmal zu den Tatsachen. Wie lange ist die Frau tot?«

»Schwer zu sagen.« Der Medicus strich sich mit dem Handrücken eine Haarsträhne aus dem Gesicht. »Ich denke, es sind ungefähr zwei Tage seit dem Mord vergangen. Mir ist allerdings unbegreiflich, wie die Täter es geschafft haben, ihr so sauber die Haut abzuziehen. Nirgends sind Spuren eines tieferen Schnittes zu finden. Wer auch immer das war, hat das nicht zum ersten Mal gemacht.«

Mira nickte. »Ich weiß. Sprich zu niemandem darüber, auf welche Weise die Frau umgekommen ist. Ich möchte nicht, daß es zu Unruhen kommt. An Tote ist man hier ja gewöhnt. Aber dieses Häuten …«

»Der Mörder wird sicher nicht hier im Hof zugeschlagen haben. Er brauchte Licht und Zeit. Hier hätte er zu leicht überrascht werden können. Wenn du mich fragst, wird man das Mädchen irgendwo in der Nähe getötet haben, und dann hat man sie hierhergeschafft. Sie über eine weite Strecke zu tragen, wäre zu auffällig gewesen.«

»Und kannst du mir irgend etwas über die Frau

selbst sagen. Hat man vielleicht etwas Persönliches bei ihr gefunden? Einen Ring, ein Kettchen …«

Der Medicus lachte boshaft. »Sieh sie dir doch an. Ich kann dir nicht einmal sagen, welche Haarfarbe sie hatte. Mir ist vollkommen unbegreiflich, wie der Mörder sie so vollständig häuten konnte. Da ist nichts übriggeblieben … Sie könnte sogar eine Mohin oder eine Tulamidin gewesen sein, und ich würde es nicht mehr erkennen.« Der junge Mann senkte die Stimme. »Das ist auch der Grund, warum ich gerne noch einen Magus zu Rate ziehen würde. Hier geht es meiner Meinung nach nicht mit rechten Dingen zu!«

»Diese Meinung behältst du gefälligst für dich. Verstanden? Ich werde jetzt zum Neuen Tempel gehen und darum bitten, daß man einen Borongeweihten zur Wache auf die Söldnerinsel schickt. Der soll entscheiden, wie weiter vorzugehen ist. Ich werde auch ein paar Männer mit einer Bahre herbeordern. Sorge du dafür, daß das Mädchen in Tücher gehüllt wird und daß möglichst keine Schaulustigen sehen, wie man sie zugerichtet hat. Ich möchte nicht, daß irgendwelche Gerüchte über einen Häuter die Runde in der Stadt machen.«

Der junge Medicus nickte ernst. Mira wunderte sich, wie dieser Jüngling das hier nur durchstehen konnte. Sie war froh, dem engen Hof entfliehen zu können. Der Gestank der Jauchegrube und diese Leiche … Gut, daß sie noch nicht dazu gekommen war, etwas zu essen. Man hatte sie beim Morgengrauen aus dem Bett geholt und ihr von dem Leichenfund berichtet. Die Grube gehörte zu einer Rauschkrauthöhle. Der Besitzer hatte ein paar Rattenmenschen damit beauftragt, die Grube zu entleeren, und dabei war die Leiche entdeckt worden.

Die Offizierin drängte sich fluchend durch die Menge der Schaulustigen und ging die Straße bis zur Steilklippe hinab. Von dort blickte sie nach Norden zum Silberberg, an dessen östlicher Spitze der Neue Tempel lag. Seine polierten Mauern aus schwarzem Basalt schimmerten rötlich im Morgenlicht. Mira hatte nicht gerne mit Borongeweihten zu tun. Die schweigsamen Priester waren ihr unheimlich. Aber es gab niemanden, der ihr diesen Weg abnehmen konnte.

Tikian folgte der kleinen Gruppe abgerissener Gestalten im ersten Dämmerlicht die steile Bergflanke hinauf. Sie hatten ihn längst bemerkt. Hin und wieder warf einer von ihnen einen Blick zurück, um zu sehen, ob er immer noch da war, und er gab sich keine Mühe, sich vor ihnen zu verstecken. Es war erstaunlich, zu welchen Kraftanstrengungen die hageren Bettler noch in der Lage waren. Die meisten von ihnen trugen große geflochtene Körbe auf dem Rücken. Ihre Kleider waren jene Lumpen, die selbst die Ärmsten in der Stadt nicht mehr tragen mochten. Dutzendfach geflickte Fetzen, deren ursprüngliche Farbe sich meist kaum noch erraten ließ. Sie trugen breitkrempige, ausgefranste Strohhüte auf den Köpfen und stützten sich bei dem langen Anstieg auf knotige Holzstäbe.

Tikian hielt einen Augenblick inne, um Atem zu schöpfen. Zwei Stunden schon folgte er ihnen. Er hatte versucht, mit den Rattenmenschen in den Straßen der Stadt ins Gespräch zu kommen, sie nach Dulcinea zu fragen, doch sie waren ihm stets ausgewichen.

Der Fechter drehte sich um und blickte den Weg zurück, den er gekommen war. Die Stadt lag hinter einem breiten Ausläufer des Visra verborgen, jenes längst verloschenen Vulkans, der sein schwarzes Haupt hoch über Al'Anfa erhob. Hier und dort ragten schroffe Basaltklippen durch das Grün. Der letzte Morgendunst am Grund des Tals verging unter den Strahlen des Praiosgestirns, die langsam den Schatten des Berges zusammenschmelzen ließen. Ein Schwarm roter Vögel mit langen blauen und grünen Schwanzfedern kam kreischend von der anderen Seite des Tals herübergeflogen. Wie sehr sich dieses Land doch von seiner Heimat unterschied. Obwohl es Winter war, blühten überall noch prächtige Blumen, und der süße Duft von Mangofrüchten hing in der Luft.

Der Fechter sah den Rattenmenschen nach. Die meisten waren jetzt zwischen den Bäumen verschwunden. Nur zwei konnte er gerade noch erkennen. Sie waren stehengeblieben. Einer schnallte den Korb von seinem Rücken und der andere nahm ihn auf und ging dann weiter. Blieb der eine zurück, um auf ihn zu warten?

Mit langen Schritten eilte der Fechter den Hang hinauf und war ganz außer Atem, als er endlich den Felsen erreichte, auf dem der Nachzügler hockte.

»Hast du auf mich gewartet?«

Schweigen.

»Kannst du mich verstehen?« Er tippe mit der Hand auf seine Brust. »Ich heiße Tikian. Ti – ki – an.«

Der Fechter war sich nicht sicher, ob er es mit einem Mädchen oder einem Jungen zu tun hatte. Sein Gegenüber war schlank, ausgemergelt. Strähniges dunkles Haar hing dem Bettler ins Gesicht. Jetzt erst blickte er zu seinen Füßen. Sie waren mit Streifen aus schmutzigen Lumpen umwickelt, durch die sich dunkle Flecken abmalten. »Du bist ja verletzt. Soll ich dir helfen?« Er versuchte, den Bettler auf die Arme zu nehmen, doch er rutschte ein Stück von ihm weg.

»Ist es noch weit bis zu deinem Dorf? Soll ich dorthin gehen und Hilfe holen?«

Keine Antwort.

Er griff in den Leinenbeutel, den er über der Schulter trug, und kramte einen Brotfladen daraus hervor, den er in zwei Teile zerbrach. »Hast du Hunger?« Er legte die größere der beiden Hälften auf den Felsen und begann dann zu essen.

Zögernd streckte die Gestalt ihre hagere Hand vor und griff nach dem Brot. Sie strich ihr Haar zurück und biß ein großes Stück ab, ließ Tikian dabei aber keinen Augenblick aus den Augen.

Als er das Gesicht des Bettlers sah, machte der Fechter unwillkürlich einen Schritt zurück. Es war von eitrigem Ausschlag zerfressen, und dort, wo eine Nase hätte sein sollen, klaffte nur noch ein dunkles Loch. Auch die Lippen waren fast vollständig verschwunden, so daß nichts die beiden makellosen Zahnreihen des Geschöpfs verdeckte. Nur die großen, traurigen blauen Augen erschienen in diesem zerstörten Gesicht noch menschlich. Tikian schämte sich dafür, wie deutlich man ihm sein Entsetzen wohl ansehen mußte.

Hastig kauend verschlang die Gestalt den Rest des Brotes und strich sich dann wieder die Haare vors Gesicht.

»Es … es tut mir leid«, murmelte Tikian leise. Er sah zu Boden, denn er konnte den Blick der blauen Augen nicht ertragen. »Kann ich irgend etwas für dich tun?«

»Sieh mich an!« erklang eine helle Mädchenstimme. »Jetzt, da du weißt, wie ich aussehe, willst du mich immer noch tragen? Kannst du den Gestank der schwärenden Wunden aushalten? Die Berührung meines kranken Fleisches?«

Der Krieger schluckte. Dann überwand er seine Scheu. Das Mädchen hatte sein Gesicht noch immer hinter ihren Haaren verborgen, und er war ihr dankbar dafür. »Ich …«

»Die anderen, die mit mir in meiner Hütte leben, haben es nicht bekommen … Du solltest mich vielleicht nur nicht küssen.« Sie lachte freudlos und abgehackt.

Der Fechter leckte sich verwirrt über die Lippen. Dann nickte er schließlich. »Ich will dich immer noch tragen. Ist es weit?«

»Was willst du eigentlich in unserem Dorf?« Sie blickte zu dem Rapier und dem Parierdolch an seinem Gürtel. »Männer wie du kommen sonst nicht zu uns.«

»Ich suche eine alte Frau. Dulcinea. Kennst du sie?«

»Was willst du von ihr? Sie hat niemandem etwas getan. Ich warne dich, wir sind zwar schwach, aber wir sind viele. Wenn du versuchst, ihr ein Leid zuzufügen, wirst du es bereuen.«

»Keine Sorge, ich möchte nur mit ihr reden. Sie ist doch schon sehr alt. Ich suche jemanden, der vor langer Zeit in der Stadt lebte. Vielleicht hat sie ihn gekannt.«

Das Mädchen musterte Tikian mit durchdringendem Blick. Dann nickte sie. »Vielleicht. Unser Dorf liegt in dem Tal hinter diesem Hügelkamm.« Stöhnend versuchte sie auf die Beine zu kommen.

Der Fechter beugte sich vor und nahm sie auf die Arme. Sie war leicht wie eine Feder. Mit der Linken griff er nach ihrem Stab, den sie gegen den Fels gelehnt hatte. »Wie alt bist du, meine kleine Prinzessin?«

»Ich wurde in dem Jahr geboren, als die Seuche wütete. Wie du siehst, habe ich die Zorganpocken überlebt. Im nächsten Praios sind seitdem fünfzehn Sommer vergangen.«

»Hast du schon einmal von Feen gehört? Man sagt, sie seien genauso leicht und zierlich wie du.«

Das Mädchen schüttelte den Kopf.

»Gestattest du, daß ich dir auf dem Weg zum Dorf die Zeit mit dem Feenmärchen vertreibe, das mir meine Kinderfrau immer erzählt hat, als ich noch ein kleiner Junge war.«

»Gerne. Bargosch erzählt auch manchmal Märchen. Er hat in der Arena beide Beine verloren und lebt jetzt bei uns. Leider erzählt er immer nur dieselben Geschichten.«

»Nun, dann hoffe ich, daß du meine nicht schon kennst.« Tikian begann den Hügel hinaufzusteigen.

»Es begab sich vor langer Zeit, in einem Winter, als alle Täler mit Schnee gefüllt waren und eisige Winde von den Bergwipfeln hinabwehten, daß die Eisfee in einem silbernen Pferdeschlitten ihren Kristallpalast auf dem Sternenberg verließ und …«

Das Dorf der Rattenmenschen bestand aus einer Ansammlung niedriger Hütten und einiger Höhlen, die in die Hügelflanke gegraben waren. Die armseligen Behausungen duckten sich dicht an die schwarze Vulkanerde, die Wände waren notdürftig mit morschen Brettern vernagelt, und auf den Dächern stapelten sich etliche Schichten aus faulenden Palmwedeln und Schilfrohr.

Die Leute beachteten Tikian kaum, als er mit dem Mädchen auf den Armen ins Dorf kam. Hin und wieder begegnete ihm ein Blick, doch niemand sprach ihn an. Trotzdem fühlte er sich vertraut. Es war keine Feindseligkeit in dem Verhalten der Bettler. Tikian hatte eher das Gefühl, als habe man ihn erwartet und als sei es ganz selbstverständlich, daß er hier sei.

Das Mädchen gab ihm ein Zeichen, sie auf den Boden zu setzen, und wies dann auf ein merkwürdiges *Gebäude,* das sich abseits der Hütten an der Hügelflanke erhob. »Du mußt dorthin gehen und beten. So ist es Brauch bei uns. Jeder, der neu ins Dorf kommt, stellt sich der Göttin vor.«

»Der Göttin?«

»Sie erwartet dich sicher schon. Geh nur, du brauchst keine Angst vor ihr zu haben. Sie ist niemals zornig.«

Unsicher blickte Tikian zu dem seltsamen Tempel. Das Gebäude hatte keine Wände. Es gab lediglich eine Anzahl von Pfeilern und Querbalken, die ein Dach aus Palmwedeln trugen, an dem sich weiße Blüten emporrankten. Von den Querbalken hingen hunderte von Schnüren, in die bunte Stoffetzen und andere Gegenstände eingewoben waren, die er auf die Entfernung nicht erkennen konnte.

Langsam schritt der Fechter den Hügel hinan. Ein

leises, seltsam melodisches Klimpern erklang vom Tempel her. Die Schnüre wiegten sich sanft in dem leichten Wind, der durch die Bäume den Hügel hinabstrich. Tikian konnte nun deutlicher erkennen, was alles in die Bast- und Lederschnüre hineingeflochten war. Bunte Federn von Dschungelvögeln, Scherben von zerbrochenen Gläsern, hier und dort gab es auch ein kleines poliertes Metallstück oder eine Münze. Stoffetzen in allen nur erdenklichen Farben, blanke Knochen, in die Löcher gebohrt waren, so wie in eine Flöte, Muscheln, Schneckenhäuser und Hunderte getrockneter Blumen schmückten diesen eigenartigen Tempel, der sich so dicht an die Hügelflanke anlehnte, als sei er aus ihr herausgewachsen. Das Gebäude war eigentlich eher ein Schrein, sehr klein, vielleicht dreieinhalb Schritt lang und zwei breit.

Vorsichtig zerteilte Tikian das Gespinst aus Schnüren und trat ein. An der Stirnwand des winzigen Raumes war eine Höhle in die Bergflanke gegraben, in der eine blumengeschmückte Statue stand. Das Bildnis zeigte eine Frau mit ausgebreiteten Armen und war aus Holz geschnitzt. Vor dem Götterbild stand eine kleine Laterne mit Fenstern aus buntem Glas auf einem Sockel aus schwarzem Stein.

Tikian war zugleich überrascht und erleichtert, inmitten dieses Elends einen Schrein der Göttin Travia vorzufinden. Halb hatte er befürchtet, daß hier irgendwelche obskuren Götzen verehrt würden. Vor der Göttin der Gastfreundschaft und des Herdfeuers aber konnte er sein Knie beugen. Sie gehörte zum Pantheon der Zwölf, die auch im Alten Reich angebetet wurden.

Ehrfürchtig neigte der Fechter sein Haupt und verharrte eine Weile in stummem Gebet. Als er den Tempel verließ, erwartete ihn eine Gruppe von vielleicht zwanzig Rattenmenschen. Sie wurden von einer Frau mit strähnig grauem Haar angeführt, die ihm eine hölzerne Schale mit Milch reichte.

»Wir heißen dich willkommen in unserem Dorf, Fremder, und bitten dich, den Frieden unserer Gemeinschaft zu achten. Nimm diesen Trunk zum Zeichen unserer Gastfreundschaft.«

Tikian hob die Schale an die Lippen und leerte sie mit einem Zug. Die Milch schmeckte ein wenig säuerlich. Er wischte sich mit dem Handrücken über die Lippen und lächelte. »Ich danke euch für euer freundliches Willkommen. Wie es der alte Brauch gebietet, habe ich Brot und Salz mitgebracht und möchte gerne mein Mahl mit euch teilen.« Der Fechter vermied es, in die Gesichter der Bettler zu sehen. Fast alle waren von Hunger und Krankheit ausgezehrt oder durch gräßliche Narben entstellt. Die meisten der Dorfbewohner schienen auf die eine oder andere Art verkrüppelt zu sein. Er sah blinde Frauen, Männer, denen Gliedmaßen fehlten, Gestalten mit einem mächtigen Buckel und Alte, deren Geist verwirrt schien.

Tikian ließ sich auf die Erde nieder und begann, seine Geschenke aus dem Leinenbeutel an seiner Seite zu packen. Er breitete ein weißes Tuch auf dem Boden aus und legte dort nebeneinander zwei runde Brotlaibe, einen Fisch und ein großes Stück Schinken hin. Dazu kamen noch zwei kleine Leinenbeutel, die Salz und Pfeffer enthielten. Aus den Augenwinkeln konnte er beobachten, wie sich einige der Bettler gierig die Lippen leckten, doch niemand ließ sich neben ihm nieder.

»Wir können deine Gaben nicht annehmen, bevor du nicht erklärt hast, warum du in dieses Dorf gekommen bist. Ohne dich beleidigen zu wollen, erlaube ich mir doch festzustellen, daß du nicht wie ein Mann aussiehst, der allein aus Menschenfreundlichkeit gekommen ist.«

Tikian räusperte sich verlegen. Dann nickte er. »Du hast recht. Ich habe gehört, daß unter euch eine alte Frau lebt, die Dulcinea genannt wird.«

»Und wenn dem so wäre, was wolltest du dann von der Alten?«

»Vor mehr als vierzig Jahren sind mein Großvater und seine Geliebte in Al'Anfa verschollen. Ich wollte Dulcinea fragen, ob sie die beiden vielleicht kannte. Man sagte mir, daß sie zu jener Zeit mit vielen Fremden verkehrt hätte und vielleicht ...«

»Du kannst ruhig aussprechen, daß Dulcinea eine Hure war. Du bist hier nicht im Rauchzimmer einer reichen Kaufmannsfamilie, wo man es genießt, verschnörkelt um die Dinge herumzureden, die man eigentlich sagen möchte.«

Tikian blickte der Alten ins Gesicht. »Darf ich aus deiner Antwort schließen, daß Dulcinea unter euch lebt?«

Die Frau lächelte. »Habe ich das gesagt? Auch ich lebe schon sehr lange in dieser Stadt. Ist es da verwunderlich, wenn ich eine der einst berühmtesten Konkubinen kenne? Es gab Zeiten, da hat sie fast jede Frau Al'Anfas um ihre Schönheit beneidet. Weißt du, was es heißt, in diesem Geschäft beneidet zu werden? Der Brand hat ihre Seele zerbrochen und mehr ...« Die Sprecherin ließ sich jetzt vor Tikian nieder und blickte ihm lange ins Gesicht.

»Ich glaube, du bist reinen Herzens, auch wenn du Waffen an deinem Gürtel trägst. Sei morgen um dieselbe Zeit wieder hier, und ich werde dafür sorgen, daß du mit Dulcinea sprechen kannst. Wenn du magst, kannst du nun hier bei uns bleiben und dein Mahl mit uns teilen. Du kannst aber auch gehen, ohne daß dir deswegen jemand böse sein wird. Ich weiß, daß der Anblick einiger von uns den meisten Gesunden den Appetit verdirbt. Wenn du bei uns bleibst, verspreche ich dir, daß niemand, der eine ansteckende Krankheit hat, dich berühren oder dir auch nur nahekommen wird.«

Einige Herzschläge lang zögerte der Fechter. Die Alte hatte recht, am liebsten wäre er gegangen ... Zum ersten Mal mußte er darüber nachdenken, wieviele Familien er als Söldner wohl schon ins Unglück gestürzt hatte, wieviele Kinder durch sein Kampfgeschick zu Waisen geworden waren. Wie oft hatten wohl Witwen seinen Namen verflucht. Nach jedem Kampf hatte er sich bislang stets nur darüber gefreut, überlebt zu haben, an seine Opfer aber hatte er keinen Gedanken mehr verschwendet. Sie waren nur gesichts- und namenlose Feinde geblieben. Und selbstverständlich war stets er es gewesen, der für eine gerechte Sache focht, nie die anderen ...

Zögernd griff Tikian nach einem der Brotlaibe und brach ein Stück ab. Dann blickte er zu der Sprecherin. »Ich danke dir für deine Einladung und werde mit Freuden das Mahl mit euch teilen.«

Doron blickte zum Himmel und dankte Firun. Mut machte sich halt doch bezahlt! Bedächtig legte er einen Stein in die Lederschlaufe seiner Schleuder und blickte zu der fetten Eidechse, die keine fünf Schritt von ihm entfernt in einer rußgeschwärzten Fensternische lag und sich sonnte.

»Ja, mein Dickerchen, bleib nur fein liegen und streck deine fetten Glieder. Wirst mir den Bauch füllen, mein Alter. Ich hoffe, du hattest ein üppiges Frühstück, denn es ist eine götterverfluchte Schande, mit leerem Bauch zu sterben«, murmelte Doron leise. Dann hob er die Schleuder und ließ sie zweimal über seinem Kopf kreisen. In diesem Augenblick blickte die Echse in seine Richtung ... Der Stein schnellte aus der Lederschlinge. Bis hin zu seinem Versteck hinter dem Busch konnte Doron das knackende Geräusch hören, als sein Geschoß den Kopf der Echse traf.

Mit einem Jagdlied auf den Lippen bahnte er sich einen Weg durch das Gestrüpp. Das war endlich einmal eine fette Beute. Der Leib des Tieres schien fast so dick wie sein Unterarm. Ein Festmahl würde das!

Gestern hatte er den ganzen Tag über nichts zu essen bekommen, aber nun war er ja reichlich entschädigt.

Gut, daß diese Trottel glaubten, die Ruine der alten Villa sei verflucht. Wann fand man schon einmal mitten im Schlund so eine fette Eidechse! Selbst Ratten hatten es hier schwer, alt zu werden, und die wußten nun wirklich auf sich aufzupassen. Nicht so wie diese dummen Echsen, die sich mitten am Tag als prächtige Ziele auf irgendwelchen warmen Steinen ausbreiteten.

»Nun, mein Dickerchen, ich hoffe, du bist mir nicht böse. Besser, du mußt dran glauben als ich. Ich verspreche dir auch, daß ich nichts von dir verkommen lasse. Deine Haut ziehe ich ab und verkauf sie, dein Fleisch brat ich mir gleich hier über einem Feuerchen, und aus dem, was an Knochen und Innereien von dir übrigbleibt, werde ich mir heute Abend noch ein gutes Süppchen köcheln. Dir zu Ehren werde ich auch noch ein paar von den Wurzeln dazuwerfen, zwischen denen du hier dein Leben lang herumgekrochen bist. Siehst du mal, wie ich zu dir bin! Mach mir Sorgen um dich, daß du auch im Tod noch in vertrauter Umgebung bleibst.«

Doron hob die fette Eidechse vom Fenstersims und zückte sein Messer. Ganz schmal war die Klinge schon geworden, so oft hatte er den Wetzstein darüber gezogen. Er legte die Echse vor sich auf einen flachen Stein und wollte ihr gerade die Haut abziehen, als sein Blick auf ein Paar Stiefel fiel, das unter einem Busch hervorlugte. Konnte es sein, daß sich *hier* jemand schlafen gelegt hatte?

Der Bettler fluchte leise. Er hatte immer geglaubt, er sei der einzige, der sich hierher wagte. Beunruhigt drehte er das Messer in seiner Hand. Wenn der Kerl da vorne schlief, wäre es leicht, dafür zu sorgen, daß er in Zukunft nicht mehr in diesem Revier wildern würde. Wo kämen wir denn da hin ... Doron hatte persönlich in den letzten Jahren dafür gesorgt, daß immer neue Schauergeschichten über diese Ruine in Umlauf kamen. Er konnte sich doch all diese Arbeit nicht einfach von so einem Bastard kaputtmachen lassen …

Mit einem Seufzer schob Doron das Messer in seinen Gürtel zurück. Er hatte ein zu weiches Herz, das war schon immer sein Fehler gewesen! Aber wenn er den Kerl schon nicht abstechen konnte, dann wollte er sich wenigstens sein Gesicht anschauen. Vielleicht war es ja nur ein besoffener Söldner, der gar nicht wußte, wo er gelandet war.

Vorsichtig schob der Bettler die Büsche auseinander und warf einen Blick auf die Gestalt. »Bei Phex und all seinen Füchsen!« Vor Schreck ließ er die Zweige los, so daß sie ihm ins Gesicht schnellten. Leise fluchend bog er die Äste erneut auseinander und betrachtete die Gestalt noch einmal eingehend, um sicher zu sein, daß er sich nicht geirrt hatte. Doch es stimmte tatsächlich! Dem Kerl fehlte der Kopf!

Das hieß, alles, was der Tote bei sich trug, gehörte ihm! Jedenfalls wenn er sich schlau anstellte. Doron trat aus den Büschen zurück, spuckte in die Hände und griff dann nach den Stiefeln des Toten, um ihn aus dem Gestrüpp herauszuziehen.

Endlich lag die Leiche neben der erlegten Eidechse, und Doron nahm sich die Zeit, sie noch einmal genauer zu betrachten. Jetzt erst fiel ihm auf, daß er sich geirrt hatte.

»Bei Efferds Dreizack, du bist ja gar kein Kerl, du bist ja ein Weibsbild. Bist ein bißchen dünn geraten, hmm … Man könnte dich auch für einen Knaben halten. Hast dein Geld wohl lieber für Waffen als für Würste ausgegeben. Naja, genützt hat dir das wohl nicht viel, wenn ich dich so anschaue. Brauchst das Ding doch jetzt auch nicht mehr … Bist du mir böse, wenn ich's mir nehme? Weißt du was, ich schlag dir ein Geschäft vor. Da wo du jetzt bist, hilft dir dein Kurzschwert sowieso nichts mehr. Ich nehm's mir jetzt und bete dafür für dein Seelenheil. Leute mit Schwertern können meistens jemanden gebrauchen, der für sie betet ... Aber das hast du ja sicher selbst schon gemerkt. Was hältst du von meinem Vorschlag? Bist du einverstanden?« Doron legte den Kopf schief und lauschte.

Nach einer Weile kratzte er sich unschlüssig am Kinn. »Tja, ich höre nichts. Kein Wispern in den Büschen, kein Raunen im Wind. Man sagt doch, daß ihr Geister euch so verständlich macht. Liegt's vielleicht daran, daß du keinen Kopf mehr hast? Also, für's erste betrachte ich dein Schweigen als Zustimmung. Wenn's dir nicht behagt, daß ich mich jetzt um deine Sachen kümmere, kannst du mir heut nacht ja ein paar gräßliche Alpträume bescheren. Aber überleg's dir gut, es ist nicht schlecht, jemanden zu haben, der für einen betet.«

Doron kniete nieder und zog der Leiche die Stiefel aus. Prüfend hielt er die Sohlen gegen seine nackten Füße. »Na, auf großem Fuß hast du ja nicht gerade gelebt, meine Hübsche. Ich glaub', ich werd' deine Stiefel wohl auch verscherbeln. Aber das ist nicht das schlechteste für dich. Ich werd' so lange jeden Tag für dich beten, wie das Geld, das ich aus deinen Sachen herausschlagen kann, reicht, um mir den Bauch zu füllen. Hmm, kein Jubel ... Du weißt es vielleicht nicht, aber ich bin ein sparsamer Mann. Ist nix mit Wein und Weibern bei mir ... Nun gut, ab und an gönn' ich mir mal ein Pfeifchen, aber wer lebt schon ganz ohne Laster?«

Der Bettler zückte sein Messer und schnitt den Geldbeutel vom Gürtel der Toten. Prüfend wog er das Ledersäckchen in der Hand. »Ich will verdammt sein, wenn du hier drin nicht auch ein wenig Gold versteckt hast. Stimmt doch, oder? Das sind hoffentlich nicht nur Kupfermünzen! Aber die Überraschung heb ich mir für später auf!«

Ein Windstoß fuhr durch die Büsche.

»Was hast du gesagt? Brauchst dich nicht zu sorgen. Ein Leichenfledderer bin ich nicht. Deine Kleider kannst du selbstverständlich behalten. Ich finde es auch schamlos, wenn man Tote bis auf den letzten Faden ausplündert. Aber mach dir besser keine falschen Hoffnungen … Je nachdem, wen sie von der Stadtwache herschicken, um dich abzuholen, kann dir übel mitgespielt werden, bevor du unter der Erde bist. Ich sag dir, unter den Wachen gibt es mehr Halunken und Halsabschneider, als du hier im ganzen götterverdammten Viertel finden kannst …«

Zwischen den Büschen stieg laut zwitschernd ein Vogel zum Himmel auf. »Siehst du, der kleine Kerl ist ganz meiner Meinung, und …« Doron stutzte. »Verdammt, hab ich eben Halsabschneider gesagt? War wohl nicht besonders taktvoll, hmm … Tut mir leid, war nicht so gemeint. Ich hoffe, du nimmst mir das nicht krumm, aber manchmal quatsch ich einfach nur so daher, wie mir der Schnabel gewachsen ist. Mußt nichts drum geben. War keine böse Absicht.«

Der Bettler schob die Geldbörse in einen der Stiefel und klemmte sich das Kurzschwert unter den Arm. »Ich bin jetzt mal kurz weg. Muß die Sachen irgendwo verstauen, damit die Stadtwachen sie nicht finden. Und du glotz mich nicht so blöde an.« Er verpaßte dem Kadaver der Eidechse einen Stoß mit dem Fuß. »Mußt nicht denken, daß du umsonst gestorben bist. Ich hab dir versprochen, daß du mein Mittagessen sein wirst, und der alte Doron hält immer Wort, hörst du! Immer eins nach dem anderen … Wenn ich mit dir fertig bin, kommen die Wachen an die Reihe. Manchmal gibt's sogar ein paar Kupferstücke als Prämie. Die mögen's nicht so gerne, wenn Tote in der Stadt herumliegen. Sind meistens ganz froh, wenn man euch meldet. Könnt ihr ja schlecht selbst erledigen, nicht wahr, meine Hübsche.«

Leise vor sich hinmurmelnd, bahnte sich der Bettler den Weg durch die Büsche und hielt Ausschau nach einem geeigneten Versteck …

17. Kapitel

Immuel hatte den ganzen Morgen über mit sich gerungen, ob er dem Patriarchen sagen sollte, daß er es gewesen war, der Bodir befohlen hatte, Oboto zu folgen. Schließlich hatte der Ordinarius sich dazu entschlossen, sich dem Hochgeweihten zu offenbaren. Er tat dies jedoch nicht aus einem schlechten Gewissen heraus, sondern weil er Angst hatte, Tar Honak könne es womöglich auch, ohne daß er etwas gesagt hätte, erraten. So stand er nun mit gesenktem Blick vor seinem Herrn und wartete auf dessen Urteil.

Quälend lange Augenblicke vergingen, in denen der Ordinarius auf seine Zehenspitzen starrte. Schließlich wagte es Immuel, den Blick zu heben. Tar Honak saß zusammengesunken in seinem hohen Lehnstuhl und blickte aus einem der großen Fenster zum Himmel. Hinter ihm stand Hasdrubal, jener Geweihte, der das uneingeschränkte Vertrauen des Herrschers genoß.

Endlich hob der Patriarch den Kopf. »Glaubst du, daß Oboto für den Tod von Bodir verantwortlich ist?«

»Ich denke nicht, daß er es persönlich war, Eure Hochwürdigste Erhabenheit, doch bin ich mir sicher, daß Oboto den Befehl gab, Bodir zu töten. Wahrscheinlich ist es einem der Leibwächter des Marschalls aufgefallen, daß jemand seinem Herrn folgte, und dann haben sie eine günstige Gelegenheit abgepaßt und …«

»Weißt du, was mich wundert, Bruder Ordinarius? Man hat Bodir nur ein paar Schritt vom Fluß entfernt gefunden. Ihm fehlte die Robe. Er trug nur noch einen

Lendenschurz und seine Sandalen. Wozu dieser Diebstahl? Sollte Oboto so töricht sein, daß er glaubt, es reicht, einem unserer Brüder die Robe auszuziehen, damit wir ihn nicht mehr wiedererkennen, wenn er zum Leichenbeschauer kommt? Und wenn er die Spur verwischen wollte, warum hat er die Leiche dann nicht in den Fluß werfen lassen? Die Strömung hätte den Toten den Wasserfall hinuntergetrieben. Selbst wenn Bodir nicht ins Meer gespült worden wäre, hätte ihn dieser Sturz so entstellt, daß wohl niemand ihn mehr wiedererkannt hätte.«

»Denkt auch an den Leichnam, den man am Wehr gefunden hat, Eure Hochwürdigste Erhabenheit«, meldete sich Hasdrubal zu Wort. »Eine Stadtgardistin ist dort ermordet worden. Für mich sieht es ganz so aus, als habe sich jemand vom Fluß her Zutritt in die Stadt verschafft. Vielleicht hatte Bodir das Pech zu beobachten, wie der Mörder aus dem Wasser stieg, und mußte deshalb sterben. Ein paar Schritt weiter wird die Strömung zu stark für einen Schwimmer. Der Eindringling mußte also spätestens kurz hinter der Brücke aus dem Wasser kommen.«

»Und was ist mit der Robe, Bruder? Warum hat man Bodir ausgezogen,« warf Immuel ein. »Ich glaube nicht an diese Idee mit dem Schwimmer. Wer verrückt genug ist, in den Fluß zu steigen, wird zum Fraß für die Krokodile, lange bevor er das Wehr erreicht.«

»Und wenn der Mörder in einem Boot oder auf einem Floß bis zu den Pfahlsperren gebracht wurde? Von dort aus ist es sehr wohl möglich, den Bestien zu entkommen. Und für das Fehlen der Robe gibt es viele Erklärungen. Vielleicht hat er sie benutzt, um sich damit trockenzureiben, und sie dann in den Fluß geworfen. Oder aber er hat sich damit verkleidet.«

»Das ist infam! Wie kannst du nur wagen, solche Verrücktheiten in Anwesenheit des Patriarchen auszusprechen! Wer sollte es wagen, die Robe eines Geweihten dazu zu benutzen, sich abzutrocknen. Ich bin sicher, ein Pfeil Uthars würde einen solchen Frevler auf der Stelle töten …«

»Dein Wort in Uthars Ohr, Bruder Ordinarius … Ich halte es für *infam* zu glauben, die Götter würden sich um jede Kleinigkeit kümmern.«

»Genug ihr beiden!« Tar Honak hatte sich aus seinem Lehnstuhl erhoben. Immer noch blickte er durch das Fenster zum Meer hinab. »Drei Morde in einer Nacht, das wäre im Grunde nichts, worüber man sich aufregen müßte … Aber einen Geweihten zu töten, und dann auch noch die Sache mit diesem Weib, das man gehäutet hat … Das wird zu Gerede führen. Raubmörder und Herren, die einen Sklaven zu Tode prügeln, so etwas ist nach einem Tag schon wieder vergessen. Aber ein toter Borongeweihter in der Stadt des Schwarzen Gottes und zusätzlich noch ein Ritualmord …« Tar Honak schüttelte den Kopf. »Ich wünsche nicht, daß Unruhe herrscht, wenn ich mit der Flotte aufbreche. Die Hand Borons soll sich der Sache annehmen. Ich will, daß die Schuldigen gefunden werden und daß man sie unverzüglich bestraft.« Der Herrscher drehte sich um und blickte Immuel geradewegs ins Gesicht.

»Kann ich mich darauf verlassen, daß du alles Nötige in die Wege leiten wirst, Bruder Ordinarius?«

»Jawohl, Eure Hochwürdigste Erhabenheit! Es ist mir ein Vergnügen!« Immuels Herz schlug wild vor Freude. Der Patriach hatte ihm verziehen! Der Fehler, den er gemacht hatte, als er Bodir eigenmächtig den Befehl erteilt hatte, den Marschall zu beobachten, würde kein Nachspiel mehr haben! Demütig beugte Immuel sein Haupt und wandte sich zum Gehen, als hinter ihm noch einmal die Stimme des Hochgeweihten erklang.

»Burder Ordinarius, ich hatte dir noch nicht erlaubt zu gehen. Da nicht auszuschließen ist, daß der Stadtmarschall in den Mord an Bruder Bodir verwickelt ist, sollte man ihn weiter beobachten. Du bist hiermit von all deinen Pflichten im Tempel entbunden und wirst dich fortan dieser Aufgabe widmen. Oboto wird doch sicher nicht auf die Idee kommen, daß ihn ein Verwandter bespitzeln würde ... Du darfst nun gehen, Bruder Ordinarius.«

Immuel schluckte. »Ich danke Euch, Eure Hochwürdigste Erhabenheit.«

Auf dem ganzen Weg zurück in seine Gemächer mußte der Ordinarius an die Leiche Bruder Bodirs denken. Seine Kehle hatte ausgesehen, als sei er von einem Oger gewürgt worden. Ob Oboto auch einen Verwandten ermorden lassen würde?

»Akte* CXXIII*: Bericht über die Morde des Häuters, verfaßt vom Hauptmann der Wache, Hamilkar Barkas«

Ungläubig las Elena die Beschriftung der in fleckiges Schweinsleder gebundenen Akte. Dann schlug sie sie auf und verglich das Datum mit den anderen Notizen auf dem Pergament, das neben ihr lag. Die Akte stammte tatsächlich aus der Zeit kurz nach dem Brand des Schlundes. Die Magierin schob die anderen Schriftstücke, die aus den Archiven der Stadtwache gebracht worden waren, zur Seite und begann zu lesen. Hauptmann Hamilkar Barkas war vor mehr als 40 Jahren der Kommandant der Wache in der Grafenstadt gewesen. Zu diesem Viertel gehörte damals auch der Schlund, wie die Magierin durch ihre Recherchen wußte, denn eigentlich sollte sie anhand der alten Schriften herausfinden, wo einst das *Haus der Morgenröte* gestanden hatte, jenes Bordell, in dem die Verschwörer gegen Bal Honak umgekommen waren.

Neugierig blätterte Elena in der Akte. Sie erzählte von der Suche nach dem Häuter und davon, wie in den Wochen vor dem Großen Brand insgesamt sieben

Leichen im Gebiet der Grafenstadt gefunden worden waren, denen man allesamt die Haut abgezogen hatte. Die Opfer waren vier Männer und drei Frauen. Keiner der Toten konnte erkannt werden. Nach dem Brand gab es keine weiteren Morde mehr, und nachdem zwei Götternamen verstrichen waren, wurde die Akte über den Häuter auf Befehl des damaligen Stadtmarschalls, Marduk Paligan, geschlossen.

Nachdenklich schlug die Magierin die Akte zu. War der Häuter während des Brandes umgekommen? Oder konnte es sein, daß ein und derselbe Mörder nach mehr als vierzig Jahren in die Stadt zurückgekehrt war?

»Wie kommst du mit deiner Arbeit voran?«

Die Stimme des Marschalls ließ Elena aus ihren Gedanken aufschrecken. Oboto war hinter sie getreten und blickte auf den Stapel mit den Schriftstücken hinab.

»Bislang habe ich die Lage des Bordells nicht eindeutig feststellen können. Wäre es nicht vielleicht einfacher, unter einigen alten Bettlern herumzufragen, die im Schlund leben? Es muß doch noch jemanden geben, der sich an das *Haus der Morgenröte* erinnert.«

»Sicher wäre es möglich, auf diese Weise zu verfahren … Es ist allerdings Unser Wunsch, daß so wenig Menschen wie möglich davon erfahren, was Wir in dieser Nacht vorhaben. Es soll nicht einmal bekannt sein, daß Wir nach diesem Haus forschen. Weißt du, in Al'Anfa machen Gerüchte sehr schnell die Runde, und Wir möchten auf gar keinen Fall, daß ein Mitglied der Familie Wilmaan von unseren Plänen erfährt. Es soll eine Überraschung für sie werden. Es wird dir doch wohl möglich sein, mit Hilfe all dieser Akten und des alten Stadtplans dieses götterverdammte Bordell zu finden!«

»Natürlich!« Elena nahm eine neue Akte vom Stapel. »Ich werde mein Bestes geben, Herr!«

»Was ist dieser Fechter, den du in der Arena freikaufen wolltest, eigentlich für ein Mann?«

Die Magierin drehte sich um und blickte den Marschall fragend an. »Warum? Ist etwas mit ihm, Herr?«

»Sagtest du nicht, er sei einmal dein Geliebter gewesen – und stünde in deiner Schuld?«

»Diese Geschichte ist für mich Vergangenheit, Herr. Seit dem Besuch in der Arena habe ich ihn nicht mehr gesehen.«

Oboto lächelte anzüglich. »Für vergangene Geschichten warst du aber zu einem großen Opfer bereit. Weißt du, es hat fast den Anschein, als würde er sich um dieselben Dinge kümmern wie Wir. Er war gestern auf der Wache im Schlund und hat nach einigen der Akten gefragt, die dort vor dir auf dem Tisch liegen. Was mag er damit wollen?«

»Ich glaube, er sucht nach einer Spur seines Großvaters. Er hat mir auf der Reise hierher von ihm erzählt. Er muß ungefähr zur Zeit des Großen Brandes verschwunden sein. Ich glaube nicht, daß Tikian für Euch von Reiz sein könnte, Herr.«

»Du gestattest, daß Wir das selbst entscheiden?« Das Lächeln auf dem Gesicht des Marschalls erstarrte. »Uns stört, daß dieser Fechter herumläuft und Fragen über den Brand stellt. Es gibt nur zwei Wege, dieses Ärgernis abzustellen. Entweder hat der Gute einen Unfall – oder aber, du findest ihn und bringst ihn dazu, sich unserer Sache anzuschließen. Vielleicht weiß er ja etwas, das uns von Nutzen sein könnte. Kümmere dich morgen darum, Elena. Und wenn er verstockt sein sollte, auch gut, dann hat er selbst sein Urteil gesprochen.«

»Aber, Herr …«

»Du solltest wissen, daß über Unsere Entscheidungen nicht gestritten wird, Magierin! Geh nun wieder an deine Arbeit und enttäusche Uns nicht!«

Demütig neigte die Magierin ihr Haupt, als Oboto

nach der Akte griff, die sie gerade zur Seite gelegt hatte. Sie hörte, wie der Marschall nach Luft schnappte und dann lautstark die Akte zuschlug. »Bei allen Heiligen Alverans! Es hat schon einmal einen *Häuter* gegeben! Und keiner meiner Offiziere weiß davon ... Wir sind enttäuscht! Wir werden dieses Schriftstück an Uns nehmen, Elena. Wenn du noch weitere Akten über den *Häuter* findest, dann laß sie Uns umgehend zukommen.«

Wie gebannt starrte der Fechter noch immer auf die kleine Kiste, die auf seinem Bett stand. Consuela war gegangen, doch schienen die Wände des Zimmers noch immer von ihrem Streit widerzuhallen. Sie hatte es tatsächlich getan! In der dunklen, mit Messingbeschlägen verzierten Kiste lag Liliths Kopf! Er war auf stark duftende Kräuter gebettet, die den beginnenden Verwesungsgeruch überdecken sollten. Ihr Gesicht hatte man geschminkt, und die Haare waren ordentlich frisiert. Im Tod sah sie gepflegter aus als zu Lebzeiten.

Wenigstens waren ihre Augen geschlossen. Tikian überlief ein eisiger Schauer. Sie war nur seinetwegen gestorben! Consuela hatte ihm zwar noch einmal erzählen wollen, daß sie die Meuchlerin vor allem deshalb töten ließ, weil Lilith die Ehre ihres Hauses verletzt hatte, indem sie den Fechter angriff, als er noch Sklave und damit Eigentum der Konkubine war, doch Tikian konnte diese widersinnige Begründung nicht gutheißen. Consuela hatte für ihn morden lassen, und das verletzte seinen Stolz. Es wäre seine Angelegenheit gewesen, Lilith zu stellen!

Vorsichtig klappte er den Deckel der Truhe zu. Lange starrte er zu den verschlossenen Fensterläden. Draußen war das Rauschen von Regen zu hören. Die Luft war stickig und schwül. Er mußte raus aus diesem Zimmer! Es war seine Pflicht, dafür zu sorgen, daß der

Kopf in borongefälliger Weise bestattet wurde. Er sollte ihn zum Neuen Tempel bringen und den Geweihten dort überlassen.

Tikian fühlte sich plötzlich sehr müde. Consuela hatte ihm die Truhe voller Stolz gezeigt. Sie war davon überzeugt gewesen, das Richtige getan zu haben, ja, er war sich sogar sicher, daß sie glaubte, sie habe ihm auf diese Weise das Leben gerettet. In einem langen weißen Kleid mit hoch geschlossenem Kragen hatte sie auf seinem Bett gesessen und auf ihn gewartet. Sie war eine außergewöhnlich schöne Frau, und er war von ihr regelrecht verzaubert gewesen, bis sie den Deckel der kleinen Truhe geöffnet hatte, um ihm ihr Geschenk zu zeigen. Ob sie wohl tatsächlich ihn liebte oder nur das Bild, das sie sich von ihm machte? Er war kein Ritter wie aus den Geschichten der Ammen und Märchenerzähler. Er war nicht ohne Fehl und Tadel. Heute morgen erst war er vor dem Gesicht des Mädchens mit den blauen Augen zurückgeschreckt, und es hatte ihn einige Überwindung gekostet, sie auf seinen Arm zu nehmen und ins Dorf zu tragen.

Mit einem Seufzer griff er nach den Stiefeln seines Großvaters. Irgendein Sklave hatte sie frisch eingefettet und poliert. Sie würden das Regenwasser abhalten.

Wieder mußte Tikian an Consuela denken. Wenn sie ihn nicht als Sklaven ersteigert hätte, sondern er als freier Mann ihr Haus betreten hätte, wäre vielleicht einiges anders zwischen ihnen gewesen. Doch so …

Er griff nach dem dünnen ledernen Umhang, den er am Nachmittag gekauft hatte, und nahm dann die Truhe vom Bett. Es war an der Zeit, Lilith die letzte Ehre zu erweisen!

18. Kapitel

Unruhig trat Mira von einem Bein auf das andere. Fast eine Stunde lang hatte der Stadtmarschall sie und die anderen Offiziere der Garde warten lassen. Ohne ein Wort zu sagen, trat Oboto an das schmale Pult, das auf einem hölzernen Sockel am Ende des Saales stand. Gleich hinter ihm war ein kleines, rundes Fenster, so daß er durch einen Kranz von rötlichem Abendlicht umschlossen war, als er sich hinter dem Pult aufbaute. Wer ihn nicht kannte, neigte dazu, den umfänglichen dunkelhäutigen Mann mit seinem Hang für sonderbare Uniformen zu belächeln. Doch Mira wußte es besser. Oboto hatte seine Garden eisern im Griff, und sie wünschte, daß schon vorbei wäre, was nun erst zu erwarten war.

»Rührt euch!« durchschnitt die Stimme des Marschalls die Stille. Für einen Augenblick ertönte das Scharren eines halben Dutzends genagelter Stiefel auf dem steinernen Boden.

»Heute sind vier Leichen im Gebiet der Stadt aufgefunden worden. Zwei davon kaum mehr als hundert Schritt von hier entfernt. Ein Borongeweihter und eine Kameradin von uns sind in Sichtweite des Hauptquartiers der Stadtgarde getötet worden! Wißt ihr, daß man dort draußen auf den Straßen schon Spottlieder über die blinden Wachen singt? Hauptmann Alondro! Er hatte das Kommando letzte Nacht. Gibt es irgend etwas, was er zu den Vorfällen zu sagen hätte?«

Alondro war ein breitschultriger, geübter Kämpfer.

Seine Männer vergötterten ihn. Bislang hatte er als einer der Favoriten des Marschalls gegolten. Manchmal war er sogar in der Arena aufgetreten, um sein Kampfgeschick zu zeigen. Jetzt wirkte er kleiner als sonst. Zum ersten Mal bemerkte Mira die grauen Haare an seinen Schläfen. Den Helm unter den Arm geklemmt, trat der Offizier vor.

»Meine Männer trifft keine Schuld für das, was letzte Nacht geschehen ist. Sie haben Dienst nach Vorschrift getan. Wenn jemand für die Zwischenfälle bestraft werden sollte, so bin ich es, denn ich habe es versäumt, dafür zu sorgen, daß die Wachen doppelt besetzt waren. Der Tod unserer Kameradin Vadoria wäre so mit Sicherheit zu vermeiden gewesen. Ich bin bereit, meine Fehler zu gestehen und den Abschied einzureichen.«

»Um dann sofort als Offizier im Bund des Kor aufgenommen zu werden und sich am ruhmreichen Feldzug gegen Trahelien zu beteiligen?« Obotos Augen funkelten vor Wut. »Das ist keine Strafe! Berichte er uns lieber, was er unternommen hat, um diesen Mörder zu fassen!«

»Die Leiche unserer Kameradin Vadoria ist zur siebenten Nachtstunde gefunden worden. Auf meinen persönlichen Befehl hin sind die Flußufer beiderseits der Stadtmauer mit Bluthunden nach Spuren abgesucht worden. So sind wir auf den Leichnam des Borongeweihten gestoßen, der fünfzehn Schritt südlich der Brücke gleich unterhalb der Mauer zum Silberberg lag. Dort haben die Hunde eine Fährte aufnehmen können, die bis zur Grafenstadt hinabführte und sich in den Gassen des Schlunds verlor. Alle Versuche …«

Mira schloß die Augen und fluchte innerlich. Der Schlund! Warum mußte dieser Mörder ausgerechnet dorthin fliehen! Es gab doch noch etliche andere Viertel! Warum in Bronos Namen verkroch sich der Auswurf der Niederhöllen immer wieder bei ihr? Sie hörte dem Bericht des Hauptmanns kaum noch zu und dachte an die Leiche der geköpften Frau, die am Nachmittag durch einen Bettler gemeldet worden war. Warum hatte man ihr nicht einfach einen Dolch in den Rücken stoßen können? Nein, es mußte etwas Besonderes sein! Offenbar war sie durch einen Pfeil oder einen Armbrustbolzen getötet worden. Das Geschoß hatte man jedoch wieder aus der Wunde entfernt. Durch ihre Spitzel wußte sie, daß man überall im Viertel von Ritualmorden sprach und sich die schauerlichsten Gerüchte ausbreiteten. Von einem riesigen Zyklopen mit einem feurigen Auge war die Rede oder davon, daß sich in den alten Zisternen ein Dämonenportal geöffnet hatte ... Alles Unsinn! Aber es würde sicher noch ... Die Stimme des Marschalls ließ Mira aufhorchen.

»Wir danken ihm für seinen ausführlichen Bericht, auch wenn Wir nicht verhehlen können, daß es Uns befremdet, daß die Bluthunde ihre Spur verlieren konnten. Als Zeichen unseres Wohlwollens werden Wir von einer entehrenden Strafe ob seiner Versäumnisse absehen. Da er für sein Versagen aber auch nicht gänzlich ungesühnt davonkommen soll, mag er mit seinen Männern in den nächsten zwei Götternamen Dienst auf den Festungsinseln versehen. Doch nun zu den anderen Mordfällen. Mira! Möge sie vortreten und Uns berichten.«

Die Offizierin schluckte und trat aus der Reihe ihrer Kameraden. Sie spürte, wie ihre Handflächen feucht wurden, während ihre Kehle plötzlich ganz trocken war. »In den frühen Morgenstunden ist in einer Latrine nahe der ...«

»Wir sind bereits im Bilde«, unterbrach sie der Marschall scharf. »Wir möchten wissen, welche Fortschritte die Suche nach dem *Häuter* macht!«

Mira nickte und flehte in stummen Gebet Phex um eine Ausrede an, mit der sie sich aus ihrer Lage herauswinden könnte. »Ich habe auf Anraten des Medicus, der den gehäuteten Frauenleichnam untersuchte, im Neuen Tempel um eine Genehmigung dafür gebeten, die Leiche der Toten öffnen zu lassen und auch einen Magier zu den Untersuchungen hinzuziehen zu dürfen. Der Medicus hofft, so einige Erkenntnisse gewinnen zu können, die uns auf die Spur des Täters bringen werden. Was hingegen die Leiche der geköpften Frau angeht, spricht einiges dafür, daß es sich bei ihr um eine Söldnerin aus einem der neu ausgehobenen Truppenteile handelte. An ihrem Leib fanden sich etliche Narben, die von Kämpfen herrührten. Ihr Rücken wies darüber hinaus Narben von Peitschenhieben auf, was darauf hindeutet, daß sie offenbar schon einmal mit dem Gesetz in Konflikt geraten ist. Es besteht Hoffnung, daß ihr Name bald herausgefunden werden kann und wir dann auch auf die Spur des Mörders kommen. Ich glaube, daß …«

»Es ist nicht nötig, sich noch weiter mit der kopflosen Leiche zu beschäftigen. Sie ist nicht von Belang. Wesentlich wichtiger erscheint Uns die Angelegenheit mit dem *Häuter.* Es gab doch schon einmal einen Verdächtigen …«

»Es hat sich herausgestellt, daß der Mann unschuldig war. Ich denke …«

»Hat sie vielleicht schon einmal vom *Häuter* gehört? Wir meinen, bevor die erste Leiche gefunden wurde?«

Mira schaute den Marschall verwundert an. Worauf wollte er hinaus? »Wie könnte ich schon von ihm gehört haben, bevor er auffällig geworden ist?«

»Wir können Uns des Eindrucks nicht erwehren, daß sie ihre Arbeit äußerst schlampig macht. Schon vor dem Großen Brand hat es sieben ganz ähnliche Morde gegeben. Der Täter konnte damals nicht gefaßt werden. Nach dem Brand gab es keine weiteren Morde mehr. Es schien, als sei der *Häuter* in den Flammen umgekommen. Doch nun hat er einen Nachfolger gefunden! Finde sie diesen Kerl! Der Patriarch wünscht, daß die Angelegenheit binnen drei Tagen geklärt ist! Andernfalls …«

Der Marschall brauchte seinen Satz nicht zu vollenden. Mira wußte nur zu gut, was mit denen geschah, die das Mißfallen des Herrschers der Stadt erweckten.

»Sie mag nun wegtreten!« Oboto nickte Mira kurz zu und wandte sich dann an die anderen Offiziere. »Für euch alle gilt, daß Wir erwarten, daß sich die Garden in den nächsten Tagen in erhöhter Anzahl in der Stadt zeigen. Alle Beurlaubungen werden gestrichen, die Streifen in den Straßen werden verdoppelt und die Wachen auf den Türmen und an den Toren verstärkt. Bei jedem Verstoß gegen die Erlasse des Rates wird in den nächsten Tagen mit größter Härte durchgegriffen. Wir werden dieser Stadt zeigen, daß mit den Garden nicht zu spaßen ist. Wir möchten Verhaftungen sehen!«

»Wenn Ihr erlaubt, hätte ich einen Vorschlag zu machen«, meldete sich Hauptmann Alondro zu Wort. »Gestern ist ein streitsüchtiger Novadi aufgegriffen worden, der einen Bürger mit einem Krummdolch bedroht hat. Soweit sich das bislang feststellen ließ, hat er keinen Fürsprecher und auch keine Verwandten in der Stadt. Er hält sich erst drei Tage innerhalb der Mauern auf. Man könnte ihn als Mörder anklagen, so haben die Fanas ihr Schauspiel, und es wird weniger geredet.«

Der Marschall strich sich über sein breites Doppelkinn und runzelte nachdenklich die Stirn. »Der Mann wurde doch schon gestern festgenommen. Wir machen Uns lächerlich, wenn Wir ihn für einen Mord verantwortlich machen, der geschah, als dieser Novadi bereits im Kerker gesessen hat.«

»Mit Verlaub, Ehrwürdiger, laßt mich Euch darlegen, wie dem vorzubeugen wäre. Zunächst einmal können wir den Novadi nach dem Überfall El Harkirs leicht als Spitzel des Piraten hinstellen. Damit wäre es möglich, ihn durch ein Militärgericht unter Ausschluß der Öffentlichkeit verurteilen zu lassen. Wenn wir ihn dann noch beschuldigen, den Mord an der enthaupteten Frau begangen zu haben, vermeiden wir sogar, in Widersprüche zu geraten. Kaum jemand hat die Tote bislang gesehen. Wir behaupten einfach, sie habe schon seit zwei Tagen in den Ruinen gelegen. Ihn als den Häuter hinzustellen, hielte ich hingegen für unklug, denn wer weiß, ob wir nicht schon bald ein drittes Opfer dieses Monstrums finden werden.« Alondro warf einen verächtlichen Seitenblick auf Mira. »Offen gestanden gehe ich nicht davon aus, daß dieser Fall innerhalb von drei Tagen geklärt werden wird.«

»Seine Idee gefällt Uns! Möge er alles Notwendige in die Wege leiten! Wenn das Militärgericht schon morgen früh zusammentritt, könnten wir den Fanas zur Mittagsstunde die Hinrichtung bieten. Brillant, Alondro! Wir erlauben Uns, seine Verbannung auf die Festungsinseln auf nur einen Götternamen zu beschränken. Hiermit erklären Wir unser Treffen für beendet. Wir erwarten euch in zwei Tagen zur selben Stunde zu einer weiteren Zusammenkunft und hoffen, daß ihr Uns bis dahin wenigstens einen der wahren Mörder bringen könnt. Ihr dürft nun gehen. Alondro, kommt zu Uns! Wir möchten noch etwas mit ihm besprechen.«

In gedrückter Stimmung schloß sich Mira den anderen Offizieren an und verließ den kleinen Saal. In nur zwei Tagen den *Häuter* aufzuspüren, erschien ihr unmöglich. Sie wußte ja nicht einmal, wo sie nach ihm suchen sollte. Vielleicht wäre es nicht das Dümmste, den Fechter überwachen zu lassen. Möglicherweise hatte er sie getäuscht. Sie sollte überprüfen, wo er sich in der Nacht, als der zweite Mord geschah, aufgehalten hat. Mißmutig warf sie einen Blick zurück in den Saal und sah, wie sich der Marschall und Hauptmann Alondro angeregt unterhielten. Warum hatte nicht sie die Idee mit dem Novadi gehabt? Schließlich war der Kerl einmal ihr Gefangener gewesen. Ob sie wohl zu ehrlich und zu einfältig war, um eine erfolgreiche Offizierin zu sein? Wen kümmerten in dieser Stadt schon Recht und Gesetz!

Nach seinem Besuch im Neuen Tempel streifte Tikian ziellos durch die Gassen des Schlunds. Gions Worte waren ihm wieder eingefallen, daß die Stiefel des Toten, die er trug, ihn vielleicht auf eine Spur aus der Vergangenheit führen würden. Doch falls dem so war, war er blind für die Hinweise auf seinen Großvater. Drei Stunden war er durch das stinkende Viertel geirrt, hatte mehr als ein Dutzend alter Männer und Frauen nach der Zeit des Großen Brandes befragt, aber nichts herausgefunden, was ihn weitergebracht hätte. Die Alten schienen Angst zu haben, über den Brand zu sprechen, und manchmal hatte er sogar das Gefühl, sie hatten auch Angst vor ihm.

Jetzt stand er vor dem heruntergekommenen Haus, in dem er Quartier genommen hatte, als er von den Stadtgarden verhaftet wurde. Eine Weile starrte er unschlüssig auf die fleckige, weiße Fassade. Wie Pocken zeigte sich das dunkle Mauerwerk unter der abblätternden Tünche. Die grob gezimmerten Fensterläden hatten längst alle Farbe verloren und hingen gleich grauen Gespenstern in den verrosteten Angeln.

Mit dem Ellbogen stieß er die Tür zu dem Schankraum auf, der unter den Gästezimmern lag. Breitbeinig blieb er auf der Schwelle stehen und musterte die Gestalten in der Schenke. Der Wirt hinter der Theke blickte auf und ließ den Tonkrug fallen, den er gerade mit einem zerfetzten Lappen ausgewischt hatte.

»Ich hab dich nicht an die Garden verpfiffen, Fechter! Du mußt mir glauben, daß ich damit nichts zu tun hatte. Das hier ist ein ehrliches Haus ... Ich weiß, was ich meinen Gästen schuldig bin.«

Tikian trat ein, und die wenigen Gäste beeilten sich, ihm aus dem Weg zu gehen. Mit einem Blick zur Seite vergewisserte sich der Fechter, daß der Rausschmeißer keine Anstalten machte, ihn anzugreifen. Dann erreichte er die Theke. Der Wirt war ein großer, stämmiger Kerl mit tätowierten Armen.

»Du glaubst mir doch, nicht wahr? Ich kann nichts dafür, daß sie dich geholt haben und …«

»Gib mir die Schlüssel für mein altes Zimmer und halt's Maul. Ich will noch einmal nach oben.«

»Ich habe nichts gestohlen! Es sind die Wachen gewesen, die dein Gepäck mitnahmen. Einen Schlüssel wirst du nicht brauchen. Die Tür ist noch nicht repariert und …«

Ohne weiter auf das Gerede des Wirtes zu achten, stieg Tikian die schmale Treppe hinauf, die zu den Gasträumen führte. Auf dem oberen Absatz blickte er noch einmal zurück, um sicher zu gehen, daß der Rausschmeißer sich nicht vielleicht doch dazu durchgerungen hatte, ihm zu folgen. Aber der Kerl hockte immer noch an seinem Tisch dicht bei der Tür.

Langsam ging er den Flur entlang, der zu seinem alten Zimmer führte. Es roch nach Schweiß, modernden Wänden und billigem Fusel. Aus einem der Zimmer waren das Stöhnen einer Hure und das Schnaufen ihres Liebhabers zu hören. Wie tief er gesunken war, sich hier herumzutreiben. Er wohnte zwar noch immer in einem Hurenhaus, doch hatte seine neue Absteige wenigstens Stil.

Die Tür seines alten Zimmers lehnte an der Wand des Flurs. Der Raum war dunkel. Er dachte an Callana und ihr breites Lachen, das ihn dazu bewogen hatte, sie mit heraufzunehmen. Sie war noch so jung gewesen …

Unschlüssig ging er in dem Zimmer auf und ab. Es war nichts mehr zurückgeblieben, das an ihn oder die Hure erinnerte. Er hätte nicht mehr hierher zurückkommen sollen. Einen Augenblick lang glaubte er, das billige Duftwasser zu riechen, das Callana benutzt hatte. Wütend stieß er den Fensterladen auf. Er war dieser Hure nichts schuldig! Er hatte sie nicht ermordet und wurde auch nicht mehr des Mordes beschuldigt. Sie war eine Diebin gewesen und hatte sich ihr Ende selbst zuzuschreiben!

Der Fechter lehnte sich aus dem Fenster und blickte zu der Stelle hinunter, wo man Callana gefunden hatte. Eines der Fenster auf der anderen Seite des Hofes war erleuchtet. Deutlich konnte er den Schatten einer Frau erkennen. Die Silhouette kam ihm vertraut vor. Es war die Frau, die dort auch in der Mordnacht gesessen hatte. Vielleicht hatte sie etwas gesehen?

Von der Straße her ertönte lautes Rufen. »Räumt die Häuser! Ich will hier keinen mehr sehen. Und jetzt bewegt euch endlich, Sauhaufen!«

Eine Gruppe Soldaten erschien auf dem Hof. Das Licht im Fenster gegenüber verlosch. Tikian fluchte und stürzte zur Tür. Er durfte die Fremde jetzt nicht verlieren. Sie mußte etwas gesehen haben! Vielleicht konnte sie den Mörder beschreiben?

Auf der Treppe kamen ihm zwei Kämpferinnen mit gezogenen Schwertern entgegen. Sie trugen goldverzierte Helme und schwarze Waffenröcke, die auf der Brust eine goldgelbe Scheibe zeigten. Es waren Kriegerinnen der Dukatengarde, einer Eliteeinheit, die für die Sicherheit des Silberbergs und der Grandenvillen verantwortlich war. Tikians Hand glitt zum Rapier.

Unten am Tresen konnte er sehen, wie der Wirt mit einem weiteren Kämpfer der Garde sprach und dann hinaufzeigte. Der Fechter fluchte leise und trat ein Stück vom Treppenabsatz zurück. Die Söldnerinnen waren vor ihm stehengeblieben.

»Wir sind nicht deinetwegen hier, Kerl! Erspar uns, dich in Stücke zu schneiden. Mach jetzt Platz!«

Ganz langsam nahm Tikian die Hand vom Korb des Rapiers, jeden Augenblick auf einen überraschenden Angriff gefaßt. Er trat ein Stück zurück, damit die beiden Söldnerinnen weitergehen konnten. Auch sie blieben mißtrauisch. Ohne den Blick von ihm zu wenden, kamen sie die Treppe hoch und traten dann in den Flur, aus dem Tikian gekommen war.

»Komm jetzt da runter, Mann!« rief der Söldner, der

unten neben dem Wirt stand. »Wir sollen dafür sorgen, daß das Haus geräumt wird, und wenn du dich nicht langsam ein bißchen beeilst, komme ich rauf und werd dir Beine machen.«

Noch immer im Zweifel, ob die Söldner nicht doch auf der Suche nach ihm waren, stieg Tikian die Treppe hinab und ging auf den Ausgang zu. Von draußen war lautes Rufen zu hören. Offenbar wurde noch ein weiteres Haus geräumt. Der Fechter atmete auf. Es ging wohl tatsächlich nicht um ihn!

Erleichtert trat er aus dem Gasthaus. Männer mit Fackeln und Laternen drängten sich durch die Gasse und scheuchten Gestalten mit verängstigten Gesichtern vor sich her. Tagelöhner und Bettler, Huren und Söldner. Einige waren noch halb nackt, als habe man sie beim Rahjaspiel gestört. Schweiß schimmerte auf den Gesichtern. Eine fast greifbare Spannung lag in der Luft, und es war so schwül, daß jeder Atemzug zur Qual wurde. Vom Meer her brandete dumpfes Donnergrollen gegen die Stadt.

Tikian versuchte, sich zwischen den Menschen hindurch zum Hof zu drängen, um dort nach der Frau am Fenster zu suchen, doch unter dem Torbogen wurde er von Söldnern der Dukatengarde angehalten.

»Was geht dort vor sich?«

»Ich glaube kaum, daß dich das etwas angeht!« Ein hochgewachsener Krieger baute sich vor Tikian auf. »Du tätest gut daran, von hier zu verschwinden!«

»Ich will zu meiner Frau«, log der Fechter.

»Hier wirst du sie nicht finden, und wenn du jetzt nicht …«

»Laß ihn in Frieden, Soldat!« Eine Gestalt mit breitkrempigem Hut und schwarzem Ledermantel erschien hinter dem Söldner. »Es ist gut, dich zu treffen, Tikian. Ich habe einiges mit dir zu bereden.«

»Hat es dich vom Silberberg wieder in die Niederungen des Lebens verschlagen, Elena?« Tikian lächelte abweisend. Sie hatte ihm gerade noch gefehlt! »Wie dem auch sei ... ich wüßte nicht, was wir beide uns noch zu sagen hätten.«

»So nachtragend, Fechter? Es wäre besser für dich, wenn du ...«

»Vergiß es! Die Zeiten, in denen ich mir von dir angehört hätte, was besser für mich ist, sind unwiderruflich vorbei. Wenn du etwas von mir willst, empfange ich dich gerne morgen zur Mittagsstunde im *Opalpalast.*« Ohne die Magierin noch eines Blickes zu würdigen, wandte er sich ab. Er mußte sich beeilen, wenn er die Frau vom Fenster noch finden wollte. Sicher hatten die Söldner sie schon aus ihrem Haus geholt.

Die Krieger hatten inzwischen die Gasse abgesperrt und winkten Tikian durch ihre Reihen. Die meisten der Vertriebenen kauerten mit gesenkten Häuptern entlang der schmutzigen Hauswände und tuschelten leise miteinander. Irgendwo fluchte eine Hure lautstark, daß die Gardisten ihr ein glänzendes Geschäft verdorben hätten. Einige Neugierige reckten die Hälse, um zu sehen, was vor sich ging, doch abgesehen von den Söldnern der Dukatengarde war niemand in der Gasse neben der Absteige zu sehen.

Tikian musterte die Gesichter, doch die Frau vom Fenster konnte er nicht finden. Obwohl er kaum mehr als ihren Schattenriß gesehen hatte, war er sich sicher, daß er sie wiedererkennen würde.

Etwas abseits der anderen hockte der Wirt aus der Absteige in einer Tür und starrte zu seinem Haus hinüber.

»Als ich die Soldaten auf der Treppe sah, dachte ich einen Augenblick lang, du hättest mich ein zweites Mal verraten.« Der Fechter lächelte zweideutig. »Aber ein kluger Mann macht ja nur selten zweimal denselben Fehler.«

»Ich habe dich noch *nie* verraten ...« Der Wirt rutschte ein Stück tiefer in den Hauseingang. Seine

Stimme überschlug sich vor Angst. »Du siehst doch, daß es ihnen nicht um deinen Kopf geht, *Häuter.* Ich habe nur erklärt, wie viele Gäste noch oben in den Zimmern waren, als ich zur Treppe zeigte. Ich würde niemals …«

»Sag mir, wo die Frau aus dem Haus auf der anderen Seite vom Hof steckt, und ich werde dir den Ärger nachsehen, den ich in deinen vier Wänden zu erdulden hatte. Mein Wort als Ehrenmann darauf.«

Der stiernackige Wirt leckte sich mit der Zunge über die Lippen. Er vermied es, dem Fechter in die Augen zu sehen. »Frau? Was für eine Frau meinst du?«

»Die Frau, die dort nachts an dem erleuchteten Fenster im Erdgeschoß sitzt«, entgegnete Tikian gereizt.

»Ich weiß nicht, von wem du sprichst … Ich … In dem Haus lebt niemand … Ich habe dort noch nie … ein erleuchtetes Fenster gesehen«, stotterte der Wirt.

Wütend packte Tikian den Kerl am Kragen und zerrte ihn auf die Beine. »Es ist keine halbe Stunde her, daß in diesem Fenster noch Licht gebrannt hat. Erzähl mir nicht, du wüßtest nicht, was in deiner Nachbarschaft vor sich geht!«

»Ich würde dir niemals widersprechen … Du weißt, ich war im Schankraum … Wie hätte ich da das erleuchtete Fenster sehen können … Du mußt mir glauben. Ich habe noch nie eine Frau in dem Haus gesehen. Ein paar Bettler übernachten dort manchmal … Aber die machen kein Licht …« Die Augen des Wirts waren vor Angst geweitet.

»Du weißt, warum man mich den *Häuter* nennt«, flüsterte Tikian und stieß den Wirt tiefer in den Schatten des Hauseingangs.

»Ich hörte, daß du zu Unrecht angeklagt wurdest und daß du …«

»Trotzdem nennst auch du mich *Häuter.*« Der Fechter zog seinen Parierdolch. »Vielleicht hast du ja recht … Was ist mit der Frau?«

»Ich weiß nichts!« kreischte der Wirt. »Ich habe dort niemals eine Frau oder ein erleuchtetes Fenster gesehen! Bitte, im Namen der Zwölf, glaube mir!«

»Wenn ich die Frau finde, werde ich sie nach dir fragen. Ich hoffe für dich, daß du nicht gelogen hast. Wenn sie dich kennt, sei gewiß, daß wir uns wiedersehen ...«

»Bei allen Alveraniern, ich würde dich niemals belügen und ...«

Tikian glaubte nicht, daß der Wirt es wagte, falsches Zeugnis im Namen der Zwölf abzulegen. Auch war seine Angst zweifellos nicht gespielt. Es schien, als würde er die Frau wirklich nicht kennen. Der Fechter spukte in eine Pfütze und zog sich den ledernen Umhang enger um die Schultern. Dann mußte er eben andere Nachbarn befragen ...

Elena blickte dem Fechter nach, bis er hinter den Wachen, die die Gasse abriegelten, verschwunden war. Seine Worte hatten sie verletzt. Sie konnte seinen Zorn verstehen, und doch hatte sie gehofft, daß ihr Wiedersehen anders verlaufen würde. Seine Kälte, seine Boshaftigkeit, das waren Züge, die sie bislang nicht an ihm gekannt hatte. Es war die richtige Entscheidung gewesen, ihn zu verlassen! Jeder andere Gedanke war nichts als schwärmerische Gefühlsduselei!

Sie wandte sich um und rieb sich fröstelnd die Arme. Trotz der schwülen Hitze wurde ihr plötzlich kalt. Draußen über dem Meer zuckte ein gewaltiger, fünffach gegabelter Blitz über den Himmel. Er erinnerte an eine riesige, knöcherne Klauenhand, die nach Efferds Reich zu greifen versuchte. Einen Lidschlag lang war der Himmel in helles Licht getaucht, dann kehrte die Finsternis zurück, und den geblendeten Augen der Magierin erschien sie noch tiefer als zuvor. Es dauerte einige Herzschläge, bis das dumpfe Grollen des Donnerschlags die steilen Klippen der Stadt erreichte. Aus den Augenwinkeln sah Elena, wie eine der Söldnerinnen flink ein Schutzzeichen gegen das Böse schlug. Dieses dumme, abergläubische Kälbchen! Sie hatte sich im Töten ausgezeichnet, denn sonst wäre sie niemals in der Dukatengarde aufgenommen worden – doch ein einfaches Gewitter vermochte ihr Angst einzujagen. Was wohl wäre, wenn sie schon jetzt wüßte, welche Schrecken diese Nacht noch für sie bereithalten wird? Würde sie davonlaufen? Die Magierin lächelte.

Elena trat auf den Hof zurück. Ariel ben Drou hatte gerade den Bannkreis um das Hexagramm geschlossen, das er für seinen Zauber benötigte. Die Magierin begutachtete die Zeichnungen auf dem Boden. Über jeden Zacken des Sterns war eines der sechs Elementarzeichen gemalt, und in den doppelten Kreis hatte Ariel jene Worte der Macht geschrieben, die verhindern würden, daß die Kreatur den magischen Zirkel verlassen könnte.

»Hilf mir!« Der Tulamide hatte begonnen, Steine aus dem Schutt der bröckelnden Mauern, die den Hof flankierten, zu sammeln. »Du weißt ja, was zu tun ist!«

Orlando, der das Ritual beaufsichtigte, warf ihr einen mißtrauischen Blick zu. Ariel hatte inzwischen einen kopfgroßen Stein zur Mitte des Hexagramms getragen und gab ihr einen Wink, ihm zum Schutthaufen zu folgen.

»Wie verbunden bist du diesem Granden Oboto Florios?« flüsterte der Magier leise, als sie gemeinsam weitere Steine zwischen den Trümmern hervorholten.

»So verbunden wie einer Sandviper, die mich gerade in den Arm gebissen hat.«

»Es freut mich zu hören, daß ich mich nicht in dir getäuscht habe, meine Schülerin. In dieser Nacht werde ich der Familie Florios dienen und gute Miene zu ihrem bösen Spiel machen, doch es ist gut zu wissen, in dir eine Verbündete auf dem Silberberg zu haben, wenn der Tag meiner Rache kommt. Gestattest du mir, in deinen Gedanken zu lesen, um mich von deiner Aufrichtigkeit zu überzeugen?«

»Wann immer Ihr dies wünscht, Meister.«

Ariel lächelte. »Diese Antwort soll mir vorerst genügen.« Er hob einen Stein auf und ging zum Zirkel zurück. Elena tat es ihm gleich und achtete sorgfältig darauf, keine der Linien zu berühren, die Ariel mit blauer Kreide auf den steinigen Boden gemalt hatte.

Noch fünfmal machten sie den Weg zum Trümmerhaufen, bis sich schließlich in der Mitte des Hexagramms ein kleiner Berg aus Steinbrocken erhob. Dann begann Ariel, jene Formel zu sprechen, mit der man die Dschinne, die in den Felsen leben, herbeiruft. Zunächst sagte er die Worte der Macht langsam, fast so, als sei seine Zunge gelähmt. Doch mit jedem Mal, das er sie wiederholte, wurde er ein wenig schneller, und seine Stimme ertönte lauter. Die Söldner, die sie auf den Hof begleitet hatten, zogen sich unter den Torbogen zurück, und Elena konnte ihren Gesichtern nur allzu deutlich ansehen, was sie von dem Ritual hielten. Selbst Orlando war bis an die Wand des Hofs zurückgewichen.

Zuletzt sprach Ariel die Worte so schnell, daß man sie kaum noch auseinanderhalten konnte, und sein Rufen übertönte den Donner des näherkommenden Gewitters, als die Felsbrocken inmitten des Hexagramms plötzlich auseinanderstoben wie Laub, in das der Herbstwind gefahren war. Eine dunkle Gestalt wuchs aus dem rissigen Pflaster. Elena konnte den Boden unter ihren Füßen vibrieren fühlen. Ihr Hals war trocken, und ihre Augen hingen wie gebannt an dem eckigen Gesicht mit den gelbglühenden Augen, das Ariel mit unbewegter Miene beobachtete. Fast drei Schritt maß die Gestalt, die zu ihnen herabblickte. Es währte nur wenige Herzschläge lang, daß sich der Dschinn und Ariel mit Blicken maßen, und doch erschien es Elena, als würde eine Ewigkeit vergehen, bis die steinerne Gestalt zu ihnen sprach.

»Du hast mich gerufen, Meister. Wie kann ich dir zu Diensten sein?« Seine Stimme klang wie ein Echo, das dutzendfach von den Wänden einer weitläufigen Höhle zurückgeworfen wird.

»Unter diesem Hof muß es eine verschüttete Kammer geben, in der die Gebeine mehrerer Toter liegen. Ich bitte dich, Dschinn, bringe sie zu mir herauf, denn sie sollen nach dem Ritus dieser Stadt beerdigt werden.«

»Dein Wunsch ist mir Befehl, Meister!« Die dunkle Stimme des Dschinns war beinahe körperlich spürbar, so wie die Klänge mächtiger Trommeln, die einem in den Bauch fahren. Langsam verschmolz die Gestalt wieder mit dem Pflaster, und Elena seufzte erleichtert, als der Dschinn ganz verschwunden war.

Ein gleißender Blitz zuckte über den Himmel, und diesmal war der Donner fast im selben Augenblick zu hören. Der Gewittersturm hatte die Stadt erreicht. Elena warf ihrem Meister einen besorgten Blick zu, doch Ariel hatte die Arme über der Brust gekreuzt und schien ganz in ein Gebet versunken zu sein. Ob er wohl Rastullah darum bat, die Regenwolken, die dem Gewitter folgen würden, noch ein wenig zurückzuhalten?

Leise klappernd fiel ein schwärzlicher Knochen auf das Pflaster. Ein zweiter folgte und ein dritter ... Dann schob sich ein gewölbter Schädel aus dem felsigen Boden und rollte Elena vor die Füße. Immer mehr Knochen wuchsen aus dem Pflaster und türmten sich innerhalb des Bannkreises, und schließlich erschien auch wieder die ehrfurchtgebietende Gestalt des Dschinns. Im gleichen Augenblick schlug ein Blitz irgendwo ganz in der Nähe ein. Elena konnte den Boden unter ihren Füßen erbeben spüren, und das laute Donnergrollen schmerzte in ihren Ohren.

»Ich muß dich warnen, Meister! Dieser Ort ist durch unheilige Handlungen besudelt. Es gibt Mächte, die versuchten, mich bei der Ausführung deines Befehls zu behindern. Sie haben mir Schmerzen zugefügt!« Der Dschinn trat aus dem Hexagramm heraus, doch konnte er die Barriere des Bannzirkels nicht überwinden.

»Hörst du, Meister? Ich habe für dich leiden müssen! Sie sind jetzt auf dich aufmerksam geworden und versuchen, mir zu folgen.«

Elena wollte der Gestalt durch einen Bannspruch Einhalt gebieten, doch ihre Zunge war gelähmt vor Angst.

»Wer ist auf mich aufmerksam geworden?« Ariel sprach ruhig und beherrscht. Es schien, als kenne er keinerlei Furcht.

Wieder zuckte ein Blitz über den Himmel. Eisiger Wind pfiff über den Hof. Die Stimme der steinernen Gestalt ging im Donnergrollen unter. Doch konnte die Magierin sehen, wie der Dschinn Ariel zu sich winkte. Im gleichen Augenblick begann es zu regnen. So als schütte man das Wasser aus Eimern vom Himmel, prasselte der Regen auf den Hof hinab und spülte die Kreidezeichen des Bannzirkels hinweg.

Drohend beugte sich der Dschinn zu Ariel hinab. Damit war der Bann für Elena gebrochen. Fieberhaft überlegte sie, was zu tun sei. Um einen Dschinn zu vertreiben, müßte sie einen neuen Bannkreis ziehen, doch der Regen würde die Kreide sofort wieder wegspülen. So hob sie drohend ihren Zauberstab und trat der Steingestalt entgegen.

»Weiche zurück in dein Element! Dein Dienst ist beendet!« schrie sie über das Rauschen des Regens hinweg. Es war völlig dunkel auf dem Hof. Der Sturmwind hatte Fackeln und Laternen gelöscht. Nur hin und wieder vertrieb der helle Schein eines Blitzschlags für Augenblicke die Finsternis. Die Dunkelheit jedoch, die auf solche Augenblicke des Lichts folgte, schien nur noch dichter und undurchdringlicher als zuvor. Elena ließ den Stein an der Spitze ihres Stabes erglühen, und ein warmer, goldener Schein erhellte den Hof. Der steinerne Riese war verschwunden. Ariel packte sie am Arm und zog sie zu einer Mauernische. Sein Haar hing ihm in breiten nassen Strähnen ins Gesicht. Die Schminke, die er um die Augen aufgetragen hatte, floß ihm wie schwarze Tränen über die Wangen.

»Ich danke dir für deine Hilfe, doch er wollte mir nichts tun. Er hat mir einen Namen zugeraunt, den er an diesem Ort nicht laut auszusprechen wagte. Ging es dir auch so, daß du gefroren hast, als wir den Hof zum ersten Mal betraten?«

Die Magierin nickte.

»Es ist die Kälte der Niederhöllen, die in diesen Steinen nistet und die sie nie wieder verlassen wird. Es sind hier schreckliche Dinge geschehen. Man hat die Herrin der blutigen Wollust gerufen, und der Übergang zu ihrer Sphäre ist hier so fließend, daß es ausreichen mag, ihren dämonischen Namen laut auszusprechen, um sie zu locken.«

»Du weißt, daß hier erst vor wenigen Tagen ein Mord geschehen ist?«

Ariel hob überrascht die Augenbrauen. »Ich kümmere mich nur wenig um das, was in der Stadt geschieht. Passierte es wirklich hier auf dem Hof?«

»Eine Hure. Man hat sie gehäutet und ...«

»Gehäutet! Bei Rastullah und all seinen himmlischen Dienern! Weißt du, was das bedeutet? Die Herrin mordet jene, derer sie überdrüssig wird, und man sagt, daß sie eine blutrote Robe aus der Haut ihrer Opfer trägt. Was, zum Henker, will Oboto mit den Toten, die wir hier aus der Erde gruben?«

Elena zuckte mit den Schultern. »Zwei seiner Ahnen befinden sich unter ihnen, doch ich fürchte, es geht ihm um mehr ...«

19. Kapitel

Takate reckte sich. Endlich hatten die Schmerzen ein Ende. Ganz schwach hörte er das Donnern der großen Himmelstrommel. Verwirrt blickte er auf seine Hände. Sie hatten sich verändert. Die Finger erschienen ihm jetzt länger, und von der Farbe eines blassen Gelbs. Vorsichtig streckte er seine Rechte und ballte sie dann zur Faust. Er konnte hören, wie seine Knöchel leise knackten, so als paßten die Gelenke nicht richtig zueinander. Wenn er die Hand bewegte, kehrte der Schmerz zurück.

»Was geschieht mit mir, Mutter?«

»Ich habe deinen Leib gestärkt, damit du deinen Gegnern besser widerstehen kannst. Du vermagst ihnen nun mit bloßen Händen das Herz aus der Brust zu reißen. Du wirst zum Schrecken der Ungerechten und der Sklavenschinder werden. Dein Name wird bald in aller Munde sein, und es wird still werden, wenn man von Takate dem Rächer spricht.«

Der Krieger erhob sich und reckte seine Glieder. Die weite Robe behinderte ihn nicht mehr. Es war fast so, als habe er sie schon immer getragen, ja, als sei sie ein Teil von ihm. Suchend tasteten seine Augen durch die weite Höhle. Er konnte sich kaum noch erinnern, wie er in der letzten Nacht hierher gekommen war. Obwohl es nirgends Licht gab, erkannte er alles so deutlich, als scheine das goldene Himmelsauge ungehindert durch den Felsen in die Höhle hinein.

Es roch hier nach Rauch und totem Fleisch. Überall,

wohin er auch blickte, lagen verbrannte Leiber und geschwärzte Knochen.

»Vor vielen Sommern hat es ein großes Feuer gegeben, in dem hunderte von Blaßhäuten starben. Es waren zu viele Leichen, um sie so, wie es sonst die Art der Weißen ist, in der Erde zu verscharren. So haben sie die Toten hier heruntergeschafft. Seitdem wagte es niemand mehr, diesen Ort zu betreten. Er ist tabu! *Du wirst hier sicher sein, mein Sohn. Doch nun laß uns gehen. Die Stunde der Jagd ist gekommen.«*

Geleitet von der Stimme seiner Mutter, fand der Krieger seinen Weg durch die Höhlen. Manche von ihnen waren natürlich entstanden, anderen sah man an, daß sie von Menschenhand geschaffen waren. Es gab große Hallen, in denen sich Wasser sammelte, und einmal überquerte Takate sogar einen trüben Bach, der sich ins Innere des Felsens ergoß. Bald bemerkte der Keke-Wanaq Gestalten, die sich bei seinem Anblick ängstlich in Höhlen oder hinter Gesteinstrümmern duckten. Andere knieten vor ihm nieder, und es schien, als wollten sie ihm ihre Ehrerbietung zeigen. Sie alle wirkten krank oder verkrüppelt, und ihre hageren Leiber waren in stinkende Lumpen gehüllt. Sie erinnerten ihn ein wenig an Ratten, die verstohlen jede seiner Bewegungen beobachteten.

Endlich erreichte er eine Höhle, die sich zu einem schmalen Felssims hin öffnete. Von dort konnte man auf das große Wasser hinabschauen. Der Himmel war mit dunklen Wolken verhangen, und die Luft erfüllte das Rauschen des Regens. Der Krieger schlug die Kapuze zurück, legte den Kopf in den Nacken und genoß den Sturmwind und das warme Wasser. Endlich war er der bedrückenden Enge der Höhlen entkommen. Hier war sein Platz! Nicht irgendwo unter der Erde versteckt, so als sei er ein Wurm, der sich vor dem Angesicht seiner Feinde verbergen mußte. Er war Takate, der größte Krieger aus dem Volk der Keke-Wanaq, und er würde Verderben in die steinernen Hütten tragen.

Es waren Stufen aus der Steilklippe geschlagen worden, so daß es sowohl einen Weg nach oben wie auch nach unten gab. Der Krieger entschied sich dazu, dem Himmel entgegenzusteigen. Fast hatte er den Rand der Klippe erreicht, als ihm eine kleine Gestalt entgegenschwankte.

»Mach mir Platz, du ... Kuttenträger.«

Einen Herzschlag lang betrachtete der Kieger verwundert den kleinen Mann, der ihm kaum bis zum Nabel reichte. Auch war er erstaunt, wie deutlich er die Zunge verstehen konnte, in der der kleine Kerl sprach.

»Hörscht du nischt? Vor dir schteht Tobigon Schteinfaust ... und es wird dir übel ergehen, ... wenn du mich erzürnst!«

»Du drohst mir, halber Mann?« Takate ging in die Knie, so daß ihre Gesichter jetzt auf einer Höhe waren.

»Mach Platz, bevor ich dich unter meinem Absatz zerque ... zerquesch ... ich meine zermalme.«

Der Krieger lachte.

»Bring ihn um! Er wohnt auf einer der schwimmenden Hütten, die zu den Inseln im großen Wasser fahren, um dort deine Brüder zu Sklaven zu machen, mein Sohn. Er bedient einen großen Bogen, mit dem man Pfeile verschießt, die so lang wie Speere sind, und er hat schon vielen deiner Brüder Tod und Verderben gebracht.«

»Du willscht wohl Ärger, Hundschfott!«

Takates Rechte schoß vor und umklammerte die Faust des kleinen Mannes, noch bevor dieser richtig ausgeholt hatte. Wie die Zangen eines Flußkrebses hatte seine Krallenhand zugepackt. Ohne daß er es wollte, drückte er immer fester, bis das trockene Knakken brechender Knochen zu hören war.

»Bitte ... aufhören ...«, wimmerte der kleine Mann.

»Mach Schluß mit ihm!«

Der Krieger packte den kleinen Kerl mit der Linken beim Gürtel und hob ihn langsam hoch. Neugierig musterte er die roten Haare, die dem Kleinen überall im Gesicht wuchsen – und die zu Zöpfen geflochten waren. Selbst aus der Nase sprossen ihm Haare!

»Bitte nischt ... Es tut mir leid, ... wenn isch disch beleidigt habe ...«

Takate spürte den Atem des kleinen Kerls auf dem Gesicht. Er roch nach Feuerwasser. Der Mann hatte Augen so blau wie der Himmel zur Mittagszeit. Es schien, als rollten ihm Tränen über die Wangen, doch mochten es auch Regentropfen sein. Langsam hob der Krieger den Kleinen über die Brüstung, die die Treppe zum Abgrund hin sicherte. Dann ließ er ihn fallen. Ein kurzer, gellender Schrei hallte durch die Nacht. Dann war ein dumpfer Aufschlag zu hören, und es wurde wieder still bis auf das Rauschen des Regens.

Der Krieger spürte eine seltsame Beklemmung. Er lehnte sich über die Brüstung und blickte in die dunkle Tiefe. Noch einmal sah er die himmelblauen Augen des kleinen Mannes vor sich.

»Vergiß ihn! Er war ein Mörder, und du hast ihn gerichtet! Es war gerecht, was du getan hast! Steig die letzten Stufen hinauf, und ich werde dich zu dem Mann führen, der im Wald versuchte, dich zu töten.«

Tikian starrte in den halbleeren Bierkrug vor sich auf dem Tisch. Es war kein guter Tag heute! Niemand hatte ihm etwas über die Frau am Fenster erzählen können. Alle, die er gefragt hatte, behaupteten, das Haus sei nicht bewohnt. Nur hin und wieder übernachteten Bettler dort. Ob es wohl etwas gab, was sie fürchteten? Der Fechter konnte nicht begreifen, warum sie alle logen. Er hatte die Frau mehrfach gesehen. Und das Zimmer war in einem warmen Licht erleuchtet gewesen, so als würden dort Kerzen oder Öllämpchen brennen. Morgen nacht würde er wiederkehren, um nach ihr zu suchen.

Nachdem die Söldner den Hof geräumt hatten, war

er noch einmal zurückgekehrt, doch diesmal waren alle Fenster in der verfallenen Häuserfassade dunkel gewesen. Er war zwischen den Ruinen herumgeklettert und hatte nach ihrem Zimmer gesucht, doch alle seine Bemühungen blieben vergebens. Das alte Haus war wie ein Labyrinth, und es mochte wohl sein, daß er mehrfach an ihrem Zimmer vorübergelaufen war, ohne es zu bemerken. Er würde bei Tageslicht wiederkehren! Dann mußte es ein Kinderspiel sein, sie zu finden. Er brauchte nur die Fassade am Hof zu betrachten und sich die ungefähre Lage ihres Zimmers zu merken. So hätte er einen Anhaltspunkt, wenn er ein zweites Mal durch die ausgebrannten Zimmer irrte.

Tikian hatte gehofft, Gion hier oben, im *Bidenhänder* zu treffen, doch der Schütze war nicht dort. Warum auch. Wahrscheinlich war er erschöpft davon, seine Männer das Töten zu lehren. Vielleicht hatte Gion recht gehabt, und es war klug, die Stadt zu verlassen und sich der Armee anzuschließen, die im Hafen lagerte.

Der Blick des Fechters schweifte durch die Schenke. Es waren nur wenige Krieger hier an diesem Abend. Helle Tabakschwaden zogen wie Wolken unter den Balken der Holzdecke dahin. Die Stube hallte von leisem, einschläferndem Gemurmel wider. Den Geschichten längst vergangener Heldentaten, die mit jedem Mal, das sie erzählt wurden, noch ein wenig an Glanz dazugewannen.

Ihm gegenüber saß eine Kriegerin. Ihr langes braunes Haar war zu Zöpfen geflochten. Sie trug ein geschwärztes Kettenhemd und starrte, seit Tikian eingetreten war, auf einen Fleck irgendwo hinter ihm an der Wand. Gelegentlich ließ sie die dünne Stange aus zusammengerollten Tabakblättern von einem Mundwinkel in den anderen gleiten, wobei stets das Glutauge an der Spitze der Zigarre aufleuchtete. Ansonsten bewegte sie sich nicht. Neben ihr lehnte ein Zweihänder an der Wand. Tikian fragte sich, ob sie in irgendeinem der

Söldnerregimenter angemustert hatte oder ob sie zu gut war, um sich noch so billig zu verkaufen.

Weiter hinten im Halbdunkel saß eine Gruppe bärtiger Gestalten. Von ihnen brandete immer wieder lautes Lachen herüber, doch meist klang es nicht wirklich fröhlich, sondern auf schwer zu beschreibende Weise gehässig. Mit ihnen machte Korga, die einarmige Wirtin des *Bidenhänder,* das beste Geschäft an diesem Abend. Allein in der kurzen Zeit, die Tikian in der Schenke war, hatte sie schon fünf Krüge voll Wein zum Tisch hinübergetragen, und es würden sicherlich noch etliche hinzukommen, nachdem er wieder gegangen war.

Mit einem Schlag flog die Tür auf. Eine Gestalt in einer schwarzen Kutte trat herein. Ihr Gesicht blieb im Schatten einer weiten Kapuze verborgen. Der Mann oder wer immer es sein mochte, war barfuß – und daran konnte man erkennen, daß er ein Mohaha sein mußte, denn seine Füße waren von dunkler Hautfarbe. Der Kerl war riesig. Mehr als zwei Schritt groß. Sein Kopf bewegte sich merkwürdig ruckartig hin und her. Ein leises Schniefen war zu hören, fast als wolle er wie ein Jagdhund Witterung aufnehmen. Tikian lächelte. Der Gedanke war seltsam.

Alle Augen ruhten auf dem Neuankömmling, der mittlerweile in die Mitte des Schankraums getreten war. Die Gespräche der Bärtigen waren verstummt, und selbst die Söldnerin, die der unsichtbare Fleck an der Wand so gereizt hatte, wandte den Kopf zur Seite, um den Fremden zu betrachten. Seine Kutte war über der Hüfte mit einem schlichten Hanfseil gegürtet. Darin steckten eine Peitsche und ein Schwert.

Langsam drehte sich der Mann um, bis er schließlich in Tikians Richtung blickte. So verharrte er einige Atemzüge lang. Dann streckte er die Hand vor und zeigte auf den Fechter. »Ich bin gekommen, um deinen Kopf zu holen.«

»Und ich, um ein Bier zu trinken.« Tikian lachte verschmitzt. »Das ist kein Tag, um Geschäfte zu machen. Komm morgen wieder, um mit mir über den Tod zu reden.«

Der Fremde schob seine Kapuze zurück. Er hatte ein breites Gesicht mit einer mächtigen Adlernase, die sich weit über seine schmalen Lippen beugte. Seine Augen waren dunkel, fast schwarz. Den vorderen Teil seines Schädels hatte er kahl rasiert, die übrigen Haare waren zu einem Knoten im Nacken zusammengesteckt. Auf den Kehlkopf des Mannes war eine große weiße Spinne gemalt, die mit ihren langen Beinen über die Wangen des Kriegers bis zu seinen Schläfen hinaufgriff.

»Erinnerst du dich noch an mich, Blaßhaut?«

Tikian begriff, daß der Fremde nicht zu Späßen aufgelegt war. Er war tatsächlich gekommen, um sich seinen Kopf zu holen. Angespannt musterte er ihn, während seine Rechte nach den Waffen tastete, die neben ihm auf der grob gezimmerten Holzbank lagen. Er konnte sich nicht erinnern, den Krieger schon einmal gesehen zu haben.

»Hast du schon so viele Feinde getötet, daß du dich nicht einmal mehr an ihre Gesichter erinnern kannst, Blaßhaut?«

»Meine Toten kenne ich sehr wohl. Das ist auch der Grund, warum du mir so fremd bist. Zu ihnen scheinst du ja nicht zu gehören.«

»Manchmal trügt der Schein. Und jetzt mach dich zum Sterben bereit.« Der Fremde zog seine Waffen aus dem Gürtel, und wie eine Viper schnellte seine Peitsche vor, um den Bierkrug vor Tikian vom Tisch zu fegen.

Der Fechter winkelte die Beine an und stemmte sich gegen die Kante der Tischplatte, so daß das schwere Möbelstück dem Fremden entgegenstürzte. Mit einem Satz war Tikian auf den Beinen und griff nach seinen

Waffen. Der Kerl mußte einer der Kopfjäger sein, die man auf ihn angesetzt hatte. Consuela hatte also recht gehabt mit ihren Warnungen. Doch mit dem Kerl würde er schon noch fertig werden!

Wieder schoß die Peitsche vor, und Tikian mußte sich mit einem hastigen Sprung zur Seite in Sicherheit bringen. Durch die Reichweite der Peitsche hatte sein Gegner ohne Zweifel einen Vorteil. Für lange Spielchen blieb also keine Zeit. Er mußte den Kerl so schnell wie möglich kampfunfähig machen.

Gehetzt blickte er sich in der Schenke um. Die übrigen Söldner verfolgten gespannt das Duell. Mit ihrer Hilfe brauchte er nicht zu rechnen. Die Peitsche des Mohas schnellte so dicht an seinem Gesicht vorbei, daß Tikian den Luftzug auf der Wange spüren konnte. Er sollte besser aufpassen!

Zwischen ihm und dem Affengesicht lag der umgestürzte Holztisch, so daß es unmöglich schien, den Fremden von vorne anzugreifen. Tikian fluchte leise. Die Sache mit dem Tisch war ein Fehler gewesen! Er machte zwei Schritt nach rechts, um das Möbelstück zu umrunden, doch der Moha wich nach links aus, so daß sich der Abstand zwischen ihnen nicht verringerte. Ein Peitschenhieb traf ihn am Arm, zerfetzte sein Hemd und ließ einen blutigen Striemen zurück. Tikian biß die Zähne zusammen. Er durfte sich nicht aus der Ruhe bringen lassen!

Sein Blick fiel auf die Hände des hünenhaften Moha. Er trug gelbe Handschuhe, die mit merkwürdigen Schuppen aus Horn besetzt waren, so daß die Finger fast wie Krallen wirkten.

Noch einmal versuchte Tikian, um den Tisch herumzukommen. Erst machte er einen Satz nach links, dann wechselte er jäh die Richtung und stürmte nach rechts, doch es war, als könne der Moha seine Gedanken lesen. Er folgte jeder seiner Bewegungen, und es schien unmöglich, ihm näher zu kommen.

Verzweifelt sah sich der Fechter nach einem Fluchtweg um. Es gab keine Möglichkeit zu entkommen, ohne dem Fremden den Rücken zuzuwenden. Er mußte ... Die hölzernen Säulen! Tikian trat einen Schritt zurück, und fast augenblicklich erfolgte der nächste Angriff mit der Peitsche. Der Fechter warf sich nach vorn auf den Boden. Die lederne Schnur zischte über ihm durch die Luft und wickelte sich dann mit einem Klatschen um die Holzsäule, vor der er gestanden hatte. Der Moha versuchte, die Waffe mit einem Ruck wieder frei zu bekommen.

Tikian stieß sich vom Boden ab und sprang nach vorn. Der Kopfjäger hob sein Schwert, so daß die Spitze auf die Brust des Fechters zeigte. Mit einem Rückhandschlag fegte der Adlige die Klinge mit seinem Rapier zur Seite, den Dolch in der Linken zum tödlichen Stich gesenkt. Wie gegen einen Felsen prallte er gegen den muskulösen Körper des Mohas. Sein Gegner verlor das Gleichgewicht, und sie beide stürzten zu Boden. Tikian stach zu, dicht unter den Rippenbogen, so daß der kalte Stahl bis hinauf ins Herz des Kopfjägers dringen mußte. Doch seine Klinge rutschte ab. Trug der Kerl etwa eine Brustplatte unter der Kutte? Der Fechter stach erneut zu, und wieder glitt die Waffe ab. Dabei war nicht einmal ein metallisches Knirschen zu hören. Das konnte nicht wahr sein!

Der Moha umklammerte ihn mit den Beinen und drehte sich zur Seite. Tikian wurde herumgerissen. Nun ließ sich der Kopfjäger mit seinem ganzen Gewicht auf ihn fallen, und der Fechter stöhnte auf, als ihm die Luft aus den Lungen gepreßt wurde. Sein linker Arm schoß hoch. Diesmal zielte die spitze Klinge des Parierdolchs auf die Kehle des Fremden. Er konnte beobachten, wie die Waffe genau unter den Kehlkopf traf und dann wirkungslos zur Seite glitt, so als bestünde sein Feind nicht aus Fleisch und Blut, sondern aus gehämmertem Eisen.

Hast du schon so viele Feinde getötet, daß du dich nicht einmal mehr an ihre Gesichter erinnern kannst, Blaßhaut? Die Worte des Mohas hallten in Tikians Kopf wider. Wer war das? Und was hatte er mit dieser Frage gemeint? War er ein Toter? Eine Kreatur wie jener Dämon, den sie im Dschungeltempel bekämpft hatten? War diese Ausgeburt der Niederhöllen zurückgekehrt, um sich an ihm zu rächen? Er mußte ihm die Klinge durch die Augen treiben! Mochte die Bestie auch eine Haut wie Stahl haben, dort mußte sie verletzlich sein! Tikian hob den Dolch, doch der Moha griff nach seinem Handgelenk und drückte den Arm mühelos zu Boden.

»Ich werde jetzt deinen Kopf nehmen, deine Augen und den Mund mit Lederriemen schließen. Dann werde ich das Fleisch von deinem Schädel ziehen und es trocknen, bis dein Kopf nicht mehr größer ist als eine Faust. In diesem Gefäß aus geschrumpftem Fleisch wird dein Tapam gefangen sein. Er wird mir gehören!«

Der Moha klemmte die Arme des Fechters unter seine Knie, dann hob er die Rechte, um nach Tikians Kehle zu greifen. Verzweifelt versuchte sich der Adlige aus der Umklammerung zu befreien, doch es war, als sei er in Felsgestein eingeschlossen. Voller Entsetzen starrte er auf die Hand. Der Moha trug keine Handschuhe! Seine Finger waren tatsächlich gelb und mit Schuppen bedeckt, und die Nägel glichen langen, gebogenen Jaguarkrallen.

»Praios, steh mir bei! Banne diese Kreatur in die Niederhöllen und …«

»Dein Wimmern wird dir nichts nützen, du Wurm. Ich werde dich jetzt …« Der Moha brach mitten im Satz ab. Wie von Geisterhand wurde er zur Seite gerissen und stürzte gegen den Tresen, wo er regungslos liegenblieb.

Über Tikian stand breitbeinig die Söldnerin, die vorhin auf der anderen Seite des Tisches gesessen hatte. Sie hielt ihren Zweihänder in Händen und ließ die glimmende Tabakrolle von einem Mundwinkel zum anderen rutschen. Ihr Gesicht war noch immer reglos wie eine Maske. »Nichts Persönliches … Bild dir also nicht ein, ich würde in Zukunft noch mal deine Retterin spielen. Ich mag nur nicht zuzusehen, wie so ein Affengesicht einen Weißen kaltmacht.«

Hinter ihnen ertönte ein entsetzter Aufschrei. Tikian und die Söldnerin fuhren herum. Der Moha richtete sich langsam auf. Er schien völlig unverletzt zu sein.

»Das ist Dämonenwerk!« Die Söldnerin hob ihren Zweihänder, um erneut anzugreifen. Mit einem wilden Aufschrei stürmte sie vor, doch der Moha wich geschickt aus, so daß ihre Klinge tief in das dicke Holz des Tresens fuhr. Der Krieger griff der Söldnerin nach dem Hals und brach ihr mit einer Drehung aus dem Handgelenk das Genick.

Dieser Feind war nicht zu besiegen! Tikian schob seine Waffen in den Gürtel und rannte zur Tür. Hinter sich hörte er das Krachen von Holz. Offenbar hatten die anderen Söldner einen Fensterladen eingeschlagen, um zu fliehen.

Draußen regnete es noch immer. Er wandte sich nach links, rannte eine schmale Gasse hinauf und sah dann eine Treppe, die auf eine der höher gelegenen Terrassen führte. Wenn er schnell genug war, würde er dort oben vielleicht ein Versteck finden. Und wenn diese Kreatur wirklich ein Dämon war … Unsicher blickte der Fechter über die Schulter, um zu sehen, ob sein Verfolger ihm bereits nachsetzte, dann floh er in die Finsternis.

Takate hörte, wie sich das Klacken der Stiefel entfernte. Begierig sog er die schwüle Nachtluft ein. Der Regen streichelte sanft sein Gesicht. Er stutzte. Ein eigenartiger Geruch lag in der Luft. Es war Schweiß und … Er kannte diesen Duft. So roch die Blaßhaut, die vor ihm davonlief …

»Du bist nun wie der Jaguar, der eine Fährte nicht mehr verlieren kann, wenn er einmal Witterung aufgenommen hat. Merkst du, wie du dich veränderst? Es ist, als würdest du noch einmal durch mich geboren, mein Sohn … Du wirst der vollkommene Krieger und Jäger sein … Es dauert nicht mehr lange. Noch drei- oder viermal wird das leuchtende Tagauge über den Himmel wandern, dann ist es vollendet!«

»Was ist vollendet?« Takate spürte, wie sich die Haare in seinem Nacken aufrichteten, so als habe ihn ein kalter Luftzug gestreift. Er blickte auf seine Hände oder das, was von ihnen noch übrig war. Wie würde er aussehen, wenn er neu geboren war?

»Du mußt dich nicht fürchten, mein Sohn! Habe ich dir nicht wunderbare Geschenke gemacht? Du kannst bei Nacht sehen, als sei es Tag. Du vermagst selbst dort noch Witterung aufzunehmen, wo ein Jaguar die Fährte verlieren würde. Die Waffen deiner Feinde können dich nicht zu verwunden. Und das ist noch nicht alles …«

Takate dachte an die blauen Augen des kleinen Mannes, den er von der Klippe gestoßen hatte. Dessen Angst! Es war unnötig gewesen, ihn zu töten. Es hatte nichts Böses in diesen Augen gelegen.

»Vergiß ihn! Dein Mörder entkommt! Erinnerst du dich nicht mehr an den Kampf bei den sprechenden Steinen? Hast du das triumphierende Grinsen der Blaßhaut vergessen, als dich der Pfeil aus dem Hinterhalt traf? Jetzt endlich ist die Zeit gekommen, Rache zu nehmen! In dieser Nacht wirst du es sein, der von der süßen Milch des Sieges trinkt!«

Er erinnerte sich an die Bilder des Kampfes. Die Blaßhaut hatte Angst gehabt, auch Verwunderung zeigte sich im Gesicht des Mannes, und Zorn, doch ein Lächeln … Nein, er hatte nicht gelächelt! Oder … Noch einmal spürte Takate den Schmerz des Pfeils und die Klinge des Kriegers. Und jetzt sah er es! Ja! Er lächelte!

»Folge ihm! Dein ist die Rache! Es ist dein Recht, ihn zu töten. Er ist kein Krieger, sondern ein Mörder!«

So war es! Takate spürte, wie der Zorn sein Herz schneller schlagen ließ. Wie hatte er nur zweifeln können! Witternd hob er den Kopf. Dann lief er an der schroffen Felswand entlang. Schon nach ein paar Schritten stieß er auf einen Weg, den man in den Stein geschlagen hatte. Die Blaßhaut war hier hinaufgelaufen. Er konnte das Blut riechen, das dem Mörder den Arm hinabgetropft war.

Während er die Stufen erklomm, malte sich Takate aus, wie er seinen Gegner töten würde. Die Blaßhaut sollte langsam sterben! Er würde den Kerl mit hinab in die Höhlen nehmen. Dort konnte niemand seine Schreie hören. Der Krieger lachte. Er war sich sicher, daß die Blaßhaut schreien würde. Ein Keke-Wanaq hätte alle Martern schweigend ertragen, doch die Weißen waren schwach ... Sie waren keine wirklichen Kämpfer.

Takate hatte den oberen Rand der Klippe erreicht. Warmer Wind zerrte an seiner regenschweren Kutte. Die Blaßhaut war nach rechts geflohen. Mit langen Schritten eilte der Jäger einen sanft ansteigenden Weg hinauf. Aus den Augenwinkeln konnte er sehen, wie einige Ratten, als sie ihn näherkommen hörten, von einem Müllhaufen abließen und in eine dunkle Seitengasse flohen.

Sein Weg führte den Krieger an einer langen weißen Mauer vorbei, in der sich ein mit merkwürdigen Bildern geschmücktes Tor öffnete. Fast sah der hoch gewölbte Torbogen wie jener schillernd bunte Pfad aus, auf dem Kamaluq manchmal, wenn die Regenwolken vom leuchtenden Himmelsauge vertrieben wurden, in den großen Wald hinabstieg, um seinen Kindern nahe zu sein.

Zögernd blickte Takate auf den mit weißen Steinen bestreuten Weg, der zwischen Bäumen hindurch zu einer großen Steinhütte führte. Die Blaßhaut war hier entlanggegangen. Daran konnte es keinen Zweifel geben. Deutlich nahm Takate den Geruch des Flüchtenden wahr. Er schien nicht mehr weit!

Unsicher trat er auf den Weg. Die Bäume, die hier wuchsen, hatte er noch nie zuvor gesehen. Manche von ihnen trugen weiße Blüten. Andere hingen voller kleiner roter Früchte. Ja, einer der Bäume trug sogar gleichzeitig Blüten und Früchte. Ängstlich faßte Takate sein Schwert fester. Was für ein seltsamer Ort! Die Geister in den Bäumen mußten verrückt sein. Wohin war er hier nur geraten? Halb hoffte der Krieger auf eine Antwort seiner Mutter, ein paar beruhigende Worte, doch ihr Tapam schwieg.

Takate konnte jetzt den Eingang des Hauses sehen. Er wurde von mächtigen steinernen Pfählen, dick wie Baumstämme, getragen. Dazwischen glänzte buntes Licht. Der Keeke-Wanaq konnte sehen, wie sich etwas zwischen den Lichtern bewegte. Er roch Angstschweiß und Blut. Die Blaßhaut! Er hatte sie gefunden. Nur ein paar Schritt trennten ihn noch von seiner Rache.

Seltsamer Rauch zog in durchscheinenden Schleiern aus der hohen Tür. Die Gestalt verschwamm zwischen den Lichtern. Ein eigenartiges Leuchten umgab plötzlich das ganze Haus, und die Dunstschwaden trieben über den Weg auf ihn zu. Sie waren jetzt nicht mehr weiß wie der Rauch nasser Äste, sondern schillerten in bunten Farben. Takate fühlte einen beklemmenden Schmerz in der Brust. Nicht so, als sei er verwundet worden, sondern ein Schmerz, wie er ihn an dem Tag empfunden hatte, als die Blaßhäute seine Mutter töteten. Wo blieb ihr Tapam jetzt? Warum sprach ihre Stimme nicht zu ihm? Das Licht schien wie ein Versprechen. Er wußte, daß er nur darauf zuzugehen brauchte, und sein Schmerz würde enden.

»Flieh, mein Sohn!« Die Stimme in seinem Inneren war nur ein leises Wispern, ganz anders als sonst. Der

Krieger spürte, daß auch der Geist seiner Mutter Angst vor dem Licht hatte. *»Dieser Ort gehört bösen Geistern. Wir müssen flüchten! Gegen sie können wir nicht bestehen. Schnell …«*

Die Stimme seiner Mutter war voller Qual. Zögernd trat Takate einen Schritt zurück, ohne dabei den Blick von den schillernden Rauchschwaden zu wenden. Heiße Tränen rannen ihm über die Wangen und mischten sich mit dem warmen Regen. Was war das nur für ein böser Zauber, den die Geister um ihn gesponnen hatten? Der Schmerz in seiner Brust wurde immer unerträglicher. In der großen Hütte würde er Frieden und Vergessen finden. Alle Leiden hätten ein Ende.

Er preßte sich die Krallenhände aufs Gesicht, um den Geisternebel nicht länger sehen zu müssen, und taumelte schluchzend dem Tor in der Mauer entgegen. Erst als er ein ganzes Stück gelaufen war, ließ der Schmerz in seiner Brust nach und wich einem unbändigen Zorn. Die Stimme seiner Mutter erklang nun wieder laut und voller Kraft. Sie schrie nach Rache – und Takate war bereit, sich ihr zu fügen.

20. Kapitel

Mit klopfendem Herzen schlug Tikian die Tür hinter sich zu. Ein Stunde oder länger hatte er noch im Tempel der ewigen Wiedergeburt gewartet, nachdem der Moha in der dunklen Kutte verschwunden war. Den ganzen Weg bis zum *Opalpalast* war er gelaufen. Er hatte beide Waffen blank gezogen und jeden Augenblick damit gerechnet, daß ihn der Dämon aus dem Schatten eines Hauseingangs anspringen würde. Als ihn die Angst packte, der unheimliche Krieger könne zu Consuela gehen, mochte er keinen Augenblick mehr in dem Tempel bleiben, obwohl es sicherlich vernünftiger gewesen wäre, dort bis Sonnenaufgang auszuharren. Halb hatte Tikian darauf gehofft, sie unten in der Halle zu treffen oder vielleicht sogar hier auf seinem Zimmer. Doch das war töricht gewesen. Sicher vergnügte sie sich gerade mit irgendwelchen Gästen …

Der Fechter warf den regennassen Lederumhang über die Truhe seines Großvaters, die noch immer mitten in dem kleinen Zimmer stand, schnallte sein Wehrgehänge ab, legte die Waffen auf den Tisch neben der Tür und ließ sich auf dem Bett nieder, um die alten Stiefel auszuziehen. Nach dem hellen Kerzenlicht in der Eingangshalle umfing ihn hier in seinem Zimmer wieder bedrückende Dunkelheit. Nur neben seinem Bett glomm ein winziges Flämmchen auf dem zurückgeschnittenen Docht einer Öllampe. Polternd ließ der Fechter seine Stiefel auf den Boden fallen und legte sich auf das Bett.

Irgendwo im Haus erklang leises Flötenspiel. Tikian stutzte. Erschrocken richtete er sich auf. Jetzt hörte er es wieder! Ein Geräusch wie Trommeln und doch anders, hölzern ... Seine Augen hatten sich schon besser an die Dunkelheit gewöhnt. Ängstlich blickte er sich um und verfluchte sich innerlich dafür, seine Waffen außer Reichweite abgelegt zu haben. In dem Lehnstuhl, der in der Ecke links neben der Tür stand, saß jemand. Eine Gestalt in einer Robe, die Kapuze tief ins Gesicht gezogen! Der Dämon hatte ihn gefunden! Er trommelte mit den Fingerkuppen der Linken auf die Lehne. Auf seinem Schoß lagen die beiden dünnen Bücher aus der Kiste Jacomos.

Tikian schluckte. Vielleicht konnte er ihn mit ein paar Fragen ablenken und dann aufspringen, um nach seinen Waffen zu greifen? Oder sollte er lieber aus dem Fenster springen? Er würde nicht tief stürzen ... Nein, es war besser, erst zu reden. »Was willst du von mir? Warum verfolgst du mich?«

»Laß deine Waffen lieber liegen, mein junger Freund. Zum Reden brauchen wir sie nicht, und ich bin nicht gekommen, um dir etwas zuleide zu tun.«

Die Stimme des Dämons klang jetzt völlig anders, so als sei er ein alter Mann. Welches finstere Spiel trieb diese Kreatur mit ihm?

»Du hast überall im Schlund nach deinem Großvater gefragt. Man sagte mir auch, du hättest ein Bild von ihm. Darf ich es sehen?«

»Was kümmert dich das Bild eines Toten, Kreatur der Finsternis? Mach mir nichts vor! Du bist hier, um mich zu töten. Also bringen wir es zu Ende!«

Der Fremde lachte. »Man hat mir schon viele Namen gegeben, doch *Kreatur der Finsternis* nannte mich meines Wissens noch niemand. Sollte ich dich unterschätzt haben? Weißt du mehr, als in diesem Buch hier steht? Bist du dir tatsächlich im klaren darüber, wer ich bin?

Ich habe deinen Großvater gekannt. Ich war der letzte, der ihn lebend sah.«

Hinter dem Lehnstuhl bewegte sich etwas. Dort lauerte noch jemand. Mochte es sein, daß die Kapuzengestalt nicht der Dämon war, der ihn in der Schenke angegriffen hatte? Doch wer war es dann? Konnte er dem Mann glauben? Hatte er Jacomo wirklich gekannt?

»Nimm die Kapuze ab! Ich möchte dein Gesicht sehen. Und zeig mir deine Hände!«

»Die Hände?« Der Fremde lachte erneut. »Glaubst du, sie sehen anders aus als andere Hände?« Der Mann streifte die Kapuze zurück. Er hatte ein schmales Gesicht und kurzes graues Haar. Seine Hände waren lang und schlank.

Der Unterschied zu dem Moha aus der Schenke hätte kaum größer sein können, und doch traute Tikian dem Fremden nicht. Vielleicht war dies alles nur Blendwerk? »Was willst du von mir, alter Mann?«

»Ich möchte, daß du die Stadt verläßt, denn ich mag dich. Ich habe Respekt vor dir. Männer wie du sind selten, Tikian. Sie sterben meistens jung. Ich möchte, daß du lebst. Morgen verlassen zwei Handelsschiffe den Hafen. Das eine wird kurz vor Mittag die Anker lichten. Es segelt nach Khunchom. Das andere wird am frühen Abend mit der letzten Flut auslaufen. Sein Ziel ist Perricum. Welches möchtest du nehmen? Ich buche eine Überfahrt für dich. Oder ziehst du es vor, über Land zu reisen?«

»Mit Verlaub ziehe ich es vor, in der Stadt zu bleiben, bis ich meine Angelegenheiten geregelt habe. Ich möchte meinen Namen von dem Verdacht des Mordes reinwaschen, und ich muß herausfinden, was aus meinem Großvater geworden ist.«

Der Mann im Lehnstuhl seufzte und massierte mit Daumen und Zeigefinger seine Augenbrauen. »Du bist also ein Dickkopf, so wie dein Großvater. Ich werde dir ein Schriftstück verschaffen, aus dem hervorgeht, daß die Klage gegen dich niedergeschlagen wurde und deine Verurteilung nicht rechtmäßig war.«

»Warum tust du das für mich? Und wer bist du, daß du ein solches Papier aufsetzen lassen kannst? Gehörst du zu einer der Grandenfamilien?«

»Mir ist an deinem Leben gelegen, Tikian. Wenn du in der Stadt bleibst, wirst du sterben. Nichts kann dich retten. Bis morgen die Sonne untergeht gebe ich dir Zeit.«

»Wer bist du, mir zu drohen, Alter? Und was weißt du über meinen Großvater?«

»Du bist ihm sehr ähnlich. Ich habe dich im Lagerschuppen am Hafen kämpfen sehen, Tikian, und ich bewundere deine Ritterlichkeit. Ich kenne keinen anderen Mann, der Jesabela das Leben geschenkt und damit sein eigenes Wohl aufs Spiel gesetzt hätte. Du ähnelst deinem Großvater. Ja, du bist ihm so ähnlich, daß du sein Schicksal teilen wirst, wenn du bleibst.«

»Was ist mit Jacomo geschehen?« Tikian war vom Bett aufgestanden und wollte näher an den Alten herantreten, um dessen Gesicht besser sehen zu können, als katzengleich eine junge Frau aus dem Schatten hinter dem Stuhl glitt, ein blankes Schwert in der Hand.

»Laß ihn! Er soll mein Gesicht sehen und meine Hände. Es ist sein Recht!« Die Frau verharrte, doch schob sie ihr Schwert nicht in die Scheide zurück. Sie war völlig in Schwarz gekleidet, trug knielange Stiefel, enge Hosen und eine Ledertunika. Auch ihr Haar war schwarz. Es fiel ihr bis weit über die Schultern hinab. Das Gesicht zeigte keinerlei Regung. Ihr Antlitz war schön, doch hatte es zugleich etwas Maskenhaftes. Nur ihre grünen Augen wirkten lebendig, und sie verfolgten mißtrauisch jede seiner Bewegungen.

»Was ist mit Jacomo geschehen?« wiederholte der Fechter seine Frage.

»Er hätte sich nicht mit Alara einlassen dürfen. Er war in die Stadt gekommen, um nach seiner Geliebten zu suchen. Er hätte dabei bleiben sollen! Ich nehme an, du kennst sein Tagebuch? Du weißt, wozu er sich von Alara hat verleiten lassen? Im Grunde ist sie es gewesen, die ihm den Tod brachte. Es war ein Fehler, sich gegen das dunkle Haupt zu erheben. Niemand kann das überleben.«

»Er hatte sich gegen den Patriarchen verschworen, nicht wahr? Das war der Grund, warum er sterben mußte, und ...«

»Wenn ich dir darauf eine ehrliche Antwort geben würde, müßte ich auch dich töten, Tikian.«

»Auch ...« Der Fechter war wie vom Schlag gerührt. »Du sagtest, du seiest der letzte gewesen, der Jacomo lebend gesehen hat! Dann bist du ...«

»Ja, ich bin sein Mörder!«

»Dafür wirst du bezahlen!« Tikian sprang vor, doch ein Tritt gegen die Brust schleuderte ihn auf das Bett zurück. Der kalte Stahl der Schwertspitze senkte sich auf seinen Hals. Das Gesicht der Frau in Schwarz blieb noch immer ohne jede Regung. Sie würde ihm wohl, ohne auch nur mit der Wimper zu zucken, die Kehle durchschneiden.

»Dein Großvater hat in seiner letzten Stunde begriffen, was für einen Fehler er gemacht hatte. Nicht daß er um Gnade gebeten hätte ... Dazu war er zu stolz. Doch er bedauerte, daß er sich von seiner Suche nach Saranya hatte ablenken lassen. Ich hatte sehr viel Achtung vor ihm, so wie vor dir. Er war ein ungewöhnlicher Mann. Als ich ihn stellte, legte er seine Waffen ab, so wie du, und wir haben eine Weile miteinander geredet, bevor ich ihn zu Boron schickte. Als Fechter wäre er mir vielleicht überlegen gewesen. Ich tötete ihn mit einem Wurfdolch, als er nach seinen Waffen greifen wollte. Er hat nicht lange gelitten. Jetzt, da du weißt, wie Jacomo gestorben ist und da du mein Versprechen hast, deinen Namen von der Mordanklage reinzuwaschen, gibt es keinen Grund mehr für dich, noch länger in der Stadt zu bleiben. Geh, Tikian! Mir ist nicht daran gelegen, auch dich zu töten. Du hast bis zum nächsten Sonnenuntergang Zeit. Glaube nicht, daß du mir entkommen könntest. Habe Mitleid mit mir und erspare es mir, noch einmal das Blut eines Mannes zu vergießen, den ich für seine Ritterlichkeit bewundere. Du mußt wissen, ich habe oft für deinen Großvater gebetet. Ich habe sogar nach Saranya suchen lassen. Es waren gefährliche Zeiten, damals wie heute. Ich habe sie nicht finden können. Wahrscheinlich ist sie in den Flammen umgekommen.«

Der Alte erhob sich. »Die beiden Bücher muß ich leider an mich nehmen. Es war ein Fehler von Jacomo, über das dunkle Haupt zu schreiben. Diese Schriften sollten vernichtet werden. Was den übrigen Besitz deines Großvaters angeht, magst du ihn selbstverständlich behalten.«

»Ich werde dich finden, alter Mann, und dann wirst du für das büßen, was du getan hast.« Die Klinge der Meuchlerin drückte jetzt ein wenig fester auf seinen Hals.

»Diese Drohung höre ich wahrlich nicht zum ersten Mal, doch wie du siehst, ich lebe noch immer.« Der Fremde zog die Kapuze über sein Haupt und beugte sich über Tikian. Er sah aus wie ein Borongeweihter. Mit kalten grauen Augen musterte er den Fechter. Dann griff er nach der Brosche, die Tikian um den Hals trug, öffnete sie und betrachtete die beiden Bilder.

»So also sah Saranya aus. Erstaunlich, was manche Männer für Frauen zu tun bereit sind.« Er klappte das Medaillon zu und warf es aufs Bett zurück. »Ich werde deine Waffen mitnehmen und dem Wächter unten an der Eingangstür geben, damit du nicht auf dumme Gedanken kommst. Versuche nicht, mir zu folgen, Tikian, es wäre sinnlos. Meine Schülerin wird noch ein wenig bei dir bleiben. Reize sie nicht! Sie ist eine großartige Kämpferin, doch leider manchmal etwas unbeherrscht.« Der Alte zog ein kleines schwarzes Amulett aus dem Ärmel seiner Kutte und legte es Tikian auf die Brust. Er lächelte. »Das kannst du behalten. Nur damit keine Mißverständnisse darüber aufkommen, wer dich heute nacht besucht hat. Nun lebe wohl, Tikian. Ich hoffe aufrichtig, daß wir uns nie wiedersehen.«

»Mögen Dämonen dich in die Niederhöllen zerren und dich bis ans Ende aller Zeiten für deine Morde büßen lassen, du alter Bastard! Ich verfluche dich und alle deine Nachfahren! Möge jeder von ihnen aus dem Leben gerissen werden, noch bevor sich seine Bestimmung erfüllt hat!«

Ungerührt von den Flüchen verließ der Alte das Zimmer. Ein paar Herzschläge später konnte er hören, wie sich unten die Tür öffnete. Im selben Augenblick schob die Meuchlerin ihre Klinge in die Scheide zurück. Ohne Tikian aus den Augen zu lassen, trat sie rückwärts ans Fenster und öffnete die hölzernen Läden. Dann war sie mit einem Satz in die Finsternis verschwunden.

Mit zwei Schritten sprang der Fechter vom Bett zum Fenster und blickte auf die dunkle Straße hinab. Doch dort war niemand mehr zu sehen. Er zweifelte nicht daran, daß die Worte des Alten zutrafen. Gewiß war es sinnlos zu versuchen, ihn zu verfolgen. Mit einem Seufzer schloß er die Fensterläden und ging zum Bett zurück, um sich im Licht der Öllampe das kleine Amulett anzusehen. Es war kaum so lang wie ein Fingerglied, aus schwarzem Obsidian gefertigt, und zeigte eine gekünstelte, menschliche Hand. »Die Hand Borons …«, murmelte Tikian leise. Selbst Könige und Fürsten fürchteten sich vor dieser Meuchlergilde. Es hieß, daß niemand, dessen Tod sie wünschten, ihnen jemals entkommen sei. Ein Geräusch an der Tür ließ Tikian erschrocken herumfahren. Dort stand Consuela.

»Ich konnte ihn nicht zurückhalten ... Ich habe es versucht! Er ist ...«

Tikian nickte. »Ich weiß, wer er ist. Ich weiß.«

»Er hat mich so seltsam angesehen, als er hereinkam. Ich hatte Angst vor ihm ... so wie noch vor keinem Menschen, den ich getroffen habe.«

»Hat er auch dir mit dem Tod gedroht? Du hast doch mit der Sache nichts zu tun.«

Die Konkubine schüttelte den Kopf. »Frag mich nicht. Du wirst es erfahren ... Aber bitte noch nicht jetzt. Es ist ...« Ihr versagte die Stimme. Zum ersten Mal sah er sie den Tränen nahe. Was mochte dieser alte Bastard ihr nur angedroht haben? Sie glaubte sich offensichtlich in Gefahr, und das alles nur seinetwegen!

»Bitte, verzeih mir! Ich bringe nur Leid und Unglück in dein Haus.« Er nahm sie in den Arm und vergrub sein Gesicht in ihrem moschusduftenden Haar. »Bitte, verzeih mir!«

»Wirst du morgen gehen?« Sie löste sich aus seiner Umarmung und blickte ihm geradewegs in die Augen. Jetzt erst sah er die großen Schweißperlen auf ihrer Stirn. Sie war leichenblaß. Um ihren Hals hatte sie einen dünnen Seidenschal geschlungen, der durch die Umarmung ein wenig verrutscht war, so daß Tikian die Wunde sehen konnte, die Consuela zu verbergen suchte. Die Verletzung war halb so groß wie eine Hand und rot entzündet.

»Wirst du morgen gehen?« wiederholte die Konkubine ihre Frage.

Der Fechter schüttelte müde den Kopf. »Ich bin doch ein Held.« Er lachte boshaft und schüttelte dann traurig den Kopf. »Ich kann nicht gehen. Ich bin es meinem Großvater schuldig zu bleiben.«

»Warum? Dein Großvater ist lange tot. Der Alte wird wiederkommen und dich ermorden lassen!«

»Vielleicht.« Tikian versuchte zu lächeln, doch an Consuelas Gesicht konnte er ablesen, daß es ihm wohl nicht besonders gut geglückt war. »Versuch bitte nicht, dich ihm in den Weg zu stellen. Diesmal kannst du mich nicht mehr beschützen. Er würde dich vernichten.«

Sie senkte den Blick.

»Bis morgen abend haben wir Zeit. Laß uns diesen schrecklichen alten Mann vergessen.«

»Und dann ...«

Er nahm sie wieder in die Arme. »Diesmal werde ich dich beschützen.«

»Aber ...«

Er strich ihr sanft mit den Fingern über die Lippen. »Du sagtest, du hättest ein Leben lang auf einen Ritter wie mich gewartet. Nun bin ich hier. Aber du weißt auch, daß man den Feenrittern aus den Märchen keine Fragen stellen darf, sonst nimmt die Geschichte kein glückliches Ende.«

21. Kapitel

Müde verschnaufte Tikian an einer Quelle, die aus dem dunklen Vulkangestein hervorbrach. Das Wasser war angenehm kühl und schmeckte ein wenig nach Eisen. Nachdem er getrunken hatte, setzte der Fechter sich auf einen der Felsen und betrachtete das Tal, das sich unter ihm erstreckte. Noch hing morgendlicher Nebel über dem Regenwald. Wie Wolken zogen Dunstschwaden durch die Niederungen, doch weiter oben am Berg hatte das Praiosgestirn den Kampf zwischen Licht und Dunkelheit bereits gewonnen. Wie Gitterstäbe stachen schmale Lichtbahnen durch das Laubdach der himmelhohen Bäume und vertrieben den Morgendunst. Es gab hier nur wenig Buschwerk, und die Baumstämme erschienen Tikian wie ein Labyrinth aus Säulen, die ein gewaltiges Dach trugen.

Der junge Adlige lehnte sich zurück und beobachtete eine Schar bunter Vögel, die durch das Geäst der riesigen Bäume hüpften. Die Stadt lag nun schon zwei oder drei Meilen hinter ihm. Ob man ihm wohl gefolgt war? Er hatte einen weiten Umweg gemacht, um etwaige Verfolger in die Irre zu führen. Der Fechter drehte sich und blickte wieder den Hang hinab. Die Lichtbahnen waren nun schon ein wenig breiter geworden und stachen wie Lanzen in die Finsternis des Waldes. Sorgfältig musterte Tikian den Berghang, den er hinaufgestiegen war. Doch nichts rührte sich. Ob die Meuchler ihm glaubten, daß er nicht mehr in die Stadt zurückkommen würde? Er trug Proviant für mehrere

Tage bei sich. Es wäre ein leichtes, einfach bis nach Mirham zu wandern und sich dort unter falschem Namen einer Söldnerschar anzuschließen. Sollte er sich nicht glücklich fühlen, allen Gefahren entronnen zu sein? Selbst der Dämon aus der Schenke mochte so seine Spur verlieren.

Der Fechter mußte an den Alten denken, der ihn in der vergangenen Nacht besucht hatte. Mit welcher Unverfrorenheit dieser Bastard sich des Mordes an Jacomo bekannt hatte! Der Kerl war wohl völlig sicher, daß es niemand wagen würde, sich der Hand Borons zu widersetzen! Nüchtern betrachtet hatte er mit dieser Meinung sicher recht. Man sagte, daß den Meuchlern nichts entging, was in Al'Anfa geschah. Aber vielleicht war gerade diese Überheblichkeit auch ihre Schwäche. Wenn er sich verkleidete, würde es ihm vielleicht gelingen, unbemerkt in die Stadt zurückzukehren, überlegte Tikian. Nur bei Consuela sollte er sich besser nicht blicken lassen. Wahrscheinlich würden die Meuchler ihr Haus noch einige Zeit lang beobachten.

Tikian lächelte. Nachdem er erwacht war, hatte er der schönen Konkubine lange beim Schlafen zugesehen. Schön wie das Madamal am Nachthimmel war ihm ihr bleiches Gesicht, gerahmt von rabenschwarzem Haar, erschienen. Sie hatte sich im Schlaf an ihn geschmiegt und gelächelt. Wie sehr ein Lächeln doch ein Gesicht verändern konnte! Einen Augenblick lang glaubte er, das kleine Mädchen vor sich zu sehen, das in den Gassen Al'Anfas kauerte und darauf hoffte, daß eines Tages ein Ritter kommen würde, um es mit sich auf sein Schloß zu nehmen. Ganz sanft hatte er ihren Arm zur Seite geschoben, damit sie nicht erwachte, als er das Bett verließ. Schon angezogen, mit den Stiefeln in der Hand an der Tür stehend, hatte er noch einmal innegehalten und sich gefragt, ob er das Richtige tat. Die Nacht mit ihr hatte seine Gefühle durcheinandergebracht. Sie war so völlig anders gewesen, als er erwartet hatte. Oft schon hatte er mit Huren sein Lager geteilt, doch bei ihr spürte er, daß sie ihn tatsächlich liebte. Sie war nicht nur leidenschaftlich, sondern auch zärtlich gewesen ... Und Consuelas Blicke. Sie beide wußten, daß ihnen nur eine Nacht bleiben würde. Dennoch hatten sie im Scherz Pläne gemacht, als läge noch ein ganzes Leben vor ihnen.

Sie wollte den *Opalpalast* verkaufen, ihren Sklaven die Freiheit schenken und ein Landgut für sie beide erwerben. Irgendwo im Neuen Reich, im Weidener Land sollte es liegen, wo die Wiesen grün waren und niemand ihrer beider Vergangenheit kannte. Lachend hatte sie erzählt, daß sie gerne Pferde züchten würde, doch sprachen ihre Augen eine andere Sprache. Sie waren voll stummer Trauer ... Weil sie wußten ...

Tikian hatte die Nacht mit ihr genossen. Consuela war eine erfahrene Liebhaberin. Sie verstand sich wahrlich darauf, den Mann, mit dem sie ihr Lager teilte, alles vergessen zu lassen. Und wenn er es sich genau überlegte, war es sicherlich ehrenhafter, sich der Pferdezucht zu widmen, als sein Leben als bezahlter Mörder im Dienst fremder Soldherren zu fristen.

Der Fechter fluchte leise. Die Saat der Hure begann Früchte zu tragen! Als bezahlter Mörder hatte er sich noch nie gesehen! Und doch ... Vielleicht sollte er noch einmal zu ihr zurückkehren und sie auf die Probe stellen, nur um zu wissen, ob sie noch zu ihren Versprechungen der letzten Nacht stand, wenn er sie ernsthaft darauf ansprach. Nein, das war ein grausames Spiel! Was sollte er tun, wenn sie wirklich mit ihm gehen wollte. Es hatte ihn noch nie länger als ein paar Götternamen an der Seite einer Frau gehalten ... Aber sie war anders als alle Frauen, denen er bisher begegnet war! Sie liebte ihn, dennoch war er sich zugleich auch sicher, daß sie ihm niemals nach dem Mund reden würde. Tikian lächelte. Vermutlich würden sie sich recht oft streiten ...

Der Fechter griff nach der Leinentasche mit den Vorräten und warf sie sich über die Schulter. Er würde zu Dulcinea ins Dorf der Rattenmenschen gehen, so wie er es sich vorgenommen hatte, doch dann würde er zu Consuela zurückkehren. Sie war es wert, sich auf sie einzulasssen, und er war ein blinder Tor gewesen, daß er so lange gebraucht hatte, um das zu bemerken. Bei den Bettlern würde er sich eine Verkleidung besorgen, damit er unbemerkt in die Stadt zurückkehren konnte. Es wäre besser, wenn die Meuchler von der Hand Borons ihn nicht noch einmal im *Opalpalast* sahen, auch wenn seine Frist noch bis zum Sonnenuntergang währte. Am Ende würde er Consuela sonst noch in Gefahr bringen.

»Nein, Herr, ich halte es für keine gute Idee, noch einmal in Borons Hallen zu reisen, um mit den Toten zu sprechen.« Noch jetzt jagte die Erinnerung an den Besuch im Totenreich Elena kalte Schauer über den Rücken. Nicht, daß sie Angst davor gehabt hätte, mit den Schatten zu sprechen, doch jener Wächter an der Pforte war auf sie aufmerksam geworden, und es wäre nicht klug, so schnell ihr Glück noch einmal zu versuchen. Es hieß, daß die Pfeile Uthars niemals ihr Ziel verfehlten …

»Was bildet sie sich ein, Uns zu widersprechen!« Oboto hieb wütend mit seiner Reitgerte auf den Tisch. »Sie hat mehr mit einer störrischen Stute als mit einer Magierin gemein, doch glaube Uns, Wir verstehen Uns darauf, Uns die Aufsässigen gefügig zu machen, Weib! Wenn sie die Gebeine der Toten zur Verfügung hat, muß es doch ein leichtes sein, sie in Borons Hallen aufzuspüren.«

Elena neigte demütig das Haupt. »Nicht, daß ich Euch widersprechen möchte, Herr, doch was sollte ich von den Toten noch erfahren? Ist es nicht unwahrscheinlich, daß sie mehr wissen als Balthasar? Was sollten sie mir über den Ausbruch des Brandes darüber hinaus erzählen können?«

»Was weiß sie denn schon! Balthasar war ein Wilmaan und alle Wilmaans sind Lügner, ganz gleich, ob sie nun leben oder tot sind! Deshalb brauchen Wir einen anderen Zeugen. Wir planen, wenn Wir den richtigen Toten gefunden haben, ihn von einem Gerichtsmagier befragen zu lassen, damit endlich ruchbar wird, welch durchtriebenes Spiel die Wilmaans damals angezettelt haben und daß sie willentlich den Brand im Schlund herbeigeführt haben. Und gaff nicht so! Hat sie vielleicht Zweifel, daß Wir das Gericht davon überzeugen werden, daß in dieser Verhandlung ungewöhnliche Schritte unternommen werden müssen, um die Wahrheit ans Licht zu bringen? Dann wisse, Weib, daß der Oberste Richter in dieser Stadt Amosh Tiljak ist, der Hochgeweihte des Praiostempels, und da er zur Zeit sehr schlecht auf die Boronis zu sprechen ist, wird er mit Sicherheit zustimmen, wenn Wir um Erlaubnis bitten, einen Zeugen in Borons Hallen befragen zu lassen. Er wird über *jeden* Hieb gegen die Boronkirche erfreut sein!«

»Eure Weisheit ist wie ein strahlendes Licht, das mich Unwissende blendet, Herr. Darum bitte ich Euch, laßt mich teilhaben an Eurem Wissen. Mir ist immer noch nicht klar, was in jener Nacht geschah, als der Schlund brannte. Wenn Ihr die Güte hättet, es mir zu erklären, dann könnte ich Euch mit Sicherheit besser zu Diensten stehen, als es mir jetzt möglich ist«, heuchelte Elena in unterwürfigem Ton. Am liebsten hätte sie dem Fettwanst ein Messer in den Bauch gerammt, doch vorerst war es klüger, sich in Geduld zu üben. Die Stunde ihrer Rache würde schon noch kommen!

»Nun, Wir erkennen dein ehrliches Bemühen, Magierin, und wollen deiner Bitte Folge leisten.« Obotos Stimme klang nun wieder versöhnlicher. »Es ist wahrhaftig so, daß die Geschichte um den Brand im

Schlund nicht ganz einfach zu erzählen ist. Zunächst gibt es jene *Wahrheit,* welche die Fanas kennen. Gerüchte, die man ausgestreut hat, um dem Volk die wahren Hintergründe dieser Katastrophe zu verbergen. Sie glauben, daß sich in jener Nacht ein Tor zur Sphäre der Dämonen aufgetan hat und gräßliche Flammengestalten heraustraten, die Tod und Verderben brachten. Um zu verhindern, daß sie die ganze Stadt vernichteten, ließ der Herrscher Bal Honak den Schlund von den Tempelgarden umzingeln und eine Verteidigungslinie errichten, welche die gräßlichen Kreaturen nicht durchbrechen konnten. Doch auch wenn sie damals zurückgeschlagen wurden, sind sie nicht wirklich besiegt, und irgendwo in den Ruinen des Schlundes gibt es immer noch das Tor, durch das die Flammendämonen einst in unsere Stadt kamen. Dort lauern sie und warten. Um sie zurückzuholen, mag es genügen, daß man von ihnen spricht und laut ihren Namen nennt. Das ist der Grund, warum dein Freund Tikian keine Auskunft erhalten hat, als er nach der Geschichte des Brandes fragte. Gleich in zweifacher Hinsicht ist diese Lüge wohl durchdacht, und man merkt, daß sie dem Hirn Bal Honaks entsprungen sein muß, der es wie kein anderer verstand, das Volk dieser Stadt zu täuschen und nach seinem Willen handeln zu lassen. Zum einen sind in dieses Lügengespinst Teile der Wahrheit eingesponnen, was immer weise ist, wenn man eine glaubhafte Lüge ersinnen will, zum anderen aber, und dies ist wahrhaft meisterlich gewesen, gelang es, dem Volk einzureden, daß die Gefahr bestünde, die Dämonen würden zurückkehren, wenn man nur von ihnen spräche. So erreichte der Patriarch, daß die Fanas Stillschweigen über die Zeit des Brandes wahrten und etwas, über das man nicht spricht, kann man auch nicht als Lüge entlarven.«

Oboto lächelte, offenbar von seinem eigenen Scharfsinn begeistert. »Etwas näher an der Wahrheit ist die zweite Geschichte. Sie ist nur unter den Grandenfamilien bekannt. Auch dort redet man nicht gerne über den Großen Brand, denn er ist eines der unrühmlichsten Kapitel in der langen Geschichte der mächtigen Familien. Du mußt wissen, Bal Honak war ein Tyrann, der uns, den Herren des Südens, viel von unserer Macht genommen hatte. So kam es, daß sich einige junge Männer und Frauen gegen ihn verschworen. Sie trafen sich heimlich im *Haus der Morgenröte* und gaben ihren Versammlungen den Rahmen von Orgien, um die allgegenwärtigen Spitzel von der Hand Borons zu täuschen. Es scheint, daß bei diesen *Festen* auch Dämonen beschworen wurden und die Herrin des Hurenhauses, Leila, dabei sogar Menschen opfern ließ. In der Nacht, bevor Bal Honak gestürzt werden sollte, versammelten sich die jungen Granden ein letztes Mal. Auch bei diesem Treffen wurde wieder eine Orgie gefeiert, und man schenkte den lästerlichen Dienern der Herrin der blutigen Wollust eine Jungfrau.

Diesmal jedoch kam es bei der Beschwörung zu einem folgenschweren Fehler, und statt Gestalten von überirdischer Schönheit erschienen riesige Flammenwesen, die erst die Kultisten töteten und dann das ganze Viertel verwüsteten. Bal Honak aber sah in dieser Katastrophe ein Zeichen göttlichen Wirkens und ließ verbreiten, daß Boron selbst den Tod der Verschwörer gewollt habe, denn niemand anderer als ein Honak sollte in Al'Anfa herrschen.« Der Marschall machte eine Pause und blickte Elena erwartungsvoll an, so als warte er auf eine Frage von ihr oder irgendeine Bemerkung. Doch was sollte sie sagen? Die Magierin räusperte sich verlegen.

»Und was ist Eure Meinung, Herr? Was ist die Wahrheit in diesem ränkereichen Spiel?«

»Nenn dieses Komplott kein Spiel! In jener Nacht ist mehr Grandenblut vergossen worden als in einem halben Jahrhundert der Intrigen und Machtkämpfe. Man hat gegen die eherne Regel verstoßen, niemals einem der Mächtigen ans Leben zu gehen! Und Wir sind Uns sicher, daß die Wilmaans es waren, die in dieser Nacht die Fäden zogen. Dazu mußt du wissen, daß das Haus Wilmaan seit dem Jahr 947 nach Bosparans Fall die Gunst des Patriarchen verloren hatte. Damals, im Brabaker Krieg, befehligte der Admiralissimus Jonnar Wilmaan die Flotte Al'Anfas. Er ließ sich in seiner Unfähigkeit in eine Falle locken, die uns zwölf Biremen kostete und zu einem schändlichen Frieden mit Brabak führte. Dreiundzwanzig Jahre lang hat der Patriarch danach keinen Sproß dieser Grandenfamilie mehr zur Audienz in der Stadt des Schweigens empfangen, und selbst unter den Hochgeweihten duldete er keinen Wilmaan mehr. Am Tag nach dem Brand im Schlund jedoch hat er die junge Esmeralda Wilmaan zu sich in seine Gemächer geladen, und es verging keine Woche, bis Mata Al'Sulem, eine der Verwandten der Wilmaans, zur Hochgeweihten ernannt wurde und man sie sogar in den Rat der Zwölf aufnahm. Auch wurden den Wilmaans Ländereien und einige Vorrechte durch den Tempel überlassen. Ein erstaunlicher Sinneswandel, nachdem der Patriarch für mehr als zwei Jahrzehnte mit niemandem aus diesem Natterngezücht etwas zu tun haben wollte. Wir sind nicht der einzige, der sich über diesen plötzlichen Sinneswandel gewundert hat, doch wagte es nach dem Brand niemand unter den Granden mehr, seine Stimme zu erheben. Schließlich wollte sich keiner dem Verdacht aussetzen, ein Freund der Verschwörer zu sein. Mit dem Wissen aber, daß Wir in den letzten Tagen, nicht zuletzt auch durch deine Hilfe, gewannen, entsteht für Uns ein neues Bild des Geschehens.« Der Marschall machte eine Pause und goß sich aus der kristallenen Karaffe, die vor ihm auf dem Tisch stand, ein Glas voll Rotwein ein. Einige Herzschläge lang hielt er das Glas hoch, so daß sich das helle Morgenlicht funkelnd im Kristall brach. Dann leerte er es langsam und schnalzte anschließend genießerisch mit der Zunge.

»Wir hoffen, du vermagst Uns in Unseren Ausführungen noch zu folgen, Magierin, denn nun kommen Wir nach vier Jahrzehnten des Luges und der Spiegelfechterei zur Wahrheit, und Wir versprechen dir, noch bevor diese Woche vergangen ist, werden Wir die Familie Wilmaan vor den Obersten Richter bringen, und es wird endlich Recht gesprochen werden über sie!«

»Eure Ausführungen sind so klar wie das Wasser eines Bergsees, mein Gebieter«, entgegnete Elena. »Und sie sind von so bestechender Logik wie die Schriften des weisen Rohal.«

»Du solltest wissen, daß Wir für Schmeicheleien unempfänglich sind, Magierin, doch dieses Mal wollen Wir deine Äußerungen noch als ehrlich empfundene Bewunderung gegenüber einem brillanten Geist auffassen. Doch nun zurück zu den Wilmaans. Durch dich wissen Wir, daß die Verschwörer in der Nacht des Brandes noch auf Esmeralda warteten. Sie gehörte also zweifellos zu den Widersachern des Patriarchen. Außerdem ist Uns bekannt geworden, daß nicht Leila, jene Hure, welche die Geschäfte im *Haus der Morgenröte* führte, die Besitzerin dieses Bordells war, sondern Esmeralda Wilmaan. Uns stellt sich diese Angelegenheit so dar, daß Balthasar und Esmeralda die beiden führenden Köpfe unter den jungen Granden waren. Doch die Magierin trieb von Anfang an ein falsches Spiel. Ihr ging es nie darum, einen riskanten Mordanschlag auf den Tyrannen durchzuführen und ihm die Macht über die Stadt zu entreißen. In unseren Augen hatte sie in Wahrheit nur ein Ziel! Sie wollte, daß der Patriarch die Fehde gegen ihre Familie beendete. Um dies zu erreichen, war ihr jedes Mittel recht. Ja, sie war sogar bereit, einen Mann ihres Blutes zu opfern, um die Freundschaft Bal Honaks zu gewinnen.

Die Verschwörung hat sie nur angezettelt, um sie anschließend an den Patriarchen zu verraten und ihm gegenüber als eine treue Untertanin auftreten zu können. Wahrscheinlich war auch sie es, die das Angebot machte, die Verschwörer auf eine Art zu beseitigen, die das Massaker an den jungen Granden wie einen Unfall aussehen lassen würde. Womöglich war es sogar von vornherein beabsichtigt, daß der Brand das ganze Gebiet des Schlundes verwüste, denn dies ist der älteste Teil der Stadt und jener Ort, an dem die Grandenfamilien ihre Paläste errichteten, lange bevor man je vom Geschlecht der Honaks gehört hatte. Die alten Häuser waren unseren Familien stets eine Erinnerung an die Macht, die wir einmal besaßen, bevor wir uns dem Befehl des Tempels und seines Patriarchen beugten. Dieses Viertel in ausgebrannte Ruinen verwandelt zu sehen, muß Bal Honak eine stille Genugtuung gewesen sein!

In seinem Triumph aber war selbst er nicht imstande zu erkennen, daß er in diesem tödlichen Spiel nur ein Werkzeug in den Händen Esmeralda Wilmaans war. Dies, Elena, ist die wahre Geschichte um den Brand im Schlund! Ein großer Teil der Macht und des Einflusses, den die Familie Wilmaan heute besitzt, wurde mit dem Blut der anderen Grandenfamilien erkauft, und wir werden dafür sorgen, daß diese Schlangenbrut alle Rechte, die sie nach dem Brand erhalten hat, wieder verlieren wird. Wilmaan, das wird ein Name sein, den man in Zukunft nur noch voller Verachtung nennt! Doch Wir brauchen noch mehr Beweise. Deshalb, Elena, mußt du erneut in Borons Hallen reisen und die anderen Verstorbenen nach dem letzten Treffen der Verschwörer befragen. Wir müssen Uns ganz sicher sein, bevor Wir es wagen können, den Obersten Richter zu verständigen. Deshalb wünschen Wir, daß du keine Zeit mehr verlierst und dich umgehend auf die nächste Reise ins Reich der Schatten vorbereitest.«

Der Gedanke an die verlorenen Seelen und vor allem

an Uthar, den Wächter an der Sternenpforte, ließ Elena das Blut in den Adern gefrieren. Sein Blick verfolgte sie seit jener Nacht, in der sie zu Balthasar gereist war. Oft schreckte sie aus ihren Träumen auf und glaubte, das leise Sirren einer Bogensehne zu hören, von der ein Pfeil abgeschossen wird. Das war mehr als nur eine dunkle Ahnung! Dieser Dämon, oder was immer Uthar auch sein mochte, wartete auf sie! Und wenn sie es noch einmal wagen sollte, sich an ihm vorbeizuschleichen, dann würde sie dafür mit ihrem Leben bezahlen.

»Ohne Eure Weisheit in Zweifel ziehen zu wollen, Erhabenster, muß ich Euch dennoch darauf hinweisen, wie groß das Wagnis einer solchen Reise ist. Bitte versteht mich nicht falsch. Es geht mir nicht darum, mich Eurem Befehl zu widersetzen … Doch wem ist gedient, wenn ich bei dem Versuch, ins Totenreich einzudringen, umkomme? Deshalb wäre es klüger, zumindest bis zur Stunde vor dem nächsten Morgengrauen zu warten. Dies ist die Zeit, in der die Alten und die Siechen ihre letzte Reise antreten. Viele Seelen werden sich zu dieser Stunde vor der Pforte Uthars drängen, und es wird leichter sein, vom Wächter unbemerkt die dunklen Hallen zu erreichen.«

Oboto strich sich nachdenklich über sein Doppelkinn und schien in Gedanken das Für und Wider ihres Vorschlags abzuwägen, bis er schließlich nickte. »Gut, Magierin, Wir wollen dir deine Bitte gewähren, auch wenn Uns dadurch ein weiterer kostbarer Tag verlorengeht. Es wird nicht mehr lange dauern, bis die Armee die Stadt verläßt, und der Patriarch wird mit ihr ziehen. Damit unsere Rache an den Wilmaans vollkommen ist, soll jedoch auch er bei dem Prozeß zugegen sein. Wisse also, Elena, daß Wir dir in der Stunde vor dem Morgengrauen keinen weiteren Aufschub mehr gewähren werden. Wir erwarten, daß du dann Unseren Befehlen Folge leistest!«

»Seid gewiß, daß ich all meine Kraft und mein Können in Euren Dienst stellen werde, Gütigster!«

»Nicht weniger bist du Uns als unsere Dienerin schuldig.« Oboto nahm die Reitgerte vom Tisch und ließ sie in seine Linke klatschen. »Wenn du Uns enttäuschen solltest, dann sei gewiß, daß Unser Zorn nicht geringer sein wird als Unsere Großzügigkeit in dem Fall, daß es gelingt, das verräterische Treiben der Wilmaans aufzudecken. Versuche also nicht, Uns zu hintergehen, Magierin.«

»Nichts läge mir ferner, Herr.«

Oboto legte den Kopf schief und musterte sie einen Augenblick lang. Dann brummte er etwas Unverständliches, wandte sich um und verließ den Raum.

Als seine Schritte verhallt waren, griff Elena nach der Weinkaraffe und goß sich ein großes Glas voll ein. Wie, bei Rastullah, konnte sie ihr finsteres Schicksal noch abwenden? Wahrscheinlich ließ der Marschall sie beobachten, und jeder Fluchtversuch wäre zwecklos. Sie mußte bis zum Morgengrauen einen eindeutigen Beweis für die Schuld der Wilmaans finden. Etwas, das es ihr ersparen würde, noch einmal die Reise über das Nirgendmeer anzutreten.

Mit einem Zug leerte sie das Weinglas. Zuerst mußte sie ruhiger werden! So konnte sie keinen klaren Gedanken fassen. Die Hand, in der sie das leere Glas hielt, zitterte.

Tikian! Sie war sich sicher, daß er etwas über den Brand wußte. Oboto hatte doch erzählt, daß der Fechter überall im Schlund Fragen über jene Nacht gestellt hatte. Und dann diese gehäutete Tote. Eine Hure ... Er hatte mit ihr unmittelbar vor ihrem Tod zu schaffen gehabt. Und gehäutete Leichen hatte es auch vor dem Brand im Schlund gegeben, wie sie aus dem alten Bericht des Hauptmanns Barkas wußte, der vor vierzig Jahren den *Häuter* gesucht hatte. Genau zu jener Zeit also, als sich Tikians Großvater in der Stadt aufhielt.

Das alles konnte kein Zufall sein. Es mußte eine Verbindung zwischen diesen Morden und dem Brand geben! Und was immer vor vierzig Jahren geschehen sein mochte, es begann sich zu wiederholen, seit Tikian in der Stadt war.

Diesmal würde sie sich vom Fechter nicht zurückweisen lassen! Sie war sich jetzt ganz sicher, daß er etwas wußte, womit er ihr Leben retten konnte. Hätte sie ihn nur nicht so leichtfertig verstoßen! Doch er war einfältig … Ein Romantiker … Sie hatte einmal sein Herz gewinnen können, sicherlich würde es ihr auch ein zweites Mal gelingen. Und selbst wenn er nichts mehr für sie empfand, so war er gewiß zu ritterlich, um sie zurückzuweisen, wenn sie ihn um Hilfe bat.

22. Kapitel

Das Mädchen mit den blauen Augen hatte Tikian auf dem Dorfplatz erwartet und ihn in eine Hütte geführt, wo ein altes Weib auf einer verschlissenen Decke lag.

»Das ist Dulcinea«, flüsterte sie leise. »Sei bitte nett zu ihr. Sie ist ein bißchen verwirrt und ... Du wirst schon sehen.«

Der Fechter nickte kurz und ließ sich dann vor der Alten nieder. Dulcinea hielt die Augen geschlossen und atmete keuchend. Ihre Haut mußte einst so weiß wie Blütenblätter gewesen sein, doch jetzt war sie von roten Brandnarben entstellt. Um den Kopf hatte sie nach Art der Novadis ein Tuch zu einem Turban geschlungen. Die Bettlerin war klein und hager. Sie trug mehrere Röcke aus Lumpen, von denen ein strenger Geruch ausging. Im krassen Gegensatz dazu stand das fadenscheinige Hemd, das, weit geöffnet, nur notdürftig ihre eingefallenen Brüste bedeckte.

»Ich habe dir Kuchen, Braten und süßen Wein mitgebracht, Dulcinea. Ich möchte mit dir über deine Jugend sprechen, die Zeit, als du im Schlund gelebt hast.« Tikian beugte sich vor, um die Alte leicht an der Schulter zu schütteln. Er war sich nicht sicher, ob sie vielleicht schlief und ihn nicht gehört hatte.

Mit einem Fauchen wie eine wütende Katze schlug sie seine Hand zur Seite. »Kein Mann berührt mehr meinen Leib, Bastard! Nimm deine Finger weg, oder ich werde kein Wort mit dir reden! Und jetzt gib mir das Fleisch … Ich kann es riechen … Es ist vom Rind, nicht wahr? Ich hab schon lange kein Rind mehr gegessen; dabei hat es Tage gegeben, da wurde Dulcinea nur das Beste aufgetischt.«

Der Fechter öffnete die Leinentasche, die er mitgenommen hatte, und holte eine längliche Schale aus gebranntem Ton hervor, über die ein Tuch gespannt war. Mit spitzen Fingern löste er die Schnur, die das Tuch hielt, schob der Alten die Schale hinüber und holte dann noch einen frischen Laib Brot aus dem Beutel. »Auch heute sollst du nur das Beste bekommen, Dulcinea. Die Speisen stammen von Consuelas Tafel. Sie unterhält das teuerste Hurenhaus in der Stadt und …«

»Sprich nicht von diesem Flittchen! Sie ist ein Skorpion … Aus Liebe hat sie es noch mit keinem Mann getrieben. Ich kann mich an Zeiten erinnern, da sie als kleines Mädchen selbst den schäbigsten Söldnern für einen Schilling ans Gemächt gegangen ist. Krieger hat sie immer am liebsten bedient, diese räudige Hündin, und auch … Aber was red ich. Ich weiß, daß auch sie den Tag erleben wird, an dem all ihre Pracht dahin ist. Solange man jung und hübsch ist, denkt man immer, man hätte alle Zeit der Welt. Man glaubt, irgendwann wird man einen finden, der einen mitnimmt und bei dem man dann in einer anderen Stadt die anständige Frau spielen kann. Aber Satinav, der Herr der Zeit, hat noch jede Hure getäuscht.«

Tikian schluckte seinen Ärger hinunter. Am liebsten hätte er die Alte für ihre Worte über Consuela zurechtgewiesen, doch dann würde sie ihm womöglich gar nichts mehr erzählen. Er sollte einfach nichts auf ihr Gerede geben. Das waren nur die Lügengeschichten einer eifersüchtigen alten Frau!

Dulcinea schnupperte über der Bratenschale, und dann öffnete sie ihre Augen. Tikian zuckte zusammen. Auf diesen Anblick war er nicht gefaßt gewesen. Ihr linker Augapfel war völlig weiß. Das rechte Auge aber zeigte eine rote Iris, die halb von einer weißen Hornhaut verdeckt war.

»Na, erschrocken, mein galanter Jüngling? Die Götter sind auf ihre Art stets gerecht. Wenn sie einem etwas nehmen, dann bekommt man meist auch etwas. Ich kann zwar fast nichts mehr sehen, doch dafür höre ich um so besser. Hast gerade nach Luft geschnappt, nicht wahr? Hättest mich früher einmal sehen sollen, mein kleiner ... Wie ein böser Spuk bin ich den Männern im Kopf umgegangen. Wer mich einmal gesehen hatte, der konnte mich nicht mehr vergessen. Hundert Dublonen hat mal einer für eine Nacht mit mir geboten! Sie waren mir verfallen und zugleich hatten sie auch Angst vor mir. Hast du schon mal Schnee gesehen, Söhnchen? So weiß waren meine Haut und mein Haar. Meine Augen aber waren nicht blau oder grün wie bei gewöhnlichen Mädchen, nein, sie waren rot wie Blut. Überall hat man über mich geredet ... Eine Hexe sei ich, ein Vampir oder die Dämonin Pardona. Als Kind haben meine Eltern mich versteckt und dafür geprügelt, daß ich so aussah. Aber als Rahja mir endlich den Körper einer Frau gab, da wurde alles anders ...« Dulcinea holte sich ein Bratenstück aus der Schale und schob es sich schmatzend in den Mund. Braune Soße lief ihr über die Lippen und tropfte ihr vom Kinn in den Ausschnitt.

»Hmmm ... gut!« Sie schloß die Augen und kaute mit vollen Backen. »Tschergeht auf der ... Tschunge dasch Fleisch! Is gut in meinem Alter.« Gierig angelte sie sich das nächste Bratenstück aus der Schale und brach dann ein Stück vom Brotlaib ab, um es in die Bratensoße zu tunken.

Tikian staunte, welche ungeheuren Mengen die Alte verdrücken konnte. Die Schale mit dem Fleisch war fast leer, als Dulcinea ihr Mahl mit einem lauten Rülpser beendete, sich mit dem Handrücken über den Mund wischte und dann zufrieden auf der zerlumpten

Decke ausstreckte. »Jetzt kannst du mich fragen, was du willst, mein Hübscher.«

»Kannst du dich an die Zeit vor dem Brand im Schlund erinnern, Dulcinea?«

»Gut sogar! Es waren meine besten Jahre. Ich war die Königin dieser Stadt, jedenfalls nachts. Alle hatten damals Angst vor Bal Honak. Auch mich ließ der Alte eines Nachts von den Tempelgarden holen. Ich sage dir, mir ist das Herz vor Angst in die Röcke gerutscht. Ich fürchtete, er würde dieses Gerede glauben ... Du weißt ... Daß ich eine Hexe sei oder gar Dämonenblut in meinen Adern hätte. Aber es kam alles ganz anders. Er wollte nur mit mir reden. Er hatte von mir gehört. Stell dir das vor! Der große Bal Honak, Patriarch von Al'Anfa, hatte von mir gehört und wollte mich sehen! Bis zum Morgengrauen hat er mit mir gesprochen ... Dann entlohnte er mich, als hätte ich die ganze Nacht mit ihm im Bett gelegen – und ließ mich mit einer Ehrengarde in Leilas Bordell zurückbringen. Die haben nicht schlecht gestaunt. Meine lieben *Freundinnen* hatten schon neugierig zum Tempel hinaufgestarrt, um zu sehen, ob dort der schwarze Rauch eines Scheiterhaufens zum Himmel steigt. Ja, Jungchen, so war das damals, als ich noch jung und schön war ...«

»Du sagtest, daß du in einem Bordell gearbeitet hast. Wo war das?«

»Das *Haus der Morgenröte* ... Es ist dahin wie meine Schönheit. Das war damals das beste Hurenhaus der Stadt. Grandensöhnchen haben dort verkehrt, und wir haben Dinge getan, die man sich heute kaum noch vorzustellen vermag ... Aber du bist da vielleicht anders ... Man nennt dich doch auch den *Häuter,* nicht wahr?«

»Ich habe mir nichts zuschulden kommen lassen und ...«

»Ich weiß ...« Die Alte lächelte hintersinnig.

»Was weißt du?«

»Daß man dich für den Mord an Callana zum Sklaven gemacht, und daß Consuela dir die Freiheit geschenkt hat. Du hast damit deine Strafe gehabt, und es ist unrecht, dich immer wieder an eine Tat zu erinnern, für die *du* Buße getan hast.«

Der Fechter nahm das Medaillon vom Hals, öffnete es und reichte es Dulcinea. Er hatte keine Lust dazu, mit der alten Vettel darüber zu streiten, daß er zu Unrecht verurteilt worden war. »Hast du eines der beiden Gesichter schon einmal gesehen? Der Mann, Jacomo, war mein Großvater, und die Frau auf der anderen Seite ist Saranya, seine Geliebte. Sie sind kurz vor dem Brand in der Stadt gewesen. Mein Großvater wurde ermordet. Weißt du vielleicht, was aus der Frau geworden ist?«

»Saranya?« Dulcinea hielt sich das Medaillon ganz dicht vor das Auge, auf dem sie noch sehen konnte. Dann fluchte sie plötzlich, warf es zu Boden und spuckte darauf. »Saranya! Reicht es dir nicht, was du mir angetan hast? Mußt du mich noch immer verfolgen? Ich verfluche dich, du Hure! Möge deine Seele im Eis der Niederhöllen frieren!«

»Du kennst sie?« Tikian hob das Medaillon auf und wischte es an seinem Ärmel sauber. »Was ist mit ihr? Lebt sie noch?«

»Die Dämonen haben sie geholt, diese Hexe. Ich hab versucht, freundlich zu ihr zu sein, aber ich wußte vom ersten Tag an, daß sie nur auf mein Verderben aus war. Haben sie gerne gemocht, die Männer. Hatte so was Unschuldiges ... Konnte mit keinem ins Bett gehen, außer Leila hat ihr einen Liebestrunk aus Samthauch bereitet. Selbst dann war sie noch auf ihre Art unschuldig, dieses Biest. Ganz verrückt schienen sie nach ihr ... Dabei war sie nicht einmal besonders hübsch. Aber mich kannten ja schon alle. Bin nicht dumm gewesen ... Ich wußte, daß der Tag kommen würde, an dem mir Satinav ins Gesicht lacht ... Hatte mein Geld nicht verpraßt! Ein Haus hab ich besessen in der Grafenstadt und Diener und einen Sohn ... Mein Flaminio ... Mein kleines Lockenköpfchen ... Lichtstrahl in meinem Leben. Hast nicht diese verfluchten roten Augen gehabt. Dunkel waren sie, wie die deines Vaters, und dein Haar so rot wie der Himmel nach Sonnenuntergang. Mein Flaminio ...« Dulcinea hatte die Arme vor der Brust gekreuzt und sich zusammengerollt wie ein kleines Kind. Sie begann ein Schlaflied zu summen.

»Was ist aus Saranya geworden? Hat sie auch im *Haus der Morgenröte* gearbeitet?«

»Saranya? Hexe! Dämonen hab ich geküßt ... Hab gesehen, wie sie Mädchen die Haut abgezogen haben! Ich war schlimm ... Ich habe gebüßt ... Aber Saranya war tausendmal schlimmer als ich. Hexe! Am Fenster hat sie gesessen, nachts, und zu den Sternen geschaut. Hat die Männer ganz verrückt gemacht mit ihrer *Unschuld*. Brennen müssen sie. Hexen müssen brennen! Sie hat es getan, um sich zu rächen ... An mir, an Leila, an Esmeralda und dem Boroni. An allen Männern, die jemals ihren Leib genommen hatten. Hexenbrut!«

Die Stimme der Alten wurde immer undeutlicher. Tikian konnte ihre hingenuschelten Worte kaum noch verstehen. »Was ist mit Saranya geschehen? Hat man sie der Hexerei angeklagt?«

»Lange Ohren haben Hexen. Dämonenohren, die hören, was nicht für sie gesprochen ist, und gespaltene Echsenzungen haben sie, die aussprechen, was niemals hätte gesagt werden dürfen. Belauscht hat sie die beiden und mir noch erzählt, sie hätte es nicht absichtlich getan. Hexenlügen! Die Grandessa Esmeralda war oft in unsrem Haus. Schöne Frau. Ich war so dumm! Hab die Hexe meinen Jungen sehen lassen. Keine fünf Sommer war er alt. Hat über sein Haar gestrichen. Schöne Haare hat er. So rot wie Feuer. Wie Feuer! Hörst du? Das waren ihre Worte. Verflucht hat sie ihn, und ich hab es nicht einmal gemerkt! ... nicht einmal gemerkt ...«

»Was ist damals geschehen, Dulcinea? Trink etwas von dem Wein und beruhige dich.« Tikian wollte ihr die Feldflasche mit dem Roten in die Hand drücken, doch die Alte zuckte zurück.

»Faß mich nicht an! Kein Mann packt mich mehr an. Verbrannt hat sie mich, die Hexe. Alle hat sie mitgenommen an diesem Tag ... Nur Esmeralda war schlau genug. Aber auch wieder nicht. Die Hexe hätte nicht hören sollen, wie die schöne Esmeralda mit dem Boroni gesprochen hat. Es war ein wichtiger ... Weißt du, einer von denen, die die *echten* Masken tragen. Hat Esmeralda versprochen, ihr das Buch zu bringen und Saranya hat gelauscht. Verfluchte Hexenohren. Hat mir erzählt, daß die beiden etwas Böses wollen und ich Hilfe holen soll. Verlogenes Biest! Ich wollte sie loswerden. Nicht zu den Stadtgarden bin ich gelaufen, sondern zu Leila. Dieses Hexenweib wollte eine unserer besten Kundinnen an die Garden ausliefern. Konnten keine schnüffelnden Gardisten im Haus gebrauchen. Schon gar nicht Hauptmann Barkas. Hat viel zu viel gefragt. Als hätte er es geahnt, das süße Geheimnis mit den Dämonenküssen. Eingesperrt haben wir sie, die dumme Hexe. In ihr Zimmer – und den schweren Fensterladen vernagelt. Konnte nicht mehr zum Himmel glotzen, und wenn im *Haus der Morgenröte* einmal eine Frau geschrien hat, hat's niemanden gestört! Das kennt man doch ... Sowas geschieht in Hurenhäusern. Gehört zum Geschäft.«

Tikian starrte die Alte fassungslos an. Das meiste von dem, was sie erzählte, verstand er nicht. Es schien, als habe der Anblick von Saranyas Porträt Dulcineas Verstand verwirrt.

»Hab gesehen, wie die Flammen zuerst aus ihrem Zimmer geschlagen sind. War im Hafen und kam gerade die Straße hinauf, als es geschah. Eine Flammengestalt ist durch den vernagelten Fensterladen gebrochen und dann waren sie überall. Ich bin zu Flaminio gerannt. Meinen Jungen retten. Aber es gab keinen Weg mehr. Überall Flammen! Hab ihn geholt. Sind gerannt. Er stolperte. Nur einen Herzschlag lang hab ich ihn losgelassen ... Nur einen winzigen Augenblick hab ich gezögert. Ich hatte Angst! Und dann stürzte die Wand. Ich wollte ihn herausholen. Eine Wand von Feuer trennte uns. Ich konnte ihn noch sehen. Sein Haar war das erste, was in Flammen aufging. Und ich hab sie gesehen! Hinter ihm stand die Flammenfrau. Sie hat ihre Hand auf seinen Kopf gelegt! Erinnerst du dich an die Worte der Hexe? *Schöne Haare hat er. So rot wie Feuer.* Sie hat ihn geholt! Sie wollte Rache! Rache! Rache!« Dulcinea riß sich das Hemd auf und Tikian konnte die gräßlichen Brandnarben auf ihren Brüsten und ihrem Bauch sehen. Ein wenig erinnerte der Umriß des Brandmals an eine riesige rote Hand.

»Rache! Rache!« schrie die Alte ohne Unterlaß und wand sich auf dem Boden. Einer der Bettler kam von draußen in die Hütte gelaufen und kniete sich neben Dulcinea. Er redete beruhigend auf sie ein und blickte Tikian wütend an.

»Ich habe dagegen gestimmt, daß sie dich zu ihr lassen. Es ist nicht gut, wenn sie über diese Nacht redet. Sie ist damals fast gestorben. Sie hat alles verloren. Ihren Jungen, ihr Haus, alles. Was nicht verbrannte, hat ihr ein Quacksalber abgenommen, der ihr versprach, er könne ihre gräßlichen Narben heilen. Geh! Und laß dich nie wieder sehen! Ich werde dafür sorgen, daß du hier nicht mehr willkommen bist.«

Das Mädchen mit den blauen Augen zog Tikian am Arm. »Hör auf ihn. Laß uns gehen. Er beruhigt sich schon wieder.«

»Aber ich muß noch ...«

»Laß sie. Du wirst heute nicht mehr mit ihr reden können.«

Tikian nickte und ließ sich aus der Hütte führen. Er hätte wissen wollen, wo einst das *Haus der Morgenröte* gestanden hatte. Doch brauchte er nach den Worten Dulcineas noch eine letzte Bestätigung? Waren sie nicht überdeutlich gewesen? Nur daß sein Großvater sich in eine Hexe verliebt hatte, das konnte er sich nicht vorstellen. Was wußte die Alte über den *Häuter* und was hatte sie mit Dämonenküssen gemeint? Tikian wandte sich an das Mädchen. »Ich brauche eine Verkleidung. Ich muß in die Stadt zurück und darf nicht erkannt werden. Kannst du mir dabei helfen?«

»Du wirst einen schlechten Tausch machen ... Kleider, wie du sie trägst, besitzen wir hier nicht, doch dafür kann ich dir versprechen, daß man dich nicht mehr wiedererkennen wird. Komm mit mir.«

»Also noch einmal. Du behauptest, daß dich ein Oger hier mitten in der Stadt angegriffen und die Klippe hinuntergestoßen hat.« Mira seufzte leise. Vermutlich war der Zwerg mit dem Kopf zuerst aufgeschlagen, als er auf dem Klippenvorsprung landete, auf dem man ihn heute morgen gefunden hatte.

»Ich habe nicht gesagt, daß mich ein Oger angegriffen hat, sondern ein Kerl, so groß wie ein Oger. Bei Angrosch! Glaubt Ihr vielleicht, ich würde mir diese Geschichte ausdenken?«

»Kann es sein, daß du letzte Nacht getrunken hast?«

»Spielt das eine Rolle? Selbst wenn dem so war. Wie könnte ich aus Versehen über eine Brüstung stürzen, die mir bis zum Kinn hinauf reicht? So glaubt mir doch! Mich hat ein riesiger Kerl angegriffen. Ich habe gefochten wie ein Berserker, aber es war unmöglich, gegen ihn zu bestehen. Er hat mich gepackt und über die Brüstung geschleudert. Und vorher hat er mir noch die Hand zerquetscht, dieser Bastard.« Der Zwerg hob seine verbundene Rechte, als wolle er so seine Aussage unterstreichen.

»Jetzt ist es also schon ein Riese. Ich wäre dir sehr dankbar ...« Mira blickte auf die Notiz, die sie sich gemacht hatte. »Also, Tobigon Eisenfaust. Ich wäre dir sehr dankbar, wenn du meinem Schreiber Lupos noch einmal eine genaue Beschreibung des Mannes geben könntest, der dich letzte Nacht angegriffen hat. Er wird dafür sorgen, daß dieses Schreiben an die anderen Wachquartiere weitergeleitet wird und daß man nach dem Kerl Ausschau hält. Mehr kann ich im Augenblick nicht für dich tun. Lupos findest du im Vorzimmer. Er ist leicht zu erkennen. Er sieht aus wie eine Ratte.«

»Ich sage Euch, das war kein Mann aus Fleisch und Blut! Mit Fäusten habe ich auf ihn eingeschlagen, und es war, als würde ich auf blanken Fels dreschen. Er hatte etwas Dämonisches und ... Ich habe noch nie den Zweikampf mit einem gewöhnlichen Mann verloren ... Er war ...«

»Er war erst ein Oger, dann ein Riese und jetzt ein Dämon. Mich dünkt, du mußtest gegen einen gar greulichen Gestaltwandler antreten, Tobigon. Erzähl das meinem Schreiber! Er wird dir neugierig zuhören und alles in einer Akte aufnehmen. Die Tür findest du übrigens genau hinter dir, Zwerg!«

Der Zwerg reckte sein bärtiges Kinn vor, blickte sie einen Augenblick lang herausfordernd an und setzte sich dann wieder die Lederkappe auf, die er die ganze Zeit über in Händen gehalten hatte. Leise brummte er etwas in einer unverständlichen Sprache. Als er die Tür erreichte, drehte er sich noch einmal um.

»Ich weiß nicht, ob es wichtig ist, aber dieser Kreatur, die mich angefallen hat, hockte eine große weiße Spinne auf dem Hals. Sie war ...«

»Hinaus! Erzähl deine Geschichten über Riesen und weiße Spinnen meinem Schreiber. Wenn du mir noch weiter die Ohren volljammerst, lasse ich dich verhaften, weil du eine Offizierin der Stadtgarde in der Ausübung ihrer Pflichten behinderst!«

Der Zwerg ging und schloß die Tür lauter als nötig gewesen wäre. Mit einem erleichterten Seufzer ließ sich Mira in ihrem Stuhl zurücksinken. Endlich war sie ihn los! Der Tag hatte so gut angefangen ... In der vergangenen Nacht hatte es offenbar keine neuen Morde gegeben, zumindest nicht im Schlund. Nur dieser verrückte Zwerg machte Ärger. Irgendwie hatte er es geschafft, über die Brüstung zu stürzen, die den Rand der Steilklippe sicherte, welche den Schlund in zwei Hälften teilte. Vielleicht hatte er versucht, auf der Mauerkrone zu balancieren und war abgestürzt. Jedenfalls war er nicht mehr nüchtern gewesen, als ihn sein Schicksal ereilte. Selbst jetzt, wo er gegangen war, stank ihre Amtsstube noch wie ein altes Bierfaß. Der Kleine sollte lieber seinem Zwergengott danken, daß er noch lebte, statt sich hier auf der Wache herumzutreiben und seine Lügengeschichten zu erzählen. Er hatte verdammtes Glück gehabt, daß er auf einem Felssims gelandet war, statt in die Tiefe zu stürzen.

Mira lächelte. Tobigon hatte nach Sonnenaufgang für einiges Aufsehen gesorgt. Laut fluchend saß er auf dem Felssims an der Steilklippe fest, und eine ganz ansehnliche Menge von Tagedieben und Tunichtguten hatte sich am Fuß der Klippe versammelt, um ihn zu verspotten.

Die Gardistin beugte sich vor und griff nach der Akte, die auf ihrem Schreibtisch lag. Es gab noch viel zu tun. Mittags war die Hinrichtung dieses Novadis, den man des Mordes angeklagt hatte. Das Spektakel würde das Volk beruhigen. Ärgerlich war nur, daß der Stadtmarschall darauf bestanden hatte, daß alle Offiziere der Stadtgarde anwesend sein sollten. Sie machte sich nicht viel aus solchen Schauspielen für die Fanas. Damit die Vorstellung etwas länger dauerte, würde man den Novadi erst aufs Rad flechten, bevor er durch den Hochgeweihten des Rondratempels enthauptet wurde.

Wenn sie diese lästige Pflicht hinter sich gebracht hatte, mußte sie in die Garnison auf der Söldnerinsel.

Dort sollte unter Aufsicht eines Borongeweihten die gehäutete Leiche geöffnet werden, die gestern früh gefunden worden war. Was für ein Tag!

Flüchtig überflog Mira das Deckblatt der Akte, auf dem der Inhalt kurz zusammengefaßt war. Er war von der Schreiberin des Hauptmanns Alondro aufgesetzt worden. Offenbar hatte es in seinem Bezirk in dieser Nacht einigen Ärger gegeben. Im *Bidenhänder* war während eines Streites eine Söldnerin erschlagen worden, und dann hatte man noch einen bekannten Sklavenhändler und dessen Leibwächter auf offener Straße umgebracht. Mira grinste. Wenn Alondro nicht schleunigst einen neuen Schuldigen beibrachte, hätte er seine Gunst beim Stadtmarschall sicher bald verspielt.

Flüchtig blätterte Mira die Akte durch, bis ihr Blick auf die Beschreibung des Halunken fiel, der die Söldnerin umgebracht hatte.

»... so stimmten vier Zeugen, die den Mörder von Angesicht zu Angesicht sahen, darin überein, daß es sich um einen überdurchschnittlich großen Mann von dunkler Hautfarbe handelte. Er trug die dunkle Kutte eines Geweihten und war mit Schwert und Peitsche gewappnet. Auf seinen Hals aber war eine große weiße Spinne gemalt, und die Zeugen schworen bei Boron, daß der Fremde keine Wunde davongetragen hatte, obwohl die Ermordete ihn durch einen Streich mit ihrem Bidenhänder niedergestreckt hatte. Ferner ...«

Mira fluchte lautstark. Ein großer Kerl mit einer weißen Spinne auf dem Hals. Der Zwerg war also doch nicht betrunken gewesen!

23. Kapitel

Tikian lächelte stumm in sich hinein. Er war zufrieden mit dem Werk. Ohne Schwierigkeiten hatte er das Neue Stadttor beim Arsenal passiert und war in den Schlund zurückgekehrt. Nicht einmal seine eigene Mutter würde ihn so wiedererkennen! Seine langen Haare hatte er hochgesteckt und zusammengebunden. Um seinen Kopf war ein schäbiges graubraunes Tuch gewickelt. Sein Gesicht war mit Lehm verschmiert und seine Kleider starrten vor Dreck. Er roch ganz so, als habe er wochenlang in einem Ziegenstall genächtigt. Wenn seine Freunde aus alten Tagen ihn so sehen könnten ... Ihn, einen Adligen aus bestem Geblüt in der Maske eines Rattenmenschen! Auch er trug jetzt die übliche Flickenkleidung der Verstoßenen. Ein Hemd in allen nur erdenklichen Farben und enge Hosen, um deren zerfetzte Beine Lumpen gewickelt waren. Am unangenehmsten aber war es, ohne Schuhe auskommen zu müssen. Er hatte sich allein auf dem Rückweg zur Stadt wohl ein Dutzend Dornen und spitze Steine in die Füße getreten. Bisher hatte er sich nie Gedanken darüber gemacht, was für eine Erleichterung es war, zeit seines Lebens stets ein Paar maßgefertigte Stiefel zu besitzen. Hoffentlich mußte er diese Maskerade nicht lange aufrechterhalten.

Aufmerksam beobachtete Tikian die Eingangstür zum *Opalpalast*. Der Wächter dort hätte ihn, so wie er aussah, niemals hereingelassen. Und hätte er sich offenbart, dann wären auch etwaige Beobachter auf ihn aufmerksam geworden. Er mußte warten, bis Consuela das Haus verließ. Dann würde er sie um eine milde Gabe anbetteln und ihr dabei den Stoffetzen in die Hand drücken, auf den er ihr mit einem Holzkohlenstück aufgeschrieben hatte, wo er außerhalb der Stadt auf sie warten würde. Ob sie wirklich bereit war, mit ihm Al'Anfa zu verlassen?

Ein Mann mit einer langen Rute, von der blutige Fleischklumpen herabhingen, kam die Straße entlang und pries lauthals die frischen Leberstücke an, mit denen edle Damen ihre Katzen verwöhnen konnten. Unter den Huren hatte er sicher einige Kunden. Er blieb vor dem Portal des *Opalpalastes* stehen, verhandelte einen Augenblick mit dem Wächter und wurde dann eingelassen.

Tikian kratzte sich die Stoppeln an seinem Kinn. Das wäre auch kein schlechter Weg gewesen, um in das Haus zu gelangen ... So hätte er weniger Geduld aufbringen müssen. Aber irgendwann würde Consuela schon herauskommen. Der Fechter reckte sich und legte den linken Arm über das große Reisigbündel an seiner Seite. Zwischen den dürren Ästen hatte er sein Rapier und den Parierdolch sowie einen Beutel mit den Münzen und dem Medaillon versteckt. Das war alles, was von seinem Leben als Adliger noch geblieben war. Erinnerungen an eine große Zeit.

Eine schlanke Frau mit breitkrempigem Schlapphut trat die Stufen zum Bordell hinauf. Elena! Sie sprach kurz mit dem Türsteher. Der schüttelte den Kopf. Unschlüssig blieb die Magierin einige Herzschläge lang vor der Tür stehen. Dann stieg sie die Treppe hinab und blickte sich auf der Straße um. Was sie wohl wollte? Ob er es wagen sollte?

Er richtete sich auf und humpelte mit dem Bündel auf dem Rücken der jungen Frau entgegen.

»Ich hab nichts zu verschenken. Scher dich deiner

Wege, Kerl!« Sie bedachte ihn mit einem abfälligen Blick und wandte sich zum Gehen.

»Nur ein Kupferstück im Gedenken an den Mann, der Euch einst am Tirob Blumen schenkte.«

»Was?«

»Tu so, als wolltest du mich verscheuchen, und warte dann einige Augenblicke, bis du mir folgst. Wir werden vielleicht beobachtet!«

Elena runzelte kurz die Stirn und hob dann drohend ihren Zauberstab. »Scher dich endlich davon, du Wurm, oder ich werde dich unter meinem Absatz zertreten!«

»Gnade, Herrin!« Tikian hob abwehrend die Hände und machte sich hinkend davon. Der Wächter an der Tür des Bordells lachte lauthals.

»Dem hast du's aber gegeben, Kleine. Bist ein Weib nach meinem Geschmack! Willst du's mal mit 'nem richtigen Mann versuchen? In der Abenddämmerung endet meine Wache.«

»Aus *richtigen* Männern mach ich mir nichts, aber wenn du vielleicht eine hübsche Schwester hast ...«

»Flittchen, du weißt nicht, was du verpaßt!«

»Deine Sorte kenn ich! Rollst dich zur Seite und schläfst ein, nachdem du es mit einer Frau getrieben hast. Und glaub nicht, daß mich deine Prahlerei neugierig auf deine paar Zoll ungewaschenes Gemächt machen würde. Das bißchen Fleisch, das euch Kerlen zwischen den Beinen baumelt, ist nun wahrlich kein erhebender Anblick!« Elena machte eine derbe Geste, drehte sich dann um und folgte Tikian.

Der Fechter wartete in einer Gasse, von der aus er weiterhin das Portal des *Opalpalastes* im Blick behalten konnte. »Kannst ja fluchen wie 'ne Hure. Diese Seite kannte ich noch gar nicht an dir.«

Die Magierin maß ihn mit einem abfälligen Blick. »Ich glaube nicht, daß *du* überhaupt irgendeine Seite von mir kennst. Was hast du mir über den Mann, der mir die Blumen schenkte, zu sagen? Mach schnell ... Deine Anwesenheit beleidigt meine Nase!«

»Ich fürchte, Ihr werdet ein wenig verharren müssen, Herrin. Ihr wolltet doch etwas von dem jungen Adligen. Das heißt, daß Ihr diesmal nicht so einfach gehen könnt, wie damals in der Hafenschenke.«

»Was weißt du ...« Die Magierin stockte und blickte ihm in die Augen. Dann schüttelte sie entgeistert den Kopf. »Das kann nicht sein! Sag mir, daß ich mich täusche. Du bist ...«

»Tikian. So ist es. Ich habe einmal im Buch eines Dichters gelesen, man sähe nur mit dem Herzen gut, denn das Wesentliche sei für die Augen unsichtbar. Doch Herzensangelegenheiten waren noch nie deine starke Seite, nicht wahr, Elena?«

»Du solltest dich nicht mit fremden Federn schmücken, Fechter. Poesie paßt nicht zu deinem Stil. Selbst wenn dein Gestank kaum zu ertragen ist, freut es mich aufrichtig, dich wiederzusehen.«

»Könnte es sein, daß du meine Hilfe brauchst? Rückt dir dein feiner Herr auf dem Silberberg vielleicht auf den Leib?«

Elena holte aus, so als wolle sie ihm eine Ohrfeige geben, doch dann hielt sie inne. »Ich habe dich immer für einen Ritter gehalten, Tikian. Aber Liebe macht wohl blind.«

»Laß die Maskeraden! Ich kenne dich gut genug, um zu wissen, daß du nicht nur kommen würdest, um zu sehen, wie es mir geht. Dein Stolz stünde dir dabei im Weg, selbst wenn du es aufrichtig wissen wolltest. Also sag mir einfach, was du willst.«

Die Magierin blickte ihm erneut tief in die Augen und schüttelte den Kopf. »Ich habe dich immer für einen Schwärmer gehalten.«

»Nur wenn ich verliebt bin ...«

»Gut! Wie du willst! Kommen wir zur Sache. Warum forschst du nach dem Großen Brand? Was weißt du über das *Haus der Morgenröte* und über den *Häuter?*«

»Sieh mich an, Elena! Diese Fragen haben aus einem Adligen einen Bettler gemacht, der unter jedem dunklen Torbogen einen Meuchler fürchten muß. Bist du sicher, daß du mein Wissen wirklich mit mir teilen willst?« Tikian musterte sie abschätzend. Eigentlich sah er keinen Grund, sie in sein Wissen einzuweihen. Sie stand in Diensten des Stadtmarschalls, und am Ende war das Ganze vielleicht nur eine Falle.

»Ich werde ganz offen zu dir sein ... Ich habe dich einmal geliebt, und auch wenn das vorbei ist, hoffe ich, daß du dich wie ein Freund verhalten wirst. Mein Herr, Oboto Florios, wird mich in dieser Nacht dazu zwingen, einen Zauber zu wirken, der es mir erlaubt, in Borons Hallen zu reisen. Mein Körper wird hier verweilen, und nur meine Geistgestalt wird über das Nirgendmeer fliegen. Ich habe schon einmal eine solche Reise für ihn unternommen und dabei ist Uthar, der dunkle Wächter, auf mich aufmerksam geworden. Du weißt, daß ich nicht an die Zwölf glaube ... Das macht die Sache schlimmer. Ich habe dort nichts verloren. Er wird mich töten, wenn er mich noch einmal bemerkt.«

Tikian strich ihr zärtlich über die Wange. Würde sie ihn belügen? »Du hättest nicht auf den Silberberg gehen dürfen, meine kleine Fee. Erinnerst du dich noch an den Tag, an dem ich dich aus dem Siechenhaus von Hôt-Alem holte? Ich habe dich auf Armen getragen bis auf das kleine Zimmer in der Schenke am Nordtor ...«

Elena legte einen Finger an die Lippen. »Sprich nicht davon. Das ist Vergangenheit. Ich habe diese Tage tief in meinem Herzen verschlossen.«

Tikian konnte es nicht ertragen, ihr weiter in die Augen zu sehen. Er wandte sich ab und löste die Schlinge, die das Reisigbündel zusammenhielt. Er suchte zwischen dem dürren Geäst seine Lederbörse und holte das Medaillon hervor. »Sieh sie dir an, das sind mein Großvater und seine Geliebte. Ich versuche herauszufinden, was aus ihnen geworden ist. Was reizt dich daran?«

Elena rieb die Schnur, an der das Medaillon hing, zwischen den Fingern. »Das ist ja Menschenhaar.«

»Wahrscheinlich ein Geschenk von Saranya. Die Haarfarbe würde jedenfalls stimmen.«

»Wie ungewöhnlich ...« Tikian gefiel der Tonfall nicht, in dem die Magierin sprach. Sie öffnete das Medaillon und betrachtete lange die beiden Bilder.

»Und was ist aus ihnen geworden?«

»Mein Großvater wurde ermordet. Und Saranya ist in einem Bordell untergekommen. Es war jenes *Haus der Morgenröte,* nach dem du gefragt hast. Während des Großen Brandes scheint sie dort ums Leben gekommen zu sein. Offenbar war sie in die Verschwörung gegen eine Frau namens Esmeralda verwickelt. Genau weiß ich darüber noch nicht Bescheid. Ich werde morgen mehr erfahren. Es gibt ein altes Weib, das sie gekannt hat. Meine Zeugin ist allerdings ein wenig verwirrt.«

»Es gibt eine Zeugin? Wie heißt sie ... Wenn ich sie sprechen könnte, müßte ich vielleicht nicht meinen Weg in Borons Hallen machen? Wo hast du sie gefunden?«

Tikian schüttelte den Kopf. »Ich kann dir ihren Namen nicht nennen. Ich habe versprochen zu schweigen. Du weißt schon mehr als ...«

Von der Straße erklang lauter Hufschlag. Eine Gruppe schwarz gepanzerter Reiter zügelte die Pferde vor dem *Opalpalast*. Es waren Ritter der Rabengarde! Sie waren gewappnet, als würden sie in die Schlacht ziehen. Die Krieger trugen schwarze Lamellenpanzer und leichte Reiterschilde. Am eindrucksvollsten jedoch wirkten ihre Helme, die einem Rabenkopf nachempfunden waren und die die Ritter wie tierköpfige Dämonen aussehen ließen. Tikian wagte sich ein Stück vor und konnte jetzt auch Fußsoldaten erkennen, die offenbar alle angrenzenden Straßen abriegelten. Das Bordell wurde umstellt! Was, zum Henker, hatte das zu bedeuten?

»Wenn du mir den Namen verrätst, werde ich …« Der Fechter schob Elena zur Seite und eilte zum Eingang der Gasse. Er mußte sehen, was dort vor sich ging. Hatte der Alte etwa sein Wort gebrochen? Waren die Ordensritter seinetwegen gekommen?

»Im Namen des Patriarchen von Al'Anfa, laßt uns ein!« Der Anführer der Reiter war abgestiegen und klopfte mit seiner gepanzerten Faust gegen das Tor. Die Wache, die vor dem Eingang gestanden hatte, wurde von zwei Rittern zur Seite gezogen. Der Mann war offenbar völlig eingeschüchtert und ließ sich, ohne Widerstand zu leisten, entwaffnen. Tiefer Trommelschlag ertönte aus einer der angrenzenden Straßen – sowie ein anderes Geräusch, das Tikian nicht einzuordnen wußte. Ein pfeifendes Knallen …

Die Tür des Bordells wurde geöffnet. Der Fechter konnte das Gesicht Golos erkennen. Der Leibwächter verbeugte sich und bedeutete dem Ordensritter mit einer unterwürfigen Geste einzutreten. Sofort folgte auch ein Trupp Fußsoldaten.

Indessen war der Trommelschlag lauter geworden. Die Bettler und Passanten, die von den Kriegern in der Straße überrascht worden waren und nicht mehr in Seitenstraßen oder Hauseingänge entkommen konnten, warfen sich zu Boden.

»Den Kopf in den Staub, du Narr!« Elena war hinter ihn getreten und zerrte an seinem Arm. »Da ist einer der Hochgeweihten der Boronkirche im Anmarsch. Du giltst als Ketzer, wenn du dich nicht vor ihm verbeugst.«

»Ich bin Tikian ya Avona, Adliger des Alten Reiches, und neige mein Haupt nur vor meiner Königin. Ich werde …«

Elena hieb ihm mit ihrem Zauberstab in die Kniekehlen, so daß der Fechter strauchelte. Im selben Augenblick erreichten zwei Reiter auf prächtigen Rappen die Straße. Vor ihren Sätteln hingen große, mit Rabenfedern geschmückte Kesselpauken. Die Reiter waren ganz in schwarzes Leder gekleidet und trugen Masken aus schwarzem Holz, die einem Rabenkopf nachempfunden waren.

»Bleib gefälligst auf den Knien«, zischte Elena. Ihre Worte gingen in dem Dröhnen der Kesselpauken fast unter. Auch das Zischen und Knallen, für das Tikian keine Erklärung fand, wurde nun immer lauter. Den Kopf zu Boden geneigt, spähte er aus den Augenwinkeln zur Straße hinüber. Wahrscheinlich hatte Elena recht. Es war klüger, auf den Knien zu liegen. Ein Bettler, der sich nicht vor einem Hochgeweihten verbeugte ... Das war undenkbar! Da hätte er sich genau so gut gleich der Hand Borons stellen können.

Geweihte in langen schwarzen Kutten und mit spitzen Kapuzen bewegten sich stumm an beiden Seiten der Straße entlang. Mit langen Peitschen geißelten sie den Boden, über den sie schritten. Ihre Gesichter aber verbargen die Priester hinter weißen Masken, die wie Totenschädel aussahen. Ihnen folgte eine prächtige Sänfte, deren lange Holzstangen mit Perlen und Goldbeschlägen geschmückt waren. Acht Mohas, gekleidet nur in Ledenschurzen, trugen die Sänfte auf ihren Schultern. Die Waldmenschen waren von ausgesucht schönem Wuchs und ungewöhnlich dunkler Hautfarbe. Vor dem Eingang zum *Opalpalast* blieben sie stehen und setzten die Sänfte vorsichtig zu Boden.

»Seine Erhabenheit, der Glaubenswahrer Dolgur Kugres!« rief einer der beiden Paukenschläger mit dunkler Stimme.

Der Vorhang der Sänfte wurde zurückgeschlagen, und ein großer, hagerer Mann in einer schwarzen Robe, deren Ränder mit silbernen Rabenstickereien geschmückt waren, stieg heraus. Auch sein Gesicht blieb hinter einer Schädelmaske verborgen, doch diese Larve wirkte auf beunruhigende Weise echter als die Masken der einfachen Geweihten. Sie hatte einen leichten Gelbton, so wie alte Knochen, und einige der Zähne des Schädels fehlten. Einen Augenblick lang hatte Tikian das Gefühl, daß der Hochgeweihte zu ihm herüberschaute, doch dann wandte sich der Mann ab und schritt die Stufen zum Eingang des Bordells hinauf.

»Was geht da vor sich?« flüsterte Tikian leise.

»Nichts, in das wir uns einmischen sollten!« zischte die Magierin. »Mach jetzt keine Dummheiten!«

Dem Hochgeweihten folgten einige Männer mit schwarzen Henkerskapuzen, die Holzstäbe trugen, von denen Dutzende eherner Handeisen herabhingen.

Es verstrich einige Zeit, und außer dem Knallen der Peitschen, mit denen die Geweihten noch immer auf die Straße einschlugen, war nichts zu hören. Tikian überlegte fieberhaft, wie er Consuela helfen konnte. Gegen die Ritter und die Fußknechte zu kämpfen, war völlig aussichtslos. Es waren einfach zu viele. Selbst wenn es ihm gelingen sollte, bis ins Bordell zu gelangen, war an ein Entkommen nicht zu denken.

Endlich rührte sich etwas an der Eingangstür. Einige der Huren und Sklaven wurden gefesselt hinausgeführt. Dann folgten die Leibwächter Consuelas. Niemand schien verletzt. Offenbar hatten sie ihre Herrin kampflos ausgeliefert! Tikian knirschte wütend mit den Zähnen. Dieses feige Pack! Er hätte sich nicht einfach ergeben!

Jetzt erschien Consuela in der Tür. Sie trug das weiße Kleid, mit dem sie ihn erst gestern noch empfangen hatte. In hilfloser Wut ballte Tikian die Fäuste. Er war sich sicher, daß es nicht um die Konkubine ging, sondern daß diese Verhaftungen nur seinetwegen stattfanden. Hinter Consuela trat der unheimliche Hochgeweihte durch die Tür. Er gab den Reitern mit den Kesselpauken ein Zeichen, auf das hin ein Trommelwirbel ertönte.

»Im Namen Borons klagen Wir dieses Hurenweib der Ketzerei und der Buhlschaft mit Dämonen an!« tönte die dunkle Stimme des Geweihten. »Sie und alle, die mit ihr in diesem Haus leben, haben sich am Dunklen Gott vergangen, und ihre Seelen müssen in den Gewölben der Inquisition geläutert werden! Dieses Haus wird nun von den Dienern des Tempels versiegelt. Wer versucht, es zu betreten, vergeht sich damit an der Boronkirche und hat mit Verfolgung und Bestrafung zu rechnen. Der Name dieses Hauses darf künftig nicht mehr ausgesprochen werden, denn er beleidigt das Ohr eines jeden Gläubigen. Ebenso soll der Name des Weibes an Unserer Seite nicht mehr genannt werden. Streicht sie aus eurer Erinnerung, so als habe sie niemals gelebt, denn sie hat sich vor Boron versündigt.«

Tikian wollte aufspringen, doch Elena hielt seinen Arm umklammert. »Nicht jetzt! So wirst du niemandem nützen. Ich werde dir helfen, wenn auch du mir hilfst.«

Der Fechter sah zu, wie Consuela in Eisen gelegt wurde. Mit all den anderen, die die Soldaten aus dem *Opalpalast* geholt hatten, wurde sie an eine Kette geschmiedet. Dann setzte sich der lange Zug, angeführt von der Sänfte des Hochgeweihten, in Bewegung. Zehn Ordensritter und wohl eine ganze Kompanie Söldner wurden als Bewachung aufgeboten. Nur eine Handvoll Krieger blieb zurück und begann, mit teergetränkten Brettern die Fenster des Bordells zu vernageln.

Endlich wagten es die ersten Fußgänger, sich aus dem Staub der Straße zu erheben. Tikian setzte sich auf und starrte die Magierin an. »Wie willst du mir helfen?«

»Du weißt, daß ich im Hause des Stadtmarschalls

diene. Ich werde sicher erfahren können, wohin genau man Consuela bringt, und ich schwöre dir, daß ich nichts unversucht lassen werde, um sie mit dir zusammen aus ihrem Kerker zu holen, wenn sich ein Weg in die Gewölbe der Inquisition finden läßt.«

»Und was ist dein Preis?«

»Das Medaillon. Ich brauche es! Vielleicht kann es mir nützlich sein. Bist du sicher, daß Saranya während des Brandes gestorben ist?«

Tikian schüttelte den Kopf. »Niemand hat gesehen, wie sie in den Flammen umkam, doch nach allem, was ich weiß, war sie im *Haus der Morgenröte* eingesperrt und konnte nicht entkommen. Die Frau, die von ihr erzählte, behauptete, Saranya habe Flammengestalt angenommen. Angeblich war sie eine Hexe. Wenn ich dieser Alten glaube, war Saranya Schuld an dem Brand.«

Die Magierin runzelte die Stirn. »Als Flammengestalt entkommen ... Um so besser. Wenn sie lebt, muß ich mich nicht in Gefahr begeben. Jetzt gib mir das Medaillon.«

Der Fechter blickte zweifelnd auf das Schmuckstück. »Was willst du damit?«

»Wenn alles vorbei ist, werde ich es dir vielleicht sagen. Überleg nicht lange! Gilt deine Liebe den Lebenden oder den Toten?«

»Schwöre mir bei deinem Gott, daß du es nicht für üble magische Rituale einsetzen wirst!« Sie würde auf den Namen ihres Götzen keinen falschen Eid schwören, so hoffte Tikian zumindest. Bislang jedenfalls hatte sie sich als sehr gläubig erwiesen.

Die Magierin seufzte. »Wie schade, daß du mir nicht mehr vertraust. Hiermit schwöre ich bei Rastullah, dem Einzigen, daß ich dein Medaillon nicht zur Ausübung schwarzer Künste nutzen werde. Wirst du mir jetzt glauben?«

Wortlos reichte Tikian ihr das Schmuckstück. Elena

ließ es sofort in einem Lederbeutel an ihrem Gürtel verschwinden. »Ich komme morgen früh, kurz nach Sonnenaufgang, hierher zurück. Erwarte mich genau an dieser Stelle. Bis dahin werde ich wissen, was mit Consuela und den anderen geschehen soll.«

Trotz des Schwurs hatte Tikian kein gutes Gefühl. Er sah ihr nach, wie sie mit langen Schritten die Straße hinaufeilte. Ob sie ihn verraten würde?

24. Kapitel

»Es ist besser, wenn du diese Maske aufsetzt, Bruder Ordinarius.« Der Patriarch reichte ihm eine Rabenmaske aus schwarzem Holz. Der übergroße Schnabel war aus geschwärztem Metall gefertigt und an der Spitze hohl.

Tar Honak und auch die beiden Gardisten, die sie hinab in die Gewölbe des Labyrinths unter dem Silberberg begleitet hatten, zogen sich Rabenmasken auf. Dann stopften sie Kräuter in die Spitze des metallenen Schnabels und entzündeten sie mit einem glimmenden Holzspan.

»Du solltest es uns lieber gleichtun, Bruder Immuel. Der Ort, an den du mich nun begleiten wirst, ist zwar ohne Zweifel reizvoll, doch herrscht dort ein Gestank, der einem gottesfürchtigen Mann den Atem verschlagen kann. Wir werden sozusagen in den Pfuhl der Sünde hinabsteigen. Unser Bruder Dolgur wird dich mit einem bemerkenswerten jungen Mann bekannt machen, und ich bin gespannt auf deine Meinung zu diesem Fall.«

Der Hochgeweihte tat, wie ihm geheißen, und stopfte den Schnabel mit Kräutern, die sogleich einer der beiden Gardisten entzündete. Sie verströmten einen schweren Geruch nach Weihrauch und Baumharzen, die von den entferntesten der Waldinseln nach Al'Anfa gebracht wurden, um in den Tempeln des dunklen Gottes entzündet zu werden. Immuel hatte ein ungutes Gefühl. Obwohl er noch nie hier unten gewesen war, wußte er, wohin die lange gewundene Treppe führte, die sie hinabgestiegen waren. Hier lagen die Kerker der Inquisition. Bruder Dolgur war nicht nur der Glaubenswahrer des Tempels und damit einer der Hochgeweihten, sondern versah als Rechtsgelehrter und oberste theologische Instanz in Glaubensangelegenheiten auch inquisitorische Tätigkeiten. Es kam selten vor, daß er in dieser Rolle tätig werden mußte. Hier im Süden war man nicht so sehr dem Hexenwahn verfallen wie im Neuen Reich und im Bornland, doch hin und wieder kam es selbst in Al'Anfa vor, daß sich die Boronkirche mit Häretikern oder Schwarzmagiern auseinandersetzen mußte, die die Freizügigkeit der Stadt allzusehr mißbraucht hatten. Jene bedauernswerten Männer und Frauen wurden in die Gewölbe tief unter dem Tempel geleitet und nach den gestrengen Regeln der Inquisition verhört.

Schweigend folgte die kleine Gruppe einem langen Gang, der mit Fackeln erleuchtet war. Dann stiegen sie noch eine weitere Wendeltreppe hinab. Immuel ging dicht hinter dem Patriarchen. Im Fackellicht und mit der Rabenmaske unter der weiten Kapuze seiner Ordenskutte sah er aus wie eine Gestalt, die Boron aus seinen finsteren Hallen geschickt hatte, um seinen göttlichen Willen unter den Sterblichen zu verkünden. Der Geweihte dachte daran, wie Tar Honak erst vor wenigen Tagen im Tempelhof Zeugnis davon abgelegt hatte, daß er vor allen anderen Sterblichen vom dunklen Gott auserwählt war, der ihn unverwundbar gemacht hatte. War er noch ein Mensch, oder mußte man ihn schon zu den Halbgöttern zählen? Es gab keinen Zweifel, daß Tar Honak Al'Anfa zu ungeahnter Macht führen würde. Er war ein Auserwählter, so wie schon sein Vater. Ob es wohl seine Bestimmung war, die Stadtstaaten des Südens zu einem mächtigen Reich zu vereinen? Einer Theokratie unter dem Banner Borons?

Die Treppe endete vor einer Pforte, die von einem

Ritter der Rabengarde und zwei schwarz vermummten Gestalten bewacht wurde. Sie verneigten sich ehrerbietig vor dem Patriarchen und öffneten die drei goldenen Schlösser des Tors.

Noch immer schweigend, betrat die kleine Gruppe das weite Gewölbe, welches sich hinter der ehernen Pforte erstreckte. Hier waren Foltergeräte aller Art aufgestellt, mit denen den Verstockten geholfen wurde, zu der sie erlösenden Wahrheit zurückzufinden. Es gab eiserne Jungfrauen und Streckbänke, allerlei gräßliche Zangen und Haken, Brandeisen und Schwerter, deren Klingen wie Sägen gezackt waren. Seitlich des Gewölbes lagen Zellen, durch deren Gittertüren die anderen Gefangenen mit ansehen konnten, welches Schicksal sie erwartete, wenn sie auf die Fragen des Glaubenswahrers keine Antwort geben mochten. Die Zellen waren gefüllt mit Weibsbildern in aufreizenden Kleidern, Männern, die in engen Hosen mit bunten Lederflicken ihr Gemächt betonten, Söldnern und allerlei anderer Gesellschaft, die wohl sämtlich zu jenem Bordell gehören mußte, das von der Rabengarde am Mittag geschlossen worden war. Was der Patriarch ihm hier unten wohl zeigen wollte? Immuel spürte, wie sich sein Magen verkrampfte. Er hatte mit Rechtsfragen nichts zu schaffen und war als Ordinarius auch nicht befugt, den Befragungen beizuwohnen. Was für einen Grund mochte es also geben, ihn hierher zu bringen, wenn es nicht um ihn selbst ging? Ob der Patriarch ihn verdächtigte, mit Oboto ein Komplott zu schmieden? Fürchtete Tar Honak vielleicht, die Familie Florios und einige andere Grandenhäuser könnten nach der Macht in der Stadt greifen, sobald er mit der Armee aufgebrochen war?

Immuel hatte das Gefühl, als wolle ihm eine unsichtbare Hand die Kehle zudrücken. Es war unmöglich, daß der Patriarch sich so sehr täuschte! Tar Honak mußte doch wissen, daß er, Immuel, immer einer seiner treuesten Diener gewesen war.

Sie hatten das Ende des weiten Gewölbes erreicht, und wie von Zauberhand öffnete sich vor ihnen eine schmale Pforte aus dunklem Holz. Der Patriarch gab den beiden Ordensrittern, die sie begleitet hatten, ein Zeichen, bei der Tür Posten zu beziehen, und winkte Immuel, ihm zu folgen. Der Ordinarius schluckte und zögerte einige Herzschläge lang, über die Schwelle zu schreiten. Doch ganz gleich, was ihn in dieser Kammer auch erwarten mochte, er durfte sich nicht widersetzen, sie zu betreten. Er mußte seine Angst besiegen! Sonst würde er sich nur verdächtig machen.

Der Raum, den sie betraten, mochte vielleicht sechs mal sechs Schritt messen. In seiner Mitte war eine Streckbank aufgestellt, neben der ein Kohlebecken mit glühenden Eisen stand. Ein Mann in der mit silbernen Raben geschmückten Robe eines Hochgeweihten stand dicht neben der Folterbank, auf die ein nackter Mann gebunden war. Ein Priester in einfacher Ordenstracht beugte sich über ein Schreibpult. Zwei vermummte Folterknechte hatten sich zur Wand hin zurückgezogen und warteten mit überkreuzten Armen auf Befehle des Glaubenswahrers. Überall in dem Raum hatte man Räucherschalen aufgestellt, in deren Glut kostbare Harze schwelten. Dennoch konnte man einen leichten Duft von Verwesung wahrnehmen, der sich mit einem süßlichen Gestank vermengte, wie ihn Immuel noch nie zuvor in seinem Leben gerochen hatte.

In einer Mischung aus Neugier und Furcht blickte er zu dem Mann auf der Streckbank. War dies das Schicksal, das auch ihn erwartete? Das Gesicht des Gefolterten war bis zur Unkenntlichkeit entstellt, und dennoch kam ihm der Mann vertraut vor. Das lange schwarze Haar, die schlanke und doch auch muskulöse Gestalt, die feingliedrigen Hände …

Die blasse Haut des Ketzers war über und über mit gräßlichen, schwärenden Wundmalen bedeckt. Von ihnen mußte der abscheuliche Geruch ausgehen, der die Kammer füllte. Bei diesen Verletzungen mußte man es schon ein Wunder nennen, daß der Befragte überhaupt noch lebte. Doch dieses *Wunder* war wohl auch als Beweis dafür zu werten, daß er zu Recht verhört wurde. Wer sonst als eine dämonische Wesenheit mochte ihm die Kraft geben, eine solche Marter zu überleben!

»Du siehst dort Simodo, einen Neffen Galek Wilmaans, auf der Streckbank liegen, Bruder Ordinarius. Bereitet es dir Genugtuung, wenn ein Angehöriger jener Sippe, mit der ihr Florios so erbittert verfeindet seid, hier vor dir liegt und leidet?«

Immuel blickte erst zu Tar Honak und dann zu Dolgur, dem Glaubenswahrer. Was hatte das alles zu bedeuten? Bedächtig leckte er sich mit der Zungenspitze über die Lippen, wohl wissend, daß seine Maske diese Geste, die man zu Recht als Beunruhigung deuten würde, vor den Blicken der anderen verbarg. »Es bereitet mir niemals Freude, einen Mann zu sehen, der sich vom Pfade des rechten Glaubens entfernt hat. Doch selbst wenn er ein Wilmaan ist, werde ich dafür beten, daß seine Seele doch noch ihren Weg in Borons Hallen findet.«

Der Patriarch nickte, und einige Ascheflocken lösten sich vom spitzen Schnabel seiner Rabenmaske. »Wohl gesprochen, Bruder Ordinarius. Allerdings muß ich doch meinem Befremden darüber Ausdruck verleihen, daß dein Verwandter, der Stadtmarschall, nicht in der Lage war, jenes schändliche Treiben aufzudecken, an dem sich dieser Fehlgeleitete beteiligte. Drei Tage ist es erst her, daß Simodo zu unserem Bruder Glaubenswahrer gelangte, weil seine Mutter einem der niedrigen Geweihten von der seltsamen Krankheit berichtete, die ihren Sohn befiel. Nach einem Besuch bei dem Kranken wandte sich der junge Priester an unseren Bruder Glaubenswahrer, weil er verwirrt war ob der Krankheit, die er gesehen hatte, doch Bruder Dolgur erkannte, als man ihn vor Simodo führte, in seiner großen Weisheit sofort, womit er es zu tun hatte. Nun, Bruder Ordinarius, was denkst du, welche Krankheit den Unglücklichen quält?«

Immuel räusperte sich verlegen. Dann beugte er sich über den jungen Mann, um dessen Körper auf Anzeichen für eine Krankheit zu untersuchen, doch mit Ausnahme der schwärenden Wundmale vermochte er nichts zu entdecken. Schließlich wandte er sich zum Patriarchen und schüttelte enttäuscht den Kopf.

»Verzeiht, Eure Hochwürdigste Erhabenheit. Ich bin ein Diener Borons und verstehe mich nicht auf das Fach der Heilkunde. Simodos Körper ist zu sehr durch die Wundmale der hochnotpeinlichen Befragung gezeichnet, als daß ich noch die Spuren seiner Krankheit erkennen könnte.«

»Wundmale!« Tar Honak lachte laut. »Die Folterknechte haben kaum Hand an Simodo gelegt! Was du in deiner Einfalt Wundmale nennst, sind die Zeichen der Duglumspest! Dieser Elende hatte Umgang mit Dämonengezücht! Und dein Verwandter, der Stadtmarschall, war blind für das boronslästerliche Treiben, das inmitten unserer Stadt aufblühte! Ich frage mich, was steckt dahinter, daß der sonst so pflichtbewußte Oboto in diesem Falle seine Aufgaben so sträflich vernachlässigte? Verfolgt er am Ende gar die gleichen Ziele wie einige der Dämonenpaktierer?«

»Ihr wißt, daß ich nicht die allerbeste Meinung von meinem Verwandten habe, Eure Hochwürdigste Erhabenheit, doch kann ich nicht glauben, daß er sich jemals gegen Euch verschwören würde. Die Familie Florios hat sich vor den Augen des Tempels noch nie etwas zuschulden kommen lassen.«

»Und doch sind selbst die Augen des Tempels nicht überall … Aber genug davon. Der Bruder Glaubenswahrer hat mich darüber in Kenntnis gesetzt, daß Simodo nun geständig sei, und ich wünsche, daß noch ein zweiter Angehöriger einer Grandenfamilie zugegen ist, damit niemand behaupten kann, der Tempel habe eine Intrige gegen die Familie Wilmaan angezettelt und eines ihrer Mitglieder ermorden lassen. Bruder Glaubenswahrer, ich erteile dir hiermit das Wort.«

Der hagere Geweihte nickte kurz und beugte sich dann über Simodo. »Du weißt, daß deine Krankheit weit Schlimmeres als den Tod nach sich ziehen wird, mein Sohn?«

»Ja, Herr.« Die Stimme des jungen Mannes klang angesichts seines Zustands noch erstaunlich kräftig.

»Ich habe dir erklärt, daß wir zwar nicht mehr dein Leben, doch immerhin noch deine Seele retten können, wenn du dich als reuig zu erkennen gibst. So erkläre nun seiner Hochwürdigsten Erhabenheit, dem Patriarchen von Al'Anfa, und seiner Erhabenheit, Bruder Immuel, welch götterlästerlichem Treiben du dich hingegeben hast.«

»Im Namen Borons und seiner elf Brüder und Schwestern bitte ich um Vergebung. Ich habe gesündigt und bin in meiner Verblendung von den Pfaden abgewichen, die die Götter den Sterblichen bestimmten. Es müssen fünf Götternamen vergangen sein, seit ich durch jene Menschen, die ich Euch, Euer Erhabenheit, bereits genannt habe, davon Kunde erhielt, daß im Hurenhaus der Consuela, dem Bordell mit dem Namen *Opalpalast*, ganz außerordentliche Vergnügungen für einen kleinen Kreis sehr gut bezahlender *Freunde* geboten würden. Es hieß, daß selbst jene, denen alles im Leben schal und wertlos erscheinen würde, auf diesen besonderen Festen zur Lust zurückzufinden vermochten. Es war von Wonnen die Rede, die keines der anderen Häuser in dieser Stadt zu bieten hätte. Dank meines Namens und des Goldes, über das ich durch meine Herkunft verfügen konnte, war es für mich ein Leichtes, in den Kreis der *Freunde* aufgenommen zu werden. Ich gestehe voller Scham, daß es mir

Vergnügen bereitete, an den gotteslästerlichen Festen Consuelas teilzuhaben, und jeder Atemzug, der mir noch verbleibt, ist ein stummes Gebet zu Boron, daß mir der Herr des ewigen Schlafes meine Sünden vergeben möge.«

»Beschreibe uns diese Feste, Simodo, auch wenn uns von dem, was du erzählst, übel werden mag, so ist es zu deiner Läuterung doch unerläßlich, daß du uns bis tief hinab zu den Abgründen der Sünde geleitest.«

Immuel glaubte, aus der Stimme des Hochgeweihten Dolgur mehr als nur borongefällige Begeisterung herauszuhören. Er war sich fast sicher, daß der Glaubenswahrer Gefallen an seiner Aufgabe fand und ihm die Qualen des Sünders eine Genugtuung waren.

»Der Auftakt der Feste war immer ähnlich«, flüsterte der junge Mann heiser, als schrecke er vor der Erinnerung an seine eigenen Taten zurück. »Die *Freunde* wurden durch verschwiegene Boten in das Haus der Sünde geladen. Dort legten wir Masken an und kleideten uns mit phantastischen Kostümen. Dies gehörte zu den Regeln der Feste, damit wir einander nicht erkennen konnten. So vermag ich auch nicht mit letzter Sicherheit zu sagen, welche anderen Gäste bei den Orgien zugegen waren. Nur Consuela und einige ihrer Mädchen vermochte ich wiederzuerkennen. Oft bemalten wir unsere nackten Körper, und wenn der Reigen der Gäste in den geheimen Keller hinabstieg, in dem wir uns den Ausschweifungen hingaben, so sah es aus, als habe Levthan selbst zum Feste geladen.

Bunte Tücher hingen von der Decke des Gewölbes und Seide streichelte unsere Haut, während allerlei Kräuter, die in Räucherpfannen schwelten, unsere Sinne betörten. Inmitten des Gewölbes, in dem wir feierten, erhob sich ein schwarzer Altar, der mit furchteinflößenden Reliefs geschmückt war. Um ihn herum war ein siebengezackter Stern aus rotem Kupfer in den Boden eingelassen. Wir alle mußten einige Tropfen von unserem Blut geben. Es wurde in einer großen Muschel aufgefangen und dann in sieben kleine silberne Schalen gefüllt, von denen man je eine in die Spitzen des Sterns stellte. Eines der Mädchen Consuelas aber wurde auserwählt, ihr Blut in eine Schale aus schwarzem Basalt zu vergießen. Dieses Gefäß wurde mitten auf den Altar gestellt. Darauf begannen wir alle gemeinsam zu singen. Ein Lied ohne Worte, dessen Melodie von jenen zwei Schwarzmagiern vorgegeben ward, die in den Diensten der Hure standen. Sie leiteten das finstere Ritual, an dessen Ende eine Gestalt von unirdischer Schönheit inmitten des Hexagramms erschien. Sie winkte stets jene Sklavin zu sich, deren Blut man auf den Altar gestellt hatte, und ein jedes Mal traten die Mädchen mit einem Lächeln auf den Lippen in den Bannkreis, der um das Heptagramm gezogen war, um sich als erste in dieser Nacht der Wollust hinzugeben. Mit ihrem Opfer war das Band zu der Kreatur gefestigt, die von den Magiern stets ›Meister der Schwarzfaulen Lust‹ geheißen wurde.

Sobald dies geschehen war, erschienen eine Anzahl von Knaben und Jungfern unter uns, die stets der Zahl der zum Feste geladenen *Freunde* entsprach. Sie kamen, uns Liebesfreuden zu bereiten, wie sie Sterblichen sonst nicht vergönnt sind. Wir vergnügten uns auf widernatürliche Weise, und auch die Lustknaben und Huren Consuelas gesellten sich zu uns. Ich muß gestehen, daß ich in meinem Leben wohl keiner nur denkbaren Rahjafreude entsagt habe. Selbst mit meiner Schwester habe ich mich vereinigt, und es war stets das Verbotene, das den größten Reiz auf mich ausübte. Doch schon nach dem ersten Fest der *Freunde*, an dem ich teilhatte, wurde mir offenbar, welchen Preis ich für die unerhörte Lust dieser Nächte entrichten mußte. Jedes Vergnügen, dem ich mich fortan hingab, erschien mir schal, und nichts vermochte mir mehr Freude zu bereiten, als das Treiben mit jenen Kreaturen, die die

Schwarzmagier heraufbeschworen hatten. So wurde mein Dasein bald zu einem dumpfen Brüten, und mit jedem Herzschlag ersehnte ich, daß endlich wieder die Zeit komme, ein neues ein Fest im *Opalpalast* zu feiern. Niemand, der es nicht selbst erlebt hat, vermag zu erahnen, welcher Genuß es ist, wenn der Augenblick des Zerfließens, des Eins-Seins miteinander und des ...«

»Genug!« unterbrach ihn der Glaubenswahrer mit harscher Stimme. »Wir haben genug von deinen kranken Gelüsten gehört, Simodo. Beschreibe uns lieber, was mit jenen Frauen geschah, die in den Bannkreis traten.«

»Sie hatten das Vorrecht, sich dem Meister der Schwarzfaulen Lust hinzugeben. Ihre Begegnungen begannen stets mit allerlei unkeuschen Küssen und wilden Umarmungen, doch was diese Weiber danach mit dem Meister trieben, weiß ich nicht zu beschreiben, denn sobald die anderen Kreaturen unter uns erschienen, war ich stets zu abgelenkt, noch darauf zu achten, was nah bei dem Altar geschah. Doch wenn die Feste zu Ende gingen, erinnere ich mich, auf dem schwarzen Stein stets einen leblosen, blutüberströmten Körper liegen gesehen zu haben, der kaum noch als Mensch zu erkennen war. Doch zu meiner Schande muß ich gestehen, daß ich dies stets willig als den Preis in Kauf genommen habe, der für das Fest, das wir gefeiert hatten, zu entrichten war.«

»Und du hast keinen Atemzug lang daran gedacht, dieses götterlästerliche Treiben einem der Tempelvorsteher der Stadt zu melden«, empörte sich der Glaubenswahrer.

»In jener Nacht, in der ich unter den *Freunden* aufgenommen wurde, mußte ich mit meinem Blut ein Schriftstück unterschreiben, das es mir bei Todesstrafe verbot, über diese Feste außerhalb des geheimen Gewölbes ein Wort verlauten zu lassen. Die Magier behaupteten, daß, wenn ich es wagte, diesen Eid zu brechen, mich noch in nämlicher Nacht eine Kreatur aus den Niederhöllen heimsuchen würde, um mir das Fleisch von den Knochen zu reißen, und so wahrte ich in meiner Verblendung Stillschweigen über das, was im *Opalpalast* geschah. Möge Boron mir diese Sünde vergeben.«

»Besudele den Namen des Schwarzen Gottes nicht, indem du ihn über deine Lippen bringst, Verlorener!« grollte der Patriarch mit eisiger Stimme. Dann wandte er sich an den Glaubenswahrer. »Hat man die anderen Dämonenpaktierer gefaßt, die mit der Hure Consuela unter einem Dach lebten?«

»Alle außer einem, Eure Hochwürdigste Erhabenheit. Ein junger Adliger aus dem Alten Reich, den die Dirne erst vor wenigen Tagen als Sklaven gekauft hatte, war nicht zugegen, als wir das Haus besetzten. Alle anderen Diener und Sklaven konnten verhaftet werden. Sie befinden sich nun in den Zellen des großen Gewölbes.«

»Und hast du bereits mit ihrer Befragung begonnen, Bruder Dolgur? Ich wünsche, daß diese Angelegenheit binnen der nächsten zwei Tage zu einem Ende gebracht wird, damit ich in dem sicheren Wissen, daß der Zirkel der Dämonenanbeter ein für allemal zerschlagen ist, die Stadt verlassen kann.«

»Ich gebe mein Bestes, Eure Hochwürdigste Erhabenheit. So konnte ich bei den Magiern Male finden, die Zeugnis davon ablegen, daß sie seit langem Dämonenpaktierer sind. Beide sind schon im zweiten Kreis der Verdammnis gefangen. Dem einen von ihnen fehlt die Fingerkuppe an der linken Hand, während dem anderen ein schwarzes Mal auf dem Rücken prangt, das wie ein Auge aussieht. Beide haben ein zweites Paar Brustzitzen, das eine halbe Hand breit über dem Rippenbogen sitzt, und sie wurden ohnmächtig, als ich sie zu dem geweihten Schrein bringen ließ, der sich oberhalb des großen Gewölbes befindet. Dies alles sind untrügliche Zeichen, die sie als verlorene Seelen ausweisen.«

Immuel ließ seine linke Hand ein wenig tiefer in den Ärmel seiner Kutte gleiten. So wie allen anderen Angehörigen seiner Familie fehlten auch ihm von Geburt an die oberen beiden Glieder des Ringfingers an seiner Linken. Oft schon war den Florios ob dieser Absonderlichkeit in verleumderischer Absicht der Umgang mit dämonischen Wesenheiten unterstellt worden. Bei einigen seiner Verwandten hatte dieses Ärgernis dazu geführt, daß sie stets Handschuhe trugen wie etwa Oboto, der angeblich nicht einmal, wenn er zu Bett ging, seine Finger entblößen mochte.

»Und hast du die beiden Dämonenmeister schon dazu bringen können, die Namen jener *Freunde* preiszugeben, die die Feste der Hure Consuela besucht haben?« fragte der Patriarch.

Dolgur schüttelte den Kopf. »Die beiden scheinen nichts zu wissen. Offenbar kannte allein Consuela ihre Gäste mit Namen, und dieses verstockte Weib schweigt! Auch sie scheint sich mit der Duglumspest angesteckt zu haben. Sie hat gestanden, beim geilen Treiben auf dem letzten ihrer Feste von einer der dämonischen Kreaturen in den Hals gebissen worden zu sein. Ich hoffe, sie noch heute bei einer weiteren Befragung zum Reden bringen zu können, doch erscheint sie mir ein Geschöpf von besonderer Boshaftigkeit zu sein.«

»Deine Hoffnungen, Bruder Dolgur, reichen mir nicht aus. Ohne die Ernsthaftigkeit deiner Bemühungen in Abrede stellen zu wollen, erscheint es mir doch ratsam, jemanden zu Hilfe zu holen, der in der Übung der hochnotpeinlichen Befragung bewanderter ist als du. Du bist ein Rechtsgelehrter, der die Schriften des Glaubens besser zu deuten vermag als irgendein anderer Geweihter, den ich beim Namen nennen könnte. Ein Folterknecht bist du nicht! Ich werde Bruder Immuel zum Erhabenen Amosh Tiljah, dem Hochgeweihten des Praiostempels und Obersten Richter der Stadt, schicken, damit er uns einen seiner Inquisitoren zur Verfügung stellt. Ich hoffe, daß wir mit der Hilfe eines solch erfahrenen Fragenstellers schneller zu Ergebnissen kommen werden.«

Immuel schluckte. Seit vor einer Woche auf Wunsch des Patriarchen im Rat der Zwölf beschlossen worden war, daß im Falle eines länger andauernden Krieges das Schatzschiff der Praioskirche nicht wie gewohnt im späten Frühling den Hafen verlassen durfte, um die Einnahmen des Tempels in einen der Osthäfen des Neuen Reiches zu bringen, herrschte eine schwerwiegende Verstimmung zwischen dem höchsten städtischen Vertreter der Praioskirche und den Hochgeweihten des Boron. Wenn man nun mit einer Bitte an den Erhabenen Amosh Tiljah trat, bestand wenig Aussicht auf eine freundliche Antwort. »Was ist zu tun, wenn der Erhabene Euer Anliegen zurückweist, Eure Hochwürdigste Erhabenheit?«

Der Patriarch schüttelte heftig den Kopf. »Über meine Befehle wird nicht gestritten, Bruder Immuel. Ich erwarte von dir nicht mehr und nicht weniger, als daß du in deiner Mission erfolgreich bist. Ich denke, daß der Umgang mit dem Erhabenen einzig eine Frage von diplomatischem Geschick ist, und wenn du mich von der Treue des Hauses Florios überzeugen willst, solltest du in deiner Mission besser nicht versagen! Du darfst nun gehen, aber vergiß nicht, daß die Zeit drängt! Ich wünsche, daß uns noch am heutigen Tage ein Inquisitor der Praioskirche zur Verfügung gestellt wird.«

Immuel verbeugte sich und verließ dann das Gewölbe. Wollte der Patriarch seinen Untergang? Glaubte Tar Honak nicht mehr, daß er ihm treu ergeben war? Oder welchen Grund mochte es sonst geben, daß er ihm eine solch heikle Aufgabe übertrug? Sollte er am Ende vielleicht nur ein Werkzeug sein, um den Streit zwischen den beiden Kirchen noch weiter zu verschärfen? Mit bangem Herzen erklomm Immuel die steile Treppe, die ihn hinauf zum Neuen Tempel führte.

25. Kapitel

Gehetzt blickte Tikian über seine Schulter. Eine Frau in durchscheinendem Kleid und mit buntbemaltem Gesicht lehnte hinter ihm an einer Hauswand. Sie blickte durch ihn hindurch, als sei er Luft. Ein Stück weiter schlenderte ein Wasserverkäufer die Gasse hinunter. Ein Händler rollte seine Waren in einen Teppich ein und zwei Kinder wühlten in einem Abfallhaufen. Es war nichts Verdächtiges zu sehen, und dennoch fühlte er sich beobachtet. Hatte er die Meuchler doch nicht zu täuschen vermocht? Er beschleunigte seine Schritte und sprang dann durch das Fenster eines ausgebrannten Hauses. Er müßte nur ein paar Haken schlagen! Er würde sie schon loswerden!

Eine junge Frau wich kreischend vor ihm zurück. Einige Kinder stoben auseinander. Innerhalb der Ruine waren Schutzdächer aus Palmwedeln gebaut worden. Er konnte ein Lagerfeuer glimmen sehen, auf dem ein verbeulter Topf hing. Ein Mann mit einem schartigen Messer in der Hand trat aus der Finsternis.

»Du bist hier nicht willkommen! Scher dich davon, Kerl!«

Tikian verlagerte das Gewicht des Reisigbündels auf seinem Rücken. Ringsherum tauchten jetzt noch andere Gestalten aus der Finsternis auf. Männer mit Knüppeln. Eine Frau, die einen rostigen Fleischerhaken in der Hand hielt. Ein halbwüchsiger Knabe mit einer schweren Kette.

Der Fechter machte einen Schritt zurück und stieß

einen Tonkrug um. »Nichts für ungut, Freunde. Ich geh ja schon wieder.« Vorsichtig tastete er nach dem Fenstersims hinter ihm. Er wagte es nicht, das Gesindel aus den Augen zu lassen. Wie konnte man nur so leben? Wie Wölfe in einer Höhle ... Irgendwo in der Finsternis begann ein Kind zu schreien.

Vorsichtig kroch er durch das Fenster auf die Gasse zurück. Der Mann mit dem Messer war stehengeblieben und grinste zufrieden. »Das nächste Mal wickle ich dir deine Eingeweide um die Knie, du Bastard!« Gelächter ertönte.

Tikian griff nach der Schnur, die das Reisigbündel zusammenhielt. Einen Augenblick lang war er versucht, seine Waffen hervorzuholen und dem Aufschneider eine Abreibung zu verpassen. Doch dann wurde er sich bewußt, was er da tun wollte. Er war einer der besten Fechter des Alten Reiches und dachte daran, sich mit einem dahergelaufenen Halsabschneider zu schlagen. Sich zu rächen! Das war unter seiner Würde! Ob es die Verkleidung als Bettler war, die ihn so niedere Gedanken verfolgen ließ?

Er blickte die Gasse hinauf. Es war jetzt fast völlig dunkel. Ein alter Mann steckte eine Laterne über einem Hauseingang an. Die Hure, die ihn eben übersehen hatte, war verschwunden. Nur der Wasserverkäufer stand noch da. Er kauerte am Boden und hatte seine leeren Lederschläuche von der Schulter gestreift. War dies sein Verfolger? Warum ging der Kerl nicht nach Hause? Tikian beeilte sich, weiter zu kommen. Er wollte zu *seinem* Hinterhof und die Frau am erleuchteten Fenster suchen ... Doch konnte er das wagen, wenn er verfolgt wurde? Er hatte schon Consuela ins Unglück gestürzt.

Der Fechter kauerte sich unter einen Torbogen und beobachtete den Wasserhändler. Der Mann leerte einen halbvollen Lederschlauch und spülte die Zinnbecher, die in seinem breiten Hüftgürtel steckten. Dann reckte er sich, stand auf und ging die Straße hinab. Er warf Tikian einen flüchtigen Blick zu, hielt auf seinem Weg aber nicht inne.

Der Adlige fluchte leise. Wurde er jetzt verrückt? Sah er schon Gespenster? Niemand war ihm gefolgt! Er hatte die Hand Borons getäuscht. Sie hätten ihn schon längst ergriffen, hätten sie seine Verkleidung durchschaut. Seine Frist war abgelaufen. Die Sonne war hinter dem Horizont versunken. Warum sollten sie also noch zögern, ihn gefangenzunehmen?

Müde machte er sich auf den Weg zu der schäbigen Absteige, die vor einer Woche noch sein Zuhause gewesen war. Könnte er jetzt nur bei Consuela sein! Ob die Boronis sie quälten? Was für eine infame Anklage! Die Konkubine eine Dämonenbuhlin zu nennen!

Langsam stieg er die Treppe an der Steilklippe hinab. Sein Blick wanderte über die weite Bucht unter ihm. Im Kriegshafen brannten wohl an die hundert Lagerfeuer zwischen den langen Zeltreihen, die hinter den Bootsschuppen und Lagerhäusern errichtet worden waren. Fast sah es aus, als seien die Sterne vom Himmel auf die Erde gefallen. Wann die Armee wohl aufbrechen würde? Wie gestrandete Meeresungeheuer lagen die Biremen auf dem Ufer. Man hatte die Masten der Schiffe niedergelegt, so wie man es auch in der Schlacht tat. Hinter den Galeeren dümpelten massige Last- und einige modernere Kriegsschiffe im brackigen Hafenwasser. Karracken und Schivonen, so wie man sie im Alten Reich und im Bornland baute. Dort unten wäre sein Platz gewesen. Er war Söldner, seit er seine Heimat verlassen hatte. Der Krieg war sein Geschäft. Wie es Gion wohl ging? Es wäre schön, jetzt einen Freund zur Seite zu haben und endlich wieder zu wissen, wo die Grenze zwischen Gut und Böse verlief. In einer Schlacht war das einfach. Die Schurken waren immer die anderen …

Aus einer Schenke unter ihm ertönte ein wildes

Kriegslied. Die Stimmen waren voller Begeisterung … Wie gerne hätte er jetzt unter ihnen gesessen und mitgesungen. Die Hand Borons vergessen, seine Geliebte, die in einem Kerker irgendwo unter dem Tempel schmachtete, und den Dämon, der durch die Nacht schlich und nach seinem Leben trachtete.

Er sollte nicht jammern wie ein altes Weib! Eilig schritt er die letzten Stufen hinab und tauchte in das Labyrinth der Gassen ein. Eine betrunkene Söldnerin wankte ihm entgegen und drängte ihn zur Seite. War er auch so gewesen? Das Reisigbündel entglitt seinen Händen.

»Das geschieht dir recht! Was stehst du mir auch im Weg!« lallte die Kriegerin und zog weiter.

Wütend löste Tikian die Verschnürung, zerrte das Bündel auseinander und holte seine Waffen heraus. Einen Augenblick lang war er versucht, der Söldnerin hinterherzulaufen. Dann versteckte er das Rapier und den Parierdolch unter seinen Lumpen. Solange es dunkel war, würden die Waffen nicht auffallen, und er war endlich dieses lästige Bündel los!

Mit leichtem Schritt eilte er der Absteige entgegen. Als er das Tor zum Hinterhof erreichte, blickte er noch einmal die Gasse hinauf. Niemand schien ihm gefolgt zu sein! Doch ganz sicher war er sich nach wie vor nicht. Auf dem Hof brannten keine Laternen. Es war fast völlig finster. Nur hier und dort fiel ein schmaler Lichtstreifen durch einen verschlossenen Fensterladen. In einer benachbarten Gasse war der Marschtritt genagelter Stiefel zu hören. Sicher eine Streife der Stadtgarde.

Vorsichtig spähte er um die Ecke auf den Hof. In dem Fenster brannte Licht! Deutlich konnte er den Schatten der Frau erkennen. Diesmal würde er sie nicht verpassen. Wenn sie Callanas Mörder kannte, dann mochte er ihn vielleicht noch in dieser Nacht finden und seiner gerechten Strafe zuführen!

Mit klopfendem Herzen eilte er über den Hof. Fast hatte er das Fenster schon erreicht, als er mitten im Schritt verharrte. Deutlich konnte er jetzt das Gesicht der Frau erkennen. Sie sah aus wie Saranya! Zwar waren ihre Haare hochgesteckt und ihr Gesicht grell geschminkt, doch konnte es keinen Zweifel geben! Hatte sie vielleicht eine Tochter gehabt? Oder … Nein, es müßte eine Enkeltochter sein! Sie war zu jung. Kaum älter als er selbst. Auch er sah seinem Großvater zum Verwechseln ähnlich. Warum sollte nicht auch Saranyas Enkeltochter ihrer Großmutter wie aus dem Gesicht geschnitten sein? Tikian schluckte. Ob ihre Mutter wohl ein Kind seines Großvaters gewesen war? War Jacomo Saranya vielleicht deshalb mehr als tausend Meilen – fast bis ans Ende der Welt – gefolgt? Zögernd trat er näher an das Fenster.

Die junge Frau bemerkte ihn nun. Sie lächelte gezwungen. »Bist du ein Freier? Komm näher, damit ich dein Gesicht besser sehen kann, schöner Mann.«

Der Fechter schluckte. Die Frau trug ein enges Kleid, das fast nichts von ihren Reizen verhüllte. War auch sie wie ihre Großmutter eine Hure?

»Ei komm doch her, mein schöner Mann,
will sehn, was ich für dich tun kann
mag dir Freuden gern bereiten
will auf deinen Schenkeln reiten,
wirst schon sehn …«

Lieblos leierte sie ihren Spruch herunter. Jetzt erst sah Tikian ihre unnatürlich geweiteten Augen, so als habe sie bella donna hineingeträufelt oder aber Rauschkraut geraucht. Vielleicht war er ein Narr, zu glauben, daß sie den Mörder gesehen hatte. Er war sich nicht einmal sicher, ob sie ihn richtig erkannte. Der Fechter trat bis dicht unter das Fenster. Jetzt sah er die feinen Fältchen um die Augen der Frau. Sie war doch älter, als er auf den ersten Blick gedacht hatte. Um ihren Hals hing ein Medaillon, das dem Schmuckstück, das er in der Kiste mit den Sachen seines Großvaters gefunden hatte, sehr ähnlich sah.

»Du?«

Ein eisiger Luftzug fuhr durch den Hof. »Du? Bist du endlich gekommen, Geliebter! Komm näher, damit ich dein Gesicht sehen kann.«

Tikian spürte, wie sich sein Nackenhaar aufrichtete. Wie unter einem Bann trat er an das Fenster und setzte sich auf das niedrige Sims. Sie streckte die Hand nach ihm aus ... Berührte fast sein Gesicht. »Ich wußte, daß du kommen würdest. Jeden Tag habe ich zu den Göttern gebetet, dich endlich wieder in meine Arme zu schließen, und zugleich hatte ich Angst, daß du mich so sehen würdest. Wirst du mich nun verstoßen? Sie haben mich gezwungen.«

»Ich ...« Der Fechter wußte nicht, was er sagen sollte. Mit wem verwechselte sie ihn?

»Da ist jemand auf dem Hof ... Hinten in den Schatten. Komm herein zu mir! Wirst du verfolgt?«

Tikian drehte sich um. Er konnte niemanden sehen, doch auch er hatte jetzt das Gefühl, beobachtet zu werden. Er stieg durch das Fenster.

»Hierher! Komm schnell! Sie dürfen dich nicht finden. Wenn sie weg sind, werden wir fliehen, nicht wahr?« Sie zeigte ihm eine Nische neben einer gemauerten Schmucksäule. Ihr Zimmer war klein und wurde fast ganz von einem riesigen Bett ausgefüllt. Daneben stand ein niedriger Tisch mit einer Waschschüssel, einem Krug und einem vielarmigen Kerzenständer.

»Kauere dich dort hinein!« Die Frau eilte zu den Kerzen und löschte das Licht. »Sei bitte ganz still, Jacomo. Sie dürfen dich hier nicht finden!«

Tikian wollte aufstehen und sie zu sich herüberholen, doch plötzlich schien die Nische mit einer Wand verschlossen zu sein. Seine Finger tasteten über geborstene Steine und morsches Holz. Was war geschehen? Träumte er das alles?

Er hielt den Atem an. Auf der anderen Seite der Wand flüsterte jemand.

»Wo ist er hin? Du hast ihn doch auch durch das Fenster steigen sehen.«

»Weiß der Henker! Ich hab dir doch gesagt, daß er uns bemerkt hatte. Bestimmt steckt er hier irgendwo in der Ruine. Wir werden ihn schon noch finden!«

Der Fechter keuchte. Hoffentlich entdecken sie das Mädchen nicht! Wo sie sich wohl versteckt hatte? Vorsichtig lehnte er sich zurück. Etwas knackte leise, so als habe er auf einen dünnen Ast getreten. Seine Hände tasteten in der Dunkelheit. Tatsächlich. Dort waren dürre Äste. Hoffentlich hatten die Häscher ihn nicht gehört und … Er gähnte. Er fühlte sich so müde, als habe er seit Tagen nicht mehr geschlafen. Er durfte jetzt nicht einnicken. Er sollte nach einem Ausweg aus dieser Nische suchen. Wieder tasteten seine Hände über die Steine. Sie lagen durcheinander, wie Geröll. Wie hatte das Mädchen das geschafft? Er lehnte sich nach vorne. Die Steine waren angenehm kühl. Er mußte jetzt …

Als Tikian erwachte, lag er auf einem Bett. Neben ihm saß die junge Frau, die ihn versteckt hatte. Sie lächelte.

»Ich habe immer gewußt, daß du kommen würdest. Gerade jetzt, da ich deine Hilfe brauche wie nie zuvor.«

Der Fechter blinzelte verschlafen. Er fühlte sich noch immer todmüde. »Wo bin ich hier?«

»Das ist das *Haus der Morgenröte.*« Die Frau schluckte. »Es ist … ein Hurenhaus. Leila, die Herrin, hat mich auf dem Sklavenmarkt gekauft und … Ich mußte fremden Männern zu Willen sein. Sie hat mir etwas zu trinken gegeben. Ich wußte nicht mehr, was ich tat, und …«

Tikian richtete sich auf und schüttelte verwirrt den

Kopf. »Das *Haus der Morgenröte?* Leila? Das kann nicht sein! Wer bist du?«

Das Mädchen schlug die Hände vors Gesicht und schluchzte. »Ich habe es gewußt … Ich wußte, daß du mich verstoßen würdest, wenn du es erfährst. Der Markgraf und das Fischermädchen. Das war schon ein Skandal. Doch sich mit einer Hure abzugeben … Das ist unmöglich für dich! Bitte … bitte geh!«

Mit wem verwechselte sie ihn? War es möglich, daß der Verstand des Mädchens verwirrt war? Konnte es tatsächlich sein, daß sie ihn für seinen Großvater Jacomo hielt? Sie hatte gesagt, daß man ihr einen Trank verabreicht hatte. Vielleicht war dies der Grund. Er beugte sich vor und wollte sie in den Arm nehmen, sie trösten, doch sie wich ängstlich vor ihm zurück …

»Sieh mich nicht so an! Das macht es nur noch schlimmer. Du mußt fort. Sie haben den Fensterladen vernagelt! Aber du bist stark! Du wirst ihn aufbrechen können! Geh und vergiß diesen Abend! Behalte mich in Erinnerung, so wie du mich gekannt hast. Weißt du noch, damals am Meer? Der Tag, an dem wir uns zum ersten Mal begegnet sind? Du kamst auf einem prächtigen Rappen geritten … Du hast mir zugelächelt, und ich wußte, daß es nie einen anderen Mann in meinem Leben geben würde als dich. Auch wenn du ein Graf warst und ein Freund des Königs. Ich …«

Tikian starrte sie fassungslos an. Was redete sie da? Dann blickte er zum Fenster. Es war tatsächlich mit einem großen Holzladen verschlossen! Er schwang sich vom Bett und drückte gegen den Fensterladen. Er ließ sich nicht öffnen! Entsetzt eilte er zur Tür. Auch sie war verschlossen. Das konnte nicht wahr sein! Das alles war ein Traum! Er mußte jetzt erwachen!

Der Fechter drehte sich um und starrte die junge Frau an. »Du bist Saranya, nicht wahr?«

»Erkennst du mich denn nicht mehr? Habe ich mich so verändert, Geliebter?«

Tikian rang nach Luft. »Wie bin ich hierhergekommen?«

»Aber du hast mich doch gesucht? Ich wußte, daß du den Sklavenjägern folgen würdest. Nur das hat mir die Kraft gegeben, all das durchzustehen. Ich wußte, du würdest kommen und mich holen. Ganz gleich, wie lange es dauern würde, und egal, wohin man mich auch bringt! Jede Nacht habe ich hier am Fenster gesessen und darauf gewartet, daß du kommen würdest ... Du hattest versprochen, zum König zu reisen und ihn darum zu bitten, den Bund deiner Ehe zu lösen, damit wir uns nicht länger verstecken müßten. Erinnerst du dich an unsere letzte Nacht auf der Robbenklippe? Du hast bei Rahja geschworen, zu mir zurückzukehren. Ich wußte, daß du diesen Eid niemals brechen würdest. Und doch hatte ich Angst vor der Stunde, in der du hier vor mir stehen würdest, um zu sehen, was ich bin ...«

Tikian räusperte sich. Sein Mund war trocken wie Asche. Jacomo hatte sein Weib verlassen wollen? Das war der Grund für seine letzte Reise zum König gewesen! Tikian konnte nicht glauben, was er da hörte. Eine Geliebte zu haben, das war nicht unüblich. Aber eine Frau von Stand zu verstoßen, um ein Fischermädchen zum Weib zu nehmen? Das konnte nicht sein! Oder doch? War das der Grund gewesen, warum Rondrian, sein eigener Vater, nie von Jacomo hatte sprechen wollen? Hatte er gewußt, warum der Markgraf nach Al'Anfa gereist war? Und war er vielleicht sogar froh gewesen, daß Jacomo nicht zurückkehrte?

»Gib mir deinen Dolch, Geliebter. Ich kann es nicht länger ertragen, die Zweifel in deinem Gesicht zu sehen. Laß mich meinem Leben ein Ende bereiten. Es war alles vergebens! Wie hab ich dummes Ding darauf hoffen können, daß du mich noch zum Weibe wolltest, nachdem ich mich hier erniedrigte.«

»Tu das nicht ...« Tikian griff nach den Waffen, die

auf dem Bett lagen. »Es ist nur ... Ich bin ... verwirrt. Es ist ... Ich weiß nicht, was ich sagen soll. Ich hätte nie geglaubt, dir jemals gegenüberzustehen. Es ist die Überraschung ...«

»Dann willst du mich nicht verstoßen?«

»Wie könnte ich? Ich ...«

»O mein Geliebter, wie habe ich nur je an dir zweifeln können. Ich bin so froh. Wir werden gemeinsam fliehen, und ich werde Rondrian endlich wieder in den Armen halten. Geht es ihm gut? Konnte er schon laufen, als du abgereist bist?«

Tikian keuchte! Jetzt begriff er! »Ich habe ihn mitgenommen auf das Schloß, nicht wahr?«

Saranya schaute ihn verblüfft an. »Wie kannst du das vergessen? Dein Weib wollte es doch so! Als sie unser Geheimnis entdeckte, hat sie so getan, als sei auch sie schwanger geworden. Sie konnte doch keine Kinder bekommen, und in der Nacht, als ich ihn gebar, bist du gekommen und hast ihn auf das Schloß geholt. Nur ein einziges Mal durfte ich den kleinen Rondrian in meinen Armen halten und ...«

Tikian setzte sich auf das Bett. Das alles mußten Lügen sein! Seine Großmutter war eine Baroness und kein Fischerweib! Er hatte nur einen schlechten Traum und würde bald erwachen ...

»Warum sind wir eingesperrt?«

»Bitte, sag mir erst, wie es Rondrian geht. Ich verzehre mich vor Sehnsucht nach ihm. Es vergeht keine Stunde, in der ich nicht an unseren Sohn denke.«

Der Fechter blickte sie lange schweigend an. Sie sagte die Wahrheit! Er fühlte es. »Es geht Rondrian gut. Er ... er hat deine Augen.«

Saranya senkte den Blick und lächelte. Wer war sie? Was geschah hier? Es konnte doch nicht sein, daß seine Großmutter so alt war wie er selbst! Warum waren sie hier eingesperrt? Und was war das für ein merkwürdiges Versteck, zu dem sie ihn eben gebracht hatte? Er blickte hinüber zu der Nische neben der Ziersäule. Dort lagen keine Trümmer!

»Heute morgen habe ich ein Gespräch zwischen einer Grandessa und einem wichtigen Boroni belauscht. Er trug eine einfache Robe, doch er gehörte zu den Hochgeweihten. Ich hatte sein Gesicht schon einmal gesehen. Bei einer Prozession … Der Boroni hat versprochen, ihr ein Zauberbuch zu bringen. Es war darin von Flammenwesen die Rede. Eines hieß Azzidai oder so ähnlich, aber auch von anderen Kreaturen haben sie gesprochen. Der Boroni sagte, daß die schwärende Wunde des Empörertums ausgebrannt werden müsse. Und sie versprach ihm, die Verräter den Flammen zu übergeben. Ich habe meiner Freundin Dulcinea davon erzählt. Sie sollte zur Stadtgarde laufen und den Marschall über das üble Komplott unterrichten. Doch sie muß mich verraten haben. Statt der Wachen kam Leila, die Herrin des Hauses. Sie hat mich einsperren lassen und ihren Leibwächtern befohlen, mein Fenster zu vernageln.«

Tikian schluckte. »Und all das ist erst vor wenigen Stunden geschehen?«

»Ja.«

Das konnte nicht sein! »Wie bin ich hierher gekommen? Wie konnte ich durch das Fenster steigen, wenn es doch vernagelt war?«

Saranya runzelte die Stirn und blickte ihn fragend an. »Aber du bist doch gekommen, bevor es vernagelt wurde. Erinnerst du dich nicht? Ich habe dich versteckt, damit Leilas Leibwächter dich nicht entdecken konnten, während sie die Läden verschlossen.«

Tikian lachte verstört. »Natürlich. Sag, welches Jahr haben wir?«

Die junge Frau lachte. »Du willst wohl scherzen, Jacomo.«

»Ich meine es todernst! Welches Jahr haben wir?«

»Es ist das neunhundertundsiebzigste Jahr, nachdem Bosparan durch die Garether Rebellen erobert wurde.«

»Nein!« Tikian sprang auf und schlug mit den Fäusten gegen den Fensterladen. »Das kann nicht sein! Ich bin Tikian ya Avona und nicht Jacomo. Ich war in diesem Jahr noch gar nicht geboren! Mein Großvater sollte hier sein. Nicht ich! Auf ihn hast du gewartet! Ich bin dein Enkel. Und dies ist nicht das Jahr neunhundertundsiebzig. Wir haben das Jahr eintausendundzehn nach Bosparans Fall. Tar Honak ist der Patriarch von Al'Anfa und nicht Bal Honak! Wir müssen hier heraus!«

Saranya war ein Stück vor ihm zurückgewichen. »Was ist mit dir, mein Geliebter? Hat dich das Dschungelfieber gepackt? Es besteht keine Gefahr. Das Fest in den Kellergewölben wird noch viele Stunden dauern. Erst danach werden sie kommen und uns holen. Doch bis dahin wirst du das Fenster aufgebrochen haben ... Nicht wahr?«

»Ich ... Wann haben sie das Fest begonnen? Sind sie schon lange unten?«

»Es mag vielleicht eine Stunde seither vergangen sein.«

Tikian fluchte und trat ans Fenster. Sein Rapier hatte er in den Gürtel zurückgeschoben. Der Holzladen zeigte einige Risse, und er versuchte hinauszuspähen, um zu sehen, wo das Madamal stand, und abzuschätzen, wie spät es sein mochte. Am Ende der Gasse erschien eine Frau mit einer kleinen Laterne in der Hand. Hinter ihr ging ein Bewaffneter. Sie hatte langes weißes Haar und ... »Dulcinea!« Der Fechter drehte sich keuchend um. Es war vorbei! Jeden Augenblick mußte ... »Versteck dich! Mach schon, Saranya! Irgendwo! Wenn er dich nicht findet, ist der Kreis vielleicht durchbrochen!«

»Wovon redest du?«

»Für Erklärungen ist jetzt keine Zeit! Im Namen der

Götter, tu einfach, was ich dir sage! Ich flehe dich an!« Er zückte sein Rapier und stellte sich mit dem Rücken zur Wand.

Saranya riß die Decke vom Bett und kauerte sich mit ihr in die Nische neben der Ziersäule. Für einen flüchtigen Betrachter mochte es so aussehen, als läge dort ein großer Haufen zusammengeknüllter Bettwäsche.

Tikian begann zu beten. Er flehte Praios und Rondra um Kraft und einen Segen für seine Waffen an. Es wurde langsam warm im Zimmer. Tikian trat von einem Fuß auf den anderen. Der steinerne Boden wurde so heiß, daß er kaum noch darauf zu stehen vermochte. Der Fechter überlegte, ob er auf den Tisch oder das Bett springen sollte, als sich eine Flammengestalt aus dem Boden erhob.

»Für Rondra!« Mit dem Mut der Verzweiflung stürmte er vorwärts. Seine Waffen durchschnitten die Flammengestalt, ohne auf Widerstand zu treffen. Die Klinge des Rapiers glühte rot auf. Mit einem Schmerzensschrei ließ er die Waffe fallen. Feiner weißer Rauch stieg von dem Leder auf, mit dem der Griff der Waffe umwickelt war. Nur den Dolch in der Hand, wich der Fechter langsam zurück. Das war ein Gegner, den man nicht besiegen konnte!

Die Flammenkreatur drehte sich in Wirbeln, helle Feuerzungen schossen zum Bett und zu dem vermeintlichen Wäschehaufen in der Nische. Mit einem gellenden Schrei richtete sich Saranya auf. Ihre Kleider und ihr Haar standen in Flammen. Sie wollte in die Kammer taumeln, doch die Kreatur trieb sie mit ihren lodernden Armen in die Nische zurück.

Die Hitze in der Kammer war unerträglich. Jeder Atemzug eine Qual. Es war, als ergieße sich flüssiges Feuer durch die Kehle in die Lungen. Tikian taumelte. Ihm wurde schwindlig. Nicht mehr lange, und ... Er ließ den Dolch fallen.

In der Nische war es still geworden. Saranyas

Schreie waren verklungen. Der Fechter klammerte sich an die Kante des Tisches neben dem Bett. Es stank nach verbranntem Fleisch. Die Kerzen auf dem dreiarmigen Bronzeständer waren geschmolzen, und das Wachs tropfte auf den Tisch. Tikians Blick fiel auf den Wasserkrug. Mit zitternden Händen griff er danach. Er war der Ohnmacht nahe.

»Praios gib mir Kraft«, stammelte er leise. Die Flammengestalt wandte sich von der Nische ab.

»Du wirst dich an mich erinnern!« Mit letzter Kraft hob er den Krug und schüttete der dämonischen Kreatur das Wasser entgegen. Ein Zischen und Fauchen erfüllte den Raum. Tikian riß die Arme hoch. Kochender Wasserdampf schlug ihm entgegen, und der Schmerz raubte ihm die Sinne.

26. Kapitel

Die Blaßhaut hatte geglaubt, sie könne Takate täuschen, doch sie irrte. Er war der beste Fährtensucher aus dem Volk der Keke-Wanaq, und er vermochte jedes Wild aufzuspüren. Die Blaßhaut verhielt sich wie ein verwundetes Fleckenschwein. Sie flüchtete in Panik. Takate hielt inne und beugte sich schnuppernd zum Waldboden. Seit er sich verwandelt hatte, konnte er wie ein Jaguar dem Geruch seiner Beute folgen.

»Du wirst der vollkommene Jäger sein, mein Sohn! Und in dieser Nacht sollst du deine Hände in das Blut der Blaßhaut tauchen. Er wird dir nicht noch einmal entkommen.«

Takate lächelte zufrieden. Er spürte, daß seine Beute nicht mehr fern sein konnte. Die Blaßhaut war von den steinernen Hütten fortgelaufen. Sie hatte einen weiten Bogen durch den Wald geschlagen und zweimal einen schmalen Wasserlauf durchquert, um seine Spur zu verwischen. Jetzt kreuzte sich seine Fährte mit vielen anderen. Wahrscheinlich war ein Dorf in der Nähe.

Geduckt lief der Keke-Wanaq den Berghang hinauf. Obwohl er schon mehr als zwei Stunden der Spur des Flüchtlings gefolgt war, verspürte er nicht die geringste Müdigkeit. Im Gegenteil, das Bewußtsein, daß seine Jagd bald zu Ende sein würde, gab ihm sogar neue Kraft.

Er erreichte den Bergkamm und sah unter sich ein Dorf aus schäbigen kleinen Hütten. Hier also hatte sich die Blaßhaut verkrochen! Gierig sog Takate die warme

Nachtluft ein. Nein, hier war niemand, der dem Flüchtling würde helfen können. Er roch den sauren Schweiß von Kranken und den Duft schwelender Kräuter. Vorsichtig schlich er zu den Hütten hinab, die hohen Bäume als Deckung nutzend.

Einen Herzschlag lang hatte er die Fährte verloren, doch dann roch er wieder das alte, mit Fett eingeriebene Leder und den leicht süßlichen Duft der Blaßhaut. Auch ein wenig vom Duft einer Frau war dabei. Der Geruch kam aus einer Hütte, die nahe dem Platz in der Mitte des Dorfes stand.

Von Haus zu Haus huschend, näherte sich der Krieger. Fast hatte er die armselige Behausung erreicht, als er einen unterdrückten Schrei hörte. Plötzlich lag der Geruch warmen Blutes in der Luft. Takate zog sein Schwert. Dann rannte er das letzte Stück quer über den Dorfplatz und riß den schmutzigen Vorhang zur Seite, der vor der Tür der Hütte hing. Etwas stürzte in seine Arme. Ein Mädchen!

Am anderen Ende der Hütte bewegte sich eine schattenhafte Gestalt mit einem Dolch in der Hand. Sie kauerte dicht neben einem Loch, wo einige morsche Bretter aus der Wand gebrochen waren.

»Bitte, hilf ...«

Ein silberner Blitz zuckte durch die Finsternis. Ein Dolch traf das Mädchen in den Rücken. Sie sank in seinen Armen zusammen. Takate konnte spüren, wie der Tapam den zerbrechlichen Körper verließ. Das Gesicht des Mädchens war von gräßlichen Narben entstellt. Mit weit aufgerissenen Augen starrte sie ihn an. Sie waren blau wie der Mittagshimmel. Der Schatten floh durch das Loch in der Wand.

Ein tiefes Knurren stieg aus Takates Kehle, so als sei er ein Hund, der sich in die Enge getrieben dem Kampf stellte. Nahe dem Loch lag ein altes Weib mit weißem Haar, dem man die Kehle durchschnitten hatte. Von der Blaßhaut fand sich nicht die geringste

Spur. Doch lagen auf dem Boden Kleider verstreut, die nach ihr rochen. Jetzt sah der Krieger auch die ledernen Stiefel … Was war geschehen? Hatte sich der Weiße mit den beiden Weibern abgegeben und war geflohen, als er den Mörder kommen hörte? Sein Jagdwild mußte also völlig nackt sein. Takates Blick wanderte noch einmal durch die Hütte. Nirgends waren das lange und das kurze Messer zu sehen, mit denen sein Feind kämpfte. Er hatte die Waffen ergriffen und war geflohen!

Der Keke-Wanaq duckte sich und kroch durch das Loch in der Wand. Ganz in der Nähe konnte er leises Atmen hören. Der Messerwerfer war also noch nicht fortgelaufen.

»Hol dir sein Blut! Er ist ein feiger Kindsmörder. Sein Tod wird die Geister des Waldes mit Freude erfüllen und … Duck dich!«

Der Krieger spürte, wie der Tapam seiner Mutter die Herrschaft über seine Glieder an sich riß. Er zuckte zur Seite, und zwei Finger breit neben ihm schlug mit dumpfem Schlag ein Messer in die Holzwand. Der Mörder kauerte keine zehn Schritt entfernt im Schatten einer Hütte. Einen Augenblick lang blickte der Kerl zum Wald, so als überlege er zu flüchten, dann zog er zwei Messer aus seinem Gürtel.

Takate stürmte auf ihn los. Sein Gegner riß beide Messer gleichzeitig hoch und schleuderte sie dem Keke-Wanaq entgegen. Der Krieger spürte, wie die Waffen gegen seine Brust prallten und dann zu Boden fielen. Die Blaßhaut wollte aufspringen und fliehen, als sich der geflochtene Peitschenriemen um ihr rechtes Bein schlang. Mit einem leichten Ruck brachte Takate den Mann zu Fall. Dann war er über ihm, das blanke Schwert in der Hand. Er setzte den linken Fuß auf die Brust seines Feindes und drückte ihn zu Boden. Es bereitete ihm Freude, die Angst in den Augen des Besiegten zu sehen.

»Mach schnell! Es ist noch einer in der Nähe!« Der Krieger hob schnuppernd den Kopf. Er roch den Wald. Blüten und faulendes Laub, auch die Ausdünstungen der Bettler und die Jauchegrube auf der anderen Seite des Dorfes. Und noch etwas … Es war der Geruch von Kräutern, vermischt mit dem Duft einer Frau.

Takate setzte die Klinge auf den Hals der Blaßhaut und wollte gerade zustoßen, als ein sengender Schmerz durch seine Seite fuhr. Mit einem Aufschrei ließ er beide Waffen fallen. Feurige Räder tanzten vor seinen Augen. Die Kraft wich aus seinen Beinen, und der Boden schien ihm entgegenzustürzen.

»Bei allen Fürsten der Niederhöllen! Eine gesegnete Waffe!«

Der Krieger stürzte zu Boden. Ein schwarzgefiederter Pfeil ragte aus seiner Seite. Der Mann, der eben noch zu seinen Füßen gelegen hatte, stand jetzt über ihm und spuckte ihm ins Gesicht.

»Verrecke, du Bastard!«

Am Waldrand winkte dem Meuchler eine schattenhafte Gestalt. Eine Frau, in schwarzen Gewändern, mit langem dunklem Haar.

»Wir sehen uns vor dem Thron meines Herrn, Verdammter! In seiner Festung aus schwarzen und roten Flammen. Und wenn er den Stab der tausend Augen über dein Haupt hebt, um über dich zu urteilen, dann werde ich lachend neben ihm stehen. Du hättest einer seiner Diener sein können. Es war mir bestimmt, dich auf den Weg der Heshthoti zu geleiten. Nie war ich das Tapam deiner Mutter, du Narr. Ich bin in dich gefahren, als dein Tapam zwischen Leben und Tod schwebte und der schützende Faden der Geisterspinne zerriß. Du hättest unsterblich sein können. Nur magische oder geweihte Waffen wie dieser Schlangenpfeil vermochten dir noch etwas anzuhaben. Nun verrecke! Du hast gefehlt, und unser Herrscher Blakharaz wird streng mit dir ins Gericht gehen, wenn dein Tapam in sein Königreich gezerrt werden wird. So viele Tage, wie der große Wald Blätter hat,

wirst du in den Flammen des ewigen Feuers braten. Und alle paar Äonen werde ich dich besuchen und mich an deinem Leid ergötzen, du törichter Versager.«

Takates halb taube Finger klammerten sich um den Schaft des Pfeils. Er biß die Zähne aufeinander und riß dann das Geschoß aus seiner Seite. Der Schmerz raubte ihm fast die Sinne. Das Atmen wurde ihm schwer. Es war, als drücke ihm jemand die Brust zusammen … »Woher kennst du meine Mutter?«

»Ich kenne jeden deiner Gedanken, jede Erinnerung. Ich habe in dir gelebt und alles mit dir geteilt. Doch deinen Tod wirst du nun allein sterben!«

Stimmen näherten sich. Eine abgerissene Gestalt mit einer Fackel beugte sich über ihn. »Er hat die Mörder verfolgt. Ich habe gesehen, wie er den Schwarzen gestellt hat.«

»Kennt ihn denn jemand? Ich habe ihn noch nie zuvor gesehen. Er sieht aus wie ein Geweihter«, erklang eine zweite Stimme. »Was mag ihn nur hierher …«

Plötzlich wurden die Worte fremd und unverständlich. Das Licht der Fackel schien dunkler zu werden. Die Gestalten verschwammen zu Schatten. Takate konnte spüren, wie sich der herrenlose Tapam, oder was immer von ihm Besitz ergriffen hatte, löste. Er war nun allein mit seinen Qualen. Seine Hände schmerzten, so als würden sie zwischen zwei großen Steinen zermahlen. Er wurde gepackt und hochgehoben. Keuchend rang er nach Luft. Doch gleichgültig, wie heftig er atmete, das Gefühl des Erstickens wollte nicht weichen! Voller Angst murmelte er den Namen Kamaluqs, doch der Jaguargott antwortete ihm nicht.

Einen Augenblick lang raubten die Schmerzen Takate die Besinnung. Dann sah er ein seltsames Licht, so wie letzte Nacht bei der Steinhütte in dem ummauerten Garten. Eine warme Stimme füllte seinen Geist.

»Du bist gestorben, als du versuchtest, meine Kinder zu schützen. Obwohl die Finsternis in deinem Herzen herrschte, hast du dich in den Dienst der Schutzlosen gestellt. Dafür will ich dir dein Leben schenken. Doch ich habe nur in der Nähe dieses Schreines Macht. Mein Bruder Boron wird auf deine Seele warten. Hundert Schritt um dieses Heiligtum, so groß wird von nun an deine Welt sein. Gehst du weiter, wirst du sterben! In diesem Umkreis aber kann ich dir dein Leben erhalten. Es ist dir bestimmt, von nun an die Ärmsten der Armen zu schützen und vielleicht, wenn du ein göttergefälliges Leben führst, wird deine Seele einst, wenn sie auf Rethon, der Seelenwaage, gewogen wird, nicht für zu leicht befunden werden, und du magst doch noch der ewigen Verdammnis entgehen.«

»Wer bist du?« Die Stimme antwortete nicht mehr. Auch das Licht war verschwunden. Über ihn beugte sich eine Frauengestalt mit weit ausgebreiteten Armen. Er blinzelte. Es war nur ein Bild, aus Holz geschnitten und mit bunten Farben bemalt. Um die Holzfigur herum brannten kleine Flammen.

Takate griff sich unter die Achsel, dorthin, wo ihn der heimtückische Pfeil getroffen hatte. Die Wunde war nicht verschlossen, doch hatte sie aufgehört zu bluten, und auch die Schmerzen ließen nach.

Stöhnend richtete er sich auf. Von was für seltsamen Dingen hatte die Stimme gesprochen? Von einem Gott, Boron und einer Waage ... Das hier war das Reich Kamaluqs! Es gab keine anderen Götter, nur Geister, so wie jenen bösen Geist, der in ihn gefahren war. Vielleicht war es ja auch ein Geist, der zu ihm gesprochen hatte? Leicht taumelnd trat er zur Wand der Hütte, die aus hunderten von geflochtenen Lederschnüren zu bestehen schien. Draußen hatten sich viele Blaßhäute versammelt. Sie kauerten um die tote Frau und das Mädchen.

Der Krieger schob die Lederschnüre auseinander

und schritt zu dem Platz hinab. Er fühlte sich schwach, und sein Leib erschien ihm ungewöhnlich schwer. Die Blaßhäute wichen vor ihm zurück. Er kniete neben dem Mädchen nieder. Ihre schönen blauen Augen starrten in den Nachthimmel. Sie hatte sich in seine Arme geworfen und ihn um Hilfe angefleht … Und er? Er hatte den Tod nicht von ihr fernhalten können. Warum hatte sie sterben müssen, während er weiterlebte? Er dachte an die große Hütte am Waldrand, wo er die Sklavenherrin und ihre Kinder getötet hatte. Vor den Augen der Mutter hatte er die Kleinen umgebracht … Er schluckte. Er war nicht besser als die Sklavenjäger, die vor so langer Zeit in sein Dorf gekommen waren, um zu töten! Warum lebte er noch immer und dieses Mädchen war tot? Er strich ihr sanft übers Gesicht und schloß ihr die Augen. Seine Hände waren keine gelben Krallen mehr.

Stumm erhob er sich. Vielleicht war es besser, allem ein Ende zu bereiten. Hiye-Haja hatte recht behalten. Er war ein Verdammter, seit der blaßhäutige Schamane seinen Tapam zurückgerufen hatte. Ausgestoßen von den Lebenden, ein böser Geist, dem das Unglück wie ein Schatten folgte. Und er war müde … So unendlich müde!

Mit schweren Schritten ging er auf den Waldrand zu. Er wollte zwischen Bäumen sterben. Hier waren ihm die Geister seiner Ahnen nahe.

Vor ihm schimmerte eine dünne Linie aus Licht auf dem dunklen Waldboden. Ein Schritt noch … Er blickte zurück. Die Blaßhäute sahen ihm nach. Fast alle waren alt oder gebrechlich. Es gab niemanden, der sie schützen konnte, wenn die Mörder noch einmal wiederkehrten. Es schien, als würden sie auf ihn warten.

Hatte er, der Ausgestoßene, doch noch einen neuen Stamm gefunden? Einen Ort, an dem man ihn nicht fürchtete und für einen bösen Geist hielt? Wieder blickte er zu der leuchtenden Spur auf dem Waldboden. Die Menschen dort unten brauchten ihn. Hierher konnte er immer noch zurückkehren.

Er wandte sich um und ging zum Dorfplatz. Eine Frau mit einer flachen Wasserschale kam ihm entgegen und reichte sie ihm zum Willkommen. Als Takate sich hinabbeugte, um zu trinken, erschrak er einen Herzschlag lang. Im Licht der Fackeln spiegelte sich sein Gesicht im Wasser. Die weiße Spinne auf seinem Hals war verschwunden, und seine Augen schienen so blau wie die des toten Mädchens.

»Ich kann niemanden finden, Herr.« Erschöpft trat Elena aus dem Boronsrad, das auf den Boden der Dachkammer gezeichnet war. Dreimal hatte sie versucht, in die Hallen des Dunklen Gottes zu reisen, doch es war kein Zeichen erschienen, das ihr den Weg zu Saranyas Schatten gewiesen hätte. Beim dritten Mal war sie dennoch über das Nirgendmeer geflogen und hatte sich der Sternenpforte so weit genähert, daß sie für einen Augenblick glaubte, den Schatten Uthars erkennen zu können. Doch auch dort hatte sie keinen Hinweis auf Saranyas Geist finden können, und so kehrte sie zurück.

»Wir hoffen sehr, daß du es nicht wagst, Uns zu betrügen.« Oboto hatte seine Finger ineinander verschränkt und musterte sie. »Wenn du ihre Seele nicht finden kannst, dann heißt das doch wohl, daß dieses Weib verloren ist, oder?«

»Nein, sie muß nicht unbedingt in die Schlünde der Niederhöllen geraten sein. Vielleicht lebt sie auch noch, Herr. Tikian erzählte mir, daß er eine Frau gefunden habe, die bereit sei, über den Brand zu berichten. Auch sie hat damals im *Haus der Morgenröte* gearbeitet. Vielleicht ist das diese Rothaarige, deren Bild das Medaillon zeigt. Tikian erzählte mir auch, daß Saranya etwas über Esmeralda wußte. Es ging um die Verschwörung und das Mordkomplott. Habt noch ein wenig Geduld,

Herr, und ich werde Euch dieses Weib bringen. Dann habt Ihr eine Zeugin für Euren Prozeß. Selbst wenn sie nicht reden will, kann ich Euch versichern, daß die Magie Mittel und Wege bereit hält, jeden zum Sprechen zu bringen. Wir müssen Tikian und diese Frau lediglich in Sicherheit wiegen, Herr. Wenn es uns gelingt, sie auf den Silberberg zu locken, gibt es für sie kein Entkommen mehr.«

Oboto trommelte unruhig mit den Fingern der Linken auf der Stuhllehne. »Wäre es nicht besser, wenn Wir dir einige Unserer Männer mitgeben? Durch Unsere Spitzel wissen Wir, daß dein Freund von der Hand Borons gesucht wird. Es mag sinnvoll sein, wenn ihr beide Schutz genießt.«

»Ich danke Euch für dieses großmütige Angebot, Herr, doch fürchte ich, daß der Fechter sehr mißtrauisch sein wird. Wenn er mich in Begleitung von Kriegern sieht, könnte es sein, daß er Verrat wittert und sich versteckt. Dann wäre alles verloren. Ich habe einen anderen Plan. Ich brauche eine Sänfte, die von hellhäutigen Sklaven getragen wird und ...«

27. Kapitel

Ich möchte wissen, wo dieser götterverdammte Bastard steckt!« Wütend hieb Gion mit der Faust auf den Tisch. »Die ganze Stadt habe ich nach dem Kerl abgesucht und ihn nirgends finden können. Glaubst du, er ist vielleicht …«

Olan schüttelte den Kopf. »Nach allem, was du mir über diesen Tikian erzählt hast, ist das kein Mann, den man einfach so umbringt. Vielleicht ist er geflohen und sitzt jetzt schon irgendwo in Mirham und trinkt einen Wein auf dein Wohl.«

»Er wäre nicht einfach so gegangen … Nicht ohne ein Wort des Abschieds!«

»Aber du hast mir doch gesagt, daß jenes Bordell, in dem er untergekommen war, von den Rittern der Rabengarde umstellt wurde und daß man alle Männer und Frauen aus diesem Haus abführte. Wenn er nicht zu den Verhafteten gehörte, dann muß er sich versteckt haben oder aus der Stadt geflohen sein. Er wird keine Zeit mehr für eine Abschiedsbotschaft gehabt haben. Und wenn er noch in der Stadt sein sollte und sich so gut versteckt, daß selbst die Boronis ihn nicht finden können, dann brauchst du erst gar nicht nach ihm zu suchen. Das ist aussichtslos!«

»Das Wort *aussichtslos* gibt es für mich nicht, wenn es um einen Freund geht«, brummte Gion wütend. »Ich werde nicht einfach hier sitzen und warten, bis ihn irgendein Bastard umbringt. Ich wette, daß diese Magierin auf dem Silberberg ihre Finger in dieser Verschwörung hat. Sie bringt ihm nichts als Unglück! Wenn ich nur an sie herankommen könnte! Sie weiß gewiß, was aus Tikian geworden ist.«

Olan strich sich nachdenklich über den Bart. »Ich kenne jemanden aus dem Haus Florios. Khimsat, sie ist eine junge Geweihte. Vielleicht kann ich mit ihrer Hilfe etwas herausfinden. Wenn die Florios etwas mit dem Verschwinden des Fechters zu tun haben, dann wird sie es wissen.«

»Und warum sollte sie dir das sagen, Hauptmann? Dieses ganze Pack steckt doch unter einer Decke.«

Olan grinste breit. »Du kennst die Granden nicht, Gion. Khimsat ist immer schon ihren eigenen Weg gegangen, und ich bin sicher, daß, wenn sie etwas weiß, sie es mir auch verraten wird. Warum sie dies allerdings tut, ist eine Angelegenheit, die nur sie und mich etwas angeht.«

Der Bogenschütze nickte. »Na schön. Mir ist jeder Weg recht … Hauptsache, daß ich erfahre, was mit Tikian los ist. Du magst mich vielleicht für verrückt halten, aber ich spüre genau, daß er in Schwierigkeiten steckt! Und als sein Freund ist es verdammt noch mal meine Pflicht, ihm herauszuhelfen.«

»Natürlich! Aber jetzt kümmerst du dich erst einmal um unsere Rekruten. Ich werde zum Neuen Tempel gehen. Es kann vielleicht ein paar Stunden dauern, bis ich mit Khimsat reden werde. Sorge du inzwischen dafür, daß unsere Männer beschäftigt sind und ihr Marschgepäck bereitsteht. Unter den Offizieren gibt es Gerüchte, daß wir innerhalb der nächsten zwei Tage aufbrechen werden. Ich wünsche, daß meine Truppe in der Lage ist, in weniger als einer halben Stunde das Lager hier abzubrechen. Es wäre nicht schlecht, wenn du mit ihnen übst, die Zelte auf- und abzubauen. Wenn wir das in Feindesland tun müssen, sollte jeder wissen, was seine Aufgabe ist.«

Gion verkniff sich einen Fluch und nickte. Ein Lager

errichten und wieder abbauen! Die Männer würden ihn lieben, wenn er ihnen damit kam!

Tar Honak blickte zum Hafen des Tempels hinab, wo die großen Triremen des Ordens vor Anker lagen. Die Schiffe waren gefechtsbereit, genauso wie die Galeeren, die weiter südlich im Kriegshafen der Stadt ankerten. Hunderte von Soldaten warteten nur darauf, daß er den Befehl zum Aufbruch gab. Drei Tage noch, und er würde den Schritt zur Unsterblichkeit wagen. Imperator des Südens wollte er sich nennen. Doch in schwachen Stunden wie diesen packte ihn der Zweifel. War dies der richtige Weg? Sollte er den großen Schlag wagen? Der Herrscher wandte sich um und sah zu seinem alten Vertrauten, der stumm in der Mitte des Zimmers stand.

»Glaubst du, Hasdrubal, es ist Zufall, was in den letzten Tagen geschah? Oder wiederholt sich vielleicht alles? Die gehäuteten Leichen … Ein Bordell, in dem man Dämonenbeschwörungen betreibt … Und dann noch das undurchsichtige Spiel meines Stadtmarschalls. Glaubst du, man hat sich gegen mich verschworen, und die Granden warten nur darauf, daß ich mit der Armee die Stadt verlasse, um dann die Macht an sich zu reißen?«

»Nein, Eure Hochwürdigste Erhabenheit. Es gibt keinen Hinweis auf eine Verschwörung der großen Familien. Sie sind zu uneins, um Eure Herrschaft gefährden zu können. Und was Oboto Florios angeht, so scheint es, als wolle er allein seine Fehde gegen die Wilmaans pflegen. Ich glaube auch, daß wir seiner Erhabenheit, Bruder Immuel, vertrauen können. Er wird uns über die Pläne des Stadtmarschalls unterrichten.«

»Wenn Oboto dumm genug sein sollte, Immuel ins Vertrauen zu ziehen! Ich wüßte zu gerne, was der Stadtmarschall erreichen will. Unter anderen Umständen würde ich ihn seines Amtes entheben, doch so kurz vor dem Kriegszug wäre das unklug. Es würde für Unruhe in der Stadt sorgen, und Oboto hat viele Freunde.«

Hasdrubal räusperte sich. »Nach allen Mitteilungen, die mir vorliegen, plant er einen Prozeß gegen die Wilmaans, und es soll um die Rolle dieser Familie bei der Verschwörung von vor vierzig Jahren gehen. Dabei stützt er sich wesentlich auf die Hilfe einer jungen Magierin, die seit kurzem in seinem Haus lebt. Es scheint auch, als habe dieser junge Adlige aus dem Alten Reich mit der Angelegenheit zu tun. Wenn man ihn und die Magierin zu Boron schickt, dann wird das Komplott des Stadtmarschalls wahrscheinlich in sich zusammenbrechen, mein Patriarch. Wünscht Ihr, daß ich mich darum kümmere? Dieser Tikian hat das Ultimatum, daß ich ihm gesetzt habe, verstreichen lassen und ist in die Stadt zurückgekehrt. Damit hat er sein Leben verwirkt. Mir erscheint es nicht angemessen, wenn Ihr ihm gegenüber noch weiter Gnade walten laßt, Eure Hochwürdigste Erhabenheit.«

»Es ist nicht deine Aufgabe zu beurteilen, welche meiner Entscheidungen angemessen sind«, entgegnete Tar Honak gereizt. »Du hast einzig und allein meinen Befehlen zu folgen! Du weißt, was mich einst mit Jacomo ya Avona verband. Ich kann unmöglich den Befehl geben, seinen Enkel zu ermorden! Greif dir diesen Tikian, leg ihn meinetwegen auch in Eisen und schaff ihn so weit wie möglich fort von Al'Anfa! Aber laß ihn am Leben! Wie du mit der Magierin verfährst, ist mir gleich. Morde allein sind in dieser Angelegenheit allerdings keine Lösung! Oboto würde sich andere Gehilfen suchen und von neuem beginnen, seine Intrigen zu spinnen. Wir müssen einen besseren Weg finden, um diesen Dickkopf zum Schweigen zu bringen! Ich denke, wir sollten ...«

Immuel betrachtete den Inquisitor voller Abscheu. Diesen Mann zu schicken, war eine Beleidigung der Boronkirche! Der Ordinarius hatte Amosh Tiljak am Vorabend höflich empfangen und Hilfe zugesagt. Der Hochgeweihte hatte versprochen, einen erfahrenen Hexenjäger zu schicken. Einen Streiter des Lichtes, den die Geister der Finsternis fürchteten ... Und jetzt kam dieser Mann. Sicher, auf den ersten Blick sah er aus wie einer jener Ordentlichen-Inquisitionsräte. Er trug eine goldene knielange Robe mit kurzen Ärmeln, die mit einem roten Greifenwappen geschmückt war. Darunter klirrte ein kostbarer Harnisch, den fleißige Hände so lange poliert hatten, bis er wie lauteres Silber schimmerte. Ein breiter Gürtel, dessen Schließe ebenfalls wie ein Greif gearbeitet war, war um die Taille des Inquisitors geschlungen, und an seiner rechten Hand schimmerte ein schwerer goldener Siegelring. Den Sonnenstab, ein weiteres Zeichen seiner Würde, hielt er vor der Brust verschränkt.

Kam man diesem Mann jedoch nahe, dann vermochte all dieses Blendwerk sein wahres Wesen nicht zu verbergen. Er war schwach! Sein Atem roch nach billigem Wein, und wer ihn genau beobachtete, konnte erkennen, daß die Trunksucht seine Bewegungen fahrig und ungelenk hatte werden lassen. Die halbe Stadt kannte ihn als einen Säufer, der sich in den Schenken herumtrieb und den man schon mit den billigsten Huren hatte verkehren sehen. Er war aus Gareth verbannt worden, und Immuel konnte nicht begreifen, warum man ihn nicht schon längst aus Amt und Würden gejagt hatte. Wenn der Patriarch erfuhr, wen der Hochgeweihte Amosh Tiljak als Unterstützung zur Befragung der Dämonenbuhlin geschickt hatte, würde das vielleicht zum offenen Bruch zwischen den beiden Kirchen führen. Der Hochgeweihte schluckte. Zumindest würde er selbst mit den Folgen zu rechnen haben, denn er war es schließlich gewesen, den man in den

Praiostempel geschickt hatte, um dort nach Beistand zu fragen.

Immuel verwünschte diesen von Dämonen getriebenen Hochgeweihten stumm. Was hatte Tiljak nur zu dieser Frechheit bewogen? Mit einem Nicken bedeutete er dem Inquisitor, ihm in den etwas abseits gelegenen Kerker zu folgen, in dem man die Hure Consuela seit der letzten Nacht befragte. So wie der Glaubenswahrer, der die ganze Zeit schweigend an seiner Seite gestanden hatte, trug auch Immuel eine schwarze Kutte aus feinster Seide und die aus den Schädelknochen ihrer Vorgänger gefertigte Maske, die allein den Hochgeweihten vorbehalten war. Sie wurde nur zu rituellen Anlässen angelegt und mochte ihnen erlauben, die Welt durch die Augen der Toten zu sehen. Vor allem jedoch war es eine Geste der Ehrerbietung gegenüber den ruhmreichen Verstorbenen, die vor ihnen in die höchsten Würden der Boronkirche aufgestiegen waren.

In der Zelle erwarteten sie zwei Torturknechte und ein Schreiber, der die Aussagen der Hure zu Protokoll nehmen sollte. Bislang hatte das verstockte Weib versucht, alle Schuld an den Dämonenbeschwörungen auf sich zu nehmen. Sie behauptete, die beiden Magier erpreßt zu haben. Ihre Aussagen standen im Gegensatz zu denen ihrer Bediensteten, die sich untereinander die schrecklichsten Dinge nachsagten, um sich vor dem Scheiterhaufen zu retten. Doch was wogen ihre Lügen schon! Immuel war sich bewußt, daß Consuela der Kopf dieser Dämonenanbeter war. Nur sie wußte die ganze Wahrheit! Auch mußte sie wissen, wohin dieser junge Adlige geflohen war, den sie als Sklaven erworben, dann aber als Gast in ihrem Haus aufgenommen hatte. Der Ordinarius war sich völlig sicher, daß Tikian mit ihr im Bunde gestanden hatte, und einige der Huren und Leibwächter hatten auch schon gegen ihn ausgesagt.

Angeblich war er bei der letzten Beschwörung zugegen gewesen.

»Würdet Ihr Euch das Mal an ihrem Hals ansehen und uns sagen, ob es sich dabei um ein Dämonenmal handelt, mit dem ein unheiliger Pakt besiegelt wurde, Eure Erhabenheit Marcian?« Der Glaubenswahrer trat zur Seite, um dem Inquisitor den Weg frei zu machen.

Man hatte Consuela an zwei schweren eisernen Ketten aufgehängt, so daß ihre Zehenspitzen gerade eben den Boden der Zelle berührten. Das lange schwarze Haar hing ihr in Strähnen ins Gesicht. Ihr prächtiges weißes Kleid war zerrissen und mit Blut besudelt. Trotz ihrer Schmerzen hob sie stolz den Kopf und blickte dem Inquisitor ins Gesicht.

»Ich erinnere mich, Euch verschiedentlich in meinem Haus empfangen zu haben, Erhabener. Ich hoffe, Ihr werdet ebensowenig verleumderisch von mir sprechen, wie ich es von Euch getan habe.«

»Ich bin ein Diener des Praios, und noch niemals ist wissentlich eine Lüge über meine Lippen gegangen. In meiner menschlichen Schwäche mag ich manches Mal gefehlt haben, doch war mein Sinn stets auf Gerechtigkeit gerichtet und mein Ziel die Läuterung leidender Seelen. Stimmt es, daß du Umgang mit Dämonen pflegtest?«

Die Konkubine nickte. »Ich habe dies vor diesen Geweihten niemals geleugnet. Das, was in den verborgenen Gewölben unter meinem Haus geschah, war mein Werk. Ich habe meine Diener und Sklaven zum Umgang mit den Geschöpfen der Finsternis angestiftet. Sie taten es nicht aus freiem Willen. Ganz anders steht es mit den Gästen, die mich besuchten und ihre schweren Goldmünzen gaben, um an diesen Festen teilhaben zu können. Sie stammten allesamt aus den besten Familien der Stadt. Es waren die zukünftigen Herrscher Al'Anfas, die sich den Kreaturen, die die Herrin der blutigen Wollust schickte, hingaben. Auch Mitglieder aus den Familien der beiden kaltherzigen Folterknechte waren unter ihnen.«

»Streich diesen Satz aus dem Protokoll«, befahl der Glaubenswahrer harsch. »Und streiche auch, daß dieses Hurenweib seine Erhabenheit, den Inquisitor, als Gast in ihrem Haus empfing. Solche Nebensächlichkeiten sind für den Prozeß gegen sie ohne Bedeutung!«

»Zeig mir deinen Hals, Consuela, und das Mal, von dem seine Erhabenheit der Glaubenswahrer gesprochen hat.«

Die Konkubine neigte ihren Kopf zur Seite. Deutlich konnte man die rot entzündete Wunde erkennen. Sie sah fast aus wie ein Biß, und Immuel stellte sich mit Erschaudern vor, wie die wahre Gestalt der Kreatur ausgesehen haben mochte, mit der die Hure Unzucht getrieben hatte.

»Ist dir diese Wunde durch ein dämonisches Geschöpf beigebracht worden?«

»So etwas geschieht im Eifer des Liebesgefechts, Inquisitor. Auch wenn Menschen innig miteinander verkehren, mögen sie Male am Hals oder an anderen Stellen ihres Körpers zurückbehalten. Doch vielleicht sind den Herren die innigeren Spielarten der Leidenschaft nicht vertraut.«

»Hüte deine Zunge, Hure! Unsere Namen sind unbefleckt, und ich bin sicher, keiner von uns verspürte jemals deine brünstige Wollust, Dämonenbuhle!« ereiferte sich der Glaubenswahrer.

»Es ist also richtig, daß dieses Mal auf den Biß eines dämonischen Liebhabers zurückgeht!« drängte der Inquisitor.

»Ja!«

»Ist dies deine natürliche Hautfarbe oder bist du in letzter Zeit blasser geworden.«

»Du hast doch schon mehr von meiner Haut gesehen, als ich dir jetzt feilzubieten habe. Erinnerst du dich nicht mehr an ihre Farbe? Sie war schon immer von makellosem Weiß.«

Dolgur entriß einem der Torturknechte seine Peitsche und hielt sie der Hure unter die Augen. »Hüte deine lästerliche Zunge, Weib! Wenn du die Würde der Priester nicht wahrst, werde ich dich bei deiner nächsten Unverschämtheit züchtigen. Vielleicht verstehst du dies besser als die freundlichen Reden seiner Erhabenheit des Inquisitors.«

Marcian drückte Dolgurs Arm nieder. »Es wäre sehr entgegenkommend, wenn Ihr mich bei meiner Befragung nicht stören würdet, Erhabener.«

Immuel lächelte. Wenn Dolgur sich vor dem Patriarchen über den Inquisitor beschwerte, würde er darauf hinweisen, wie der Glaubenswahrer zurechtgewiesen worden war – und daß sein Urteil möglicherweise durch persönliche Befangenheit getrübt sei. Da Dolgur jedoch klug war, wuchs auch die Aussicht, daß er nicht melden würde, welchen Inquisitor Amosh Tiljak geschickt hatte. Sollte der Patriarch nicht ausdrücklich danach fragen, könnte man Marcians Namen vielleicht verschweigen.

»Haben irgendwelche anderen Teilnehmer an deinen Orgien solche Bißwunden davongetragen?« setzte der Inquisitor sein Verhör fort.

»Soweit ich weiß – nein.«

»Ist jemand in deinem Haus erkrankt, seitdem du zum ersten Mal die Dämonen rufen ließest? Bekam jemand einen schrecklichen Ausschlag?«

Die Konkubine schüttelte den Kopf. »Nein.«

Der Inquisitor hob Consuelas Kinn und trat ganz dicht an sie heran. Sein Gesicht war höchstens noch eine halbe Elle vom Antlitz der Hure entfernt, und Marcians Blick erschien Immuel selbst auf die Entfernung von mehreren Schritt noch wie eine lodernde Flamme. »Du hast mit Menschenleben für die Dienste der Herrin der blutigen Wollust bezahlt. Bereust du deine Sünden?«

»Warum? Es waren nur Sklaven, die ich der Erzdämonin ließ. Nach dem Recht dieser Stadt ist ein Sklave das Eigentum seines Herrn, so gut wie ein Stuhl oder ein Haus. Ich kann mit diesem Eigentum verfahren, wie ich will! Ich habe kein Gesetz Al'Anfas gebrochen, indem ich das Leben meiner Sklaven verschenkte, und sei es selbst an Dämonen!«

»Es mag sein, daß du dich nicht an den Gesetzen dieser Stadt vergangen hast, kaltherzige Hure, doch hast du gegen die Gesetze der Götter verstoßen und dich an ihrem Eigentum vergriffen. Selbst der niederste Sklave besitzt eine unsterbliche Seele, Verfluchte, und sie ist das Eigentum der Zwölf! Du hattest kein Recht, diese Seelen zu verschenken, denn sie waren es, nach denen die Herrin der blutigen Wollust gierte, die auch Belkelel oder Dar'Klajid geheißen wird. Begreife, Weib, daß auch deine Seele in Gefahr ist, auf immer verlorenzugehen, wenn du deine Sünden nicht bereust!«

»Ich kann nicht erkennen, eine Sünde begangen zu haben.«

Der Inquisitor preßte ihr seine rechte Hand auf die Stirn und schloß seine Augen. Einen Augenblick lang herrschte Schweigen in dem finsteren Gewölbe. Dann stieß er einen tiefen Seufzer aus und trat einen Schritt zurück.

Immuel war von dem Gesichtsausdruck des Inquisitors überrascht. Nicht Ekel, sondern Mitleid spiegelte sich in Marcians Zügen. »Dieses Weib ist von der Duglumspest befallen, auch wenn ihr Körper noch nicht die Wundmale dieser übelsten aller Krankheiten trägt. Selbst wenn sie ihre Sünden bereut, ist ihre Seele wahrscheinlich verloren. Meine Kraft vermag sie nicht zu läutern. Nur ein Wunder kann sie noch erretten. Nach Ablauf von sieben Wochen wird ihr Körper zu Asche zerfallen und aus ihrer Seele wird ein Dämon geboren werden. Damit die Heerscharen der niederhöllischen Wesenheiten nicht um einen weiteren Verderber gestärkt werden, würde ich vorschlagen, ihren Leib den Flammen zu übergeben, Erhabener. Nur so kann größeres Unheil verhindert werden!«

Immuel verneigte sich. »Wir danken Euch für Eure Hilfe, Eure Erhabenheit Marcian. Wir werden Euer Urteil bei unserem weiteren Vorgehen berücksichtigen. Was schlagt Ihr vor, wie mit den Dienern und Sklaven der Hure verfahren werden soll?«

»Untersucht sie und sperrt alle zusammen, bei denen der Verdacht besteht, daß sie die Duglumspest ergriffen haben könnte. Sie alle müssen dem Feuer übergeben werden, damit diese Seuche nicht um sich greifen kann! Wie Ihr die Gesunden für ihre Vergehen bestraft, müßt Ihr nach den Gesetzen der Boronkirche entscheiden. Der Praiosspiegel jedoch sieht für Dämonenpaktierer und ihre Gefolgschaft die schwersten Strafen vor. Doch genug davon! Bedürft Ihr meiner Dienste noch?«

Die Stimme des Inquisitors hatte bei seinen letzten Worten schwach und zittrig geklungen. Immuel sah ihn forschend an. Marcians Gesicht war kreidebleich, und Schweiß perlte ihm von der Stirn.

»Fühlt Ihr Euch nicht wohl, Eure Erhabenheit?«

»Wie könnte ich mich in Gegenwart von so viel Verderbnis wohlfühlen?« keifte der Inquisitor. »Ich bitte darum, mich entfernen zu dürfen.«

Immuel nickte. »Wir bedürfen Eurer Dienste nicht weiter.« Nachdenklich blickte er dem hochgewachsenen Geweihten nach, als dieser sich entfernte.

»Mir scheint, seine Erhabenheit, der Inquisitor, ist eine außerordentlich empfindliche Natur«, höhnte der Glaubenswahrer leise. »Vielleicht scheint das Licht des Praios in seiner Seele nicht so hell, wie es bei einem Mann seines Amtes der Fall sein sollte? Auch die vertrauliche Art, in der er die Hure befragt hat, kann ich nur mißbilligen. Es scheint ganz so, als habe er schon einmal in ihren Armen gelegen. Man stelle sich das vor! Ein Inquisitor buhlt mit einer Hure, die des Umgangs mit einer erzdämonischen Wesenheit überführt wird!«

»Dafür gibt es keinen Beweis, Erhabener, und wenn wir den Graben zwischen der Boronkirche und der Praioskirche nicht noch vertiefen wollen, dann sollte eine solche Unterstellung nicht noch einmal über Eure Lippen kommen. Es ist nicht unsere Aufgabe, ein Urteil über diesen Mann zu sprechen. Ihn wird das Schicksal früh genug richten!«

28. Kapitel

Tikian erwachte, als etwas über seine Wange strich. Blinzelnd öffnete er die Augen und sah in Elenas Gesicht. Unter ihren Augen zeichneten sich tiefe dunkle Ringe ab. Ein blonde Strähne war unter ihrem Hut hervorgequollen und fiel ihr mitten über das Gesicht, so daß es wie in zwei Hälften geteilt erschien.

»Du hast tief geschlafen, mein Freund. Was ist geschehen?«

»Ich …« Tikian starrte auf die verfallenen schwarzen Wände um ihn herum. Er lag auf einem niedrigen Schutthaufen. Drei Schritt vor ihm ragte eine geborstene Ziersäule gegen den strahlend blauen Morgenhimmel. »Ich bin gestorben … Letzte Nacht, und …«

Sie legte ihren ausgestreckten Zeigefinger auf seine Lippen. »Dies ist die Stadt des Todesgötzen Boron. Du solltest hier nicht so leichtfertig über das Sterben reden.«

»Aber es ist, wie ich es dir sage!« Tikian richtete sich auf und rieb sich die Augen. »Hier irgendwo muß sie sein.«

»Wer?«

»Meine Großmutter, Saranya. Ich lebe, und auch sie wird entkommen sein! Das alte Weib hat gesagt, daß Saranya eine Hexe war. Sie wird entkommen sein!«

Elena schüttelte verwundert den Kopf. »Du sprichst in Rätseln. Was im Namen der Götter ist in der letzten Nacht mit dir geschehen?«

Tikian musterte sie abschätzend. Er traute ihr nicht.

Auf der anderen Seite hatte er nicht gerade eine große Auswahl an möglichen Verbündeten. »Dein Eid von gestern, gilt der noch?«

Die Magierin nickte. »Bei meinem Herzen. Natürlich! Ich werde dir helfen, Consuela zu befreien, wenn auch du mir hilfst.«

»Und du wirst keine finstere Magie anwenden?«

»Wie oft soll ich dir diesen Schwur noch leisten?«

»Schon gut!« Tikian blickte zu Boden. Sein Kopf schmerzte. Irgend etwas stimmte hier nicht. Er hatte das Gefühl, in eine Falle zu gehen. Zwei Schritt neben ihm lag sein Rapier auf dem Boden. Das Leder, das um den Griff gewickelt war, hatte sich schwarz verfärbt. Er hob die Waffe auf und strich über das Leder. Es fühlte sich verändert an, und als er an seinen Fingern schnupperte, rochen sie nach Rauch.

»Was ist das für ein merkwürdiges Ritual?« Elena lachte. »Ich kann mich nicht erinnern, daß du dein Schwert jemals auf so seltsame Art zum Morgen gegrüßt hast, als wir noch zusammen waren.«

»Mein Traum ... Das war mehr als nur ein Hirngespinst.« Er runzelte die Stirn. »Wie kommt es überhaupt, daß du hier bist? Wir waren doch in der Gasse neben dem *Opalpalast* verabredet.«

»Stimmt. Das war vor zwei Stunden, und du warst nicht dort. Also habe ich mich auf den Weg gemacht, um dich zu suchen.«

»Und wie hast du mich gefunden? Wie konntest du wissen, daß ich hier bin? Hast du mich bespitzeln lassen?«

»Dann wäre ich wohl kaum zuerst zum *Opalpalast* gegangen. Wenn wir aus dieser Stadt entkommen wollen, sollten wir einander vertrauen, Fechter. Erinnerst du dich an unser Wiedersehen? Es war vor dem Tor zu diesem Hof. Du wolltest unbedingt hier hinein und machtest den Eindruck, als wärest du bereit, dafür die halbe Dukatengarde herauszufordern. Ich habe mich daran erinnert und bin hierher gekommen. Als ich durch die Ruinen kletterte, habe ich dich hier auf diesem Schutthaufen gefunden. Das ist die ganze Geschichte. Du siehst, es hat nichts mit Verrat oder Magie zu tun.«

»Entschuldige … Ich habe dich beleidigt. Es ist nur … Die letzte Nacht. Es war alles so wirklich. Ich hätte es niemals für einen Traum gehalten.« Zögernd begann er zu erzählen.

Als Tikian mit seiner Geschichte geendet hatte, sahen sie einander lange an. Schließlich war Elena es, die das Schweigen brach. »Deine Großmutter war keine Hexe. Dir ist ein Geist erschienen. Du hast mit ihr die Stunde ihres Todes noch einmal durchlebt.«

»Das kann nicht sein!« Der Fechter schüttelte heftig den Kopf. »Es schien alles so echt! Ich habe wirklich in diesem Bett gelegen. Ich konnte den Wasserkrug in die Hände nehmen, und dieses Flammengeschöpf …«

»Glaubst du, wenn du letzte Nacht wirklich einem Flammendämon begegnet seiest, würdest du jetzt noch mit mir reden? Eine verkohlte Leiche hätte ich hier zwischen den Trümmern gefunden. Sonst nichts!«

»Aber es hat mich umgebracht … Dieses Ding … es war so echt. Ich habe die Schmerzen wirklich gespürt. Und sieh dir das Leder am Griff meines Rapiers an. Es ist versengt. Das bilde ich mir doch wohl nicht ein!«

»Hast du deine Großmutter berühren können? Überlege gut. Hast du ihr die Hand gegeben, sie in die Arme geschlossen oder sie auch nur gestreift?«

Tikian schnaubte verächtlich. »Was spielt das schon für eine Rolle? Ich habe sie nicht in die Arme geschlossen. Wenn ich mich recht erinnere, habe ich sie auch nicht berührt. Warum willst du das wissen?«

»Du hättest bemerkt, daß sie nicht wirklich da war. Um all diesen Zauber aufrechtzuerhalten, mußte sie dich täuschen. Vielleicht hast du sie, nachdem sie dich vor den Verfolgern versteckte und du eingeschlafen bist, gar nicht mehr getroffen. Womöglich war sie nur in deinen Träumen. Nekromanten nennen eine solche Erscheinung eine gefesselte Seele. Doch so wie du deine Erlebnisse schilderst, scheint es sich hier um einen ganz besonderen Fall zu handeln. Es ist tatsächlich ungewöhnlich, daß dein Rapier Flammenspuren aufweist. Auch spricht die Tiefe, in der du geträumt hast, dafür, daß deine Großmutter entweder ein sehr mächtiges Wesen der Schattenwelt geworden ist oder daß ein ganz besonderes Band zwischen euch besteht. Ich glaube, daß eher letzteres der Fall ist. Nach allem, was du mir erzählt hast, glaubte sie bis zuletzt daran, daß dein Großvater Jacomo kommen würde, um sie zu befreien. Nacht für Nacht hat sie am Fenster dieser Kammer gesessen und auf ihn gewartet. So stark war ihre Sehnsucht nach ihm, daß selbst nach ihrem Tod Saranyas Seele diesen Ort nicht verlassen konnte. Doch daß man hier, inmitten der Stadt Borons, nicht auf sie aufmerksam wurde und ihren Geist in das Totenreich verbannte, spricht dafür, daß sie eine ganz besondere Erscheinungsform hat. Ich vermute, daß nur jemand vom Blute Jacomo ya Avons sie und das erleuchtete Fenster zu sehen vermag. Du hast mir doch gesagt, daß niemand in diesem Viertel die Frau am Fenster kannte oder auch nur von ihr gehört hatte. Nicht einmal der schäbige Wirt, dem die Spelunke auf der anderen Seite des Hofes gehört.«

»Das alles stimmt. Trotzdem mag ich nicht an einen Geist glauben. Es war alles so echt! Warum konnte ich in diesem Bett liegen, wenn es nur eine Einbildung war.«

»Weil du geträumt hast! Begreif das doch endlich! Du bist eingeschlafen, und sie hat deine Träume beeinflußt. Für eine gefesselte Seele ist das zwar ungewöhnlich, aber zum Beispiel ein Nachtalp besitzt solche Fähigkeiten.«

Tikian schüttelte unwillig den Kopf. »Und das versengte Leder? Wie erklärst du das?«

Elena zuckte nur mit den Schultern. »Die Wege Rastullahs sind unergründlich. Ich will mich jetzt nicht mit dir streiten. Sieh lieber einmal aus dem Fenster oder – besser gesagt – dem Loch, das einmal ein Fenster war.«

Der Fechter blickte sie verwundert an. Was sollte das? Neugierig erhob er sich und tat wie ihm geheißen. Auf dem Hof stand eine prächtige Sänfte mit Vorhängen aus weißem Samt. Vier hellhäutige Träger kauerten neben dem Gefährt am Boden.

»Fällt dir etwas auf?« Elena war an seine Seite getreten.

»Sie sind weiß. Das ist ungewöhnlich. Meistens nimmt man Mohas als Sänftenträger.«

»Gut beobachtet«, lobte die Magierin spöttisch. »Außer der Hautfarbe haben sie auch die Größe mit dir gemein.«

»Worauf willst du hinaus?«

»In der Sänfte liegt eine große Amphore mit Wasser. Du stinkst, als ob man dich aus einer Jauchegrube gezogen hätte. Zuerst wirst du dich waschen und dir die Stoppeln aus dem Gesicht rasieren. Dann werde ich dir deine Haare schneiden. Ich habe dir einen Lendenschurz mitgebracht, so wie ihn diese Männer tragen, und ein Paar gute Sandalen. Du wirst einen von ihnen ablösen. Das ist dein Weg auf den Silberberg. Dich in der Sänfte verstecken zu wollen, wäre sinnlos. Die Wachen werden sie durchsuchen. Doch wenn einer der Träger ein wenig anders aussieht, dann wird ihnen das nicht auffallen. Niemand achtet in dieser Stadt auf das Gesicht eines Sklaven!«

Tikian strich sich über sein Haar und drehte die Spitzen zwischen den Fingern. Es würde mehr als ein Jahr dauern, bis es wieder nachgewachsen war. »Ich fürchte, mir fehlt die Kraft, um eine Sänfte über eine längere Strecke zu tragen.«

Die Magierin schnalzte verächtlich mit der Zunge.

»Du solltest dein Licht nicht unter den Scheffel stellen. Du bist ein kampferprobter Krieger und alles andere als ein Schwächling. Du wirst das schon schaffen. Außerdem mußt du die Sänfte ja nicht allein tragen. Wenn du Consuela befreien möchtest, dann solltest du jetzt nicht länger zögern. Du mußt auf den Silberberg! Dort gibt es geheime Tunnel, die von den Villen der Granden bis unter den Tempel führen! Nur auf diesem Weg besteht wenigstens eine kleine Aussicht, zu den Gewölben zu finden, in denen man Consuela gefangen hält.«

Entschlossen streifte Tikian seine Lumpen ab. Er dachte schon so kleingeistig wie ein Bettler! Er würde sich der Herausforderung stellen. Schließlich war es auch den Gefährten seines Großvaters einst gelungen, in die Stadt des Schweigens zu gelangen! Er dachte an die Zukunftsträume, die er in der Nacht mit Consuela gesponnen hatte. Den Gutshof irgendwo im Norden – und ihre Pferdezucht.

»Bring mir das Rasiermesser und die Schere, Elena. Ich habe zu tun.«

Die Magierin lächelte. »Ich wußte, daß du dich so entscheiden würdest.«

»Wir hoffen, daß du Uns nicht schon wieder enttäuschen wirst! Unsere Geduld hat Grenzen, Magierin, und Wir lieben es nicht, zu dieser Tageszeit in der prallen Sonne zu stehen!« Oboto wischte sich mit einem seidenen Tüchlein über die Stirn und stöhnte. Sein Hemd klebte ihm schweißnaß an der Brust und sein Haar hing in wirren Strähnen herab. Ein Sklave mit einem großen Fächer in maraskanischem Stil wedelte ihm Kühlung zu, doch das war bei der Hitze ein fast sinnloses Unterfangen. Die Mittagsstunde war noch nicht ganz verstrichen und die Sonne stand fast senkrecht über der Stadt. Für die Jahreszeit war es außergewöhnlich heiß. Selbst im Schlund befand sich fast niemand mehr auf den Straßen. Wer konnte, hatte sich in ein kühles Gewölbe oder an einen Brunnen zurückgezogen, und die Armen dösten in ihren stickigen Hütten aus Palmwedeln.

Elena hatte drei Fackeln entfacht und auf den Boden gelegt. Dann streute sie frische Kräuter darüber, so daß dicker weißer Rauch emporquoll. Unsicher blickte sie sich um. Sie wußte, daß ihr Eid, den sie Tikian geschworen hatte, nichts galt, denn er war ja nur ein Ungläubiger. Ihn zu betrügen, würde sie ihrem Ziel näher bringen! Das war das einzige, was zählte!

»Ihr müßt Euch noch für einen Augenblick gedulden, Herr. Die Beschwörung wird ein wenig Zeit in Anspruch nehmen. Gleichgültig, was Ihr gleich im Rauch sehen werdet, fürchtet Euch nicht! Dieses Wesen hat nicht die Macht, Euch etwas zuleide zu tun.«

»Es sollte das besser erst gar nicht versuchen! Wir vertrauen den Fähigkeiten unserer Beschützer. Es sind die Besten, die man in der Stadt finden kann.« Er blickte zu den zwei Männern und der Frau, die unmittelbar hinter ihm standen – und lächelte. Vier weitere Kämpfer durchstreiften die Ruinen und wachten draußen auf dem Hof. Niemand würde sich ihnen ungesehen nähern können.

»Wir sind es müde, noch weiter herumzustehen. Marcello, du darfst deinen Umhang für Uns über die Trümmer dort vorne breiten. Wir wollen Uns setzen.«

Der grauhaarige Bogenschütze nickte kurz. Dann nahm er den Umhang von den Schultern, faltete ihn zweimal und legte ihn an die von Oboto bezeichnete Stelle. Der Marschall hatte sich denselben Platz ausgesucht, an dem Elena Tikian heute morgen schlafend vorgefunden hatte. Die Magierin fragte sich, ob dies die Stelle war, an der Saranya einst starb und ob unter den Trümmern die Gebeine der Hure noch verborgen lagen.

Elena wandte den Blick ab, richtete ihn auf den

Rauch und begann die Formel zu murmeln, mit der sie jene Geister, die weder in Rastullahs himmlischen Garten noch in die Niederhöllen eingegangen waren, herbeirufen konnte. Der Rauch stieg senkrecht in die Luft. Es war völlig windstill. Als die Schwaden lichter wurden, streute sie noch einige getrocknete Kräuter aus dem Beutel an ihrem Gürtel in die Flammen. Dann hielt sie das Medaillon mit dem Band aus Menschenhaar in den Rauch und ließ es hin und her pendeln. Quälend langsam verstrich die Zeit. Sie flocht jetzt Saranyas Namen in die Beschwörung ein, um der Formel noch mehr Macht über die Tote zu verleihen.

Einen Lidschlag lang glaubte Elena, ein Gesicht zwischen den Rauchschwaden zu sehen, dann war es wieder verschwunden. Geduldig wiederholte sie die Beschwörungsformel. Diese Kreatur hatte Kraft! Sie versuchte, sich ihr zu widersetzen!

Wieder erschien das Gesicht. Es war ohne Zweifel die Frau, deren Porträt auf dem Medaillon abgebildet war. Der weiße Qualm modellierte ihren Torso. Elena konnte Oboto hinter sich entsetzt aufkeuchen hören.

»Hörst du mich, Saranya?«

»Wer bist du, daß du es wagst, meine Ruhe zu stören, Weib!« antwortete eine dunkle Stimme, die wie ein Ruf aus weiter Ferne klang.

»Man nennt mich Elena, und ich weiß um dein Schicksal. Man hat dich verraten und ermordet. Erzähle mir von dem letzten Tag in deinem Leben, und ich werde dir sagen, was aus Jacomo ya Avona geworden ist.«

»Woher kennst du meinen Liebsten, Magierin?«

»Beantworte zuerst meine Fragen, dann werde auch ich sprechen. Was geschah hier am letzten Tag deines Lebens?«

Der Geist wiederholte die Geschichte, die Elena schon von Tikian kannte. Vor allem schilderte sie ausführlich das Gespräch zwischen Esmeralda und dem

Boroni, das sie belauscht hatte. Als Saranya ihre Erzählung beendete, blickte Elena zu Oboto. Der Stadtmarschall lächelte zufrieden.

»Das war alles, was Wir noch brauchten, um den Wilmaans das Genick zu brechen. Wir werden dafür sorgen, daß schon morgen ein Gericht in der Ruine tagt. Diese Bastarde werden für ihr Komplott büßen!« Er erhob sich. »Was du sonst noch mit dieser Erscheinung zu bereden hast, kümmert Uns nicht weiter. Wir werden Uns nun auf den Weg zum Obersten Richter machen. Wir denken, er wird hellauf begeistert sein, wenn Wir ihm den Fall vortragen.« Oboto gab den Leibwächtern, die hinter ihm standen, einen Wink. Die beiden Männer und die Frau wirkten erleichtert, den Ort der Geisterbeschwörung verlassen zu dürfen.

»Dein Versprechen!«, tönte Saranyas dunkle Stimme. »Was ist aus Jacomo geworden?«

»Er war dir so treu, wie du es dir erhofft hast. Er hat deine Spur gefunden und ist dir nach Al'Anfa gefolgt. Hier wurde er jedoch ermordet, noch bevor er dich befreien konnte. Wie du, so ist auch Jacomo im Schlund gestorben. Er muß dir bis auf wenige hundert Schritt nahe gekommen sein.«

Der Geist stieß einen tiefen Seufzer aus. »Dann war mein Warten also vergebens? Ich hätte ...«

»Nichts, was unter Rastullahs Sonne geschieht, ist vergebens, Saranya. Wir alle folgen dem Plan des Einen Gottes. Du wirst deinem Enkel Tikian und mir helfen können. Heute nacht werde ich dich noch einmal rufen, und Tikian wird dann an meiner Seite stehen. Kannst du dich an ihn erinnern? Er war in der letzten Nacht bei dir.«

Die Geistergestalt schüttelte traurig den Kopf. »Nein. Ich weiß nur, daß ich gestorben bin, so wie in jeder Nacht, die ich auf Jacomo wartete.«

»Ich werde den Bann durchbrechen. Diesmal wirst du mit ihm reden können, und ich verspreche dir, es wird so sein, als würdest du noch einmal Jacomo begegnen, denn Tikian gleicht seinem Großvater.«

Saranya lächelte. »Ich bin dir wohl einen Gefallen schuldig, Magierin.«

»Das sehe ich auch so. Verlaß dich darauf, ich werde ihn einfordern!«

»Den schröcklichen Inquisitor suchst du«, die Frau mit den dicken blonden Zöpfen runzelte die Stirn. »Was willst du von ihm? An so schmächtigen Bohnenstangen wie dir findet er keinen Gefallen.«

»Könnte es sein, daß Marcian Schulden bei dir hat? Ich hätte einen Auftrag, den nur ein Mann der Praioskirche erfüllen kann. Statt ihn zu entlohnen, könnte ich vielleicht seine Schulden bei dir bezahlen.«

»Die Rede von Gold klingt stets gut in Angas Ohren! Du gefällst mir, Kleine. Vielleicht solltest du etwas für dein Äußeres tun?« Sie ließ die Muskeln ihrer massigen Arme spielen, so daß die Fische und Schlangen, die auf ihre helle Haut tätowiert waren, sich bewegten, als seien sie lebendig. »Ich kenne einen erstklassigen Bilderstecher hier ganz in der Nähe!«

Elena lächelte. »Ich werde auf deinen Rat zurückkommen, Anga.« Die Magierin öffnete ihre Börse und legte vor der Wirtin einen Oreal auf den Tresen. »Das dürfte doch wohl genügen.«

Anga schüttelte den Kopf. »Der Kerl säuft wie ein Loch! Selbst ich müßte mir Mühe geben, um mit ihm mitzuhalten. Das reicht gerade einmal aus, um seine Schuld von heute zu begleichen. Scheint eine neue Sorge zu haben, der Gute.«

Die Magierin blickte sich in der stickigen Schenke um. Zu dieser Stunde waren nur wenige Gäste anwesend. Marcian konnte sie unter ihnen nicht entdecken.

»Willst du mich auf den Arm nehmen?«

»Wäre keine Schwierigkeit bei deinem Fliegengewicht, Püppchen. Du wirst doch wohl nicht etwa an Angas Wort zweifeln?«

Elena sammelte sich und ließ den Kristall an der Spitze ihres Stabes aufleuchten. Die Wirtin wich erschrocken einen Schritt zurück.

»Ich zweifele ebensowenig an deinen Worten, Anga, wie ich deine Schenke mit einem magischen Feuer in Brand setzen möchte. Sag mir nun, wo ich den Inquisitor finde.«

Die Thorwalerin leckte sich unruhig mit der Zunge die Lippen. »Er sitzt in der Kammer nebenan. Er mag es nicht, wenn man ihm beim Trinken zusieht. Jedenfalls wenn er so richtig trinkt … Ich bring dich zu ihm, wenn du vielleicht die Güte hättest, dieses Ding da wieder verlöschen zu lassen.«

»Sobald ich ihn vor mir sehe! Und nun gib mir dein Wort darauf, daß ich deine Schenke ungeschoren wieder verlassen kann. Wir beide verstehen uns im Grunde doch ganz gut, nicht wahr.«

»Im Grunde schon.« Die Wirtin griff nach der Münze auf dem Tresen und schob sie sich in den Ausschnitt. »Bißchen schmächtig bist du, aber sonst ein Weib nach meinem Geschmack.« Sie grinste. »Hast mein Wort, daß dir nichts geschehen wird, bei Swafnir!«

Anga führte sie in eine niedrige Seitenkammer mit prächtig geschnitzten Deckenbalken, die Bilder von einer riesigen Schlange im Kampf mit einem Fisch zeigten. Wahrscheinlich Szenen aus irgendeiner der Legenden dieses abergläubischen Seefahrervolkes, dachte Elena. Nur ein Tisch mit vier Stühlen darum stand in dem Raum, und die Möbel füllten das kleine Zimmer fast völlig aus. Es gab keine Fenster und von der Decke hingen drei Lampen, in denen stinkendes Öl verbrannte. Marcian hatte den Kopf in beide Hände gestützt und schien nicht zu bemerken, daß jemand die Kammer betreten hatte.

»Nachschub!« rief Anga lautstark und stellte einen

neuen Krug mit Wein vor ihm auf den Tisch. »Das ist der sechste! Übrigens ist Besuch gekommen.«

»Will meine Ruhe haben«, lallte der Geweihte. Er blickte nicht einmal auf.

»Das macht ihr besser untereinander aus. Ich muß zurück in den Schankraum.« Sie versetzte Elena einen Stoß, so daß die Magierin ins Zimmer taumelte, und schloß dann die Tür.

»Ich bin gekommen, um Euer Versprechen einzulösen. Erinnert Ihr Euch noch an mich?«

Der Inquisitor hob sein Haupt. Seine Augen waren rot verquollen. »Die hübsche Diebin aus der Villa Wilmaan. Ich erinnere mich. Habe ich dir etwas versprochen?«

»Ihr sagtet, ich sollte nach den Mädchen in den Schenken fragen, wenn ich eines Tages Eure Hilfe bräuchte. Drei Stunden lang habe ich Euch in der ganzen Stadt gesucht, Erhabener. Verzeiht, wenn ich Euch in unserem ersten Gespräch nicht mit Eurem Titel angesprochen habe. Mir war nicht bewußt, was es bedeutet, ein Inquisitor in Diensten des ...«

»Ich denke eher, du wolltest mich damals loswerden und hattest keinen Grund, freundlich zu mir zu sein. Vergessen wir das! Kann ich dir einen Schluck Wein anbieten? Er schmeckt zwar nicht, aber wenn man genug von ihm trinkt, erfüllt er seinen Zweck!«

Die Magierin setzte sich, rührte den Becher aber nicht an, den der Geweihte ihr herüberschob. »Welchen Zweck, Erhabener?«

Der Inquisitor schnitt eine Grimasse. »Was sucht man schon im Wein? Vergessen!«

»Und was wollt Ihr vergessen, Herr? Ihr seid ein mächtiger Mann. Fürsten und Hochgeweihte erzittern, wenn ein Inquisitor in eine Stadt einreitet. Im Glauben seid Ihr so fest wie niemand sonst.«

Marcian lachte. »Sehe ich so aus? Der Zweifel nagt an meiner Seele, und es bereitet mir kein Vergnügen, wenn die Menschen vor mir erzittern. Die Welt ist schlecht. Das Böse lauert überall, und will man es besiegen, so zahlt man mit der Unschuld seiner Seele. Das hat man mich im Tempel nicht gelehrt, als ich Inquisitor wurde. Sie haben mich auf eine Probe gestellt, wie sie härter nicht sein konnte. Mein Leben sollte ich verbrennen … Alles, was mir jemals etwas bedeutet hat! Und ich habe es getan.« Er füllte seinen Becher und leerte ihn mit einem Zug.

»Ihr sprecht in Rätseln, Erhabener. Ich verstehe Euch nicht.«

»Die Frau, die ich liebte, war eine Hexe. Ich legte die Fackel an ihren Scheiterhaufen. Sie selbst hatte mich darum gebeten, es zu tun, um mein Leben zu retten. Nach dieser Tat war der Orden von meiner Gottesfurcht überzeugt. Dennoch galt ich als wankelmütig, und man hat mich zum entferntesten Tempel versetzt. Es vergeht kaum eine Nacht, in der ich nicht von Scheiterhaufen träume … Von den Schreien meiner Liebsten. Weißt du, wie es sein muß, auf einem Scheiterhaufen zu stehen? Wenn das Holz richtig geschichtet ist, der Wind günstig steht, und ein kundiger Inquisitor die Fackel führt? Sie ersticken dann nicht im Rauch, sondern sie verbrennen tatsächlich bei lebendigem Leib.«

Elena wich Marcians Blick aus. Fast schien es ihr, als flamme das Licht der Scheiterhaufen in seinen Augen auf und als versuche er, ihr in die Seele zu blicken. »Ihr ward heute im Neuen Tempel, Erhabener?«

»Du würdest nicht fragen, wenn du die Antwort nicht schon wüßtest, nicht wahr, Heidin? Ja, ich bin im Neuen Tempel gewesen. Und wieder habe ich eine Frau auf den Scheiterhaufen geschickt …«

Elena schluckte. »Ist Consuela etwa schon tot?«

Der Inquisitor zog die Augenbrauen hoch. »Du kennst die Dämonenbuhle? Hast etwa auch du zu ihrer Dienerschaft gehört? Du bist doch Magierin, und wenn ich dich so ansehe, dann glaube ich nicht, daß du auf den Pfaden des Lichts wanderst ...«

»Würde ich hierher, zu dem Mann, der Consuela verurteilte, kommen, wenn ich etwas zu befürchten hätte? Hätte ich dann nicht vielmehr schon längst die Stadt verlassen, Erhabener?«

»Du bist durchtrieben, Elena. Du spielst dein eigenes Spiel. Welche Rolle hast du mir in dem Stück, das du entwirfst, zugedacht?«

»Lebt Consuela noch?«

»Wenn die Torturknechte sie nicht zu Tode gefoltert haben. Heute morgen, als ich mich in den Gewölben unter dem Neuen Tempel befand, lebte sie noch. Doch was jetzt mit ihr ist, vermag ich nicht zu sagen. Kann man überhaupt noch jemanden lebendig nennen, der seine Seele an Dämonen verschenkt hat? Stell dir vor, ich kannte sie. Ich war sogar verschiedentlich Gast in ihrem Hause, obwohl ich dort nicht mit Weibern buhlte, wie mir böse Zungen sicherlich unterstellen werden. Ich mochte sie. Sie war heiter und geistreich. Eine glänzende Gastgeberin. Und heute morgen stehe ich vor ihr, sehe sie geschunden und erfahre, daß sie die Götter verhöhnte und der Herrin der blutigen Wollust diente. Sie zeigte nicht einmal Reue dafür, daß sie das Leben ihrer Sklaven und deren unsterbliche Seelen der Erzdämonin geopfert hatte. Ist das kein Grund, sich zu betrinken? Und ich war Gast in ihrem Hause ... Stell dir das einmal vor. Ich habe nichts von ihrem Treiben bemerkt! Verhöhnen werden sie mich, die Boronis dort oben auf dem Silberberg! Und recht haben sie! Ich bin ein schlechter Inquisitor. Ich stand dem Bösen von Angesicht zu Angesicht gegenüber und vermochte es nicht zu erkennen! Und weißt du, was das Schlimmste ist? Sie tut mir leid! Ich trauere um ihre verlorene Seele und frage mich, ob es recht war, den Boronis zu empfehlen, sie auf den Scheiterhaufen zu zerren.«

»Gibt es denn keinen Weg, sie noch zu erretten?«

Marcian lachte boshaft. »Das fragt mich eine Heidin. In deinen Augen bete ich doch ohnehin nur Götzen an. Es bedarf eines Wunders, um Consuela noch zu retten. Nur wenn sie ihre Sünden aufrichtig bereut und in einem Tempel der Zwölf Gnade findet, dann mag ihre Seele vielleicht noch geläutert werden.«

»Ihr seid ein Geweihter! Vermögt Ihr sie nicht auf diesen Weg zu führen oder seid Ihr dafür zu schwach im Glauben, Erhabener?«

»Vielleicht ...« Der Inquisitor schaute betroffen auf den tönernen Becher in seinen Händen. »Vielleicht bin ich wirklich zu schwach. Wer bin ich, daß eine Heidin mir zureden muß, den Glauben an meinen Gott nicht zu verlieren. Was für ein langer Weg von der Priesterweihe bis hierher in diese schäbige Schenke!«

»Hättet Ihr den Mut, zwei verlorene Seelen zu retten, wenn ich Euch diese Nacht führen würde?«

»Wie wolltest du mich in die Kerker unter dem Neuen Tempel bringen? Welches Risiko gehe ich schon ein, wenn ich meinen Worten Taten folgen lasse?«

»Schön, daß Ihr die Sache so seht. Ich habe also Euer Wort, Inquisitor. Würdet Ihr auch aufhören, Euch weiter zu betrinken? Ich meine nur für den Fall, daß es mir verrückter Heidin gelingen sollte, Euch zu Consuela zu bringen, so wäret Ihr sicher in nüchternem Zustand überzeugender.«

»Du führst deine Zunge wie ein Mann sein Schwert, Weib.« Marcian schob den Weinbecher von sich. »Es gefällt mir, mich auf dein Spiel einzulassen. Doch wie sollte ich auf den Silberberg gelangen, ohne geladen zu sein.«

»Hier habt Ihr einen Passierschein, der vom Stadtmarschall persönlich ausgestellt ist.« Sie zog ein handgroßes, ordentlich gefaltetes Stück Pergament hinter ihrem Gürtel hervor. Unter den Zeilen, die die Wachen anwies, den Besitzer des Schreibens passieren zu lassen, war in rotem Siegellack das Ehrenwappen des Stadtmarschalls geprägt.

Marcian begutachtete das Schriftstück einen Augenblick lang und pfiff dann leise durch die Zähne. »Ich habe dich unterschätzt, Elena. Du siehst mich beeindruckt. Ich bin gespannt, welche weiteren Überraschungen du für mich bereithältst.«

»Erwartet mich bei Sonnenuntergang vor dem Tor der Villa Florios.«

»Du sprachst von zwei Seelen, die gerettet werden sollen. Um wen geht es noch?«

»Das erfahrt Ihr, wenn es soweit ist, Erhabener. Doch nun entschuldigt mich. Ich muß noch einen Gefährten finden, ohne dessen Hilfe unsere Mission diese Nacht scheitern wird.«

»Weiß er schon von seinem Glück?«

Elena zuckte mit den Schultern. »Noch nicht, doch ich bin mir sicher, daß er nicht ablehnen wird, wenn er die Hintergründe kennt.«

»Wie schade, daß du eine Heidin bist. Ich könnte Gefallen an dir finden, Magierin.«

Elena grinste herausfordernd. »Vielleicht ist die zweite Seele, um die es geht, ja die meine. Ich verspreche Euch, Ihr werdet es in dieser Nacht erfahren.« Sie erhob sich und trat zur Tür. »Werdet Ihr keinen Wein mehr trinken, Erhabener?«

»Anga wird dich zwar dafür verfluchen, daß du ihr das Geschäft verdorben hast, doch für heute soll es genug sein.«

»Mit den Flüchen einer Frau, die einen Fisch anbetet, werde ich leben können.«

29. Kapitel

Unruhig ging Immuel in der kleinen Empfangshalle auf und ab, die seitlich von Tar Honaks Gemach lag. Dreimal hatte der Patriarch an diesem Nachmittag Boten geschickt, die danach verlangten, den Stadtmarschall zu sprechen. Als sie ihn beim dritten Mal immer noch nicht antrafen, erhielt Immuel den Befehl, sich beim Patriarchen zu melden. Der Ordinarius fluchte leise. Oboto würde noch ihre ganze Familie ins Unglück stürzen! Was mochte der Patriarch nur vom Befehlshaber der Stadtgarden wollen, und warum hatte man zuletzt ihn, Immuel, hierher in den Tempel befohlen?

Der Ordinarius verharrte einen Augenblick. Unruhig glitt sein Blick über die großen, in tiefschwarzen Onyx geschnittenen Reliefs an den Wänden. Sie zeigten die Armee der Stadt, wie sie über ihre Feinde triumphierte und den Flug der Zehn, die sich am *Tag des Großen Schlafes* von der Klippe vor dem Tempel in die tobende Gischt stürzten.

Die Tür zum Zimmer des Patriarchen öffnete sich. Jener alte Geweihte, der auch schon bei den letzten beiden Treffen an Tar Honaks Seite zu sehen gewesen war, winkte Immuel herein.

Nachdem der Ordinarius eingetreten war, herrschte eine Weile eisiges Schweigen. Der Patriarch musterte den Hochgeweihten kalt. Schließlich war er es, der die Rede eröffnete. »Dreimal habe ich heute nach deinem Verwandten geschickt. Den ganzen Mittag hält er sich im Tempel des Praios auf und spricht mit dem Hochgeweihten und Obersten Richter Amosh Tiljak. Weißt du, worum es bei dieser Unterredung geht, Bruder Immuel?«

Der Ordinarius räusperte sich. Er wünschte, er hätte vor Jahren die Gelegenheit genutzt, Oboto unauffällig zu vergiften, als dieser mit einem schweren Fieber darniederlag. Der Trottel würde ihre ganze Familie ins Unglück stürzen. »Nach allem, was ich weiß, möchte er einen Prozeß gegen die Familie Wilmaan führen. Zur Mittagsstunde hat er in Begleitung seiner Beschützer und seiner neuen Magierin den Palast verlassen. Er wirkte aufgeregt. Ich denke, sie hat ihm irgend etwas versprochen, Eure Hochwürdigste Erhabenheit.«

Der Patriarch blickte zu dem alten Priester hin.

»Das deckt sich auch mit den Kundschaften, die ich erhielt, Eure Hochwürdigste Erhabenheit. Das Gespräch dreht sich um einen Prozeß, der morgen geführt werden soll. Amosh Tiljak hat bereits zugestimmt, die Gerichtssitzung in einem verfallenen Haus im Schlund abzuhalten. Welcher Grund ihn dazu bewogen haben mag, ist mir allerdings nicht bekannt. Außerdem sollt Ihr, Eure Hochwürdigste Erhabenheit, ebenfalls zum Prozeß geladen werden, denn da es um einen Streit zwischen Grandenfamilien geht, müssen alle Mächtigen der Stadt anwesend sein. Gerade zur Stunde läßt der Oberste Richter von seinen Schreibern die Depeschen aufsetzen, die an die großen Häuser gehen werden.«

Immuel starrte den Alten ungläubig an. Woher wußte er das alles? Hatte er etwa Spitzel im Praiostempel? Und wie konnten ihm die Nachrichten so schnell überbracht werden? Nur die Hand Borons konnte so etwas vollbringen! War er am Ende etwa der Anführer der Meuchlergilde?

»So wie sich mir die Lage darstellt, ist jene Magierin offenbar der Schlüssel zu dem, was Oboto Florios plant. Im Falle ihres Ablebens wäre seine Verschwörung wahrscheinlich hinfällig. Siehst auch du das so, Bruder Hasdrubal?«

Der Alte nickte. »So wie sich die Dinge darstellen, ist dies eine logische Schlußfolgerung.«

Beide blickten jetzt zu Immuel, und der Ordinarius beeilte sich, ebenfalls zustimmend zu nicken. »Ich glaube auch, daß diese Magierin Schuld ist. Obendrein ist sie auch noch eine Heidin. Sie betet Rastullah an und behauptet, die Zwölf seien nichts als hohle Götzenbilder.«

»Dann ist es also eine göttergefällige Tat, wenn wir sie zu Boron schicken, damit sie im Tod von ihrem Irrglauben geläutert werden kann.« Der Patriarch lächelte dünn. »Du, Bruder Immuel, sollst die ehrenvolle Aufgabe haben, das Leben deines Verwandten zu retten. Nimm hundert Dublonen von deinem eigenen Vermögen und opfere sie am Schrein der blutigen Hand. Dann trage dort unsere Bitte vor, das Leben der Magierin zu beenden. Noch in dieser Nacht soll sie sterben! Du darfst dich nun entfernen, Immuel.«

Der Ordinarius verneigte sich und schielte dabei verwirrt zu dem alten Geweihten. War dies alles eine Farce oder hatte er sich geirrt, und Bruder Hasdrubal hatte doch nichts mit den Meuchlern zu tun? Immuel hatte schon die Tür erreicht, als hinter ihm noch einmal die Stimme des Patriarchen erklang.

»Was Oboto angeht, so sage ihm nichts von dieser Unterredung. Um ihn werde ich mich höchstselbst kümmern!«

Hauptmann Olan hatte im Neuen Tempel nichts erreicht. Die Geweihte Khimsat a' Rhylay da Florios war für ihn nicht zu sprechen gewesen, und so hatte Gion beschlossen, die Dinge selbst in die Hand zu nehmen. Den Schlüssel zu Tikians mißlicher Lage kannte er ohnehin. Es war die Magierin, und er wünschte sich, er hätte damals auf dem Fluß die Kraft gehabt, sie zu erdolchen! Sie brachte nichts als Unglück! Doch dieses Mal würde sie bezahlen! Wenn dem Fechter irgend etwas geschehen sein sollte, dann hatte auch sie ihr Leben verwirkt!

Gion lehnte an dem steinernen Geländer der breiten Brücke oberhalb des Wasserfalls und blickte abwechselnd zu dem Weg, der am Silberberg vorbeiführte und dann wieder auf die Brücke. Zwanzig Schritt hinter ihm lag das große Tor, das auf den Berg der Granden führte. Es war der einzige Zugang.

Zwei Stunden schon stand er hier, und es würde nicht mehr lange bis zur Abenddämmerung dauern. Er hatte sich den Schnauzbart abrasiert, einen Helm mit Kettengeflecht aufgesetzt, und er trug einen schwarzen Waffenrock. Äußerlich hatte er nicht mehr viel gemein mit dem Bogenschützen, den Elena kannte, und das war gut so. Sein Blick wanderte über die große Stadt, die sich die Klippen der Berge hinaufzog. Er mochte Al'Anfa nicht sonderlich, und es wäre gut, von hier fortzukommen. Obwohl in anderen Gegenden Aventuriens der Winter herrschte, war es hier so heiß, daß die Hitze flimmernd über den Festungsmauern und den Dächern aus gebrannten Ziegeln tanzte. Es regte sich kein Lüftchen, und vom Meer her zogen große Vogelschwärme heran. Auf den Zinnen der Tortürme hockten wohl an die hundert Möwen. Sie hatten ihre Köpfe unter die Flügel geschoben, so als wollten sie sich vor etwas verstecken. Eine unerträgliche Spannung lag in der Luft. Auch die Menschen begannen, sich eigenartig zu verhalten. Sie erschienen dem Schützen hektischer und zerstreuter als gewöhnlich. Immer wieder blickten einzelne zum Himmel, und Gion tat es ihnen gleich, doch konnte er nichts Außergewöhnliches erkennen. Nicht die kleinste Wolke zeigte sich. Makellos blau wie Waffenstahl schimmerte das Firmament.

Endlich sah er die verfluchte Magierin im Gewühl am anderen Ende der Brücke auftauchen. Neben ihr ging ein kleiner Mann in bunten Gewändern. So wie sie trug auch er einen Stab, an dessen oberem Ende jedoch kein Kristall schimmerte. Statt dessen war er gekrümmt, so wie ein Hirtenstab, und schien mit Silber beschlagen zu sein. Prüfend musterte Gion den Kerl. Der Schütze hatte nicht damit gerechnet, daß sie in Begleitung käme, doch der Kleine sah nicht so aus, als ob er eine Gefahr darstellen würde. Gions Rechte schloß sich um den Griff des Dolchs an seinem Waffengurt. Diesmal würde sie ihm nicht entkommen.

Der Schütze lächelte grimmig. Sie kam genau auf ihn zu, und doch erkannte sie ihn nicht! Als sie schon fast an ihm vorbeigegangen war, legte er die Hand um ihre Hüften, zog sie zu sich heran und drückte ihr sein Messer von der Seite gegen die Rippen. »Schrei jetzt nicht, Weib! Spürst du meinen Dolch? Er zielt auf dein Herz. Ein Laut von dir, und du bist tot. Verhalte dich so, als seien wir alte Bekannte und als sei es üblich, daß ich dich in den Arm nehme!«

»Wer bist du?« Die Magierin keuchte leise, doch machte sie keinen Versuch, Widerstand zu leisten.

»Ein Freund von Tikian. Ich möchte wissen, was du mit dem Fechter getan hast. Du wirst mich jetzt zu ihm bringen!«

»Wer ist dieser Mann?« Der kleine dunkelhäutige Kerl in Begleitung der Magierin war stehengeblieben und starrte Gion beunruhigt an. Ob er wohl auch ein Magier war? So wie Elena trug auch er einen Stab. Man durfte diesen Hexern nicht in die Augen sehen, sonst gewannen sie Macht über einen. Der Schütze blickte zu Boden. Er hatte seinen Dolch unter dem Umhang verborgen, der über seinem Arm hing, so daß die Waffe für andere nicht zu sehen war.

»Er ist ein Freund«, antwortete Elena knapp. »Er sorgt sich um Tikian und möchte mit uns auf den Silberberg.«

»Er sieht nicht gerade freundlich aus«, brummte der Fremde. Seine Stimme hatte einen eigenartigen Akzent. Offenbar stammte er aus einem der Wüstenstämme. »Du umgibst dich mit sonderbaren Männern, Elena.«

»Hör auf zu schwätzen, Kerl. Wir drei gehen jetzt zum Tor, und du wirst mich dort hindurchbringen, Zauberin.«

»Und dann? Wie willst du vom Silberberg entkommen? Ein Laut von mir – und du wirst sterben. Gib auf, Gion! Du bist doch Gion, nicht wahr!«

»Richtig, und jetzt, da du weißt, wer ich bin, weißt du auch, daß es nicht meine Art ist aufzugeben. Ich verspreche dir dein Leben, wenn du mich zu Tikian führst und dafür sorgst, daß er und ich diesen verdammten Berg wieder ungeschoren verlassen können.« Der Schütze packte die Magierin jetzt am Arm und schob sie wie einen Schild vor sich her. »Ich werde dich gleich loslassen, damit die Torwachen keinen Verdacht schöpfen. Aber vergiß nie, daß mein Messer nur ein paar Zoll von deinem Herzen entfernt ist. Und du da …« Er warf einen kurzen Blick zu dem dunkelhäutigen Mann, der Elena begleitete, vermied es aber, ihm in die Augen zu sehen. »Du gehst neben ihr, so daß ich auch dich gut sehen kann.«

Langsam bewegten sie sich auf das Tor zu. Zwei Krieger stützten sich gelangweilt auf ihre Speere und beobachteten die Fußgänger auf der Brücke und das Treiben bei dem Schrägaufzug, der über den Wasserfall hinweg in die Tiefe führte. Ein Stück abseits von ihnen kauerten zwei weitere Söldnerinnen über einer Trommel und unterhielten sich beim Würfelspiel. Sie trugen Kettenhemden und darüber schwarze Waffenröcke, auf denen ihr Wappen, eine goldene Scheibe, prangte. Einer der Männer zeigte auf Elena. »Wer sind die Kerle, die du dort mitbringst?«

»Gäste des Stadtmarschalls!«

Mißtrauisch beobachtete Gion, wie die Magierin zwei Schriftstücke hinter ihrem Gürtel hervorzog und dem Krieger reichte. Der Soldat warf nur einen kurzen Blick auf die Papiere und reichte sie dann zurück. »Das sind nur zwei Passierscheine. Was ist mit dem dritten?« Er nickte zu Gion.

Der Schütze schluckte. Wenn diese Hexe versuchte, ihn hereinzulegen, dann würde es ihr leid tun. Es mochte sein, daß er den Söldnern nicht entkommen könnte und ihn die Bogenschützen, die mit Sicherheit irgendwo hinter den Zinnen der Türme verborgen waren, mit ihren Pfeilen niederstreckten, doch dieses falsche Weib würde er noch mit sich in den Tod nehmen!

Der Wachsoldat und die Magierin maßen sich einen Augenblick lang stumm mit Blicken. Plötzlich lächelte der Kerl.

»Es ist der Wille des Stadtmarschalls, daß dieser Soldat ihm heute nacht seine Tauglichkeit als Schwertkämpfer unter Beweis stellt. Vertrau mir, mein *Freund,* du tust nichts Unrechtes, wenn du ihn einläßt. Ich war so dumm, seinen Passierschein zu vergessen.«

Der Krieger zuckte mit den Schultern. »So etwas kann vorkommen.« Dann gab er den beiden Söldnerinnen bei der Trommel einen Wink. »Die können gehen.«

Die zwei räumten ihre Würfel zur Seite. Die größere von beiden nahm die Trommel auf und schnallte sie an einen breiten Ledergurt, den sie um den Leib trug. Dann zog sie zwei Schlägel aus ihrem Gürtel und schlug einen seltsamen Rhythmus. Zur Antwort ertönte von innen ein Hornsignal, und kaum einen Lidschlag später öffnete sich das schwere eisenbeschlagene Tor.

Auch auf der anderen Seite wartete eine kleine Gruppe von Söldnern, die sie gelangweilt musterte. Einer von ihnen nickte Elena zu. Offenbar war das Hexenweib unter den Gardisten schon gut bekannt.

Hinter dem Tor erstreckte sich ein breiter, mit weißem Kies bestreuter Weg. Er wurde von hohen Mauern flankiert, hinter denen riesige Bäume aufragten. Hin und wieder konnte man vergoldete Kuppeln und Dächer aus bunt glasierten Ziegeln zwischen dem Grün erkennen. Aus einem der Gärten wehte leise Musik und ausgelassenes Lachen zu ihnen herüber.

Als sie nach zweihundert Schritten eine Weggabelung erreichten, wandte die Magierin sich plötzlich um. »Willst du den Dolch nicht langsam verschwinden lassen?«

»Welchen Grund hätte ich, dir zu trauen, Weib?«

»Bei Rastullah! Habe ich nicht mein Wort gehalten? Ich mußte sogar einen der Wächter verzaubern, damit sie dich hier hineinlassen, und du glaubst noch immer, ich würde dich verraten!«

»Stimmt, das glaube ich!« Gion verdrehte ihr das Handgelenk. »Und jetzt sag mir, wo es langgeht.«

»Nach Norden!« Sie stöhnte leise. »Du dickschädeliger Trottel. Ich setze alles daran, daß Tikian mit diesem Flittchen aus dem *Opalpalast* zusammenkommt, und du behandelst mich wie den letzten Dreck.«

»Soll ich nicht ...«

»Wenn du auch nur die geringste verdächtige Bewegung machst, beißt deine Freundin hier ins Gras, Novadi. Und jetzt vorwärts.«

Schweigend gingen die drei ein Stück weit den Weg hinauf, bis die Mauern zurückwichen und sie einen kleinen, mit Bäumen bestandenen Platz erreichten. Dort saß unter einer Palme ein Mann in prächtigen rotgoldenen Gewändern. Als er sie sah, stand er auf und winkte ihnen zu.

»Wer ist das?« zischte Gion leise.

»Ein Inquisitor.«

»Treib keine Späße mit mir.« Der Schütze drückte Elena den Dolch ein wenig fester gegen den Rücken.

»Frag ihn doch, wenn du mir nicht glaubst!«

»Stimmt etwas nicht?« Der Neue war inzwischen auf sie zugegangen und musterte Gion mißtrauisch. Der Schütze fluchte stumm. Er hatte sich seine Befreiungstat anders vorgestellt. Drei Halsabschneider auf einmal im Auge zu behalten, das war fast unmöglich. Er blinzelte dem Neuen zu. Er trug tatsächlich die Gewänder eines Geweihten!

»Wer bist du?« fauchte Gion.

Der Fremde warf ihm einen eisigen Blick zu. »Mein Name ist Marcian, und von Kerlen wie ihm erwarte ich für gewöhnlich, daß sie mich mit ›Erhabener‹ anreden!«

Der Schütze merkte, wie ihm die Hände feucht wurden. Die Lage begann ihm ungewiß zu werden. Wenn dieser Kerl tatsächlich ein Anrecht auf den Titel *Erhabener* hatte, dann stand er im Range eines Hochgeweihten.

»Das ist ein Freund von einem Freund«, mischte sich nun Elena ein. »Und abgesehen davon, daß er mich gerade mit einem Messer bedroht, ist er eigentlich ein ganz netter Kerl. Vielleicht könntet Ihr ihm erklären, daß wir alle nur deshalb zusammengekommen sind, um seinem Freund Tikian zu helfen, und daß er im Augenblick das größte Hindernis bei diesem Unternehmen ist.«

Der Hochgeweihte zog die Stirn kraus und bedachte die Magierin mit einem seltsamen Blick. Dann wandte er sich wieder dem Schützen zu. »Hat er gehört? Die Frau spricht wahr, und ich befehle ihm in Praios' Namen, seine Waffe wegzustecken.«

Gion zögerte. Ein Praiosgeweihter würde niemals lügen. Vorsichtig trat er einen Schritt zurück, behielt das Messer aber noch in der Hand. Die Magierin stieß einen erleichterten Seufzer aus und rieb sich den Rücken. »Damit hätten wir das Schwierigste geschafft. Jetzt müssen wir nur noch in die Gewölbe des Tempels einbrechen, eine Gefangene befreien und unter den Augen einer halben Hundertschaft Ritter wieder herausstolzieren, dann ist unser Tagwerk vollbracht.« Sie grinste breit.

30. Kapitel

Das Praiosgestirn war hinter dem Visra versunken, der sich schwarz und drohend über Al'Anfa erhob, und tauchte den mächtigen Vulkan in rotes Licht. Vom Meer her wehte ein frischer Wind und vertrieb schnell die Hitze des Tages. So weit das Auge reichte, war der Himmel im Osten mit schwarzen Wolken gefüllt, die vom Sturmwind auf die Stadt zugetrieben wurden. Die Böen beugten die hohen Bäume des Parks. Auf der Veranda der Villa konnte Tikian große weiße Vögel kauern sehen, die dort Zuflucht gesucht hatten.

Elena war auf sein Zimmer geschlichen und hatte ihn ohne große Erklärungen aufgefordert, ihr zu folgen. Über Hintertreppen und durch verwaiste Korridore hatte sie ihn aus der weitläufigen Villa geführt, wo er den halben Tag damit verbracht hatte, auf sie zu warten und darüber zu brüten, wie sie Consuela befreien könnten. Jetzt eilten sie mit langen Schritten über den breiten Kiesweg, der von der Villa Florios zum Gästehaus führte. Nirgends war ein Diener oder ein Wachposten zu sehen. Alle schienen sich vor dem heraufziehenden Sturm verborgen zu haben. Der Fechter und die Magierin umrundeten einen vorspringenden Anbau und standen plötzlich drei Gestalten gegenüber. Tikians Hand fuhr zum Griff seines Rapiers, und er wollte die Waffe schon ziehen, als er Gion erkannte.

»Bei allen Dämonen der Niederhöllen, wie siehst du

denn aus? Wo ist dein Schnäuzer? Mann, du bist ja nackt!«

Der Schütze grinste. »Es hat halt seinen Preis, hier hinaufzukommen. Wie ich sehe, bist du auch nicht ungeschoren davongekommen.«

»Jetzt ist keine Zeit für ein großes Palaver. Wir müssen verschwinden, bevor man uns entdeckt. Zum Reden ist später noch Gelegenheit«, zischte Elena leise und nickte zu den beiden Männern, die neben Gion standen. »Darf ich vorstellen, Ariel ben Drou, einer meiner Lehrer aus Rashdul, und der Inquisitor Marcian. Sie werden dir helfen.« Ohne ein weiteres Wort der Erklärung ging die Magierin auf das breite Portal des Gästehauses zu, einer Villa aus weißem Marmor mit zwei Seitenflügeln und einem hoch aufragenden Rundturm.

Verwundert musterte der Fechter die beiden Männer. Ein Inquisitor und ein Magier zweifelhaften Rufs ... Was mochte Elena den beiden wohl versprochen haben, daß sie sich an diesem tollkühnen Unternehmen beteiligten? Er lächelte. Was für ein dummer Gedanke! Vor einem Götternamen noch wäre er selbst für ein Lächeln von ihr vor die Tore der Niederhöllen getreten.

Das hohe Portal der Villa war unverschlossen. Elena öffnete es und führte sie in die weite Eingangshalle, wo zwei Sklaven standen, die sie verblüfft anstarrten.

»Steht hier nicht herum und haltet Maulaffen feil! Die Grandessa Folsina schickt mich. Ihr sollt raus und überprüfen, ob alle Läden vor den Fenstern auch richtig verschlossen sind, damit der Sturmwind keine Scheibe einschlagen kann.«

»Jawohl, Herrin!« Ohne auch nur einen Augenblick zu zögern, eilten die beiden Männer hinaus in die Dämmerung. Als sie außer Sichtweite waren, trat Elena in eine Nische seitlich der breiten Treppe, die aus der Empfangshalle zum ersten Stock hinauf führte, und zog einen Gobelin zur Seite.

»Kommt hierher! Hier beginnt unser Weg in die Finsternis.«

Tikian konnte hinter dem Vorhang eine schmale Tür erkennen. Elena strich mit ihrer Hand über das Schloß und murmelte etwas, dann zog sie am bronzenen Türring und öffnete die Pforte. »Hinunter mit euch. Vorsichtig, die Treppe ist steil, und es ist dunkel.« Der Kristall auf der Spitze ihres Stabes erglomm in warmem Licht.

»Woher kennst du diesen Weg?« fragte Tikian.

Elena schüttelte den Kopf. »Von jemandem, dessen Namen ich nicht nennen werde. Macht jetzt, daß ihr dort hinunterkommt! Wir müssen verschwunden sein, bevor die Sklaven zurückkehren.«

Die Treppe führte in einen großen Gewölbekeller, dessen Decke mehr als drei Schritt hoch sein mußte. Überall stapelten sich Kisten und Fässer. An einer Wand lehnten hohe Kutschräder, daneben standen Tonkrüge und eine Seemannskiste mit angelaufenen Bronzebeschlägen. Ein Stück weiter fanden sich verstaubte Stühle und Schränke. In einem alten, halbblinden Spiegel brach sich das Licht von Elenas Zauberstab. Es roch nach Staub und alten Kleidern. Das Gewölbe erinnerte Tikian ein wenig an die Dachkammern auf dem Landsitz seines Vaters.

»Wo sind wir hier?«

»Die Florios sind geizig. Sie werfen nichts weg. Hier stapelt sich Plunder aus zwei Jahrhunderten, doch nicht das ist es, was das Gewölbe hier wirklich reizvoll macht. Siehst du dort hinten den Schrank?« Elena zeigte auf ein hohes altes Möbelstück mit schweren Türen. »Öffne ihn!«

Der Fechter tat, wie ihm geheißen. Der breite Schrank war voller mottenzerfressener Ballkleider, die von einer hölzernen Stange hingen. Ansonsten konnte er nichts Besonderes entdecken. Mit einem Achselzucken drehte er sich zu Elena um. »Was soll hier zu finden sein?«

Die Magierin winkte ihn zur Seite und schob eilig die Kleider auseinander, so daß dichter Staub aufwirbelte. Hinter ihnen verbarg sich eine zweite Tür. Elena öffnete sie und führte die Gefährten in eine kleine Kammer, in die noch zwei weitere, verschlossene Eingänge mündeten. In den Boden war eine Falltür eingelassen.

Verwundert sah sich Tikian um. »Wo sind wir hier?«

Marcian lachte. »Wußtest du nicht, daß der ganze Silberberg mit Tunneln durchzogen ist? Jede der Grandenvillen verfügt über mindestens ein halbes Dutzend geheimer Ausgänge. Von vielen der Fluchtgänge wissen nicht einmal die Familienoberhäupter mehr. Man mißtraut sich untereinander, und weil es sein kann, daß ein Bruder seine eigene Schwester erdolchen läßt, ist jedes der Familienmitglieder darauf bedacht, einen geheimen Fluchtweg zu besitzen, den außer ihm und dem Baumeister, der meist kurz nach Vollendung seines Werkes die Reise in Borons Hallen antritt, niemand kennt. Dies hier scheint mir einer dieser Wege zu sein.«

»So ist es, Eure Exzellenz!« Elena kniete nieder und machte sich an dem schweren Eisenriegel zu schaffen, der die Falltür verschloß. Mit einem metallischen Klicken sprang der Verschluß, wie von Geisterhand bewegt, zur Seite. Tikian konnte aus den Augenwinkeln beobachten, wie Gion das Zeichen des schützenden Sterns schlug.

Die Magierin klappte die Tür hoch und leuchtete mit ihrem Zauberstab in die Finsternis. Von einem Haken hing eine Strickleiter, die in die Tiefe führte.

»Nun, meine Herren, wer von euch klettert hinab? Ihr werdet doch sicher nicht zulassen, daß ich als erste ins Ungewisse steige, denn unter uns liegt nun das Labyrinth.«

Tikian hielt sie zurück. Seine Kehle war wie zugeschnürt, und seine Zunge lag wie ein großer trockener Schwamm in seinem Mund. Er räusperte sich. »Ich danke euch, daß ihr mich bis hierher gebracht habt. Ariel und Marcian, ich kenne euch nicht einmal, und dennoch seid ihr hier, um mit mir auf eine aussichtslose Suche zu gehen. Wahrscheinlich habt ihr beide Consuela noch niemals zuvor gesehen … Ich weiß wahrlich nicht viel über das Labyrinth unter dem Silberberg, nur eins ist selbst mir schon zu Ohren gekommen. Niemand, der die Gänge unter der Stadt des Schweigens betreten hat, ist jemals lebend zurückgekehrt. Es soll dort Hunderte von Fallen geben – und Schlimmeres. Für euch gibt es keinen Grund, in den Tod zu gehen. Unser gemeinsamer Weg endet hier. Ihr habt mir den Eingang zum Labyrinth gewiesen … Von nun an muß ich meinen Weg allein gehen.«

Der kleine Magier lächelte. »Ihr sprecht wie ein Edelmann, doch gestattet mir, daß ich anderer Meinung bin. Es sind weniger heldische Gründe, die mich hierher führen, doch sind sie nichtsdestotrotz zwingend für mich. Man hat mich in den letzten anderthalb Gottesnamen gedemütigt. Seit El Harkir den Großadmiral entführte, gab es wohl keinen Novadi mehr, der ein leichtes Leben in Al'Anfa gehabt hätte. Die meisten haben schon wenige Tage nach dem Piratenstück mehr oder weniger heimlich die Stadt verlassen. Jedem aus unserem Volke, selbst Kindern und Greisen, unterstellen sie, bei dieser Schandtat in irgendeiner Weise behilflich gewesen zu sein. Wir werden bespitzelt, verspottet und mißhandelt. Der Stadtmarschall hat mich in Ketten legen lassen, obwohl er genau wußte, daß ich unschuldig war. Ich wurde auf offener Straße angespuckt, und die Priesterschaft, die Herren Al'Anfas, sie duldeten diese Ungerechtigkeit nicht nur, nein, sie förderten sie auch noch und hielten die Fanas an, sich an mir und meinen Brüdern für die Schmach zu rächen, die man ihnen angetan hatte. Mich hält nichts mehr in Al'Anfa! In Rashdul, in der Magierakademie, wird es stets ein Zimmer für mich geben. Dort bin ich als Magister jederzeit willkommen, und ich werde Al'Anfa noch in dieser Nacht verlassen. Wenn ich dich nun begleite, Tikian, so sind es selbstsüchtige Gründe, die mich dazu treiben, in die dunklen Grotten des Silberbergs hinabzusteigen. Ich will die Priester dieser Stadt gedemütigt sehen, so wie sie mich demütigten. Wenn es gelingt, ein Weib aus den Kerkern des Tempels zu entführen, obwohl in der Stadt des Schweigens hundert oder mehr Ordensritter und mindestens genauso viele Priester einquartiert sind, dann ist es für mich genau so, als sei es mir gelungen, dem Patriarchen selbst einen Schlag ins Gesicht zu geben. Meine Ehre wird dann wiederhergestellt sein! Es wäre mir eine Freude, wenn du mir gestatten würdest, als erster diese Leiter hinabzusteigen.« Ariel ließ ein Licht an der gekrümmten Spitze seines Zauberstabes aufleuchten und blickte ihn erwartungsvoll an.

»Ich kann keine so schöne Rede halten«, brummte Gion kurz angebunden. »Ich denke, wir sollten hier nicht herumstehen, sondern einfach weitergehen. Du bist mein Freund, Tikian, und Freundschaft beweist man nicht mit Worten, sondern mit Taten.«

Marcian lachte leise. »Nüchtern betrachtet ist diese Welt wahrlich ein seltsamer Ort. Ich weiß nicht, ob ich mir nicht lieber wünschen sollte, immer noch betrunken in Angas Schenke zu sitzen, aber nun bin ich schon einmal hier ...« Sein Lächeln verflog. »So Praios will, ist es mir gegeben, dort unten einen Fehler zu sühnen.«

Elena verpaßte Tikian einen Klaps auf die Schulter. »Dann laßt uns gehen, denn was mich angeht, bin ich viel zu feige, um hier allein zurückzubleiben und außerdem habe ich dir doch mein Wort gegeben.«

Ein seltsamer Unterton in der Stimme der Magierin ließ den Fechter aufhorchen. Er sah sie an, doch sie wich seinem Blick aus. »Wer bin ich, daß ich versuchen wollte, euch aufzuhalten, und ...« Er räusperte sich. »Ich weiß nicht recht, was ich sagen soll, aber ... Ich danke euch und bin froh, nicht allein dort hinab zu müssen.«

Ariel nickte ihm zu, dann verschwand er in dem Schacht. Ihm folgte Gion. Tikian war der dritte, der hinabstieg. Elena und Marcian bildeten die Nachhut der kleinen Gruppe. Der Inquisitor schloß hinter sich die Falltür, und einen Augenblick lang hatte Tikian das ungute Gefühl, über ihm sei der Deckel einer Gruft zugeklappt. Doch dann vertrieb er den Gedanken. Er sollte an Consuela und die gemeinsame Nacht denken. Seinen Ängsten Raum zu gewähren, würde ihn nur für die Kämpfe schwächen, die ihnen sicherlich nah bevorstanden.

Noch bevor Tikian den Boden erreichte, war von unten ein metallisches Rasseln zu hören. Vorsichtig drehte er sich um und sah im Licht von Ariels Zauberstab ein eisernes Fallgitter in einem schmalen Spalt über einer Tür verschwinden.

Der Schacht mündete in einen kleinen Raum, aus dem es nur einen einzigen Ausgang gab. Ariel war durch die steinerne Pforte getreten und spähte in die Finsternis. Es war heiß hier unten, so als habe der Berg die Gluthitze des Tages in sich aufgenommen. Der Fechter spürte, wie sein schweißgetränktes Hemd an seinem Rücken festklebte. Er wischte sich mit dem Ärmel über die Stirn und blickte den Magier erwartungsvoll an.

»Warum geht Ihr nicht weiter, Ariel? Ist etwas dort draußen in dem Gang?«

Der Beni Schebt schüttelte den Kopf. »Keine greifbare Gefahr … Ich lasse nur die Finsternis auf mich wirken. Spürt Ihr die bösartige Aura dieses Ortes? Ungezählte Menschen müssen hier ihr Leben gegeben haben. Ihre Ängste und Schmerzen scheinen fast greifbar zu sein … Und etwas Boshaftes lebt hier. Vielleicht ist es das Labyrinth selbst … Wer weiß, welchen Einfluß all dieses Leid auf den Berg hatte, und was man getan hat, um die finsteren Kräfte spürbar werden zu lassen.«

Tikian lachte freudlos. »Ihr meint, das Labyrinth selbst könnte böse sein? Das ist nicht Euer Ernst. Es sind doch nur Steine und ...«

»Ich würde das nicht einfach so abtun«, mischte sich Marcian ein, der mit einem Satz von der Strickleiter heruntersprang. »Es gibt solche Orte, an denen das Böse sich in den Fels gefressen hat und in ihm fortlebt.«

»Hervorragend! Ich finde, wir sollten uns weiter auf diese Weise Mut machen«, brummte Gion und betrachtete mißtrauisch die Felswände. Auch Tikian schenkte den dunklen Wänden jetzt mehr Aufmerksamkeit. Sie waren uneben, und man konnte deutlich die Spuren der Meißel erkennen, die sich durch den schwarzen Fels des Berges gegraben hatten. Die Oberfläche war rauh. Das Licht, das die beiden Zauberstäbe warfen, wurde nicht gespiegelt, es schien vielmehr, als wolle der Fels es aufsaugen.

»Ich werde vorangehen!« Ohne auf eine Antwort der anderen zu warten, setzte sich Ariel an die Spitze der Gruppe und betrat den schmalen Gang, der hinter der gemeißelten Tür begann.

Das Gespräch verstummte. Jeder der Gefährten hing seinen Gedanken nach. Es herrschte Grabesstille in dem Tunnel, durch den sie der Beni Schebt führte. Tikian glaubte, sein Herz laut wie eine Trommel schlagen zu hören. Die niedrige Decke und die Vorstellung, tief unter der Erde zu sein, machten ihm zu schaffen. Was, wenn der Fels nicht so fest war, wie er schien, und die leichte Erschütterung, die ihre Schritte verursachten, alles einstürzen ließ? Oder schlimmer noch, was war, wenn der Magier recht hatte und der Stein tatsächlich von einem bösartigen Eigenleben besessen war? Tikian wischte sich mit dem Hemdärmel über die schweißnasse Stirn.

Wie sicher war doch ein Schlachtfeld, wo er die Gefahren einzuschätzen wußte, im Vergleich zu diesen unheimlichen Gängen. Er schüttelte den Kopf, um die beunruhigenden Gedanken zu vertreiben, und versuchte, in seiner Erinnerung das Gesicht Consuelas erstehen zu lassen. Ihre grünen Augen, das lange, seidige Haar …

Der Stollen, dem sie gefolgt waren, fiel nun steil ab und verbreiterte sich. Schließlich stießen sie auf eine Gabelung, wo der Magier stehenblieb.

»Wir brauchen einen Führer«, murmelte Ariel halblaut. »Ich kann nicht entscheiden, welcher von beiden Wegen der richtige sein mag. Wartet hier für eine Weile! Ich werde vorausgehen und einen Führer rufen. Doch folgt mir nicht. Wenn mehr als eine Stunde verstreicht und ich nicht zurückkehre, dann sucht nicht nach mir und nehmt den anderen Stollen. Möge Rastullah eure Schritte lenken.« Der kleine Magier verneigte sich knapp, ließ das Licht seines Zauberstabes verlöschen und verschwand in der Finsternis.

»Was hat er vor? Und was soll das Gerede von einem Führer?« Tikian blickte Elena fragend an. Sie schien nicht im mindesten verwundert über die Worte des Beni Schebt.

»Vertrau ihm! Er weiß, was er tut.«

Marcian kniete nieder und verschränkte seine Arme vor der Brust. »Laßt uns zu Praios beten und ihn um Hilfe bitten. Ohne göttlichen Beistand werden wir unser Ziel nicht erreichen können, denn es ist über das Maß der Menschen hinaus gesteckt.«

Tikian war in seinem Leben niemals ein besonders frommer Mensch gewesen, und er wünschte sich jetzt mehr großzügige Opfer an den Altären der Zwölf gebracht zu haben, um auf ihre Gunst hoffen zu dürfen.

Gion war neben dem Inquisitor niedergekniet und hatte sich ins Gebet versenkt, und selbst Elena hatte sich ein wenig abseits von ihnen niedergelassen, die

Hände auf die Schläfen gelegt und die Augen geschlossen. Auch sie schien zu beten, doch Tikian war sich sicher, daß sie keinen der Zwölf um Hilfe anflehen würde, und er hoffte, daß ihre ketzerischen Worte nicht das Böse in den Felsen auf sie aufmerksam werden ließ.

Das Geräusch von Schritten ließ Tikian aufschrecken. Die anderen schienen nichts gehört zu haben. Sie verharrten noch immer ganz in ihre Gebete versunken. Die Hand am Rapier, erhob der Fechter sich und versetzte Gion einen leichten Stoß.

Der Schütze zog seinen Dolch, und gespannt lauschten die beiden auf das Schrittgeräusch. Es konnte keinen Zweifel geben, die Schritte näherten sich! Plötzlich erglomm unversehens ein Licht. Höchstens zehn Schritt entfernt stand Ariel und winkte ihnen. Auch Elena und Marcian hatten jetzt ihre Gebete beendet.

»Wo steckt denn dein Führer?« brummte Gion mürrisch.

»Vielleicht unter dir?« entgegnete der Magier.

Zwischen den Gefährten und Ariel wölbte sich lautlos eine Kugel aus dunklem Stein aus dem Felsboden und verwandelte sich in den Kopf eines bärtigen Mannes. Gion trat einen Schritt zurück und hob seinen Dolch. »Wer ist das?«

»Seinen Namen könnten nicht einmal Echsen richtig aussprechen, und die haben immerhin den Vorzug, im Gegensatz zu uns über gespaltene Zungen zu verfügen. Es reicht, wenn ihr ihn Drux nennt. Er ist einer der Felselementare, die diesem Berg verbunden sind. Drux findet Gefallen an Menschen, obwohl es ihn ärgert, was man mit dem Berg getan hat. Als ich ihn davon überzeugen konnte, daß keiner von uns etwas mit den Boronis zu tun hat, erklärte er sich bereit, uns zu helfen. Wundert euch übrigens nicht über sein Äußeres. Er mag klassische Statuen, und da er sehr viel Sinn für das Schöne hat, gefällt es ihm, sein Erscheinungsbild nach den Schönheitsvorstellungen der alten Bildhauer zu entwickeln. Wenn wir ihm beschreiben können, wohin wir wollen, wird er den besten Weg suchen. Erwartet aber nicht, daß er wie ein gewöhnlicher Führer vor uns her läuft. Für ihn ist es angenehmer, sich in seinem Element, dem Fels, zu bewegen. Dieser Berg hier ist in gewisser Weise ein Teil von ihm, und kein Sterblicher kennt ihn so wie er.«

Tikian betrachtete den Kopf zu seinen Füßen mit gemischten Gefühlen. Es war ihm unheimlich, sich einem solch widernatürlichen Geschöpf anzuvertrauen, doch hatte er keine Wahl. Auch Gion und Marcian war deutlich anzusehen, was sie von diesem Führer hielten.

»Wohin soll ich euch bringen?« Das Geschöpf hatte eine volltönende Baßstimme, die sehr menschenähnlich klang. Bei jedem seiner Worte lief ein leichtes Zittern durch den Boden des Tunnels.

»Es muß einen Kerker geben, in dem eine wunderschöne Frau gefangen gehalten wird.« Tikian beschrieb Consuela ausführlich, doch der Elementar legte nur die Stirn in Falten, was von einem unangenehm knackenden Geräusch begleitet wurde.

»Für mich sehen die Menschen einander sehr ähnlich. Kannst du mir vielleicht die Stelle am Berg beschreiben, wo sie zu finden ist. Das würde mir die Suche nach ihr sehr erleichtern.«

»Sie ist in einem kleinen Kerker gefangen.« Marcian beugte sich zu dem Elementar herab. »Er liegt hinter einem großen Gewölbe, das mit Gittern abgetrennte Seitennischen besitzt. Die Boronis haben dort seit gestern sehr viele Menschen eingesperrt.«

»Das ist besser. Nehmt jetzt den linken Gang und geht beim übernächsten Abzweig, dort wo ihr die silbernen Erzadern im Fels betrachten könnt, wieder nach links. Dann nehmt den vierten Gang, der nach rechts führt. Er mündet in eine große Höhle, an deren

Wänden wunderschöne Schwefelkristalle wachsen. Dort werde ich auf euch warten. Nun eile ich voraus, um einen Weg zu diesem Kerker zu suchen, den auch ihr beschreiten könnt.« Der Kopf versank im Boden, und die Gruppe setzte sich wieder in Bewegung.

Tikian ließ sich ein wenig zurückfallen, bis er an Elenas Seite war, und gab der Magierin ein Zeichen, langsamer zu gehen, bis die anderen ihnen ein paar Schritt voraus waren.

»Woher kennt dieser Inquisitor die Zelle? Gehört er etwa zu denen, die Consuela gefoltert haben? Woher kennst du den Kerl?«

»Er hat heute morgen versucht, Consuela in die Gerichtsbarkeit der Praioskirche zu überführen und von ihren Kerkermeistern zu befreien. Zügle also dein Mißtrauen. Du kannst mir glauben, daß ihm aufrichtig an ihrem Seelenheil gelegen ist und daß er ihr nichts zuleide tun wird. Ich will über diesen Punkt nicht mehr weiter mit dir reden. Wir müssen einander vertrauen, wenn wir diese ... Queste zu einem erfolgreichen Ende bringen wollen.«

Tikian gefiel der Ton ihrer Stimme nicht. Er war sich sicher, daß sie ihn belogen hatte, und er würde diesen Inquisitor im Auge behalten. Nüchtern betrachtet konnte er nicht den geringsten Reiz daran finden, Consuela in Freiheit zu sehen. Ein Mann wie er würde allen Gerüchten, die es über sie und ihr Freudenhaus gab, Glauben schenken! Für ihn war wahrscheinlich schon eine Frau mit roten Haaren eine Hexe und jeder Schwarzgewandete ein Kultist des Namenlosen.

Der Fechter beschleunigte seinen Schritt, um wieder zu der Gruppe aufzuschließen. Er mußte mit Gion reden. Der Schütze war der einzige, dem er hier vertrauen konnte.

Sie waren eine ganze Weile gegangen, als im Dunkel vor ihnen seltsame Geräusche erklangen. Es hörte sich an wie das Klingen von Kristallgläsern und das Heulen von Wind, der sich unter einem Häuserdach fing. Dazwischen ertönte ein dunkles Summen.

Ariel drehte sich um. »Keine Sorge. Das muß Drux sein. Er mag Musik sehr, obgleich sich seine Symphonien freilich anders anhören als die Musik eines Streichquartetts am Garether Hof.« Wie zur Bestätigung seiner Worte ertönte tiefer, wehmütiger Gesang und ein Geräusch, das ein wenig an das Spiel einer Sackpfeife erinnerte. Plötzlich verstummte das Lärmen, und nur einen Herzschlag später wuchs der Kopf des Elementarwesens vor ihnen aus dem Boden.

»Ihr habt lange gebraucht, Menschenkinder.«

»Wir bewegen uns nicht so leicht wie du durch diese ...«

»Hast du einen Weg gefunden«, fiel Tikian Ariel ins Wort.

»Wie ihr bewegen sich viele in dieser Nacht durch den Berg. Fast könnte man meinen, sie erwarten euch. Etliche Männer und Frauen, die in Häute aus Erz gekleidet sind, befinden sich in den Tunneln rund um die Kerker. Es wird sehr schwer werden, ihnen allen auszuweichen. Aber wir werden es schaffen! Folgt mir nun!« Bei den letzten Worten des bärtigen Hauptes erbebte die Höhle, und feiner schwarzer Staub rieselte von der Decke.

Tikians Rechte verkrampfte sich um den Griff seines Rapiers. Er wünschte, er wäre wieder im Freien. Was gäbe er dafür, jetzt mit Consuela unter dem Sternenhimmel zu stehen. Auch die anderen schienen ihm blaß, doch vielleicht lag das nur am Licht der Zauberstäbe.

Es kam dem Fechter so vor, als folgten sie dem steinernen Kopf ungezählte Stunden. Manchmal änderte Drux die Gestalt oder wechselte von schwarzem Basalt zu weißem Marmor, so als sei er es überdrüssig, zu lange in einer Art zu verharren. Ihr Weg führte sie durch hohe Hallen, in denen prächtige Kristalle an den Wänden wuchsen, über schmale Felsbrücken, die sich über bodenlosen Spalten formten, und durch Gänge, die manchmal so eng waren, daß sie nur auf dem Bauch robbend vorwärtskamen. Die meiste Zeit gingen sie schweigend. Jeder hing seinen eigenen Gedanken nach. Einmal sahen sie in der Ferne Fackellicht, und einige Gestalten huschten durch die Finsternis, doch ihr Führer hatte sie rechtzeitig gewarnt, so daß Elena und Ariel das Licht ihrer Zauberstäbe verlöschen ließen und die Gruppe unbemerkt blieb.

Endlich hielt Drux vor einer Wand aus glattem schwarzem Basalt. »Die Frau, die ihr sucht, befindet sich keine fünf Schritt von hier. Sie ist allein.« Sie standen in einer offenbar durch die Kräfte der Natur geschaffenen kleinen Höhle. Sie maß nicht mehr als vier Schritt in jede Richtung, und der einzige Eingang war der Weg, auf dem sie gekommen waren.

»Was soll das, zum Henker!« fluchte Tikian. »Wir sind nicht wie du! Wir können nicht durch den Felsen gehen. Hast du uns all die Stunden durch die Höhlen geführt, um uns das zu zeigen?«

»Hast du Mut, kleiner Mann?« grollte die tiefe Stimme des Elementars. »Geh auf diese Wand zu, so als sei sie nicht da! Ist deine Liebe reinen Herzens, dann wird sie kein Hindernis für dich darstellen. Wenn du aber nicht sicher bist und an dir zweifelst, dann wird der Fels dich verschlucken und man wird dich niemals wiedersehen.« Der bärtige Kopf lachte Tikian an und musterte ihn dabei mit Augen aus lauterem Silber.

»Was hat das zu bedeuten? Ich denke, er gehorcht dir!« Tikian wandte sich zu Ariel um. Der Magier zuckte mit den Schultern.

»Ich vermag ein Elementarwesen nicht zu beherrschen. Es behält seinen freien Willen. Mir scheint, du hast ihn durch etwas verärgert. Vielleicht will er auch einfach nur einen Spaß mit uns treiben.«

Tikian blickte zu dem grinsenden Steinkopf und ballte in hilfloser Wut seine Fäuste. Elena berührte ihn an der Schulter. »Willst du das wirklich tun? Ich meine, sie ist ohnehin verloren. Marcian hat mir anvertraut, sie sei unheilbar krank. Selbst wenn wir sie retten, hat Consuela ohnehin nur noch weniger als zwei Gottesnamen zu leben.«

Er starrte auf die Wand vor ihm. »Das spielt keine Rolle. Und bliebe mir nur eine Stunde mit ihr, ich würde gehen!« Er machte einen Schritt nach vorne und schloß die Augen. Er wußte nicht, ob sein Liebe rein war und was ein Elementar unter Liebe verstehen mochte, doch die Sehnsucht danach, Consuela noch einmal in den Armen zu halten, war stärker als seine Furcht. Zu seiner Überraschung prallte er nicht gegen den Fels. Die Wand hatte sich vor ihm aufgetan. Es war eine Nische entstanden, gerade groß genug, um ihn durchzulassen. Vorsichtig machte er einen weiteren Schritt nach vorne und diesmal konnte er beobachten, wie der Fels wie ein zähflüssiger schwarzer Brei vor ihm zurückwich. Vorsichtig streckte er seine Hand vor und strich über den Stein. Er war kalt und so fest, wie man es von Basalt erwartete. »Ein Wunder«, murmelte er leise. »Das muß ein Wunder sein.«

»Du solltest es besser wissen«, grollte Drux leise. »Das einzige Wunder hier ist, daß ich einem verliebten Tunichtgut wie dir helfe, zu seiner Braut zu kommen.«

Der Fels floß weiter zur Seite, und Tikian stand in einer kleinen Zelle, in der matt ein Becken mit glühenden Kohlen glomm. In einer Ecke kauerte Consuela. Ihr weißes Kleid war mit Schmutz und geronnenem Blut besudelt. Schweigend verharrte Tikian und schaute sie an. Wie eine Flamme loderte der Zorn auf jene Männer in ihm, die ihr das angetan hatten, und doch war er wie gelähmt und konnte nichts weiter tun, als einfach nur dazustehen und sie zu betrachten.

So als spürte sie seinen Blick, hob Consuela ihr Haupt, und als sie ihn sah, wirkte sie nicht überrascht, sondern lächelte matt. »Ich wußte, du bist mein Ritter. Niemand sonst hätte es vermocht, mir hierher zu folgen.« Die Konkubine versuchte aufzustehen, doch in ihren Beinen war keine Kraft mehr. Jetzt endlich schien der Bann für Tikian gebrochen. Er eilte zu ihr und schloß sie in die Arme. »Ich werde dich fortbringen von hier. Wir gehen in den Norden und werden dort Pferde züchten und ...« Ihm versagte die Stimme. Er wußte, daß dies nur ein Traum war, und er spürte, daß auch sie es wußte. Flüchtig berührten ihre Lippen seine Wange.

»Du bist gekommen, das ist das einzige, was wirklich wichtig ist.« Ihre Stimme blieb nur ein Flüstern. Durch ihr Kleid hindurch konnte er die Kälte ihrer Glieder fühlen. Er nahm ihre Hände und rieb sie, doch sie wollten nicht warm werden.

»Was haben sie mit dir gemacht?«

Sie schwieg.

Tikian hob sie auf seine Arme. Consuela erschien ihm leicht wie ein Kind. »Ich werde dich pflegen«, flüsterte er mit halb erstickter Stimme. »Du wirst sehen, es wird alles wieder gut werden.«

Das Loch in der Mauer hatte sich hinter ihm wieder geschlossen. Diesmal trat er ohne zu zögern auf die Wand zu, und ein zweites Mal wiederholte sich das Wunder, daß der Fels vor ihm auseinanderfloß. Einen Augenblick später stand er wieder in der kleinen Höhle vor seinen Gefährten.

Gion starrte ihn in abergläubischem Schrecken an. Einige Herzschläge lang herrschte Schweigen. Tikian glaubte, im Blick des Inquisitors Mitleid zu erkennen, doch zugleich auch etwas anderes. Marcian erschien ihm auf schwer zu beschreibende Weise wissend, so als ahne er etwas, das er nicht in Worte zu fassen wagte.

»Wir werden nicht in die Villa Florios zurückkehren können. Wenn man sie dort entdeckt, wird man sie sofort wieder an die Boronis ausliefern.« Es war Elena, die das Schweigen brach. »Gibt es einen anderen Weg, auf dem wir aus dem Silberberg entkommen können?«

Vor ihnen erschien wieder der Kopf aus Stein, und er stieß ein Geräusch aus, das entfernt an einen Seufzer erinnerte. Sein Gesicht war nun das eines alten Mannes. »Ich bin zutiefst beeindruckt zu sehen, wieviel Sorgfalt ihr augenscheinlich auf die Planung dieser Befreiung verwandt habt. Was hättet ihr eigentlich ohne mich gemacht? Wäret ihr, so wie die Schafe ins Haus des Schlachters, blind hier ins Labyrinth getappt? Was gehen mich eure Sorgen an? Warum sollte ich euch helfen? Habt ihr eigentlich eine Vorstellung davon, wieviel Kraft es mich kostete, das Tor durch den Felsen zu öffnen? Und was ist der Dank? Dieser verliebte Jüngling murmelt ergeben von irgendwelchen Göttern, die ihm ein Wunder gewährten! Warum also sollte ich euch noch einmal helfen?«

»Du tust es, weil es dir so gefällt! Du bist zu mächtig, als daß man dich zu etwas zwingen könnte, und zu klug, um überredet zu werden, Drux«, entgegnete Ariel. »Vielleicht tust du es auch, weil unser Handeln diesem Berg ein wenig von der Aura aus Wut, Angst und Verzweiflung nimmt, die ihn wie ein schwarzes Tuch umhüllt.«

Der Kopf lächelte. »Du bist ein weiser Mann, Zauberer. Es wäre in der Tat töricht zu glauben, daß mich deine Gründe überzeugen könnten ... Wenn ich euch auch weiterhin helfe, dann in der Tat nur, weil es mir so gefällt. Folgt mir nun! Es gibt einen Weg, der hier hinausführt, doch die letzten Schritte werdet ihr selbst tun müssen.«

31. Kapitel

Vorsichtig zog Elena den Vorhang ein Stück zur Seite und starrte in die Dunkelheit. Was sie sah, ließ sie vor Schreck zurückzucken. Sie hatte diesen Raum noch nie betreten, doch kannte sie ihn sehr wohl aus Erzählungen. Drux hatte sie in den Tempel im Inneren des riesigen, aus der Südklippe des Silberbergs gemeißelten Raben gebracht. Der Elementar hatte sie durch etliche Tunnel und natürliche Höhlen geführt und ihnen dann noch einmal ein Tor durch die Felsen geöffnet. Elena hatte geahnt, daß sie sehr nah am Meer sein mußten. Auf dem letzten Stück des Weges hatte sie den Felsen schwach unter ihren Füßen erbeben fühlen. Draußen mußte ein schrecklicher Sturm toben, der die Brecher bis hoch gegen die Klippen trieb.

Ihr Weg endete in einer kleinen, mit einem Vorhang aus schwarzem Samt verhängten Nische. Die Magierin gab den anderen ein Zeichen, leise zu sein, und ließ das Licht an der Spitze ihres Zauberstabes verlöschen. Schweigend verharrte sie eine Weile, bis sich ihre Augen an die Dunkelheit gewöhnt hatten, dann spähte sie noch einmal durch den Spalt im Vorhang. Jetzt konnte sie die kleine Halle besser erkennen. An den Wänden glänzten Tausende polierter Onyxsteinchen im Schein von Feuerschalen, die in Nischen aufgestellt waren. Ein Luftzug ließ ihre Flammen auf und nieder tanzen. Die Tore des Tempels waren verschlossen, doch konnte man ihre Angeln unter der Wucht der Sturmböen leise ächzen hören.

An der Kopfseite der Halle stand ein prächtiger Altar aus schwarzem Marmor, über dem sich eine Rabenstatue aus Basalt erhob. Schräg hinter dem Altar schienen noch zwei rabenköpfige Götzen zu stehen. Elena wollte schon aus dem Versteck treten, als sich eines der Götzenbilder bewegte. Erschrocken hielt sie den Atem an. Zeigte sich etwa die Macht des Raben in den beiden Bildern? Das Licht der Flammen schimmerte matt auf Metall. Jetzt erkannte sie ihren Irrtum! Dort standen keine Statuen, sondern zwei vollgepanzerte Ritter der Tempelgarde! Es war unmöglich, das Versteck zu verlassen, ohne daß die beiden sie bemerken würden.

Sie zog sich zurück und gab den anderen Zeichen, daß sie an zwei Wachen vorbei mußten. Ariel drängte sich nach vorne und spähte nun seinerseits durch den Vorhang. »Ich wüßte einen Weg, wie wir sie loswerden«, flüsterte der Beni Schebt.

»Du willst doch nicht etwa hier, im Allerheiligsten Borons, einen Zauber wagen, Heide!« mischte sich Marcian ein. »Uthar würde dich für diesen Frevel auf der Stelle mit einem seiner Pfeile niederstrecken!«

»Es gibt nur einen Gott, Inquisitor! Wenn ich meinen Zauber nicht wirken kann und wir unser Versteck verlassen, dann müßten wir mit den beiden kämpfen. Willst du, daß das Blut dieser Ritter über den Altar ihres Götzen fließt? Ist euer Boron nicht auch der Herr des Schlafes? Würde ich sie einschlafen lassen, könnte ich mit diesem Zauber doch wohl kaum den Zorn des Götzen erwecken.«

Marcian ballte wütend die Fäuste. »Es ist nicht recht, daß Ungläubige diesen Ort betreten. Diese Steinkreatur treibt ein Spiel mit uns! Wage es zu zaubern, und Boron wird deine schwarze Seele aus deinem Körper herausreißen!«

»Er hat recht, Marcian«, mischte Elena sich ein. »Es gibt keinen anderen Weg hier hinaus. Sag du doch etwas dazu!« Sie blickte zu Tikian, doch der Fechter schüttelte nur müde den Kopf.

»Ich stimme allem zu, das uns zur Flucht verhilft und keine offensichtliche Gotteslästerung ist.«

»Ein vernünftiger Mann«, murmelte Ariel zufrieden. »Und was Eure Behauptungen angeht, Herr Inquisitor, bin ich gerne bereit, mein Seelenheil in die Waagschale zu werfen, denn Rastullah beschützt jeden, der nur fest genug im Glauben ist, vor den Bannsprüchen der Götzen.«

Der Magier öffnete den Vorhang einen Spalt breit. Er gähnte, so als langweile ihn die ganze Angelegenheit. Dann flüsterte er die Worte der Macht. Einige Augenblicke verstrichen, bis einer der Wächter sich auf die steinernen Stufen hinter dem Altar hockte. Kurz darauf folgte der zweite seinem Beispiel. Ariel wartete noch ein wenig, dann wagte er es, den Samtvorhang zur Seite zu schieben. »Wir müssen weiterhin leise sein. Sie schlafen zwar tief, doch kann ein lautes Geräusch sie aufwecken.«

Einer nach dem anderen betraten die Gefährten den Tempel. Elena machte sich auf den Weg zum Tor, um zu sehen, auf welche Weise es verschlossen war. Aus den Augenwinkeln beobachtete sie, wie Tikian Consuela bis dicht vor den Altar trug. Die Konkubine kniete dort nieder und schien beten zu wollen, als Marcian an ihre Seite trat. Die beiden redeten eine Weile leise miteinander und knieten dann gemeinsam nieder. Tikian hatte sich ein paar Schritt zurückgezogen und beobachtete die zwei mit offenkundigem Mißfallen.

Was der Inquisitor wohl mit Consuela zu bereden hatte? Sie sollten nicht zu lange in diesem Tempel bleiben. Er war Tikian unheimlich. Die flackernden Lichter – und draußen das Heulen des Sturms! Außerdem wußten sie nicht, wann die Wachen abgelöst wurden. Gion hielt sich an seiner Seite. Es war gut, ihn hier zu wissen! Gleichgültig, was die anderen taten, er würde jetzt Consuela holen und sie würden gehen!

Noch bevor er den Altar erreichte, erhoben sich der Inquisitor und die Konkubine. Sie tauschten einen Blick, und Consuela nickte Marcian zu. Sie sagte etwas, doch Tikian konnte nur noch die Worte »Ich weiß« verstehen.

»Laß uns gehen, meine Liebste. Ich kenne ein sicheres Versteck in der Stadt. Morgen werden wir ein Schiff nehmen und dann kehren wir Al'Anfa für immer den Rücken.«

Sie wandte sich zu ihm um und ihr standen Tränen in den Augen. »Du wirst ohne mich gehen müssen. Boron hat mich erhört. Mir ist ein anderer Weg bestimmt. Ich habe gefehlt, Tikian. Ich weiß, daß du zu mir stehst und die Anklagen, die gegen mich erhoben wurden, als Lügen betrachtest. Doch das meiste davon stimmt. Selbst dich habe ich für jene Feste mißbraucht. Erinnerst du dich an die Nacht, in der ich dich bat, Wache zu stehen? Wir haben damals die Blutige Herrin der Wollust beschworen. Man sucht nach dir, weil du dabeiwarst, und wie viele meiner Diener und Sklaven wußtest auch du nicht, was ich tat. Ich bereue es jetzt, dich in diese Sache hineingezogen zu haben. Doch von Reue zu *reden,* sind allein Lippenbekenntnisse. Ich werde Boron beweisen, wie ernst es mir ist. Er ist der Gott des Todes, der Gott dieser Stadt, und er ist der einzige, der mir vergeben kann! Marcian hat mir diesen Weg gewiesen, und ich weiß ...« Sie konnte nicht mehr weitersprechen. Im Licht der Flammen sah es aus, als perlten Tropfen aus flüssigem Gold von ihren Wangen.

Tikian nahm sie in den Arm. »Wovon redest du? Was willst du tun?«

»Ich werde nun gehen, mein Geliebter. Fliehe aus dieser Stadt und trage mich dabei in deinem Herzen. Solange es jemanden gibt, der sich mit Liebe an mich erinnert, werde ich nicht wirklich gestorben sein.«

»Gestorben!« Tikian löste sich aus ihrer Umarmung und starrte sie fassungslos an. »Aber wir sind gerettet und ...«

»Nein, Tikian. Ich bin krank. Niemand kann mich mehr heilen. In sieben Wochen würde ich sterben und vor mir lägen Qualen, wie sie kein Folterknecht bereiten könnte. Ich würde mich sehr verändern ... Ich möchte, daß du mich so in Erinnerung behältst, wie du mich kennst. Die stolze und schöne Consuela, die begehrteste Konkubine der Stadt und deine Geliebte! Ich will nicht wimmernd und das Gesicht von schwärenden Wunden zerfressen vor dir liegen ... Zuletzt würde mich das Siechtum meine Seele kosten. Jetzt werde ich vielleicht noch von den Göttern erhört. Doch in sieben Wochen ist es zu spät! Du bist ein schöner Mann ... Du wirst andere Frauen finden, die dich genauso lieben werden wie ich. Denk manchmal an mich, wenn du in ihren Armen liegst ... Es gibt noch so viele Dinge, die ich dir gerne gesagt hätte, aber ...« Sie nahm ihn in die Arme und küßte ihn lang und leidenschaftlich. Tikian war, als drehe sich alles. Er wollte nach etwas greifen, sich festhalten und sie ...

Consuela löste sich aus seinen Armen. Ohne sich noch einmal nach ihm umzudrehen, trat sie zu der schmalen Treppe, die halb von zwei mächtigen Pfosten verborgen hinter dem Altar lag. Vorsichtig schritt sie über die beiden schlafenden Wachen hinweg und stieg hinauf. Tikian wollte ihr folgen, doch Marcian hielt ihn am Arm. »Laß sie! Diesen Weg kann sie nur allein gehen!«

»Was hast du ihr eingeredet, du elender Bastard? Was hast du ihr getan und was will sie dort oben?«

»Sie sucht Frieden, und dort wird sie ihn vielleicht auch finden. Als ich neben ihr kniete, habe ich gespürt, daß ihr Gebet aufrichtig war. Sie bereute, was sie getan hat. Nicht daß sie eine Konkubine war, sondern ihre Morde und die Seelen, die durch ihre Schuld in die

Verdammnis geschleudert wurden. Verstehst du, was das bedeutet? Es gibt Hoffnung!«

»Laß mich los! Was redest du für wirres Zeug. Was für Morde sollte sie begangen haben?«

»Begreifst du immer noch nicht? Es gab nie einen *Häuter!* Sie war es! Sie hat diese Morde geplant! Die Opfer ausgewählt und zu ihrem Schlächter geführt!«

Tikian verpaßte dem Inquisitor einen Kinnhaken. »Du wirst mich nicht aufhalten, Irrer.«

Marcian taumelte ein Stück zurück und strich sich über das Kinn. »Du wirst nicht an mir vorbeikommen.« Er stürmte vor und umklammerte den Fechter.

Einige Augenblicke rangen sie keuchend miteinander. Der Geweihte war außergewöhnlich stark. Tikian versuchte, seine Umklammerung zu sprengen oder eine Ferse hinter sein Bein zu haken und ihn aus dem Gleichgewicht zu bringen. Doch vergebens. Im Ringen war der Inquisitor ein mehr als gleichwertiger Gegner. Die Sache schien schon verloren, als Gion hinter Marcian auftauchte. Der Schütze hatte ein Messer in der Hand.

»Nein! Tu das nicht!«

Der Inquisitor wandte halb den Kopf. Gion hob die blitzende Klinge und ließ sie niedersausen. Mit dumpfem Schlag traf Marcian der Knauf der Waffe an der Stirn. Der Geweihte brach in die Knie.

»Ich kümmere mich um ihn und die anderen«, zischte der Schütze leise. »Dir wird keiner folgen. Lauf ihr nach und hol sie zurück!«

»Danke!« Mit einem Satz sprang Tikian über die schlafenden Wachen und stürmte – immer zwei Stufen auf einmal nehmend – die Treppe hinauf. Zweimal stürzte er in der Finsternis. Er schlug sich die Knie auf, doch spürte er keinen Schmerz. Er ahnte, wohin diese Treppe führte und was Consuela beabsichtigte.

Endlich erreichte er das Ende der engen Wendeltreppe. Durch eine offene Falltür stieg er auf den Felsen. Wie ein Schlag traf ihn eine Sturmbö ins Gesicht. Der glattgeschliffene Stein war naß und rutschig. Er verlor das Gleichgewicht. Nur ein paar Schritt vor sich konnte er eine weiße Gestalt erkennen.

»Consuela!« Der Fechter versuchte aufzustehen, doch er rutschte aus und schlug hin. Wieder rief er den Namen der Geliebten, doch der Lärm des Sturmes verschluckte seine Worte. Der ganze Fels erbebte unter den turmhohen Brechern, die an seinem Fuß in Wolken weißer Gischt zerstoben. Wie Nadelstiche schnitten die Regentropfen ins Gesicht, die der Wind fast senkrecht über den Fels trieb.

»Consuela! Bitte ...« Auf allen vieren kroch Tikian über den glatten Felsen. Sie hatte jetzt den Rand des riesigen Rabenkopfes erreicht. Der Sturmwind zerrte an ihrem prächtigen weißen Kleid, doch auf wunderbare Weise verlor sie nicht das Gleichgewicht. Mit sicherem Schritt ging sie ihren Weg. Am Rand der Klippe breitete sie ihre Arme aus und hob den Kopf zum Himmel. Sie schrie etwas in den Sturm, doch Tikian konnte ihre Worte nicht verstehen. Nur ein paar Spann noch, und er hätte sie erreicht. Er streckte den Arm aus, um nach ihren Knöcheln zu greifen. In dem Augenblick stürzte sie sich in die Tiefe. Er machte einen Satz nach vorne. Seine Finger erhaschten einen Zipfel ihres Kleides, doch der nasse Stoff entglitt ihm. Einen Atemzug lang sah er sie fallen, dann verschwand sie in der Gischt eines Brechers, der am Rabenfelsen zerschellte.

Fassungslos starrte er in die Tiefe. Er hegte die übertriebene Hoffnung, daß sie vielleicht noch lebte, und ihr schwarzer Haarschopf in den weißschäumenden Wogen erscheinen würde. Warum hatte sie das getan? Er wußte, daß der rituelle Selbstmord durch einen Sprung vom Rabenfelsen in der alanfanischen Boronkirche eine große Bedeutung hatte. Stimmten Marcians Anschuldigungen etwa? War sie tatsächlich die Häuterin gewesen? Er dachte an den Nachmittag, als sie vor ihm im Bad gestanden hatte und davon erzählte, wie sie als kleines Mädchen auf den Ritter gewartet hatte, der käme, sie zu retten. Sie hatte ihn verflucht, zu spät erschienen zu sein, hatte behauptet, sie sei verloren.

Tikian schluchzte und hieb immer wieder seine Faust auf den Felsen, bis seine Hand schließlich blutig war. Warum hatten die Götter sie nicht beschützt? Was hatte das Schicksal diesem kleinen Mädchen angetan! Waren die Zwölf denn blind? Kannten sie keine Gnade? Er konnte immer noch nicht glauben, daß Consuela eine gewissenlose Mörderin gewesen sein sollte! Er schrie seinen Schmerz in den Sturm hinaus, als er den Schatten eines riesigen Vogels über das Weiß der Gischt hinweggleiten sah. War Golgari, der Totenvogel, gekommen, um Consuelas Seele zu holen?

Dicht neben seinem Ohr ertönte ein heiseres Krächzen. Ein vom Sturm zerzauster Rabe war neben ihm gelandet. Der Vogel legte den Kopf schief und betrachtete ihn.

»Schickt Boron dich? Sag deinem Herrn, daß ich ihm abschwöre! Ich kann einem Gott nicht dienen, der keine Gerechtigkeit kennt!«

»Versündige dich nicht am Dunklen Herrn, mein Geliebter«, sprach der Vogel mit der Stimme Consuelas. »Ich stehe dicht am Abgrund, doch bin ich noch nicht verloren. Golgari hat mich in die Hallen seines Gottes gebracht. Ich gehöre zu jenen, die warten müssen, denn ich kann weder in die Zwölfgöttlichen Paradiese eingehen, noch in die Niederhöllen geschleudert werden. Bete für mich ... Du wolltest mich retten, mein Ritter, doch den Kampf, der nun vor dir liegt, kannst du nicht mit dem blanken Stahl in der Faust gewinnen. Bete für mich und behalte in Erinnerung, was Gutes in mir war. Wir werden uns eines Tages wiedersehen ...« Mit schrillem Krächzen breitete der Rabe seine Schwingen aus und stieß sich vom Felsen ab. Einen Augenblick lang konnte Tikian seinen Flug beobachten, dann verschwand der dunkle Vogel in der Nacht.

Der Fechter wußte nicht, wie lange er auf dem Rand des steinernen Rabenhauptes gelegen hatte, um in die Gischt hinabzustarren. Irgendwann kam Elena, rüttelte ihn sanft an der Schulter und zog ihn vom Rand der Klippe weg. Willenlos folgte er ihr die Treppe hinab. Wieder und wieder gingen ihm die letzten Worte des Raben durch den Kopf. *Wir werden uns eines Tages wiedersehen.* Was war seine Aufgabe? Wie konnte er Consuela helfen? Sollte er seine Waffen niederlegen und ein Laienbruder in einer der zwölfgöttlichen Kirchen werden?

Als sie die Halle des Tempels erreichten, zeigte Elena auf den schlafenden Schützen, der neben den Wachen lag. »Es ist besser, wenn du ihn weckst. Ich fürchte, er wird nicht gut auf mich und Ariel zu sprechen sein.«

32. Kapitel

Der Sturm war abgeflaut, und es regnete nur noch, als die Gefährten die Ruinen des *Hauses der Morgenröte* erreichten. Elena hatte ihre Führung übernommen. Es schien, als halte Rastullah seine schützende Hand über sie. Sie waren durch die Gärten des Neuen Tempels geflohen, und Ariel hatte mit seiner Zauberkraft die Wachen an der Tempelpforte in Schlaf sinken lassen. So waren sie zu dem steilen Pfad gelangt, der entlang des Silberbergs hinab zur Stadt führte, und kamen schließlich in den Schlund.

Den ganzen Weg über sprach kaum einer von ihnen. Vor allem von Tikian hatte die Magierin den Eindruck, daß das, was in dieser Nacht geschehen war, seinen Verstand verwirrt hatte. Mit leerem Blick folgte er der Gruppe, und Gion mußte auf ihn achten, damit er nicht strauchelte oder zurückblieb. Elena zuckte mit den Schultern. Es war der Wunsch des Fechters gewesen, daß sie Consuela befreiten. Sie hatte ihr Bestes dazu gegeben. Daß diese Rettung ein so tragisches Ende nehmen würde, war nicht vorauszusehen gewesen. Sie hatte ihr Wort gehalten! Und der wichtigere Teil der Nacht lag noch vor ihnen!

Elena hatte die Gefährten bis in das Zimmer geführt, in dem einst Saranya gestorben war. Dort trat sie vor Tikian und schüttelte ihn. »Komm zu dir, Mann! Weißt du, wo wir hier sind?«

Benommen sah der Fechter sich um. Dann nickte er. »Was willst du von ihr?«

»Ich will sie erlösen. Findest du nicht, daß es an der Zeit für sie ist, ihre letzte Ruhe zu finden? Mit deiner Erlaubnis werde ich sie herbeirufen. Sprich du mit ihr und erzähle ihr, wie dein Großvater gestorben ist. Marcian wird dieses Zimmer segnen, und wenn wir ihre Gebeine finden, wird er dafür sorgen, daß sie ein Begräbnis in geweihter Erde bekommt. So wird sie in Borons Hallen endlich wieder mit Jacomo vereint sein.« Elena warf dem Inquisitor einen kurzen Blick zu, doch an seinem Gesicht war nicht abzulesen, was er dachte.

Dann holte sie einige der Fackeln hervor, die sie am Nachmittag zwischen den Trümmern versteckt hatte, und öffnete den Beutel mit Räucherwerk, den sie am Gürtel trug.

Tikian hatte das Gefühl, Elena würde aus großer Ferne sprechen, obwohl er sie dicht vor sich sehen konnte. Alles, was um ihn herum geschah, war ihm gleich. Welchen Sinn hatte es, mit dem Geist seiner Ahnin zu sprechen? Und warum mußte es in dieser Nacht sein? War nicht morgen die Gerichtsverhandlung, bei der Saranya als Zeugin beschworen werden sollte?

Teilnahmslos sah er zu, wie Elena ein Feuer aus drei übereinandergelegten Fackeln schürte und dann zerriebene Kräuter in die Flammen streute. Ariel, der Magier, sprach ihn an und murmelte irgend etwas von Abschied, und daß er noch vor Sonnenaufgang die Stadt verlassen wollte. Er vermied es dabei, Tikian in die Augen zu sehen. Auch über die Rettung Consuelas, die seine Rache hatte sein sollen, sprach Ariel nicht. Er verschwand einfach in der Dunkelheit. Wahrscheinlich betrachtete er das Unternehmen insgeheim dennoch als Erfolg. Wenn die Kerkermeister Consuelas Zelle öffneten, würden sie den Raum leer und ohne die geringste Spur für ein gewaltsames Eindringen vorfinden, denn die Wand hatte sich hinter ihnen wieder geschlossen, als sie geflohen waren. Das Schicksal der Konkubine würde auf immer ein Rätsel bleiben, und die Wächter würden vermutlich hart bestraft werden.

Durch den Sturm war Consuelas Leiche wahrscheinlich weit aufs Meer hinausgetrieben worden, so daß niemand außer ihren vier *Rettern* jemals wissen würde, was geschehen war.

Aus dem Rauch der Flammen bildete sich eine Gestalt, die der auf dem Porträtmedaillon ähnelte.

»Jacomo?« Die Erscheinung aus Rauch bewegte sich auf ihn zu, doch ein plötzlicher Windstoß verzerrte sie zu der grotesken Karikatur eines Menschen.

»Ich ... Ich bin dein Enkel, Saranya. Ich sehe ihm nur ähnlich, Jacomo ist tot. Er ist hierher gekommen, dich zu suchen und seine letzten Gedanken galten dir.«

»Tot.« Die Stimme des Geistes klang wie ein fernes Echo. »Er hat mich nicht gefunden?«

»Ich bin hier, um seine Suche zu vollenden. Erinnerst du dich an mich? Ich war in der letzten Nacht schon bei dir, Saranya.«

Die Erscheinung blickte ihn voller Zweifel an. Dann schüttelte sie langsam den Kopf. »Nein, ich erinnere mich nicht. Ich habe diese Frau schon einmal gesehen.« Der Geist wies auf Elena. »Sie hat versprochen, dich zu mir zu bringen.«

Tikian stutzte. »Wann hast du die Frau gesehen?«

»Ich kann die Stunden nicht im selben Maß messen wie ihr Sterblichen, doch scheint es mir, daß es noch nicht lange her sein kann, daß ich dieser Frau begegnet bin.«

Der Fechter warf Elena einen Blick zu. Sie hatte ihn also betrogen!

»Es ist gut zu wissen, daß ich nun nicht mehr länger warten muß«, seufzte Saranya. »Glaubst du, Jacomo wird mich in Borons Hallen erwarten?«

Tikian nickte. »Gewiß. Er war im Leben bereit, alles für dich aufzugeben. Warum sollte sich das mit seinem Tod geändert haben? Doch sage mir noch, wo genau du gestorben bist. Ich möchte, daß deine Knochen geborgen werden, um sie in geweihter Erde bestatten zu können, damit du wirklich deine Ruhe finden kannst.«

Sie wies auf die eingestürzte Nische neben der Ziersäule. »Dort drüben war es! Ich hatte mich versteckt. Die Flammenkreatur tauchte unmittelbar vor mir aus dem Boden auf, so daß es für mich kein Entkommen mehr gab, und ich ...« Die Stimme des Geistes wurde immer leiser, bis sie schließlich ganz verhallte, und auch das Bild im Rauch löste sich auf und verschwand.

Eine Zeit lang starrte der Fechter noch in den träge wallenden Qualm. Dann streckte er sich und drehte sich zu seinen Gefährten um. »Laßt uns die Trümmer zur Seite räumen und die Sache zu Ende bringen.«

Gion schüttelte entschieden den Kopf. »Ohne mich! Ich habe in dieser Nacht schon genug gesehen. Hexerei, sprechende Steinköpfe und ein Gespenst! Es muß nicht auch noch ein verrotteter Leichnam dazu kommen. Es genügt! Ich werde jetzt gehen!«

Tikian klopfte ihm auf die Schulter. »Ist schon gut. Das hier schaffen wir auch ohne dich. Ich danke dir für deine Hilfe. Es ist gut, einen Freund wie dich zu haben.«

»Wie meinst du das?« Gion musterte ihn mißtrauisch. »Ich kann in dieser Nacht einfach keine übersinnlichen Geschöpfe mehr sehen. Was bis jetzt geschehen ist, reicht mir für den Rest meines Lebens!«

Der Fechter beugte sich weiter vor und flüsterte ihm jetzt ins Ohr. »Ich meinte, es tut gut, jemanden wie dich in seinem Rücken zu wissen, wenn man mit Magiern und zwielichtigen Geweihten unterwegs ist. Du bist der einzige unter ihnen, dem ich wirklich vertraue.«

Der Schütze blickte verlegen zu Boden. »Danke.« Seine Stimme klang rauh. Er räusperte sich. »Wirst du ins Armeelager kommen, wenn du … wenn das hier vorbei ist?«

»Es gibt nichts, was mich in dieser Stadt noch hält. Ja, ich werde da sein, und ich hoffe, es waren keine leeren Worte von dir, als du mir das Angebot machtest, mich in deiner Kompanie unterzubringen.«

»Möge Kors Spieß mich treffen, wenn ich gelogen habe! Ich warte auf dich.« Der Schütze lachte und verschwand dann schnell zwischen den Ruinen.

Als Tikian sich umwandte, hatte Marcian schon damit begonnen, Trümmer zur Seite zu räumen. Elena stand daneben und leuchtete ihm mit zwei Fackeln. Wortlos schloß sich der Fechter dem Inquisitor an.

Es dauerte lange, bis sie mit bloßen Händen die Steine und das Geröll weggeschafft hatten. Endlich fanden sie einige bleiche Knochensplitter. Tikian breitete seinen roten Umhang auf dem Boden aus, und sie legten die sterblichen Überreste Saranyas auf den Stoff. Die Flammen und Satinav hatten nicht viel von ihr übrig gelassen. Ganz zum Schluß fand Tikian ein von der Hitze verzogenes Bronzemedaillon. Es mußte einst so ausgesehen haben wie jenes Schmuckstück, das er in der Kiste seines Großvaters gefunden hatte. Damit konnte kein Zweifel mehr bestehen, daß es wirklich die Gebeine von Jacomos Geliebter waren, die sie ausgegraben hatten.

Marcian rollte seinen Umhang sorgfältig zu einem Bündel, dann ging er kurz zu Elena und tuschelte mit der Magierin. Schließlich nickte sie und verschwand in der Finsternis. Der Inquisitor drehte sich um. »Ich wollte dir noch …«

Tikian schnitt ihm mit einer Geste das Wort ab. »Sag nichts! Ich danke dir für den Dienst, den du meiner Großmutter erweist. Was alles andere betrifft, bete ich zu den Göttern, daß ich dich in meinem Leben niemals wiedersehen werde! Ich weiß nicht, was du zu Consuela gesagt hast, als ihr beide vor dem Boronaltar knietet, aber ich verfluche dich für jedes deiner Worte. Du warst es, der sie in den Selbstmord getrieben hat. Ohne dich würde sie noch leben!«

Der Inquisitor setzte an, um noch etwas zu sagen, doch dann schüttelte er nur den Kopf und ging.

»Du tust ihm unrecht!« Elena trat hinter einer der halbeingestürzten Mauern hervor. »Ich glaube, daß er Consuela auf den rechten Weg gebracht hat.«

»Und ich glaube, daß es dir am allerwenigsten zusteht, darüber zu urteilen«, entgegnete der Fechter wütend.

Sie zuckte mit den Schultern. »Wie du meinst! Werden wir uns wiedersehen?«

»Ich würde lügen, wenn ich behauptete, daß mir daran besonders gelegen wäre. Ich unterstelle dir nicht, daß das, was in dieser Nacht geschah, in deiner Absicht lag, aber ...« Ihm versagte die Stimme. Wieder sah er Consuela vor sich, wie sie am Rand der Klippe stand. »Aber ich ... Vergiß es! Lebe wohl, Elena! Mögen die Götter über deinen Wegen wachen.«

Sie lächelte schief. »Man sagt, die Hand Rastullahs ruht auf den Verrückten und den Kindern. Also zählst du zweifellos zu den besonders Behüteten. Lebe wohl, mein Freund, und möge das Glück deinen Weg kreuzen.«

Der Fechter mußte an Elenas letzte Worte denken. Ja, es war sicherlich verrückt, was er tat, doch nichts würde ihn davon abhalten. Er war hier, um auf seine Art von Consuela Abschied zu nehmen.

Hinter ein leeres Faß geduckt, spähte Tikian zu den beiden Enden der Gasse. Es war niemand zu sehen. Vorsichtig trat er an das vernagelte Fenster und löste mit seinem Dolch die Bretter. Dann schob er die Waffe durch die Ritze zwischen den beiden hölzernen Fensterläden und schob den Riegel zur Seite, der sie von innen verschloß. Noch einmal musterte er die Gasse.

Er schien allein zu sein. Noch war es dunkel, doch in weniger als einer Stunde würde die Sonne schon aufgehen. Er warf die Bretter durch das Fenster, kletterte hinein und verschloß von innen den Riegel wieder. Vielleicht würde es niemandem auffallen, daß das Fenster nicht mehr vernagelt war. Blinzelnd spähte er in die Finsternis. Er befand sich in einem der kleinen Salons auf der Rückseite des *Opalpalasts*. Seine Tür führte zu dem großen Speisesaal. Von dort aus gelangte Tikian durch den Anbau zu der kleinen Villa, die einst Consuela gehört hatte.

Langsam schritt er die Stiege zu ihrem Zimmer empor. Er war hier nur dreimal gewesen, und doch war ihm das Muster auf jeder einzelnen der Marmorstufen so vertraut, als habe er sein ganzes Leben in diesem Haus verbracht. Immer wieder sah er Consuela vor sich, wie sie im Sturm auf der Klippe stand, die Arme ausbreitete und dann sprang. Hätte er es verhindern können? Was wäre geschehen, wenn er sich an jenem Morgen bei ihr im Bad anders verhalten hätte? Wenn sie damals schon zueinander gefunden hätten? Hatte die Krankheit sie dort schon befallen? Oder hatte er zu diesem Zeitpunkt wirklich die Wahl gehabt, mit ihr zu fliehen und ein neues Leben zu beginnen?

Er trat an das Bett in ihrem Zimmer. Dort lag noch der weiße Seidenschal, den sie in der Nacht trug, die sie gemeinsam verbracht hatten. Er hob ihn auf und roch daran. Er duftete nach ihrem Parfüm und dem Geruch ihrer Haut. Tikian schluckte. Sein Hals war wie zugeschnürt, und wieder fragte er sich, ob es in seiner Macht gestanden hätte, etwas zu verhindern.

Er öffnete eine der Truhen, die an der Wand, dem Bett gegenüber standen, und holte die prächtigen Kleider der Konkubine heraus. Eines nach dem anderen legte er sie auf ihr Lager. Eine Weile betrachtete er die kostbaren Gewänder aus Samt, Seide und Brokat. Die meisten von ihnen hatte er Consuela niemals tragen sehen. Er setzte sich auf das Bett und ließ sich schließlich in die Laken zurücksinken. Dann schloß er die Augen und deckte sich mit den Kleidern zu. Durch den Stoff atmete er ihren Geruch so tief ein, als hätte er sein Haupt in ihr langes schwarzes Haar gebettet. So war es leicht, sich vorzustellen, daß sie ihm nahe war, und die letzte Nacht schien nichts weiter als ein böser Traum.

Warum waren ihnen nur so wenige Tage miteinander beschieden gewesen? Fast an jedes Wort, das sie miteinander gesprochen hatten, konnte er sich noch erinnern. Die meiste Zeit hatten sie sich gestritten. Hätte er nur gewußt …

Elena war in der Stunde vor dem Morgengrauen durch die schmutzigen Gassen des Schlundes geschlendert. Sie hatte nicht zum Silberberg hinaufsteigen wollen. Man hätte ihr im Haus der Florios nur Fragen gestellt. Bei Sonnenaufgang öffnete die schmierige Schenke, die an die Ruinen des *Hauses der Morgenröte* grenzte. Sie hatte dort gefrühstückt und sich dann nahe der Tür hingesetzt und gewartet. Schon zur zweiten Stunde erschienen Laienbrüder, die die Kutten des Praiostempels trugen. Sie säuberten den Hof, brachten Stühle und Bänke und richteten den Ort für die Gerichtsverhandlung her, die dort stattfinden sollte. Sogar Teppiche wurden in Rot und Gold über die alten Steine ausgebreitet.

Kurz bevor die vierte Stunde anbrach, erschien schließlich Oboto. Die ganze Familie Florios hatte sich um ihn versammelt, und mindestens zehn Beschützer und noch einmal so viele Sklaven, die Kissen und Fächer trugen, rundeten das Gefolge ab.

Elena warf dem Wirt einen Oreal zu und trat aus der Schenke. Als der Marschall sie sah, winkte er ihr zu, an seine Seite zu treten. »Wo war sie in der letzten Nacht? Wir haben sie überall suchen lassen.«

»Verzeiht, Herr. Ich hatte mich zurückgezogen, um zu meditieren und meine Kräfte für den Zauber zu sammeln, den ich gleich vor dem Gericht wirken soll. Es ist das erste Mal, daß ich vor so vielen erlauchten Häuptern zaubern darf, und ich bin unruhig.«

»Sie kann sich wieder fassen! Wir haben Unsere Pläne geändert. Orlando wird den Zauber ausführen. Er verläßt seinen Herrn wenigstens nicht in der Nacht vor einem so wichtigen Urteil!«

»Aber Orlando kann doch nicht …«

»Schweige sie!« grollte der Marschall. »Wir befinden Uns in der Öffentlichkeit. Wir werden hier nicht mit ihr über Unseren Ärger und Unsere Enttäuschung streiten. Sie mag während der Gerichtsverhandlung hinter Uns sitzen und sich ruhig verhalten. Wenn das Urteil gesprochen ist, werden Wir mit ihr reden. Und nun verhalte sie sich so, wie es dieser feierlichen Stunde angemessen ist!«

Schweigend schloß sich Elena dem Zug an. Sie konnte nicht begreifen, warum nun Orlando die Ehre haben sollte, den Geist Saranyas herbeizurufen. Doch dann lächelte die Magierin verschmitzt. Im Grunde standen die Dinge jetzt sogar besser für sie. Nach dem Exorzismus in der letzten Nacht gab es hier keinen Geist mehr! Ganz gleich, wie gut Orlando den Beschwörungszauber beherrschte, er mußte scheitern, und der Zorn Obotos würde dann ihn treffen und nicht sie. Voller Vorfreude auf die Demütigung des Magiers und seines Herrn, den mit Sicherheit der Zorn des Patriarchen treffen würde, ließ sie sich auf einer Bank schräg hinter dem Stadtmarschall nieder. Heute morgen würde Oboto für das büßen, was er ihr angetan hatte!

33. Kapitel

Begeistert betrachtete Elena das Spektakel, das Orlando aufzog. Er hatte eine Räucherschale aufgestellt, aus der stinkender weißer Qualm zum Himmel aufstieg. Daraus bildete sich langsam eine bleiche, ausgemergelte Gestalt in zerrissenen Gewändern, die regungslos verharrte und durch den Rauch nur halb zu erkennen war. Die Magierin schmunzelte. Der alte Kerl hatte kein Klischee über Gespenster ausgelassen. Ein beunruhigtes Raunen ging durch die Menge, die zu der Gerichtsverhandlung erschienen war. Offenbar war die Mehrheit vollständig überzeugt, einen wahrhaftigen Geist vor sich zu sehen. Elena lehnte sich zurück und lächelte überlegen. Für jeden Zauberer, der sich jemals mit dem Gebiet der Magica Phantasmagorica beschäftigt hatte, war die Täuschung sofort zu erkennen.

»Was wollt ihr von mir, Sterbliche!« grollte eine tiefe Grabesstimme aus dem Rauch.

Elena hätte Orlando am liebsten applaudiert. Vom Standpunkt eines Magiers aus gesehen war sein Spektakel wirklich erstklassig. Vielleicht ein wenig zu theatralisch, aber damit erfüllte er mit Sicherheit die Erwartungen des Publikums.

»Sage Uns, was an jenem Tag geschah, an dem du den Tod gefunden hast, Geist!« forderte selbstsicher Amosh Tiljak, der Oberste Richter. Elena überlegte, ob er um den Betrug wußte und ... Sie keuchte. Oboto mußte ihr Spiel durchschaut haben! Die Erkenntnis traf sie wie ein Schlag. Er hatte geahnt, daß sie ihn betrügen wollte und vielleicht sogar die Ruinen beobachten lassen. Deshalb gab es keine Geisterbeschwörung! Der Marschall wußte bereits, daß es hier keinen Geist mehr gab! Ängstlich musterte sie seinen breiten Stiernacken. Was würde geschehen, wenn die Verhandlung zu Ende war?

»Am Morgen vor dem Großen Brand konnte ich belauschen, wie sich Leila, die Herrin dieses Bordells, mit ihren beiden Magiern zu einem Komplott verabredete. Ihr müßt wissen, daß Leila ein mächtige, schwarze Zauberin war und genau wie ihre beiden Kumpane im Auftrag des Kalifensohnes in dieser Stadt weilte. Sie sollten Unruhe stiften und Al'Anfa schwächen, denn Chamallah al-Ghatar, der Sohn des Kalifen Malkillah al-Yanuf, plante, schon bevor er den Thron bestieg, sich den Süden und vor allem das stolze Al'Anfa zu unterwerfen. Leila wollte in jener Nacht alle jungen Granden ermorden, die sich in ihrem Bordell trafen, um ein Fest zu feiern. Dazu sollte sie Flammendämonen beschwören und ein Zauberbuch verwenden, das ihr erst wenige Tage zuvor vom Sohn des Kalifen geschickt worden war. Nach dem Tod der jungen Granden sollten diese Kreaturen die Stadt verwüsten und die Flotte im Hafen verbrennen. Chamallah hoffte, daß sein Vater ihm nach dieser Katastrophe das Kommando über die Armee des Kalifats übertragen und ihm den Auftrag erteilen würde, die wehrlose Stadt zu erobern. Dies sind die wahren Hintergründe des Brandes.

Ich selbst konnte Leilas Bordell nicht verlassen, denn ich war nur eine Sklavin, also bat ich eine vermeintliche Freundin, zum Stadtmarschall zu gehen und ihm die Verschwörung aufzudecken. Doch sie hat mich an Leila verraten, und ich wurde eingesperrt. Als die Flammendämonen erschienen, war ich eines der ersten Opfer.«

Im Publikum hatte sich leises Gemurmel erhoben.

Viele der älteren Granden steckten die Häupter zusammen und tuschelten leise. Amosh Tiljak war leichenblaß. Heftig schlug er mit seinem hölzernen Hammer auf den prächtigen Tisch aus Mahagoni, hinter dem sein hoher Richterstuhl stand. »Ruhe! Schweigt oder Wir lassen diese Versammlung aufheben! Man sagt, daß die Granden in jener Nacht ein Komplott gegen den Patriarchen schmiedeten und daß die Familie Wilmaan maßgeblich darin verwickelt gewesen sei. Was weißt du darüber, Geist?«

»Ich war selbst bei einigen der Feste zugegen und war vor allem mit dem Kapitän Balthasar Wilmaan vertraut. Mir ist während der Orgien nichts aufgefallen, das auf eine Verschwörung hingedeutet hätte.«

»Haben die Magier Dämonen herbeigerufen, mit denen die jungen Granden Buhlschaft trieben?«

»Nein, Eure Exzellenz. Wir haben … wahrhaft ausschweifende Feste gefeiert, doch widernatürliche Kreaturen, wie Ihr sie nennt, waren bei diesen Orgien nicht zugegen.«

»Es gibt Beweise dafür, daß im *Haus der Morgenröte* Dämonen herbeigerufen wurden und daß man diesen Geschöpfen Menschenopfer brachte. Die Unglückseligen wurden danach als gehäutete Kadaver in den Gassen dieses Viertels wiedergefunden. Was hast du dazu zu sagen, Geist?«

»Mir ist aufgefallen, daß Leila manchmal Sklaven kaufte, die nie wieder auftauchten, nachdem sie diese mit sich in die Kellergewölbe nahm. Wir alle hatten große Angst davor, selbst eines Tages von den novadischen Magiern in den Keller hinabgerufen zu werden. Man … man konnte schreckliche Schreie von dort unten hören. Doch wagte es niemand, die Zauberer zu verraten, denn sie hatten uns schreckliche Strafen angedroht.«

Der Richter runzelte seine Stirn. »Wenn du aber solche Angst hattest, dies Komplott aufzudecken, warum wolltest du dann am Tag des Brandes den Stadtmarschall warnen?«

»Weil es diesmal um mehr als nur ein Menschenleben ging. Die Magier beabsichtigten, Al'Anfa den Ungläubigen auszuliefern. Ich konnte einfach nicht mehr länger schweigen!«

»Genug jetzt!« Der Patriarch hatte sich aus der Gruppe der Hochgeweihten des Borontempels erhoben. »Wir werden nicht dulden, daß Ihr dieses unglückselige Geschöpf weiter quält, Amosh Tiljak. So wie die Dinge stehen, hat dieses Weib Unsere Stadt einst vor schlimmem Schaden bewahren wollen, denn hätte Unser Vater in seiner Weisheit nicht den brennenden Schlund durch die Tempelgarden abriegeln lassen, so wäre gewiß auch noch die gesamte Flotte vernichtet worden. Wir danken Euch dafür, Richter, daß Ihr mit Eurem gestrengen Verhör die Wahrheit ans Licht brachtet, und Unser Dank gilt auch dem Stadtmarschall, durch dessen Bemühen diese Zeugin gefunden werden konnte. Wie Ihr alle wißt, wurden in den letzten Wochen wieder gehäutete Leichen gefunden. Es gab erneut ein Komplott des Kalifen gegen Unsere schöne Stadt. Es reichte ihnen nicht, bei ihrem schändlichen Anschlag durch den Piraten El Harkir den Großadmiral Darion Paligan entführen zu lassen. Wieder hatten sich Magier des Kalifen in unserer Stadt eingenistet. Ihr Rädelsführer war jener Novadi, der erst vor wenigen Tagen hingerichtet wurde, und ihr Hauptquartier lag in dem berüchtigten Bordell, das unter dem Namen *Opalpalast* bekannt ist. Erst vorgestern haben die Tempelgarden dieses Verschwörernest ausgehoben. Consuela und ihre Leibmagier sind in dieser Nacht in der Stadt des Schweigens hingerichtet worden. Ein weiterer tulamidischer Magier, der sich an der Universität unserer Stadt eingeschlichen hatte, ist flüchtig und wird von der Hand Borons verfolgt.«

Unter den Anwesenden war es totenstill geworden.

Elena rieb sich die Arme. Ihr war plötzlich eiskalt. Sie wußte, was die Worte des Patriarchen für sie bedeuteten.

»Auf die fortgesetzten Angriffe des Kalifats auf Unsere Stadt kann es nur eine Antwort geben! Unsere Flotte wird nicht nach Trahelien segeln! Wir werden dem Herrscher in Mherwed zeigen, was es heißt, den Zorn Al'Anfas herauszufordern. Sein Land soll mit Krieg überzogen werden, und Wir, Tar Honak, Patriarch von Al'Anfa, schwören bei Boron, daß Wir nicht eher ruhen werden, bis Wir im Thronsaal des Tyrannen stehen und über den Türmen seines Palastes das Rabenbanner weht! In diesem Augenblick erhalten die führenden Offiziere von Armee und Flotte ihre Marschbefehle, und noch vor der Mittagsstunde werden die ersten Truppenteile den Hafen verlassen.«

Der Marschall sprang auf. »Es lebe Tar Honak! Tod dem Kalifen!«

Auch die anderen Granden schlossen sich den Jubelrufen an. Elena aber nutzte das allgemeine Durcheinander, um sich davonzuschleichen. Fast war sie außer Sichtweite, als sie jemand von hinten am Ärmel griff.

»Wo warst du in der letzten Nacht, bei allen Göttern?« Es war Orlando. »Du hättest im Haus sein sollen! Es gab ein Treffen zwischen dem Patriarchen und den Familienoberen der Wilmaans und Florios. Ich weiß nicht, was sie besprochen haben, doch haben die beiden Häuser auf Druck des Patriarchen Frieden miteinander geschlossen. Mir wurde befohlen, dieses Schauspiel hier einzuüben. Es ist klüger, wenn du auf dem schnellsten Wege aus der Stadt verschwindest. Du und dieser Tikian, ihr seid die einzigen, die außer den beiden Granden und Tar Honak die Wahrheit über den Großen Brand wissen. Ich fürchte, euer Leben ist in Gefahr.«

Elena nickte. »Ich weiß.« Sie drückte dem alten Magier herzlich die Hand. »Danke für die Warnung! Und dein Auftritt … Er war wirklich beeindruckend.«

Orlando lächelte verlegen. »Danke. Ein Künstler lebt vom Applaus.«

Elena hörte seine Worte nicht mehr. Sie hatte sich abgewandt und entfernte sich mit schnellen Schritten, doch ohne zu laufen, von den Ruinen des ausgebrannten Bordells.

Tikian trat aus dem Efferd-Tempel, wo er dem Gott des Meeres ein Opfer gebracht hatte. Um den Hals trug er den weißen Schal Consuelas. Er hatte Stunden auf dem Bett der Konkubine gelegen und an die vergangenen Tage gedacht. Dann schließlich war er in den Tempel gegangen, um für ihr Wohl zu beten und den Gott für seine bevorstehende Reise gnädig zu stimmen.

Der Tempel lag inmitten des Platzes, an dessen nördlichem Ende in langen Kolonnen die Söldner vom schwarzen Bund des Kor vorbeimarschierten. Offenbar bewegten sie sich zum Frachthafen, um sich dort einzuschiffen. Die Männer und Frauen trugen keine einheitlichen Uniformen. Offenbar hatten sie einfach nur die Kleider, die sie besaßen, schwarz gefärbt. Was für ein zusammengewürfelter Haufen! Der Fechter schnaubte verächtlich. Dieses Gesindel also würde in den nächsten Götternamen seine neue Heimat sein. Er blickte an sich herunter. Er besaß nur noch das, was er am Leibe trug. So gesehen paßte er ganz gut in die Truppe. Der Marschtritt der Krieger war unregelmäßig, und man konnte ihnen ansehen, daß sie noch nicht oft zusammen exerziert hatten.

Schaulustige drängten sich rund um den großen Tempel und auch an den Kais. Inmitten der Menge fiel ihm eine schlanke, blonde Frau auf, die offensichtlich in Eile war. Elena! Warum sie wohl nicht auf der Gerichtsverhandlung war? Unruhig sah sich die Magierin um. Jetzt bemerkte auch Tikian den stämmigen Kerl, der ihr folgte.

Der Fechter schritt die Stufen des Tempels hinab und eilte Elena entgegen. Was, zum Henker, mochte geschehen sein?

Er hatte sie fast erreicht, als ein Windstoß den Umhang ihres Verfolgers kurz anhob, und Tikian den schimmernden Dolch in der Hand des Mannes sah. Der Fechter begann zu laufen und zog dabei seine Waffen. Die Schaulustigen auf seinem Weg beeilten sich, ihm Platz zu machen. Auch der Meuchler beschleunigte jetzt seine Schritte.

Tikian winkte und schrie den Namen der Magierin, doch seine Rufe gingen im Lärmen der Marschtritte unter. Elena hatte ihn noch immer nicht bemerkt! Sie bog nach links ab, so als wolle sie den Weg zum Kriegshafen einschlagen.

Noch zehn Schritt trennten sie voneinander. Der Meuchler würde sie zuerst erreichen! Tikian hob den Parierdolch. »Bitte Rondra, steh mir bei!« Er schleuderte die Waffe dem Meuchler entgegen. Jetzt erst bemerkte Elena ihn. Sie sah das blitzende Wurfgeschoß auf sich zukommen. Ihr Gesicht erstarrte zu einer Maske des Entsetzens. Dann hob sie ihren Stab und begann mit ihren Händen seltsame Figuren in die Luft zu zeichnen. Der Dolch verfehlte sie um einige Spann und traf ihren Verfolger in die Brust.

Elena fuhr herum, sah den Mann mit seinem Dolch in der Hand am Boden liegen und blickte dann wieder zu Tikian zurück. Sie ließ die Arme sinken. Irgendwo in der Menge ertönte ein Schrei. »Mord! Mörder! Holt die Stadtgarden!«

Der Fechter packte Elena am Arm. »Zum Frachthafen! Auf einem der Schiffe dort weht der Wimpel von Gions Einheit. Los jetzt!«

Die Kolonne der Soldaten hatte inzwischen die Kais erreicht. Schreiend versuchten einige Offiziere, Ordnung in das Durcheinander zu bringen. Offenbar war nicht ganz klar, wer an Bord welchen Schiffes gehen sollte. Eine ganze Reihe dickbauchiger Frachter lag entlang der Uferbefestigungen. Einer von ihnen löste gerade die Taue. Der Fechter fluchte. Im Heck des Schiffes erkannte er den Wimpel von Gions Schützenkompanie.

»Dorthin!« Er deutete auf das Schiff. »Gion, wartet!«

»Das werden wir nicht mehr schaffen. Es sind zu viele …«

Tikian wollte die Magierin fluchend mit sich ziehen, als auch er die Gruppe abgerissener Gestalten sah, die sich aus dem Schatten eines der Lagerschuppen löste. Die Männer und Frauen waren mit kurzen Schwertern und Knüppeln bewaffnet. »Was, zum Henker, hast du getan, Elena? Was wollen die von dir?«

»Von uns …«, verbesserte sie. »Ich fürchte, wir sind der Wahrheit zu nahe gekommen.«

»Du läufst jetzt zum Schiff! Du kannst es noch schaffen!«

»Aber ich …«

»Mach jetzt! Ich kann sie für eine Weile hinhalten. So wirst wenigstens du entkommen. Fang jetzt bitte nicht an, mit mir zu streiten, dafür bleibt keine Zeit mehr.«

Einen Herzschlag lang maßen sie einander mit Blikken. »Danke …« murmelte die Magierin leise. Dann drehte sie sich um und rannte auf das Schiff zu. Zwei Hafenarbeiter machten sich schon an der Treppe zu schaffen.

»Bald werden wir wieder vereint sein, Consuela!« flüsterte der Fechter und ließ seine Klinge durch die Luft wirbeln. Das Gesindel hatte ihn jetzt fast erreicht. Es waren sieben. Er konnte nicht gegen sie gewinnen!

Mit dem Schlachtruf seiner Familie auf den Lippen stürmte er ihnen entgegen. Er wünschte, er besäße noch seinen Parierdolch. Im Laufen wickelte er sich seinen Umhang um den linken Arm.

Mit einem Ausfallschritt überraschte er den ersten seiner Feinde. Er trieb die schlanke Klinge des Rapiers in die Schulter einer Frau, die mit spitzem Schrei ihr Schwert fallen ließ. Dann riß er den Arm hoch, um einen Knüppelhieb abzuwehren. Er duckte sich und stach nach einem Gegner, der neben ihm auftauchte. Etwas traf ihn am Arm, doch Tikian spürte keinen Schmerz. Er war wie in einem Rausch gefangen. Alles schien plötzlich unnatürlich langsam zu geschehen. Eine Klinge ritzte seinen Oberschenkel. Er fuhr herum, sah einen erhobenen Knüppel über sich und stach nach dem Hals eines Meuchlers.

Ein Schlag traf Tikian an der Schulter, ein zweiter in die Kniekehle. Sein rechtes Bein knickte weg. Im Stürzen warf er sich noch einmal herum. Sein Rapier zog eine blutende Linie über die Brust eines Mannes. Ein Stiefeltritt traf Tikians Hand. Die Waffe wurde ihm aus den Fingern geprellt und hüpfte klirrend über das Pflaster. Über ihm stand breitbeinig ein Kerl mit erhobenem Schwert. Die Waffe senkte sich zum tödlichen Stoß.

Eine blutende Pfeilspitze wuchs aus der Brust des Meuchlers. Tikian rollte sich zur Seite und griff nach seinem Rapier. Dicht neben ihm schlug etwas auf den Boden.

»Legt an!« schallte ein Kommando von den Kais.

Die Meuchler um ihn herum wichen ein Stück zurück. Mit einem Satz war Tikian auf den Beinen. Ohne das Gesindel aus den Augen zu lassen, humpelte er rückwärts in Richtung der Anlegestelle. Erst als ihn zehn Schritt von den Halsabschneidern trennten, wagte er es, einen kurzen Blick über die Schulter zu werfen. Entlang der Bordwand des Frachtschiffes standen mindestens zwanzig Bogenschützen mit gespannten Waffen. Mitten unter ihnen Gion, der offenbar das Kommando führte. Die Treppe war schon zurückgezogen worden.

»Jetzt beeil dich doch!« brüllte der Weibel.

Der Spalt zwischen der Bordwand und der Hafenmauer wurde breiter. Humpelnd rannte der Fechter dem Schiff entgegen. Jetzt konnte er auch Elenas Gesicht hinter der Reling erkennen.

Mit weit ausholender Bewegung schleuderte er sein Rapier auf das Schiff hinüber. Der Abstand zur Hafenmauer betrug mindestens vier Schritt. Er streckte die Arme vor und sprang. Wenn das Deck nur nicht so verflucht hoch wäre!

Mit dumpfem Schlag prallte er gegen die Bordwand. Seine Finger krallten sich um einen hölzernen Vorsprung, doch fand er keinen richtigen Halt. Für einen Augenblick hatte er das Gefühl, ihm würden sämtliche Sehnen zerreißen. Dann glitt er ab.

Eine Hand schloß sich um seinen Arm. »Du wirst uns doch nicht schon wieder verlassen wollen?«

Tikian blickte hoch in Gions Gesicht. Sein Freund lächelte breit und zog ihn über die Reling.

Epilog

Das Szinto-Tal nahe Malkillahbad am Abend des 26. Firun 15 Hal nach der ersten großen Schlacht des Khom-Krieges:

Hauptmann Olan blickte die beiden lange an. »Ihr seid sicher, daß ihr das wollt? Ich meine, ihr steht ohnehin unter falschem Namen in der Soldliste.«

»Ich kann nicht gegen meine Glaubensbrüder kämpfen«, entgegnete Elena entschieden. »Ich danke dir für alles, was du für mich getan hast, Olan. Ohne dich wäre ich am Hafenkai gestorben. Ich schulde dir mein Leben. Doch verlange deshalb nicht das Unmögliche von mir. Ich verspreche dir, daß ich niemals für den Kalifen Abu Dhelrumun kämpfen werde. Ich werde mich nach Rashdul zurückziehen und dort neue Studien an der Akademie beginnen.«

»Und du?« Der Hauptmann blickte zu Tikian.

»Ich werde unter falschem Namen einem anderen Regiment beitreten. Ich bin nun einmal kein Schütze. Unter Schwertkämpfern könnte ich mich sicher gut behaupten. Hier zu verweilen, erscheint mir zu gefährlich. Die Hand Borons wird mit Sicherheit schon wissen, auf welchem Schiff Elena und ich geflohen sind und welche Truppenteile sich an Bord befanden. Sie werden in dein Lager kommen, Olan, und uns suchen. Es wird für alle besser sein, wenn wir dann nicht mehr auf deiner Soldliste stehen.«

»Ich verliere euch nur ungern.« Der junge Offizier tauchte seine Feder in das Tintenfaß und strich die falschen Namen der beiden aus der Soldliste der Kompanie. Dann malte er zwei kleine Boronsräder neben die Namen. Ein Zeichen dafür, daß die Betreffenden nicht aus der Kompanie ausgetreten, sondern gefallen waren. »Von nun an gibt es euch beide nicht mehr! Ich wünsche euch viel Glück in eurem neuen Leben. Vielleicht werden sich unsere Wege ja noch einmal kreuzen? Und wenn ihr jemals Geld braucht, dann sollt ihr wissen, daß in meiner Kompanie stets Platz für euch sein wird.«

Elena blickte von den Hügeln hinab zum Szinto, dessen Flußufer mit Hunderten von Toten bedeckt waren. Was an diesem Tag geschehen war, hatte sie zutiefst erschüttert. Der Rabendämon, dem Tar Honak diente, hatte seine Macht gezeigt. Das gesamte Heer des Kalifen war unter einen bösen Zauberbann gefallen, und obwohl es den Eindringlingen an Zahl weit überlegen gewesen war, hatten die Al'Anfaner über die Wüstenreiter triumphiert. Olans Einheit hatte einen Abschnitt des Ufers verteidigt, und allein im Pfeilhagel seiner Kompanie waren Dutzende der stolzen Wüstenkrieger gestorben. Einen Tag wie diesen wollte sie nie wieder erleben. Sie blickte zu Tikian, der sich von Gion verabschiedete. Dann hob sie ihr schmales Bündel auf und machte sich auf den Weg nach Norden.

Unter dem Druck des Patriarchen hatten die beiden großen Grandenfamilien Wilmaan und Florios Frieden geschlossen. Beiden Häusern nützten die Sonderrechte, die ihnen der Tempel für die Dauer des Krieges gewährt hatte. Orlando, der Leibmagier Obotos, hatte nur wenige Tage, nachdem die Flotte nach Norden gesegelt war, einen Unfall. Unter ungeklärten Umständen stürzte er aus dem Fenster seines Studierzimmers.

Takate blieb im Dorf der Rattenmenschen. Dicht hinter dem Travia-Schrein errichtete er sich eine kleine Hütte und huldigte der Göttin, die er stets die kleine

Schwester Kamaluqs zu nennen pflegte – auf eine Weise, die jedem Geweihten hätte die Haare zu Berge stehen lassen. Von den Bettlern jedoch wurde er geliebt und geachtet.

Gion diente bis zum Ende des Khomfeldzuges in der Armee Al'Anfas. Danach ging er in den Norden. Einige Jahre später gewann er ein Bogenschützenturnier in Norburg. Es heißt, daß er eine Hütte irgendwo oberhalb eines Bergsees in der Roten Sichel besaß und dort als Jäger und Fallensteller lebte. Doch Gion war kein Mann, der sich der Einsamkeit zu stellen vermochte. Und so kehrte er nach einigen Jahren zurück nach Al'Anfa, um noch einmal in den Dienst der Granden zu treten.

Ariel ben Drou gelang es, sich nach Rashdul durchzuschlagen, wo er an der Magierakademie erneut einen Lehrstuhl erhielt und sich auf Jahre in seine Studien vertiefte.

An die Akademie zog sich auch Elena zurück, doch als der Sultan von Unau zum neuen Kalifen gewählt wurde, verließ sie Rashdul und schloß sich dem Widerstand gegen die Al'Anfaner an.

Hauptmann Olan war einer der ersten, der die Mauern des belagerten Unau erstieg. Zum Lohn für diese Heldentat wurde ihm der unzerstörte Palast der Sharisad Melikae als Quartier überlassen. Doch ihm blieb nicht viel Zeit, sich an seiner reichen Beute zu erfreuen. Schon zwei Wochen nach der Eroberung der Stadt kam er in einem Hinterhalt ums Leben.

Tikian wurde in die Dukatengarde aufgenommen. Bei der Erstürmung Mherweds fiel er dem Ordens-Großmeister Oderin du Metuant auf. Der Ritter verschaffte ihm ein eigenes Kommando, und während der schweren Zeit des Rückzugs aus dem Kalifat nahm man Tikian, der noch immer einen falschen Namen führte, unter die Ritter der Rabengarde auf. Dort wurde er vor allem für seinen unbeirrbaren Boronsglauben und die seltsame Art bekannt, auf die er mit dem schweren Säbel focht, der zur Standardausrüstung der Ordensritter gehört.

Marcian blieb noch lange Jahre in Al'Anfa. Zur Zeit der Orkkriege wurde er ins Neue Reich zurückbeordert. Von dort schickte man ihn mit einem besonderen Auftrag in die Grenzstadt Greifenfurt, die in die Hände der Schwarzpelze gefallen war. Doch dies ist eine andere Geschichte ...

Dramatis personae

ALARA = Verschwörerin gegen Bal Honak; der linke Zahn der ›Viper‹

ALONDRO = Hauptmann bei der Stadtgarde Al'Anfas

AMOSH TILJAK = Oberster Richter und Hochgeweihter des Praiostempels in Al'Anfa

ANGA TJALSDOT = Wirtin in der Schenke *Swafnir*

ARIEL BEN DROU = ein Magier aus der Sippe der Beni Schebt; Magister an der magischen Fakultät von Al'Anfa

BAL HONAK = einst der Herrscher Al'Anfas und Hochgeweihter der Boronpriesterschaft

BARGOSCH = Bettler aus dem Lager der Rattenmenschen

BARKO = Gefährte der Meuchlerin Lilith

BARTOLOMEUS BONARETH = Magister und Angehöriger der Stadtverwaltung zur Zeit des Großen Brandes

BALTHASAR WILMAAN = Angehöriger der Grandenfamilien und Verschwörer gegen Bal Honak

BERNARDO = der Verwalter von Egilianos ›Kostümfundus‹

BODIR = ein junger Borongeweihter

BROTOS PALIGAN = der Liturgiemeister der Borongeweihtenschaft

CALLANA = ein Freudenmädchen aus Al'Anfa

CASSANDRA BONARETH = Angehörige der Grandenfamilien und Verschwörerin gegen Bal Honak

CHAMALLAH AL-GHATAR = Kalif von 36–12 vor Hal, schmiedete verschiedene Pläne zur Eroberung der südlichen Stadtstaaten und besetzte Chorhop

CONSUELA = Schlangentänzerin, Konkubine und Besitzerin des *Opalpalasts*, des berüchtigtsten Bordells im Schlund

DARION PALIGAN = Großadmiral von Al'Anfa

Dolgur = einer der Wortführer unter den Leibwächtern Consuelas

Dolgur Kugres = Glaubenswahrer und Hochgeweihter des Boronkults

Doron = ein Bettler aus dem Schlund

Dragan Wilmaan = Angehöriger einer Grandenfamilie und Dekan an der Universität Al'Anfas

Drustan = ein Söldner aus Tobrien

Dulcinea = ein in die Jahre gekommenes Freudenmädchen

Egiliano = Gubernator und damit Organisator von Arenakämpfen

Elena = eine rastullahgläubige Magierin

El Harkir = berüchtigter Pirat novadischer Abstammung

Esmeralda Wilmaan = Angehörige der Grandenfamilien und Verschwörerin gegen Bal Honak

Flaminio = Dulcineas Sohn

Folsina Florios = Oberhaupt der Grandenfamilie Florios

Fran Dabas = ein Trödler, Hehler und Händler in Kundschaften

Galahan = ein verschlagener Söldnerführer in den Diensten Brabaks

Galek Wilmaan = Oberhaupt der Grandenfamilie Wilmaan

Gion = ein Söldner und Bogenschütze

Golo = einer der Leibwächter Consuelas

Gronek = zur Zeit des Großen Brandes Besitzer einer Rauschkrauthöhle

Guldor = ein Freund Dulcineas

Hagen von Blautann = Inquisitor zur Zeit des Großen Brandes

Hamilkar = Callanas Lude

Hamilkar Barkas = Hauptmann der Stadtgarde zur Zeit des Großen Brandes

Hasdrubal = Anführer der Meuchler, die als die Hand Borons bekannt sind

Hiye-Haja = ein Schamane aus dem Volk der Keke-Wanaq

Immuel Florios = der Ordinarius der Borongeweihtenschaft

Jacomo ya Avona = ein Adliger aus dem Alten Reich und der Großvater Tikians, der rechte Zahn der Viper

Jesabela = eine Gladiatorin

JONNAR WILMAAN = zu Zeiten Bal Honaks Admiralissimus der Flotte Al'Anfas

KHIMSAT A' RHYLAY DA FLORIOS = junge Borongeweihte und Angehörige der Grandenfamilie Florios

KORGA = Wirtin in der Schenke *Bidenhänder*

KRABAN = ein Magier in trahelischen Diensten

LEILA = zur Zeit des Großen Brandes Leiterin des *Hauses der Morgenröte*

LIBAMUS BARTWEN = ein Borongeweihter, der zur Zeit des Großen Brandes lebte

LILITH = eine alanfanische Meuchlerin

LUPOS = ein Schreiber bei der Stadtgarde von Al'Anfa

MALKILLAH II. AL-YANUF = Kalif von 100–36 vor Hal

MARCELLO = Beschützer in Diensten von Oboto Florios

MARCIAN = ein Inquisitor aus dem Neuen Reich

MARDUK PALIGAN = Stadtmarschall zur Zeit des Großen Brandes

MAREN = Soldatin der Stadtgarde

MARINA YA AVONA = Tikians Großmutter und Jacomos Gattin

MATA AL'SULEM = bedeutende Borongeweihte und Angehörige der Grandenfamilie Wilmaan

MILES = ein Ritter der Rabengarde

MIRA (DIE NAGLERIN) = eine Offizierin in der Stadtwache Al'Anfas

MORDECHAI FLORIOS = Angehöriger der Grandenfamilien und Verschwörer gegen Bal Honak

MORON = Unteroffizier in Galahans Söldnerschar

NORAN = ein Krieger aus dem Volk der Norbarden

NUBAI = der Trunksucht verfallener Fischer

OBOTO FLORIOS = der Marschall der Stadtgarde von Al'Anfa

ODERIN DU METUANT = General des Ordens des Schwarzen Raben und Oberbefehlshaber der alanfanischen Landtruppen während des Khom-Krieges

OLAN = ein Hauptmann beim Schwarzen Bund des Kor

OLEK = ein Söldner aus Andergast

ORLANDO = der Leibmagier Obotos

RONDRIAN YA AVONA = Tikians Vater

SARANYA = ein Fischermädchen aus dem Alten Reich, die große Liebe Jacomo ya Avonas

SIMODO WILMAAN = Angehöriger einer Grandenfamilie und Opfer der Inquisition

TAKATE = ein Krieger aus dem Volk der Keke-Wanaq

TAR HONAK = der Herrscher Al'Anfas und Hochgeweihter der Boronpriesterschaft

TIKIAN YA AVONA (DER HÄUTER) = ein junger Adliger aus dem Alten Reich

TOBIGON STEINFAUST = ein reisender Zwerg

TOLMAN = zu Jacomo ya Avonas Zeiten König des Alten Reiches

URANIA FLORIOS = Angehörige der Grandenfamilien und Verschwörerin gegen Bal Honak

VADORIA = Soldatin der Stadtgarde

ZENOBIA = eine Kriegerin in der Stadtgarde Al'Anfas

Die Nacht der Schlange

Der Roman ›Die Nacht der Schlange‹ ist eine Hommage an Friedrich Dürrenmatts ›Der Richter und sein Henker‹. Mit seinen meisterlichen Erzählungen um den Kommissär Bärlach hat Dürrenmatt den Kriminalroman vom Stigma der reinen Unterhaltungsliteratur befreit. Seine Studie über Recht und Gerechtigkeit hat auch in fast fünfzig Jahren nichts von ihrer Eindringlichkeit eingebüßt.

Pointierter noch formulierte dies Dürrenmatt am Schluß seines Essays ›Theaterprobleme‹: »Wie besteht der Künstler in einer Welt der Bildung, der Alphabeten? (…) Vielleicht am besten, indem er Kriminalromane schreibt, Kunst da tut, wo sie niemand vermutet. Die Literatur muß so leicht werden, daß sie auf der Waage der heutigen Literaturkritik nichts mehr wiegt. Nur so wird sie wieder gewichtig.«

Bernhard Hennen

Für eine alte Zigeunerin
in den Bergen Anatoliens

BESONDERE SCHAUPLÄTZE DES ROMANS

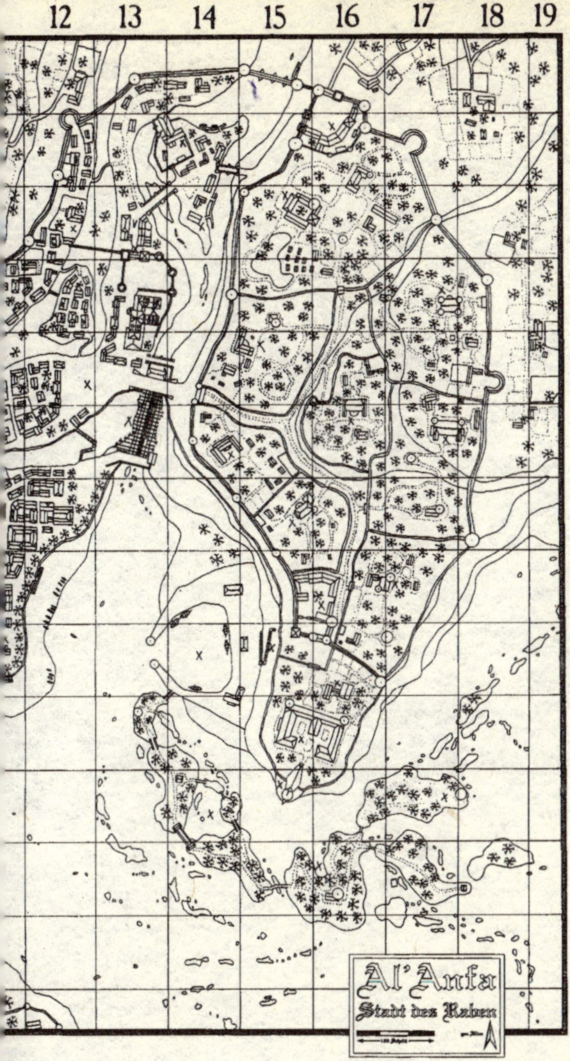

B4
Der Turm der
Alara Olibano

I3
Der Hinterhof, auf
dem der Leichnam
Salpicios gefunden
wurde

I4
Die Schenke
Kalifenthron

H3
Die Schenke
Mokakopf

L2
Die Villa Tuzak,
das Haus des
»Geschäftsmanns«
Markud

E8
Das Haus der
Fälscherin

K3
Das Haus, in dem
Anatewka lebt

Prolog

»Mit keinem anderen öffentlichen Markt, der mir je zu Gesichte gekommen ist, kann der Efferdsmarkt nahe dem Brabaker Viertel Al'Anfas verglichen werden. Er stand auf seinem eigenen Schmutz und Kot und war den Launen der Gezeiten ausgesetzt, die dort den verrottenden Unrat der Kloaken ins Hafenbecken erbrachen. Die Abfälle der nahen Schlachthöfe und Gerbereien wurden hier ins Meer geworfen. Faulige Innereien, abgetrennte Köpfe, Kadaver jeder Art, all dies trieb im sanften Wiegen der Meeresströmung und bildete unter der Hafenmauer einen Teppich, den die menschliche Unvernunft über die Jahre so dicht gewoben hatte, daß man darauf gehen konnte und nur selten tiefer als bis zu den Knöcheln versank. In einem Sumpf aus Blut und Gestank stritten Hunde und Raben um ihr Mahl, während Bauern, Fischer und Händler, die an keinem anderen Ort die Marktgebühren zahlen konnten, an fast jedem Tag der Woche ihre Stände dort aufschlugen, um ihre Waren feilzubieten.

Als aber die heiligen Raben nackt und sterbend vom Himmel fielen und sich ihr Gefieder wie schwarzer Schnee auf die Stadt legte, da war es eben dieser Markt, auf dem die ersten Bewohner der sündigen Stadt von der schwarzen Pest dahingerafft wurden.

Die Reichen flohen alsbald in ihre prächtigen Villen und verschlossen hinter sich Tür und Tor, doch die schreckliche Sieche nahm weder Rücksicht auf den Stammbaum noch auf die Hautfarbe. So gewaltig war die Zahl der Toten, daß man den Boronsanger am Fuß des Visra schließen mußte, denn der faulige Geruch, der aus den schlecht versiegelten Krypten der Reichen aufstieg, hatte zur Folge, daß selbst die wenigen gesunden Trauergäste, die sich noch an diesen Ort des Schreckens wagten, in Ohnmacht fielen.

Während sich aber die Leichen der Toten im Kreuzgang hinter dem großen Borontempel stapelten, wagte sich bald niemand mehr auf die Straßen hinaus, und es wurde zur Aufgabe der Geweihten, durch die Stadt zu streifen und all jene unbestatteten Toten aufzusammeln, welche die Gesunden nicht zu berühren, ja oft sogar kaum anzusehen wagten.

Schließlich hoben sie tiefe Gräben in den Gärten der Tempelstadt aus, um dort dicht an dicht und in vielen Lagen übereinander die Verstorbenen der Erde zu übergeben. Doch auch darauf mußte man bald verzichten, da der vollgesogene Boden einem Schwamm glich, der, wenn man darauf trat, eine widerliche Blutbrühe absonderte.

So wurde zuletzt angeordnet, die Toten auf Schiffe zu tragen, die man weit hinaus ins Perlenmeer schleppte, um sie mit Hylailer Feuer zu übergießen und in Brand zu setzen.

Erst als die Zahl der Toten die der Lebenden weit überstieg, erbarmte sich der finstere Gott seiner Stadt, und so plötzlich, wie die Sieche begonnen hatte, nahm sie ihr Ende. Und um allen zu zeigen, daß das Geschehene sich nach seinem Willen fügte, sandte Boron seinen Boten Golgari, der den Überlebenden verkündete, er werde keine Gnade mehr kennen, wenn die Stadt noch einmal vom Kelch der Sünde koste.«

(Marquesa Gabriela de Ciagra, Das Jahr der Sünde,
gegeben zu Mirham 687 nach Bosparans Fall)

1. Kapitel

Dumpf klatschend landete der Leichnam des alten Mannes zwischen den anderen Toten auf dem Karren. Erschöpft lehnte sich Gion gegen die hölzernen Aufbauten des Leiterwagens und blickte zum Hafen hinüber. Weit jenseits des Kolosses und der Sklaveninsel zeigte sich ein schmaler Streifen silbernen Lichts über der ruhigen See. Es war ein wenig kühler geworden. Bald würde Nebel aus der weiten Bucht in die schmutzigen Gassen des Hafenviertels steigen. Gion gab der Kutscherin einen Wink.

»Das war der letzte ... für heute. Du weißt, wohin du sie bringen sollst?«

Die Frau nickte und zeigte ein zahnloses Lächeln.

»Dann sehen wir uns morgen nacht am Hafen wieder.« Der stämmige kleine Weibel wandte sich an die drei jungen Rekruten, die ihn begleitet hatten. Er fühlte sich unendlich müde. Mit einer fahrigen Bewegung streifte er das Tuch ab, das er sich vor Mund und Nase gebunden hatte. Seine Lippen waren zu einem schmalen Strich zusammengepreßt. Er sollte jetzt etwas sagen, um seinen Küken Mut zu machen! Warum zum Henker hatten sie ihm auch Rekruten zum Leichensammeln zugeteilt? Offiziere! Die hatten ihre Köpfe nur, um ihre federgeschmückten Helme aufsetzen zu können! »Geht schon hinauf zur Kaserne. Ich hab noch was zu erledigen. Wenn jemand nach mir fragt, dann sagt, daß ich kurz nach Sonnenaufgang kommen werde.«

Den beiden Frauen und dem jungen Moha standen die Schrecken der Nacht noch ins Gesicht geschrieben. Keiner von ihnen fragte nach, wohin er gehe. Sieben Leichen hatten sie in dieser Nacht gefunden. Zwei mehr als gestern. Gion fragte sich, wie lange man wohl noch geheimhalten konnte, was hier unten am Hafen und bei den Brabaker Baracken geschah. Elf *Kranke* hatten sie heute zur Sklaveninsel schaffen lassen. Jeder, bei dem auch nur der geringste Verdacht bestand, die Seuche könne ihn befallen haben, wurde fortgeschafft. Noch wußten nur wenige, was tatsächlich in der Stadt geschah. Die nächtlichen Verhaftungen hielt man für Proskriptionen des Rates der Zwölf, der gegen irgendwelche Verschwörer vorging. So etwas geschah nicht zum ersten Mal in Al'Anfa, und die Fanas wußten, daß es besser war, keine Fragen nach dem Schicksal der Nachbarn zu stellen, wenn man nicht erleben wollte, daß schon in der nächsten Nacht die Stadtwache an der eigenen Tür klopfte.

Gion versetzte Marcia, der Jüngsten unter seinen Rekruten, einen Knuff. »Zieh kein solches Gesicht! Noch zehn Nächte, und unser Dienst hier unten endet. Dann gehen wir für einen ganzen Götternamen drüben im Villenviertel auf Streife. Leichter Dienst ... und fette Schmiergelder ...«

»Wenn wir dann noch leben ...« Marcias Stimme war durch das schmutzige Tuch vor den Lippen gedämpft. Jeglicher Glanz war aus ihren Augen gewichen, ihr Blick so leer wie der der Toten, die sie auf den Karren geladen hatten.

»Red nicht so daher«, schnauzte der alte Gardist barsch. »Ich bring euch Glück. Ich hab auch den Khomkrieg überstanden und fast alle, die unter mir gedient haben, wieder mit nach Hause gebracht. Wißt ihr nicht, daß die Rothaarigen Glückskinder sind? Nur zehn Nächte noch ... Ich sage euch, danach saufen wir, bis wir bewußtlos aus den Stiefeln kippen. Und jetzt macht, daß ihr hinauf zur Kaserne kommt. Das ist ein Befehl!« Gion stieß ein rauhes Lachen aus, das eigentlich hatte aufmunternd klingen sollen.

Marcia nickte ergeben. Wortlos wandte sie sich um. Die beiden anderen Rekruten folgten ihr. Gion blickte ihnen nach, bis sie im Schatten eines niedrigen Torbogen verschwanden.

Er hatte sie belogen. Keiner von jenen, die unter seinem Kommando gestanden hatten, war aus dem schrecklichen Krieg gegen das Kalifat zurückgekehrt. Er war der einzige, der Al'Anfa wiedergesehen hatte. Gab es einen deutlicheren Beweis, daß Rothaarige doch Glückskinder waren?

Der Weibel hatte weder die Statur noch das Alter eines jugendlichen Helden. Er war klein und von stämmigem Wuchs, und es würde nicht mehr lange dauern, bis er sein vierzigstes Jahr vollendete. Die Arme waren mit Tätowierungen bedeckt und von Narben zerschnitten – dem einzigen, was ihm aus mehr als zwanzig Jahren im Dienst unterschiedlichster Soldherren geblieben war. Blaue Augen lugten über der breiten, dreifach gebrochenen Nase mißtrauisch in die Welt. Das kurzgeschorene rote Stoppelhaar reichte ihm bis tief in die Stirn hinein, und es war Gions ganzer Stolz, daß er trotz seines fortgeschrittenen Alters noch keine beginnende Glatze und kein graues Haar unter seinem Helm zu verstecken hatte. Und da waren noch die sieben Ohrringe. Einige Leute hatten schon gemeint, Späße darüber machen zu müssen, doch jedem war das Lachen bald vergangen. Die Ohrringe waren die Altersvorsorge des Söldners. Die ersten drei hatte er im Kohmkrieg erbeutet. Damals war ihm auch klargeworden, daß es besser war, sie an einem Ohr zu tragen. Dann würde wenigstens noch ein Ohr übrigbleiben, nachdem die Leichenfledderer ihr Geschäft erledigt hätten. Es war besser, noch ein Ohr zu haben, damit er Golgari hören konnte, wenn der Totenvogel kam, um ihn auf die andere Seite zu bringen. Gion hatte sich entschieden, das rechte Ohr zu behalten. Sein linkes hatte ein dickes, fleischiges Ohrläppchen. Seit dem Abend, an dem er es genau in einem Bronzespiegel betrachtet hatte, hatte er es nicht mehr gemocht. Sein rechtes Ohr wirkte irgendwie erhabener. Es hatte eine kleine Muschel und lag eng am Kopf an. Ganz anders als das linke, das zu allem Überfluß auch noch vom Schädel abstand wie ein Fledermausohr.

Gion zupfte sich den langen schwarzen Waffenrock zurecht, der unter dem Gürtel hochgerutscht war, und setzte den schweren Bronzehelm wieder auf. Darunter trug er einen geflickten alten Lederpanzer vom selben speckigen Braun wie die ledernen Armschienen. Hemden trug er fast nie, wenn er im Hafenviertel Streifendienst hatte. Es war hier klüger, seine vernarbten und tätowierten Arme zur Schau zu stellen. Das hielt die meisten davon ab, sich über seine geringe Größe das Maul zu zerreißen.

Die Schritte des alten Kriegers griffen weit aus. Der Klang der genagelten Sohlen eilte ihm voraus. Jeder in diesem heruntergekommenen Viertel kannte es gut, das unverwechselbare Geräusch von eisenbeschlagenen Sandalensohlen. Der eisenklirrende Gleichschritt war der Herold der Stadtwache, und hier unten im Hafenviertel kündete er meist Ärger an. Doch nach dieser Nacht hätte es keiner Drohgebärde mehr bedurft. Die Straßen waren wie ausgestorben. Nicht einmal streunende Katzen ließen sich blicken.

Gion bog hinter den hölzernen Lagerhäusern nach rechts in die steile Gasse ab, die hinauf zum *Kalifenthron* führte, einer schmuddeligen Schenke am Westrand des Brabaker Viertels. Die Häuser hier waren niedrige Lehmbauten mit weiß oder ockerfarben getünchten Wänden. Ein wenig erinnerten sie an die ärmlichen Bauerndörfer in den Oasen der Khom. Nur der *Schlund* droben in der Grafenstadt hatte einen noch schlechteren Ruf als diese Gegend. Gion lächelte grimmig. Nichtsdestotrotz konnte man selbst hier ein paar Heller verdienen. Abdallah, der Wirt vom *Kalifenthron,* war ihm jetzt schon für drei Wochen Geld schuldig. Mit seiner Schenke verstieß er gegen mehr als ein Dutzend Gesetze der Stadt. Wenn das Schlitzohr nicht endlich zahlte, müßte er dem Lumpen eine Lektion erteilen. Der Söldner schnaubte verärgert. Schon seit mehr als zehn Jahren besserte er seinen Sold durch Geschäfte dieser Art auf. Alle Weibel in der Garde taten das! Aber es war verflucht das erste Mal, daß einer es wagte, ihn nicht zu bezahlen. Gion wußte, daß der *Kalifenthron* gut besucht war. Es lag nicht daran, daß Abdallah kein Geld gehabt hätte. Der verdammte Mistkerl wollte einfach sehen, was geschähe.

Gion konnte das nicht länger dulden! Wenn sich einmal herumspräche, daß er ein weiches Herz hatte, bekäme er kein Bein mehr auf den Boden. Vom Sold, den man als Stadtgardist erhielt, konnte kein Mensch leben. Er war gezwungen, diese *Geschäfte* am Rande zu betreiben, wenn er sein Auskommen haben wollte.

Der Söldner trat auf einen verkommenen Hinterhof, löste seine Feldflasche vom Gürtel und nahm einen tiefen Schluck. Es gab Regeln unter den Weibeln in der Stadtgarde, wie mit säumigen Schuldnern zu verfahren war. Er würde sich eines von Abdallahs Kindern nehmen und ihm beide Arme brechen. Aber wen sollte er auswählen? Das Mädchen mit den dunklen leicht schräg stehenden Augen? Als erwachsene Frau würde sie einmal eine Schönheit sein! Die verdammten Regeln sahen vor, ein Tischbein zu benutzen, um die Unterarme zu zertrümmern. Der Söldner schluckte hart. Er kannte diese Verletzungen von den Feldzügen. Er hatte genug Krieger mit gebrochenen Gliedmaßen gesehen. War der Bruch sauber, mochte alles in zwanzig oder dreißig Tagen ausgestanden sein. Aber wenn er nicht recht verheilte … Das Mädchen konnte genausogut zum Krüppel werden oder an der Wundfäule sterben. Gion setzte die Flasche erneut an die Lippen … Es war ein schwerer, billiger Wein, der einen pelzigen Geschmack auf der Zunge zurückließ.

Abdallah wußte, was geschehen würde! Warum zum Henker riskierte der Geizkragen das Leben seiner Kinder? Sein Junge hatte höchstens sieben Sommer gesehen. Gion erinnerte sich, wie ihn der Kleine immer bewundernd anstarrte. Einmal hatte der Junge es sogar gewagt, ihn anzusprechen. Er wollte Krieger werden, wenn er groß war. Der Söldner schnaubte. Krieger! Der Kleine hatte ja keine Ahnung, was das bedeutete. Mit einem letzten langen Schluck leerte Gion die Feldflasche und hakte sie wieder am Gürtel ein. Ein angenehm dumpfes Gefühl breitete sich in seinen Gliedern aus. Es war, als wäre sein Leib schwerer geworden. »Verdammtes Pech«, lallte er leise. Er konnte nicht länger stumm über seinen Sorgen brüten. Es war nicht gut, den Schädel ständig voll trüber Gedanken zu haben. Das war wie mit dem dunklen Eiter einer schlecht heilenden Wunde.

Es mußte heraus, oder man würde daran verfaulen. »Jawohl, an üblen Gedanken verfaulen! Hab schon manchen gesehen, dem es so erging …«

Gions Blick wanderte über den engen Hinterhof. Grüne Schlingpflanzen wanden sich wie riesige Würgeschlangen an den Häuserwänden hinauf. Fäulnisgeruch lag in der Luft, und Nebel zog wie kalter Tabakrauch durch den niedrigen Torbogen. Undeutlich sah der Gardist eine Gestalt auf einer gemauerten Bank liegen. Ein Mann in einem weiten Umhang mit schimmernden Stickereien aus Silberfäden. Wohl ein Zecher, der nicht mehr nach Hause gefunden hatte. Aber dies war keine Gegend für jemanden in so feinen Kleidern. Sich hier schlafen zu legen, war im höchsten Maße leichtsinnig. Wenn er den Betrunkenen nach Hause brächte, würde ihm vielleicht eine Belohnung winken.

Gion ging hinüber. Immerhin lieferte der Kerl ihm einen Grund, den Besuch im *Kalifenthron* noch ein wenig hinauszuschieben. Der Söldner kniete nieder und schüttelte den Mann sacht an der Schulter. »Aufstehen ... Dies ist kein Platz für Euch, Eure ...« Gion blieb das Wort im Hals stecken. Der Kopf des Fremden drehte sich in einem unnatürlichen Winkel zur Seite. Ein tiefer Schnitt hatte seine Kehle durchtrennt.

»Alle Götter ...«, murmelte der Gardist leise. »Du bist beileibe nicht mein erster Toter, aber selten hat mich einer so erschreckt wie du.« Er schlug den Umhang des Leichnams zurück und musterte den Mann im grauen Zwielicht. Zwei durchtrennte Lederriemen hingen von seinem silberbeschlagenen Gürtel.

»Hab ich's mir doch gedacht. Ziemlich dämlich von dir, ausgerechnet hier eine pralle Geldkatze spazierenzutragen! Aber ...« Ungläubig tastete der Söldner nach dem Schwert, das bisher halb vom Umhang des Toten verdeckt gewesen war. In den Knauf war ein großer Kristall eingelassen. Der Griff und die Parierstange waren kostbar geschmückt und vergoldet. Die Waffe mußte ein Vermögen wert sein! Warum hatte der Meuchler sie zurückgelassen? Gion tastete nach der Wange des Toten. Das Gesicht des Mannes war noch warm. Mißtrauisch sah Gion sich um. Sollte der Mörder etwa noch ... Doch der Hof war leer. Langsam gewann das graue Morgenlicht an Kraft.

Der Söldner blickte dem Toten in die ausdruckslosen Augen. »Sag mal, dich kenne ich doch. Gehörst du nicht auch zur Garde? Ich hab dich schon einmal gesehen. Ich bin mir ganz sicher! Ist schon 'ne Weile her. Was bei allen Dämonen der Niederhölle hast du in diesem Aufputz hier getrieben? Du hättest es besser wissen müssen ...«

Aus den Augenwinkeln sah der Gardist einen Schatten unter dem Torbogen.

»Hier kannst du nicht bleiben, Kamerad. Es dauert

nicht mehr lange, dann wird es Tag. Bis ich zurückkäme, hätte dich das Pack dieses Viertels bis auf den letzten Faden ausgeplündert.« Gion schlang sich den linken Arm des Toten über die Schulter und stemmte den Mann hoch. »Werd dich mit hinauf zur Kommandantur nehmen, Kamerad. Die hier bekommen keinen von uns in die Finger, das schwöre ich dir!«

Es war fast Nachmittag, als Commandanta Olibano das kühle Gewölbe tief unter der Kommandantur betrat. Ihr Atem ging pfeifend, obwohl sie nur wenige Treppen hatte erklimmen müssen, um von ihrem Turm aus das Hauptquartier der Stadtwache zu erreichen. Ihre Lungen schmerzten. Sie wischte sich mit dem Ärmel über die schweißnasse Stirn und verharrte für einen Augenblick, um sich zu sammeln, bevor sie in die Leichenkammer träte.

Alara Olibano war eine mittelgroße, schlanke Frau. Ihr dunkler Taint und die mandelförmigen schwarzen Augen verrieten auf den ersten Blick, daß Mohablut in ihren Adern floß. Ihre Lippen waren schmal. Das Gesicht wirkte asketisch, fast ausgezehrt. Eine beinahe schon greifbare Aura der Unnahbarkeit schien die Offizierin zu umgeben. Alaras Haar war streng zurückgekämmt und zu einem schweren Zopf geflochten, der ihr bis eine Handbreit über die Hüften reichte. Sie trug wadenhohe rote Stiefel aus Iryanleder, eine weite schwarze Hose nach novadischem Schnitt und eine enge, über der Brust verschnürte Bluse aus schwarzer Seide. Sie hätte zweifellos als schön gegolten, wäre da nicht diese beunruhigende Tätowierung gewesen. Eine schwarze Kobra wand sich seitlich aus ihrem Ausschnitt den Hals hoch und über die linke Wange an der Schläfe hinauf bis fast zur Mitte der Stirn. Dort erhob sich der Reptilienkopf drohend mit seinen leuchtendroten Augen, und wenn Alara die Stirn runzelte, schien die Tätowierung ein unheimliches Eigenleben zu entwickeln, so als wäre die Schlange mehr als nur ein Bild von meisterhafter Hand. Die Offizierin hatte sich die Tätowierung jedoch keineswegs aufgrund eines Hangs zu morbider Exotik zugelegt, sondern um die gräßlichen Brandnarben zu verbergen, die von einer schweren Verletzung während des Khomkrieges herrührten.

Alara kommandierte keine der Kompanien der Stadtwache, und sie trug für gewöhnlich auch keine Uniform. Allein ein Siegelring, der auf schwarzemailliertem Grund eine goldene Krone zeigte, wies ihren Rang als Commandanta der Stadtgarde aus. Sie führte den Befehl über eine Handvoll ausgesuchter Gardisten, die ausschließlich für besondere Aufgaben eingesetzt wurden. Die Offizierin galt als vollkommen unbestechlich, was die meisten Bürger im korrupten Al'Anfa eher als Charakterschwäche betrachteten. Dennoch hatte sich diese Eigenart bei so manchem verwickeltem Fall schon als großer Vorzug erwiesen.

Obwohl Alara kaum Kontakt zu den gewöhnlichen Gardisten pflegte, waren die Gerüchte über sie Legion. Manche behaupteten, sie sei die Tochter einer Moha-Schamanin und besitze magische Kräfte. Andere wiederum munkelten, sie sei ursprünglich eine Meuchlerin in der Geheimgilde der Schwarzen Hand gewesen. Sicher hingegen war, daß Alara Olibano vor dem Khomkrieg zu den Günstlingen des Patriarchen Tar Honak gehört hatte. Kurz vor Beginn des Krieges war sie aus dem Nichts aufgetaucht und geradezu kometenhaft in höchste Ämter und Würden aufgestiegen. Tar Honak hatte ihr, die niemand kannte, das Kommando über die Stadtwache im eroberten Selem übertragen, und sie hatte ihre Aufgabe dort gut gemeistert. Doch nach dem Tod des Patriarchen verblaßte auch Alaras Stern. Amir Honak, der Sohn des Herrschers, schätzte sie nicht. So war sie nach dem Ende des Krieges in kaiserliche Dienste getreten und hatte das Kommando über die Stadtwache in der maraskanischen Hafenstadt Jergan übernommen. Fünf Jahre war es nun her, daß sie diesen Posten nach einem Streit mit dem kaiserlichen Marschall Helme Haffax aufgegeben hatte und nach Al'Anfa zurückgekehrt war. Ihr Rang hier war weit weniger bedeutend und ehrenvoll.

Als die Commandanta halbwegs zu Atem gekommen war, trat sie in das niedrige Gewölbe. Den kleinen Mann mit spitzem Rattengesicht, der stumm den Leichnam musterte, beachtete sie nicht. Gewöhnlich ließ die Offizierin der Anblick von Toten kalt, ja, manchmal empfand sie sogar grimmige Genugtuung darüber, daß so viele noch vor ihr zu Boron gingen, obwohl ihr letzter Tag gewiß nicht mehr fern war. Diesmal jedoch war es anders. Salpicio hätte ihr Nachfolger werden sollen. Er war der begabteste junge Offizier gewesen, den sie jemals ausgebildet hatte. Sie würde keinen Ersatz mehr für ihn finden, bevor ... Alara preßte die Lippen zusammen und trat an den schwarzen Basaltblock, auf dem der nackte Leichnam lag. Sie war Salpicio einen Abschied schuldig. Später würde sie gewiß einen Bericht vom Zergliederer auf ihrem Schreibtisch finden. Aus den Augenwinkeln musterte sie den kleinen Mann. Er wirkte aufgeregt. Hoffentlich verstand er seinen Beruf! Seit Oboto Florios, der Kommandant der Stadtgarde, von seiner Reise ins Liebliche Feld zurückgekehrt war, legte er größten Wert darauf, daß man über *alles* einen schriftlichen Bericht anfertigte.

Alara wandte ihre Aufmerksamkeit wieder dem Leichnam zu. Eine Weile verharrte sie stumm, in ein Gebet an den Totengott Boron vertieft. Salpicios Augen waren noch immer weit geöffnet. Sein starres Gesicht wirkte nicht erschrocken oder gequält, sondern eher überrascht. Alara drückte ihm die Lider zu. »Auf Wiedersehen, Kamerad«, murmelte sie. »Du wirst sehen, du bist mir nur ein kleines Stück voraus.«

Sie wandte sich dem kleinen Mann zu. »Nun?«

Der Zergliederer leckte sich aufgeregt die Lippen. »Ist es mir erlaubt, mit der Untersuchung anzufangen?«

Die Offizierin betrachtete die Ansammlung stahlschimmernder Messer, Zangen und Sonden, die säuberlich ausgebreitet auf einem schwarzen Samttuch zu Füßen des Leichnams lagen. Obwohl sie alles andere als zartbesaitet oder fromm war, empfand sie die Vorstellung, daß ihr Kamerad nun unter ihren Augen aufgeschnitten werden sollte, als ekelerregend und geradezu gotteslästerlich. Sie blickte flüchtig auf den klaffenden Schnitt in Salpicios Hals. »Die Todesursache dürfte eindeutig sein …«

Der kleine Mann trat aufgeregt von einem Fuß auf den anderen. »Verzeiht, wenn ich Euch widerspreche, doch ich denke darüber anders.« Er nickte in eine Ecke des Raumes, wo die Kleider des Toten sauber zusammengefaltet lagen. »Ich habe mir erlaubt, seine Sachen anzusehen, während ich auf Euch wartete. Wißt Ihr, es gibt da einige Ungereimtheiten …«

Alara runzelte die Stirn, und der Zergliederer wirkte plötzlich noch um eine Spur blasser. »Ungereimtheiten?«

»Wißt Ihr, wenn man jemandem die Kehle durchschneidet, dann sprudelt das Blut nur so hervor …«

»Ich weiß«, unterbrach die Offizierin kühl. »Und?«

»Auf den Kleidern des Toten findet sich fast kein Blut … Das ist schlechterdings unmöglich.« Die Stimme des Mannes überschlug sich nun fast. »Aus diesem Grunde plädiere ich dafür, den Toten einer genauen Untersuchung zu unterziehen.«

Alara musterte wieder das wächserne Antlitz Salpicios. »Also gut. Fang an.«

Zunächst tastete der Zergliederer sorgfältig den ganzen Körper des Stadtgardisten ab. Er drehte ihn auf den Bauch und untersuchte den Hinterkopf, drehte ihn zurück, öffnete den Mund, schnupperte daran und kratzte sich nachdenklich das Kinn. Zuletzt stocherte der Anatom schwitzend mit einer Sonde in der Halswunde herum und wandte sich schließlich lächelnd an die Offizierin. Die strahlende Zufriedenheit des Mannes ärgerte Alara. »Dein Bericht!«

»Er scheint ein wenig getrunken zu haben, bevor er starb. Riecht nach saurem Wein ... Ich glaube allerdings nicht, daß man ihn vergiftet hat. Ganz sicher kann man freilich nur sein, wenn man den Leib öffnet und gewisse Untersuchungen durchführt.« Der Zergliederer leckte sich die Lippen. »Der Schädel weist keine Fraktur oder Schwellung auf. Einen Schlag kann man ausschließen. Was den Einschnitt angeht, so ist er auf der Herzseite ein wenig tiefer. Der Ansatz zum Schnitt liegt seitlich am Hals. Vermutlich wurde er von einem Linkshänder ausgeführt. Aus der Beschaffenheit der Wunde schließe ich auf eine gekrümmte Klinge.«

»Das alles liest du aus einer Wunde?« fragte Alara ungläubig.

Der Zergliederer funkelte sie böse an. »Schnitte in Menschenfleisch sind Teil meines täglichen Geschäftes. Ich arbeite seit fast zehn Jahren als Medicus für die Gladiatorenschule. Glaubt mir, ich habe jede nur erdenkliche Art von Schnittwunden gesehen und kenne die verborgensten Geheimnisse des menschlichen Körpers!«

Für einige Herzschläge herrschte Schweigen in der kleinen Kammer. »Soll ich meinen Bericht noch beenden?« fragte der Anatom schließlich ein wenig gelassener.

»Ich bitte darum.«

»Mir scheint, man wollte mit dem Schnitt durch den Hals etwas anderes verbergen.« Er trat an den Leichnam heran und hob dessen Kopf. »Seht Ihr diese winzige Ausbeulung im Nacken, gleich neben dem Wirbel? Die Stelle ist auch leicht gerötet ... Durch eine

Prellung scheint mir dies nicht erklärbar. Um der Sache auf den Grund zu gehen, solltet Ihr mir gestatten, hier einen kleinen Kreuzschnitt zu setzen und den Nackenwirbel bloßzulegen.«

Alara nickte stumm und beobachtete gebannt, wie geschickt der kleine Kerl mit seinen Messern umzugehen verstand. Vorsichtig tastete er mit einer Sonde in der Wunde und lächelte plötzlich triumphierend. Dann nahm er eine Zange und machte sich am Wirbelknochen zu schaffen. Mit einem Ruck zog er ein verbogenes Metallstück heraus und hielt es hoch. »Dies hat Euren Kameraden umgebracht, Commandanta.«

Alara legte die Rechte auf ihre Geldkatze am Gürtel und bemühte sich um ein freundliches Lächeln. »Ich denke, wir beide sollten nun über den Bericht reden, den du schreiben wirst … Wie heißt du übrigens?«

Der Medicus erwiderte das Lächeln. »Oros. Orlando Oros ist mein Name …«

Auf ihrem Schreibtisch lag das Schwert. Man hatte ihr alle Wertgegenstände des Toten heraufgebracht. Den silberbeschlagenen Gürtel, die silberne Brosche mit den Drachenköpfen, die den Umhang zusammengehalten hatte, und das Schwert. Alara ließ sich auf dem Stuhl vor dem Schreibtisch nieder und stützte den Kopf auf die Hände. Sie war dabei gewesen, als Salpicio Gürtel und Brosche gekauft hatte. Es war nach einem Regenguß gewesen. Sie waren zum Schlund hinabgestiegen und hatten einen steinalten Hehler besucht, den Alara seit mehr als fünfzehn Jahren kannte. Sie hatte dafür gesorgt, daß der Junge einen guten Preis bekam; schließlich wußte sie, wie wenig Geld er hatte, und es lag auch ihr daran, daß seine Tarnung, was die Äußerlichkeiten anging, über jeden Zweifel erhaben war. Nur diese Waffe … Salpicio besaß das Schwert schon seit mehr als einem halben Jahr. Sie hatte es nie gemocht!

Auf der polierten, vergoldeten Scheide funkelte die Morgensonne, die durch das vergitterte Fenster zergliedert auf den Schreibtisch fiel. Die Klinge des Schwertes war schmal, fast schon wie bei einem Stoßrapier. Die Scheide war mit kunstvoll ausgeführtem floralem Dekor geschmückt. Etwas zu üppig für Alaras Geschmack, aber charakteristisch für die Zeit, in der die Waffe entstanden war.

Salpicio hatte damals kaum mehr als den Materialwert zahlen müssen, als er das Schwert auf der Auktion im Hafen ersteigerte, obwohl auch dies keine unbeträchtliche Summe gewesen war. Nur ein paar Habenichtse hatten geboten. Niemand, der seine Sinne beisammen hatte, wollte diese Waffe haben.

Das Morgenlicht zauberte einen rosafarbenen Schimmer auf den großen runden Kristall, der als Schwertknauf den Griff abschloß. War er der Quell des Übels? Oder lag der Zauber in den über Kreuz geflochtenen Golddrähten, die das Mittelstück des Griffs umrankten, um der Hand des Fechters einen besseren Halt zu geben? Vielleicht war es auch der Stahl der Klinge oder die Initialen *J. A.*, die im Blumenschmuck verborgen waren. Einerlei! Es galt nur, sich davor zu hüten, diese Waffe zu berühren! Die Commandanta hatte Salpicio eindringlich davon abgeraten, das Schwert zu kaufen, doch er war völlig vernarrt gewesen. Er, der seine Entscheidungen immer so bewundernswert nüchtern und nach Vernunftsgründen traf, hatte sich sogar in Schulden gestürzt, um dieses verfluchte Schwert zu kaufen. Dieses eine Mal hatte er vor ihrem Rat die Ohren verschlossen. Und nun lag er unten auf einem kalten Basaltblock mit durchschnittener Kehle. Dieses Schwert … Die Commandanta richtete sich so jäh auf, daß der Stuhl hinter ihr leise knirschend über den steinernen Boden schrammte. Es war absurd! Sein Tod hatte einen anderen Grund! Sie durfte sich nicht von diesem Schwert ablenken lassen.

Erst jetzt, als sie wieder stand, sah sie die beiden silbernen Ringe, die halb von der Parierstange verdeckt wurden. So weit war es also schon gewesen ... Sie hob die Schmuckstücke auf und betrachtete sie genauer. Sie waren nur dünn und ohne Schmuck. Beide Stücke waren identisch. Es gab nicht einmal auf der Innenseite eine Gravur. Salpicio hatte wohl immer noch kein Geld gehabt. Der junge Gardist hatte kaum etwas über das Mädchen erzählt, und Alara war es ziemlich gleichgültig, an wen Salpicio sein Herz verloren hatte. Aber das Mädchen sollte seinen Ring bekommen! Diesen letzten Dienst war sie ihrem Schützling schuldig, überlegte die Offizierin ruhig. Sie würde die Kleine schon finden ... Alara lächelte matt. Ein Mädchen ohne Namen zu finden, das wäre noch der einfachste Teil bei dieser Aufgabe. Sie betrachtete die Waffe und die Schmuckstücke auf dem Tisch. Die restlichen Sachen würde man Salpicios Mutter bringen. Sie konnte sie gebrauchen ... Eine anständige Beerdigung kostete ein Vermögen in dieser Stadt.

Bevor Salpicio gestern ging, hatte er noch einen Bericht geschrieben. Die Offizierin schob die beiden Ringe in die Geldkatze an ihrem Gürtel und trat an das große Regal mit den rautenförmigen Fächern. Hier wurden alle Schriftrollen über die Untersuchungen und Verhaftungen gelagert, die die jungen Offiziersanwärter aus ihrer Abteilung vornahmen. Die Pergament- und Papierrollen wurden in Röhren aus dickem Leder verwahrt. Auf die Verschlußstücke der Röhren waren kleine Zettel mit einer Notiz zum Inhalt des Lederbehälters geleimt. Alara streckte sich und griff in eines der oberen Rautenfächer. *Res executa – M, I* stand auf der Beschriftung. Abgeschlossene Fälle. Die Commandanta öffnete den Aktenbehälter und nahm die Pergamentrollen heraus. Salpicio hatte an diesem Bericht nur abends geschrieben, wenn außer ihr kein anderer mehr in der Amtsstube gewesen war.

Sie überflog flüchtig die letzten Eintragungen. Hätte sie verhindern können, was geschehen war? Durch die offene Tür der Amtsstube hörte sie schwere Schritte. Hastig rollte sie das Pergament zusammen. Diese Schritte waren unverwechselbar. Sie hätten einem Elefantenbullen zur Ehre gereicht.

Oboto Florios, der Kommandant der Stadtwache, trat ein. Er war ein dunkelhäutiger großer Mann von so beachtlichem Leibesumfang, daß er den Rahmen der keineswegs kleinen Tür fast ausfüllte. An seinen Schläfen zeigte sich das erste Grau. Sein kurzes Haar war kunstvoll zu Locken gedreht und glänzte vor Öl. Der Kommandant trug einen perlengeschmückten hellgrünen Umhang, ein weinrotes Wams, eine weite sonnengelbe Hose und dazu hellgrüne Wildlederstiefel, die sich weder mit der Farbe des Umhangs vertrugen, noch zu irgendeiner der anderen Farben paßten. Irgendein leichtfertiger Narr hatte den Kommandanten vor Jahren auf einem Flugblatt zum schlechtestgekleideten Mann südlich der Eiszinnen erkoren. Der Text war in ausgefeiltem Stil verfaßt gewesen und hatte fast einen Götternamen lang zur allgemeinen Erheiterung beigetragen. Dann wurde der arme Kerl gefaßt ... Oboto war klug gewesen, nicht öffentlich in der Verhandlung gegen den Tunichtgut aufzutreten, ja, er hatte nicht einmal Anklage gegen den Mann erhoben, obwohl die halbe Stadtgarde den Autor des Flugblatts gesucht hatte und man heute noch mit Schaudern von den fast stündlichen Wutausbrüchen des Kommandanten sprach. Verurteilt wurde der Spaßvogel wegen *schändlichen Sprachgebrauchs und unerlaubter Verbreitung gedruckter Schriften*. Auf Anraten seines Advokaten ersuchte Oboto anschließend öffentlich um Begnadigung des Fehlgeleiteten, doch das Gnadengesuch wurde aufgrund der besonderen Schwere des Verbrechens abgelehnt. Der Autor, der ganz Al'Anfa zum Lachen gebracht hatte, wurde lebenslänglich auf die Galeeren geschickt. Seitdem spottete niemand mehr über den Kommandanten der Stadtgarde, und jeder Zweifel, daß dieser auf den ersten Blick behäbig und auf naive Art freundlich wirkende Mann den Winkelzügen alanfanischer Intriganten nicht gewachsen sei, war geschwunden.

Zum Gruß flüchtig nickend, ließ Oboto sich auf einem Stuhl nieder, der unter seinem Gewicht bedenklich knarrte. Doch solche Kleinigkeiten pflegte der alternde Offizier mit einem milden Lächeln oder gelegentlichem Schulterzucken zu übergehen. Seit fast zwanzig Jahren war er nun schon der Stadtmarschall von Al'Anfa und einer der wenigen hohen Würdenträger aus den Zeiten Tar Honaks, die den Machtwechsel nach dem verlorenen Khomkrieg unbeschadet überstanden hatten.

»Ihr wißt schon Bescheid?« fragte er unvermittelt.

»Über den Mord?« Alara schob das Pergament in die lederne Schutzhülle, legte es in die Schublade ihres Schreibtischs und blickte auf.

»Nein … nur daß Manolo und Rondarion abgezogen worden sind. Der Rat der Zwölf hat mich gebeten, die beiden auf die Sklaveninsel zu schicken. Man braucht dort weitere Offiziere, um die Angelegenheit im Griff zu halten.« Oboto schlug mit der Linken ein Schutzzeichen. »Die beiden sind die besten unter den Offiziersanwärtern der Stadtgarde. Im Rat kannte man sogar ihre Namen.«

»Nach Salpicio hat man nicht gefragt?«

Der Stadtmarschall zuckte mit den Schultern. »Schlechte Nachrichten verbreiten sich schnell. Offenbar wußte man schon von dem Mord. Die Anfrage hat mich erst vor einer Stunde erreicht. Manolo und Rondarion sind schon auf dem Weg zum Hafen …« Oboto drehte nachdenklich an einem Ende seines Schnauzbartes, den er sich nach einem Besuch im Lieblichen Feld hatte wachsen lassen. »Kommt Ihr allein zurecht, oder soll ich Euch einen Adjutanten zur Seite stellen, Commandanta Olibano?«

Alara lächelte säuerlich. »Ihr wißt, daß ich nicht mehr so gut zu Fuß bin. Ich brauche Unterstützung.«

»Habt Ihr an jemand Bestimmten gedacht?«

Die Offizierin blickte aus dem vergitterten Fenster der Schreibstube auf die aufgewühlten Fluten des Hanfla. Abgerissene Blüten trieben auf den schäumenden Wellen dem Wasserfall entgegen. »Ich will den Weibel Ilian Naldor.«

»Den Naldor?« Der Stadtmarschall schüttelte ungläubig den Kopf. »Den habt Ihr doch erst vor einem halben Jahr abgelehnt, weil er zu aufbrausend und unzuverlässig war.«

»Unter den gegebenen Umständen könnten diese Eigenschaften dazu angetan sein, den Mörder zu überführen.«

»Habt Ihr denn einen Verdacht, Olibano?«

»Ja.«

Der Kommandant der Stadtwache schürzte die wulstigen Lippen. »Und Ihr wollt Euch mir nicht anvertrauen?«

»Nicht, solange es nur ein Verdacht ist. Sollte ich mich irren, hätte ich mich blamiert, wenn vor der Zeit ein Namen fällt, und – was bei weitem schlimmer wäre – ich hätte einen Unschuldigen möglicherweise Repressionen ausgesetzt. Ich hoffe also, Ihr verzeiht mir mein Schweigen.«

»*Einen* Unschuldigen … Also ist der Mörder ein Mann!«

Alara antwortete nicht.

»Zum Henker mit Eurer Geheimniskrämerei! Dies ist keine Art, einen Mörder zu finden! Wir sollten die Methoden der Stadtgarde reformieren! Ich sage Euch, Olibano, im Lieblichen Feld geht man ganz anders an solche Sachen heran. Man scheut auch nicht davor zurück, Magier in vertrauliche Untersuchungen einzubeziehen. Wenn wir …«

Der Stadtmarschall hielt ihr einen längeren Vortrag

über seine Vorstellungen von wirksamer Verbrechensbekämpfung. Seit seiner unseligen Reise in das Königreich am Yaquir war dies sein Lieblingsthema. Alara sah aus dem Fenster auf den Fluß und hörte kaum noch zu. Sie hatte ihre eigene Vorgehensweise und ließ sich von niemandem in ihre Arbeit hineinreden, vor allem von keinem eingebildeten Grandensproß, der nur deshalb Kommandant der Stadtgarde geworden war, weil man ihn für ungeeignet hielt, wahrhaft bedeutende Ämter zu bekleiden.

Als Florios eine Pause machen mußte, um Atem zu schöpfen, nutzte Olibano die Gelegenheit zu einer Frage. »Naldor tut zur Zeit Dienst in Mirham, nicht wahr?«

»Ja.« Der Stadtmarschall räusperte sich. Für einen Augenblick schien er zu überlegen, ob er seinen Vortrag fortsetzen sollte. Dann besann er sich eines Besseren. »Ich werde einen Botenreiter schicken, um ihn holen zu lassen. Ich hatte ohnehin überlegt, einen Teil der Stadtgarde dort abzuziehen, um die Sache unten im Hafen besser in den Griff zu bekommen.«

»Ihr glaubt, man kann das geheimhalten?« Alara hielt das Vorgehen der Stadtwache für töricht, doch vor allem bereitete es ihr eine heimliche Freude, Florios zu reizen. Der Stadtmarschall war berüchtigt für seine cholerischen Ausbrüche. Die Offizierin genoß es, wenn ein Mensch die Fassung verlor. Solche Augenblicke gewährten dem Kundigen für gewöhnlich tiefe Einblicke in das innerste Wesen seines Gegenübers.

»Was ich glaube oder nicht, tut nichts zur Sache. Ich habe diesen Befehl vom Rat der Zwölf erhalten, und ich werde ihn durchführen!« fauchte der Kommandant wütend.

Alara beobachtete gelassen, wie die Halsadern des Stadtmarschalls anschwollen. Im Gegensatz zu den meisten anderen Offizieren vermochte der Grandensproß sie nicht sonderlich zu beeindrucken. Wenn man dem Tod so nahe war, gab es überhaupt nur noch weniges, das einen beeindruckte. Er konnte ihr nichts mehr tun. Suspendierung oder Versetzung hatten ihren Schrecken für sie verloren.

»Wir können nicht zulassen, daß die Kranken herumlaufen und die Gesunden ins Verderben ziehen. Es ist besser, wenn so lange wie möglich nichts bekannt wird … Alle würden versuchen, aus der Stadt zu fliehen!«

»Alle?«

»Unterlaßt Euer unverschämtes Lächeln, Olibano! Ich weiß schon lange um Eure Liebe zum Tod. Ihr braucht wohl das Getändel mit dem Verderben, um Eurem zerfallenden Körper noch ein wenig Kraft abzutrotzen!«

»Ich spüre bei jedem meiner halberstickten Atemzüge, daß Borons Schatten auf mir ruht«, entgegnete sie ruhig. »Das verändert auf Dauer die Sicht der Dinge.«

Der Stadtmarschall hatte sich wieder beruhigt. Jetzt sah er sie fast mitleidig an. »So schlimm ist es …«

»Wenn ich die Stufen zu Eurer Amtsstube hinaufkomme, muß ich vor der Tür mehr als hundert Herzschläge lang warten, damit ich wieder zu Atem komme und nicht keuchend und schnaubend bei Euch eintrete. Vor ein paar Jahren konnte ich den ganzen weiten Weg vom Hafen bis zur Kommandantur den Steilhang hinauflaufen, ohne daß ich außer Puste gekommen wäre.«

Florios zwirbelte sich nachdenklich den Bart. Alara hätte eine Dublone wetten mögen, daß er darüber nachdachte, wer ihren Platz einnehmen sollte, wenn sie nicht mehr war. Schließlich murmelte er, daß er noch die Berichte der vergangenen Nacht durchgehen müsse, weil der Patriarch höchstselbst ihn zum Rapport erwarte.

Nachdem er gegangen war, holte Alara wieder die

Pergamentrolle aus ihrem Schreibtisch hervor. Vielleicht wäre es klüger, wenn sie das unersetzliche Dokument mit zu sich nach Hause nähme? Sie traute Oboto nicht. Einige Indizien sprachen dafür, daß er diese Abteilung der Stadtgarde aufzulösen plante. Allein die Götter mochten wissen, in wessen Hände die Akte dann gelangen würde!

2. Kapitel

Schwerer Regen war seit dem Nachmittag niedergegangen. Alara hatte am Fenster gesessen und zugesehen, wie der Siral die grauen Regenwolken gegen die düsteren Steilhänge des Visra trieb, der sich über Al'Anfa erhob. In den letzten Jahren hatte sie den Tropenregen schätzen gelernt, der der Luft die stickige Schwüle nahm. Für kurze Zeit vermochte sie dann freier zu atmen. Doch selbst jetzt, im Boronmond, war diese Spanne nur knapp bemessen. Sie sollte die Zeit gut nutzen!

Geduldig wartete sie, bis man ihr mitteilte, daß ihre Sänfte eingetroffen sei. Die meisten Stadtgardisten wußten nicht um ihre Krankheit und hielten es für übertrieben, wenn sie sich selbst für kurze Wege eine Sänfte kommen ließ. Vier große Mohasklaven trugen die mit goldenen Schnitzereien geschmückte Sänfte. Alara nahm Platz und gab Befehl, sie hinab zu den Brabaker Baracken zu bringen. Gion, der Weibel, der am Morgen Salpicios Leiche gefunden hatte, stand im Hof und übernahm die Führung. Er wirkte blaß und übernächtigt.

Es regnete noch immer. Das Pflaster war naß und schlüpfrig. Mit einem Ruck setzte sich die Sänfte in Bewegung. Alara gab den Trägern Befehl, nicht den Schrägaufzug zu benutzen. Sie haßte diesen Ort, an dem sich vor dem Krieg ihr Leben geändert hatte. Die Sklaven murrten leise. Es würde eine verdammte Schinderei werden, die Sänfte über zahllose steile Stiegen bis hinab in das Elendsviertel zu bringen. Als die Offizierin den Vorhang kurz zur Seite zog und nach draußen blickte, verstummte der Protest der Träger.

Es dauerte eine halbe Stunde, bis sie ihr Ziel erreichten. Der Regen hatte erst seit wenigen Minuten aufgehört, als Alara sich aus den Samtkissen erhob und den schäbigen Hinterhof betrat, auf dem Salpicio sein Leben ausgehaucht hatte. Gion hatte sich den nassen Umhang eng um die Schultern geschlungen und nickte zu einer gemauerten Bank hinüber. »Dort hat er gelegen.«

Alara sah sich nachdenklich um. Einen elenderen Platz zum Sterben hätte man kaum finden können. Der Hof war nicht einmal gepflastert. Nach dem Regen versank man fast bis zu den Knöcheln im Schmutz. Eine große schlammbraune Pfütze war neben der Bank entstanden. Ein dunkler Fleck auf dem rissigen Putz zeigte an, wo Salpicios Kopf geruht hatte.

In der gegenüberliegenden Ecke des Hofs stritten sich zwei gescheckte Schweine um die besten Stücke aus einem Abfallhaufen. Dunst stieg aus dem Berg verfaulender Innereien, Pflanzenreste und Fäkalien auf. Die Sonne brannte wieder unbarmherzig vom Himmel. Bald würde es noch schwüler sein als vor dem Regen.

»Hätte ich den Toten besser liegen lassen sollen?« fragte Gion. Eine Spur von Trotz schwang in seiner Stimme mit.

Alara schüttelte den Kopf. »Nein. Er wäre nur von irgendwelchem Gesindel bestohlen worden. Ihr habt das einzig Richtige getan ... Einen Kameraden läßt man nicht zurück.«

Der Weibel wirkte verwundert, daß er keinen Rüffel erhielt. Dann lächelte er verlegen.

Die Offizierin bemerkte, wie sie hinter einem halb geöffneten Fensterladen beobachtet wurden. »Gab es irgendwelche Zeugen für den Mord?« fragte sie laut.

Gion lachte. »Zeugen? Hier? Wenn man hier Fragen stellt, könnte man meinen, in diesem Viertel gebe es nur Blinde und Stumme. Die mögen uns nicht besonders ... Dieses Lumpengesindel regelt seine Angelegenheiten lieber auf eigene Art.«

Sie sah zu den Schweinen hinüber. Die Tiere hatten den Abfallhaufen auseinandergezerrt. Halb in einer Pfütze lag etwas Dunkles, das an Rabenfedern erinnerte. Alara stutzte. Es wäre undenkbar gewesen, daß in Al'Anfa jemand den Kadaver eines Raben auf einen Abfallhaufen warf. Der Rabe war das heilige Tier des Totengottes Boron und das Wahrzeichen der Stadt. Wer einen solchen Frevel beging, mußte damit rechnen, auf das strengste bestraft zu werden ... Genau wie jemand, der einen Offizier der Stadtgarde tötet, setzte sie in Gedanken bitter hinzu. Sie ging zur Pfütze hinüber und bückte sich.

Gion war ihr gefolgt. Er pfiff leise durch die Zähne. »Ein Armbrustbolzen oder nein ... Das Ding ist zu klein. Ich denke, es ...!«

»... gehört zu einer Balestrina«, vollendete Alara den Satz. Sie drehte den fingerlangen Bolzen hin und her und musterte ihn von allen Seiten. Er hatte schwarze Federn, an denen noch eingetrocknetes Blut klebte. Das Geschoß war fast so dick wie ein Finger. Der Schaft war glatt poliert und aus schwerem dunklem Holz gefertigt.

»Solche Bolzen verwenden Kopfjäger.« Gion tippte auf die Spitze des Geschosses. »Die Metallspitze war nicht fest mit dem Schaft verbunden, sondern nur aufgesteckt. Ich wette, die Spitze war mit Widerhaken bestückt. Vielleicht war sie zusätzlich vergiftet ... Zieht man am Schaft, um den Bolzen aus der Wunde zu reißen, bleibt die Metallspitze zurück. Eine üble Sache ist das ... Man holt sich Wundbrand ...« Der Stadtgardist spuckte aus.

Alara schob sich den Pfeil hinter den Gürtel.

»Denkt Ihr, daß das Ding etwas mit dem Mord zu tun hat?« Gion legte die Stirn in Falten. »Ich meine, dem Offizier haben sie doch die Kehle aufgeschlitzt.«

»Natürlich.« Alara wandte sich jäh um und winkte den Sänftensklaven, die am Tor zum Hinterhof stehengeblieben waren. »Ihr könnt gehen. Ich bedarf eurer Dienste heute nicht mehr!« rief sie schroff, dann warf sie Gion einen abschätzenden Blick zu. »Ich wette, du kennst jede Schenke in diesem stinkenden Viertel. Der Duft auf diesem Hof beleidigt meine Nase. Ich schlage vor, du bringst mich zu dem Wirt, der hier den besten Wein ausschenkt, und ich lade dich auf einen Krug ein. Salpicio war ein guter Kamerad. Ich werde dir ein wenig von ihm erzählen, während wir trinken.«

Der Weibel sah sie fragend an, entschied sich aber, lieber nichts zu sagen. Er führte sie durch die verwinkelten Gassen zu dem weiten Platz, auf dem sich der Praios-Tempel mit seinen goldbeschlagenen Holzsäulen befand, und dann weiter nach Osten in Richtung zum Hafen, wo die Straßen belebter wurden und sich unzählige kleine Läden aneinanderdrängten. Alara genoß es, sich mit dem Strom der Menschen treiben zu lassen. Sie liebte diese Stadt. Wenn nur die schwüle Hitze nicht gewesen wäre …

Der Blick der Commandanta glitt über die Auslagen der kleinen Läden. Es gab wohl nichts, was man hier nicht kaufen konnte. Kostbare Teppiche aus den Oasen der Khom fanden sich neben Seidenballen und Porzellan, das so dünnwandig wie Eierschalen wirkte. Der betörende Duft von Gewürzen und gut abgelagertem Tabak schwang in der Luft, das Blitzen von Silberschmuck und das geheimnisvolle Grün von kleinen Jadestatuen nahmen das Auge gefangen. Schildkrötenpanzer stapelten sich neben mächtigen Stoßzähnen aus Elfenbein, und an einem Stand erblickte Alara sogar eine verdorrte Menschenhand, die auf einem ausgefransten Samtkissen lag. Gleich daneben wurden Gemüse, Obst und Fleisch in buntem Durcheinander feilgeboten. Überall gab es kleine Garküchen, wo sich geflochtene Käfige mit Katzen, Hunden und trägen Eidechsen türmten. Man konnte zusehen, wie der Koch sie mit einer einzigen Bewegung tötete, um ihnen dann rasch die Haut abzuziehen und seine Kunden wählen zu lassen, welche Teile des blutigen Kadavers er zubereiten sollte.

Alara verharrte einige Augenblicke lang vor einem Laden, der mit schillernden Fischen in großen gläsernen Krügen lockte, die angeblich das Glück anziehen sollten. Auf Maraskan hatte sie solche Fische gehabt, doch das Glück war deshalb nicht zu Gast bei ihr gewesen. Aber es war allemal besser, an Fische zu glauben als an die Kunst der Heiler. Verächtlich blickte sie zu dem Laden am Ende der Straße hinüber. An vorstehenden Dachbalken wehten vertrocknete Schlangenhäute und bunte Lampions in der trägen Brise, die vom Hafen herüberwehte. Zu lange war sie der Hoffnung hinterhergelaufen, die die Heiler versprachen! Dutzende Male war sie enttäuscht worden, und doch hatte sie jeden Laden in der Stadt aufgesucht, der Wundermittel feilbot. Vermutlich könnte ich die verräucherten kleinen Geschäfte der Medici und Kräuterhändler allein am Geruch auseinanderhalten, dachte sie spöttisch. Jeder verströmte einen anderen Duft: nach getrockneten Meerespflanzen und den Gewürzen der fernsten Perlenmeerinseln, dann wieder nach Heilrinden und den Räucherharzen, mit denen die Nomaden am Rande der Khom handelten. Nur ein Geruch war allen gemeinsam: der säuerliche Duft enttäuschter Hoffnung. Aber vielleicht bildete sie sich das auch nur ein … »Der säuerliche Duft enttäuschter Hoffnung«, murmelte sie vor sich hin und starrte auf einen Glücksfisch mit feuerroten Flossen. »Welch ein Unsinn!« Sie straffte sich und folgte dem Weibel, der ein Stück weiter die Straße hinauf stehengeblieben war. »Wohin schleppst du mich eigentlich?« fragte sie gereizt.

»Dort vorn ist es.« Er deutete auf eine Schenke mit großen Fenstern, von wo aus man die Frachtschiffe im Hafenbecken beobachten konnte. »Ist ein guter Platz. Ich hab mich dort früher manchmal mit einem Freund getroffen. Aber das ist lange her ... War noch vor dem Krieg, Commandanta.«

»Kanntest du Salpicio?«

»Nur vom Sehen.«

»Sind die Götter nicht ungerecht? Wir zwei Veteranen ohne Zukunft haben alle Schlachten überlebt und er – er wurde von Golgari geholt, bevor er ahnen konnte, was die Zukunft ihm verhieß.«

Der Soldat zuckte mit den Schultern. »Ich denke über so etwas nicht nach. Das tut dem Kopf nicht gut. Die Götter werden schon wissen, warum er gehen mußte.«

»Nicht nur die Götter! Aber ich schwöre dir bei Praios: Auch mir wird nicht verborgen bleiben, was in der letzten Nacht geschehen ist und warum es geschehen mußte!«

Gion schwieg als Antwort, doch was er dachte, war nur allzuleicht in seinen Augen zu lesen. Und Alara konnte ihn verstehen. An seiner Stelle hätte sie genauso gedacht. Was zählten die Schwüre einer Offizierin, deren letzte Wochen vielleicht schon an den Fingern einer Hand abzuzählen waren? Wer den Toten näher war als den Lebenden, dem stand es nicht gut zu Gesicht, einen solchen Eid zu leisten.

Rondarion betrachtete das junge Mädchen, das auf dem Boden des Kerkers lag. Sie war schon die dritte, die er verhören mußte. Er haßte diesen Teil seiner Arbeit ... Er hatte zwar gewußt, daß es auch zu den Aufgaben eines Gardisten gehören konnte, einem verstockten Frevler durch Folter die Zunge zu lösen, aber bisher war es ihm erspart geblieben, zu solchen Mitteln greifen zu müssen, um ein Geständnis zu erzwingen. Seine Commandanta, Alara Olibano, galt zwar als unbarmherzig, aber von der Folter hielt sie nichts. Sie hatte ihn und seinen Kameraden Manolo stets gelehrt, auf ihren Verstand zu vertrauen. An ihrer Seite gegen korrupte Zöllner, Intriganten und Verschwörer vorzugehen, war stets glorreich gewesen. Und glorreich wollte Rondarion sein, wenn er eines Tages zum Offizier aufstieg. Ein Vorbild für seine Männer, ja, nichts weniger als ein Held. So wie sein Vater, der vor zehn Jahren im Khomkrieg gestorben war. Er hatte an fast allen großen Schlachten des Krieges teilgenommen und war in einem der letzten Gefechte gefallen, als er mit einer Handvoll Männer den Rückzug seiner Einheit deckte. Rondarion hatte seinen Vater geliebt, der so gut wie nie zu Hause gewesen war. Er war wie die Helden in den alten Geschichten gewesen. Groß, breitschultrig und immer mit einem freundlichen Lächeln auf den Lippen. An seiner Seite hatte Rondarion stets das Gefühl gehabt, sich vor nichts fürchten zu müssen.

Rondarion wußte, daß er nie so werden würde. Mittelgroß und schmal, fehlte ihm allein schon das eindrucksvolle Äußere. Obwohl er schon vierundzwanzig war, mochte sein Bart nicht recht sprießen, und bis er sich vor ein paar Monaten im Kampf mit Schmugglern die schmale Narbe auf der rechten Wange eingehandelt hatte, war immer wieder über seine zarten *weibischen* Gesichtszüge gespottet worden. Obwohl sein Haar recht kurz geschoren war, widersetzte es sich allen Versuchen, es auf Dauer in eine Frisur zu zwingen, und gleichgültig, wie oft er es auch kämmte, bald stand es wieder wirr in alle Richtungen. Auch seine leicht verträumten dunklen Augen entsprachen nicht dem Bild eines Kriegers. Deshalb hatte er sich angewöhnt, ständig die Brauen ein wenig zusammenzuziehen, um strenger auszusehen.

Glücklicherweise lebte er in Al'Anfa, wo die richtigen Beziehungen und einige geschickt angesetzte Bestechungen fast jedem den Weg ebnen konnten. So war er all seiner Mängel zum Trotz als Offiziersanwärter in der Stadtgarde aufgenommen worden. Allerdings hatte er lange befürchtet, man werde ihn zuletzt zum Dienst auf einer der entfernten Waldinseln abschieben und vergessen, bis schließlich Commandanta Olibano auf ihn aufmerksam geworden war. Sie hatte dafür gesorgt, daß er unter ihr Kommando gestellt wurde, und ihm sehr bald klargemacht, was ihrer Meinung nach einen Helden auszeichnete. Rondarion lächelte bei dem Gedanken an das lange Streitgespräch, das er erst vor wenigen Wochen mit ihr geführt hatte. Sie hatte ihn abgekanzelt wie einen jungen Rekruten, und zunächst war er wütend auf sie gewesen, doch allmählich war die Wut der Hoffnung gewichen, daß es viele Wege gab, ein Held zu sein. Ihr Ideal mochte er deshalb freilich noch nicht übernehmen. Die Behauptung, nur der sei ein Held, der nie gegen seine eigenen Ideale verstoßen habe, wobei man den Wert und den Hintergrund der Ideale täglich aufs neue überprüfen müsse, schien ihm doch zu vergeistigt und zu weit von der Wirklichkeit des Lebens angesiedelt.

Als man ihm am Morgen mitgeteilt hatte, daß er zu einer Sonderaufgabe auf die Sklaveninsel abkommandiert sei, war er zunächst stolz gewesen. Dieser abweisende Ort war das dunkle Herz der Stadt! Hier war das Gold gewonnen worden, mit dem man die prächtigen Paläste der Granden auf dem Silberberg errichtet hatte.

Er war jedoch noch keine Stunde auf der Insel gewesen, als ihm klarwurde, daß er diesen Ort wahrscheinlich nicht mehr lebend verlassen würde. Man hatte ihm und Manolo das Kommando über das schwarze Kastell übertragen, den vielleicht ältesten Teil der Befestigungswerke auf der Sklaveninsel. Die Festung war fast vollständig aus dunklem Basalt errichtet. Rings um den Innenhof lagen offene Kerker, deren Vorderfronten mit Gitterstäben, so dick wie Speerschäfte, gesichert waren. Ein kleiner Turm diente als Quartier der Wachmannschaften. Sie waren hier nur wenige ... zehn Männer aus der Stadtgarde, die man wegen irgendwelcher Vergehen hierher strafversetzt hatte. Es gab auch einen Ordensritter, doch der hielt sich offenbar freiwillig hier auf.

Rondarion fragte sich, was er wohl verbrochen haben mochte, daß man ausgerechnet ihn unter all den jungen Offiziersanwärtern der Stadtgarde ausgesucht hatte. Und natürlich Manolo ... Die kleine Festung war voller Kranker. Und etwas schien mit dieser Seuche nicht geheuer zu sein.

Unruhig musterte er die Gefangene. Das Mädchen, das vor ihm auf dem Boden lag, mochte vielleicht sechzehn Sommer gesehen haben. Sie war recht dünn, hatte ein feingeschnittenes Gesicht und Haare, so golden wie reifer Weizen. Eine Farbe, der man selten im tiefen Süden begegnete! Sie wirkte sehr zerbrechlich, wie sie so wehrlos am Boden lag. Man hatte sie gerade mit einem Eimer kalten Meerwassers übergossen, so daß ihr das dünne Seidengewand auf der Haut klebte.

Rondarion starrte auf ihre kleinen harten Brustwarzen, die sich deutlich durch den dünnen Stoff abzeichneten. Sie hätte ihm gefallen, wenn sie nicht krank gewesen wäre! Zitternd und schluchzend lag sie in ihrem blutigen Auswurf.

Der junge Offiziersanwärter griff nach der schweren Vogelmaske, die neben ihm auf dem Tisch lag, und schnallte sie sich wieder vors Gesicht. Sie zeigte einen Rabenkopf. Der lange Schnabel war aus geschwärztem Stahl geschmiedet. Er stopfte Kräuter in die Schnabelspitze und entzündete sie mit dem glühenden Schüreisen, das in dem schwelenden Kohlenbecken neben ihm steckte.

»Ich werde mit der kleinen Hure allein fertig!« Rondarions Stimme klang dumpf und unheimlich hinter der schweren Maske. Er blickte an sich hinab, um zu überprüfen, ob das ungewohnte Gewand auch richtig saß. Man hatte allen Soldaten, die Dienst im schwarzen Kastell taten, Priestergewänder der Borongeweihtenschaft überlassen. Der gesegnete schwarze Stoff, die Masken und die Handschuhe aus grobem Rindsleder sollten sie vor den Dämonen schützen, die die Erkrankten befallen hatten.

»Möge dein Schatten noch lange das Licht des Praios fangen!« Der hochgewachsene Ordensritter auf der anderen Seite des Kerkers verbeugte sich knapp und verließ die kleine Kammer. Rondarion war mit dem Mädchen allein. Trotz der stickigen Hitze fröstelte ihn. Er trat an das Schreibpult, das der Priesterritter verlassen hatte, nahm die Feder aus dem Tintenfaß, das ins schwarze Holz des Pultes eingelassen war, und beugte sich über den gelblichen Papierbogen. »Welches ist dein Name, Weib?«

»Ines de Porta«, röchelte das Mädchen leise.

»Ist dies dein wahrhaftiger Name, oder nanntest du dich vor deinen Beschälern so?«

»Ich … ich habe mich noch niemals mit … fremden Federn geschmückt.«

»… de Porta«, murmelte Rondarion, während er den Namen niederschrieb. Die Worte gingen ihm leicht von den Lippen, so als wären sie ihm schon seit langem vertraut.

»Ich habe mich de Porta genannt … weil ich immer nur am Hafen gearbeitet habe«, flüsterte das Mädchen.

Rondarion nickte und sah sie über die Kante des hohen Pultes hinweg an. Ihre Augen waren himmelblau.

»Was ist mit mir geschehen? Warum … warum hat man mich hierhergebracht?«

»Es steht dir nicht zu, mir Fragen zu stellen«, entgegnete er kühl. »Du wirst mir nun die Namen all jener nennen, mit denen du in den letzten Tagen verkehrtest und in die du die unheiligen Samen jenes Dämons gelegt haben magst, der von deinem brünstigen Leib Besitz ergriff ...«

»Namen?« Sie lachte schrill und preßte sich dabei die Hände auf den Leib. »In meinem Geschäft kennt man keine Namen ... Meine Kunden stellen sich mir nicht vor ... Sie sagen nur, was sie wollen.«

Rondarion griff nach dem rotglühenden Schürhaken. »Du wirst mir Namen nennen, Weib!«

»Aber ich sage dir doch ...«

»Weißt du, daß ein Auge zu kochen beginnt, wenn man ein glühendes Eisen kurz davorhält?« Der junge Offiziersanwärter hatte einmal gesehen, wie ein Fälscher auf diese Weise geblendet worden war. Stumm betete er zu Praios, daß die Hure endlich reden möge. Noch nie war er gezwungen gewesen, jemanden zu foltern.

»Bitte ... Kein Kunde wird mich mehr wollen ... wenn du mir das antust. Tu mit mir, was immer du willst, aber verstümmle meinen Leib nicht ...«

»Glaubst du wirklich, du wirst noch einmal Kunden haben? Spürst du nicht den unheiligen Schatten, der auf dir ruht? Die Zeit, die dir noch bleibt, zählt nicht nach Tagen, sondern nach Stunden! Erleichtere deine Seele und nenn mir die Namen jener, mit denen du dein Lager teiltest. Und wenn du schon keine Namen kennst, so beschreib sie mir wenigstens. Ein jeder deiner Beschäler muß gefunden werden, bevor der Dämon, der dich befiel, seine Krallen auch an ihren Seelen wetzt!«

»Du meinst, ich ...« Ihre Hände verkrallten sich in ihrem Leib. Ihr Gesicht war eine Grimasse des Schmerzes. Ohne Scham riß sie den Rock hoch und erleichterte sich auf den Boden des Kerkers. Angewidert betrachtete Rondarion den blutdurchsetzten Kot der Todgeweihten. Nicht einmal die schwelenden Kräuter im Schnabel der Maske mochten den bestialischen Gestank gänzlich von ihm fernzuhalten.

Die junge Frau war zur Seite gesunken. Wimmernd preßte sie sich die Hände auf den Leib. Sie sah so jung und unschuldig aus. Rondarion schluckte hart. Sie war von Dämonen besessen! Er durfte kein Mitleid mit ihr haben! Mitleid bedeutete in diesem Fall den ersten Schritt zur Verdammnis. Er ließ den Schürhaken zurück ins Kohlenbecken sinken und füllte einen Becher mit Wasser. Dann kniete er neben dem Mädchen nieder. Vorsichtig zog er den besudelten Rock ein wenig herab, damit die Scham wieder bedeckt war.

»Einen Namen. Nenn mir nur einen einzigen Namen, und du wirst von der Qual des Verhörs erlöst sein. Bitte!« Rondarion träufelte ihr ein wenig Wasser auf die Lippen.

»Vor drei Nächten ... als der Dämon noch nicht in mir ... brannte, kam ein Mann ... Er hieß mich in seine Sänfte steigen. Er war in reiche Gewänder gekleidet ... Ich liebkoste seinen ...« Ein Zittern durchlief ihren Körper. »Er entkleidete sich kaum ... Sein Gesicht war hinter einer Maske aus ... Pfauenfedern verborgen, und es schien, als habe er ... hundert Augen. Er sprach kaum ein Wort ... Aber ich weiß, daß er vom Silberberg kam ... An seiner linken Hand fehlte ihm der ... halbe Ringfinger ...«

»Schweig, Frevlerin! Das ist Lüge!«

»Seine Dämonensaat hat sich in mich ergossen!«

»Schweig!«

»Am nächsten Morgen erst hat mich der rote Difar gepackt! Er war es ...«

Rondarion hob drohend die Hand. »Halt dein Schandmaul!«

»Der halbe Ringfinger! Du weißt, was das bedeutet ...«, schrie Ines wie von Sinnen. »Er hat sich verkauft ... Wie alle aus seiner Sippe ...«

Schwere Schritte erklangen. Der hochgewachsene Ordensritter erschien im Eingang der engen Kammer. »Was geschieht hier?« rief er mit donnernder Stimme.

»... tausendmal mehr verkauft, als ich mich je verkaufen kann ...«, kreischte das Weib. »Tausendmal mehr!«

»Sie redet im Wahn«, stammelte Rondarion hilflos. »Sie ...«

Der Ordensritter riß das Schüreisen aus dem Kohlenbecken und drückte es ihr in das helle Fleisch der Waden. »Möge Praios in gestrenger Gnade über dich richten! Möge Rondra ihre schärfste Klinge an deinem Leib wetzen! Möge Boron sich deines Schattens barmherzig annehmen! Möge ...«

Rondarion preßte die Lippen zusammen. Ihm war übel. Das Mädchen bäumte sich auf und stieß einen gellenden Schrei aus, dann sank es ohnmächtig in sich zusammen.

»Der Schmerz ist das einzige Mittel, den Dämon zu vertreiben, wenn seine blasphemischen Lügen von ihren Lippen perlen.«

Der Offiziersanwärter nickte.

»Weint Ihr etwa? Mir scheint es, als liefen Tränen über Eure gesegnete Rabenmaske.« Rondarion meinte, in der Stimme des Ordensritters einen Hauch des Vorwurfs zu hören. »Ihr dürft Euer Herz nicht dem Mitleid öffnen!«

»Es ist der Rauch der Kräuter«, entgegnete Rondarion eilig. »Er brennt mir in den Augen.« Etliche Herzschläge lang sahen sie einander schweigend an. In der schwarzen Kutte, das Haupt unter einer weiten Kapuze verborgen und mit der Maske vor dem Gesicht, ähnelte der Ordensritter selbst einem riesigen Raben.

»Der Rauch ...« Die Stimme des Ordensritters war nun ohne jegliches Gefühl. »Geht hinauf in Eure Kammer und reinigt Eure Seele im Gebet. Schützt Euch gegen das Gift, das die Zungen der Verdammten verspritzen!«

Schweigend, das Herz voller Zweifel, verließ der Stadtgardist die düstere Folterkammer. Hatte Ines die Wahrheit gesagt? War ein Grande vom Silberberg bei ihr gewesen? Hatte er den Tod hinauf in die prächtigen Paläste der Reichen getragen? Oder war die tödliche Seuche gar von dort gekommen? *Der halbe Ringfinger …* Rondarion wußte nur zu gut, was das bedeutete! Doch an wen konnte er sich wenden? Dem Ordensritter traute er nicht. Fast jede der großen Familien stellte einen der Hochgeweihten der Boronkirche. Die Ordensritter der *Basaltfaust,* die Ritter des Todesgottes, würden es niemals erlauben, daß auch nur der Schatten eines Zweifels auf einen der Hohen Geweihten fiel. Und der Stadtmarschall … Rondarion lächelte verzweifelt. Der einzige Mensch, dem er von diesem Vorfall schreiben konnte, war Alara Olibano. Nur ihr konnte er vertrauen.

3. Kapitel

Alara stand am Fenster ihrer Schreibstube und ballte wütend die Fäuste hinter dem Rücken. Sie hatte am Morgen keine Sänfte bekommen können. Noch vor Sonnenaufgang hatte sie einen Sklaven danach geschickt, doch alle Sänften in der Stadt schienen in dieser Nacht vermietet worden zu sein. So war ihr nichts übriggeblieben, als zu Fuß den Weg zur Kommandantur zurückzulegen. Sie war völlig außer Atem gewesen, als sie schließlich ankam. Ausgerechnet in diesem Zustand hatte sie dem Stadtmarschall in die Arme laufen müssen! Sonst war er nie so früh zugegen. Doch an diesem Morgen schien wohl nichts so zu sein, wie es gewöhnlich war. Er hatte sie mitleidig betrachtet und gefragt, ob sie sich nicht für ein paar Tage freinehmen wolle.

Alara ballte die Fäuste noch fester. Sie haßte Mitleid. Ihr war ohnedies bewußt, daß ihre besten Tage längst hinter ihr lagen, obwohl sie noch nicht einmal Mitte Dreißig war. So sehr war sie in ihre Gedanken vertieft, daß sie erschrak, als sie plötzlich Schritte hinter sich hörte. Hastig fuhr sie herum. Für einen Herzschlag glaubte sie, ein Geist stehe vor ihr. Dann erkannte sie Ilian Naldor. Braungebrannt, mit selbstbewußtem Lächeln und von schlanker, drahtiger Statur, ähnelte er Salpicio. Naldor trug die Uniform der Stadtgarde, den schwarzen Waffenrock mit der goldenen Krone, darunter eine kurzärmelige Iryanlederrüstung, die ihm bis zur Mitte der Oberschenkel reichte. Die Linke des Weibels lag lässig auf dem Knauf des Schwertes, das er umgegürtet hatte, während er mit der Rechten zackig salutierte. Der junge Stadtgardist hatte ein freundliches, offenes Gesicht. Er wirkte fast ein wenig unbedarft, so als versuche er, mit der zur Schau gestellten Lässigkeit in Wahrheit seine Unsicherheit zu überspielen.

»Weibel Ilian Naldor meldet sich wie befohlen aus Mirham zum Dienst, Commandanta Olibano!«

Alara drehte sich nun zur Gänze um und musterte ihn. »Meine Männer pflegen im Dienst keine Uniform zu tragen. Da man uns in der Regel für besondere Aufträge einsetzt, ist es besser, man erkennt uns nicht schon von weitem als Stadtgardisten. Die meisten Schurken merken das auch so noch früh genug ... Sie scheinen geradezu einen siebten Sinn dafür zu haben. Im übrigen bin ich froh, daß Ihr so schnell zur Verfügung steht. Ich bin sicher, es wird Euch gelingen, den Mörder zu entlarven. Leider erlaubt es mir meine Gesundheit nur in den seltensten Fällen, so zu handeln, wie ich es gern möchte.«

Naldor nickte knapp. »Was dies angeht, bin ich bereits im Bilde.«

»Wie es scheint, seid Ihr entschlossen, Eure neue Aufgabe mit dem größten Eifer anzugehen.« Alara legte den Kopf schief und runzelte die Brauen, so daß ihre Tätowierung ein unheimliches Eigenleben zu bekommen schien. »Sehr löblich ... Wißt Ihr, in den letzten fünfzehn Jahren habe ich Hunderte von Gardisten und Schurken jeglicher Art kennengelernt. Oft ist der Unterschied zwischen ihnen gar nicht so groß, wie man meinen sollte. Als Schlüssel zum Erfolg betrachte ich die Fähigkeit, sich in einen Dieb oder Schmuggler hineinzudenken. Wenn man es versteht, wie *er* zu werden, dann kann man ihm auch einen Schritt voraus sein. So wird man ihn bekommen ... Wußtet Ihr, daß man mir nachsagt, ich hätte zur Meuchlergilde der Schwarzen Hand gehört?« Sie lächelte dünn.

Naldor war ganz offensichtlich verlegen. »Das ist mir bekannt …«

»Und was ist mit Euch? Könnt Ihr Euch in einen Mörder hineindenken?«

»Ich … also …«

»Laßt es gut sein, Naldor. Auch andere Wege führen zum Ziel. Wißt Ihr, Salpicio war der begabteste Mann, der je unter mir gedient hat. Der hätte es in dieser Stadt gewiß noch weit gebracht … Er war ein brillanter Kopf, und er wußte genau, was er wollte. Aber soll ich Euch verraten, was noch wichtiger war, Naldor? Er wußte, wann es klüger war zu schweigen. Das ist in Al'Anfa die bedeutendste aller Tugenden. Ihn sollten wir uns zum Vorbild nehmen … Ich versichere Euch, der war uns beiden über.«

»Schon möglich«, entgegnete der Weibel knapp. Seinem Tonfall war deutlich anzuhören, daß er keineswegs gewillt war, den Toten rückhaltlos zu bewundern. »Doch scheint selbst ihm gelegentlich ein Fehler unterlaufen zu sein, sonst stünde ich wohl kaum hier – an *seiner* Stelle.«

»Erlaubt, daß ich Euch korrigiere. Ihr steht keineswegs an seiner Stelle … Ihr habt lediglich seinen Platz eingenommen. Da besteht ein Unterschied.« Naldor wich ihrem Blick aus. »Doch kommen wir wieder zur Sache … Wir wissen fast nichts über Salpicios Ableben. Nicht einmal was er in den Brabaker Baracken gewollt hat … Dienstlich ist er jedenfalls nicht dort gewesen. Zumindest nicht auf *meinen* Befehl hin.«

»Ich denke, er war auf dem Weg zu seiner Geliebten.« Naldor lächelte triumphierend. »Ich weiß, daß er dort ein Mädchen hatte.«

»Ihr seid gut informiert …«

»Es gibt allerdings eine Schwierigkeit. Salpicio war herausgeputzt wie ein Grandensöhnchen auf Brautschau, als er ermordet wurde. Diese Aufmachung paßt nicht recht zu einem Besuch in den Brabaker Baracken.«

»Woher wißt Ihr das eigentlich, Naldor?«

Der junge Gardist wirkte überrascht. »Ja, habt Ihr denn den Bericht des Leichenbeschauers nicht gelesen, Commandanta?«

»Ich schätze diesen neumodischen Schreibkram nicht. In meinen Augen hat es keinen Nutzen, über jeden Furz eine Akte anzulegen.«

»Und Ihr habt den Toten auch nicht gesehen?«

»Nur kurz, und da war er schon so nackt, wie seine Mutter ihn geboren hat. Ich schätze Tote nicht. Sie gehören nicht mehr in unsere Welt, und ihre Kadaver sollten so schnell wie möglich unter die Erde oder in die Flammen des Scheiterhaufens. Doch kommen wir zurück zu Salpicios Aufmachung ... So, wie Ihr Euch ins Zeug legt, habt Ihr doch gewiß auch dafür eine plausible Erklärung.« Naldor lächelte noch immer. Offensichtlich hatte er seinen ersten Auftritt genau geplant, um sie zu beeindrucken.

»Ich denke, Salpicio kam aus einer der Villen, die südlich der Baracken liegen. Dort leben mächtige Familien, wie die Pervals. Seine Aufmachung wäre einem Fest in einem dieser Häuser durchaus angemessen gewesen.«

»Woher wollt Ihr das wissen?«

»Er schreibt immer wieder, daß er in einem Hause T verkehrte.« Naldor zog unter seinem Waffenrock ein Notizbüchlein hervor, so wie es Händler auf Reisen benutzen, um sich Namen oder die Preise von Waren zu notieren. »Salpicio hat ein paar Aufzeichnungen über seine Besuche im Hause T hinterlassen.«

»Darf ich das einmal sehen?« Alara mußte sich alle Mühe geben, damit der Gardist nicht bemerkte, wie überrascht sie war. »Wie kommt Ihr zu dem Büchlein?«

»Ich habe mir erlaubt, der Unterkunft Salpicios heute morgen, nachdem ich in der Stadt eingetroffen war, einen Besuch abzustatten. Er hatte seine Aufzeichnungen unter einer losen Holzdiele versteckt.«

»Ihr kanntet ihn recht gut, wie mir scheint …«

»Vor seiner Beförderung und meiner Versetzung nach Mirham. Danach hatten wir kaum noch Gelegenheit, uns zu sehen.«

Alara blickte von dem Büchlein auf und musterte Naldor. Auch wenn er ganz ruhig gesprochen hatte, war seine Verbitterung nicht zu überhören. »Und wenn T nun einfach nur für den Namen seiner Geliebten steht?«

»Das trifft nicht zu. Die junge Frau heißt Anatewka. Sie ist eine Bornländerin, deren Vater in den Bankrott geriet. Sie lebt mit dem Alten in den Brabaker Baracken. Mehr können sie sich nicht mehr leisten. Wenn Ihr Euch außerdem anseht, was er schreibt, dann wird auch Euch auffallen, daß kein Mann so von seiner Liebsten spricht. Seht Euch nur die letzte Eintragung an, Commandanta.«

HABE SEIN VERTRAUEN GEWONNEN. HOFFE, DASS ICH HEUTE ABEND ZUM INNEREN ZIRKEL VORDRINGEN WERDE. DAS ALLES RIECHT NACH VERSCHWÖRUNG. M. LÄDT DIE KÜNSTLER NUR EIN, UM KULISSE FÜR DIE HOHLKÖPFE ZU SCHAFFEN.

»Wie es scheint, hat Salpicio diesen M. gehörig unterschätzt«, murmelte Alara leise. »Offensichtlich habe auch ich mich in meinem Zögling verschätzt. Eine Geliebte, geheime Notizen und ein Maskenspiel. Ich glaube fast, er hat das Wesentliche aus den Augen verloren. Ein Fehler, den unser Stand nicht verzeiht.«

Naldor schüttelte den Kopf, wagte aber nicht, ihr offen zu widersprechen. »Was seid Ihr nur für ein Mensch … Ich dachte, er sei Euer Liebling. Und nun redet Ihr so von ihm.«

»Ich bin eine böse alte Kobra, die weiß, daß ihr nicht mehr lange bis zum Ritt auf Golgaris Rücken bleibt, und die trotzdem ihre Seele dafür gäbe, noch ein oder zwei Ratten zu verschlingen, bevor ihre letzte Nacht anbricht.«

Einige Herzschläge lang sahen die beiden einander an. Naldor wußte nicht, was er darauf entgegnen sollte. Der Gardist konnte den Anblick der Schlangentätowierung nicht mehr ertragen. Er sah zum Fenster und fragte sich, ob Commandanta Olibano wahnsinnig war. »Ich habe mit dem Stadtmarschall gesprochen. Er sagt, Ihr hättet einen Verdächtigen im Auge.«

»Das stimmt.«

»Ich finde, Ihr solltet mir davon erzählen ... Ich meine, da wir doch jetzt zusammenarbeiten.«

»Wißt Ihr, Naldor, in mancher Hinsicht weichen meine Vorstellungen über das Vorgehen sehr von denen unseres hochverehrten Stadtmarschalls ab.« Alara machte eine kurze Pause und bedachte jedes ihrer Worte gut. »Manchmal ist es klüger, dem Mörder ein wenig Zeit zu geben, damit er selbst jene Beweise liefert, die ihn überführen werden. Man muß nur warten und die eigenen Schritte gut durchdenken.«

»Aber wie soll ich Salpicios Mörder finden, wenn Ihr nicht bereit seid, Eure Erkenntnisse mit mir zu teilen?«

»Erkenntnisse ... tja ... Ihr habt mir jede Menge Dinge über Salpicio erzählt, die ich noch nicht wußte, Naldor. Ihr macht Eure Arbeit wirklich gut. Ich möchte Euch nicht im Wege stehen ... Stellt Euch vor, ich irre mich und teile meinen Irrtum mit Euch. Eure klare Sicht auf die Tatsachen wäre verloren. Ich brauche Euch so, wie Ihr seid. Kopf hoch, Mann! Ich vertraue Euch, daß Ihr mir den Mörder ans Messer liefern werdet. *Ich* vertraue meinem Instinkt, und *Ihr* bringt mir meinen Mörder mit Hilfe dieser neumodischen Methoden, die der Stadtmarschall so sehr zu schätzen weiß.«

Wieder verfielen die beiden in längeres Schweigen. »Seid Ihr mit diesem Vorschlag einverstanden?« fragte Alara schließlich.

Der junge Gardist zögerte kurz, bevor er nickte.

»Schön. Dann erzählt mir doch weiter von den Spuren, die Ihr zusammengetragen habt. Wie mir scheint, seid Ihr heute morgen schon recht fleißig gewesen.«

Naldor räusperte sich. »Ich habe mich nach den Namen der vornehmen Stadtpaläste erkundigt, die südlich des Elendsviertels liegen. Es gibt nur zwei Häuser, die mit einem T beginnen. Die Villa des großen Theatralo und die Villa Tuzak. Sie liegt gleich gegenüber dem Palast der Pervals. Wer M sein könnte, habe ich allerdings noch nicht herausgefunden. In Salpicios Aufzeichnungen finden sich Hinweise darauf, daß es heute nacht wieder ein Treffen geben wird. Diese Zusammenkünfte haben in letzter Zeit immer häufiger stattgefunden.« Während er sprach, hatte der junge Gardist seine Selbstsicherheit wiedergefunden. Er ging im Zimmer auf und ab und gestikulierte dabei mit den Armen.

»Und was wollt Ihr tun?« unterbrach Alara seinen unruhigen Marsch. Es ärgerte sie, daß er, obwohl er immer schneller redete, dabei nicht außer Atem geriet.

»Ich habe mir überlegt, daß ich die beiden Villen heute nacht beobachten werde. Dann werden wir wissen, wo Salpicio gewesen ist und wo wir nach seinem Mörder suchen müssen. Wollt Ihr mich dabei begleiten, Commandanta?«

»Gern.«

Naldor hielt inne und sah sie verblüfft an. »Gut ...« Augenscheinlich hatte er mit dieser Antwort nicht gerechnet. »Ich dachte, nach Sonnenuntergang zu gehen ...«

»Sehr schön. Holt mich in meinem *Palacio* ab. Es liegt in einem alten Festungsturm nahe dem Ingerimmtempel. Fragt die Kinder dort auf der Straße nach der *Schlange* – das ist der Spitzname, den sie mir gegeben haben. Dann werdet Ihr mich leicht finden. Und nun geht weiter Euren Nachforschungen nach. Ich bin gespannt, womit Ihr mich heute abend überraschen werdet.«

Der Gardist wirkte brüskiert, so plötzlich verabschiedet zu werden. Einen Augenblick lang glaubte Alara, er wolle noch etwas sagen. Sie sah förmlich, wie ihm eine beißende Bemerkung auf den Lippen brannte. Doch dann salutierte er nur kurz und verließ ohne ein Wort die Schreibstube.

Als er die Tür hinter sich geschlossen hatte, öffnete Alara ihren Schreibtisch und nahm die Schriftrolle heraus, die sie dort verborgen hatte. Dann vertiefte sie sich in die Aufzeichnungen des Toten, doch sie fand keine rechte Ruhe. Sie mußte mit dem Stadtmarschall sprechen!

Die Offizierin stand vor der Tür zum Zimmer des Stadtmarschalls und rang nach Atem, so wie es ihr seit etlichen Götternamen zur Gewohnheit geworden war. Sie spürte einen stechenden Schmerz in den Lungen. So wenige Stufen, dachte sie verbittert. Dann reckte sie das Kinn vor, zwang sich, regelmäßig zu atmen, und trat ein, ohne anzuklopfen.

Florios wollte wütend auffahren, doch als er sah, daß sie es war, ließ er sich wieder in seinen mächtigen Lehnstuhl zurücksinken. »Ihr seht immer noch schlecht aus, Commandanta. Habt Ihr Euch mein Angebot vom Morgen überlegt?«

»Ja. Ich denke, ich werde schon bald für ein paar Tage nicht zum Dienst erscheinen. Vielleicht werde ich sogar die Stadt verlassen …«

»Eine sehr gute Idee. Die stickige, schwüle Luft hier ist Gift für Eure Lungen, Commandanta Olibano. Vielleicht solltet Ihr eine Schiffsreise in den Norden machen.«

»Vielleicht …« Sie betrachtete mit einigem Erstaunen die schön verzierte Balestrina, die vor Florios auf dem Tisch lag. Der Schaft der Waffe war aus schwarzem Holz, geschmückt mit blaßblau schimmernden Perlmuttintarsien. Über dem Abzugshebel lagen zwei fein ziselierte Metallbüchsen parallel zur tief eingekerbten Führungsschiene für den Bolzen. Die Büchsen schützten die empfindlichen Torsionsbündel der Waffe. Ein schwarzgefiederter Bolzen lag auf der Führungsschiene. »Eine schöne Waffe. Darf ich?« Ohne eine Antwort abzuwarten, griff sie danach.

Florios strahlte. »Nicht wahr? Ein Geschenk von meinem Bruder. Er hat sie von einem Mechanicus in Grangor anfertigen lassen. Man sollte es kaum glauben, daß das kleine Ding noch auf fast zwanzig Schritt jeden Brustharnisch durchschlägt.«

Alara drehte und wendete die Waffe, um sie von allen Seiten sorgfältig zu betrachten. Schließlich nahm sie den Bolzen heraus. Die stählerne Spitze war mit zwei winzigen Nägeln am Schaft befestigt. Ein Stempelabdruck an der Unterseite der Spitze zeigte zwei gekreuzte Hämmer – das Wappen des Mechanicus oder zumindest des Bolzenmachers. »Wirklich ein schönes Stück. Aber nichts für mich! Ich habe schon erlebt, wie eine solche Waffe im entscheidenden Augenblick Ladehemmung hatte und so ihrem Schützen den Tod brachte.«

Florios schnaubte verächtlich. »Ihr seid einfach gegen jede Veränderung, Olibano. Euer Einwand mag auf die ersten Waffen dieser Art zutreffen, aber dieses Modell ist wirklich hervorragend. Ich finde, alle Offiziere in der Stadtgarde sollten zusätzlich zu ihrer Klinge eine Balestrina führen. Sie eignet sich hervorragend zum Einsatz im Nahkampf. Einige Hauptleute haben sich schon auf eigene Kosten damit eingedeckt … Daß diese verbesserten kleinen Armbrüste bei allerlei lichtscheuen Halsabschneidern immer beliebter werden, wißt Ihr ja selbst, Commandanta.«

Alara musterte den Stadtmarschall unverhohlen. »Ja, ja, bei *Halsabschneidern* … Ganz, wie Sie sagen.«

Es schien, als verstehe Florios ihre Anspielung nicht. Jedenfalls fuhr er ungerührt fort. »Habt Ihr überhaupt eine Vorstellung davon, welche Kämpfe ich mit dem Rat der Zwölf ausfechte? Das ist ganz so, als würde ich einen Troll zum Armdrücken herausfordern. Aber ich werde nicht aufgeben. Es ist höchste Zeit, daß in der Stadtgarde tiefgreifende Reformen durchgeführt werden und ...«

»Und darum habt Ihr quasi über Nacht meine Abteilung aufgelöst, Stadtmarschall?«

»Was?« Florios starrte sie finster an. Eine tiefe Falte zeigte sich auf seiner Stirn. »Wie meint Ihr das? Überhaupt verbitte ich mir Eure frechen Unterstellungen und ...«

»Vor zwei Nächten starb mit Salpicio mein bester Mann. Am Morgen danach werden seine beiden Gefährten Rondarion und Manolo auf die Sklaveninsel versetzt, um sich dort um die Opfer der rätselhaften Seuche zu kümmern, die unsere Stadt heimsucht. Eine Aufgabe, die man Therbuniten anvertrauen sollte, aber gewiß keinen Offiziersanwärtern! Ihre Aussichten, diesen Auftrag zu überleben, sind gelinde gesagt gering! Und heute schlagt Ihr mir vor, meinen Dienst aufzugeben, um meine Krankheit zu kurieren. Findet Ihr nicht, daß dies ganz so aussieht, als solle die Sondergruppe unter meinem Kommando zerschlagen werden, ohne daß man offiziell den Befehl zu ihrer Auflösung gab? Ich frage mich, warum dies alles geschieht. Wer hat Angst vor uns? Was sollen wir nicht entdecken?«

Der Stadtmarschall schüttelte eine Spur zu heftig den Kopf. »Hirngespinste, meine Liebe! Ihr leidet an Verfolgungswahn! Habe ich Euch nicht einen neuen Mann zur Verfügung gestellt, um die Nachforschungen über den Mord an unserem Kameraden Salpicio voranzutreiben? Wie steht es damit? Habt Ihr Eure Arbeit getan? Oder seid Ihr schon ganz in Euren Wahnvorstellungen gefangen, Commandanta?«

»Es gibt eine Spur, die wir verfolgen«, antwortete Alara ausweichend. »Ich werde Euch morgen Näheres melden.« Ihr Blick fiel auf den Brief, der vor dem Stadtmarschall auf dem Tisch lag. Sie kannte die Handschrift. Er mußte von Rondarion sein. »Gibt es etwas Neues von der Sklaveninsel?« Sie nickte in Richtung des Schreibens.

»Nein.« Olibano faltete den Brief sorgfältig zusammen. »Dies ist lediglich ein Bericht darüber, wie viele Tote es seit gestern gegeben hat. Ich werde den Rat um Unterstützung durch den Bund des Kor bitten müssen. Ich habe nicht genug Leute, um die Sache länger unter Kontrolle zu halten. Es ist nur noch eine Frage der Zeit, wann die Fanas merken, was vor sich geht, und eine Panik ausbricht. Begreift Ihr jetzt endlich, warum ich Euch nicht mehr Männer geben kann, um den Mord an einem einzelnen Menschen aufzuklären? Hier geht es um das Leben von Hunderten!«

Alara wollte erst noch etwas antworten, schwieg dann aber. Was nutzte es, mit Florios zu reden? Noch nie zuvor hatte sie ihn so gleichgültig gegenüber dem Tod eines Stadtgardisten erlebt. Einer seiner Männer! Sie betrachtete die Balestrina und den zusammengefalteten Brief. Es hatte keinen Sinn, noch länger hierzubleiben. Sie salutierte mit übertriebener Geste. »Bitte um Erlaubnis, mich zurückziehen zu dürfen.«

Florios bedachte sie mit einem bitteren Blick. »Ja, zurückziehen ... Ich wünschte, ich könnte mich auch zurückziehen!«

Rondarion betrachtete zweifelnd die vermummte Gestalt, die halb über Ines gebeugt stand. Auf seinen Brief hatte er keine Antwort von Commandanta Olibano erhalten. Statt dessen war ein Magier im Auftrag des Stadtmarschalls erschienen. Ohne daß der junge Offizier einen stichhaltigen Grund hätte nennen können, mißtraute er dem Mann.

Ines hatte seltsam geweitete Augen. Magister Dronte nahm seine Rabenmaske ab und sah dem Mädchen fest in die Augen, während er leise irgend etwas murmelte. Sein Gesicht, gerahmt von einem roten Bart, in dem sich die ersten grauen Strähnen zeigten, wirkte freundlich.

»Würdest du mir sagen, mit wem du in den letzten Tagen dein Lager geteilt hast? Ich meine, bevor du hierhergebracht wurdest ...«

Ines leckte sich die aufgesprungenen Lippen. Ihr Gesicht war eingefallen, von der Krankheit ausgezehrt. Tiefe dunkle Ränder malten sich unter ihren Augen ab. Und doch hatte die Sieche nicht ganz über die Schönheit des Mädchens triumphieren können. »Die meisten meiner Freier nennen ihren Namen nicht. Ich kenne nur sehr wenige. Da war Rafael aus dem Handelshaus Stoerrebrandt, der einäugige Gorbracht ...«

Rondarion tauchte die Feder ins Tintenfaß an seinem Stehpult und begann zu schreiben. Sie kamen nicht viel weiter. Vier Namen nannte Ines, bis ihr die Stimme versagte. Sie krampfte die Hände in den Leib und wand sich stöhnend auf ihrem schmutzstarrenden Lager. Der Magier blickte ratlos auf.

»Kannst du sie nicht heilen?« erklang die gedämpfte Stimme des Ordensritters durch die Rabenmaske. Der hagere Krieger stand dicht neben dem Magier und ließ ihn keinen Herzschlag lang aus den Augen. Offensichtlich mißtraute auch er Magister Dronte.

»Sehe ich aus wie ein Medicus?« brummte der Rotbart.

Der Ordensritter richtete sich zu seiner vollen Größe auf. »Wie du aussiehst, schert mich nicht! Von den ersten zwölf Kranken, die man hierhergebracht hat, leben noch drei. Wenn wir herausbekommen wollen, wo oder durch wen die Seuche ihren Ursprung nahm, dann dürfen sie nicht sterben! Sieh dir dieses Weibsbild an. Sie wird noch vor Sonnenuntergang zu Boron gehen, wenn sie keine Hilfe bekommt. Um die anderen beiden steht es nicht besser. Wozu hat man dich überhaupt geschickt, wenn du nicht bereit bist, dein Bestes zu geben?«

»Ich … ich rühre keinen von diesen Elenden an.«

Rondarion und der Ordensritter tauschten einen langen Blick. Dann legte der hagere Krieger den Kopf so schief, daß er mit seiner Maske und der dunklen Robe tatsächlich wie ein kauernder großer Rabe wirkte. »Man hat dir wohl nichts gesagt, Magister …«

»Was hat man mir nicht gesagt?« Der Zauberer ließ von dem Mädchen ab und wandte sich nun ganz dem Ordensritter zu.

Rondarion schnalzte mit der Zunge. »Dann geht es dir ja ganz wie mir. Ich wußte auch nicht, daß ich diese Mauern nicht mehr verlassen werde, als ich hierherkam.«

»Nicht mehr verlassen?«

»Bis nicht geklärt ist, welchen Dämon die Kranken in sich tragen und auf welche Weise sich der verderbenbringende Same des Bösen weiter ausbreitet, wird niemand dieses Kastell verlassen, der die Zugbrücke einmal überquert hat«, erläuterte der Ordensritter kühl.

»Ihr … Ihr werdet mich nicht hindern.«

»Wir brauchen dich gar nicht zu hindern. Erinnerst du dich an die Bogenschützen auf dem Platz vor dem Kastell? Sie haben Befehl, auf jeden zu schießen, der von hier fortzukommen versucht.«

Die Linke des Magiers schloß sich so fest um seinen Zauberstab, daß die Fingerknöchel weiß hervortraten. »Und Ihr? Sind wir denn hier alle zum Tode verdammt …«

»Hüte deine Zunge, Kerl. Ich werde nicht dulden, daß du lästerlich von unserm Herrn Boron sprichst!«

»Aber fürchtest du ihn denn gar nicht …«

Der Ordensritter stieß ein dumpfes, keckerndes Lachen aus. »Ihn fürchten? Ich habe mich vor mehr als zwanzig Götterläufen dem Dienst am Herrn des Todes verschrieben. Es ist meine größte Hoffnung, gnädig in sein Reich aufgenommen zu werden. Es ist meine einzige Furcht, in seinem Dienst fehlzugehen, durch die Lockungen des Lebens verwirrt zu werden und vom Pfad in seinem Schatten abzuweichen, sei es auch nur einen Herzschlag lang.«

Der Magier rang augenscheinlich um Fassung. Er lehnte sich gegen die Wand und schnappte wie ein Ertrinkender nach Luft. »Betrogen ... man hat mich betrogen!«

»Wird er einen Fluchtversuch unternehmen?« Rondarion lehnte im Schatten eines der kleinen Festungstürme. Neben ihm saß Manolo. Beide beobachteten den Magier, der schon seit mehr als einer Stunde auf dem Wehrgang auf der anderen Seite des Hofes stand und zu der prächtigen Hafenstadt hinüberstarrte, deren weißgetünchte Häuser wie marmorne Kaskaden über die schwarzen Steilklippen des Visra perlten. Von Ferne sah Al'Anfa wunderschön aus. Selbst die Elendsviertel fügten sich aus dieser Entfernung harmonisch ins Bild.

Eine halbe Stunde brauchte man, wenn man von der Sklaveninsel auf einem Boot zum Hafen übersetzte. So nahe lag die Perle des Südens, und doch war sie für die Menschen im Schwarzen Kastell unerreichbar. Die Kranken und ihre Wärter, sie alle waren gleichermaßen Gefangene innerhalb der schwarzen Basaltmauern der kleinen Festung, und ihnen blieb nichts übrig, als zu warten, wer als nächster das schwarze Los des Todes zöge.

Manolo zuckte mit den Schultern. »Magister Dronte wird nicht von hier fortkommen. Es sei denn, er beherrscht einen Zauber, der ihm Flügel wachsen läßt.« Der junge Offizier verzog den Mund zu einem schiefen Lächeln, so als sei er der festen Überzeugung, daß eher das Praiosgestirn am Himmel erlöschen werde, als daß dieser Fall eintrete.

Der schwarzgewandete Ordensritter erklomm die Stufen zum Festungswall und trat an die Seite des Zauberers. Die beiden sprachen kurz, schließlich nickte Magister Dronte, und sie stiegen gemeinsam zum Hof hinab.

»Wirst du mit in den Kerker kommen, wenn das Verhör fortgesetzt wird?«

»Ich denke, wir haben eine Vereinbarung?« Das Lächeln war von Manolos Antlitz verschwunden. Er war ein grobknochiger großer Kerl mit unruhigen dunklen Augen. »Ich führe die Aufsicht über die Wachen und kümmere mich darum, daß die Toten in Säcke genäht werden. Mit den Kranken habe ich nichts zu tun!«

»Schon gut! Ich dachte nur ... Ich habe noch einmal die Notizen aller Verhöre durchgesehen. Bei fünf unter den ersten, die von der Seuche befallen wurden, gab es eine Gemeinsamkeit. Wir müssen unbedingt die drei Überlebenden befragen und ...«

»Zwei. Der Seemann aus Maraskan ist verreckt, als ihr bei dem Mädchen wart. Von den Neuen, die man heute morgen gebracht hat, ist auch schon einer tot.« Manolo blickte zum Himmel auf. »Jede Stunde bete ich zu den Göttern, daß sie uns hier herausholen, bevor es zu spät ist. Heute morgen kam mir einer unserer Männer seltsam vor. Es wird wohl nicht mehr lange dauern, bis es auch den ersten von uns erwischt. Es wäre mir lieber, ich müßte mit bloßen Fäusten gegen einen Gladiator kämpfen, als in dieser schwarzen Festung langsam zu verrotten.«

Rondarion nahm seine Rabenmaske und trat an eine der Räucherpfannen, die überall aufgestellt waren. »Du mußt ja nicht mitkommen ...« Mit einem langen Holzspan entzündete er die Kräuter im Schnabel der Maske. Manolos Angst ist fast schon krankhaft, dachte der Gardist, während er die Maske aufsetzte und durch den niedrigen Torbogen trat, der zu den Verliesen unter der Festung führte. Sein Kamerad hatte nicht einen der Kranken oder Toten berührt, seit er hier war. Er betrat auch die unterirdischen Gewölbe oder die großen Sklavenkäfige nicht, die den Innenhof säumten. Manolo hielt sich nur im Freien auf. Selbst bei Nacht!

In der Zelle des Mädchens erwarteten Rondarion bereits der Magier und der Ordensritter. Magister Dronte trug nun auch eine Rabenmaske. Er kniete neben dem Lager des Mädchens und hatte ihm die Hand auf die Brust gelegt. Immer wieder murmelte er eine unverständliche Litanei, bis sich schließlich Farbe auf Ines' Wangen zeigte und sie die Augen aufschlug.

»Fahren wir mit der Befragung fort!« Der Ordensritter nickte Rondarion zu. »Seid Ihr bereit, Schreiber?«

»Ja. Doch würde ich das Verhör gern mit einer Frage von meiner Seite eröffnen, wenn es gestattet ist.«

»Diesem Ansinnen steht, soweit ich sehe, nichts entgegen.«

Dronte hatte sich von der Kranken zurückgezogen.

»Kannst du mich hören?« fragte Rondarion ein wenig schüchtern.

Das Mädchen wandte ihm den Kopf zu und lächelte matt.

»Warst du am vergangenen Windstage in der Hafenschenke, die man *Kalifenthron* nennt?«

»Ja …«

»Und hast du dort gespeist?«

Sie nickte.

»Kannst du dich noch erinnern, was du gegessen hast?«

»Was sollen diese törichten Fragen?« mischte sich der Ordensritter ein. »Die bringen uns doch keinen Schritt weiter. Wir müssen wissen, mit welchen Mannsbildern sie Buhlschaft getrieben hat. Nur so erfahren wir, wer noch den Dämon der Seuche in sich trägt!«

»Verzeiht, wenn ich widerspreche, doch bin ich anderer Meinung. Sie ist die sechste unter jenen, die als erste hierhergebracht wurden und die am Windstag im *Kalifenthron* gespeist haben. Das ist das einzige Gemeinsame dieser Kranken. Ich bin mir sicher, daß der Ursprung der Seuche dort zu suchen ist! Wir sollten nun den Hafenarbeiter befragen. Er ist der letzte, der außer dem Mädchen noch lebt. Alle übrigen sind zu einem späteren Zeitpunkt erkrankt. Wenn auch er dort gespeist hat, kann es keinen Zweifel geben, daß ...«

»Ha! Ihr glaubt, daß Ihr mit Eurem bißchen Verstand den Wegen Duglums folgen könnt? Ich sage Euch, das einzige, was gegen die Seuche hilft, sind Isolation, Gebete und Feuer!«

»Ich möchte mich nicht gegen einen Mann des Glaubens auflehnen, Hochwürden«, meldete sich der Magier zu Wort, »doch was vergeben wir uns, wenn wir den Hafenarbeiter befragen, solange er noch lebt? Uns bleibt vielleicht nicht mehr viel Zeit ...«

Ein Weile herrschte Schweigen in der stickigen Kammer. Plötzlich hob der Ordensritter in beschwörender Geste die Hände. »Im Namen Borons, ich habe eine Vision! Ihr sprecht wahr, Rondarion! Der Hafenarbeiter ist in diesem Augenblick von uns gegangen. Hört Ihr den Flügelschlag? Golgaris Schatten fällt auf die Festung!« Der Ritter kniete nieder und begann inbrünstig zu beten.

Ein kalter Luftzug wehte durch die niedrige Tür zur Zelle. Rondarion überlief ein Schauer. Er drängte zum Ausgang. Es waren nur wenige Schritte bis zu der Kerkerzelle, in der man den Hafenarbeiter eingesperrt hatte. Die Tür stand offen.

In der Zelle war es erstaunlich kalt. Die Flammen der Öllampen waren erloschen. Das einzige Licht kam von der roten Glut des Kohlenbeckens, in dem noch Reste von Kräutern glommen. Der Mann lag grotesk verrenkt in einer Lache von blutigem Erbrochenen.

Rondarion biß sich auf die Lippen und kämpfte mit sich, um die Zelle zu betreten. Trotz der schwelenden Kräuter in der Maske war der gräßliche Gestank in der Kammer noch zu riechen. Endlich faßte der Gardist sich ein Herz, kniete neben dem Hafenarbeiter nieder und zog seinen Dolch. Er hielt dem Mann die Klinge dicht vor die Lippen. Seine Hand zitterte. Kein Atemhauch schlug sich auf dem polierten Metall nieder. Der Mann war tot! Wieder überlief Rondarion ein Schauer. Er mußte hinaus! Hinaus aus der stickigen Enge der unterirdischen Zellen. Fort aus dieser Festung. Sollten ihn die Bogenschützen vor dem Tor doch niederschießen! Manolo hatte recht! Alles war besser, als in diesen schwarzen Mauern langsam zu verrotten!

Stolpernd hastete er den schmalen Gang entlang und dann die gewundene Treppe hinauf, die zu Licht und frischer Seeluft führte. Keuchend erreichte er den Hof und riß sich die Rabenmaske vom Gesicht. So wie ein Verdurstender nach Wasser giert, sehnte er sich nach dem kühlen Hauch, der in der Dämmerung von der offenen See her über die Bucht wehte.

Das Praiosgestirn war bereits hinter dem Visra versunken, und um den schwarzen Vulkan glühte eine Aureole aus rotem Licht. Rondrion hatte sich wieder gefaßt! Was würde Commandanta Olibano von ihm denken, wenn er sich würdelos den wartenden Schützen entgegenwarf. Er hatte zu den besten unter den Offiziersanwärtern der Stadtgarde gezählt. Es war ihm bestimmt, selbst einmal Hauptmann zu werden! Dies konnte kein Todeskommando sein! Es war eine Prüfung. Der Stadtmarschall würde doch nicht seine besten Männer sinnlos opfern.

Rondarion lehnte sich gegen den rissigen Wall und verfluchte den Tag, da er in die Stadtgarde eingetreten war. Hoch über ihm, auf einem der Festungstürme, stand der Ordensritter und gab mit einer Blendlaterne Zeichen. Es dauerte nicht lange, bis er eine Antwort aus der Stadt des Schweigens erhielt, dem mächtigen Tempelbezirk, der sich über Al'Anfa erhob. Ein winziger Lichtpunkt glomm vor den schwarzen Felsen auf, verschwand und erschien aufs neue.

Weit draußen auf der See ertönte ein Donnern. Bald würde es wieder eines jener kurzen, aber heftigen Gewitter geben, die diese Jahreszeit auszeichneten.

4. Kapitel

Ilian Naldor war ein wenig kurzatmig geworden, als er schließlich die höchstgelegene der Terrassen erreichte, auf denen man die Stadt errichtet hatte. Was zum Henker mochte Commandanta Olibano bei ihrem Leiden bewogen haben, sich ausgerechnet hier eine Unterkunft zu suchen? Unwillkürlich mußte er an einen Raubvogel denken, der auf dem höchsten Ast eines toten Baumes hockt, um von dort aus sein Jagdrevier zu überblicken. Alara war ihm unheimlich. Sosehr er sich auch gewünscht hatte, in ihrer Abteilung dienen zu dürfen ... Doch wie es aussah, waren ihre Tage gezählt. Ihm waren Gerüchte zu Ohren gekommen, daß sie kaum noch die Kraft besaß, sich auf den Beinen zu halten. Allein ihr eiserner Wille hielt sie aufrecht. Aus dieser Anstrengung schien auch ihr eigenartiger Starrsinn geboren. Das fast schon lächerliche Festhalten an überkommenen Ehrbegriffen, gepaart mit selbstherrlicher Überschätzung. Daß sie nicht einmal den Bericht des Anatoms eingesehen hatte ... Und wie konnte ihr entgangen sein, daß ihr bester Mann offensichtlich einer tödlichen Intrige auf die Spur gekommen war? Oder täuschte sie ihre Unwissenheit nur vor? Naldor hatte plötzlich ein flaues Gefühl im Magen, so wie man es ein paar Herzschläge, vor Beginn eines Kampfes, verspürt.

Er blickte auf die Stadt hinab, in deren Fenstern das Licht Hunderter von Öllampen flackerte. So friedlich sah sie aus! Der Geruch von Rauch und glühendem

Metall lag in der Luft. Kaum wahrnehmbar wie das feine Parfüm einer Grandessa. Naldor sah sich um. Der alte Festungsturm war nicht zu verfehlen. Als drohend schwarzer Schatten erhob er sich auf halbem Weg zwischen der Münze und dem Ingerimmtempel. Verfallene Mauern flankierten den runden Turm. Ganz in der Nähe erklangen helle Hammerschläge. Wieder trug die Abendbrise den rauchigen Atem eines Schmiedefeuers heran.

Neben dem Eingang zum Turm kauerten vier Mohasklaven in einer hohen Mauernische. Klackernd warfen sie Knochenstücke auf den Boden, um dann flüsternd über die Bedeutung des Musters zu sprechen, das sich ergeben hatte. Vor der Mauer war eine prächtige Sänfte mit schweren schwarzen Samtvorhängen abgestellt. Die Tragestangen und der Rahmen des Aufbaus waren aus dunklem Holz gefertigt. Ob Olibano Besuch hatte?

Zögernd stand der Stadtgardist vor dem Tor, das mit rostzerfressenen breiten Eisenbändern verstärkt war. Nur ein matt schimmernder Türklopfer aus Messing war hier in neuerer Zeit ergänzt worden. Er zeigte einen Schlangenkopf. Naldor mußte schmunzeln. Was sonst ... Einer plötzlichen Eingebung folgend, griff er nach dem Bronzering und zog daran statt zu klopfen. Die Tür war unverschlossen und schwang ihm lautlos entgegen. Offenbar waren die Angeln neu und gut geölt. Ein gewölbter kurzer Gang durchschnitt die dicke Mauer des Turms; an seinem Ende schimmerte ein Vorhang aus Perlschnüren. Die buntlackierten Holzkugeln bewegten sich leise aneinanderschlagend. Aus dem Innern des Turms erklang das Plätschern von Wasser.

Neugierig zerteilte Naldor den Vorhang und trat in die runde Turmkammer. In ihrer Mitte befand sich ein Brunnen aus schwarzem Stein. Sein Aufbau zeigte Kobras, die sich in wildem Kampf umringten, und schlanke Pelztierchen, die Naldor nicht kannte. Aus den Mäulern des Getiers sprühte silbernes Wasser.

Staunend sah Naldor sich um. Laternen, mit bunter Seide abgeschirmt, tauchten den Raum in gedämpftes Licht. An der gegenüberliegenden Wand stieg eine gewundene Treppe aus poliertem Mohagoni empor und verschwand in der dunklen Decke. Die Wände waren bedeckt mit Gobelins, die Seidenmalereien in fremdartigem Stil zeigten, offenbar Mitbringsel aus dem fernen Maraskan. Neben der Treppe hingen Waffen an der Wand. Eine Vielzahl exotischer Dolche und zwei Tuzakmesser, eines nach maraskanischem Stil und das andere nach mittelreichischer Art gefertigt. Die Waffen und die Einrichtung mußten ein Vermögen wert sein! Er hätte niemals gedacht, daß Commandanta Olibano so reich war. Woher das ganze Geld wohl gekommen sein mochte? Stammte es noch aus der Zeit, als sie zu den Günstlingen Tar Honaks zählte?

Ein mit rankenden Blumen geschmückter Wandschirm verdeckte halb eine Mauernische. Offenbar befand sich dahinter ein Ruhelager. Naldor räusperte sich leise. Keine Antwort ... Es war angenehm kühl, hier hinter den dicken Mauern. Ein dem Gardisten nicht unbekannter würziger Duft hing in der Luft. Sollte sie etwa ... Er sah sich noch einmal in der Turmkammer um. Nichts! Leise trat er an den Wandschirm. Dahinter befand sich eine breite Bettstatt mit seidenen Laken, übersät mit kleinen bunten Kissen.

Alara lag ausgestreckt zwischen den zerwühlten Seidentüchern. Sie trug eine Bluse mit weit gebauschten Ärmeln aus grobem, schwerem Stoff, darüber eine enge schwarze Lederweste. Auch ihre Hose, die in hohen Schaftstiefeln verschwand, war aus Leder gefertigt. Augenscheinlich hatte sie sich schon für ihren gemeinsamen Ausflug umgekleidet. Sie lag auf der Seite, zusammengekrümmt, die Arme vor der Brust gekreuzt. Ihr Gesicht wirkte entspannt. Die Wange mit der gräßlichen Tätowierung war in den Laken verschwunden. Nur das Schlangenhaupt, das sich über ihrer Stirn erhob, war noch deutlich zu erkennen. Wäre dieses Bild nicht tief in ihre bronzefarbene Haut eingegraben gewesen, hätte man sie hübsch nennen können. Trotz der Krankheit erschien ihr Körper noch immer schlank und wohlgeformt.

Naldor blickte auf. In einer Wandnische gleich neben dem Lager stand ein perlmuttgeschmückter Pfeifenständer, auf dem ein langes Tabakrohr ruhte. Aus dem Pfeifenkopf stieg ein hauchdünner bläulicher Rauchfaden auf. Es war der Duft von Mohacca, versetzt mit Ilmenblatt, der dem Gardisten so vertraut vorgekommen war. Ein Pokal aus buntem Glas, der wie eine Mohnblüte geformt war, erweckte Naldors Neugier.

Der Gardist reckte sich auf die Zehenspitzen. In dem Pokal waren Reste einer milchigen Flüssigkeit zu sehen. Commandanta Olibano bekämpfte ihre Schmerzen also mit Rauschkräutern ... Vielleicht war sie gar nicht krank, sondern irgendwelchen exotischen Giften verfallen. Der Gardist streckte sich, um nach dem Pokal zu greifen.

»Eine Mischung aus Boronwein, versetzt mit einer Spur Samthauch. Ihr solltet vorsichtig sein, Naldor. Ein Teil der Wirkung mag sich schon entfalten, wenn man nur daran riecht«, kam eine ruhige Stimme von der Bettstatt. Sie klang ein wenig schläfrig und weicher, als Naldor es von Alara Olibano gewohnt war. »Wie Ihr seht, bin ich schon zum Aufbruch bereit. Wollen wir gehen?«

»Es tut mir leid«, stammelte der Gardist verlegen. »Ich ... Die Tür war nicht verschlossen und ...«

»Ich verschließe nie meine Tür.«

»In dieser Stadt! Wo es vor Gesindel nur so wimmelt und ...«

»Es ist ein Spiel. Wie Euch nicht unbekannt ist, Naldor, habe ich einen gewissen Ruf. Obendrein gibt es hier im Viertel einen einbeinigen Zwergenschmied, der sehr seltsame Geschichten über mich verbreitet.« Sie lachte leise. »Nur weil ich in einem verfallenen Wachturm wohne, bin ich für ihn wohl so etwas wie ein Nachtgeschöpf. Ein Vampir oder Schlimmeres. Die Geschichten haben zur Folge, daß kaum jemand meine Behausung zu betreten wagt. Sollte trotz alledem jemand zu mir kommen, so weiß ich, daß er mehr als nur ein Dieb ist. So wie Ihr, Naldor.« Sie lächelte hintergründig.

Der Gardist wußte nicht, wie er diese Bemerkung auffassen sollte.

So als habe sie seine Gedanken gelesen, fuhr Olibano fort: »Seid Ihr nicht einer der vielversprechendsten jungen Offiziersanwärter, Naldor?« Sie erhob sich von ihrem Lager. »Auf jeden Fall seid Ihr kein ganz gewöhnlicher Mann. Ich meine, so wie Ihr an den Mordfall herangegangen seid, habt Ihr offenbar den Ehrgeiz, schon bald auf meinem Stuhl zu sitzen.« Ihre Stimme klang freundlich, doch ihre kalten Augen sprachen eine andere Sprache. »Oder sollte ich mich irren?«

Der Gardist war verwirrt. Zum Henker mit diesem Weib! »Ich wollte nie ...«

»Vergeßt, was ich gesagt habe.« Alara streckte sich, seufzte leise und nickte zu dem gläsernen Pokal hinüber. »Zum ersten Mal seit Tagen habe ich wieder richtig geschlafen. Verfluchte Atemnot!«

»Ist es so schlimm?« fragte Naldor.

»Ja, es ist so schlimm!« Alara Olibano lächelte kaltblütig. »Ich glaube nicht, daß Ihr Euch auch nur im entferntesten vorstellen können, wie es ist, wenn jedesmal mit der Müdigkeit auch die Angst kommt, im Schlaf zu ersticken. Wenn man um jeden Atemzug kämpfen muß, den man der fauligen, verbrauchten Luft in dieser Stadt abringt. Nur hier, in den kühlen Mauern meines Turms, fällt es ein wenig leichter ...«

»Ist es dann nicht klüger, hierzubleiben? Vom Meer

kommt Nebel, und wir müssen bis ganz hinunter, dicht an den Hafen. Die Treppen … Es wird Euch viel Kraft kosten, Commandanta.«

Olibano schüttelte den Kopf und lachte leise. »Unsinn, es gilt, einen Mörder zu entlarven. Das werde ich doch nicht Euch allein überlassen. Gehen wir!«

Die Mohasklaven, die die Mietsänfte trugen, waren unruhig. Irgend etwas schien sie mit abergläubischer Furcht zu erfüllen. Alara fragte sich, ob sie wohl von der Seuche wußten.

Naldor saß ihr gegenüber in der Sänfte. Beide hingen schweigend ihren Gedanken nach.

Je näher sie zum Hafen kamen, desto häufiger stockte die Sänfte, weil einer der Träger strauchelte. Jedesmal schwankte das Fahrzeug bedrohlich, so daß sich die Insassen an den zwischen den Kissen verborgenen Bronzegriffen festhalten mußten, um nicht hinausgeschleudert zu werden.

Obwohl Alara ihr Gegenüber in der Finsternis, die hinter den zugezogenen Samtvorhängen herrschte, kaum sehen konnte, hörte sie an seinem Atem deutlich, wie er immer mehr die Fassung verlor. Schließlich riß Naldor die Vorhänge zur Seite und überschüttete die Träger mit wüsten Flüchen und Drohungen. Danach kam es für eine Weile zu keinen weiteren Zwischenfällen, bis die Sänfte jäh anhielt.

»Zum Henker mit diesen Tölpeln!« Naldor zog den Vorhang zur Seite. »Was im Namen der …«

»Diese Straße ist gesperrt, meine Herrschaften. Dürfte ich Euch bitten, einen anderen Weg zu wählen«, erklang eine rauhe Stimme.

Der junge Gardist zog den Kopf eilig wieder in die Sänfte zurück. »Ordensritter«, flüsterte er leise. »Die *Basaltfaust*. Es ist besser zu verschwinden. Wenn die in die Stadt herunterkommen, dann verheißt das nichts Gutes!«

»Ordensritter?« Alara schwang sich aus der Sänfte und prallte fast mit einer stämmigen Frau in schwarzer Rüstung zusammen. Eine Faust in eisenbeschlagenem Handschuh umklammerte ihren rechten Arm.

»Steigt in Eure Sänfte und verschwindet hier! Die Straße ist gesperrt!«

Alara hielt der Ordenskriegerin ihren Siegelring mit dem Kronenwappen unter die Nase. »Commandanta Alara Olibano von der Stadtgarde. Wir sind auf besonderen Befehl des Stadtmarschalls und Granden Oboto Florios unterwegs. Wenn Ihr mir nun Euren Namen nennen würdet, Hochwürden, damit ich dem Marschall melden kann, wer uns an der Erfüllung unserer Pflicht hinderte.«

»Stadtgarde ...« Die Kriegerin rümpfte die Nase. »Mitkommen!« Ohne ein weiteres Wort zog sie Alara neben sich her.

Die Offizierin nutzte die Gelegenheit, sich umzusehen. Sie waren irgendwo im Brabaker Viertel. Schmuddelige, ineinander verschachtelte Häuser mit Flachdächern hoben sich dunkel gegen den Nachthimmel ab. Plötzlich fiel roter Lichtschein auf die schlammige Straße. Quietschend flüchteten einige Schweine aus einem Hauseingang, der bis dahin im Dunkel gelegen hatte. Undeutlich erkannte Alara die Reste eines verendeten Tiers, an dem sich die halb verwilderten Hausschweine zu schaffen gemacht hatten.

Am Ende der Straße schlugen Flammen aus den Fenstern eines Hauses. Alara erkannte den diamantengeschmückten Thron, der auf die Hauswand neben dem Eingang gemalt war. Dies war die Schenke, in der sie erst gestern mit dem Weibel Gion gesessen hatte.

»Was geht hier vor?« fragte sie nun mit aller Schärfe die Ordenskriegerin, doch die Frau überging sie einfach und zerrte sie weiter auf das brennende Wirtshaus zu. Schwarze Gestalten in langen Gewändern und mit Rabenmasken vor den Gesichtern hoben sich vor den lodernden Flammen ab. Ein Trupp Ordenskrieger bewachte eine Handvoll Menschen, die man in Ketten gelegt hatte. Vor jedem Hauseingang entlang der Straße stand einer der schwarzgewandeten Ritter.

»Eure Eminenz, diese traurige Gestalt behauptet, Commandanta der Stadtgarde zu sein.« Die Ordensritterin verneigte sich knapp vor einem Mann, der aufmerksam beobachtete, wie die Schenke durch das Feuer zerstört wurde. Als schließlich das flache Dach mit ohrenbetäubendem Krachen in sich zusammenfiel und eine Wolke glühender Funken zum Himmel stob, wandte er sich um. Ein mächtiger, sorgfältig gestutzter grauer Bart rahmte Kinn und Wangen des Ritters ein. Eine breite Narbe zerteilte seine linke Augenbraue und setzte sich in einem bleichen Wulst über die Stirn fort. Das Haupthaar des Mannes war noch füllig. Sorgfältig frisiert, reichte es ihm bis zu den Schultern. Die Augen des Offiziers waren von kaltem Grau, forschend, ohne die geringste Regung dabei zu verraten. Alara kannte den Mann aus Erzählungen. Es mußte Rondrigo Delazar sein, der Großmeister des Ordens der *Basaltfaust*, einer der Mächtigen aus der Stadt des Schweigens. Einige mutige Spötter nannten ihn hinter vorgehaltener Hand auch die Sichel des Patriarchen – in Anspielung auf die sichelförmigen Bidenhänder, mit denen alle Ritter des Ordens bewaffnet waren.

Die Commandanta hob ihren Siegelring, um sich auszuweisen, doch der Großmeister winkte ab.

»Alara Olibano, nehme ich an. Ich habe bereits von Euch und Euren Männern gehört.« Der Tonfall, in dem der Ritter sprach, verriet nicht, ob dies ein Lob oder eine Drohung sein sollte. »Was wollt Ihr hier?«

Olibano straffte sich und hielt dem kalten, musternden Blick ihres Gegenüber stand. »Ich bin im Auftrag des Stadtmarschalls unterwegs ...« Sie machte eine Geste zur Straße hin. »Warum ist die Stadtgarde nicht benachrichtigt worden? Ich sehe hier keinen Gardisten, obwohl mindestens zehn Mann für das Viertel eingeteilt sein müßten.«

Delazar gab einigen seiner Krieger einen Wink, und die Gefangenen wurden abgeführt. »Wir handeln in direktem Auftrag des Patriarchen und sind der Stadtgarde keinerlei Rechenschaft schuldig, wie Euch gewiß bekannt ist, Commandanta Olibano.«

»Und doch mag die Stadtgarde, deren tägliches Geschäft die tausend kleinen und großen Schurkereien der Bewohner dieser Stadt sind, den Rittern, die weitab von allen alltäglichen Belanglosigkeiten in strenger Klausur leben, mit ihrem Wissen von Nutzen sein, wenn es gilt, einen Schlag gegen jene zu führen, die das Licht der Gerechtigkeit scheuen.«

Delazar hob die linke Augenbraue und bedachte sie mit einem Blick, wie man ihn einem Kind schenkt, das lästige Fragen stellt. »Vielleicht vermögen die Würdenträger der Stadt des Schweigens gerade deshalb voller Weisheit zu entscheiden, weil sie nicht in das Netz alltäglicher Nichtigkeiten verstrickt sind, das die Stadtgarde so eng umschlungen hält. Des weiteren rate ich Euch, keine ungesunde Neugier jenen Angelegenheiten gegenüber zu entwickeln, die nicht in Euer Aufgabengebiet fallen.«

Einige Augenblicke lang maßen sie einander schweigend mit Blicken.

»Man sagt Euch nach, daß Ihr in unverbrüchlicher Treue zu Boron und dem Patriarchen steht, Großmeister. Ein Punkt, in dem wir uns vermutlich ein wenig ähneln, ist diese Treue zu unserem Glauben.«

»Dann hoffe ich für Euch, daß Ihr keine Törin seid.« Der Ordensmeister wandte sich eilig um und winkte seinen Rittern, ihm zu folgen.

Ratlos betrachtete Alara die Ruinen des *Kalifenthrons.* Was mochte diese nächtliche Brandstiftung zu bedeuten haben? Schließlich kehrte sie zu ihrer Sänfte zurück, wo Naldor sie bereits neugierig erwartete.

»Was ist hier geschehen?«

»Nichts!« entgegnete sie barsch. »Laß uns den Rest des Weges zu Fuß gehen. Bis zu den Villen ist es nicht mehr weit.«

Alara entlohnte die Sänftensklaven und schickte sie dann fort. Zu Fuß würden sie und Naldor weniger auffallen. Wer wußte schon, was diese Nacht sonst noch an Überraschungen für sie bereithielt?

»Und was gedenkt Ihr nun zu tun, Naldor?« Alara lehnte an einem Pilaster der mit Mosaiken geschmückten Gartenmauer. Die glatten kleinen Steine waren feucht vom Nebel, der in dichten Schwaden vom Hafen in die Stadt heraufstieg. Man konnte kaum mehr zehn Schritt weit sehen.

Der Offiziersanwärter zuckte mit den Schultern. »Warten. Laut Salpicios Notizen gibt es heute nacht ein weiteres Fest oder Zusammentreffen im Hause T. Warten wir also auf festlich gekleidete Gäste und folgen ihnen.«

»Und wenn das Treffen bereits bei Sonnenuntergang stattfand?«

Der Gardist lachte leise. »Wir sind hier in Al'Anfa. Macht und Einfluß zeigen sich auch darin, um wieviel Zeit man verspätet zu einem Fest kommt. Manche erweisen dem Gastgeber schließlich eine Gnade, indem sie kommen.«

Alara schwieg dazu. Im allgemeinen mochte Naldor ja recht haben, doch wenn es sich um etwas wirklich Wichtiges handelte, waren alle pünktlich.

Schritte erklangen im Nebel. Eine schattenhafte Gestalt ging dicht an Alara vorbei, ohne sie auch nur bemerkt zu haben. Die Offizierin sah Naldor an, doch dieser schüttelte den Kopf. »Sieht zu unbedeutend aus«, flüsterte er.

»Was macht Euch so sicher, daß wir unter den Gästen des Festes den Mörder finden? Vielleicht ist Salpicio auch einfach nur einem gemeinen Halsabschneider zum Opfer gefallen.«

»Gewiß nicht! Irgendein Halunke hätte niemals einen Mantel zurückgelassen, der gut und gern seine fünf Dublonen wert ist. Es hätte keine zusätzliche Mühe gemacht, dem Toten den Umhang abzunehmen. Unser Mörder war darauf aus, die Stadtgarde an der Nase herumzuführen. Deshalb hat er den Geldbeutel abgeschnitten und einen Raubmord vorgetäuscht. Ich habe Respekt vor dem Kerl, auch wenn sich das in Anbetracht des Todes eines Kameraden frevlerisch anhören mag. Er ist klug!«

»Ihr würdet ihn also einen respektvollen Frevler nennen?« fragte Alara trocken. »Ist das nicht ein Widerspruch in sich?«

Naldor schwieg. Die Offizierin hätte jetzt gern sein Gesicht gesehen. »Und Ihr glaubt, Ihr werdet diesen klugen Mörder überführen, der hier möglicherweise irgendwo durch den Nebel tappt?«

»Ich werde jedenfalls mein Bestes geben«, entgegnete der Gardist trotzig.

Jetzt schwiegen beide und hingen ihren Gedanken nach, bis das leise Platschen nackter Füße auf dem feuchten Straßenpflaster sie in die Wirklichkeit zurückriß. Es waren viele Füße!

Alara drückte sich gegen die Gartenmauer. Ein riesiger Schatten glitt an ihnen vorbei. Eine Sänfte! Naldor stieß der Offizierin in die Seite und gab ihr einen Wink, ihm zu folgen. »Unsere Beute!«

Wer einen zu großen Bissen nimmt, wird daran ersticken, dachte Alara unwillkürlich und sah dem Schemen nach, der schon fast wieder im Nebel verschwunden war. Obwohl sie die Sänfte kaum richtig zu sehen bekommen hatte, kam ihr irgend etwas daran vertraut vor. Es war keine Mietsänfte, dessen war sie sich sicher. Doch nun blieb keine Zeit zum Grübeln. Eilig folgte sie Naldor.

Schon nach wenigen hundert Schritt verschwand die Sänfte durch ein Tor, das von zwei Fackeln beleuchtet war. Eine hohe Mauer umgab das Grundstück.

»Ich habe es gewußt«, flüsterte Naldor triumphierend. »Die Villa Tuzak!«

Die Offizierin nickte anerkennend. »Und nun? Wir haben keinerlei Beweise und können nicht einfach das Fest stören.«

»Traut Ihr Euch zu, über die Mauer zu klettern? Bei dem Nebel wird man uns nicht sehen.«

Alara zögerte. »Geht Ihr nur zuerst. Ich komme nach ... Und seid vorsichtig, Naldor, vielleicht ist der Mauerkamm mit Tonscherben bestückt.«

Der Gardist nahm seinen Mantel ab und warf ihn auf die Mauer. Dann zog er sich hoch und duckte sich, um in den Garten zu spähen. Jetzt, da er keinen Umhang mehr trug, sah Alara ein schmales Lederfutteral, das ihm vom Gürtel über das Gesäß hing und aus dem der Griff einer Balestrina ragte. Naldor wandte sich um. »Keine Wachen in der Nähe. Wir sollten aber trotzdem vorsichtig sein!« Er streckte Alara die Hand entgegen. »Kommt, ich helfe Euch hoch, Commandanta.«

Auf dem Mauerkamm angekommen, bedachte Alara den Gardisten mit einem kurzen, spöttischen Blick. Ohne ein Wort zu sagen, sprang sie ins hohe Gras des Parks, landete federnd und war mit einem Satz hinter dem Stamm eines mächtigen Baums verschwunden. Als Naldor hinunterkam, sah er sich suchend nach ihr um. Er ging so dicht an ihrem Versteck vorbei, daß sie ihn mit ausgestrecktem Arm hätte berühren können.

»Hierher, Naldor!« rief sie leise.

Der Gardist fuhr erschrocken herum. »Was soll das?«

»Ihr solltet nur sehen, daß ich trotz meiner Krankheit noch nicht ganz zum alten Eisen gehöre.«

Naldor bedachte sie mit einem mitleidigen Blick. »Es scheint keine Wachen hier draußen zu geben. Ich schlage vor, ich gehe rechts um das Haus herum und Ihr links.«

Alara zuckte mit den Schultern. »Mir soll es recht sein. Ich hoffe, Euch ist klar, daß wir uns mit dieser Sache um Kopf und Kragen bringen können. Wir haben keinen Auftrag des Stadtmarschalls, und wer immer sich hier versammelt hat, nimmt gewiß nicht einfach hin, daß wir unsere Nasen zur Tür hereinstecken.«

»Wollt Ihr vielleicht kneifen?« Naldor lächelte überlegen. »Es könnte schon genügen, ein paar Sklaven zu belauschen, um zu erfahren, was hier geschieht. Zumindest können wir uns später in einem Gebüsch verstecken und sehen, wer alles aus diesem Haus herauskommt. Wenn wir morgen mit dem Segen des Stadtmarschalls kommen, wird man uns gewiß nicht mehr verraten, wer zu Gast war.«

Naldors Einwände waren vernünftig, und es ärgerte Alara, daß der junge Schnösel ihren Mut in Frage gestellt hatte. »Nun gut, gehen wir!« Sie hatte ein ungutes Gefühl, als der Gardist im Nebel verschwand. Vorsichtig schlich sie näher zum Haus und tastete sich an der Wand des Gebäudes entlang. Die Villa war augenscheinlich ganz neu. Der Verputz wirkte völlig makellos, soweit sie das in der Dunkelheit beurteilen konnte. Es zeigten sich weder Risse noch Schmutzschlieren unter den Fensterbänken. Wer immer hier wohnen mochte, legte offensichtlich größten Wert auf Äußerlichkeiten.

Zahlreiche Fensterchen wiesen zum Garten hinaus, doch nirgends brannte ein Licht. Hätte sie nicht beobachtet, wie die Sänfte durch das Tor gekommen war, hätte sie geglaubt, niemand sei im Haus. Sie umrundete eine Ecke und sah das mächtige Eingangsportal in der Finsternis aufragen. Auch hier nirgends ein Licht! Dafür standen etliche Prunksänften neben dem Weg, der durch den kleinen Park führte. Doch es war kein einziger Diener zu sehen. Alara blieb geduckt im

Schatten der Mauer. Es war unüblich, die Träger und Leibwächter, die mit den Besitzern der Sänften kamen, ins Haus zu bitten. Warum in Borons Namen mochte man hier von dieser Regel abgewichen sein? Sie spürte, wie sich ihr die feinen Härchen im Nacken sträubten.

Alara wagte kaum zu atmen und verharrte still neben der Mauer. Plötzlich erklang leises Flötenspiel. Eine novadische Kabbasflöte ... Bewegt lauschte sie den klagenden Tönen. In besseren Zeiten, als sie noch Kommandantin der Stadtwache in Jergan gewesen war, hatte sie selbst zwei Flötenspieler in ihren Diensten gehabt. Wer immer dort spielte, war ein Meister seines Fachs. Sie sah zu den Sänften hinüber. Durch die wirbelnden Nebelschleier wirkten sie halb aus dieser Welt entrückt. Mit den Vorhängen, die sich leicht bewegten, und den mit prächtigen Schnitzereien geschmückten Dächern erinnerten sie entfernt an die winzigen Pavillons in den Wassergärten unterhalb des Rabenfelsens.

Ich sollte hinübergehen und nach Wappen oder Siegelzeichen suchen, aus denen ich auf die Besitzer der Sänften schließen kann, dachte sie. Doch die Musik hatte sie völlig in ihren Bann geschlagen. Sollte Naldor sich doch darum kümmern! Einem solchen Flötenspieler würde sie gewiß so bald nicht wieder lauschen können. Vielleicht sogar nie wieder ... Alara verdrängte die Gedanken an ihre Krankheit. Nicht jetzt ... Nicht hier!

Ein leises, kehliges Knurren ließ sie herumfahren. Er lief also tatsächlich frei herum! Ein gewaltiger Schatten zeichnete sich gegen den Nebel ab. Die Bestie reichte ihr ohne weiteres bis zum Ellenbogen.

Unbeweglich starrte die Offizierin zu der gewaltigen Raubkatze hinüber. Ein Schattenlöwe! Nie zuvor hatte sie davon gehört, daß es gelungen war, einen von ihnen zu zähmen.

Noch immer erklang das Flötenspiel. Diese Melodie

ist also mein Totenlied, dachte Alara kühl. Wieder kam ein leises Knurren aus der Kehle der Bestie. Blitzend schimmerten die zollangen Fangzähne im Dunkel. Die Größe und Majestät des Raubtiers erfüllten die Commandanta mit einem Gefühl – fast wie Andacht. Ganz so, wie man es empfand, wenn man in einem Tempel vor einem besonders eindrucksvoll gestalteten Götterbildnis stand. Obwohl Alara ihre kühle Vernunft keineswegs verlor und sie sich ihrer Lage völlig bewußt war, hatte sie die Notwendigkeit des Handelns vergessen. Sie musterte das Tier, unerschrocken, aber gebannt. So hatte das Böse sie stets in seinen Bann gezogen, das große Rätsel, das zu lösen sie immer wieder aufs neue verlockte.

Wie Stunden erschien ihr der kurze Moment, den sie Auge in Auge mit dem Lioma stand, wie die Waldmenschen die prächtigste der Raubkatzen des Dschungels nannten. Silbern schimmerten die winzigen Tropfen des ersten Taus in der Mähne des Raubtiers, als der Schattenlöwe sich duckte und mit aller Kraft abstieß. Seine Kiefer klafften weit auseinander, und sein triumphierendes Brüllen mochte man wohl noch bis hinauf zur Stadt des Schweigens hören, als er der Commandanta gleich einem lebenden Geschoß entgegensprang.

Die Wucht des Aufpralls riß Alara von den Beinen. Es war mehr ein Reflex als eine bewußte Handlung, daß sie den Arm hochriß, um die Kehle zu schützen. Noch immer gab sie keinen Laut von sich, so als stünde sie wie ein unbeteiligter Beobachter neben dem tödlichen Ringen. Krallen schrammten über ihre Brust. Das Gewicht des Schattenlöwen preßte ihr die Luft aus den Lungen, als sie rücklings ins Gras fiel. Sie spürte den Atem der Bestie auf dem Gesicht, als plötzlich ein Zucken den Leib des Raubtieres durchlief. Fauchend bäumte sich der Schattenlöwe auf. Etwas Warmes tropfte Alara ins Gesicht. Im ersten Augenblick hielt sie es für Geifer ... Doch es war zuviel! Ein warmer Strom tröpfelte herab. Sie spürte den metallischen Geschmack von Blut auf den Lippen.

Das Raubtier brach über ihr zusammen, und sein schieres Gewicht hielt sie auf dem Boden fest. Undeutlich sah Alara etwas aus dem rechten Auge des Löwen ragen. Der gefiederte Schaft eines Bolzens.

Mit zitternder Hand versuchte die Offizierin, den mächtigen Leib von ihrer Brust zu wälzen. Ihre Finger krallten sich in schweißnasses, glattes Fell. Noch immer tröpfelte es in ihr Gesicht. Endlich gelang es ihr, sich zu befreien. Aus den Augenwinkeln sah sie Naldor, der seine Balestrina nachspannte. Hinter den Fenstern der Villa erschienen gelbe Lichter.

Der Gardist trat an Alaras Seite und streckte ihr die Hand hin. »Seid Ihr unverletzt, Commandanta?«

Sie strich sich über den zerfetzten Ärmel. »Ich hatte Glück. Der Lioma konnte nicht zubeißen.« Sie betrachtete den toten Löwen, in dessen linkem Auge sich matt das Licht der Fenster spiegelte. Fast empfand sie Mitleid für dieses prächtige Tier.

Naldor kniete sich neben den Kadaver und betrachtete die Reißzähne. »Scharf wie Dolche«, murmelte er leise. »Die Götter müssen Euch lieben, Commandanta. Jeden anderen hätte die Bestie in Stücke gerissen.«

Alara musterte die grauweißen Federn des Armbrustbolzens. »Aus dem Gefieder der Schädeleule, nicht wahr?«

Naldor wirkte überrascht. Dann nickte er. »Ja. Ihr kennt Euch gut aus.«

»Sagt man nicht, daß man einen Pfeil mit Eulenfedern nicht kommen hört. Heißt es nicht, er trifft immer überraschend? Ich habe solche Pfeile einmal bei einem Meuchler gesehen, der ein Geschäft mit mir abwickeln wollte.«

»Dummer Aberglaube ...«, brummte Naldor.

»Und doch scheint etwas Wahres daran zu sein. Ich

habe noch nie einen so meisterhaften Schuß gesehen. Als hätte die Befiederung den Pfeil von selbst ins Ziel getragen.«

Der Gardist grinste breit. »Dabei hatte ich eigentlich auf den Hals gezielt. Das Auge konnte ich in der Finsternis nicht einmal sehen ... Und nur ein Narr würde mit einer Balestrina auf den Kopf der Raubkatze zielen. Die Pfeile sind viel zu schwach, um den Schädelknochen durchschlagen zu können und ...« Das Tor der Villa wurde aufgestoßen, und kaum einen Herzschlag später waren die beiden umringt von grimmig dreinblickenden Leibwächtern, die gezückte Schwerter in den Händen hielten.

Vor den Fenstern des Hauses waren schwarze Schattenrisse zu sehen. So müssen sich jene Gladiatoren fühlen, dachte Alara, die nach hartem Kampf besiegt im Sand der Arena liegen und ängstlich aufblicken, um zu sehen, ob der Patriarch den Daumen senkt, um mit einer einzigen Handbewegung das Schicksal der Kämpfer zu besiegeln.

Naldor hatte unter den mißtrauischen Blicken der Bewaffneten vorsichtig seine Balestrina ins Gras gelegt.

Einige der Schattengestalten tuschelten miteinander. Da niemand von ihnen ein Licht mit zum Fenster genommen hatte und die Sklaven mit den Kerzen und Öllampen diskret hinter den vornehmen Gästen standen, war es unmöglich, auch nur ein einziges Gesicht zu erkennen.

Etwas seitlich von den anderen stand eine schlanke, hochgewachsene Gestalt ganz allein an einem der Fenster. Sie fragte mit gelassener, doch deutlich zu verstehender Stimme, was den beiden einfalle, sich bei Nacht wie Diebe in den Garten zu schleichen.

»Wir sind von der Stadtgarde«, antwortete Naldor laut, so als würde das alles erklären. »Im übrigen sind wir gekommen, um den Gastgeber zu sprechen.«

Alara biß sich auf die Lippen. Begriff Naldor denn

nicht, in welcher Lage sie sich befanden? Seine Dreistigkeit brächte sie beide noch um Kopf und Kragen!

»Gehört es neuerdings zum guten Ton bei der Stadtwache, zunächst einen Löwen zu töten, bevor man sich vorstellt?«

Alara und Naldor schwiegen, und die Gestalt im Fenster sagte, sie habe sich nun lange genug mit ihnen aufgehalten. Ohne Eile trat der Schatten vom Fenster zurück und verschwand im Innern der Villa. Unter empörtem Gemurmel zogen sich auch die übrigen Gäste zurück. Die Leibwächter eskortierten die beiden Gardisten zum Gartentor, wo sie bereits erwartet wurden. Ein Mann in der schwarzen Robe eines Borongeweihten ging aufgeregt auf und ab. Der breite silberne Streifen am Saum des Gewandes wies den Mann als *Hüter der Nacht* aus, als einen Hochgeweihten des Totenkultes. Als der Priester Alara und Naldor kommen sah, blieb er stehen und gab den Leibwächtern mit einem Wink ein Zeichen, sich zurückzuziehen.

»Was im Namen der Zwölfe fällt euch beiden eigentlich ein, hier bei Nacht einzusteigen wie Diebe?« Der Priester war von stattlicher Gestalt und hielt sich so gerade wie ein Gardeoffizier. »Wie heißt ihr? Ich werde gleich morgen früh den Stadtmarschall aufsuchen, um über euch beide Beschwerde zu führen!«

»Weibel Ilian Naldor und Commandanta Alara Olibano«, antwortete die Offizierin halblaut. »Und mit wem haben wir die Ehre, Erhabener?«

»Was fällt dir ein, Weibsbild, dir gegenüber einem Hohen Priester solche Vertraulichkeiten herauszunehmen – und nach seinem Namen zu fragen? Glaubst du, dein Rang als Commandanta bei der Stadtgarde mache dich unberührbar? Zu Zeiten Tar Honaks hätte ich dich bei Nacht von der Rabengarde holen lassen und ...« Der Boroni hob drohend die Hand, so als wolle er Golgari selbst aus dem Nachthimmel herabrufen.

Alara sah den verstümmelten Ringfinger an der Linken und wußte, mit wem sie es zu tun hatte. Immuel Florios, Ordinarius und seines Zeichens oberster Lehrmeister in der Stadt des Schweigens. Der Stadtmarschall war ein Onkel des Ordinarius. Soweit sie wußte, verstanden sich die beiden nicht besonders gut.

»Ich könnte mir vorstellen, daß man euch beide zu Gemeinen degradiert und zur Hafenwache in Mirham abkommandiert, wenn nicht gar eine Hand aus den Schatten nach euch greift.« Der Hochgeweihte sprach gelassen, so als schicke er einen Sklaven, um eine Kleinigkeit für ihn zu erledigen. Nicht die geringste Spur von zynischer Häme oder gar Haß schwang in seiner Stimme mit.

Alara spürte, wie ein eisiger Schauer sie überlief. *Eine Hand, die aus den Schatten greift* ... Sie wußte nur zu gut, was das bedeutete. War es diese Hand, die auch nach Salpicio gegriffen hatte? Aber diesmal hatte es der Geweihte mit mehr als lediglich einem Offiziersanwärter zu tun! Sie ließ sich doch nicht durch den Ordinarius einschüchtern! »Naldor, die letzte Bemerkung des Erhabenen nehmt Ihr nicht in den Bericht auf.«

Der Hochgeweihte lachte trocken auf. »Wenn ihr vermeiden wollt, von den Leibwächtern hinausgeschafft zu werden, solltet ihr beide nun gehen.« Ohne sie eines weiteren Blickes zu würdigen, wandte er sich ab und ging auf das Haus zu.

Alara nickte zum Tor. »Tun wir besser, was er sagt.«

»Verflucht«, murmelte Naldor. »Wer ist dieser M? Wer hält sich eine solche Bestie als Wachhund? Und wer kann einen Hochgeweihten schicken, um uns aus seinem Garten zu weisen? Wäre ich nur in Mirham geblieben ...«

»Habt Ihr schon genug, Naldor? Ich hätte mehr Durchhaltevermögen von Euch erwartet. Oder wollt Ihr plötzlich nicht mehr auf meinem Stuhl sitzen?«

Der Gardist hob den Kopf und sah sie trotzig an.

»Habe ich gesagt, daß ich gehen werde? Ich wüßte gern, mit wem wir es zu tun haben …«

»Das weiß man immer erst ganz zum Schluß, Naldor. So ist das nun einmal in unserem Beruf.« Alara lächelte hintergründig. »Und selbst dann wissen wir es manchmal noch nicht wirklich … Was werdet Ihr nun unternehmen?«

»Mich nach den Stadtgardisten umsehen, die zum Nachtdienst in diesem Viertel eingeteilt sind. Sie müßten etwas über den Hausherren wissen.«

»Möglich … Kennt Ihr den *Mohakopf*? Eine Schenke in den Brabaker Baracken.«

»Ja.«

»Ich für meinen Teil brauche einen Schluck …«

»Dann sehen wir uns dort.« Der junge Gardist eilte mit langen Schritten davon. Alara sah ihm nach, bis sein Schatten im Nebel verschwunden war.

5. Kapitel

Als der Hochgeweihte in den Innenhof trat, kam eine zierliche Bedienstete auf ihn zu. »Mein Herr erwartet Euch schon, Erhabener.« Das Weib grinste frech und wies zu der Stiege, die hinauf in den ersten Stock führte. Dem Aussehen nach war es eine heidnische Maraskanerin.

Immuel nickte. So erlesen der Kunstsinn Markuds auch ausgeprägt sein mochte, so wenig Gespür hatte er augenscheinlich für die Auswahl von annehmbaren Domestiken. Verärgert erklomm Immuel die steile Stiege und blickte noch einmal zu der Flötenspielerin im Hof hinab. Ein wundervolles Weib! Vielleicht sollte er Markud fragen, wo er sie gefunden hatte …

Die beiden Wachen vor dem Rauchsalon öffneten dem Ordinarius stumm die Tür. Der mit dunklem Holz getäfelte Raum war durch rote Lampen in ein bedrükkendes Licht getaucht. Die drei anderen erwarteten ihn bereits. Markud und sein Gast lagen auf samtgepolsterten Ruhebetten, während Irschan Perval unruhig in der Kammer auf und ab ging.

Immuel bedachte Irschan mit einem abfälligen Blick. Der Geweihte mochte den jungen Magier nicht, der sich auf fragwürdige Weise das Vertrauen des Patriarchen erschlichen hatte. Irschan kam immer elegant gekleidet daher. Seine Gewänder waren aus Seide gefertigt und mit Hunderten winziger Perlen bestickt. Fast an jedem Finger trug der hochnäsige Schnösel einen protzigen Ring. Nachdem es diesem Luftikus gelungen war, seine Schwester mit dem Patriarchen zu verkuppeln, hatte ihm Amir sogar einen Sitz im Rat der Zwölf verschafft.

Irschan schien Immuels Blick bemerkt zu haben. Der Magier blieb stehen. »Wie erfreulich, daß Eure Erhabenheit auch noch zu uns stoßen.«

Immuel verbiß sich eine passende Antwort und wandte sich dem Gastgeber zu. »Die beiden Stadtgardisten haben das Grundstück verlassen. Ich werde gleich morgen dafür sorgen, daß sie diese Nacht noch bis ans Ende ihrer Tage verfluchen werden.«

Markud nickte. Der Gastgeber mochte Mitte Dreißig sein. Er war ein schlanker, drahtiger Mann von gepflegtem Äußeren. Obwohl er auf den ersten Blick unscheinbar wirkte, strahlte er eine gewinnende Ruhe und Gelassenheit aus. Nur wenn man ihn länger kannte und etwas über seine Vergangenheit ahnte, entdeckte man, daß etwas Dunkles hinter der Fassade des redegewandten, stets zuvorkommenden Geschäftsmanns lag. Dann bemerkte man, daß die Fältchen um seine Augen gewiß keine Lachfalten waren und daß die Muskeln um die Mundpartie viel zu ausgeprägt waren. Immuel hatte so etwas schon bei Galeerensklaven gesehen, die zäh genug waren, um länger als nur zwei oder drei Jahre zu überleben. Wenn sie gezwungen waren, im höchsten Takt zu rudern, nahmen sie Beißhölzer zwischen die Zähne, hölzerne Klötze mit einem Loch in der Mitte, die an einem groben Seil um den Hals hingen. Sie dienten dazu, die Zähne der Sträflinge zu schützen, die diese in äußerster Anstrengung so fest aufeinanderbissen, daß sie splittern mochten.

Ein Blick auf Markuds gepflegte Hände genügte, um sicher zu sein, daß er nie auf einer Galeere gedient hatte. Diese Hände waren sicherlich stark, doch mit den breiten, schwieligen Händen eines Ruderers nicht zu vergleichen. So blieb die Frage offen, was ihn veranlaßt haben mochte, die Zähne zusammenzubeißen. Doch ganz gleich, was es gewesen sein mochte, es hatte ihm weder seinen feinen Sinn für Humor zu nehmen vermocht, noch seinen Blick für die unausgesprochenen Bedürfnisse seiner Besucher getrübt, was ihn zu einem vollkommenen Gastgeber machte.

»Kommen wir doch endlich zum Wesentlichen.« Der gewiß bedeutendste Gast des Abends hatte das Wort ergriffen. Eine junge Frau mit aufgedunsenem Körper und einer seltsam blassen Haut. Sie trug ein durchscheinendes schwarzes Kleid, doch Immuel fragte sich, welcher Mann wohl einen solchen Leib begehren mochte. Bemerkenswert war auch, wie schnell sie zugenommen hatte. Bei ihrer ersten Zusammenkunft war sie fast schlank gewesen. Als sie sich dann ein zweites Mal trafen, war ihr Leib bereits so aufgebläht, daß sie kaum noch aus eigener Kraft zu gehen vermochte. Seitdem hatte sie wieder ein wenig abgenommen ... Schon ihr Anblick bereitete dem Hochgeweihten Ekel. Und wenn er erst daran dachte, wer sie geschickt hatte ... Nur ihre Augen waren schön. Mandelförmig und schwarz wie eine sternenlose Nacht. Nakandoa nannte sie sich. Der Ordinarius hatte diesen Namen nie zuvor gehört, und er bezweifelte, daß sie wirklich so hieß.

»Habt Ihr Euch das Angebot überlegt, das ich Euch bei unserem letzten Treffen unterbreitete, meine Herren?« fragte sie mit öliger, einschmeichelnder Stimme.

Immuel lächelte, ohne dabei die Zähne zu entblößen. »Wir haben das Geschwür in dieser Nacht ausgebrannt. So wie die Dinge nun stehen, sind wir weniger denn je gewillt, uns erpressen zu lassen ...«

»Ich bitte Euch, mein Freund«, fiel Markud ihm ins Wort. »Wir sprechen hier über ein Geschäft. Es steht uns gewiß allen besser zu Gesicht, wenn wir sachlich bleiben.«

»Ich bin mir sicher, daß diese fette Schlampe uns die Seuche in die Stadt geschleppt hat! Warum also sollte ich ihr gegenüber höflich bleiben?« ereiferte sich der Ordinarius.

»Vielleicht weil es Eurem Stand geziemt ...«

»Gebt Euch keine Mühe, Markud. Geweihte haben stets ein gespanntes Verhältnis zu mir. Ich bin diesen Ton gewöhnt.« Nakandoa wandte sich an Irschan Perval. »Und was habt Ihr zu sagen? Wie man hört, steht Ihr dem Patriarchen näher als irgendein anderer.« Ein anzügliches Lächeln spielte um die Lippen der Frau.

»Ich bin der Auffassung, daß sich unsere Stadt auf kein Geschäft einlassen sollte, das uns zum Nachteil gereichen könnte.«

»Zum Nachteil?« Nakandoa zog einen Schmollmund. »Was sollen wir Euch denn noch alles bieten? Wir würden für die Ware, nach der wir fragen, nicht nur einen besseren Preis zahlen als jeder andere Käufer, wir bieten obendrein auch noch unseren Schutz. Es ist doch nur allzu bekannt, wie leicht hier im Süden tödliche Seuchen ausbrechen ... Ich meine nicht die wenigen Krankheitsfälle der letzten Tage. Ich spreche von einer wahren Epidemie, die Hunderte, ja Tausende von Leben fordert. Ich begreife wirklich nicht, wie Ihr bei einem solchen Angebot noch zögern könnt!«

»Ihr vergeßt, daß wir erpreßbar werden, wenn jemals ruchbar werden sollte, auf welchen Handel wir uns mit Euch eingelassen haben. Das Mittelreich und das Horas-Reich könnten ein solches Geschäftsabkommen mit Euch sogar als Grund betrachten, uns den Krieg zu erklären.«

»Und das fürchtet Ihr?« Sie schnaubte verächtlich. »Vom Schneid des Tar Honak scheint sein Sohn ja nicht viel geerbt zu haben! Die Perlenmeerflotte ist so gut wie vernichtet. Das Mittelreich hat also keine Waffe mehr, die es gegen Al'Anfa richten könnte, und die bornischen Schiffe wagen es kaum noch, ihre Häfen zu verlassen. Meinem Herrn verdankt Ihr es, nun über die größte Flotte zu verfügen, die sich frei auf den östlichen Meeren bewegt. Vielleicht hülfe es ja, wenn wir eines unserer Schiffe vor der Durchfahrt durch den Koloß ankern lassen, um den Patriarchen und den Rat ein wenig entschlußfreudiger zu stimmen.«

»Ich sagte bereits, daß wir uns gewiß nicht erpressen lassen«, mischte sich Immuel ein. »Falls Euch zu Ohren gekommen sein sollte, auf welche Weise die Schlacht am Szinto gewonnen wurde, dürfte Euch wohl klar sein, daß ein Schiff, das ohne unsere Billigung vor unserem Hafen ankert, möglicherweise verlorengehen könnte!«

»Meine Freunde«, ergriff nun wieder der Gastgeber das Wort. »Auf diese Weise werden wir uns niemals einigen. Vielleicht solltet Ihr, verehrte Nakandoa, noch einmal das Angebot nennen, das Euer Herr uns unterbreiten möchte. Möglicherweise haben sich die Bedingungen ja ein wenig verschoben ... Ich denke, wenn statt über Politik lediglich über Gold und Geschäfte gesprochen wird, sollte eine Einigung zu unser aller Zufriedenheit möglich sein.«

»Da unsere Handelsbedingungen bereits sehr gut sind, wüßte ich nicht, welches Angebot ich noch unterbreiten könnte.« Nakandoa legte eine Hand auf die kleine Holztruhe, die sie mitgebracht hatte. »Wenn dies also Euer letztes Wort sein sollte, meine Herren, könnten wir noch auf ein kleines Ärgernis zu sprechen kommen. Ich weiß nicht, wer von Euch den Einfall hatte, mir einen Meuchler zu schicken, doch möchte ich darum bitten, dies in Zukunft zu unterlassen. Ich habe darüber meinem Meister bereits Meldung erstattet, und er zeigte sich aufs äußerste verärgert. Rechnet also in den nächsten Tagen mit einer Antwort.« Sie erhob sich mit einem Seufzer und ruderte einen Augenblick lang ungeschickt mit den Armen, um ihr Gleichgewicht zu finden. »Ich betrachte unser Gespräch hiermit als beendet. Wenn Ihr es Euch anders überlegen und endlich bereit sein solltet, auf das wirklich großzügige Angebot meines Herrn einzugehen, wißt Ihr, was Ihr tun müßt, um mich zu benachrichtigen. So verfahren, wie die Lage ist, erscheint es mir sinnlos, schon jetzt einen Abend für eine weitere Zusammenkunft zu verabreden. Ich empfehle mich.«

Immuel ballte wütend die Fäuste. »Ihr könnt doch nicht so einfach …«

Markud trat ihm in den Weg. »Ich bitte Euch … Nakandoa ist eine Gesandte und unberührbar. Ganz gleich, *wessen* Gesandte sie ist!« Der Gastgeber warf einen ärgerlichen Blick auf die Truhe, die zwischen den Ruhebetten auf einem niedrigen Tisch stand.

»Wir hätten nicht einmal genug Ware, um Ihren Herrn länger als ein halbes Jahr zu beliefern. Es wäre unehrenhaft, auf ein Handelsabkommen einzugehen, das nicht zu halten ist.«

Nakandoa wandte sich unter der Tür um. »Es erstaunt mich zu hören, welch empfindsamen Ehrbegriff Ihr habt, Irschan Perval. Ich muß gestehen, ich habe Euch bislang offenbar falsch eingeschätzt.« Sie schüttelte den Kopf. »Man sollte doch nicht darauf hören, was unter den Fanas gesprochen wird. Im übrigen ist es nicht meine Sorge, ob und wie lange Ihr die Ware liefern könnt, die mein Herr bei Euch einkaufen möchte.« Mit einer für ihre Leibesfülle erstaunlich gewandten Bewegung drehte sie sich auf dem Absatz um und entschwand durch die Tür.

Markud sah ihr einen Augenblick lang nach und trat dann an den Tisch zwischen den Ruhebetten. »An ihrer Stelle wäre ich auch verärgert.« Er klopfte auf den mit Messingbändern beschlagenen Deckel der Truhe. »Wer hat den Befehl hierzu gegeben?«

Als die beiden Männer schwiegen, öffnete der Hausherr die Truhe. Auf einem Samtkissen lag der Kopf eines jungen Mannes. Man hatte ihm eine schwarz verfärbte Hand in den Mund geschoben. Starker Verwesungsgeruch ging von den Leichenteilen aus.

Der Magier zog ein parfümiertes Tuch aus dem Ärmel und schwenkte es vor der Nase hin und her. »Weder originell noch einschüchternd.«

»Das gleiche hat Nakandoa wohl auch gedacht, als der Kerl versuchte, sie zu ermorden«, entgegnete Markud beißend. »Wer ist denn auf diesen blendenden Einfall gekommen? Ich dachte, wir hätten eine Absprache!«

»Der Patriarch wollte es!« Immuel mißfiel die Art, wie sich ihr Gastgeber aufspielte. Hoffentlich wußte Markud noch, auf wessen Seite er stand!

»Das wird es in Zukunft schwerer machen ... Nun ist sie gewarnt. Was habt Ihr eigentlich damit gemeint, das Übel sei ausgebrannt worden.«

Der Hochgeweihte lächelte triumphierend. »Einer der Ritter der *Basaltfaust* hat herausgefunden, daß die Sieche ihren Ursprung in der Kaschemme *Kalifenthron* nahm. Dort muß verseuchtes Fleisch an die Gäste verkauft worden sein. Wir wissen mittlerweile auch, daß die Krankheit nicht sonderlich ansteckend ist. Nur wer von diesem Fleisch gegessen hat oder« – er lächelte anzüglich – »oder aber sehr engen Umgang mit einem oder einer Erkrankten pflegte, kann sich angesteckt haben. Ich denke, am heutigen Abend haben wir das Übel bei der Wurzel gepackt und ein für allemal ausgerottet!«

Der Magier wiegte nachdenklich den Kopf. »Ich muß sagen, Nakandoa wirkte auf mich keineswegs eingeschüchtert. Ob sie schon wußte, was im *Kalifenthron* vorgefallen ist? Was aber, wenn diese Sache nur eine kleine Demonstration war und sie sich durch unser Eingreifen herausgefordert fühlt, zu einem neuen Schlag auszuholen?«

»In dieser Nacht sind die Wachen auf den Straßen verdreifacht worden! Soll sie nur kommen!« Immuel hatte sich in Zorn geredet. »Sie wird beschattet, damit wir endlich wissen, wo sie untergekrochen ist! Wenn die *Basaltfaust* ihr Versteck umstellt, wird ihr auch ihre Schwarze Magie nicht mehr helfen!«

»So ...« Der Magier trat an den niedrigen Tisch und strich mit der Rechten über den Deckel der Truhe. »Ich glaube nicht, daß Ihr wirklich wißt, womit wir es hier zu tun haben ...« Er wandte sich an Markud. »Und wie weit sind Eure Vorbereitungen gediehen?«

»Ich werde morgen zu Balura gehen und hoffe, daß sie mit den Arbeiten für mich fertig ist. Dann werden wir sehen ...« Auch der Gastgeber blickte auf die Truhe hinab. »Ich fürchte allerdings, daß nun alles ein wenig schwieriger wird.«

»Habt Ihr denn einen Plan?«

Markud schnaubte verächtlich. »Einen Plan? Ich habe Erfahrung! Das ist besser als jeder Plan. Bei einer Person wie Nakandoa ist es gefährlich, wenn man sklavisch an einem einmal aufgestelltem Plan festhält. Ich werde ...«

Naldor erinnerte sich noch gut aus seiner Zeit bei den einfachen Gardisten an den Ort, wo sich die Männer trafen, wenn sie keinen Streifendienst hatten. Es gab eine verfallene kleine Villa am Fuß der Klippen. Nur ein Raum mit gewölbter Decke und einem gemauerten Kamin war dort erhalten geblieben. Hier suchten die Stadtgardisten gelegentlich Schutz vor Regen oder Sturmwind. Meistens saßen sie aber nur zusammen, um zu reden und eine Flasche zu leeren.

Der Nebel war in der letzten Stunde noch dichter geworden. Man konnte kaum drei Schritt weit sehen. Vorsichtig tastete sich Naldor an den Gartenmauern der großen Villen entlang. Manchmal blieb er plötzlich stehen und lauschte, ob hinter ihm Schritte zu hören waren. Die Geschehnisse des Abends hatten ihn zutiefst beunruhigt. Daß sogar ein Hochgeweihter in die Sache verwickelt war! In welches Wespennest mochte Salpicio nur gestoßen haben, als er sich in diese verfluchte Villa einschlich? Wenn er wenigstens mehr über diese geheimnisvollen Zusammenkünfte niedergeschrieben hätte!

Der junge Offiziersanwärter versuchte, seine Gedanken zu ordnen. Irgendwo mußte es einen Schlüssel geben. Vielleicht war er ja sogar zum Greifen nahe …

Ilian Naldor war wieder am Ende einer Gartenmauer angekommen. Wenn er richtig gegangen war, dann sollte der Unterschlupf höchstens noch zwanzig Schritt entfernt sein. Wenn dieser verfluchte Nebel nicht wäre! Bislang hatte er seine rechte Hand über die groben Oberflächen der Mauern gleiten lassen … Doch ohne diese Hilfe fühlte er sich nun so, als liefe er geradewegs ins Nichts hinein. Er zog sein Schwert und tastete damit vorsichtig im Nebel umher, um nicht gegen einen Baum zu stoßen oder über eine niedrige Mauer zu stürzen. Sein Umhang verfing sich in einem Dornengestrüpp. Leise fluchend versuchte Naldor, sich loszumachen. Vielleicht wäre es klüger, einfach umzukehren. Morgen, bei Tageslicht, würde er die Gardisten, die zum Dienst in diesem Viertel eingeteilt waren, viel leichter finden … Aber wer mochte schon wissen, was Commandanta Olibano sich für morgen alles für ihn ausgedacht hatte … Nein, es war besser, die Sache jetzt zu erledigen. Diese Schlange! Verfluchtes Glück hatte sie gehabt! Wäre er nur einen Atemzug später gekommen oder hätte er nur einen Zoll tiefer geschossen, dann wäre sie von der Bestie zerfleischt worden. Wie ein Kaninchen vor der Schlange hatte sie vor dem Schattenlöwen gestanden. Naldor schmunzelte. Diese Gerüchte, daß sie einmal zur Hand Borons gehört hatte, waren offensichtlich nichts als dummes Gerede. Kein Meuchler hätte so reagiert. Einfach so dazustehen … Vielleicht lag es ja an ihrer Krankheit? Ob sie sich wohl insgeheim den Tod wünschte? Wieviel Zeit ihr wohl noch blieb?

Der Gardist verharrte. Es roch nach Rauch. Wahrscheinlich hatten sich die Nachtwachen ein kleines Lagerfeuer gemacht, um sich die klamme Kälte, die mit dem Nebel in die Stadt zog, aus den Knochen zu vertreiben. Jetzt sah er auch einen matten Lichtschimmer vor sich. Er hatte es geschafft.

»Hallo?«

»Wer dort?« erklang eine barsche Stimme.

»Weibel Ilian Naldor, vierte Kompanie der Stadtgarde.«

»Die Vierte steht doch in Mirham, Kerl!« rief nun eine Frauenstimme.

Naldor glaubte, das leise Scharren von Metall zu hören, so als würden Schwerter gezogen. »Ich bin zur besonderen Unterstützung von Commandanta Alara Olibano abkommandiert worden.« Ein Stück weiter links hörte der Gardist einen dürren Ast knacken. Diese Trottel wollten ihn doch nicht etwa überrumpeln! »Leuchtet mit einer Blendlaterne herüber, damit ihr mich sehen könnt.«

Blasses gelbes Licht schnitt in den Nebel. Es vermochte die dichten Dunstschwaden kaum zu durchdringen.

»Dann kommt doch erst einmal herein in die gute Stube, Weibel Naldor«, erklang jetzt wieder die Frauenstimme.

Zögernd trat Naldor ins Licht. Mit einem solchen Empfang hatte er nicht gerechnet. Der Gardist konnte nur Schatten im Nebel erkennen. Jemand hob die Laterne und kam näher. Das Licht fiel Naldor nun so in die Augen, daß es ihn blendete.

»Den kenne ich«, sagte jemand mit einer heiseren Stimme. »Das ist wirklich Naldor. Ich hab Dienst mit ihm geschoben, als er noch ein grüner Junge war.«

Das Licht wurde zum Boden gerichtet. »Nichts für ungut, Kamerad«, sagte nun die Frau, »aber du hast dir einen schlechten Zeitpunkt ausgesucht, um uns zu überraschen. Sind unruhige Zeiten …«

Naldor stand nun nahe genug, um die Gardisten genauer erkennen zu können. Der Schnelle Bardir war der Mann mit der heiseren Stimme gewesen, der für ihn gesprochen hatte, ein alter graubärtiger Gardist, der seit seiner Verwundung im Khomkrieg das rechte Bein nachzog. Die anderen drei, zwei Männer und eine Frau, kannte Naldor nicht. Sie leuchteten mit der Blendlaterne zu einem breiten Spalt in einer Mauer, von der schon vor Jahren der letzte Putz abgebröckelt sein mußte.

»Kennst den Platz noch von früher, nicht wahr«, brummte Bardir.

Naldor nickte. »Verdammt lange her ...«

»Sind schlechte Zeiten. Hast du die Sache über Salpicio gehört? Daß sie 'nen Offizier der Stadtgarde umgelegt haben, das hat es schon ewig nicht mehr gegeben. Einen Gardisten vielleicht ...« Bardir zuckte mit den Schultern. »Das gehört zum großen Spiel. Aber 'nen Offizier!«

»Und? Hast du einen Verdacht?«

Der alte Gardist ließ sich auf einem Säulenstumpf nieder. »War wohl irgendein Verrückter. Vielleicht ein Rauschkrautsüchtiger. Von den richtig schweren Jungs wäre keiner so dämlich, 'nem Offizier die Kehle durchzuschneiden.«

Naldor ließ sich neben seinem alten Kameraden nieder. Im Kamin brannte ein kleines Feuer. Dicht daneben lag in einer Mauernische dürres Geäst aufgestapelt. Es sah noch alles so aus wie vor zwei Jahren, als Naldor zum letzten Mal hiergewesen war.

Bardir kramte einen tönernen Pokal mit rissiger Glasur hervor und füllte ihn mit Wein, der blutrot im flackernden Licht des Feuers glänzte. »Auf die alten Tage, Kamerad!« Der Alte prostete ihm mit der Weinflasche zu und nahm einen tiefen Schluck.

»Auf dem Weg nach hier draußen hörte ich in einem Park ein Raubtier fauchen. Hat mir das Mark in den

Knochen gefrieren lassen. Was ist denn das für eine Bestie?«

Bardir tauschte einen Blick mit den anderen und lächelte breit. »Das *Schoßtierchen* des Kaufherrn Markud. Ich sag dir, wenn du das Mistvieh siehst ...« Der Alte rülpste. »Hab einmal 'nen Blick durchs Tor auf dieses Monster erhascht. Oder besser gesagt, beinahe hätte es mich erhascht. Bin eines Nachts dem Tor zu nahe gekommen. Das Kätzchen hat mich nur um ein paar Zoll mit seinem Prankenhieb verpaßt. Ich hab's nicht mal kommen hören ... Die meiste Zeit wird es in einem Zwinger gehalten, sagt man.«

»Und beschwert sich denn keiner von den Nachbarn? So ein Vieh muß doch gefährlich sein ... Und dann noch dieses Fauchen.«

»Über Markud wird sich sicher so schnell keiner beschweren, oder was meint ihr?« Bardir sah zu seinen Kameraden hinüber.

»Bestimmt nicht«, bestätigte die Gardistin. »Von 'nem Nachbarn wie dem kann man nur träumen.«

»Wie meint ihr das?«

»Ganz einfach. Wann immer der dir die Hand reicht, bleibt ein bißchen Gold an deinen Fingern kleben. So jemanden vergrault man nicht, nur weil sein Kätzchen ein bißchen laut ist. Der soll jedem seiner Nachbarn ein Geschenk von tausend Dublonen gemacht haben, als er die Villa Tuzak kaufte. Natürlich hat er ihnen kein Geld gegeben. Für den einen war's 'ne prächtige Sänfte, ein anderer hat 'ne Sklavin bekommen oder ein kostbares Schmuckstück. So 'nen Kram eben. Aber er hat auch für uns Gardisten was übrig. Du weißt ja noch von früher, daß alle zwei Wochen die Wachen in den Vierteln ausgetauscht werden. Jeder von uns, der hierherkommt, erhält von Markud einen ganzen Monatssold dafür, daß wir ein bißchen ein Auge auf seine bescheidene Hütte haben ...«

Naldor pfiff leise durch die Zähne. »Der kann wohl

Gold scheißen, wie! Woher stammt denn sein Reichtum?«

Bardir hatte erneut einen tiefen Schluck aus der Flasche genommen und seufzte zufrieden. »Es ist nie gut zu fragen, woher Geld stammt. Es gibt 'ne Menge Gerüchte über ihn. Angeblich hat er für ein paar Jahre was mit dem Adamantenkonvoi zu tun gehabt und besitzt eine Mine irgendwo tausend Meilen aufs Meer hinaus, noch östlich der Menschenfresserinsel. Andere behaupten, er hat 'ne Menge Gold damit gemacht, sowohl die Rebellen als auch die Kaiserlichen auf Maraskan mit Waffen zu beliefern. Das würde auch erklären, warum er sich jetzt ein Haus hier in der Stadt gekauft hat. Mit dem Dämonenmeister ist gewiß nicht gut Geschäfte machen ...«

»Ich hab gehört, daß dieser Markud auch viele Feste gibt.«

»Stimmt. Alle paar Tage steht sein halber Garten voller Sänften, und man hört Lachen und Musik bis auf die Straße heraus. Und auch anderes ...« Bardir rollte bedeutungsschwer mit den Augen und seufzte. »Nirgendwo anders in diesem Viertel gibt es so viele Feste wie bei Markud. Wie es scheint, lädt er aber nicht nur die Reichen und Mächtigen ein. Auch Musiker, Gaukler, Dirnen und Poeten gehören zu seinen Gästen ...«

»Findest du nicht, daß du ein bißchen viel redest, Alter?« unterbrach ihn die Gardistin. Dann wandte sie sich an Naldor und musterte ihn mißtrauisch. »Warum willst du eigentlich über unseren Wohltäter so genau Bescheid wissen?«

Der junge Offizier zögerte und überlegte, wieviel er der Kriegerin verraten durfte. Olibano zöge ihm wahrscheinlich bei lebendigem Leib die Haut ab, wenn sie herausfände, daß er mit einer einfachen Gardistin über ihre Erkenntnisse plauderte. »Unser Kamerad Salpicio hielt sich in der Nacht, als er starb, auf einem Fest in der Villa Tuzak auf. Vielleicht war sein Mörder unter den Gästen. Wenn ihr also von jemandem wißt, der euch verdächtig erscheint und der in diesem Haus ein und aus geht, so verratet es mir. Ich werde dann dafür sorgen, daß unser Kamerad gerächt wird.«

Bardir verdrehte die Augen zum Himmel und kratzte sich am Bart. »Alle Götter! Du hast Einfälle! Es sind wahre Heerscharen, die dort verkehren … Außerdem haben wir andere Dinge zu tun, als unseren Gönner zu bespitzeln!«

»Aber es gibt jemanden, der nicht ganz geheuer ist«, mischte sich einer der beiden Soldaten ein, die bisher geschwiegen hatten. »Diesen Gottlosen … Das Spitzohr. Ich glaub, Sirlon oder so ähnlich heißt er … Man erzählt sich, er sei älter als die Stadt und daß er keine Seele hat.«

»Sirlon«, murmelte Naldor. Er kannte den Elfen dem Namen nach. Er war der beste Bogenbauer in der Stadt. »Du hast recht. Diese Spitzohren sind eigentlich immer verdächtig. Man sagt, er habe schon vor der Herrschaft Bal Honaks hier gelebt. Er muß also weit über hundert Jahre alt sein. Jemand, den Boron nicht in seine Hallen rufen will, ist unbedingt verdächtig. Aber ich werde dem Kerl schon beikommen! Und diesem Markud werde ich morgen auch einen Besuch abstatten.«

»Dann nimm dich aber in acht vor dieser Bestie!« Bardir sah besorgt zu Naldor auf, der sich plötzlich erhoben hatte.

Der Offiziersanwärter klopfte dem alten Gardisten auf die Schulter. »Das ist doch auch nur ein zu groß geratenes Kätzchen.«

6. Kapitel

Als Naldor den Unterschlupf der Nachtwachen verlassen hatte, lud er zunächst einmal seine Balestrina nach. Der Nebel hatte sich inzwischen ein wenig gelichtet. Vom Kriegshafen hallten gedämpfte Kommandorufe und das Quietschen eines schweren Lastkrans herüber. Offenbar wurde dort ein Schiff zum Auslaufen vorbereitet. Mitten in der Nacht …

Nachdem die kleine Armbrust wieder einsatzbereit war, verstaute er sie unter seinem Umhang. Der Schattenlöwe gäbe eine prächtige Trophäe ab, dachte er. Eigentlich stand ihm als Jäger mindestens das Fell des Untiers zu … Aber es wäre wohl klüger, nicht danach zu fragen. Er grinste. Wenigstens gab es Zeugen für seinen Meisterschuß … Und Olibano würde sich wahrscheinlich bis ans Ende ihrer Tage darüber ärgern, daß sie ihm, den sie einst nicht in ihrer Truppe hatte dulden wollen, nun ihr Leben verdankte! Dieser Abend hatte bewiesen, daß man weder ein gutes Elternhaus noch jede Menge Bücherwissen brauchte, um ein hervorragender Stadtgardist zu sein. Ein kühler Kopf und eine sichere Hand – darauf kam es an. Hoffentlich hatte auch Olibano dies endlich begriffen und hörte auf, ihn von oben herab zu behandeln.

Als Naldor an der Villa Tuzak vorbeikam, brannte dort in allen Fenstern Licht. Er hörte leise Musik. Seine Hände schlossen sich um die eisernen Stangen des Gartentors. Eines Tages würde man auch ihn zu solchen Festen einladen, das schwor er sich. Salpicio war das alles in den Schoß gefallen. Als Sohn aus einer reichen Familie hatte er nie erfahren, was es heißt, um alles kämpfen zu müssen. Das hatte ihn leichtfertig gemacht ... Und deshalb war Salpicio nun tot! Solche Fehler würden ihm, Ilian Naldor, nicht unterlaufen!

Naldor warf einen letzten Blick auf die hell erleuchtete Villa und machte sich dann auf den Weg. Einen Augenblick lang dachte er daran, nicht zum *Mohakopf* zu gehen, um sich mit Olibano zu treffen. Doch damit würde er gewiß das Ansehen wieder verspielen, das er gewonnen hatte, als er ihr das Leben rettete. Nein, solche Nachlässigkeiten durfte er sich nicht erlauben! Er war der Straßenköter und kein Glückskind wie Salpicio. Wenn er es zu etwas bringen wollte, dann mußte er seinen toten Kameraden in allem übertreffen!

Unwillig bog er nach rechts ab und wandte sich in Richtung der Brabaker Baracken. Die Straßen waren wie leergefegt. Noch immer lag der Brandgeruch des Feuers in der Luft, das die Tempelgardisten gelegt hatten. Ab und zu sah man hinter verschlossenen Läden ein Licht flackern. Doch es gab kein Geräusch außer dem leisen Plätschern der Wellen im nahen Hafenbecken. Naldor fühlte sich plötzlich unwohl. Die Stille hatte etwas Bedrückendes. Als er in einer nahen Gasse den Marschtritt einer Patrouille hörte, fühlte er sich besser. Es war gut zu wissen, nicht allein in der Nacht unterwegs zu sein.

Er lächelte über seine Angst. Er war doch kein Kind mehr, das sich vor der Dunkelheit fürchtete! Suchend blickte er sich um. Naldor war sich nicht mehr ganz sicher, wo er sich befand. In diesem verfluchten Nebel sahen alle Gassen gleich aus.

Ein paar Schritte vor ihm ertönte ein leises Quietschen. Der Gardist ging dem Geräusch entgegen. Am Ende der schmalen Straße stand ein Haus, aus dessen verschlossenen Läden rotes Licht fiel. In rostigen Angeln schwang ein hölzernes Schild über der Tür. Es zeigte einen abgeschlagenen Mohakopf, aus dessen Halsstumpf Blut quoll. Das Schild war so alt, daß sich unter der verwitternden Farbe Blasen gebildet hatten, und das Gesicht wirkte wie von Wasserpocken übersät. Dort, wo die Farbe abgeplatzt war, sah man dunkles Holz. In der Finsternis, beleuchtet von schwachem rotem Licht, ähnelten diese Stellen jedoch mehr verschorften Wundmalen.

Eine wirklich einladende Schenke hat sich Olibano da ausgesucht, dachte der Gardist. Als Naldor die Tür öffnete, hoffte er darauf, seine Vorgesetzte betrunken vorzufinden. Ihr Eingeständnis, nach dem Angriff des Schattenlöwen etwas trinken zu müssen, war die erste Schwäche, die sie ihm gegenüber gezeigt hatte. Das Alter und die Krankheit würden Olibano zermürben! Es dauerte gewiß nicht mehr lange, bis sie als Offizierin der Stadtgarde nicht mehr tragbar wäre. Dann hätte seine Stunde geschlagen! Er mußte nur noch einen Mörder für den toten Salpicio finden, damit auch der Stadtmarschall erkannte, welch fähiger Mann da in die Fußstapfen der verfaulenden Commandanta getreten war!

Die Kneipe war nahezu leer. Ein wenig verwundert sah sich Naldor um. Die Wände schmückten gräßliche Masken mit großen Augen und Mäulern, aus denen riesige Hauer ragten. Daneben hingen Schilde und Waffen, wie sie die Eingeborenen benutzten. Einige der hölzernen Stützbalken waren zu Statuen mit dürren Gliedern und großen Köpfen umgearbeitet worden, die mit Federn, bunten Lederriemen und Glasperlen geschmückt waren. Gleich neben dem Gardisten hing ein ausgestopftes Krokodil unter der Decke und ein Stück weiter eine ganze Sammlung von Schrumpfköpfen mit vernähten Augenlidern und Mündern. Ganz offensichtlich war der *Mohakopf* ein Treffpunkt für Sklavenjäger und Abenteurer, die es in die Dschungel westlich der Stadt zog. Auf den Tischen standen Laternen mit roten Glaswänden, deren düsteres Licht die unheimliche Stimmung noch unterstrich.

Naldor trat an die Theke, von wo aus eine stämmige Frau mit kahlrasiertem Schädel ihn musterte, seit er den Schankraum betreten hatte.

»Was darf's sein?«

»Ich suche eine Frau mit einer Schlangentätowierung im Gesicht. Sie wollte hier auf mich warten. Hast du sie gesehen?«

Die Wirtin hob lediglich die rechte Augenbraue und schwieg. Der Gardist hatte verstanden. Verärgert kramte er nach seinem Geldbeutel, holte eine Silbermünze hervor und legte sie vor der Frau auf den Tresen.

»Dein Liebchen war vor nicht einmal einer halben Stunde hier. Machte 'nen angespannten Eindruck. Sie hat ein Glas Branntwein hinuntergestürzt und ist sofort wieder verschwunden. Hättest dich wohl besser nicht verspäten sollen …« Die Wirtin grinste schief. »Willst du was trinken? Es gibt ja noch andere Weibsbilder …«

Naldor blickte auf die tätowierten Oberarme der Frau, die jedem Grobschmied gut angestanden hätten, und auf das speckige Mieder, unter dem sich gewaltige Brüste wölbten. Ihn beschlich das unbestimmte Gefühl, daß eine Liebesnacht mit der Wirtin eher Rondra als Rahja zur Ehre gereicht hätte.

»Ich muß die Frau finden …«

Die Wirtin schnalzte mit der Zunge. »Hüte dich vor ihr! Wenn sie neben einem steht, spürt man schon den Atem Borons.«

So ist das, wenn man schon mit einem Bein im Grab steht, so wie Olibano, dachte Naldor und nickte der Wirtin freundlich zu. Dann verließ er die Schenke.

Auf der Straße sah er sich einen Augenblick lang unschlüssig um. Seltsam, daß die Olibano nicht einmal eine Nachricht für ihn hinterlassen hatte. Ihre Geheimniskrämerei und die Art, wie sie immer ihren eigenen Weg ging, reizten ihn bis aufs Blut. Wie sollte man mit so jemandem zusammenarbeiten?

Schließlich beschloß er, nach Hause zu gehen. Er würde Olibano morgen in der Kommandantur sehen.

Vom Meer her war eine leichte Brise aufgekommen und zerriß die Nebelschwaden. Naldor zog sich den Umhang enger um die Schultern und eilte mit langen Schritten der Kommandantur entgegen, wo man ihm in der Kaserne ein Zimmerchen freigeräumt hatte. Er war so in Gedanken versunken, daß er den Schatten unter dem bröckelnden Torbogen erst bemerkte, als es schon zu spät war. Eine Hand strich ihm über die Kehle. Naldor griff nach der Balestrina, doch sein Arm wurde festgehalten.

»So muß wohl Salpicio sein Ende gefunden haben«, erklärte eine vertraute Stimme.

Der Gardist seufzte erleichtert. »Bei allen Göttern, Commandanta, Ihr habt mich fast zu Tode erschreckt!«

Die Augen der Offizierin erschienen in der Finsternis wie Kugeln aus poliertem Onyx. Schwarz, abgründig ... Zwei Höhlen, in deren Tiefen sich eine dunkle Seele verbarg. Naldor hatte das Gefühl, als starre sie ihn stundenlang an – dabei waren nur wenige Atemzüge vergangen, seit sie aus dem Schatten getreten war.

Endlich wandte Olibano den Kopf zur Seite und sah zu dem Torbogen hinüber, unter dem sie sich verborgen hatte. »Auf dem Hof dort hinten hat man Salpicio gefunden.«

Naldor nickte. »Ich weiß.« Obwohl augenscheinlich keine Gefahr drohte, pochte sein Herz immer noch wie rasend.

»Ich gehe nach Hause«, erklärte die Offizierin gleichgültig. »Ich sehe *dich* dann morgen in der Kommandantur.«

Naldor zuckte zusammen, als er hörte, wie Olibano

ihn zum ersten Mal duzte. Von nun an sollte sie dabei bleiben.

Keuchend stieß Alara die Tür zu ihrem Wachturm auf. Zitternd glitten ihre Hände die kalte Mauer entlang, als sie in den großen runden Raum im Erdgeschoß taumelte. Die Wirkung des Tranks, den Orlando Oros ihr gebraut hatte, hielt nicht so lange vor, wie sie erhofft hatte. Aber was wollte man von einem Medicus für Gladiatoren erwarten, wenn ihr nicht einmal Magier hatten helfen können. Sie betrachtete den Pokal neben ihrem Bett. Einen Augenblick lang war sie versucht, sich noch einmal einzuschenken. Doch der Heiler hatte sie eindringlich gewarnt. Boronswein und Samthauch waren giftig. Ein zweiter Becher nach so wenigen Stunden konnte ihren Tod bedeuten.

Seufzend ließ sie sich auf dem Bett nieder und versuchte, nicht noch schneller zu atmen. Ihre Lungen brannten, so als hätte man sie mit flüssigem Feuer gefüllt.

Noch immer zitterten ihr die Finger, und es dauerte lange, bis sie die Verschnürung ihrer Lederweste geöffnet hatte und das weite Hemd mit dem zerrissenen Ärmel über den Kopf streifen konnte. Den linken Unterarm hatte sie mit Lumpen umwickelt, unter denen sich noch eine Armschiene aus geschwärztem Stahl verbarg – und ihre Brust war durch einen Muskelpanzer geschützt gewesen. Am rechten Unterarm trug Alara eine Ledermanschette, in der vier Wurfmesser steckten. Aus einer eingenähten flachen Tasche zog sie die Beute hervor, die ihr diese Nacht eingebracht hatte.

Mit einem Seufzer erhob sie sich. Sie mußte die beiden Stücke sicher unterbringen. Keuchend schleppte sie sich zum Brunnen in die Mitte des Raums. Sie hatte das Gefühl, als drücke ihr eine unsichtbare Faust die Kehle zu. Jeden Atemzug mußte sie diesem grausamen Feind abtrotzen.

Alara ging in die Knie und lehnte die Stirn gegen den kühlen Stein. Sie tastete nach dem Auge eines der Mungos auf dem Brunnenrelief und drückte es. Mit leisem Knirschen hob sich eine der Bodenplatten neben ihr. In dem Versteck lagen zwei Balestrinas von einem Feinmechanicus aus Grangor, ein Sortiment von Dolchen, ein Tuzakmesser, das nach maraskanischer Art geschmiedet war, ein Wurfanker, um den ein dünnes Seidenseil gewunden war, und daneben zwei zerbrechliche Kristallphiolen mit seltenen Waffengiften. Hier liegt meine Vergangenheit begraben, dachte Alara und kämpfte gegen einen plötzlichen Hustenreiz an. Sie ließ ihre Beute in das Versteck fallen und schob die Bodenplatte in die ursprüngliche Lage zurück.

Würgend hustete sie blutigen Schleim aus. Der Griff der unsichtbaren Faust wurde immer stärker. Sie ließ sich zu Boden sinken und schlug mit den Händen blindlings um sich. Mit jedem Atemzug bekam sie weniger Luft. Alara spürte die nahende Ohnmacht. Sie hechelte jetzt wie ein Hund. Ihr hing die Zunge aus dem Mund ... Die Wände der Turmkammer begannen um sie zu tanzen. Sie wollte schreien, doch außer dem gehetzten Hecheln brachte ihre Kehle keinen Laut mehr hervor. Grelle Lichtpunkte wirbelten um ihren Kopf. Stumm betete sie zu Boron, daß er sie noch nicht zu sich rufen möge ... Sie durfte noch nicht gehen ... bevor ...

Rondarion hob den Kopf der jungen Frau und half ihr, aus einer flachen Holzschale Suppe zu trinken. Sie war erschreckend dürr. Ihre Haut lag in Falten, so als wäre sie weit über fünfzig Jahre, doch ihre Augen waren jung geblieben. Sie sprühten vor Feuer und Lebenswillen.

Als Rondarion die Schüssel für einen Augenblick von ihren Lippen nahm, nutzte sie die Gelegenheit, um zu sprechen. »Warum hilfst du mir?« Ihre Stimme war kaum mehr als ein heiseres Flüstern. »Was willst du von mir?«

Der junge Gardist war verwirrt. Was sollte er ihr antworten, war er sich über seine Gefühle ihr gegenüber doch selbst nicht im klaren. »Ich ... ich will, daß es dir besser geht!« antwortete er schließlich.

»Damit mich der Ordensritter wieder foltern kann?«

Der Soldat blickte auf das Brandmal an ihrem Bein und biß sich wütend auf die Lippen. »Das wird er nie wieder tun!«

»Und wer sollte ihn daran hindern? Du?«

»Ja, ich. Ich werde nicht zulassen, daß er dich noch einmal verletzt. Du hast uns alles gesagt, was du zu sagen hattest, nicht wahr?«

Ines lächelte bitter. »Also daher weht der Wind! Das ist eine neue Art, mich zu befragen. Einer von euch mimt den Folterknecht, und der andere spielt den edlen Ritter, der mich beschützen will. Nur daß du leider nicht aussiehst wie die Ritter aus den Kindermärchen.« Sie lachte jetzt laut. »Wo sind deine Rüstung und dein Zauberschwert, mein Retter?«

Rondarion schluckte. Er konnte nur zu gut verstehen, wenn sie keinem hier traute, doch hatten ihre Worte ihn zutiefst verletzt. »Ich werde nun gehen«, murmelte er leise. »Wenn du magst, kann ich dir noch mehr Suppe bringen. Ansonsten sehe ich in zwei oder drei Stunden noch einmal vorbei, wie es dir geht. Du solltest schlafen, wenn du kannst. Dann kommst du wieder zu Kräften.«

Müde ging der Gardist zur Tür. Er dachte an Commandanta Olibano. Was sie jetzt wohl tat? Ob sie den Mörder Salpicios schon gefunden hatte? Fast hätte Rondarion die leise Stimme hinter sich überhört. Überrascht drehte er sich noch einmal um.

»Soldat?«

»Was ist?«

Ines sah ihn lange an. »Es tut mir leid, wenn ich dir Unrecht getan haben sollte …«

Er lächelte verlegen. »Schon gut …«

»Nein, da irrst du dich. Nichts ist gut an diesem Ort … Was ist …« Sie schüttelte müde den Kopf. »Wie heißt du?«

»Rondarion.«

»Ein Name, der zu einem Helden paßt.«

»Ja …« Der Gardist räusperte sich. »Und doch hat das Schicksal mich zu deinem Kerkermeister bestimmt.«

»Und was ist, wenn du das Schicksal selbst in die Hand zu nehmen wagst?«

»Ich kann keinen Verrat an meinen Kameraden begehen. Ich …« Die Art, wie Ines sprach, beunruhigte ihn zunehmend.

»Dann hoffe ich, daß deine Kameraden dir deine Treue stets mit gleicher Münze vergelten werden …«

»Ich muß nun gehen … Ähm … Ich bin zum Wachdienst eingeteilt.«

»Ich wünsche dir eine ruhige Nacht. Und danke für deine Hilfe …«

Rondarion verließ eilig den Raum. Ihre Reden hatten ihn zutiefst aufgewühlt. Hatte der Ordensritter am Ende sogar recht, wenn er ihr mißtraute? Der Gardist hatte einmal von Philosophen reden gehört, die angeblich in der Lage waren, einem mit Worten so sehr den Kopf zu verdrehen, daß man nach einigen Minuten nicht mehr zwischen Gut und Böse unterscheiden konnte. Für gewöhnlich landeten solche Aufwiegler schnell auf dem Scheiterhaufen … Ob auch Ines … Nein! Rondarion lachte leise. Wie konnte er solchen Unsinn denken! Sie war doch nur eine Hafenhure! Und doch übte sie einen eigenartigen Zauber auf ihn aus, obwohl ihre Schönheit vergangen war. Es war nicht leicht, aus diesem Mädchen schlau zu werden.

Rondarion trat auf den Hof der kleinen Festung hinaus. Eine leichte Brise war aufgekommen und zerriß die Nebelschwaden. Die gegenüberliegende Kasematte war von Fackeln erleuchtet. Er schlenderte hinüber und sah zu, wie zwei Gardisten die Leichen dieses Tages in Säcke aus dünnem Leinen einnähten. Zu Füßen der Toten packten sie ein paar Bruchsteine mit in die Säcke. So hatte man es ihnen befohlen. Am nächsten Morgen würden jene Söldner, die die Gefangenen dieser Nacht zur Festung brachten, den Karren mit den Toten mit sich nehmen. Weit draußen in der Bucht würde man sie ins Meer werfen.

Manolo kam über den Hof auf Rondarion zu. Sein Kamerad wirkte besorgt. Die Schrecken der letzten Tage hatten tiefe Furchen in das jugendliche Gesicht seines Freundes geschnitten. »Der Zauberer treibt sich schon den ganzen Abend auf den Wällen herum ... Er hat sich auch eine Laterne verschafft und Lichtzeichen gegeben, aber bei dem Nebel kann ihn natürlich niemand sehen. Sein Verhalten mißfällt mir. Ich brauche ein paar Stunden Schlaf. Wirst du auf ihn achten?«

Rondarion nickte. »Der Ordensritter gibt doch auch Nachrichten ans Festland weiter ...«

»Wenn er der Stadt des Schweigens meldet, was hier vorgeht, finde ich das nicht weiter verwunderlich. Aber mit wem, zum Henker, paktiert dieser Zauberer? Vielleicht hofft er ja, daß man ein Boot schickt und er fliehen kann.«

Rondarion zuckte mit den Achseln. »Wer weiß. Ich werde auf jeden Fall auf ihn achten.«

»Es ist Euch wieder einer gefolgt, Herrin!«

»Ich weiß. Habt Ihr ihn gefangen?«

Der Bettler nickte ergeben. »Es war nicht schwer ... Der Mann scheint ein Novize aus der Stadt des Schweigens zu sein. Was sollen wir mit ihm anfangen?«

»Bringt ihn in die Grube, und dann laßt mich allein mit ihm!«

»Wie Ihr befehlt, Herrin.«

Der Mann verbeugte sich unterwürfig und humpelte aus der Kammer, in der Nakandoa ihr Quartier aufgeschlagen hatte. In früheren Zeiten mochte der Raum einmal als Weinkeller gedient haben. Jetzt war er nur noch ein halb mit Trümmern angefülltes Gewölbe tief unter dem Schlund, dem Bettlerviertel Al'Anfas.

Ein Mauerdurchbruch verband den Keller mit einem Labyrinth aus längst vergessenen Kanälen und Geheimgängen, die in besseren Tagen die nun verfallenen Prachtbauten dieses Stadtteils miteinander verbunden hatten. Hierher flüchtete sich der Auswurf der Stadt, verkrüppelte Kriegsveteranen, entflohene Sklaven und die von Alter oder Siechtum Gezeichneten, denen kein anderes Zuhause als die Straße geblieben war.

Es hatte Nakandoa keine Mühe bereitet, unter diesen Verdammten zwei Dutzend Helfer zu rekrutieren, und täglich wurden es mehr. Die Zauberin streifte selbstzufrieden ihre Gewänder ab. Vom fauligen Herzen der Stadt aus würde sie Al'Anfa unterwerfen! Der Dämonenmeister war zufrieden mit ihrer Arbeit und hatte ihr weitere Unterstützung versprochen. Mit jedem Tag, den der Rat der Zwölf und der Patriarch sich weigerten, die Vorschläge Borbarads anzunehmen, wuchs ihre Macht.

Der Rat würde für seine Sturheit bezahlen! Sie würde ihnen zeigen, was eine Seuche war. Die Sache im *Kalifenthron* war nur ein kleines Vorspiel gewesen. Ein zaghaftes Andeuten ihrer Möglichkeiten ... Doch diesmal würde es anders werden! Nach dem Fest war sie hierher zurückgekehrt, um Duglum anzurufen, den großen Verpester. Die Stadt sollte eine Seuche erleben, von der man noch nach Jahrhunderten sprechen würde! Sie lachte böse. Während die Einfältigen schliefen, hatte sie den Tod auf die Straßen herabgerufen.

Nakandoa rekelte sich und betrachtete ihren Leib. Das Beschwörungsritual hatte sie viel Kraft gekostet.

Sie fand, daß sie hager geworden war. Ihre Brüste waren spitz, und darunter sah sie deutlich ihre Rippen hervorstechen. Die Anrufung und Bindung des Dämons hatten ihr das Fleisch von den Knochen geschmolzen.

Ein schmaler Streifen grauen Morgenlichts fiel durch eine Spalte in der Decke. Sie hörte, wie man den Gefangenen vor dem Mauerdurchbruch in die Grube stieß. Er wimmerte leise. Es klang wie ein Gebet. Nakandoa lächelte böse. Sollte er nur seinen Gott anrufen! Hier unten hülfe ihm nicht einmal Boron! Dies war ihr Reich!

Die Zauberin kniete sich auf den Boden. Sie hatte seit Tagen nicht mehr gegessen. Langsam kehrte ihr Hunger zurück. Leise murmelte sie die Worte der Macht. Ein Prickeln überlief ihre Haut. Ihre Beine verkrampften sich. Sie begrüßte stumm den süßen Schmerz der Wandlung.

Nakandoa hatte einen fleckigen alten Spiegel auf den Boden gestellt. Sie genoß es stets, ihre Verwandlung zu beobachten. Zu sehen, wie ihre Beine miteinander verschmolzen, ihre Haut dunkler wurde und sich zuletzt ganz und gar mit glänzenden schwarzen Schuppen überzog. Ihr Schmerzensschrei wurde jäh zu einem Zischeln, als sich ihr Kopf veränderte. Er wurde kleiner, flach und länglich, die Augen wanderten zur Seite und trübten sich. Sie sah die Kammer um sich herum nur noch undeutlich, und auch das Spiegelbild des mächtigen Schlangenleibs erahnte sie mehr, als daß sie es sah. Dafür eröffnete sich ihr eine neue Welt der Gerüche. Wenn ihr die lange gespaltene Zunge über die verhornten Lippen schnellte, schmeckte sie das trockene Alter der Ziegelsteine des Gewölbes und mehr noch das Aroma der Angst, das die feuchtschwüle Luft anreicherte und immer stärker wurde, je näher sie zum Durchbruch in der Wand kroch. Es war der Duft des würzigen, ein wenig säuerlichen Schweißes, den Menschen in Todesangst absonderten. Nichts war mit diesem Duft vergleichbar! Sie verharrte, um zischelnd den Augenblick zu genießen.

Der Mann in der Grube hatte sie inzwischen bemerkt. Er starrte zu ihr herauf. Seine Augen waren so blau wie der Himmel an einem Sommertag. Er hatte weizenblondes Haar und sonnenverbrannte Haut. Ein hübscher Junge ... Was ihn wohl in die Arme der Priesterschaft getrieben haben mochte? Vielleicht eine unglückliche Liebesgeschichte?

Ein alter Balken ragte schräg aus der Grube. Nakandoa glitt über das zerfaserte Holz und ließ dabei keinen Herzschlag lang ihr Opfer aus den Augen. Der Novize war kaltblütig. Er stand noch immer ungerührt in der Mitte der Grube. Nur sein Gebet war etwas lauter geworden ... Seine blauen Augen wichen nicht von ihr. Vielleicht hielt der Narr sie ja für eine Abgesandte seines Gottes. Offensichtlich hatte er es sich in den Kopf gesetzt, ihr den Spaß zu verderben. Andere versuchten schreiend, die glatten Wände der Grube hinaufzuklettern, sobald sie die Schlange erkannten.

Wie ein Blutstrahl schnellte ihre dünne rote Zunge vor. Auch wenn er noch so ruhig wirkte, das Aroma der Angst wurde immer stärker, je näher sie ihm kam. Wie ein Netz aus unsichtbaren Fäden, dessen Maschen immer feiner wurden, hing der Duft der Angst in der Luft.

Sie legte den flachen Kopf auf seinen rechten Fuß und blickte zu ihm empor. Er verdrehte die Augen, um sie sehen zu können. Immer noch bewegte er sich keinen Zoll. Sie hatte so etwas schon bei Tieren erlebt, doch daß ein Mensch auf diese Weise erstarrte, war ihr neu.

Nakandoa hob den Kopf, rieb ihn an seiner Wade entlang und schob ihn unter die schwarze Kutte des Geweihten. Hier, gefangen unter dem schweren schwarzen Stoff der Priesterrobe, gewann der Duft des Novizen eine fast körperliche Beschaffenheit. Er roch nach Weihrauch und parfümierten Kerzen, nach fettigem Essen und Kloake. Nur der Moschusduft fehlte, den ein Liebender verströmt.

Die Zauberin spürte kurz den Widerstand der Seidenschnur, mit der das Gewand des Geweihten gegürtet war. Der Novize stöhnte. Sie fühlte, wie seine Knie zu zittern begannen. Überkam ihn nun doch die Panik, oder war es ihr Gewicht, das ihn zittern ließ? Sein Herz schlug laut wie eine Trommel, und die Gebete kamen ihm nur noch stockend über die Lippen. Sie zog die Windungen ihres Leibes ein wenig enger um seine Brust. Er stöhnte ...

Nakandoa schob den Kopf im Nacken des Mannes aus dem Gewand hervor und krümmte den Leib so, daß sie dem Todgeweihten in die Augen sehen konnte. Sie wünschte, sie hätte nun mit ihm reden können, doch mit ihrem menschlichen Leib hatte sie auch die Fähigkeit zu sprechen verloren. Es wäre ihr ein Genuß gewesen, den Jüngling zu verhöhnen und ihm, der sein Leben machtlosen Priestern geweiht hatte, die Herrlichkeit Borbarads zu verkünden.

Die blauen Augen starrten trotzig. Nakandoa zog den Leib noch ein wenig mehr zusammen. Der Geweihte versuchte, seine Muskeln zu spannen und sich ihr zu widersetzen. Endlich wurde die Sache ein wenig amüsanter! Doch sein Widerstand währte nur kurz ... Seine Gelenke knackten. Wann er wohl endlich mit dem Beten aufhören würde?

Seine Beharrlichkeit beunruhigte die Zauberin allmählich. Kannte der Priester denn keine Angst vor dem Tod? War dies das Geschenk Borons an seine Geweihten? Sie spannte den Leib und vermittelte ihm noch mehr von ihrer Kraft. Mit trockenem Krachen brach eine seiner Rippen. Fleh um Gnade! dachte sie wütend. Du bist nur ein Mensch!

Ein dünner Faden dunklen Blutes perlte von der Unterlippe des Mannes.

Unterwirf dich! Wütend spannte Nakandoa den Leib. Ihre Umarmung war nun so stark, daß der Geweihte nur noch japsend atmen konnte. Er brach in die Knie und kippte zur Seite. Siebenmal hatte sie sich um seinen Leib gewunden – und zog nun nur die mittlere der fleischlichen Schlingen enger. Weitere zwei Rippen brachen. Der Geweihte verdrehte die Augen. Ihr blauer Glanz wurde matter. Ein Blutschwall schoß über seine Lippen und benetzte warm ihren Leib. Der Kerl war tot! Vielleicht hatte einer der geborstenen Knochen sein Herz durchbohrt?

Zornig spannte sie die Muskeln bis zum äußersten, so daß dem Toten dutzendfach die Knochen brachen. Nakandoa hob den Kopf und öffnete weit das Maul. Leise knackend schnappte der Unterkiefer aus seinem Gelenk. Dann senkte sie sich auf den Toten und begann zu schlucken. Sein Haar schmeckte nach Angstschweiß, doch da war noch etwas. Ein Aroma, das der Magierin fremd war und sie beunruhigte.

7. Kapitel

Noch vor dem Morgengrauen war der Stadtmarschall Oboto Florios geweckt worden. Er hatte Besuch von Ilian Naldor erhalten, dem Offiziersanwärter, den Commandanta Olibano zur Unterstützung angefordert hatte. Nun saß Oboto auf dem hohen Lehnstuhl hinter seinem Schreibtisch in der Kommandantur und erwartete den Besuch, der an diesem Morgen unausweichlich kommen würde. Er hatte die Hände hinter dem Kopf verschränkt und ließ die Fingerknöchel knacken. Dieser Naldor war ein fähiger Mann. Man sollte ihn befördern. Vielleicht war er sogar geeignet, den Posten der Olibano zu übernehmen …

Oboto hörte Schritte. Dann wurde die Tür aufgestoßen, ohne daß man sich auch nur die Mühe gemacht und angeklopft hätte. Sein Neffe trat ein: Immuel Florios, der Ordinarius aus der Stadt des Schweigens. Er hatte die Arme vor der Brust verschränkt und trug eine prächtige schwarze Robe mit breiten Silberborten. Sein buschiger Schnauzbart zitterte vor Zorn.

»Ist Er bereits darüber im Bilde, was sich Sein Banditenhaufen in der letzten Nacht geleistet hat?«

»Falls du auf die Observation der Villa Tuzak anspielen solltest, so bin ich bereits unterrichtet«, entgegnete Oboto ruhig. Sein gelassener Tonfall trieb Immuel zur Weißglut. Es dauert sicher nicht mehr lange, und er hat Schaum vor dem Mund, dachte Oboto schmunzelnd.

»Ich kann nicht nachvollziehen, was Er an einem

Einbruch, verübt von Offizieren der Stadtgarde, sowie der Tötung eines sehr kostbaren Haustiers komisch findet. Wie Er weiß, sieht das Ius Meridiana im Falle von Eigentumsdelikten drakonische Strafen vor. Um den ohnehin schon beschädigten Ruf der Stadtgarde nicht noch weiter zu verschlechtern, bin ich zwar geneigt, nicht auf eine öffentliche Auspeitschung der beiden Offiziere zu bestehen, doch erwarte ich, daß sie umgehend degradiert und aus der Stadt entfernt werden. Ihre Namen lauten Alara Olibano und Ilian Naldor. Im übrigen wäre es klüger für Ihn, wenn Er die fortgesetzten Spitzeleien um die Villa Tuzak einstellen würde. Seine Neugier hat bereits an höchster Stelle Unmut erweckt.«

»Fortgesetzte Spitzeleien? Wovon redest du?« Oboto beugte sich auf seinem Stuhl vor und begann damit, die linke Spitze seines gezwirbelten Schnauzbartes zwischen Daumen und Zeigefinger zu drehen.

»Es ist nicht nötig, mir noch etwas vorzuspielen. Statt dessen sollte Er mir lieber sagen, aus welchem Grund der Offiziersanwärter Salpicio als Spitzel in die Villa Tuzak geschickt wurde. Der ehrenwerte Kaufmann Markud, der Besitzer des Anwesens, zeigt sich mehr als nur befremdet darüber, auf welch rabiate Art die Stadtgarde gegen ihn vorgeht! Ich warne Ihn hiermit noch einmal auf das dringlichste! Was in diesem Hause geschieht, geht Ihn und seine Männer einen Dreck an.«

Der Stadtmarschall war wie vor den Kopf gestoßen. »Warum sollte Salpicio einen Kaufmann bespitzelt haben, von dem ich noch nie etwas gehört habe? Da muß ein Mißverständnis vorliegen!«

»Wenn Er tatsächlich keine Ahnung davon hat, daß der Offiziersanwärter Salpicio als Lukian Borso, seines Zeichens Dichter aus Mirham, an den Gesellschaften in der Villa Tuzak teilgenommen hat, so stellt sich die Frage, ob jemand, der augenscheinlich nicht einmal weiß, was seine eigenen Leute tun, noch geeignet ist, den Posten des Stadtmarschalls zu bekleiden.«

Oboto brauchte einen Augenblick, um die Fassung wiederzugewinnen. »Da Salpicio nicht im Auftrag der Stadtwache handelte, wird er wohl aus eigenem Antrieb und außerhalb seiner Wachdienste an diesen Festen teilgenommen haben.«

Der Hochgeweihte trat bis dicht vor den Schreibtisch. Er hatte die Stirn gerunzelt, so daß seine Augenbrauen eine Linie bildeten. »Dann war Salpicio wohl ein Spitzel in fremden Diensten«, kommentierte er ironisch.

»Wer zum Henker ist denn dieser Markud, daß solches Aufhebens um ihn gemacht wird? Ich will, daß dieser Kerl noch heute nachmittag in der Kommandantur vorstellig wird und darlegt, welche Art von Geschäften er in unserer Stadt tätigt.«

»Hast du Trottel denn noch immer nicht begriffen, daß Markud *unberührbar* ist?« Der Hochgeweihte hatte offenbar beschlossen, seine Strategie zu ändern, und schlug nun einen versöhnlicheren Ton an. »Du bist Blut von meinem Blute, der jüngste Bruder meiner Mutter. Ich werde nicht zusehen, wie du dir selbst die Schlinge um den Hals legst. Laß Markud aus dieser Sache heraus!«

Was fällt diesem aufgeblasenen Hurenbock ein, mich wie ein Kind zu behandeln? dachte Oboto wütend. »Mein lieber Neffe, bei dieser *Sache* handelt es sich immerhin um den Mord an einem meiner Offiziere. Wenn die Stadtgarde dem Fall nicht mit allergrößter Strenge nachgeht, dann sind wir als Ordnungsmacht in dieser Stadt schon bald keinen roten Heller mehr wert. Dir ist wohl nicht klar, daß dein Markud in der Reihe der Verdächtigen an allererster Stelle steht. Mir scheint es ganz so, als habe er, nachdem er entdeckte, daß Salpicio ein Spitzel ist, keine Zeit mehr verloren, um ihn aus dem Weg zu räumen.«

Immuel seufzte und schnitt dabei ein Gesicht, als spräche er mit einem dickköpfigen Kind. »Mein lieber Onkel, ich will nur dein Bestes. Ich werde dir nun reinen Wein einschenken und vertraue darauf, daß du dich über unser Gespräch unter keinen Umständen gegenüber einem Dritten ausläßt. Die Gäste, die Markud in seinem Hause empfängt, lassen sich in drei Gruppen unterteilen. Zum einen gibt es dort die Künstler, Dirnen und Rahjadiener, die den Festen einen gefälligen Rahmen verleihen und im übrigen zu vernachlässigen sind, da sie nicht die geringste Ahnung davon haben, was wirklich vor sich geht. Gleiches trifft auf die zweite Gruppe der Gäste zu. Es sind jene mehr oder minder bedeutenden Tunichtgute, die ihren Lebensinhalt darin sehen, kein Fest in dieser Stadt zu verpassen, und ihr Vermögen für Kleidung und ansehnliche Leibdiener verprassen. Beide Gruppen dienen der Fassade, um den wahren Zweck der Zusammenkünfte in der Villa Tuzak zu verschleiern. Bei der dritten Gruppe handelt es sich um einige Mitglieder des Rates der Zwölf, deren Namen hier im einzelnen nichts zur Sache tun. Sie führen Verhandlungen mit einer Gesandten aus Maraskan, die in ihrer Überspanntheit unter den anderen Gästen nur wenig Aufsehen erregt.«

Oboto hörte auf, an seiner Schnurrbartspitze zu drehen, und schluckte. »Eine Gesandte aus Maraskan? Du meinst …«

»Genau das!« Der Hochgeweihte sah sich um, als befürchte er, man könne ihr Gespräch belauschen. »Keine Namen! Nach dem Wunsch des Patriarchen höchstselbst soll nicht bekannt werden, daß sich diese Gesandte in der Stadt aufhält.«

»Aber …«

»Mein lieber Onkel, ich schulde dir keine Erklärungen und hoffe, du begreifst, daß die Wünsche des Patriarchen wie Befehle aufzufassen sind. Dies ist keine

Angelegenheit für die Stadtgarde! Haben wir uns verstanden?«

»Und der Tote? Ein Mord ist geschehen!«

»Hier handelt es sich um Politik. Offengestanden weiß ich nicht, wer die Exekution Salpicios angeordnet hat …« Der Hochgeweihte machte eine wegwerfende Geste. »Aber was bedeutet das schon? Betrachte ihn als einen Kriegsgefallenen … Dann mußt du dein Gewissen nicht damit belasten, einen Mord nicht weiter verfolgt zu haben. Das heißt, falls du so etwas wie ein Gewissen hast, Onkel. Du weißt, daß man mit derlei Gebrechen in unserer Stadt nicht weit kommt. Also pfeif deine Hunde zurück und vergiß die Villa Tuzak!«

»Und wenn ich das nicht täte? Zum Beispiel deshalb, weil ich es nicht gewohnt bin, einfach zu kuschen?«

Der Hochgeweihte lächelte überlegen. »Dann wäre es wohl möglich, daß der Patriarch dich auffordert, nach mehr als fünfzehn Jahren des aufopferungsvollen Dienstes an der Spitze der Stadtgarde dein Amt niederzulegen, um in den wohlverdienten Ruhestand zu treten und für einen Jüngeren Platz zu machen.«

Der Stadtmarschall ließ sich in seinen Lehnstuhl zurücksinken, der unter dem Gewicht des massigen Körpers leise knarrte. »Und ich nehme an, daß du, obwohl ich unserer Familie dank meiner Stellung so manchen Dienst erweisen konnte, dennoch für meinen Rücktritt plädieren würdest, sollte dich der Patriarch nach deiner Meinung zu diesem Fall fragen.«

»Nun ja, nimm es nicht persönlich, aber wenn du untragbar wirst, gefährde ich meine Stellung. Man würfe mir im Rat der Zwölf Vetternwirtschaft vor, wenn ich zu entschieden für dich Partei ergriffe. Das könnte mich meinen Sitz im Rat kosten … Sicher ist der Verlust eines Stadtmarschallspostens für unsere Familie ein schwerer Schlag, doch sollten wir auch den Sitz im Rat der Zwölf verlieren, so wäre dies eine Katastrophe!«

»Ich nehme deine Äußerungen aber persönlich, du miese kleine Schlange! Wem gilt eigentlich deine Treue? Deiner Familie oder dem Rat?« Es kostete Oboto einige Willenskraft, Immuel nicht einfach anzuschreien. Obwohl sie Neffe und Onkel waren, hatten beide fast dasselbe Alter. Sie kannten sich ein Leben lang, und Oboto wußte, daß es Immuel wesentlich mehr beeindruckte, wenn es ihm gelänge, sich zu beherrschen.

»Deine Beleidigungen führen zu nichts. Was verlange ich schon von dir? Du sollst lediglich deine Schnüffler an die Leine nehmen.«

»Was hieltest du davon, wenn ich in die Stadt des Schweigens käme, um dir zu erklären, was du als Ordinarius zu tun hast?«

Immuel räusperte sich. »Ich bin auf Anweisung des Patriarchen hier ...«

»... und weil es dir Vergnügen bereitet, mich zu demütigen. Der Patriarch hätte auch einen anderen schikken können. Wieviel zählt dein Blut eigentlich noch für dich, seit du die Priesterrobe angelegt hast? Wem gilt deine Treue? Ich habe mich erst gestern über eine Anweisung des Patriarchen hinweggesetzt, um dich zu decken.« Oboto setzte ein triumphierendes Lächeln auf. »Und wenn du nicht schon jetzt zu mir gekommen wärest, so hätte ich dich spätestens zur Mittagsstunde aufgesucht, um dich zu warnen.«

Immuel schien verwirrt. »Mich zu warnen? Ich glaube, du verwechselst etwas!«

»Du bist wahrscheinlich über das Vorgehen in bezug auf die Verhinderung der Ausbreitung einer Seuche im Bilde.«

»Natürlich. Ich selbst habe gestern den Befehl erteilt, den *Kalifenthron* niederzubrennen ...«

»Was für jemanden, der sich im Khomkrieg in keiner Weise hervorgetan hat, sicherlich eine besondere Befriedigung war«, spottete Oboto.

Immuel überhörte die Bemerkung und fuhr einfach

fort. »Wir haben die Seuche im Griff! In der letzten Nacht sind – abgesehen von den Verhaftungen, die der Ordens-Großmeister Delazar vornehmen ließ – nur noch sechs Kranke aufgegriffen worden.«

»Ich weiß ... Die Hälfte von ihnen wurde zur Sklaveninsel gebracht, weil sie Umgang mit einer Hure aus dem Hafenviertel hatten ... Das Mädchen hat alle Namen ihrer Freier genannt.«

Der Hochgeweihte schien eine Spur blasser geworden zu sein. »Und was hat das mit mir zu tun?«

Oboto streckte ihm den verstümmelten Ringfinger seiner Linken entgegen. »Manche Dinge machen uns unverwechselbar, Neffe. Auch wenn wir eine Maske tragen. Wie fühlst du dich eigentlich in letzter Zeit? Du siehst gar nicht gut aus, weißt du das?« Der Stadtmarschall verschränkte die Hände hinter dem Kopf und genoß das Entsetzen des Hochgeweihten. »Hielte ich mich buchstabengetreu an die Befehle des Patriarchen, so hätte ich dich im Grunde in der vergangenen Nacht abholen lassen müssen. Ich trüge natürlich dafür Sorge, daß du auf der Sklaveninsel bevorzugt behandelt würdest.«

»Du bist dir ganz sicher?« fragte der Hochgeweihte mit gebrochener Stimme.

»Die Kleine hat dich als Hochgeweihten erkannt und deinen Ringfinger gesehen. Da hättest du ihr auch gleich deinen Namen nennen können. Warum mußt du deinen Schwanz auch in jede Fotze stecken, du Trottel? Ines de Porta nannte sich dein Vögelchen. Erinnerst du dich noch an sie?«

Immuel nickte. »Ja.« Der Geweihte ließ sich auf dem niedrigen Stuhl vor dem Schreibtisch des Stadtmarschalls nieder. Er konnte seinem Onkel nicht mehr in die Augen sehen. »Wirst du deine Männer schicken, um mich holen zu lassen?«

»Das hängt ganz von dir ab.«

»Was willst du?«

»Der Sold der Stadtgarde ist seit fünf Jahren nicht mehr erhöht worden. Das ist schlecht für die Moral der Männer. Und wenn man die Sache in der Villa Tuzak einfach vergessen könnte, wäre das auch nicht von Übel.«

»Wer weiß außer dir Bescheid, Onkel?«

»Das Mädchen und einer meiner Offiziere. Außer ihnen gibt es keine Zeugen.«

»Und der Name des Offiziers ...«

»Langsam.« Oboto erhob sich und begann im Zimmer auf und ab zu gehen. Er wußte, was diesem Rondarion blühen würde, wenn er dem Ordinarius seinen Namen nannte. Auf der anderen Seite war der Kerl nur ein junger Offiziersanwärter aus einer unbedeutenden Familie ... »Wenn ich einen meiner Männer opfere, erwarte ich greifbare Gegenleistungen. Zum einen muß ich davon hören, daß du dich in deiner Cella in der Stadt des Schweigens in strenge Klausur begeben hast. Wir wollen schließlich nicht, daß die Seuche unter der Geweihtenschaft um sich greift ... Des weiteren gibt es sicherlich noch jemanden im Rat, der dir einen Gefallen schuldet. Es sähe schließlich schlecht aus, wenn ausgerechnet du um höheren Sold für meine Männer bätest. Sobald ich höre, daß dieses Thema vor dem Patriarchen wenigstens zur Sprache gebracht wurde, nenne ich dir den Namen.«

Als Alara erwachte, blickte sie auf ein paar schmutzige Füße in abgewetzten Sandalen. »Erstaunlich, welch leichten Schlaf Ihr habt, Commandanta. Und das in dieser Lage ...«

Müde hob die Gardistin das Haupt. Sie fühlte sich zerschlagen. Die Glieder schmerzten, und sie fror. Vor ihr stand Orlando Oros, der Medicus aus der Gladiatorenarena. »Was wollt ... Ihr ... hier?« keuchte sie kurzatmig.

»Als Ihr gestern Euren *Zaubertrunk* bei mir abgeholt

habt, dachte ich mir, daß Ihr sicher nicht lange warten würdet, davon zu kosten. Im Grunde wollte ich nur sehen, ob Ihr noch lebt, und gegebenenfalls alle Spuren verwischen, die auf mich hinweisen.«

»Ein beruhigendes Gefühl, an einen so fürsorglichen Heilkundigen geraten zu sein …« Mit einem Seufzer stand Alara auf und setzte sich auf das Bett.

»Sagt nicht, daß ich Euch nicht gewarnt hätte, Commandanta. Dieser Trunk ist nicht ganz ungefährlich. Ihr solltet ihn unter keinen Umständen regelmäßig zu Euch nehmen.« Oros musterte sie wie einen Gaul auf dem Pferdemarkt. »Habt Ihr etwas dagegen, wenn ich Euch einmal näher untersuche? Vielleicht kann ich ja etwas für Euch tun.«

»Glaubt mir, gegen mein Leiden ist kein Kraut gewachsen …«

Der Heiler nickte zu der Pfeife neben dem Bett. »Falls Ihr damit meint, daß Pfeifenkraut für Euch nicht mehr das rechte ist, so kann ich Euch nur zustimmen. Würdet Ihr Euch nun bitte freimachen?« Er holte eine lederne kleine Tasche, die er neben dem Brunnen abgestellt hatte, und kramte ein hölzernes Hörrohr daraus hervor.

Als Oros seine Instrumente wieder verstaute, machte er ein ernstes Gesicht. Alara hatte diesen Augenblick gefaßten Schweigens, bevor man ihr das Todesurteil verkündete, schon bei so vielen Heilkundigen beobachtet, daß er seinen Schrecken für sie fast verloren hatte.

Oros sah sie an und schüttelte den Kopf. »Warum seid Ihr nicht schon früher zu einem Medicus gegangen, Commandanta? Gegen dieses Lungenleiden hätte man etwas tun können …« Er blickte sich in dem Turmzimmer um. »Ihr seid doch nicht arm. Ihr hättet auch den Preis eines heilkundigen Magiers bezahlen können.«

»Glaubt Ihr, ich hätte nicht alles versucht? Haltet Ihr

mich für eine Närrin?« Sie zuckte ergeben mit den Schultern. »Welche Rolle spielt das noch? Ich sagte ja schon, daß dagegen kein Kraut gewachsen ist …« Alara sah ihn geradeheraus an. »Wie lange noch?«

»Das liegt ganz in Eurer Hand«, antwortete der Heiler ausweichend. »Wenn Ihr vernünftig seid, bleibt Euch vielleicht noch eine ganze Weile. Die schwüle, stickige Luft hier im Süden tut Euch nicht gut. Ihr solltet in den Norden reisen, Commandanta Olibano, und das am besten auf dem Seeweg, damit Ihr keinen großen Strapazen ausgesetzt seid. Wenn Ihr so weitermacht wie in der letzten Nacht, gebe ich Euch höchstens noch eine Woche.«

»Eine Woche muß also reichen«, murmelte sie. »Das ist wenig!«

»Ihr wißt, daß Euer Ende … Es wird ein langsamer und qualvoller Tod sein. Ihr werdet ersticken.«

Alara lächelte breit. »Ihr macht mir wirklich Mut, Oros. Unter Gladiatoren gewöhnt man sich wohl etwas rauhere Umgangsformen an.«

»Ihr scheint mir niemand zu sein, der es schätzt, wenn man ihm etwas vormacht, Commandanta.«

»Vielleicht täuscht das ja …«

»Wenn Ihr von dem Trunk, den ich Euch gestern angefertigt habe, zwei Gläser innerhalb von zwei Tagen zu Euch nehmt, dann … Ich meine, vielleicht ist es zum Schluß leichter so.« Der Medicus setzte sich, kramte ein Blatt Papier aus seiner Tasche und machte mit einem Kohlestift ein paar Notizen.

»Was tut Ihr da, Oros?«

»Ich schreibe mir auf, wie es um Euch steht.«

Alara schnaubte. »Was soll das nutzen?«

Der Heiler sah sie eindringlich an. »Ich habe die Hoffnung noch nicht ganz aufgegeben, daß es vielleicht einen kleinen Rest von Vernunft in Eurem Dickschädel gibt und ich Euch noch länger als nur eine Woche lang besuchen werde. Ich glaube, mit einer

Krankheit ist es ein wenig so, wie wenn man einem Mörder nachstellt. Ihr müßt wissen, daß jeder Mensch unterschiedlich reagiert. So wie bei den Mördern gibt es auch unter den Krankheiten solche, deren Handschrift unverkennbar ist. Sie zu stellen, ist leicht. Anderen hingegen muß man lange nachspüren, bis man sie beim Namen nennen kann. Dann ist es besser, ein paar Notizen zu haben, damit man sich an alles richtig erinnert. Ihr seid schließlich nicht die einzige Kranke, die ich besuche, und es könnte schlimme Folgen haben, wenn ich eine Einzelheit verwechsle oder mich nicht mehr richtig erinnere.« Er lächelte verschmitzt. »Man wird schließlich nicht jünger.«

Alara starrte auf den Boden und dachte nach. Fröstelnd zog sie sich die Decke um die Schultern, doch die Kälte wollte nicht weichen. Sie war zu einem Entschluß gelangt. »Wenn Ihr mir ohnehin nur noch eine Woche gebt, dann kann ich Euch alles sagen. Ihr braucht Euch keine Mühe zu geben. Ich leide unter keiner Krankheit. Es ist ein Fluch!«

Oros zwinkerte mit den Augen. »Das meint Ihr sinnbildlich ...«

»Keineswegs. Drei Jahre meines Lebens habe ich damit verbracht, in Jergan den geheimen Zirkel der weißen Lilie zu zerschlagen. Als ich dort das Kommando über die Stadtwache übernahm, war ich jung und ehrgeizig. Ich hatte mich aus alanfanischen Diensten zurückziehen müssen, als sich zeigte, welche Politik Amir Honak gegen die Günstlinge seines Vaters verfolgte. Als ich nach Jergan kam, war ich fest entschlossen, den kaiserlichen Beamten zu zeigen, wie man in einer solchen Stadt aufräumt. Ich habe mich mit Schmugglern, Falschmünzern, Verschwörern und Rebellen herumgeschlagen. Zu den Verschwörern gehörte auch der Geheimbund der weißen Lilie, so dachte ich jedenfalls ... Deren Mitglieder hatten eine Todesliste aufgestellt und verschiedene Attentate auf Beamte und

Offiziere durchgeführt. Es war verdammt schwer, diesen Rebellen beizukommen, da sie von fast jedem Maraskaner unterstützt wurden. Schließlich spielte uns ein Verräter eine Namensliste der führenden Mitglieder der weißen Lilie zu. Es waren so viele, daß ich das Eliteregiment der Drachengarde um Unterstützung bitten mußte, denn damit keiner entkommen konnte, sollten alle Verhaftungen zur gleichen Stunde durchgeführt werden. Siebenundvierzig Männer und Frauen waren es. Sie wurden noch in derselben Nacht nach Kriegsrecht abgeurteilt. Die meisten hat man nach Rulat geschickt, wo sie in den kaiserlichen Kerkern verschwanden. Die vier Anführer jedoch wurden noch am nächsten Tag am Hafen von Jergan öffentlich verbrannt.« Alara starrte zu Boden. Jetzt, da sie davon sprach, sah sie die Scheiterhaufen wieder vor sich. Es war ein strahlender Sommermorgen gewesen …

»Und der Fluch?«

»Drei Männer und eine Frau wurden hingerichtet. Sie hieß Salide. Ich stand vor der Wachkette, die von den Stadtgardisten um den Richtplatz gezogen worden war. Salide befand sich keine drei Schritt von mir entfernt. Sie hatte hellgraue Augen … Ihr Blick war wie ein gesprochener Befehl. Ich mußte ihr in die Augen sehen, als man die Fackel an ihren Scheiterhaufen legte. Und in diesem Augenblick verfluchte sie mich. Sie sagte, ich würde denselben Tod wie sie erleiden, nur unendlich viel langsamer.«

»Dann solltet Ihr Euch also vor dem Feuer hüten …« Oros wollte lachen, doch sein Gesicht geriet nur zur Grimasse.

Alara sah ihn nun an. »Ihr wißt es doch besser, oder? Als Heilkundiger sollte Euch bekannt sein, daß man auf dem Scheiterhaufen meist im Rauch erstickt, lange bevor einen die Flammen töten.«

Der Medicus nickte. »Ja … Ihr seid also von einer Hexe verflucht worden …«

»So scheint es.« Sie zuckte mit den Schultern. »Es hat fast ein Jahr gedauert, bis ich merkte, wie ich allmählich kurzatmiger wurde. Zunächst bin ich zu Heilkundigen gegangen. Man glaubte, ich litte an der blauen Keuche. Als mir niemand helfen konnte, versuchte ich es bei Magiern … Vergebens! Danach beschäftigte ich mich noch einmal mit den Akten zur weißen Lilie. Ich fand heraus, daß ein Mann, den ich seit Jahren verfolgte, dafür gesorgt hatte, daß mir die Namensliste zugespielt wurde. Das geschah nur einen Monat vor der Eroberung Borans. Zu dieser Zeit häuften sich die Indizien dafür, daß eine ungeheuerliche Verschwörung im Gange war. Als Boran fiel und ganze Regimenter der kaiserlichen Armee zum Dämonenmeister desertierten, begriff ich, welche Ausmaße mein Irrtum hatte. Wie alle, die ihr Haupt nicht vor dem Dämonenbanner beugten, mußte ich fliehen … Doch ich verließ die Insel mit dem Wissen, wesentlich zu dem Geschehen beigetragen zu haben. Die Namen auf der Todesliste der weißen Lilie gehörten ausnahmslos Beamten und Offizieren, die beim großen Verrat zu Borbarad überliefen.«

Oros sah sie lange an. Dann fragte er leise: »Wie hättet Ihr das wissen sollen?«

»Solche Dinge zu wissen, ist mein Beruf!«

Die beiden schwiegen eine Weile, und es war nur das beruhigende Plätschern des Brunnens zu hören. Schließlich stand der Medicus auf und nahm seine Tasche. »Ich muß in die Arena zurück. Für heute nachmittag sind Übungskämpfe mit scharfen Waffen befohlen«, murmelte er entschuldigend. Er zwinkerte und blieb unschlüssig stehen. »Was werdet Ihr jetzt tun?«

»Meinen Dienst.« Alara lächelte bitter. »Ich hätte schon vor Stunden in der Kommandantur sein sollen.«

»Ihr wißt, daß es klüger wäre, nach dieser Nacht zu ruhen. Es wird sonst nicht lange dauern, bis Ihr den nächsten Erstickungsanfall bekommt. Sie werden in immer kürzeren Abständen auftreten …«

»Erzählt mir etwas Neues, Oros! Was Ihr da sagt, spüre ich mit jedem Atemzug. Ich darf jetzt noch nicht krepieren ... Ich ... Dieser Schurke, der mir damals die Namensliste zuspielen ließ, hält sich in der Stadt auf. Und ich weiß, daß er auch diesmal in die Intrigen des Dämonenmeisters verstrickt ist. Wie könnte ich da ruhen?«

Oros strich sich nachdenklich über das Kinn. »Wart Ihr jemals seit dem Vorfall in Jergan in einem Tempel, um die Götter um Vergebung zu bitten?«

»Die Götter haben Borbarad auf Maraskan nicht aufgehalten ... Ihnen ist das Schicksal der Menschen gleich. Meine Prüfung besteht darin, ob ich den Schurken diesmal aufhalten kann, bevor er erneut Unheil anrichtet.«

»Habt Ihr nie darüber nachgedacht, ob Borbarad vielleicht nur deshalb zurückkehren konnte, weil es zu viele wie Euch gibt, Commandanta Olibano? Offiziere, die entschlossen ihre Pflicht tun, ohne nachzudenken, was sie dabei anrichten.«

Alara ballte wütend die Fäuste. »Ihr seid lediglich mein Heiler, Oros ... Oder haltet Ihr Euch nun auch für mein Gewissen? Darf ich Euch daran erinnern, mit welchem Eifer Ihr Eurer Pflicht nachgingt, als Salpicio aufgeschnitten werden sollte? Manche halten auch den Wissensdurst der Anatomen für gottlos!«

8. Kapitel

Alara war in schlechter Stimmung, als sie in der Kommandantur ankam. Ihre Lungen schmerzten, und sie litt unter Hustenkrämpfen. Sie hatte mehr als eine halbe Stunde für den Weg gebraucht, und die ganze Zeit über hatte es in Strömen geregnet. Zu allem Überfluß fand am späten Nachmittag auch noch das Totenfest für Salpicio statt. Als seine Vorgesetzte mußte sie dort erscheinen ...

Stumm brütend starrte sie auf den Fluß hinaus. Sie kam nicht weiter, und die Zeit lief ihr davon. Wie lange ihr wohl noch bleiben würde?

»Commandanta?«

Mürrisch drehte sie sich um. Sie war nicht in der Stimmung, Ilian um sich zu haben. »Was willst du?«

Der junge Offiziersanwärter wirkte aufgeregt. Zu seinen Füßen sammelte sich eine Pfütze. Offensichtlich war auch er im Regen unterwegs gewesen. »Ich weiß nun, warum Salpicio kein Blut auf seinen Kleidern hatte. Es gibt nur eine Erklärung dafür.«

»Und die wäre?«

»Das solltet Ihr sehen, Commandanta. Ich zeige es Euch. Das ist besser als viele Worte.«

»Willst du mir vielleicht die Kehle durchschneiden?« fragte sie spöttisch.

»Kommt einfach. Dann werdet Ihr es sehen.«

Alara zögerte kurz, dann nahm sie ihren Umhang von dem Haken neben der Tür und folgte Ilian. Er führte sie über den Hof der Kommandantur bis zur Brücke, die zum Ostufer des Hanfla führte. Daneben erhob sich düster der Tempel des Mantikors. Das ganze Gebäude war aus schimmerndem schwarzem Obsidian erbaut. Regennaß wirkten die Steine wie poliert. Unter dem Portikus vor den hohen Bronzetoren hatte eine Handvoll Söldner vor dem Regen Zuflucht gesucht. Kor, dem dieser Tempel geweiht war, galt als ihr Schutzgott, und wer immer in Al'Anfa nach Männern und Frauen suchte, die ihre Klingen vermieteten, kam zuerst hierher.

Auch zwei Händler, die allerlei Getier feilboten, hatten sich unter den Säulenvorbau geflüchtet. Bei einem von ihnen kaufte Ilian ein schwarzes Lamm. Die Beine des Tiers waren mit einer Lederschnur zusammengebunden, damit der Gardist es sich leichter über die Schulter legen konnte.

»Hast du mich hergebeten, um mir zu zeigen, zu welchem Gott du betest, wenn dein Verstand dir nicht mehr weiterhilft?«

»Es kann nicht schaden, den Gott des Blutes günstig zu stimmen, wenn es darum geht, einen Verantwortlichen für den Mord an Salpicio zu finden. Kor hilft allen, die kühlen Mutes sind!« Ohne sich weiter nach ihr umzuschauen, stieg Ilian die Stufen zum Bronzetor hinauf.

Alara folgte ihm. Das Innere des Tempels bestand aus einer einzigen großen Halle. Dem Eingang gegenüber stand das steinerne Bildnis eines wohl drei Schritt großen Mantikors, einer gräßlichen Gestalt mit dem Leib eines Löwen, einem Menschengesicht und dem Schwanz eines Skorpions. An den Wänden brannten Fackeln in eisernen Haltern. Daneben waren schartige Waffen, Schilde und zerschlagene Rüstungen aufgehängt. Schlachtentrophäen, der Tribut, den die Gläubigen dem Gott des Blutes zollten.

Ilian sprach kurz mit einem Geweihten, dessen Gesicht hinter einer polierten Messingmaske verborgen war. Diese zeigte ein Menschengesicht, umgeben von einer Löwenmähne. Schließlich reichte der Gardist dem Geweihten das Lamm, das jämmerlich zu blöken begann. Das Tier auf den Armen, trat der Mann an den breiten Altar, der vor dem Götterbild stand.

Alara mußte an die Worte des Heilers denken. Vielleicht war es vermessen von ihr, nicht mehr an die Gnade der Götter glauben zu wollen. Sie spürte, wie ihr Herz schneller zu schlagen begann. Der düstere Tempel wirkte beklemmend. Es roch nach Blut und Weihrauch. Das Atmen fiel ihr noch schwerer ... Sollte sie schon jetzt den nächsten Anfall bekommen? Oder war es ein Zeichen Kors, daß er keine Zweiflerin in seinem Haus duldete?

Ilian war an ihre Seite getreten. »Seht genau hin, was der Geweihte tut, Commandanta.«

Alara biß sich auf die Lippen, um nicht keuchend nach Atem zu ringen. Sie wollte neben Ilian keine Schwäche zeigen.

Der Geweihte hatte das Lamm auf den schwarzen Altar gelegt und den Kopf geneigt. Es schien, als spräche er ein stummes Gebet. Dann plötzlich hob er ein Obsidianmesser vom Altar und bog den Kopf des Lamms weit auf den Rücken. Mit einem schnellen Schnitt durchtrennte er die Kehle des Tiers. Das ängstliche Blöcken erstarb zu einem leise gurgelnden Geräusch.

»Seht Ihr, wie das Blut aus der Wunde spritzt. Wenn der Geweihte den Kopf nur weit genug zurückbeugt, fällt kein einziger Blutstropfen auf das Brustfell. Ihr erinnert Euch? Salpicios Kleider waren überhaupt nicht mit Blut besudelt ... Erstaunlich bei einem Mann, dem man die Kehle durchgeschnitten hat!«

»Du meinst also, man hätte unseren Kameraden wie ein Opferlamm geschächtet? Ich denke, Salpicio hätte sich gewehrt! Er wies aber keine Schrammen oder andere Verletzungen auf, wie man sie bei einem Kampf erwarten sollte.«

»Dafür kann es viele Erklärungen geben, Commandanta. Vielleicht war der Mörder ein Gast, dem er vertraute? Jemand, der hinter ihm ging, hätte Salpicio leicht bei den Haaren packen können, um ihn zurückzureißen und ihm dann den Dolch über die Kehle zu ziehen. Das Ergebnis wäre dasselbe wie bei dem Opferlamm. Tödlich verletzt hätte sich Salpicio nicht mehr wehren können. Der Mörder zerrt ihn hinüber in den Hof, legt ihn auf die gemauerte Bank und läßt ihn wie ein Stück Schlachtvieh ausbluten. Dann schneidet er noch schnell den Geldbeutel ab, um einen Raubmord vorzutäuschen. Ich war heute morgen noch einmal auf dem Hof und habe mir alles genau angesehen. Die Örtlichkeiten dort sind wie geschaffen für einen Überfall dieser Art.«

Alara musterte den Gardisten. »Du hast eine bemerkenswerte Vorstellungskraft, Ilian. Was du da erzählst, klingt wirklich einleuchtend. Dann müssen wir also nur noch herausfinden, mit welchem der Gäste unser Kamerad einen gemeinsamen Heimweg hatte. Hast du schon einen Verdacht?«

»Ja. Zu den Gästen gehörte ein Elf. Sirlon heißt er. Und soll ich Euch das Erstaunlichste verraten? Er wohnt keine hundert Schritt von dem Hof entfernt, auf dem man Salpicio gefunden hat.«

»Ein Elf ...« Alara schüttelte den Kopf. »Das kann ich mir nicht vorstellen.«

»Habt Ihr einen besseren Vorschlag?« fragte Ilian trotzig. »Was ist mit dem Verdächtigen, dessen Namen Ihr mir nicht nennen wollt?«

»Alles zu seiner Zeit. Wir werden den Elfen aufsuchen. Vielleicht kann er uns ja ein wenig über den Hausherrn und seine Gäste erzählen. Du hast schon recht, Ilian ... In unserer Lage können wir es uns nicht leisten, eine Spur außer acht zu lassen. Ich schlage vor, wir besuchen deinen Elfen nach dem Leichenfest.«

Der Gardist nickte zufrieden. Gemeinsam verließen sie den düsteren Tempel.

»Ach, Ilian, hast du heute morgen eigentlich schon etwas vom Stadtmarschall gehört? Ich bin erst spät zum Dienst gekommen ...«

»Nein. Der Alte ist mir nicht begegnet.«

»Eigenartig ... Ich hätte darauf gewettet, daß wir wegen gestern abend noch einigen Ärger bekommen.«

Markud blieb neben der Turmruine kurz stehen und musterte das verfallene Gemäuer. Wie konnte man sich nur einen solchen Platz als Wohnstätte aussuchen? Er schmunzelte. Alara war schon immer ein wenig verschroben gewesen, aber das hier ... Er dachte an den kurzen Bericht, den ihm der Diener erstattet hatte, der ihr nach dem Zwischenfall in der Nacht gefolgt war. Der Heiler aus der Gladiatorenarena war früh am Morgen bei ihr zu Besuch gewesen. Markud schüttelte den Kopf. Sie war wirklich verschroben geworden!

Er setzte seinen Weg fort. Nicht weit vom Turm entfernt lag das Anwesen Baluras von Mirham. Ein hübsches, weiß verputztes Haus in einem großen Garten. Wie weit man es doch als Schmiedin bringen konnte! Eine hohe Mauer schützte das Gelände vor den Blicken Neugieriger. Das schmiedeeiserne Tor bildete den einzigen Zugang. Man erwartete ihn dort bereits. Ein hochgewachsener Jüngling mit breitem Kreuz und Rußflecken im Gesicht führte Markud zu der Schmiede, die ein wenig abseits des Hauses unter einer Gruppe alter Brotfruchtbäume lag. Durch den ganzen Park hörte man den rhythmischen Schlag der Hämmer.

Balura selbst stand am Amboß. Als sie Markud sah, legte sie ihre Arbeit zur Seite und trat dem Kunden entgegen. »Ich bin in der Nacht fertig geworden. War ein hartes Stück Arbeit. Ich denke, es ist ganz brauchbar.«

Markud lachte. »Nur keine falsche Bescheidenheit. Wir wissen beide, daß Ihr zu den drei oder vier besten

Schmieden gehört, die man finden kann. Ich erwarte von Euch nicht weniger als ein Meisterwerk.«

Balura hüstelte verlegen. Sie war eine mittelgroße, stiernackige Frau um die Vierzig. Die Schmiedin trug lediglich eine Lederschürze und eine abgewetzte braune Hose. Ihre Hände erschienen Markud so groß wie Spatenblätter, die braunen Arme waren von knotigen Muskeln bedeckt. Ihre ganze Erscheinung konnte man nicht anders als ehrfurchtgebietend nennen, und doch schoß ihr bei Markuds Kompliment das Blut in die Wangen, und sie blickte bescheiden zur Seite.

»Ihr macht mich verlegen«, brummte sie mit einem tiefen Baß. »Seht es Euch lieber erst einmal an, bevor Ihr mir so reichliche Vorschußlorbeeren spendet.« Sie gab dem jungen Mann, der Markud zur Schmiede geleitet hatte, einen Wink. »Hol das Schwert, das du gestern poliert hast!«

Es dauerte einen Augenblick, bis der Gehilfe mit einer wundervoll gearbeiteten Klinge aus bläulich schimmerndem Stahl zurückkehrte. Es war ein Tuzakmesser mit einem Griff, über dem sich ein bronzener Handbügel spannte, der auf der Rückseite in eine aufwärts gekrümmte Parierstange überging. Der Griff war mit dunkelrot gefärbten, breiten Riemen aus Kalbsleder umwickelt. In den Knauf der Waffe hatte Balura einen schillernden Opal eingesetzt.

»Darf ich Euch die Schärfe der Klinge vorführen?« Balura wartete Markuds Antwort nicht ab, sondern zog ein schmuddeliges Seidentuch hinter ihrer Schürze hervor und warf es in die Luft. Dann streckte sie die Klinge aus, so daß das Seidentuch daran hängenbleiben mußte, wenn es herabschwebte.

Beide beobachteten, wie das Tüchlein sanft schaukelnd herniedersank und von der fein geschliffenen Schneide in zwei Teile zerschnitten wurde, ohne daß Balura das Schwert auch nur im geringsten bewegt hätte.

Markud nickte anerkennend. »Beeindruckend.«

»Ihr werdet kein schärferes Schwert in der Stadt finden …« Sie blinzelte und bedachte ihn mit einem schelmischen Blick. »Allerdings sind noch ein paar andere Klingen von mir im Umlauf, die dieser in nichts nachstehen.« Balura packte das Tuzakmesser bei der Spitze, bog den Stahl und ließ ihn federnd wieder zurückschwingen. »Brechen wird dieses Schwert nicht«, erklärte sie stolz.

»Und Ihr habt alle Angaben, die ich Euch gemacht habe, genauestens berücksichtigt?«

»Selbstverständlich! Es wurde nur der Stahl verwendet, den Ihr brachtet. Das glühende Metall wurde in einer Nacht, da sich Madas Antlitz nicht am Himmel zeigte, in Stierblut gehärtet, und ich habe Knochenmehl in die Esse gestreut, bevor ich mit der Arbeit begann.«

»Sehr schön … Darf ich einmal?«

Balura reichte ihm das Schwert mit dem Griff voran. Die Klinge war leicht gekrümmt und der Griff so lang, daß man die Waffe auch mit beiden Händen führen konnte. Zufrieden stellte Markud fest, daß der Parierbügel ihn nicht behinderte und doch seine Hände schützen würde. Er trat ein Stück zurück und vollführte eine schnelle Folge von Schlägen, wobei er mehrfach die Führungshand wechselte. Dann sah er wieder zu Balura hinüber. »Ist alles vorbereitet?«

»Selbstverständlich!« Sie führte ihn um das Gebäude der Schmiede herum. Auf einer kleinen Wiese steckten armdicke Stangen aus Brabaker Rohr im Boden, auf denen Melonen aufgespießt waren.

»Die Stangen sind genau an den Stellen aufgestellt, die Ihr gestern ausgesucht habt. Ich hoffe, auch die verschiedenen Höhen sind so getroffen, wie Ihr es wünscht.«

Markud schritt prüfend die Wiese ab. Er sah auf den ersten Blick, daß die Stangen nicht korrekt aufgestellt waren. Er schmunzelte. Wieder einmal fand er sich darin bestätigt, daß jeder Plan an einer Unzahl von Unabwägbarkeiten des Lebens scheitern konnte. Das hieß nicht, daß es sinnlos war, sich ein Ziel zu setzen und es mit aller Kraft erreichen zu wollen, sondern es zeigte lediglich, wie müßig es war, zu viele Schritte im voraus zu planen. Zuletzt würde immer der siegen, der die Gabe besaß, sich am schnellsten auf die neuen Umstände einzustellen.

Prüfend strich Markud mit der Stiefelspitze durch das nasse Gras. Der Regen hatte den Boden rutschig gemacht. Eine echte Herausforderung! Markud streifte seinen weiten tulamidischen Mantel ab und ließ ihn ins Gras fallen. Dann schleuderte er seinen Filzhut zur Seite, streckte sich und prüfte ein letztes Mal die Ausgewogenheit der Waffe. Markud spürte die Blicke Baluras im Rücken. Er schmunzelte. Publikum spornte ihn stets an.

Mit einem Satz schnellte er vor, zerteilte eine Melone und traf sie mit einem Rückhandhieb noch ein zweites Mal, bevor sie zu Boden fiel. Markud setzte mit einem Salto über zwei Stangen hinweg und hieb noch im Flug eine weitere Melone in Stücke.

Schneller, als ein Geweihter die erste Strophe des *Vater Praios* beten konnte, hatte Markud zehn Melonen zerschlagen und dabei eine Reihe von Kunststücken vorgeführt, die jedem Artisten zur Ehre gereicht hätten. In einem zweiten Durchgang spaltete er dann noch die Rohrstangen.

Als er wieder vor Balura trat, ging sein Atem so ruhig wie zuvor. Sein weißes Seidenhemd war voller Schlamm und Grasflecken. »Bin nicht mehr ganz so gut in Form. So kommt es, wenn man anfängt, sich sein Gold mit schönen Worten zu verdienen. Vier von zehn Melonen habe ich nicht mehr genau in der Mitte getroffen …«

Die Schmiedin schwieg. Ihr Blick wanderte über die verwüstete Wiese.

»Nun, für gewöhnlich kämpfe ich nicht gegen Früchte und Rohrstangen.« Markud wischte mit einem Hemdsärmel über die Klinge, die mit blaßrotem Melonensaft verschmiert war. »Aber ich denke, mit dieser Waffe brauche ich mir keine Sorgen vor der Bluttaufe zu machen.« Er griff nach seinem Mantel und dem Schlapphut, dann drehte er sich zu Balura um. »Ich werde die Person, die Euch bereits den Vorschuß zukommen ließ, davon in Kenntnis setzen, daß Ihr Eure Arbeit zu meiner vollsten Zufriedenheit vollendet habt. Ich denke, Ihr werdet noch vor Sonnenuntergang das ausstehende Geld bekommen.«

Die Schmiedin deutete eine Verbeugung an. »Es war mir wie stets ein Vergnügen, mit Euch Geschäfte zu tätigen.«

Kein anderes Viertel in Al'Anfa hatte einen so schlechten Ruf wie der Schlund. Niemand, der seine Sinne beieinander hatte, kam freiwillig hierher, schon gar nicht wenn er so gekleidet war wie Markud. Mit dem perlenbestickten Mantel, den Pumphosen und dem prallen Geldbeutel am Gürtel, sah er aus wie ein novadischer Kaufmann. Markud mochte diesen Ort. Nirgends lagen vergangene Größe und die Verheißung einer goldenen Zukunft so dicht beieinander. Einst hatten die Mächtigen der Stadt hier im Schlund ihre Paläste errichtet, bis eine gewaltige Feuersbrunst in einer einzigen Nacht das ganze Viertel vernichtete. Die Überlebenden aus den großen Familien hatten sich daraufhin auf den Silberberg zurückgezogen und dort neue, noch prächtigere Häuser errichtet. Lange Zeit hieß es, das ganze Viertel sei verflucht. Manche Überlebende behaupteten, große, lodernde Gestalten in der Nacht des Feuers inmitten der Brände gesehen zu haben. So blieb das Viertel gemieden, und nur die Ärmsten der Armen, die nirgends anders eine Bleibe fanden, kamen hierher. Sie errichteten sich Hütten aus verkohlten Balken und alten Decken, gruben sich mit bloßen Händen zu verschütteten Kellern durch und eroberten sich diesen einzigen Ort, von dem sie niemand vertreiben mochte, bis in den letzten Winkel. Jetzt schliefen zahnlose alte Huren auf zersplitterten Mosaiken der alten Könige, und zwischen den steinernen Pranken enthaupteter Marmorlöwen kauerten Kinder, denen man Arme und Beine gebrochen hatte, um sie als Bettler auf die Straße zu schicken.

Tagsüber kamen jene Händler in den Schlund, die sich nicht einmal einen Stand auf dem Efferdsmarkt im Brabaker Viertel leisten konnten. Mit heiseren Stimmen buhlten sie um die Gunst eines jeden, der aussah, als trüge er wenigstens ein Kupferstück in der Tasche. Zugleich kämpften sie auch gegen das Geschrei der Vögel in ihren geflochtenen Käfigen und das vielstimmige Geheul all jener anderen Tiere an, die auf das Messer warteten. So dicht war der Gestank nach Schweiß, lebenden und toten Tieren, Kot und Unrat, dem Rauch von Garfeuern, Gewürzen und jeder Art von Erzeugnissen und Geschöpfen der Erde, der Luft und des Wassers, daß man glaubte, ihn mit den Händen berühren zu können.

Markud sah unter einem verfallenen Portal, das von Greifen flankiert wurde, eine mit purpurnem Tuch verhängte, silbergeschmückte Sänfte stehen. Eine Leibwächterin in funkelndem Bronzeküraß lehnte daneben und beobachtete ihn mißtrauisch. In manchen Kellergewölben des Schlunds wurden Vergnügen angeboten, denen man selbst im ruchlosen Al'Anfa an keinem anderen Ort nachzugehen wagte. Aber an welchem anderen Ort fand man früh am Morgen Neugeborene, nackt im Schlamm der Straße liegen? Markud hatte sie niemals vergessen können, diese Bilder von Kindern, denen es nicht einmal vergönnt war, eine einzige Nacht zu überleben, die ertrunken in dunklen Pfützen trieben oder auf verlassenen Hinterhöfen wimmerten, bis sie von den Rattenrudeln überfallen wurden, die im Schutz der Dunkelheit aus den verborgenen Gängen der Abwasserkanäle heraufstiegen. Niemand wollte sie in diesem Viertel. Wo der Hunger ein steter Gast war, hatte man keine warmherzigen Gefühle für ein zusätzliches Maul, das es zu stopfen galt. Markud wußte, welches Glück es bedeutete, ein Junge und der Erstgeborene zu sein. Der Schlund hatte seine Sinne geschärft, ihn gelehrt, ein besonderes Auge für die Schwächen der anderen zu haben und die eigenen Stärken nicht zu überschätzen. Er war nicht einmal zehn Jahre alt gewesen, als er begriff, daß einer, der es schafft, von hier fortzukommen, alles erreichen konnte. Und er hatte recht behalten. Seine Hand strich über die polierte Holzscheide seines Schwertes. Die Waffe war mehr wert, als sein Vater in seinem ganzen Leben verdient hatte.

Markud spürte, wie ihm gierige Blicke folgten, und bald beobachtete er aus den Augenwinkeln einige dürre Gestalten, die ihm nachschlichen. Er hielt an einer Ecke inne, an der eine alte Frau über einem Topf mit kochendem Wasser kauerte. Neben ihr stand ein Korb, in dem sich kleine weiße Krebse übereinanderschoben und einander die Gliedmaßen abzuzwacken versuchten. Der falsche Kaufmann lächelte. Dieser Korb mit den Krebsen, das war wie eine Metapher für das ganze Elendsviertel.

Auf dem Wasser im Kochtopf hatte sich ein schillernder Film gebildet. Wahrscheinlich hatte die Alte es schon seit Tagen nicht mehr ausgetauscht. Markud sah sich nach seinen Verfolgern um. Wenn ihm keiner entgangen war, waren es vier.

»Koch mir vier Krebse!«

Die Alte sah mit trüben Augen zu ihm auf. »Zwei Kupferstücke.«

Der falsche Kaufmann schnippte ihr einen Silbertaler zu. »Gib mir die fettesten.«

Mißtrauisch drehte die Frau die Münze zwischen den Fingern und biß dann darauf. Als sie sich überzeugt hatte, daß das Geldstück echt war, ließ sie es in einer Falte ihres schmutzstarrenden Kleides verschwinden und durchsuchte mit gichtkrummen Fingern den Korb mit den Krebsen. Ohne noch einmal zu Markud aufzublicken, warf sie die Tiere ins kochende Wasser. Es gab ein kurzes, kreischendes Geräusch, fast wie einen Schrei.

»Sie mögen Krebse?« murmelte die Alte, während sie auf die buntschillernden Blasen starrte, die auf dem kochenden Wasser tanzten.

»Eigentlich nicht«, entgegnete der falsche Kaufmann. »Es ist so etwas wie ein Ritual ...«

Die Frau stellte keine weiteren Fragen. Mit einem Sieb fischte sie die Krebse aus dem Topf, legte sie auf ein großes Seerosenblatt und schüttete ein wenig dunkle Sauce darüber.

Markud nahm das Mahl zu sich und blickte über die Schulter. Seine Verfolger hatten sich aufgeteilt und versuchten möglichst unauffällig zu wirken. Er lächelte, packte einen der bleichen, nun halb durchscheinenden Krebse und verschlang ihn mit einem einzigen Bissen. Er mochte es, den dünnen Panzer zwischen den Zähnen knirschen und brechen zu fühlen. Vom Geschmack her fand er Krebse langweilig bis abstoßend, aber darum ging es jetzt nicht. Markud spuckte einige Beine aus und nahm den nächsten Krebs. Langsam schlenderte er die Gasse hinauf und kam in eine Gegend, wo es weniger Händler gab. Er kannte den Schlund gut. Der Verfall und die Gesetzlosigkeit reizten ihn. Er war schon oft abends hierhergekommen, hatte dabei jedoch stets schlichtere Gewänder getragen, um kein unnötiges Aufsehen zu erregen. Doch diesmal wollte er auffallen!

Nachdem er den letzten Krebs gegessen hatte, bog er in eine unscheinbare Seitengasse ab und trat durch ein Mauerloch auf einen verlassenen Hinterhof. Als Markud sich umdrehte, verwehrten ihm vier Gestalten mit Knüppeln und schartigen Messern den Rückweg.

»Wenn du deine Geldbörse zu uns herüberwirfst und dann deine Kleider ausziehst, lassen wir dich am Leben, Pfeffersack!« rief ihm die Anführerin der Gruppe zu, eine junge Frau, vielleicht Mitte Zwanzig, deren Gesicht von gräßlichen Flechten entstellt war. Auch ihre drei Kumpane waren auf ähnliche Weise verunziert. Sie alle wirkten so ausgezehrt, als hätten sie sich seit Wochen nicht mehr sattgegessen.

»Ich fürchte, meine Scham gestattet mir nicht, nackt durch die Stadt zu laufen. Wenn ihr vielleicht noch ein anderes Angebot zu machen hättet ...«

Die Straßenräuber lachten. »Ich glaube, du hast gerade das schlechteste Geschäft deines Lebens gemacht.« Die Anführerin trat einen Schritt vor und hob ihr Messer.

»Ich fürchte, da irrst du dich!« Markud streifte den Mantel zurück, zog mit fließender Bewegung sein neues Schwert und hackte der Räuberin die Hand mit dem Messer ab. Sie krümmte sich unter Schmerzensschreien zusammen. Mit einem Satz sprang Markud über sie hinweg und griff die übrigen drei an. Bevor die Banditen begriffen hatten, was geschah, hatte er dem ersten von ihnen die Kehle durchschnitten. Markud duckte sich unter einen Knüppelhieb und stach das Schwert rückwärts unter dem linken Arm hindurch. Ein weiterer Dieb ging zu Boden.

Der dritte Mann wollte fliehen, doch Markud stellte ihm ein Bein und brachte ihn zu Fall. Wie ein Dämon war er über dem Gestürzten und beendete dessen Leben mit einem Stich durch das rechte Auge.

Zufrieden drehte sich Markud um. Die Bluttaufe für sein Schwert war ganz so verlaufen, wie er es sich vorgestellt hatte. Auf einem Schutthaufen kauerte die verstümmelte Anführerin und preßte sich den blutenden Armstumpf gegen die Brust.

»Wie war das noch gleich mit dem schlechtesten Geschäft meines Lebens?« Markud lachte und bückte sich nach einem der Toten, um ihm den geflickten Umhang von den Schultern zu ziehen und sein Schwert daran sauberzuwischen. »Ich danke dir für den kleinen Dienst, den du mir erwiesen hast. Auch wenn wir uns nicht kennen – ich bin hierhergekommen, um jemanden wie dich und deine Männer zu treffen.«

Er öffnete mit der Linken die Lederschnüre seiner Geldkatze und zog sie vom Gürtel. »Hier findest du Münzen und Opale im Wert von rund zweihundert Dublonen. Genug, um ein neues Leben zu beginnen ...« Er warf ihr den Geldbeutel vor die Füße. »Eine kleine Aufmerksamkeit für deine Dienste, Mädchen. Man kann sich zwar kein neues Gesicht kaufen, aber vielleicht läßt das Gold die anderen für eine Zeitlang vergessen, wie du aussiehst.«

Rondarion tupfte Ines mit einem Seidentuch das Kinn sauber. Die Hälfte der Suppe war danebengelaufen, als er sie aus der flachen Holzschüssel hatte trinken lassen. Sie lächelte dankbar und seufzte leise.

»Mach dir nicht soviel Mühe mit mir, mein Ritter. Boron hat mich auf seine Liste gesetzt ... Du kannst nicht verhindern, daß er mir Golgari schickt.«

»Red keinen Unsinn! Deine Krankheit heilt. Du bist stark und wirst schließlich siegen ... Es ist der Kampf mit dem Dämon in dir, der dich erschöpft hat. Du wirst sehen, wenn du ein wenig geschlafen hast, fühlst du dich wieder besser.« Er strich ihr das strähnige Haar aus dem Gesicht. Ihre Haut war schon nicht mehr so faltig wie am Tag zuvor. Er hatte ihr alle zwei Stunden zu trinken gebracht, und sie hatte keinen Durchfall mehr, seit der Zauberer ihr gestern seine heilende Hand auf den Leib gelegt hatte.

Dennoch wußte auch Rondarion, daß sie sterben würde. Ihr Körper war ausgezehrt. Die Krankheit hatte sie so sehr geschwächt, daß sie sich nicht mehr davon erholen würde. Ihre Stirn glühte im Fieber ... Ines' Kopf sank zurück. Sie war eingeschlafen. Rondarion bettete sie sanft auf das frische Stroh, das er ihr hinuntergebracht hatte.

Lange saß er neben ihrem Lager und sah ihr beim Schlafen zu. Ihr Atem ging unregelmäßig. Er beobachtete, wie sich ihre Augäpfel unter den geschlossenen Lidern bewegten. Sie stöhnte leise, ohne zu erwachen.

Schließlich stand der junge Gardist auf und verließ die Kerkerzelle, um seine Runde durch die übrigen Gewölbe zu machen. Von all den Erkrankten, die man auf die Sklaveninsel gebracht hatte, zeigten nur zwei Anzeichen für eine Besserung. Bei den übrigen war es nur eine Frage der Zeit, wann sie sterben würden. Es schien jedoch so, als hätten die Ratsherren die richtige Entscheidung getroffen, als sie befahlen, alle Kranken hierher zu verbannen. Heute morgen waren von den Gardisten nur sechs neue Gefangene gebracht worden. Es machte ganz den Eindruck, als hätte der Ausbruch einer Seuche in der Stadt verhindert werden können.

Verwunderlich war auch, daß kein einziger unter den Gardisten auf der Insel Anzeichen zeigte, von dem Dämon dieser seltsamen Krankheit befallen zu sein. Vielleicht hielt Boron ja seine schützende Hand über die Männer?

Rondarions Gedanken kehrten zu Ines zurück. Wenn kein Wunder geschah, würde sie sterben. Er wußte nicht mehr, was er noch tun sollte. Der einzige, der ihr vielleicht helfen konnte, war Magister Dronte. Doch der Magier war viel zu sehr mit seinen eigenen Sorgen beschäftigt. Er hätte wohl alles darum gegeben, aus der kleinen Festung zu entkommen. Im Augenblick jedoch mußte man schon tot sein, um das Tor in die Freiheit passieren zu dürfen ...

Der Gardist blieb stehen. Tot! Das war die Lösung! Er eilte die Treppe zum Hof hinauf. Der Zauberer lehnte wie die meiste Zeit, seit er hierhergekommen war, an der Brüstung des Wehrgangs und starrte sehnsüchtig zur Stadt auf der anderen Seite der Bucht hinüber.

Rondarion stieg zur Mauerkrone hinauf und trat an die Seite des Magiers. »Traust du dir zu, einen Dämon auszutreiben?«

Dronte drehte sich halb um und musterte ihn durchdringend. »Ist unten in den Gewölben etwas geschehen, das ich wissen sollte?«

»Das Mädchen, das wir gestern befragt haben, liegt im Sterben ...«

Dronte zuckte ergeben mit den Schultern. »Da ist sie nicht die einzige. Ich sage dir, keiner von uns wird diese verfluchte Festung lebend wieder verlassen ...«

»Und wenn ich einen Weg wüßte, auf dem du sicher in die Freiheit gelangen könntest?«

Der Zauberer streckte sich und drehte sich dann ganz zu Rondarion um. »Ich denke, du sollst *verhindern,* daß jemand von hier fortkommt. Also bist du wohl der letzte, der mir zur Flucht verhilft.«

»Es sei denn, ich stünde in deiner Schuld, weil du mir einen Gefallen getan hättest ...«

»Und dieser Gefallen dreht sich um den Dämon, von dem du gesprochen hast?« Dronte lächelte dünn. »Ich weiß zwar nicht, was du von mir willst, doch ich fürchte, du überschätzt meine Möglichkeiten.«

Der Gardist ließ sich von den Einwänden nicht beirren. »Kannst du schwimmen?«

»Was zum Henker hat das mit meiner Flucht zu tun? Willst du mir vielleicht raten, von der Mauer ins Meer zu springen? Mir sind die Boote der Marine, die rings um die Insel patrouillieren, durchaus aufgefallen.«

»Willst du fliehen oder nicht, Dronte?« fragte Rondarion. »Wenn du mir hilfst, verrate ich dir einen Fluchtweg, der nur ein geringes Risiko birgt. Ein einfaches Entkommen gibt es nicht von dieser Insel!«

Der Magier zögerte und sah wieder zur Stadt auf der

anderen Seite der Bucht hinüber. »Ich bin kein Medicus«, sagte er schließlich leise. »Ich denke, ich könnte einen Teil des Schadens heilen, den die Krankheit in ihrem Körper angerichtet hat. Es liegt aber nicht in meiner Macht, die Krankheit selbst zu besiegen.«

»Das verstehe ich nicht! Du bist doch ein Zauberer, Dronte ... Warum kannst du den Dämon nicht bannen, der von Ines' Körper Besitz ergriffen hat und sie zerstört?«

Der Zauberer zupfte sich nachdenklich am Bart. »Den Dämon ... Ja ... Ich bin mir nicht sicher, ob eine Krankheit wie diese dämonischen Ursprungs ist. Ich habe auch schon mit Heilern gesprochen, die der Auffassung sind, daß es reichen mag, wenn man fauliges Wasser trinkt oder verdorbenes Essen zu sich nimmt, um das empfindliche Gleichgewicht der Säfte in unserem Körper durcheinanderzubringen. Sie sehen Krankheiten als eine Vergiftung ... Und hier beginnt mein Dilemma. Ich kann zwar den Schaden heilen, den dieses ... nennen wir es einmal Gift ... bei Ines angerichtet hat, verfüge aber nicht über die Möglichkeit, das Gift aus ihrem Körper zu ziehen. Das heißt, es wird ihr für eine Zeitlang bessergehen, wenn ich mich ihrer annehme. Sollte ihr Körper in der Frist, die ich gewinnen kann, genügend Kraft sammeln, um das Gift zu besiegen, so wird sie genesen. Schafft sie es nicht, so wird schon nach kurzer Spanne alles wieder so sein wie zuvor. Das heißt, ich hätte nur ihre Qual verlängert ... Nun weißt du, was ich dir zu bieten habe. Wenn es dir wert ist, dafür das Wagnis einzugehen, mir zur Flucht zu verhelfen, so stehe ich zu deiner Verfügung, Rondarion.«

Der Stadtgardist zögerte. »Ich muß mit Ines sprechen ... Das kann ich nicht entscheiden, ohne sie gefragt zu haben.«

Dronte wandte sich ab und starrte wieder auf das Meer. »Ganz, wie du meinst. Ich warte auf dich.«

9. Kapitel

Alara war dankbar, daß der Stadtmarschall sie eingeladen hatte, ihn in seiner Sänfte zu begleiten. Nach den Ereignissen der letzten Nacht hätte sie sonst nicht mehr die Kraft gehabt, am Begräbnis von Salpicio teilzunehmen. Die Tradition des Totenritus forderte, daß sie auf dem Weg zu einer Beerdigung nicht miteinander sprachen. So hingen beide stumm ihren Gedanken nach, während Träger die große Sänfte zu dem riesigen Gräberfeld jenseits der Stadtmauern brachten.

Sie mußten ein gutes Stück Weg durch den Dschungel zurücklegen, bis sie jenes von schwarzen Felsen flankierte Tal erreichten, in dem die beiden Pyramiden lagen, unter denen die Toten bestattet wurden, die aus guten Familien stammten und ihr Leben im Dienst der Stadt gegeben hatten. Schon seit Stunden nieselte es, und von den Steilwänden des engen Talkessels fielen Kaskaden grauen Dunstes herab.

Man hatte das steinerne Tor am Fuß der rechten Stufenpyramide geöffnet. Nur wenige Trauergäste warteten entlang des Weges, der hinab zu den Grüften tief unter der Pyramide führte. Offensichtlich hatte man mit dem Beginn der Zeremonie gewartet, bis der Stadtmarschall eintraf. Kaum setzte Oboto seinen Fuß aus der Sänfte, da erhoben die Klageweiber, die neben der mit schwarzen Tüchern verhüllten Bahre standen, ein höllisches Geschrei.

Alara musterte die Trauergäste, die zur Bestattungszeremonie erschienen waren. Die gebeugte alte Frau, die dicht neben der Bahre stand, war vermutlich die Mutter des Toten. Hinter ihr erkannte Alara Gion, den Weibel, der Salpicio gefunden hatte, und einige andere Gardisten, die zu den wenigen Freunden des Toten gehört haben mußten. Sie alle trugen schwarze Waffenröcke und lange schwarze Kapuzenumhänge, um sich gegen den Regen zu schützen. Fast wie große Raben sahen sie aus, wenn der schwache Wind mit den Falten ihrer Mäntel spielte. In dem grauen Licht schienen ihre Gesichter so einheitlich wie die Uniformen. Braungebrannt, von Wind und Wetter gegerbt, mit breitem Kinn und sorgfältig rasierten Wangen.

Ein wenig abseits stand Ilian. Er trug einen abgewetzten Umhang, und durch den Regen hing ihm das Haar in nassen Strähnen ins Gesicht. Er schenkte seine ganze Aufmerksamkeit der jungen Frau an seiner Seite. Sie war schlicht gekleidet und auffallend groß. Unter ihrem Kopftuch lugte blondes Haar hervor. Das Mädchen erschien Alara sehr blaß. Augenscheinlich kämpfte es mit den Tränen. Das muß Salpicios Geliebte sein, dachte die Offizierin unwillkürlich. Seltsam, daß er mir nie von ihr erzählt hat. Dabei hatte Alara geglaubt, den jungen Offiziersanwärter zu kennen!

Oboto nickte den Totenpriestern zu. Sie hoben die Bahre auf und stimmten mit monotonen, dunklen Stimmen den Trauergesang an, den der Ritus für das letzte Stück des Weges zum Grab vorschrieb.

Der Stadtmarschall eilte mit langen Schritten auf die Pforte der Pyramide zu, um sich gleich hinter den Klageweibern an die Spitze der Trauergemeinde zu setzen. Er bot der Mutter Salpicios seinen Arm, doch die Frau schüttelte stolz den Kopf. Sie wollte den letzten Weg, den sie mit ihrem Sohn beschritt, aus eigener Kraft gehen.

Alara ließ sich Zeit. Sie war eine der letzten, die die schwarze Pyramide betraten. Am Eingang reichten Sklaven jedem der Trauergäste eine Fackel. Der Weg ins Innere hatte ein starkes Gefälle und bog um zahllose Ecken. Es roch nach dem Pech der Fackeln, nach Fäulnis und dem Staub von Jahrhunderten. Immer wieder kam Alara an den Eingängen zu großen Grabkammern vorbei, deren niedrige Decken von plumpen, faßförmigen Säulen getragen wurden.

An den Wänden des Hauptganges zeigten Fresken Episoden aus der Geschichte der Stadt oder die Heldentaten berühmter Toter, die nicht reich genug gewesen waren, um sich ein eigenes Grabmal leisten zu können.

Plötzlich endete der Gesang der Geweihten. Etwas stimmte nicht. Es war zu früh. In der jähen Stille lag eine beinahe greifbare Bedrohung. Alara beschleunigte ihre Schritte, bog um eine Ecke und stand vor einer Kammer, in deren Eingang sich die schweigende Trauergemeinde versammelt hatte. Die Grabkammer wurde von vier Säulen getragen, die mit kunstvoll in Stein gehauenen Waffen geschmückt waren. Rings herum waren sarggroße Nischen in die Wände geschlagen, deren teilweise bemalte Böden die gepolsterten Liegeflächen von Klinen imitierten. So sah es aus, als hätten die Verstorbenen sich zu einem Festmahl versammelt. Die Decke zierte ein kostbares Fresko, das Golgari zeigte, wie er auf dem Rücken einen Toten in Borons Hallen trug. Die Wände hingegen waren mit Szenen eines düsteren Festes geschmückt. Es gab dort Flötenspieler, Trommler und Tänzerinnen, doch schien sich die ganze Szene in einer Höhle abzuspielen, deren Wände von flackernden Fackeln beleuchtet wurden.

Vor einer Nische, schräg gegenüber dem Eingang, stand ein niedriger Tisch mit einem Bronzepokal. Hier hätte Salpicio zur letzten Ruhe gelegt werden sollen, doch über die Grabnische stand in blutroter Farbe ein Spottvers geschrieben:

Den Spitzel Lukian Borso
machte ein Dolch zum Torso!

Das war Markud, dachte Alara. Dieser derbe Humor paßte zu ihm, ebenso wie die Tatsache, daß er seine Gegenspieler nicht einmal im Grab in Frieden ließ. Die Offizierin musterte die bestürzten, aber auch ratlosen Gesichter der Trauergäste. Die Anspielung auf die beinahe vollzogene Enthauptung Salpicios begriff wohl jeder, doch wer mochte schon wissen, daß der Gardist unter dem Decknamen Lukian Borso ermittelt hatte?

Zwei der Geweihten traten vor, hoben den kleinen Tisch an und stellten ihn vor eine andere, ebenfalls noch leere Grabnische. So wird also der Mann, der nicht als Salpicio gestorben ist, auch nicht in der Grabnische bestattet, die man für Salpicio vorgesehen hat, dachte Alara voll bitteren Spotts.

Obwohl die Boronis sich alle Mühe gaben, ein feierliches Ritual zu vollziehen, mochte die bedrückte Spannung nicht mehr von den Trauergästen weichen. Ein Grab in der Stadt des Totengottes zu schänden, das war ein Frevel, der in seiner Ungeheuerlichkeit durch nichts zu übertreffen war.

Beklommen sah Alara sich um. Es gab noch sieben leere Nischen in dieser Grabkammer, und sie fragte sich, in welcher sie wohl bestattet werden würde. Als Offizierin der Stadtgarde, die kein eigenes Grab finanzieren konnte, stand außer Zweifel, daß man sie hier zur letzten Ruhe legen würde. Dies also war ihre Gruft. Ob Markud das gewußt hatte? War er gekommen, um vor allen anderen *sie* zu verhöhnen?

Sie ballte in hilflosem Zorn die Fäuste. Es mußte bald etwas geschehen! Hechelnd kämpfte sie um Atem. Einige der Gäste musterten sie aus den Augenwinkeln.

Der Geruch des Todes lag schwer auf ihrer Brust. Die Toten in den belegten Nischen zeigten die unterschiedlichsten Stadien des Verfalls. Es war hier unten, tief unter der Pyramide, erstaunlich kühl, und ein leichter Luftzug wehte beständig durch die Grabkammer. So kam es, daß die Leichen nicht richtig verwesten, sondern mit den Jahren ganz und gar austrockneten.

Der Kopf eines der Toten war zur Seite gedreht. Ein Gespinst aus dünnem blondem Haar umgab seinen Schädel, um den sich die trockene Haut wie Pergament spannte. Die Lippen der Leiche waren zu einem grotesken Grinsen zurückgezogen, so als wolle sie Alara schon jetzt in ihrer zukünftigen gemeinsamen Wohnstätte für die Ewigkeit willkommen heißen. Jetzt erinnerte sich die Offizierin auch wieder, wer dort lag. Narda Cardas hatte die Gardistin einst geheißen. Während des Khomkrieges hatte sie sich verschiedentlich durch besondere Heldentaten im Kampf gegen selemitische Schmuggler hervorgetan. Gegen Ende der Besatzungszeit in der düsteren Stadt hatte sie eine große Ladung verbotener Rauschkräuter beschlagnahmt und verbrennen lassen. Zwei Tage später fand man Narda tot in ihrem Quartier. Sie hatte Traumpulver in Wein gelöst und getrunken. Es konnte nie geklärt werden, ob sie Opfer eines Mordanschlags geworden war oder ob sie einen Teil der Drogen zurückgehalten hatte, um sie selbst zu nehmen.

Fröstelnd wandte Alara den Blick von der Toten. Wollte das Schicksal sie warnen? Würde man auch sie eines Tages tot neben einem Becher halb verschütteten Boronweins finden? Die Bestattungszeremonie war fast vollendet. Einer der Geweihten legte Salpicio zwei große Silberoreale auf die Augen. Nun war die Zeit gekommen, um mit einem letzten Gebet Abschied von dem Toten zu nehmen.

Alara neigte den Kopf und dachte daran, wie sie Salpicio ausgewählt hatte, damit er als Spitzel die Feste in der Villa Tuzak besuchte. Aber sie hatte keinen Anteil daran, daß der Junge nun tot war. Seine verfluchte Arglosigkeit war daran schuld. Er hatte seinen Mörder gekannt, da war sich Alara ganz sicher!

Als die Commandanta das hastig gemurmelte Gebet

beendet hatte, ging sie hinaus. Sie war die erste, die die Totenkammer verließ. Daß man dies unschicklich finden könnte, störte sie nicht. Sie würde ohnehin bald genug zurückkehren.

Draußen regnete es noch immer. Als der Stadtmarschall herauskam, nahm er Alara zur Seite. Seine Augen funkelten vor Zorn. »Dieser Spruch ... Das war von Markud, diesem Schurken, den Salpicio bespitzelt hat, nicht wahr?«

»Ich verstehe nicht«, murmelte Alara und vermied es, Oboto ins Gesicht zu sehen.

»Ich weiß, daß Salpicio unter dem Namen Lukian Borso in der Villa Tuzak verkehrte.«

»Dann sollte das wohl eine Warnung an *uns* sein ...«

»Ich will wissen, was in diesem Haus getrieben wird«, grollte der füllige Stadtmarschall. »Hören Sie, finden Sie heraus, was dort vor sich geht! Ich decke Ihnen den Rücken!«

Alara musterte Oboto unverhohlen. Sie glaubte nicht, daß er ihr helfen würde, wenn es hart auf hart käme. Aber vielleicht hatte Markud diesmal einen Fehler gemacht. Zumindest war sie sicher, daß der Stadtmarschall ihr in den nächsten Tagen nicht hinderlich werden würde.

»Kommen Sie, Olibano, ich nehme Sie in der Sänfte mit zurück. Bei diesem lausigen Wetter jagt man keinen Hund vor die Tür.«

Verwundert betrachtete Alara die Bäume, die im Garten des alten Palacio standen. Sie waren gewaltig und ihre Stämme eigentümlich verwachsen. Obwohl das Jahr schon weit vorangeschritten war, blühten noch immer Orchideen in den breiten Astgabeln, und manche der Bäume trugen sogar Früchte.

»Ich sage Euch, hier geht es nicht mit rechten Dingen zu«, flüsterte Naldor. »Diese Elfen stehen mit irgendwelchen Dämonen im Bunde.«

»Ich glaube nicht, daß Dämonen etwas so Schönes wie diesen Garten hervorbringen könnten.«

»Schön? Hier ist doch alles vollkommen verwildert. Es fehlt jede ordnende Hand. Ich begreife nicht, was Ihr an diesem Garten schön findet.«

Alara stieg die Stufen zum Portal der Villa hinauf, ohne Ilian eine Antwort zu geben. Das Haus war nicht im besten Zustand, doch wirkte es mit dem bemoosten Dach und den Weinranken, die nahezu die ganze Südwand überwuchert hatten, sehr malerisch.

Noch bevor Alara nach dem Klopfer greifen konnte, öffnete sich die Tür. Eine junge Elfe stand vor ihr. Sie trug nur ein durchscheinendes Seidenhemd und blickte die Commandanta gleichgültig an. »Was wollt Ihr hier?« Die Frau sprach mit einem fremden, melodischen Akzent.

»Ist Sirlon zu Hause? Wir möchten ihn sprechen.«

Sie lächelte. »Körperlich anwesend ist er schon ... Geht die Treppe hinauf. Hinter der zweiten Tür auf der rechten Seite werdet Ihr ihn finden. Er ist ganz in seine Arbeit vertieft. Ich glaube nicht, daß er jetzt gestört werden will.«

»Laßt das nur meine Sorge sein.« Alara ging an dem Mädchen vorbei und stieg die Treppe hinauf. Ilian folgte ihr auf dem Fuße.

Ohne anzuklopfen, betrat die Offizierin das Zimmer und erstarrte vor Verblüffung. Der ganze Raum war mit Pflanzen angefüllt. Schwere, feuchte Luft schlug ihr entgegen, geschwängert vom Duft Hunderter von Blüten. Die gegenüberliegende Wand war ganz aus Glas gefertigt, ebenso ein Teil der Decke. Offenbar ragte die Kammer wie ein großer Erker aus der Rückwand des Hauses. Alara hatte schon von solchen Pflanzenzimmern gehört, aber noch nie eines mit eigenen Augen gesehen. Und sie würde auch in Zukunft keinen Wert darauf legen, in solchen Räumen zu verkehren! Die feuchte Luft drückte ihr den Atem ab.

Ein jugendlich wirkender Mann saß an einem Tischchen, das halb hinter den Pflanzen verborgen vor dem großen Fenster stand. Sirlon hatte sein helles Haar zu einem Zopf zusammengebunden. Der Elf war damit beschäftigt, aus Blüten, Bast und Baumrinde ein kunstvolles Gesteck zu fertigen. Als Alara und Ilian näher traten, blickte er unwirsch von seiner Arbeit auf. »Ihr gehört zur Stadtgarde ...«

Ilian grinste. »Steht uns das vielleicht auf der Stirn geschrieben?«

Der Elf legte das Gesteck auf den Tisch und drehte sich nun ganz zu ihnen herum. »Das nicht, aber es ist leicht an Eurem überheblichen Gehabe zu bemerken. Ein anderer Besuch hätte sich gewiß vorher angekündigt ... Setzt Euch.« Der Elf wies auf zwei schlichte Holzstühle, die ihm gegenüber standen.

Als Alara sich niedergelassen hatte, bemerkte sie, daß Sirlon, der vor dem Fenster saß, von hier aus nur noch als Schattenriß vor dem hellen Hintergrund zu erkennen war. Trotz seines ruppigen Empfangs hat es durchaus den Anschein, als habe der Elf uns erwartet, dachte sie verärgert. »Wir kommen wegen eines Stadtgardisten, der vor kurzem ganz in der Nähe ermordet wurde.«

»Ihr meint diesen Salpicio, der sich auf den Festen des Kaufmanns Markud als Dichter Lukian Borso ausgab?« Der Schattenriß vor dem Fenster beugte sich zu einer Kerze auf dem Arbeitstisch hinab und entzündete daran eine dünne Zigarre. Für einen Augenblick war sein schlankes, blasses Gesicht besser zu erkennen, dann richtete sich Sirlon wieder auf und wurde erneut zu einem Schattenriß. Gelassen blies er bläulichen Rauch in ihre Richtung. »Markud hat mir bereits von der Sache erzählt. Verdächtigt Ihr mich vielleicht?«

»Nein«, entgegnete Alara ruhig.

»Ihr traut mir also keinen Mord zu?« Sirlon klang enttäuscht.

»Ich kenne keinen Grund, der Euch zu einer solchen Tat veranlaßt haben könnte. Im übrigen weiß ich, daß Ihr Euch in der betreffenden Nacht noch fast bis zum Morgengrauen in der Villa Tuzak aufhieltet«, log die Offizierin.

»So, Ihr habt Euch also bereits über mich erkundigt.« Sirlon lachte. »Also habt Ihr mir zunächst doch einen Mord zugetraut. Aber es stimmt, in dieser Nacht war ich einer der letzten, die gegangen sind.«

Für einen Augenblick war es still. Alara beobachtete, wie sich Ilian in dem vergeblichen Versuch, den Elfen besser sehen zu können, so weit wie nur möglich vorbeugte. Merkt der Kerl denn nicht, wie er sich damit zur Witzfigur macht? dachte sie ärgerlich.

»Was führt Euch beide dann also zu mir, wenn Ihr mich nicht für den Mörder haltet?«

»Ihr seid oft in der Villa Tuzak zu Gast?«

Sirlon blies eine weitere Rauchwolke in Alaras Richtung. Ob dieser Elf von ihrer Krankheit wußte? Doch das konnte nicht sein ... Der Rauch steigerte ihre Erstickungsangst. Sie krallte die Hände in die Stuhllehnen und versuchte ihre ganze Selbstbeherrschung aufzubieten, um nicht einfach aus dem Zimmer zu flüchten.

»Wird das eine Befragung, wie sie ein Inquisitionsgericht durchführt? Großartig! Wollt Ihr mir gleich Daumenschrauben anlegen oder mir vielleicht sogar mit dem Scheiterhaufen drohen? Ich glaube, meine sämtlichen Nachbarn würden mit Freuden zu meiner Hinrichtung kommen. Man hat hier ganz verblüffende Vorurteile gegen mein Volk. Glaubt Ihr auch, daß ich wegen meiner spitzen Ohren und aufgrund der Tatsache, daß ich länger lebe als ein Mensch, von einem Dämon gezeugt sein muß?«

»Offen gestanden kümmert mich solches Gerede nicht«, entgegnete Alara kühl. »Ich will nur wissen, ob Ihr häufiger in der Villa Tuzak zu Gast wart.«

»Gelegentlich.«

»Warum?« Die Offizierin rechnete mit einer spöttischen Antwort, doch Sirlon lachte nur.

»Weil dieser Markud – an menschlichen Maßstäben gemessen – wahrlich sehr außergewöhnlich ist. Geschöpfe wie ihn bringt *Eure Art* nur selten hervor. Er ist sogar ein durchaus bewanderter Blumenkenner. Selten habe ich einen Menschen getroffen, der soviel über Orchideen wußte wie er.« Sirlon sprach nun ausführlich über die verschiedensten Unterarten von Orchideen, und während Alara sich zwang, ihre Beklemmung zu unterdrücken und zuzuhören, lehnte sich Ilian gelangweilt auf seinem Stuhl zurück.

Eine halbe Stunde oder sogar länger sprachen die beiden über seltene Blumen, bis dem jungen Offiziersanwärter schließlich der Geduldsfaden riß. Während Sirlon eine kurze Pause machte, um sich eine weitere Zigarre anzuzünden, beugte sich Ilian plötzlich wieder vor und fragte scharf: »Haltet Ihr Markud für Salpicios Mörder?«

Alara schnaubte ärgerlich. Die Vorgehensweise des Jungen war einfältig. So kämen sie Sirlon niemals bei!

Der Elf schmunzelte. »Potzblitz, jetzt habt Ihr mich aber in die Enge getrieben.«

»Ich bitte Euch, mir zu antworten«, drängte Ilian.

»Wann ist denn dieser Stadtgardist getötet worden?« fragte der Elf ruhig.

»Man hat ihn kurz vor Morgengrauen gefunden.«

Sirlon schnippte gegen die Zigarre, so daß sich die Asche von der Spitze löste und zu Boden fiel. »Ich weiß nicht, ob die Gesetze der Logik in irgendeiner Weise von Bedeutung für die Überlegungen der Stadtgarde sind«, erklärte der Elf herablassend. »Da ich noch bis kurz vor Morgengrauen in der Villa Tuzak war und dort ein angeregtes Gespräch mit Markud führte, halte ich es schlechterdings für unmöglich, daß er als Mörder in Frage kommt.«

»Und die Diener«, drängte Ilian. »Waren die Diener im Hause?«

»Es tut mir leid, aber Markud sah sich bisher noch nicht veranlaßt, seine Diener dazu aufzufordern, sich von mir zu verabschieden, wenn sie beabsichtigten, das Haus zu verlassen.« Sirlon lachte ironisch. »Im übrigen macht er sich einen Spaß daraus, die zwielichtigsten Gesellen um sich zu scharen. Lauter Novadis und Maraskaner. Bislang legte ich keinen gesteigerten Wert auf den Umgang mit diesen Kreaturen.«

Ilian ließ nicht locker. »Und wann pflegte Salpicio zu gehen? Gab es da Regelmäßigkeiten?«

»Durchaus. Lukian Borso war fast immer der vorletzte, der die Feste des Kaufmanns Markud verließ.«

»Und wer ging als letzter?«

»Ich.«

Ilian seufzte. Langsam schienen ihm die Fragen auszugehen. »Und haltet Ihr diesen Markud für einen guten oder einen schlechten Menschen?«

Für einen Augenblick war es still. Sirlon nahm einen tiefen Zug, so daß die Spitze der Zigarre wie ein rotes Auge aufglühte. Dann blies er dem jungen Gardisten eine Rauchwolke ins Gesicht. »Ich halte Markud für einen vollkommen amoralischen Menschen.«

Ilian wedelte ungeduldig den Rauch zur Seite. »Der Mann ist Euch also nicht geheuer ... Und trotzdem besuchet Ihr seine Feste? Was bindet Euch an ihn? Sein Wissen über Blumen?«

»Über Orchideen«, verbesserte Sirlon. »Genau das ist der Grund, warum ich ihn besuche. Ich habe noch keinen *Menschen* getroffen, der über dieses Thema soviel zu erzählen gewußt hätte wie Markud.«

»Das begreife ich nicht!«

Der Elf lachte. »Ich habe nichts anderes von Euch erwartet.«

Wieder herrschte Schweigen. Alara war die Art, wie Ilian vorgeprescht war, im höchsten Maße peinlich.

Der Junge hatte einfach kein Feingefühl! Schließlich räusperte sie sich. »Nun, da mein Untergebener uns alle mit seinem Übereifer in eine Sackgasse manövriert hat, wollen wir ruhig noch ein wenig auf der Stelle treten.« Alara überging den bösen Blick, den der Gardist ihr zuwarf. »Wenden wir uns also noch einmal der einzigen Frage zu, die uns vielleicht weiterbringen kann. Ihr haltet den Kaufmann Markud für einen schlechten Menschen?«

»Unbedingt!«

»Und haltet Ihr ihn für fähig, einen Mord zu begehen?«

»Ich halte ihn sogar für fähig, *jede* nur erdenkliche Schurkerei zu begehen«, entgegnete der Elf gelassen. »Doch bin ich auch überzeugt davon, daß er den Mord an Lukian Borso nicht begangen hat.«

»Ihr kennt Markud also gut?« fragte Alara.

»Was heißt kennen? Ich mache mir ein Bild von ihm. Man könnte sogar sagen, ich studiere ihn.«

»Und was macht ihn so studierenswert?«

»Er hat eine Eigenart, der ich unter Menschen bislang nur sehr selten begegnet bin. Er ist völlig ohne Moral. Die herkömmlichen Begriffe von Gut und Böse lassen sich deshalb auf ihn nur bedingt anwenden.«

»Könnt Ihr das auch ein bißchen weniger abstrakt ausdrücken?«

Leise knirschend drückte der Elf die Zigarre auf einem bronzenen Tablett aus. »Vielleicht hat Markud in seinem Leben mehr Gutes getan als wir alle drei zusammen. Der entscheidende Unterschied zwischen uns und ihm ist jedoch die Tatsache, daß er nicht nach moralischen Grundsätzen handelt. Er tut das Gute aus einer Laune heraus und nicht etwa deshalb, weil er ein edler Mensch wäre. Das gleiche gilt für seine bösen Taten. So wie ich ihn einschätze, begeht er Verbrechen nicht um seines persönlichen Vorteils willen. Gold, schöne Frauen ... Das alles bedeutet ihm nichts. Wenn er etwas Böses tut, dann um herauszufinden, ob er es tun kann, ohne daß es Folgen für ihn hat! Er ist also so etwas wie der ewige Versucher all jener, die ihr Leben nach bestimmten Grundsätzen ausrichten. Und ich denke, es macht ihm Spaß, eben diese Lebensgrundsätze anderer als hohle Phrasen zu entlarven.«

»Ihr meint also, Markud tut stets das, was man nicht von ihm erwartet.«

»Nicht ganz ... Er tut, was gegen die Regeln verstößt. Deshalb kann man nie sein Freund sein oder auch nur ein Geschäft mit ihm machen ... Auf Dauer wird man immer von ihm hintergangen. Einfach nur deshalb, weil er es reizvoll findet. Ich denke, er definiert auf diese Weise seine persönliche Freiheit.«

Alara erhob sich plötzlich. »Für diese Art von Freiheit gebe ich keinen Heller. Menschen wie ihn sollte es nicht geben!«

Auch der Elf erhob sich nun. »Könnt Ihr nichts ertragen, was nach anderen Wertmaßstäben als den Euren existiert, Commandanta? Man könnte sein Leben daran geben, diesen Mann und seine Freiheit zu studieren!«

»Sein Leben?«

Sirlon öffnete ihnen die Tür. Er schien nicht mehr antworten zu wollen.

»Für mich ist Markud kein Objekt für schöngeistige Spekulationen. Er ist ein Geschöpf aus Fleisch und Blut, das inmitten dieser Stadt Feste gibt, die einem meiner Männer das Leben gekostet haben! Ich möchte wissen, ob das Bild, das Ihr mir entworfen habt, das Bild des wirklichen Markud ist oder nur jenes Eurer Träume.«

»*Unserer* Träume«, sagte der Elf. »Unserer Träume.«

Sirlon reichte Alara die Hand. Ilian beachtete er nicht. »Wer oder was Markud wirklich ist, weiß ich nicht. Ist es nicht Eure Aufgabe, dies herauszufinden, Commandanta?« Er lächelte ironisch.

10. Kapitel

Rondarion wurde unsanft aus dem Schlaf gerüttelt. Neben ihm stand Manolo.

»Was ist los?« Der Offiziersanwärter blinzelte müde.

»Der Ordensritter. Er bekam Lichtzeichen aus der Stadt des Schweigens.«

»Und? Das ist doch nicht das erste Mal ...«

»Aber zum ersten Mal ist er danach auf der Mauer niedergekniet, um zu beten. Ich sage dir, mit dem stimmt etwas nicht!«

Rondarion setzte sich auf und suchte nach seinen Stiefeln, die unter das schmale Feldbett gerutscht waren. »Na schön ... Ich komme mit dir und schaue nach, was dort vor sich geht.« Der Gardist hatte in seinen Kleidern geschlafen. Erst halb wach, griff er nach seinem Wehrgehänge und schnallte sich sein Schwert um.

Die kühle Luft im Innenhof der Festung belebte ihn ein wenig. Rondarion sah sich um, doch der Ordensritter war nirgends zu sehen.

Manolo schüttelte den Kopf und zeigte zum Westturm. »Seltsam. Eben hat er noch dort oben auf der Mauer gestanden. Vielleicht hat er sich zur Ruhe gelegt.«

»Du meinst, auch Männer wie er müssen einmal schlafen?« fragte Rondarion spöttisch.

Sein Kamerad lachte. »Schlafen ist da sicher das falsche Wort ... Wenn der Schlaf der kleine Tod ist, wie manche Boronis sagen, dann begeht ein Ordensritter, der sich zur Ruhe legt, wohl eher eine rituelle Handlung, als daß er einfach nur schläft wie unsereiner.«

Beide lachten. Schließlich klopfte Rondarion Manolo auf die Schulter. »Hast du alle deine Toten schon im Sack?«

Der Gardist nickte.

»Dann schlage ich vor, du versuchst es jetzt einmal mit einer rituellen Handlung, und ich übernehme für die nächsten Stunden die Wache.«

Manolo gähnte übertrieben. »Gute Idee!«

Nachdem sein Kamerad sich zurückgezogen hatte, stieg Rondarion die gewundene Treppe zu den Kerkern hinab. Als er Ines' Zelle betrat, lag sie wach. Das Mädchen begrüßte ihn mit einem Lächeln und nickte zu dem fast herabgebrannten Kerzenstumpf hinüber, der nicht weit von ihrem Lager stand. »Danke. Wenn ich allein im Dunklen wach liege, dann ist es ganz so, als wäre ich schon tot ... Eine verlorene Seele, verstoßen in die ewige Finsternis. Das Licht spendet Trost, auch wenn mich die flackernde Kerze an mein eigenes, fast erloschenes Lebenslicht erinnert ...«

»Wenn du die Dinge so siehst, habe ich vermutlich gute Nachrichten.« Rondarion zog eine lange Kerze aus seinem Gewand. »Ein neues Leben beginnt!«

Er hielt den Docht an die herabgebrannte Kerze, bis die Flamme übergesprungen war. Dann drückte er die neue Kerze in das geschmolzene Wachs der alten.

Ines beobachtete ihn mit fiebrigen großen Augen.

Der Gardist kniete neben ihr nieder und betupfte ihre Stirn mit einem feuchten Tuch. »Du siehst schon viel besser aus«, log er. »Du wirst es schaffen! Hast du dir überlegt, ob du Drontes Hilfe annehmen willst?«

»Wenn ich es nicht tue, werde ich bis an mein Lebensende mit dir zusammenbleiben.«

Rondarion runzelte ärgerlich die Stirn. »Was redest du da für einen Unsinn? Du wirst auch mit mir zusammenbleiben, wenn du gesund bist. Ich … ich liebe dich …«

»Sicher liebst du mich *jetzt* … Aber vielleicht brauchst du auch nur jemanden wie mich, um das Elend auf dieser Insel ertragen zu können. Eine einzelne unter den Dutzenden von Todgeweihten, der du dich ganz widmest und um deren Leben du kämpfen kannst.«

»Verspotte meine Gefühle nicht!« Ratlos starrte Rondarion auf den schmutzigen Kerkerboden. Wie konnte er seine Liebe beweisen?

»Versteh mich nicht falsch, mein wunderschöner Ritter. Ich zweifle nicht an diesem Augenblick … Ich habe Angst vor der Zukunft. Das wird nicht gutgehen … Ein junger Offizier und eine billige Hafendirne, die sich schon an Hunderte von Männern verkauft hat.«

Statt darauf eine Antwort zu geben, beugte sich Rondarion vor und küßte sie leidenschaftlich. Einen Augenblick lang versuchte sie, ihn abzuwehren, doch dann erwiderte sie seinen Kuß.

Sanft streichelte ihr warmer Atem seine Wangen, als er sich zurückbeugte. Ines weinte. Lautlos. Er hatte es nicht bemerkt, während sie einander küßten.

»Was ist … Habe ich etwas Falsches getan?« Er konnte sie nicht begreifen, ja, er war sogar ein wenig beleidigt. Sie hatte den Kuß doch gewollt. Warum nun das?

»Gestern hat man die Männer verhaften lassen, mit denen ich das Lager geteilt habe …«

»Deshalb möchte ich auch, daß du hier unten bleibst. Sie sollen dich nicht sehen.«

»Du begreifst nicht … Du hast gerade den Todeskuß von mir empfangen. Von mir, die sich nichts so sehr wünscht wie dein Leben. Wie konntest du das tun? Und wie konnte ich so schwach sein und es zulassen?«

»Man hat mich auf diese Insel geschickt, ohne daß ich krank gewesen wäre«, entgegnete er bitter. »Diesmal habe ich mein Los freiwillig gewählt. Außerdem glaube ich, daß die Kraft der Liebe den Dämon der Seuche in Fesseln schlagen wird. Ich liebe dich, Ines, und ich will von dieser Stunde an alles mit dir teilen. Das Leben wie den Tod.«

»Mein verrückter Ritter. Ich …« Sie erstarrte. Ihr Blick ging an Rondarion vorbei. Der Gardist erschauerte.

»Welch glückliche Fügung, euch gleich beide zu treffen«, erklang eine dunkle, wohltönende Stimme.

Erschrocken fuhr Rondarion herum. In der Tür stand der Ordensritter. Wie lange er sie wohl schon beobachtet haben mochte? schoß es dem Gardisten durch den Kopf. Hatte er alles gesehen? Der Krieger trug ein schwarzschimmerndes Kettenhemd und seinen Waffenrock, so als wolle er in die Schlacht ziehen. In der Rechten hielt er einen Dolch.

»Zieh blank!« Der Ritter hob seine Waffe und deutete auf das Schwert des Gardisten.

Rondarion legte die Hand auf den Schwertknauf, doch er zögerte noch. Die Ritter der *Basaltfaust* galten als die besten Kämpfer der Stadt. Die Aussichten, den Kampf zu überleben, waren also alles andere als gut. »Wollen wir nicht lieber reden, Hochwürden. Ich meine …«

Statt eine Antwort zu geben, machte der Ordensritter einen Ausfall.

Rondarion sprang zur Seite und riß sein Schwert heraus. Der gepanzerte Ritter war flink wie eine Dschungelkatze. Sofort griff er erneut an. Der Gardist parierte einen Stoß, der auf seinen Bauch gezielt hatte. In dem Augenblick, als die beiden Klingen gebunden waren, packte der Ordensritter mit der Linken Rondarions Handgelenk und verdrehte es mit einem solchen Ruck, daß der junge Offizier die Waffe fallen lassen mußte. Mit einem Fußtritt beförderte der Ritter das Schwert außer Reichweite, dann hämmerte er ihm mit der Rechten den Knauf des Dolches gegen die Schläfe.

Rondarion taumelte und sank in die Knie. Ein Fausthieb schickte ihn vollends zu Boden.

Der Ritter ging in die Hocke und setzte Rondarion den Dolch an die Kehle. »Ich habe noch nie viel von der Stadtgarde gehalten, aber daß ihr so erbärmliche Kämpfer seid, hätte ich nicht gedacht.« Er schüttelte den Kopf und wirkte verärgert. »Tut mir leid, Junge, aber man hat ein Todesurteil über dich gesprochen und mich zu deinem Henker bestimmt. Nimm es nicht …«

Ines hatte sich lautlos von ihrem Lager erhoben und das Schwert ergriffen, das über den Kerkerboden in ihre Richtung geschlittert war. Im letzten Moment mußte der Ritter sie aus dem Augenwinkel gesehen haben. Er fuhr herum und riß den linken Arm hoch, um ihren Schlag abzuwehren. Knirschend schnitt das Schwert durch das Kettenhemd. Der Ordensritter stieß einen gellenden Schrei aus. Die Klinge war ihm tief in die Schulter gefahren. Dunkles Blut sickerte durch die Ringe des Panzers. Mit einem einzigen Fausthieb schickte er das Mädchen zu Boden.

Inzwischen war Rondarion wieder auf die Beine gekommen und zog den kurzen Parierdolch, der noch in seinem Gürtel steckte. Der Ritter preßte die Rechte auf die tiefe Wunde in der Schulter. Leicht schwankend drehte er sich um und lachte dem Gardisten ins Gesicht. »Komm und kämpf wie ein Mann!«

»Nein!« Mit aller Kraft schleuderte Rondarion den Dolch.

Der Ordenskrieger versuchte sich zu ducken, doch die Wunde und das schwere Panzerhemd lähmten ihn. Fast ohne an Wucht zu verlieren, schlug die Klinge durch die Ringe der Halsberge. Einen schrecklichen Augenblick lang schielte der Ritter an der Nase vorbei auf den Griff der Waffe, der unter seinem Kinn hervorragte. Dann brach er in die Knie und starb.

Rondarion eilte zu Ines. Wie eine zerbrochene Puppe lag sie mit verdrehten Gliedern am Boden. Blut tropfte aus ihrer Nase, lief in dunklen Bahnen über ihre blassen Wangen und sammelte sich zu einer Pfütze unter ihrem Kopf. Die Augen waren starr zur Kerkerdecke gerichtet. Zitternd bewegten sich ihre Lippen. »Leb wohl … mein Ritter …«

Der Gardist spürte, wie eine eisige Faust nach seinem Herzen griff. Sie durfte nicht sterben! Dronte! Der Magier mußte sie retten, ganz gleich, wie hoch sein Preis wäre!

Es war spät, als Alara die Tür zu ihrem Turm öffnete. Sie hatte in der Kommandantur lange darauf gewartet, daß der Regen endlich aufhörte. Schließlich hatte sie sich verzweifelt auf den Weg nach Hause gemacht. Sie hatte keinen trockenen Faden mehr am Leib. Sie schnaubte. Es schien fast, als hätten die Götter beschlossen, die Stadt von den zahllosen Sünden reinzuwaschen, die hier täglich begangen wurden.

Als sie die Tür aufstieß, erstarrte sie. Es brannte Licht im Turmzimmer. Jemand war im Lauf des Nachmittags hier gewesen und vielleicht sogar immer noch da. Alara versteifte sich, legte die Hand auf den Schwertgriff und trat in die Kammer, wobei sie sorgsam darauf achtete, daß sie immer eine Wand im Rükken behielt. Vorsichtig zerteilte sie den Vorhang aus Perlschnüren. Leise klackernd schlugen die hölzernen Kugeln aneinander.

Eine Bodenplatte war verschoben. Wer auch immer sie besucht haben mochte, hatte also das geheime Versteck neben dem Brunnen gefunden. Sie atmete langsam aus und bemühte sich, Haltung zu bewahren.

»Komm heraus!«

Ein Schatten bewegte sich hinter dem Wandschirm, der ihr Lager vor den Blicken der Eintretenden schützte.

»Du kommst spät.« Ein schlanker, hochgewachsener Mann trat hervor. Er hielt die Pergamentrolle in der

Hand, die Alara aus der Kommandantur mitgebracht hatte. Der Bericht über den Einsatz Salpicios!

Sie beachtete den Mann nicht und hängte ihren nassen Umhang an einen Haken. Es war kühl in der Kammer. Sie mußte sich umkleiden; sie durfte nicht krank werden! Schweigend zog sie die nassen Kleider aus.

»Du bist noch immer recht hübsch, wenn man einmal von der gräßlichen Tätowierung absieht. Macht es dir wirklich nichts aus, daß dich jedermann hinter vorgehaltener Hand die *Schlange* nennt? Früher warst du eitler ...« Er lächelte und zeigte dabei strahlendweiße Zähne. Ganz so, als wäre er bei sich zu Hause, ließ er sich auf der Bettkante nieder und wippte mit den Beinen.

Alara öffnete eine Truhe, holte ein grobes Leintuch hervor und rieb sich trocken. Auf dem Schreibpult neben der Treppe lag eine Balestrina. Langsam drehte sie sich in seine Richtung. »Du nennst dich jetzt Markud.«

Ihr Gegenüber wedelte mit der Pergamentrolle. »Nichts Neues für dich, wie es scheint. Du hast mir diesen Jungen ins Haus geschickt, nicht wahr? Nach allem, was hier geschrieben steht, mußt du ihn eingeweiht haben.«

Alara blickte zu der Balestrina auf dem Schreibpult hinüber. Zwei Schritte, und sie wäre dort. Der Schaft der Waffe wies in ihre Richtung. Die Balestrina war sogar gespannt!

»Hast du geglaubt, ich würde jemals aufhören, dich zu verfolgen? Ich werde dafür sorgen, daß du für deine Verbrechen gerichtet wirst.«

»Dann solltest du dich beeilen, meine Liebe. Dein Schicksal scheint deinen Heiler sehr ergriffen zu haben. Er hat sich jedenfalls eine Menge Notizen gemacht ... Selbst wenn es gelingen sollte, den Fluch zu brechen, gibt er dir höchstens noch ein Jahr. Ansonsten vielleicht noch eine Woche. Schon ein kleiner Schnupfen reicht in deinem Zustand aus, um dich zu töten. Du solltest dir in Zukunft besser überlegen, ob du durch den Regen läufst.« Wieder blinkten seine strahlendweißen Zähne.

Nur noch ein Jahr … Im besten Falle! Oros hätte ihr das sagen sollen! »Was ist mit dem Heiler? Wie bist du an seine Aufzeichnungen gekommen?«

»Keine Sorge. Er war den ganzen Nachmittag in der Arena, um zuzusehen, wie sich die Gladiatoren die Köpfe einschlagen. Es blieb reichlich Zeit, sich in aller Ruhe seine Gemächer anzusehen. Zu viel Geld hat er es mit seiner Kunst nicht gebracht … Sein Heim ist nicht gerade aufsehenerregend. Auf der Suche nach einem Medicus wäre *meine* Wahl nicht auf ihn gefallen. Was du nun brauchst, ist ein fähiger Magier und sehr viel Gold, damit er für dich ein Opfer bringt, das sonst kein vernünftiger Mensch auf sich nähme. In Al'Anfa wirst du so jemanden nicht finden. Ich kenne allerdings einen Zauberer in Selem … Wenn du dich beeilst, kannst du es vielleicht noch schaffen, bevor deine Zeit abgelaufen ist. Was also gedenkst du in der nächsten Woche zu tun? Wenn es überhaupt noch eine Woche ist …«

Alara trat zu einer Truhe an der Wand und holte ein langes Wollhemd hervor. Von hier aus war es nur noch ein Schritt bis zu der Balestrina auf dem Schreibpult. »Ich glaube nicht, daß ich die Stadt verlassen werde. Ich muß mich stellen. Das ist die letzte Gelegenheit!«

Ihr Gegenüber nickte. »Die letzte.« Beide sahen einander an, ruhig, wissend. Sie schwiegen. Leise plätscherte der Brunnen. Eine Ewigkeit schien zu vergehen.

Schließlich war es der Fremde, der wieder sprach. »Mehr als fünfzehn Jahre ist das nun her, seit wir uns im *Mohakopf* begegnet sind. Der einbeinige Wirt, die rauchgeschwängerte Luft, schillernde Fliegen, die auf den schimmelnden Schrumpfköpfen unter den Deckenbalken herumkrochen, um ihnen Eier in die übergroßen Nasen zu legen. An das alles erinnere ich mich noch, als wäre es erst gestern gewesen. Du warst noch so jung ... Deine Augen strahlten, und du hattest etwas ...« Er schüttelte den Kopf. »Ich wußte auf den ersten Blick, als ich dich gesehen hatte, daß wir Seelenverwandte waren – und mehr. Die Art, wie du dich bewegtest ... Nichts konnte dir entgehen! Du gehörtest nicht zu den betrunkenen Seeleuten, den ruchlosen Sklavenjägern und keifenden Huren. Und ich ...« Er lachte. »Ich war ein Abenteurer. Begierig darauf, eine Herausforderung zu finden, die meiner Aufmerksamkeit wert war. Du wußtest auch sofort, daß wir aus demselben Holz geschnitzt waren. Es bedurfte keiner großen Worte, zueinanderzufinden. Und doch bliebst du ständig auf der Hut ... Von dem Wein, den ich uns bestellt hatte, hast du kaum getrunken. So wie ich ... Wir brauchten keinen billigen Fusel, um uns in einen Rausch zu reden. Ich hatte damals den Eindruck, daß dich irgend etwas bedrückte. Du schienst auf der Suche, so als ob du deinem Leben ein neues Ziel geben wolltest.« Markud lächelte breit. »Weißt du noch, wie du mich verprügeln wolltest, nur weil ich gesagt hatte, eine Richtschnur sei etwas für Leute, die nicht auf eigenen Füßen stehen können? Ich habe meine Meinung nicht geändert! Schon in der Stunde der Geburt tragen wir alles in uns, was wir zum freien Leben brauchen. Es ist nicht notwendig, sich an den Vorstellungen anderer zu orientieren. Wer frei ist, ist sich selbst das Maß!«

»Das heißt, Maßlosigkeit wäre ein Ausdruck von Freiheit?«

Der falsche Kaufmann antwortete nicht. Für eine Weile hingen beide stumm ihren Gedanken nach. Schließlich war es Markud, der das Gespräch wieder aufnahm. »Du wolltest mich damals bekehren, nicht wahr? Mich auf den rechten Weg zurückführen ... Vor den Abgründen der Selbstverliebtheit bewahren und mich zu Höherem führen.«

»Vielleicht.« Alara zuckte mit den Schultern und schielte zu der Balestrina auf dem Schreibpult hinüber. Ein Bolzen lag auf der Führungsschiene. Als sie den Turm am Morgen verlassen hatte, hatte dort keine Waffe gelegen. Welches Spiel mochte Markud mit ihr treiben?

»Auf der anderen Seite habe ich mich auch immer wieder gefragt, ob du dich in dieser einen Nacht vielleicht hast gehen lassen ... Könnte es sein, daß du deiner Lust dieses eine Mal freien Lauf ließest, angefacht durch meine herausfordernden Reden? Ich habe nie begriffen, wie es geschehen konnte, daß wir in dieser Nacht in einem nach säuerlichem Schweiß stinkenden Bett, in einer billigen Absteige landeten.« Er fuhr sich mit der Zunge über die Lippen. »Welch eine Nacht! Wir haben uns abwechselnd gestritten und geliebt ... Und dann dieses letzte Gespräch im Morgengrauen. Kein ›*Es war ganz nett, aber ich muß jetzt leider gehen*‹ ... Du erinnerst dich doch sicher noch an dieses Gespräch, das unser beider Leben veränderte? Mir jedenfalls hat sich jedes unserer Worte unauslöschlich ins Gedächtnis eingebrannt.«

Alara starrte ihn voll kalter Wut an. Ohne zu zögern, hätte sie ihre letzten Tage hingegeben, wenn sie dafür eine geladene Waffe in Händen hätte halten dürfen, um Markuds Geschwätz ein für allemal ein Ende zu bereiten.

»Seltsam! Wenn du wütend bist, siehst du noch reizvoller aus, Alara. Ich weiß, was du nun denkst ... Merkwürdig, an jenem Morgen haben wir auch über das Töten gesprochen. Das scheint wohl unser beider ewiges Thema zu sein ... Was meintest du damals noch gleich? Man könne einen jeden Mörder finden und seiner gerechten Strafe zuführen? Leider würde nur oft zu halbherzig gesucht ... Jedes Verbrechen, sei es nun

Schmuggel, Diebstahl oder Mord, hinterlasse eine Spur. Einen Fingerzeig, der den, der ihn zu erkennen vermag, geradewegs zum Schurken führt und der es erlaubt, die nötigen Beweise zu einer Verurteilung zusammenzubringen.« Er schnippte mit den Fingern. »Ein hübsches Gedankenspiel, und doch ist es falsch! Glaubst du immer noch, es sei ein Gesetz der Götter, daß der Zufall einen jeden Plan, und sei er noch so ausgefeilt, zu Fall bringen wird? Ich habe lange darüber nachgedacht. Jahre ... Du hast die Saat des Zweifels in meine Gedanken gestreut. Nicht viele haben das geschafft. Inzwischen bin ich der Meinung, daß es zuletzt immer auf ein Duell hinausläuft. Natürlich metaphorisch ... Jäger oder Beute. Wer siegt – das wird allein dadurch entschieden, wer den brillanteren Geist hat. Derjenige wird triumphieren, der die Unwägbarkeiten des Schicksals zu seinem Vorteil zu nutzen versteht. Und der, der sich durch Gesetz und Moral keine Schranken auferlegen läßt, wird es dabei stets leichter haben, denn ihm stehen mehr Wege offen!

Als ich dir und deinen Thesen damals widersprach, geschah dies allerdings mehr aus dem Grund, um dich zu reizen. Ich sagte dir, ich sei überzeugt, daß gerade die Verworrenheit der menschlichen Schicksale es möglich mache, Verbrechen zu begehen, die nicht erkannt werden können. Ja, ich behaupte auch heute noch, daß aus diesem Grund die meisten Verbrechen nicht nur ungeahndet, sondern auch ungeahnt bleiben.« Markud seufzte und fuhr sich mit der Zunge über die Lippen. »Die Hitze des Gesprächs, der Rausch der Liebesnacht, unsere Jugend und unsere Dickköpfigkeit ... Das alles hat uns in unserem Übermut zu unserer Wette verleitet. Sie war wie ein fürchterlicher Witz, den wir nicht zu unterdrücken vermochten, auch wenn es an Gotteslästerung grenzte, ihn auszusprechen. Es war die Versuchung des Geistes durch den Geist!«

Alara nickte und starrte zu Boden. Sie sah jenen Morgen vor sich, als wäre es erst gestern gewesen. Ihre Körper bebten noch vom Spiel der Lust, als jene Worte fielen, die ihr weiteres Leben bestimmen sollten. »Ja«, sagte sie müde, »ich habe diese Wette mit dir geschlossen.«

Markud lachte trocken. »Du warst dir wohl völlig sicher, daß ich sie nicht einhalten würde.«

»Ich war überzeugt, daß kein Mensch diese Wette einhalten könne.«

Schweigend hingen sie ihren Gedanken nach. Endlich hob Alara den Kopf und blickte unverhohlen zu der Balestrina hinüber.

Markud lächelte dünn. »›Führet uns nicht in Versuchung‹, winseln die Schwachen zu den Göttern … Du warst meine Versucherin! Das weißt du, nicht wahr?«

Alara schwieg.

»Deine moralischen Grundsätze waren unerschütterlich. Du fühltest dich sicher, verschanzt hinter der Gewißheit, stets nur das Richtige, das Erlaubte zu tun! Gerade deine Moral reizte mich, mit dir zu wetten, ich könne in deiner Gegenwart ein Verbrechen begehen, ohne daß du imstande wärst, mich dafür vor den Gerichten der Stadt verurteilen zu lassen.«

Die Offizierin ballte die Fäuste. »Du hast nicht lange gebraucht, mich eines Besseren zu belehren. Zwei Tage später fuhren wir gemeinsam im Schrägaufzug über den Wasserfall. Wir standen auf der Lastplattform, umgeben von mindestens einem Dutzend Leute. Gischt benetzte unsere Gesichter … Gleich neben uns dieser junge Mann, der trübsinnig in die Fluten starrte. Als der Aufzug fast schon den Zenit erreicht hatte, gabst du ihm einen Stoß. Er stürzte über das niedrige Geländer und war in den tosenden Fluten verschwunden, bevor er auch nur einen Schrei ausstoßen konnte.«

»Ein Mord an einem wunderschönen Herbsttag. Vierzehn Zeugen hatten auf der Lastplattform gestanden, und keiner wollte vor Gericht aussagen, vor das du mich zerrtest. Sie alle hatten entweder nichts gesehen oder waren der Meinung, daß es sich eindeutig um Selbstmord gehandelt habe, so wie ich es den Stadtgardisten erklärte. Wen kümmerte schon der Tod eines Novadi? Nicht einmal die Gerichte! Ich wurde freigesprochen, und du entgingst nur dank deiner guten Beziehungen zum Patriarchen einer Klage wegen Verleumdung.«

Die alte Wut ließ Alaras Herz schneller schlagen. »Du hattest deinen Mord gut vorbereitet. Der Novadi war der Sohn irgendeines unbedeutenden Scheichs. Er kam in die Stadt, um einen Wunderheiler für seine todkranke Frau zu suchen. Sein Geld schmolz dahin, und als er schließlich einen Magier fand, der geneigt schien, ihm zu helfen, reichte die restliche Barschaft bei weitem nicht mehr. Er ging in die Arena und setzte alles, was er noch besaß, auf einen Gladiator, der nicht einmal den ersten Waffengang überlebte. Sein Weib hatte er die ganze Zeit über belogen ... Als wir ihn im Schrägaufzug trafen, war er seit zwei Nächten nicht mehr bei ihr gewesen. Er scheint sich sogar mit Selbstmordabsichten getragen zu haben.«

»Ich wählte meine Opfer immer sorgfältig aus, meine Freundin.« Markud lachte.

»Hast du dich jemals um das ›Danach‹ gekümmert? Dein Toter hieß Mahmud ibn Rai und sein Weib Sanaa. Sie hat sich am Tag nach dem Bekanntwerden seines Todes in einem öffentlichen Dampfbad die Pulsadern geöffnet. Ihr Blut verdarb die kostbaren weißen Marmorplatten des Baderaums. Um die Unkosten für das Abschleifen des Marmors zu decken, ließ das Badehaus Sanaas Dienerin versteigern. Die Garderobe des Paars wurde in ihrer Unterkunft beschlagnahmt, um angeblich ausstehende Rechnungen zu begleichen. Es blieb kein Heller für Sanaas Begräbnis, und so überließ man ihre Leiche der Arena. Du weißt ja sicher, daß man die Löwen dort bevorzugt mit Menschenfleisch füttert, um sie wilder zu machen.«

»Deine Verliebtheit in düstere Einzelheiten hat etwas Rührendes, Alara. Ich fürchte, ich werde nie begreifen, welche Art von Befriedigung du daraus ziehst.«

»Du bist an jenem Herbsttag von einem götterleugnenden Ketzer zu einem Verbrecher geworden«, entgegnete Alara ungerührt. »Für dich gibt es nur einen Gott, und der heißt Markud. Du siehst nur deinen Vorteil. Das Verderben, das aus deinen Taten erwächst, kümmert dich nicht!«

»Das Verderben, das aus meinen Taten erwächst? Hast du Maraskan schon vergessen? Ich fürchte, es kommt immer auf den Blickwinkel an, aus dem man vermeintliche Verbrechen betrachtet, nicht wahr, meine Liebe? Aber gut, bleiben wir einmal dabei ... Seit unserem ersten Treffen wurde ich ein immer besserer Verbrecher und du ... Wie nennt man so etwas wie dich, Commandanta Alara Olibano? Eine Ritterin, stets bereit, eine Lanze für die Gerechtigkeit zu brechen? Eine Jägerin? Wie dem auch sei, der Schritt, den ich dir durch meine selbstgewählte Freiheit voraus war, den konntest du niemals einholen. Immer wieder kreuzten sich unsere Wege. Es war mir eine Lust, unter deinen Augen immer dreistere, verwerflichere Verbrechen zu begehen. Nie gelang es dir, meine Taten zu beweisen. Scharenweise hast du armselige Halsabschneider und unbegabte Betrüger hinter Gitter gebracht oder vor den Scharfrichter geführt. Doch mich konntest du niemals besiegen. In unseren Duellen des Geistes war stets ich es, der triumphierte!«

Markud beobachtete sie aufmerksam. Seine Augen funkelten in kalter Freude. »Das also war unser Leben. Du mühtest dich unter der Knute kleingeistiger Vorgesetzter, die dir jeden deiner Erfolge neideten. Vegetiertest in schäbigen Amtsstuben dahin und mußtest flüchten, wenn den neuen Machthabern dein aufmüpfiger Geist nicht mehr paßte. Und ich? Einmal schätzte der übelste Auswurf der Gosse meine Kumpanei, und dann stand ich wieder in den Audienzsälen von Fürsten. Als Waffenschmuggler auf Maraskan paktierte ich mit Piraten, und nur wenige Götternamen später neigten sich selbst adlige Häupter vor mir, wenn ich als trahelischer Botschafter in Nostria eine prächtige Residenz bezog. Es war mein Übermut, der mich das Gute tun ließ. Ich sonnte mich im Licht der Bewunderung, wenn man mich als spendablen Wohltäter der Armen feierte, doch genauso genoß ich es, aus einer Laune heraus das Schlechte zu tun und mich wie ein dunkler, seelenverschlingender Cherub zu gebärden. Mein Leben war ein Abenteuer, und jeder Tag brachte etwas Neues. Deine Sehnsucht war es, mein Leben zu vernichten, und mein Streben bestand darin, es dir zum Trotze zu behaupten. So hatte uns eine einzige Nacht aneinandergekettet, für die Ewigkeit, wie es schien …«

Markud erhob sich und schnippte mit den Fingern. »Vorbei! Du hast das Ende vor Augen. Bist zurückgekehrt nach Al'Anfa, wo wir einst unsere Laufbahn begannen. Hier, in der Stadt des Totengottes, willst du deinen letzten röchelnden Atemzug tun. Und noch immer krallst du dich an mein Leben … Gib es auf, alte Freundin! Du bist kein würdiger Gegner mehr. Das Spiel ist aus. Boron wartet nicht.«

Alara antwortete nicht. Wieder schwiegen die beiden, jeder für sich einsam wie eine unwirtliche Insel inmitten eines Ozeans, verwüstet von den Stürmen der Zeit. Und wieder war es Markud, der schließlich das Schweigen brach.

»Du glaubst, ich hätte dein Wunderkind Salpicio getötet?«

»Ich gehe diesem Mordfall nach«, antwortete sie bewußt gleichgültig.

Markud seufzte. Er schlug die Pergamentrolle, in der

er gelesen hatte, als Alara zurückgekehrt war, leise klatschend in die flache Hand. »Dies werde ich mitnehmen.«

»Zuletzt wird es mir gelingen, deine Verbrechen zu beweisen«, murmelte sie bitter. »Auch wenn mir nicht mehr viel Zeit bleibt.«

»So? Ich bin gespannt. Hier steht alles, was dein Spitzel über mich herausfand. Nicht eben viel ... Ich kenne dich gut genug, um zu wissen, daß es keine Abschrift davon gibt. Du hast Akten und Papierkram nie gemocht!«

»Nie«, gestand sie einsilbig und ohne Umschweife.

Markud blickte zu der Balestrina auf dem Schreibpult hinüber. »Willst du nicht versuchen, mich aufzuhalten?«

»Wozu? Du hast den Abzugsmechanismus blockiert.«

Er zuckte mit den Schultern. »Du kennst mich eben.« Markud hob die Pergamentrolle zum Gruß und ging, doch vor dem Türbogen blieb er noch einmal stehen. »Ein boshafter Streich von dir, so jung zu sterben. Du nimmst meinem Leben die Würze. Einer wie dir werde ich wohl nie wieder begegnen, Alara. Weil wir uns nun das letzte Mal sehen, hör auf meinen Rat! Verlaß die Stadt! Es ist das Beste für deine Gesundheit.« Seine Stimme klang nun weich, so wie am Morgen nach ihrer Liebesnacht, bevor sie jene unsägliche Wette abschlossen. Er verharrte, als erwarte er eine Antwort. Es dauerte einige Herzschläge lang, bis das spöttische Lächeln auf sein Gesicht zurückkehrte. Markud schüttelte den Kopf. Was sollte er auch sagen, nun, da alles zu Ende schien? Er trat durch den Vorhang aus Perlschnüren, die leise klickend hinter ihm zusammenschlugen.

Als Alara hörte, wie die schwere Tür des Turms ins Schloß fiel, trat sie an das Schreibpult. Sie legte die Hand auf den kühlen, schön geschnittenen Griff der Waffe. Hoffentlich hatte Markud den empfindlichen

Federmechanismus nicht zerstört. Vorsichtig krümmte sie den Finger um den Abzug. Knirschend schlug ein Bolzen in die gegenüberliegende Wand. Ein trockenes, bitteres Lachen entrang sich ihrer Kehle. Er hatte wieder einmal gewonnen.

Nach Atem ringend ging sie neben dem Schreibpult in die Knie. Tränen rannen ihr über die Wangen. Die kümmerlichen Reste ihrer Lunge brannten, als hätte man ihr flüssiges Feuer in die Kehle gegossen, doch konnte sie nicht aufhören zu lachen.

11. Kapitel

»Der größte Held dieses Zeitalters, sagst du?« Gion zog die Nase hoch und spuckte auf das regennasse Pflaster. »Der größte Hurenbock vielleicht … Und wenn er hundertmal der Schwertkönig heißt, für mich ist das ein Halunke und Vagabund.«

Der kleine Trupp der Stadtgarde unter dem Kommando des Weibels Gion hatte unter einem Torbogen Zuflucht vor dem Regen gesucht. Sie hatten gerade erst ihre Nachtwache angetreten.

Aber kaum waren sie bei den Brabaker Baracken angekommen, öffnete der Himmel seine Schleusen. Es regnete so stark, daß sich binnen weniger Augenblicke die ungepflasterten Straßen des Viertels in schlammige Bäche verwandelten. Der Sturmwind vom Meer peitschte den Regen fast waagerecht gegen die elenden Lehmhütten und hatte sogar die Laterne des Wachtrupps ausgeblasen.

Die Mäntel eng um die Schultern gezogen, kauerten die vier Gestalten unter einem verwitterten Torbogen, der vor Jahrhunderten vielleicht einmal zur alten Stadtmauer gehört hatte. Gion hatte ausgesprochen schlechte Laune, und auch die Stimmung der drei Gardisten war alles andere als gut.

»Und warum, bei Kor, ist der Schwertkönig für dich ein Halunke?« fragte Marca, die jüngere der beiden Gardistinnen.

Einen Augenblick lang herrschte Schweigen. In einem der Häuser ganz in der Nähe jaulte ein Hund. Der

Weibel räusperte sich leise und setzte dann ein wichtiges Gesicht auf. »Zu anderen Zeiten hättest du dich mit deinem Gewäsch um Kopf und Kragen geredet. Nun ja, was will man von so 'nem jungen Ding auch an Verstand erwarten? Für mich jedenfalls kann ein Mann, der Thorwaler Piraten unterstützt, niemals der größte aller Helden sein – und wenn man ihn hundertmal den Schwertkönig nennt. Ich sag dir, der alte Tar Honak hätte dir für solches Gerede den Kopf vor die Füße legen lassen.«

»Niemals hat der Schwertkönig einem Thorwaler geholfen«, entgegnete Marca trotzig. »Das redest du doch nur so!«

Gion lächelte überlegen. »Dann kennst du wohl nicht die Geschichte, wie der Kerl den Piraten Frogwolf oder so ähnlich – diese Thorwaler Namen kann sich ja kein gescheiter Mensch merken – ganz allein aus den Kerkern der Eiselfe Pardona herausgehauen hat? Diesen Frogwolf hatte einer seiner eigenen Landsleute verraten. Noch so ein Pirat, den in meiner Jugend jedermann als den Blender kannte, weil dieser Schurke sich ein Vergnügen daraus machte, seinen Gefangenen die Augen auszustechen. Ich sag dir, hätte sich der Schwertkönig damals nicht eingemischt, dann gäbe es jetzt einen Piraten weniger! Und wenn ich mich recht erinnere, war der Schwertkönig auch vor ein paar Jahren in einen Sklavenraub verwickelt. Nein, Mädchen, ein Mann, der sich an kein Recht halten mag, den kann ich niemals *groß* nennen!«

Marca kratzte sich am Kopf. »Von diesen Geschichten hab ich noch nie gehört ...«

»Was weißt du junges Luder auch schon?« Gion wandte sich an den Moha, der neben ihm am Boden kauerte und in die Finsternis starrte. »Du kennst die Geschichte doch sicher, Hatuma. Ihr Mohas kennt doch immer alle möglichen Geschichten ...«

Der Moha schüttelte bedächtig den Kopf. »Ihr werdet schon recht haben, Meister. Ihr habt doch immer recht ...«

»Willst du mich foppen? Verdammtes Pack! Was, in aller Götter Namen, habe ich denn verbrochen, daß ich mich mit solcher Hurenbrut wie euch herumschlagen muß? Bekäme ich für jedes freche Wort von euch ein Silberstück, dann hätte ich mich schon längst als reicher Mann zur Ruhe setzen können.«

Immer noch jaulte der Hund irgendwo in der Finsternis. Der Regen hatte ein wenig nachgelassen.

»Und wenn du dich irren solltest?« fragte Marca. »Es gibt auch Leute, die allerlei Lügen über die Taten des Schwertkönigs verbreiten und ...«

»Statt hier weiter dumme Reden zu schwingen, wirst du jetzt diesen verfluchten Kläffer zum Schweigen bringen. Los, mach dich davon, bevor ich mich vergesse!«

»Aber ...«

»Das ist ein Befehl!«

Leise fluchend verließ die Gardistin den trockenen Platz unter dem Torbogen und war nach wenigen Schritten in der Finsternis verschwunden. Gion wandte sich an den Moha. »Von dir hätte ich nicht erwartet, daß du mir in den Rücken fällst ...« Die Kriegerin hinter Hatuma grinste breit, blickte aber sofort zur Seite, als der Weibel zu ihr aufsah. »Mit Gesindel wie euch in der Garde stehlen sie dem Patriarchen eines Tages noch seinen Palast unter dem Arsch weg ... Was treibst du da eigentlich, Hatuma?«

Der Moha hatte eine Handvoll kleiner Knochenstücke auf das nasse Pflaster geworfen und betrachtete nachdenklich das Muster, das sie bildeten. Er wirkte angespannt. Hastig sammelte er die Knochen wieder ein und warf sie ein zweites Mal aus.

»Ich dachte, du bist hier in der Stadt aufgewachsen und nicht unter den Wilden im Dschungel ... Was soll dieser Unsinn?« Gion dachte voll Unbehagen an die

Schamanen, die er vor langen Jahren während des Dschungelkriegs gegen Trahelien getroffen hatte. Verstohlen schlug er ein Schutzzeichen.

Hatuma flüsterte etwas, das der Weibel nicht verstand. »Was ist los mit dir, Kerl?«

Der Moha sammelte erneut die Knochenstücke ein, verstaute sie diesmal aber in einem kleinen Lederbeutel, den er unter seinen Brustpanzer schob. »Wir müssen gehen.«

»Was?«

Hatuma war aufgestanden. »Die Geister meiner Ahnen sagen, daß Mala ma-ta-to um uns ist, der, der alles Wasser nimmt.«

Gion packte den Gardisten an der Schulter. »Was erzählst du da?«

Hatuma riß sich los. Seine Augen waren vor Angst geweitet. »Laß mich! Keine Waffe kann Mala ma-ta-to töten! Wir müssen fort …«

»Verdammter Wilder! Du bist Soldat in der Stadtwache. Du kannst nicht einfach deinen Posten verlassen! Hast du denn kein Hirn in deinem Dickschädel? Wenn du jetzt abhaust, muß ich dich melden … Man wird Jagd auf dich machen, und weil du nur ein Moha bist, wird man dich zur Abschreckung für die anderen vor der Kommandantur zu Tode peitschen.«

»Du wirst mich nicht aufhalten!« Der Moha hatte sein Schwert aus der Scheide gerissen. Gion sah aus den Augenwinkeln, wie auch die lange Daria, die andere Gardistin, ihre Waffe zog. Er hob beschwichtigend die Hände. »Ist schon gut, mein Junge. Ist schon gut … Du willst gehen? Na schön … Nur weil du dich ins Unglück stürzen willst, werde ich mir bestimmt kein Loch in den Wanst schneiden lassen, um dich aufzuhalten.« Gion tat einen Schritt auf den Moha zu und sah ihm dabei fest in die Augen. Noch ein kleines Stück und …

»Gion, schnell!« erklang ein Schrei in der Finsternis.

Hatuma blickte einen Herzschlag lang die Straße hinauf, so als fürchte er, daß ihn Marca von hinten angreifen könnte. In diesem Augenblick schlug der Weibel zu. Seine Faust krachte gegen das Kinn des Mohas. Der Gardist wurde halb herumgerissen. Gion versetzte ihm einen Tritt gegen das Knie, und als Hatuma strauchelte, rammte er ihm den Ellenbogen gegen die Schläfe. Röchelnd stürzte der Moha in den Schlamm der Straße.

»Verfluchter Dickkopf!« Gion rieb sich die Faust. Die Haut über den Knöcheln war aufgeplatzt.

»Gion!« Wie ein Geist tauchte Marca aus der Finsternis auf. Ihren niedergestreckten Kameraden beachtete sie gar nicht. »Bei allen Göttern, Gion, komm!«

»Was ist denn los, Kindchen? Du siehst ja aus, als säße dir ein Dämon im Nacken, und überhaupt …«

Sie packte ihn am Waffenrock. »Komm, ihr Götter … Das ganze Haus ist voll mit ihnen!«

»Wovon redest du?«

»Dafür gibt es keine Worte … So komm doch endlich!«

Gion wandte sich an Daria. »Bring unseren Dickkopf wieder ins Trockene und paß auf ihn auf, damit er sich nicht doch noch davonmacht. Ich sehe mal nach, was unserer Braut des Schwertkönigs über den Weg gelaufen ist …«

Daria grinste breit.

Marca führte den Weibel ein Stückchen die Straße hinauf. Immer lauter wurde das Heulen des Hundes. Gion wunderte sich, daß nicht einer der Nachbarn gekommen war, um das Tier zum Schweigen zu bringen. Die Gardistin führte ihn auf einen stinkenden Hof, in dessen Mitte ein halbverfallener Brunnen stand. Durch eine offenstehende Tür fiel ein unsteter Lichtstreifen.

Seine Kameradin zeigte mit ausgestreckter Hand auf die Tür. »Dort ist es …«

»Was?«

»Sieh es dir selbst an ...«

Gion blickte unsicher zur Tür. Es hatte jetzt ganz aufgehört zu regnen. Bei jedem Schritt versank er knöcheltief in Schlamm und Fäkalien. Leise vor sich hinfluchend, stapfte er über den Hof und betrat das Haus. Das Erdgeschoß schien nur aus einem einzigen Raum zu bestehen. Zwei fast herabgebrannte Kerzen standen auf dem Boden. Mitten in der Kammer hockte ein großer grauer Hund und jaulte zum Herzerweichen. Neben ihm lag eine zusammengekrümmte Gestalt am Boden, eine Frau in mittleren Jahren mit kurzgeschorenen Haaren. Ihr Gesicht war blaß und eingefallen. Sie starrte Gion aus dunklen Augen an, doch ihre Blicke schienen durch ihn hindurchzugehen.

Entlang der Wände der Kammer lagen noch andere Gestalten auf Matten aus geflochtenem Stroh. Es mußten wohl acht oder neun Menschen in der Kammer sein. Überall standen stinkende Töpfe und Krüge auf dem Boden, und Hunderte von buntschillernden Fliegen tanzten in der Luft oder krochen über die Gesichter der Sterbenden.

Gion zog einen Zipfel seines Umhangs hoch und hielt ihn sich vors Gesicht, doch auch das half nichts gegen den Gestank. Vorsichtig rückwärts gehend, verließ er diesen Ort des Todes. Neben dem Eingang kauerte ein junger Mann auf einem Nachttopf und wippte leise summend vor und zurück.

»Was ist hier geschehen?«

Der Mann antwortete nicht. In plötzlicher Wut griff ihm der Weibel ins Haar und riß den Kopf hoch. Das Gesicht des Mannes war ausgezehrt. Blau schimmerten die Adern unter der blassen Haut. Die Augen waren tief in die Höhlen zurückgesunken.

»Was ist hier los?«

Völlig in sich versunken, summte der Mann noch immer die Melodie zum Kehrreim eines Kinderliedes. Er schien Gion überhaupt nicht wahrzunehmen, obwohl der Weibel ihn zwang, ihm ins Gesicht zu sehen. Schließlich ließ er den Kranken wieder los und trat auf den Hof hinaus. Eine schreckliche Ahnung trieb ihn zur nächsten Tür. Auch dort zeigte sich ein Bild des Schreckens. In einer Ecke der Kammer lagen drei Tote, über deren Gesichter man Tücher gedeckt hatte. Eine junge Frau hatte noch die Kraft zu laufen und bemühte sich, die Kranken zu versorgen. Sie kniete neben einem leise wimmernden Kind, das im Sterben lag. Erschrocken blickte sie zu Gion auf, als der Weibel eintrat.

»Bitte, bringt uns nicht zu den Schiffen, Herr!«

»Was? Wovon redest du?«

Die Frau schnaubte verächtlich durch die Nase. »Ihr braucht Euch nicht zu verstellen, Herr. Alle im Viertel wissen, daß die Stadtgarde die Kranken abholt, damit sie weit draußen auf dem Meer ertränkt werden …«

»Das ist doch Unsinn. Man bringt euch auf die Sklaveninsel, wo sich Heiler um euch kümmern.«

»Und warum ist keiner zurückgekehrt, den die Stadtgarde geholt hat?« Die Frau hatte sich schwankend aufgerichtet. In breiten Strähnen hing ihr das Haar ins Gesicht. Ihre Augen glänzten fiebrig. »Bitte, Herr, verratet keinem, was hier geschieht … Ihr könnt alles von mir haben. Schenkt uns einen Tod in unserem Haus. Seid gnädig …«

»Rühr mich nicht an!« Gion hob die Hände, um sie zurückzustoßen, doch die Frau blieb einen Schritt vor ihm stehen.

»Bitte …«

»Wann hat das alles hier angefangen? Wie lange verbergt ihr die Kranken schon?«

Die Frau lachte bitter. »Fürchtet Ihr, daß wir die Garde betrogen haben? Gestern bei Sonnenuntergang waren alle, die Ihr hier seht, noch gesund. Es hat erst heute in den Morgenstunden begonnen. Als erster …« Sie schluckte und nickte zu den Toten hinüber. »Als erster ist mein kleiner Junge zu Boron gegangen. Er starb um die Mittagsstunde.«

»Das heißt, es dauert nicht einmal mehr einen Tag, bis die Seuche tötet? Ich muß Meldung machen!«

»Herr ...«

Er stieß die Frau zurück und war mit einem weiten Schritt hinaus auf dem Hof. Auf dem schlammigen Boden rutschte er aus. Hastig sprang er wieder auf die Beine. Sein Waffenrock war mit Kot und Schmutz besudelt. Marca wartete noch auf ihn.

»Wir müssen zur Kommandantur. Sofort!«

Er blickte noch einmal zurück auf die Tür, in der nun die junge Frau stand, dann begann er zu laufen, so schnell ihn die Beine trugen.

»Du bist sicher, daß du diesen Weg nehmen willst?«

Dronte nickte. Er hatte es sich lange überlegt. Natürlich bestand die Möglichkeit, auf der Flucht zu ertrinken; doch er war immer ein guter Schwimmer gewesen. Wenn er hingegen hier in der Festung blieb, war es nur eine Frage der Zeit, bis ihn die Sieche tötete. Bis jetzt zeigte zwar noch keiner der Gardisten Anzeichen einer Krankheit, aber vielleicht dauerte es ja auch ein paar Tage, bis das Übel hervorbrach. Der Gedanke machte ihm angst. Ob auch er schon den Keim des Verderbens in sich trug? Es war höchste Zeit, von hier fortzukommen! »Beende deine Arbeit«, sagte er gefaßt.

»Leb wohl, Dronte. Du wirst immer einen Platz in unseren Gebeten haben ...«

»Schon gut. Ich bin kein Heiliger. Wir haben nichts weiter als ein Geschäft miteinander gemacht. Ihr beide seid mir nichts mehr schuldig.« Es blieb keine Zeit für langes Gerede. Die Morgendämmerung war angebrochen, und es würde nicht mehr lange dauern, bis das Schiff käme, das die neuen Kranken brächte und im Austausch gegen die Todgeweihten die Leichen des letzten Tages an Bord nähme.

Der Offizier hob die lange Nadel und zog das Tuch über dem Gesicht des Magiers zusammen.

Der Zauberer biß sich auf die Lippen. Seine Linke umklammerte den Dolch, mit dem er sich aus dem Leichentuch befreien würde, in das Rondarion ihn nun einnähte. Die Wachen der Garnison schliefen. Niemand außer den beiden Offizieren und dem Mädchen würde wissen, daß er gar nicht gestorben war.

Das Leintuch, das sein Gesicht bedeckte, roch leicht nach Moder. Ein Vorgeschmack auf das Grab, dachte Dronte lächelnd. Nicht für mich! Heute abend schon würde er irgendwo an der Küste nördlich der Stadt sitzen, naß bis auf die Knochen, durchgefroren und erschöpft, aber frei! Es war ein Fehler gewesen, in diese götterverfluchte Stadt zu kommen. Und ein noch größerer Fehler war es, sich mit diesem Schurken Oboto Florios einzulassen. Stadtmarschall, ha, welch ein Titel! Anderswo wäre ein Kerl wie Florios allenfalls Räuberhauptmann! Der Kommandant hatte ihn auf die Insel geschickt, um herauszufinden, ob gewisse Gerüchte stimmten, die ihm über seinen Neffen Immuel zu Ohren gekommen waren. Oboto wollte wissen, ob sich der Hochgeweihte tatsächlich eine kranke Dirne ins Bett geholt hatte und folglich damit zu rechnen sei, daß sein Neffe erkrankte. Außerdem hatte der Stadtmarschall ihn beauftragt, das Mädchen zu beschützen. Dafür sollte er nach zwei oder drei Tagen von der Insel geholt werden. Von der Art der Krankheit und davon, daß niemand, der das Kastell einmal betreten hatte, es wieder verlassen durfte, hatte der Betrüger natürlich nichts gesagt.

Dronte fluchte stumm. Er hatte sich von den fünfzig Dublonen blenden lassen, die ihm der Stadtmarschall im voraus gegeben hatte, und von dem Versprechen, daß den Goldstücken noch hundert weitere folgen würden, sobald er von der Insel zurückkehrte. Der Magier biß sich wütend auf die Lippen. Er hätte es besser wissen müssen. Einem Granden aus Al'Anfa konnte man nicht trauen!

Außerhalb der Mauern ertönte das Hornsignal, das die Ankunft des Schiffes ankündigte. Rondarion schloß mit einem letzten Doppelstich die Naht des Leichentuchs und gab Dronte einen sanften Stoß. »Viel Glück, Magier.«

Der Zauberer hörte, wie sich Schritte entfernten. Es kam Leben in die kleine Festung. Auf dem Hof fluchte jemand lautstark. Die Kette der Zugbrücke klirrte. Quietschend öffnete sich das schwere Tor des Kastells. Befehle wurden gerufen. Lärmen auf dem Hof der Festung. Angespannt wartete Dronte darauf, daß man die Leichen holte. Die Ankunft der Kranken zog sich ungewöhnlich lange hin. Ob die Seuche schlimmer geworden war?

Endlich wurde er hochgehoben. Der Magier versteifte sich. Rondarion hatte versprochen, daß er ihn persönlich holen käme, um ihn gemeinsam mit dem anderen Offizier zum Leichenkarren zu tragen.

Grob wurde er an Schultern und Füßen gepackt. Endlich verließ er diese verfluchte Festung!

»Nur fünf?« fragte eine fremde Stimme. »Das wird sich ändern. Wir kommen zu Mittag wieder und bringen hundert Faß Wasser.«

Der Leichensack landete unsanft auf der Pritsche des Wagens. Dronte biß die Zähne zusammen, um nicht aufzustöhnen, als er mit dem Kopf gegen eine Seitenwand des Leichenkarrens schlug.

»Wahrscheinlich kommen wir am Abend noch einmal. Sie bringen stündlich weitere Kranke zum Kai.«

»Das sind zu viele!« Der Zauberer erkannte die Stimme Rondarions. »Wir haben hier nicht genügend Gardisten, um mit so vielen Kranken fertigzuwerden. Wir brauchen ...« Ruckend setzte sich der Leichenwagen in Bewegung. In Schrittgeschwindigkeit ging es den gepflasterten Weg zur Anlegestelle hinab. »...

dringend einen Geweihten, der sich um die Sterbenden kümmert.« Die Stimme des Offiziers wurde leiser. Dronte sah Rondarion im Geist auf der Brücke stehen und dem abfahrenden Karren nachrufen, während einige der Bogenschützen vom äußeren Wachkordon sich im Schatten erhoben und mißtrauisch zu ihm herübersahen.

»Ich habe lediglich gehört, daß man die Wachen hier draußen verstärken will«, antwortete die fremde Stimme.

Der Zauberer dankte stumm den Göttern, daß sie ihn im letzten Augenblick noch einen Weg aus dieser verfluchten Seuchenfestung gewiesen hatten.

Kurz nachdem der Leichenkarren anhielt, wurde Dronte grob an Bord des Schiffes gebracht. Er fiel auf etwas Weiches. In seiner Phantasie malte er sich aus, wie er wohl inmitten eines ganzen Haufens von Leichen liegen mochte. Ein Schauer überlief ihn. Es konnte nicht gesund sein, unter all diesen Toten zu liegen. Hoffentlich streckte der gierige Seuchendämon nicht doch noch seine Krallen nach ihm aus. Nicht jetzt, da er doch schon fast gerettet war!

Mit dumpfem Schlag fiel ihm etwas auf die Brust. Es kam so überraschend, daß der Magier leise aufstöhnte. Noch eine Leiche! Hoffentlich hatte ihn niemand gehört. Er lauschte auf jedes Geräusch. Weitere Tote wurden an Deck geworfen. Jemand fluchte. Leise plätschernd schlugen Wellen gegen die Bordwand. Dronte spürte, wie sich das Schiff in der Meeresdünung hob und senkte. Etwas stimmte nicht … Wieder beschlich ihn die Furcht. Er vermochte nicht beim Namen zu nennen, was es war, doch wußte er ganz sicher, daß etwas nicht mit rechten Dingen zuging.

Krampfhaft umklammerte er den kleinen Kräuterbeutel an seinem Gürtel. Darin verwahrte er drei Kajuboknospen, Zauberpflanzen, die es ihm ermöglichen würden, im Wasser so zu atmen wie an Land. Er durfte nicht zu schnell wieder auftauchen, wenn man ihn ins Meer geworfen hatte. Sonst würden ihn womöglich Seeleute oder Söldner an Bord des Schiffes entdecken und ihn zur Zielscheibe für eine Schießübung erklären.

Mit allen seinen Sinnen konzentrierte er sich, lauschte auf das kleinste Geräusch, spürte, wie das Boot sich hob und senkte und der Kadaver, der quer über seiner Brust lag, ihm das Atmen erschwerte. In der Luft hingen süßlicher Verwesungsgeruch und der Duft nach Teer und Salz. Durch den Stoff des Leichentuchs konnte er fast nichts sehen. Allein das Praiosgestirn war zu erkennen, das noch tief am Horizont stand.

Jemand in der Nähe rief einen Befehl. Er spürte, wie sich das Schiff bewegte. Die Leinen waren offenbar eingeholt worden. Nun ging es hinaus in die Freiheit!

Du hast an alles gedacht, wiederholte er immer wieder in Gedanken. Die Flucht muß gelingen! Irgendwo weit über ihm erklang das schrille Kreischen einer Möwe. Gerade wollte Dronte sich entspannen, als ihn wie ein Schlag die Erkenntnis traf, was hier nicht stimmte. Die Dünung! Das Schiff bewegte sich zu stark. Weder das kleinste Segelschiff noch eine Galeere würden sich so stark in der sanften Dünung des Golfs von Al'Anfa bewegen. Er mußte an Bord eines sehr kleinen Bootes sein. Vielleicht ein Beiboot oder ein Fischkutter? Was mochte das bedeuten? In den vergangenen Tagen waren die Toten immer an Bord einer der schwarzen Galeeren der Kriegsmarine gebracht worden.

Wieder spannte Dronte alle seine Sinne an. Vielleicht konnte er sich aus Geräuschen, Gesprächsfetzen oder Gerüchen erklären, warum es zu dieser Änderung gekommen war. Er hörte nun das Geräusch von Rudern, die in regelmäßigem Takt ins Wasser tauchten. Sie waren nur ein klein wenig zu leise, um … Jetzt begriff er. Ein kleines Boot im Schlepp einer Galeere! Vielleicht ein beschlagnahmtes Fischerboot. Wahrscheinlich hatten die hochnäsigen Offiziere der Marine sich geweigert, ihre Kriegsschiffe weiterhin für Leichentransporte zur Verfügung zu stellen. Und war es nicht auch vernünftig? War es nicht klüger, wenn so wenige Menschen wie möglich mit den Opfern der Seuche in Berührung kamen?

Dronte spürte, wie das Boot, auf dem er lag, den Kurs änderte. Vermutlich würde man den Fischkutter nach Nordosten schleppen. Irgendwo außer Sichtweite der Küste würden dann ein paar Matrosen an Bord kommen, um die Säcke mit den Leichen ins Meer zu werfen.

Der Magier entspannte sich. Er war der verfluchten Festung entkommen. Von nun an ging es der Freiheit entgegen!

12. Kapitel

Naldor hatte schon über eine Stunde gewartet, als Alara endlich in ihrer Amtsstube erschien. In der Stadt ging alles drunter und drüber, nur in diesem engen Zimmer mit dem vergitterten Fenster, das zum Fluß hinaus wies, schien die Zeit stehengeblieben zu sein. Auf dem Flur waren die eiligen Schritte von Boten zu hören.

Der Stadtmarschall war schon kurz nach Morgengrauen in der Kommandantur erschienen, nur um bereits nach einer halben Stunde von einer Sänfte aus der Stadt des Schweigens abgeholt zu werden. Es schien, als sei Al'Anfa über Nacht in Kriegszustand geraten. Jede Patrouille der Stadtgarde wurde nun von Soldaten der Armee begleitet. An den strategisch wichtigen Punkten hatten Einheiten der Tempelgarde Posten bezogen. Doch niemand schien zu wissen, was geschehen war. Es gab nur Gerüchte. Nichts als Gerüchte!

Von einem Putschversuch gegen Amir Honak war die Rede, von einer Verschwörung der Offiziere um Oderin du Metuant, aber auch davon, daß Hunderte von Toten heimlich aus der Stadt geschafft wurden.

Naldor hatte den Hafen beobachtet. Vier Galeeren waren bemannt worden und lagen jenseits vom Koloß, um die Hafenausfahrt zu bewachen. Der junge Offiziersanwärter wußte, daß Alara über keine Freunde im Rat der Zwölf verfügte. War sie vielleicht schon abgeholt worden? Gehörte sie zu den Leichen, die man auf die Schiffe brachte? Und hatte man auch den Stadtmarschall beseitigt? War es Oboto Florios zuzutrauen, daß er in eine Intrige verwickelt war?

Naldor lief es eiskalt den Rücken hinunter. Käme man auch ihn abholen, weil er unter Commandanta Olibano gedient hatte, oder war nun seine Stunde gekommen? Der Augenblick, da er aus dem Schatten treten konnte, um aufzusteigen? Solche Zeiten waren günstig, um voranzukommen!

Die Tür öffnete sich. Commandanta Olibano kam herein. Sie wirkte noch müder als sonst. Ihre Augen waren von roten Adern durchzogen. Es war ihr nur zu deutlich anzusehen, daß es nicht mehr lange dauern würde, bis sie zu Boron ginge … Er würde keinen Putsch brauchen, um ihren Platz einzunehmen. Nur ein wenig Erfolg. Ja, ein einziger Erfolg würde genügen! Etwas, worauf die Oberen aufmerksam wurden, damit er ihnen im Gedächtnis war, wenn es darum ging, den Posten der Olibano neu zu besetzen.

»Morgen«, murmelte die Offizierin matt.

»Wißt Ihr, was in der Stadt vor sich geht?«

»Nichts, das mit unserem Fall zu tun hätte.« Sie ließ sich auf ihrem Stuhl nieder und sah ihn lauernd an. »Du träumst von dem Platz, auf dem ich sitze?«

Naldor schüttelte heftig den Kopf. »Was werden wir nun tun?«

Die Offizierin blickte zur Wand, wo an einem Haken ein neuer blauer Umhang hing. Daneben lehnte ein Schwert an der Wand.

»Ist das nicht Salpicios Mantel?«

»Er wurde billig verkauft … Seine Mutter wollte ihn nicht haben, und …« Ilian lächelte herausfordernd. »Er paßt mir so gut, als wäre er für mich gemacht worden. Und erst das Schwert! Ist es nicht wunderbar …«

»Wunder schreibt man den Göttern zu, und ich kann nichts Göttliches an dieser Waffe entdecken. Für mich ist sie eher das Werk dämonischer Mächte!«

»Dämonische Mächte?« Ilian nahm das Schwert und

strich behutsam über die fein gearbeitete Schneide. »Ihr gönnt es mir nicht! Das ist doch der Grund, weshalb Ihr so redet. Ich bin der Junge aus der Gosse. Eine solche Waffe gehört nicht in meine Hände, nicht wahr? Sie ist für Bessere gemacht. Solche wie Salpicio!«

»Mich wundert in der Tat, woher du das Geld nimmst, um ein solches Schwert zu ersteigern«, entgegnete Alara ruhig.

»Man hat es mir geliehen. Und wißt Ihr warum? Weil man in meine Zukunft vertraut ...«

»... und weil man dich schon auf meinem Stuhl sitzen sieht.« Die Commandanta gähnte. »In deinem blinden Ehrgeiz wirst du dir eines Tages selbst den Strick um den Hals legen.«

»Wollt Ihr mir drohen?«

»Wieviel weißt du über die Waffe? Hast du dich nicht gefragt, warum ein so kostbares Schwert so billig verkauft wird und warum sich niemand fand, der dich zu überbieten versuchte?«

»Ich war der erste, den man fragte. Ich war ein Freund Salpicios. Seine Mutter wollte, daß ich es bekomme!«

»Sie *wollte,* daß du es bekommst?« Alara legte die Stirn in Falten und zögerte, bevor sie weitersprach. »Wie kannst du so dumm sein und glauben, in dieser Stadt wöge Freundschaft schwerer als ein Beutel voller Dublonen? Ist dir denn nicht in den Sinn gekommen, dich über diese Waffe zu erkundigen? Hat Salpicio dir nichts erzählt?«

»Was gibt es da schon zu erzählen? Seit er das Schwert hatte, ist er herumstolziert wie ein Gockel auf dem Misthaufen.«

»Und diesen Platz möchtest du jetzt gern einnehmen?« Sie lächelte kühl.

»Dreht mir nicht das Wort im Mund herum! Ihr wißt, wie ich es meine!«

»Ich weiß, daß du blind durchs Leben stolperst und

daß ich einen wie dich niemals an meiner Seite geduldet hätte, wäre Salpicio nicht ermordet worden.«

Ilian zog das Schwert blank und warf es vor ihr auf den Tisch. »Für diese Beleidigung verlange ich Satisfaktion! Ihr seid ... eine Schlange!«

Alara lachte laut auf. »Du willst dich mit mir duellieren? Du weißt, daß ich dich allein für diese Aufforderung in Eisen legen lassen könnte. Du verstößt damit gegen ein immer noch gültiges Edikt aus den Zeiten Bal Honaks, das Offizieren und Mannschaften verbietet, einen Vorgesetzten zum Duell herauszufordern. Offensichtlich war der Patriarch der Meinung, dies sei ein zu leichter Weg, um zu einer vorzeitigen Beförderung zu kommen.«

Ihre Worte wirkten wie ein Guß kalten Wassers auf Ilian. Würde sie es tun? Würde sie nach den Wachen rufen und ihn abführen lassen? Sie hatte recht! Er mußte lernen, sich zu beherrschen. Und sosehr er sie verabscheute, er fände kaum eine bessere Lehrerin in der Kunst der Selbstbeherrschung als sie. Gefühle schien sie nie gekannt zu haben.

Nachdem beide eine Weile schweigend in ihren Gedanken gefangen waren, war es Alara, die als erste wieder das Wort ergriff. »Nachdem unser Zwiegespräch über Duelle offenbar entschieden ist, möchte ich dich auf etwas aufmerksam machen.« Sie deutete auf das Schwert, das noch immer vor ihr auf dem Tisch lag, scheute sich aber offensichtlich, die Waffe zu berühren. »Auf dieser Seite der Parierstange findest du zwischen dem ziselierten Dekor die Initialen *J.A.* verborgen. Weißt du, was sie bedeuten?«

»Wahrscheinlich sind es die Anfangsbuchstaben eines Namens.«

»Sie stehen für Jacomo ya Avona. Für ihn ist diese Waffe geschmiedet worden.«

»Den Namen habe ich noch nie gehört.«

»Er war ein Adliger aus dem Lieblichen Feld. Vor

mehr als fünfzig Jahren, nach dem Brand im Schlund, kam er nach Al'Anfa und tat sich mit einer Rebellin zusammen, um Bal Honak zu bekämpfen, unseren damaligen Patriarchen. Eine Zeitlang waren die beiden die gefürchtetsten Meuchler der Stadt. Sie nannten sich *die Viper.* Natürlich sind sie letztendlich gescheitert. Beide sind umgekommen. Ich habe dieses Schwert zum ersten Mal vor mehr als fünfzehn Jahren gesehen. Es war eines der Lieblingsstücke in der Waffensammlung des neuen Patriarchen Tar Honak. Er hat es mir gezeigt und behauptet, die Waffe sei verflucht. Es hieß, jeder, der sie besitze, werde eines gewaltsamen Todes sterben. Er erzählte auch von einigen Vorbesitzern, denen es so ergangen war. Er hat die Waffe von Magiern und Hexenmeistern untersuchen lassen, doch es konnte kein Hinweis auf einen Fluch oder einen anderen Zauber gefunden werden. Einige Jahre später wurde Tar Honak ermordet. Seine Waffensammlung wurde aufgelöst und versteigert. Als Salpicio mit diesem Schwert kam, habe ich mich dort, wo er es ersteigerte, über den letzten Besitzer erkundigt. Er kam bei einer Sklavenrebellion auf seiner Plantage um. Davor hatte es einem Kaufmann gehört, der von einem Pferd, das als völlig zahm galt, abgeworfen wurde und unter dessen Hufen den Tod fand. Und dann Salpicio. Eines Morgens liegt mein bester Mann mit durchschnittener Kehle in einem schäbigen Hinterhof.«

»Zufall! Ihr sagt selbst, daß kein Hinweis auf einen Fluch gefunden wurde.«

»Wenn man von den Toten absieht ...«

»Ihr glaubt wohl, Ihr könntet mir mit Eurer Geschichte angst machen. Ihr gönnt mir nichts! Aber mich werdet Ihr nicht mehr los. Ich habe Salpicios Platz eingenommen, und ich werde ihn nicht mehr räumen!«

»So«, entgegnete Alara kühl. Sie schüttelte leicht den Kopf, als wolle sie einen unangenehmen Gedanken verscheuchen. »Du sollst Gelegenheit haben, deinen Scharfsinn zu beweisen. Als ich hereinkam, hast du mich gefragt, was wir nun tun werden. Sag du es mir!«

Ilian spürte, wie sein Herz einen Satz tat. Sie gab auf! Endlich überließ sie ihm das Handeln! »Wir müssen zu Markud. Ihn verhören – und vor allem seine Diener. Jeder Verbrecher hinterläßt eine Spur ... Haben Sie das nicht immer wieder zu Salpicio gesagt? Suchen wir diese Spur im Haus des angeblichen Kaufmanns. Von dort kam Salpicio in der Nacht, in der er umgebracht wurde. Dort müssen wir suchen!«

»Die Dinge sind nicht immer so einfach, wie sie aussehen. Markud hat mächtige Freunde. Der Stadtmarschall will nicht, daß wir den Kaufherrn weiter belästigen. Du weißt doch, daß Markud einflußreich und anscheinend auch beliebt ist. Es ist heikel, sich mit ihm zu befassen.«

Alaras gleichgültiger Tonfall brachte Ilian schier zur Raserei. »Das seid doch nicht Ihr, die da spricht! Wie könnt Ihr zulassen, daß der Mord an einem unserer Kameraden wegen einer politischen Intrige ungesühnt bleibt? Der Hochgeweihte Immuel Florios gehörte zu den Gästen Markuds ... Sein Onkel Oboto Florios ist unser Kommandant und erteilt plötzlich den Befehl, daß wir diesen Markud in Ruhe lassen sollen ... Bei den Göttern, das stinkt doch zum Himmel!«

Olibano blickte zu der Tür, die sie beim Eintreten hinter sich geschlossen hatte. »Gut, daß wir allein sind. Manche haben sich in dieser Stadt schon mit weitaus weniger um Kopf und Kragen geredet. Was immer der Stadtmarschall auch tut, ich denke, er hat gute Gründe dafür. Vielleicht sollten wir uns lieber mit Salpicio beschäftigen und das Geheimnis um den Mord bei ihm suchen.«

»Die Wahrheit ist es, die wir suchen müssen! Wir dürfen nicht einfach die Augen verschließen, nur weil man es von uns erwartet! Wer sind wir dann noch?« Ilian war vor den Tisch seiner Vorgesetzten getreten.

»Einen gibt es, der die Wahrheit ganz gewiß weiß ...«

»Wie meint Ihr das?«

Alara verschränkte die Finger ineinander, drehte Naldor die Handflächen entgegen und ließ dabei die Knöchel knacken. »Glaubst du nicht auch, daß Salpicio seinen Mörder gesehen hat?«

»Was sollte uns das nutzen ...« Der junge Gardist konnte den Blick seiner Vorgesetzten nicht länger ertragen. Er starrte auf die polierte Tischplatte aus rotem Mohagoni.

»Es gibt Menschen, die sich nicht damit zufriedengeben, daß man die Schwelle zu Borons Reich nur in eine Richtung überschreiten kann ...« Commandanta Olibano sprach langsam, so als wähle sie jedes Wort mit Bedacht.

Ilian erbleichte. »Redet Ihr von Nekromantie?« Er brauchte einige Augenblicke, um die Fassung zurückzugewinnen. Kalter Schweiß perlte ihm von der Stirn. »Das ist Gotteslästerung. Wie könnt Ihr an einen solchen Frevel denken? Und das in der Stadt Borons, wo seine Macht so groß ist wie nirgends sonst!«

»Und doch hat es vor vielen Jahren eine Gerichtsverhandlung gegeben, bei der man zu diesem Mittel griff. Ich war damals selbst zugegen. Es geschah nur wenige Tage, bevor der Krieg gegen die Novadis begann ...«

»Und es war zu Zeiten Tar Honaks«, ereiferte sich Ilian. »Amir Honak würde einen solchen Frevel niemals dulden!«

»Also ist dir doch nicht daran gelegen, die Wahrheit herauszufinden.«

»Verkehrt nicht alles, was ich sage, ins Gegenteil!« Ilian beugte sich vor und packte seine Vorgesetzte beim Kragen. »Wir müssen sogar mit allen Mitteln vorgehen, doch wir dürfen nicht die Götter gegen uns aufbringen! Wenn man einen Verbrecher jagt, muß man *jeder* Spur folgen, auf die man stößt. Wir dürfen Markud nicht einfach außer acht lassen! Macht es ihn denn nicht noch verdächtiger, wenn man sich solche Mühe gibt, ihn zu decken? Seid Ihr blind dafür, Commandanta?«

»Markud ist nicht der Mörder«, entgegnete Alara ruhig.

»Dann hat er den Mord eben befohlen! Ich habe Nachforschungen über seine Diener angestellt. Es sind ausnahmslos zwielichtige Gestalten!«

»Ich sehe nicht den geringsten Grund, warum der Kaufmann den Befehl gegeben haben sollte, Salpicio zu ermorden. Man muß einen Mörder stets dort suchen, wo ein Mord einen Nutznießer haben könnte.«

»Ihr und Eure verdrehten Gedankenspiele! Trübt die Krankheit denn schon Euren Blick? Sogar dieser götterlose Elf hielt Markud für einen Mörder.«

Alara packte Naldor bei den Handgelenken. »Nur du allein redest die ganze Zeit davon, daß Markud den Mord begangen hat. Sirlon sagte lediglich, daß er den Kaufmann für fähig halte, einen Mord zu begehen.«

Warum wollte sie ihn nicht verstehen? Ilian verlor die Beherrschung. »Warum habt Ihr mich verurteilt?« schrie er der Olibano ins Gesicht.

»Wozu?«

»Dazu, für immer ein Niemand zu sein! Der im Schatten! Der, der die Drecksarbeit macht. Alle diese Botengänge für Euch und für andere! Ihr wollt nicht, daß ich eigene Wege gehe, daß ich jemals emporkomme aus der Gosse!«

»Ja, ich gebe zu, daß du immer im Schatten gestanden hast, denn Salpicio war das Licht. Neben ihm konnte kein zweiter glänzen!« Etwas Lauerndes schwang in der Stimme Alaras, jedenfalls schien es Ilian so.

»Und warum? Nur weil er aus einer guten Familie kam und so geschwollen daherreden konnte, als wäre er auf dem Silberberg aufgewachsen. Zählt das für einen Stadtgardisten?«

»Salpicio war der beste Mann, der je unter mir diente«, entgegnete die Offizierin. »In einer Beurteilung würde ich ihn jederzeit höher einschätzen als mich und meine Leistungen, auch wenn er nicht ohne Fehler war …«

Ilian hörte Commandanta Olibano nicht zu. Sein Griff wurde fester, und er schüttelte sie, während er auf sie einschrie. »Aber jetzt ist er tot! Nun darf ich endlich aus seinem Schatten hervortreten! Doch Ihr huldigt ihm noch immer, so als wäre er Euer Abgott! Dieses eine Mal hat das Schicksal mir die Hand gereicht. Es ist meine Gelegenheit, mehr zu sein als nur ein namenloser Stadtgardist! Soll ich auf all dies verzichten, weil zwei Granden ein Ränkespiel treiben, um den Mord an meinem Kameraden und Freund zu vertuschen? Es liegt doch auf der Hand, daß dieser Markud seine Finger im Dreck stecken hat. Weshalb hätte Euer unfehlbarer Salpicio ihn denn sonst bespitzelt? Laßt auch mich zu ihm gehen … Wenigstens ein einziges Mal!«

»Nein, Ilian!« Ein Hustenanfall packte die Offizierin. Ihr feuchter Atem schlug dem Gardisten ins Gesicht. Er ließ sie los.

»Wollt Ihr mit dem Stadtmarschall reden, ob er auf seiner Meinung beharrt … Wie es scheint, ist über Nacht viel in Bewegung gekommen.«

Alara schüttelte entschieden den Kopf. Sie hustete noch immer und konnte nicht antworten.

»Ihr wollt also wie eine geprügelte Hündin den Schwanz einziehen!«

Olibano holte keuchend Luft. »Ich bin zu krank. Für solche Kämpfe bin ich nicht mehr zu haben, Ilian.«

Naldor hatte seine Fassung wiedergewonnen. »Wie Ihr meint, Commandanta. Wenn Ihr mir nicht helfen wollt, dann muß ich mich auf mich allein verlassen.«

Beide schwiegen lange Zeit. Der Gardist fragte sich, ob die Olibano ihn für seine Handgreiflichkeiten maßregeln würde. Doch wie es schien, war ihr sogar das gleichgültig.

»Man sagt, die Luft in Mirham sei sehr gut«, bemerkte die Offizierin überraschend. »Es heißt, der Duft der Dschungelblüten sei allgegenwärtig …«

»Man muß wohl eine Dichternase haben, um sich zu einer solchen Behauptung zu versteigen.«

»Vor allem ist es dort auch viel ruhiger als hier in Al'Anfa.«

»Wohl wahr …«

»Ich habe in der letzten Nacht viel nachgedacht, Ilian. Ich brauche Ruhe … Auch der Stadtmarschall hat mir dazu geraten. Ich werde ihn darum bitten, mich vorübergehend vom Dienst zurückziehen zu dürfen, um heute noch nach Mirham abzureisen.«

Ilian blickte zum Fenster hinaus. Als er schließlich antwortete, klang seine Stimme fast besorgt. »Das Dschungelklima bekommt nicht jedem, Commandanta.«

So wie das Praiosgestirn langsam den Himmel erklomm und das helle Licht bald auch durch das grobgewebte Leinen des Leichentuchs zu erkennen war, so durchdrang auch der Geruch des Todes das Tuch über dem Gesicht des Magiers. Nicht der leiseste Windhauch schien über das Meer zu ziehen, um die Ausdünstungen der toten Körper mit sich zu tragen.

Bald wurde Dronte jeder Atemzug zur Qual. Er litt unter der seltsamen Vorstellung, daß der süßliche Gestank ihm langsam die Nasenlöcher verklebte und ihn auf diese Weise erstickte. Also versuchte er durch den Mund zu atmen. Immer wieder hielt er die Luft an und zählte leise die Ruderschläge der Galeere mit, bis ihm so schwindlig wurde, daß er den Ekel vor dem Gestank vergaß und keuchend Atem holte.

Plötzlich unterbrach ein klirrendes Geräusch seinen monotonen Kampf. Es hatte ganz so geklungen, als sei ein Tongefäß zerbrochen. Während Dronte noch darüber nachdachte, was das bedeuten mochte, klirrte es erneut. Etwas streifte ihn leicht am Arm.

Wurden Tonkrüge an Bord geworfen? Jetzt war auch ein neuer Geruch da. Es duftete fremdartig, fast wie in einer schlecht belüfteten Alchimistenküche. Etwas tropfte ihm auf die Brust.

»Das soll genügen«, ertönte eine befehlsgewohnte Stimme. Vielleicht der Kapitän der Bireme, überlegte Dronte. »Kappt nun das Seil!«

Der Magier umklammerte den Dolch in seiner Linken noch fester. Bei allen Heiligen! Hier stimmte etwas nicht! Er spürte, wie sich das kleine Boot nun unruhiger in der Dünung bewegte. Warum waren sie nicht herübergekommen, um die Toten im Meer zu versenken?

Deutlich hörte Dronte, wie sich die Ruderschläge der Galeere entfernten. Und dann dieser merkwürdige Gestank … Ob die Seeleute Angst vor den Toten hatten? Ja, so mußte es sein! Sie hatten sich entschieden, das kleine Boot seinem Schicksal zu überlassen!

Er atmete erleichtert auf. Natürlich! An deren Stelle hätte er sich auch nicht darum gerissen, noch einmal herüberzukommen, um die stinkenden Leichen über Bord zu werfen. Seine Flucht würde nun viel einfacher werden. Er mußte nur warten, bis der Ruderschlag in der Ferne verklungen war, dann konnte er den Sack aufschneiden und sich gefahrlos befreien. Er würde versuchen, das Boot näher zur Küste zu steuern und, sobald er Land sah, über Bord springen und hinüberschwimmen. Er hatte es geschafft! Nur dieser Geruch … Etwas daran kam ihm vertraut vor. Der fremdartige Gestank verdrängte nun völlig die Ausdünstungen der Leichen. Vorsichtig stieß Dronte die Klinge des

Dolches durch das dünne Leintuch. Aufrichten sollte er sich lieber noch nicht, doch er könnte …

Mit dumpfem Schlag traf etwas auf das Holz des Bootes. Noch einmal und … Der Zauberer stieß einen schrillen Schrei aus. Sein Leichensack stand in Flammen. In zitternder Hast schnitt er sich frei, nur um sich inmitten eines tosenden Flammenmeers wiederzufinden! Seine Kleider hatten schon Feuer gefangen, sein Haar kräuselte sich und verbrannte. Mit einem Sprung warf er sich über Bord. Zischend spritzte ihm etwas in die Augen, und es war, als stieße man ihm glühende Nadeln bis tief ins Hirn.

Das Wasser, das über ihm zusammenschlug, verschaffte keine Linderung. Der Dolch war seinen Händen entglitten. Erst spürte der Magier nicht, daß er tiefer sank, bis schließlich eine neue Angst den Schleier aus Schmerz zerriß. Er würde ertrinken! Die Kajuboknospen! Er hatte sie nicht mit ins Wasser gerettet!

Blinzelnd öffnete Dronte die schmerzenden Augen. Er sah nichts. Das helle Licht der Flammen mußte ihn geblendet haben, oder war er etwa … Er erlaubte sich nicht, diesem Gedanken bis zum Ende zu folgen.

Mit Armen und Beinen strampelnd bemühte er sich, an die Wasseroberfläche zurückzugelangen. Vor Angst vergaß er alle Schmerzen.

Wenn er nichts sah, mochte es dann nicht vielleicht so sein, daß er jetzt irrtümlich dem Meeresboden entgegenschwamm?

Der Zauberer verharrte. Schwerelos im Wasser treibend, konnte er unmöglich erraten, wo oben und wo unten sein mochte. Langsam wurde ihm schwindelig, und der Wunsch zu atmen erschien immer unerträglicher. Es blieb keine Zeit mehr zum Nachdenken! Er mußte weiterschwimmen! Wenn er zögerte, würde er auf jeden Fall sterben!

Erneut begann er mit Armen und Beinen zu rudern, doch seine Bewegungen wurden immer schwächer.

Lange würde er dem Wunsch, endlich einzuatmen, nicht mehr widerstehen können. Sollte er es nicht einfach tun … Dem Tod die Hand reichen, statt sich weiter zu quälen?

Er erinnerte sich an die weite Wiese hinter dem Haus seines Vaters und daran, wie er oft im Sommer im hohen Gras gelegen hatte, um den treibenden Wolken über sich zuzusehen. Selbst wenn er überlebte – würde er je wieder Wolken über den Himmel gleiten sehen, oder hatten die Flammen ihm für immer das Augenlicht geraubt?

Er spürte einen schwachen Duft … Wieder war das Bild der Sommerwiese in seinen Gedanken. Es roch nach frischem Heu und den würzig duftenden Blüten der letzten Sommerblumen. Dronte lächelte. Er würde jetzt … Er durchstieß die Wasseroberfläche und holte im Reflex sofort Luft. Flammen schlugen ihm in den Mund. Er konnte nicht einmal schreien …

Das Meer brennt! Dies war sein letzter Gedanke.

»… so also ist die Lage in der Stadt«, beschloß Oboto Florios seine Rede vor dem Rat der Zwölf.

Der schlanke Mann, der den mittleren Platz am Ratstisch einnahm, erhob sich, um den Stadtmarschall mit durchdringendem Blick zu mustern. Oboto fühlte sich den kalten graugrünen Augen schutzlos ausgeliefert, obwohl er eigentlich wußte, daß er sich nichts hatte zuschulden kommen lassen. Doch es wäre nicht das erste Mal gewesen, daß ein Honak einen Unschuldigen richten ließ …

»Und was sollten wir deiner Meinung nach tun?« Die Stimme des Patriarchen war dunkel. Angesichts der Tatsache, daß die Stadt von einer Seuche unabsehbaren Ausmaßes bedroht war, wirkte er geradezu ungebührlich gelassen.

Oboto leckte sich aufgeregt über die Lippen. »Wir sollten die Brabaker Baracken abriegeln lassen, Eure

Hochwürdigste Erhabenheit. Niemand sollte das Stadtviertel mehr betreten oder verlassen dürfen. Vielleicht können wir so verhindern, daß sich die Sieche weiter ausbreitet.«

»Vielleicht ...« Er blickte zu dem buckligen alten Weib an seiner Seite. »Müssen wir befürchten, daß sich die Große Sieche aus dem Jahr 686 wiederholen wird?«

Mata Al'Sulem war die Älteste des Rates und hatte ihren Platz an dieser Tafel schon zu Zeiten Bal Honaks. Bleich lugte das eingefallene Gesicht unter der schwarzen Kapuze ihres Priestergewandes hervor. Ihre Lippen zitterten einen Herzschlag lang, bevor sie leise zu sprechen begann. »Die Orakel in der Stadt des Schweigens deuten nicht darauf hin. Wie Ihr befahlt, Eure Hochwürdigste Erhabenheit, habe ich in den letzten Tagen den Flug der Raben beobachtet und bin mir gewiß, daß Boron uns wohlgesinnt ist. Auch von den anderen Göttern haben wir nichts zu befürchten ... Daß eine Seuche unsere Stadt heimsucht, ist also kein göttliches Strafgericht.«

Amir Honak nickte und blickte zu den übrigen Ratsmitgliedern. »Was wissen wir über die Krankheit?«

»Vor allem, daß sie plötzlich wesentlich schneller tötet«, meldete sich der jugendliche Irschan Perval zu Wort. Als die anderen zu ihm hinübersahen, strich er sich eine Strähne des rabenschwarzen Haars aus dem Gesicht und setzte sein selbstsicherstes Lächeln auf. »Hat es anfangs noch mehrere Tage gedauert, bis jemand starb, den diese rätselhafte Seuche ergriffen hatte, so rafft sie nun die Alten und Schwachen schon binnen einer einzigen Nacht hinweg. Ich bin der Überzeugung, daß sich die Stadt seit Jahrhunderten in keiner solchen Gefahr befand. Wenn wir nicht schnell und entschieden handeln, wird Al'Anfa binnen zehn Tagen ein einziges großes Grab sein. Stünde der Dämonenmeister mit Tausenden von Kriegern vor unseren Toren, die Gefahr könnte nicht größer sein.«

Irschan machte eine rhetorische Pause, um die Wirkung seiner Worte zu unterstreichen und aus den Augenwinkeln die Gesichter der anderen Ratsmitglieder zu studieren. Oboto entging nicht die kleinste Bewegung dieses Gecken. Er mochte den Emporkömmling nicht, und seiner Ansicht nach konnte genausogut Perval für den Ursprung dieser Seuche verantwortlich sein.

»Nach allem, was die Heilkunde über Krankheiten weiß«, fuhr der Magier fort, »werden die Körper der Kranken von unsichtbaren Dämonen besessen, die sich von der Lebenskraft ihrer Opfer nähren. Merkt einer der Dämonen, daß ein Kranker bald sterben wird, so sucht er nach einem neuen, gesunden Opfer und wird den Körper, den er vernichtet hat, so schnell wie möglich verlassen. Auf diese Weise breitet sich eine Seuche immer weiter aus und greift besonders in Städten, wo die Menschen dicht beieinander leben, schnell um sich. Um dem zu entgegnen, gibt es nur einen Weg! Die Kranken müssen fortgeschafft werden! Finden die Dämonen keine weiteren Körper mehr, in denen sie sich einnisten können, so müssen sie in die Niederhöllen zurückkehren. Aus diesem Grund plädiere ich dafür, alle Kranken und jeden, der einen Kranken beherbergt oder gepflegt hat, ohne Verzug auf die Sklaveninsel zu schaffen. Wir sollten auch ein Gesetz erlassen, das jeden Bürger der Stadt verpflichtet, Krankheitsfälle zu melden, von denen er gehört hat. Ich bin gewiß, daß wir auf diese Weise der Seuche in weniger als einem Götternamen Einhalt gebieten. Im übrigen habe ich bereits einen genauen Plan ausgearbeitet, wie die Flotte und verschiedene Abteilungen der Stadtgarde und der Armee zusammenarbeiten sollten, damit die Evakuierung der Kranken schnellstmöglich abgewickelt wird. Hiermit bitte ich den Rat, mir zu diesem Zweck vorübergehend das Kommando über Heer und Flotte zu übertragen.«

Oboto schluckte. Sollte man Perval zustimmen, würde der Magier damit fast so mächtig wie der Patriarch selbst.

Vom Ende der Tafel erklang beißendes Gelächter. »Ich gratuliere Euch, Herr Perval. Selten habe ich erlebt, wie ein Mann so wohlbegründet vorgetragen hat, warum man aus jemandem, der noch vor wenigen Jahren ein Niemand war, mit einem Federstrich den mächtigsten Kriegsherrn des Südens machen sollte. Mir scheint, daß Euch diese Seuche sehr gelegen kommt …« Nareb Emano Zornbrecht hatte gesprochen. Der Grande hatte einen so gewaltigen Leibesumfang, daß man an seinem Platz der Versammlungstafel ein halbkreisförmiges Stück aus dem Tisch hatte schneiden müssen. Auch war sein Lehnstuhl breiter und massiver gebaut, damit er das Gewicht des Ratsherrn tragen konnte. Selbst wenn Nareb ruhig sprach, erinnerte seine volltönende Stimme an das Grollen eines zornigen Löwen. Er hatte einen vierkantigen, kahlen Schädel, um den sich ein dünner Kranz blonder Haare wie ein welker Siegeslorbeer wand. Mit seinen hängenden Wangen hätte er vielleicht gutmütig gewirkt, wären da nicht die bösartig funkelnden kleinen Augen unter den buschigen Brauen gewesen. »Natürlich bin auch ich der Meinung, daß man entschieden gegen die Seuche vorgehen muß … Doch sollte man eine solch schwere Aufgabe nicht in die Hände eines erfahreneren und älteren Mannes legen? Und dann wäre auch noch …«

»Ich hätte nicht erwartet, daß Ihr Eure eigenen finanziellen Interessen in so schamloser Weise über das Wohl der Stadt stellen würdet. Ihr tut dies, indem Ihr zu verhindern sucht, daß die Kranken an einen Ort geschafft werden, wo sie den Gesunden nicht weiter gefährlich sind«, fiel Perval dem gewichtigen Granden ins Wort. Dann drehte sich der junge Magier zu den übrigen Mitgliedern des Rates um. »Ich denke, jeder in diesem Raum sollte wissen, daß die Familie Zornbrecht zur Zeit mehr als hundert Sklaven in den Kasematten der Hauptfestung auf der Sklaveninsel untergebracht hat. Ich bitte die übrigen Ratsmitglieder, dies zu berücksichtigen, wenn …«

»Genug!« Amir Honak hatte sich ruckartig von seinem Platz erhoben und blickte ans Ende der Tafel zu Nareb Emano. »Stimmt es, was der Großexekutor soeben vorgetragen hat?«

Kaum ein anderer als der selbstbewußte, stiernakkige Grande hätte es wohl fertiggebracht, dem wütenden Blick des Patriarchen standzuhalten. »Das ist wahr, doch gebe ich zu bedenken, daß …«

»Schweigt!« Der Patriarch bedachte jedes der Ratsmitglieder mit einem kurzen Blick. »Gibt es jemanden in diesem Raum, der begründete und *uneigennützige* Einwände gegen den Plan des Großexekutors hat.«

»Wir sollten bei all diesem Gerede über Politik den Aspekt des Göttlichen nicht außer acht lassen«, meldete die Älteste sich krächzend zu Wort. »Wenn wir uns nicht der Gunst Borons und der übrigen Götter versichern, so muß alles, was wir als Sterbliche beginnen, unvollkommen bleiben.«

Amir Honak drehte sich plötzlich um, und es schien Oboto einen Augenblick lang so, als wolle der Patriarch Mata Al'Sulem zurechtweisen. Doch dann schien der junge Herrscher sich eines Besseren zu besinnen. Er strich sich nachdenklich über das Kinn und nickte schließlich. »Ihr habt recht, meine Teuerste. Ich bin gewiß, gemeinsam mit dem Bruder Brotos als unserem Liturgiemeister und dem Bruder Dolgur, unserem Glaubenswahrer, werdet Ihr einen Weg finden, das Wohlwollen der Götter für unsere Sache zu erbitten.«

»Einen Weg, der so offensichtlich ist, muß man nicht suchen«, entgegnete die krächzende Stimme. »Der Tod ist unser Vater … Wir müssen die Stadt des Schweigens verlassen, um Boron ohne Furcht ins Antlitz zu sehen und den Dämonen mit jenen Mitteln entgegenzutreten, die nur einem Geweihten zu Gebote stehen.«

Amir Honak schien eine Spur blasser geworden zu sein. Mehrere Herzschläge lang herrschte bedrükkende Stille, dann antwortete der Patriarch. »Wir werden eine solche Entscheidung nicht im Beisein von Laien treffen, auch wenn jedes Eurer Worte wahr ist und wohl bedacht sein will.« Er atmete tief durch und blickte auf. »Und nun zurück zu den weltlichen Fragen ... Spricht sich jemand dagegen aus, dem Großexekutor Irschan Perval für die Frist von zwei Götternamen den Oberbefehl über Stadtgarde, Armee und Flotte zu übergeben, damit nur eine Hand alle Kräfte bündele und sie von einem Willen gegen unsere Feinde geführt werden?«

Alara lehnte sich gegen die Hauswand und stöhnte. Sie hatte es gewußt! Traurig sah sie zum Himmel hinauf, über den große Regenwolken nach Süden zogen. Ihr war kalt.

Noch einmal blickte die Offizierin um die Häuserecke, hinüber zu der schäbigen, wurmstichigen Tür. Die hochgewachsene blonde Frau trug ein schlichtes schwarzes Trauergewand. Sie hielt Ilian umarmt, als sei er der Anker in ihrem Leben. Wie schnell Anatewka doch bereit war, Salpicio zu vergessen! Und Ilian ... Er schien keinen Respekt vor dem Toten zu kennen. Sanft strich er dem Mädchen über den Rücken, küßte es auf die Stirn und flüsterte Worte, die Alara in ihrem Versteck nicht verstehen konnte. Dann betraten die beiden das Haus.

Die Offizierin starrte auf ihre schlammbespritzten Stiefel. Als sie Ilian am Morgen im Mantel Salpicios gesehen hatte, war ihr wieder eingefallen, wie er während der Begräbnisfeier an der Seite von Salpicios Geliebter gestanden hatte. In jenem Augenblick hatte sie geahnt, daß Ilian hierherkommen würde. Ihr war Ilians krankhafter Ehrgeiz schon lange bewußt, doch daß er so weit ginge, hätte sie nicht gedacht. Er streifte sich das Leben des Toten über, als wäre es nichts anderes als ein abgelegter Handschuh ... Ein wenig hatte sie sogar damit gerechnet und es in ihre Pläne einbezogen, nachdem sich durch den Tod Salpicios alles geändert hatte. Doch das hier ... Sie schüttelte den Kopf. Es war an der Zeit, alles für den Abend nach der Rückkehr von ihrer Reise einzurichten.

13. Kapitel

Markud stellte das hauchzarte Glas auf den intarsiengeschmückten Tisch zurück, faltete die Hände und stützte das Kinn darauf. »Ich habe selten erlebt, daß es ein Mann an einem Nachmittag so weit gebracht hat. Was ist übrigens aus Immuel Florios geworden ...«

Der Großexekutor lächelte. »Man sagt, er habe sich in seiner Cella eingeschlossen und bete zu Boron. Das ist wohl seine Art, der Stadt zu helfen.« Auch Irschan setzte nun sein Glas ab.

»Und was verschafft mir die Ehre deines Besuchs? Nun, da du ein so wichtiger Mann bist und eine so große Aufgabe vor dir liegt.«

»Ich möchte, daß du unser Geschäft in dieser Nacht abwickelst. Wie ich höre, hast du bereits bekommen, was du dazu benötigst. Brauchst du noch weitere Unterstützung?«

Markud blickte auf den blutroten Wein in seinem Glas. Schließlich schüttelte er den Kopf. »Nein. Machen wir keine große Sache daraus. Wenn sie sich ernsthaft bedroht fühlt, versucht sie vielleicht, mit Hilfe eines Zaubers zu entkommen. Halte deine Armee am Zügel ... Ich werde das mit meinen Leuten erledigen.«

»Ganz, wie du meinst.« Der Großexekutor erhob sich. »Ich wünsche mir ihren Kopf zum Frühstück, genauso ordentlich verpackt wie der, den sie uns geschickt hat.«

Markud hob die rechte Augenbraue und grinste. Manche Leute haben schon einen eigenartigen Geschmack, dachte er bei sich, hütete sich aber, diesen Gedanken auszusprechen. Dieser Perval war mit allen Wassern gewaschen. Es wäre klüger, ihn sich nicht durch eine leichtfertige Bemerkung zum Feind zu machen. Markud hatte Perval schon vor Tagen gefragt, wann er Nakandoa einen nächtlichen Besuch abstatten solle. Doch der Zauberer hatte ihn zurückgehalten. Nach den Ereignissen des heutigen Nachmittags wußte Markud auch warum. Der Kerl brauchte diese verfluchte Seuche. Ohne sie wäre er niemals so weit aufgestiegen. Markud beschloß, die Stadt zu verlassen, sobald er dem Großexekutor seine Morgenvisite gemacht hatte.

Höflich geleitete der falsche Kaufmann seinen Gast bis zur Tür der Villa. Irschan war schon halb die Treppen hinab, als er sich noch einmal umdrehte. »Fast hätte ich's vergessen. Unsere Freundin bei der Stadtgarde wird keine weiteren Schwierigkeiten mehr machen. Sie wird noch heute die Stadt verlassen. Noch vor der Flut wird sie ein Schiff nach Norden nehmen.«

Markud stand wie vom Schlag gerührt und sah dem Großexekutor zu, wie er in seine Sänfte stieg. Wie konnte sie einfach so aufgeben?

Alara hatte darauf verzichtet, Gepäck zusammenzusuchen. Ihre Reise würde nicht lange dauern, hoffte sie. Sie hatte diesmal die Tür des Turms hinter sich verschlossen. Es war an der Zeit, mit den alten Gewohnheiten zu brechen. Wenn sie ihr Ziel noch erreichen wollte, mußte sie den Mut aufbringen, neue Wege zu beschreiten. Sie verfluchte stumm ihre Krankheit.

Noch einmal sah sie sich um, betrachtete die Stadt, die sie trotz aller Schändlichkeiten, die unter ihren Dächern geschahen, so liebte wie keinen anderen Ort auf dieser Welt. Oder vielleicht gerade deshalb?

Sie verzog das Gesicht. »Nur jetzt nicht rührselig werden«, murmelte die Offizierin leise. »Das paßt nicht zu dir.« Sie straffte sich, hob den Kopf und sah zu der Sänfte hinüber, die bereits auf sie wartete.

Ohne noch einmal zurückzublicken, stieg sie ein und spürte im gleichen Augenblick die kalte Spitze eines Dolches an der Kehle. »Kein Grund zur Beunruhigung«, flüsterte eine vertraute Stimme und fuhr lauter fort: »Bringt uns zum Hafen und benutzt den Schrägaufzug!« Mit einem Ruck wurde die Sänfte aufgehoben und setzte sich in Bewegung.

Alara blinzelte und strengte sich an, ihr Gegenüber zu erkennen, obwohl sie im Grunde wußte, wer dort saß. »Markud?«

»Es war doch bislang *meine* Rolle, die Stadt zu verlassen, ohne sich zu verabschieden.«

»Was willst du von mir?« fragte Alara unwirsch.

»Ich konnte es nicht glauben, als ich erfuhr, daß du fliehen willst. Ich wollte mit eigenen Augen sehen, wie du an Bord eines Schiffes gehst ... Du spürst mir doch in Wahrheit noch immer nach!«

»Das *war* mein Leben ... Doch nun gehe ich, um zu sterben. Ich will dich nicht in meiner Nähe wissen, wenn es mit mir zu Ende geht.«

Markud nahm den Dolch von ihrer Kehle und schob ihn in die Scheide an seinem Gürtel. »Bisher hat noch keiner überlebt, der sich allzusehr für meine Geschäfte interessierte«, sprach er halb zu sich selbst.

»Ich habe mich immer für dich interessiert, und bisher lebe ich noch.«

Markud blickte sie durchdringend an. »Noch ...«

Die beiden schwiegen, bis schließlich eine Stimme die Stille zerriß. »Wir haben den Schrägaufzug erreicht, Herr!« Die Sänfte wurde sanft auf den Boden gestellt.

Alara zog den Samtvorhang zurück und stieg aus. Vom Rand der Klippe aus beobachtete sie, wie die Lastplattform durch das Gegengewicht parallel zum Wasserfall die Steilwand heraufgezogen wurde. Nur drei Söldner vom schwarzen Bund des Kor kamen auf der Plattform nach oben. Auf der Klippe waren außer ihnen und den Sänftenträgern keine anderen Fahrgäste zu sehen. Für einen Spätnachmittag, noch dazu an einem Tag, an dem es keine Arenakämpfe gab, war das zu wenig!

Ihr Blick schweifte über die Stadtviertel, die sich in Terrassen an den schwarzen Fels der Steilkippe lehnten. Nur wenige Bürger waren auf den Straßen zu sehen ... Dafür standen an fast jeder Ecke Stadtgardisten oder Soldaten. Am Kriegshafen passierte gerade eine lange Marschkolonne von schwarzgewandeten Kämpfern das Tor. Silbern blinkten die Strahlen der matten Herbstsonne auf den Speerspitzen der Soldaten. Die Kolonne marschierte in Richtung der Brabaker Baracken.

Knirschend erreichte die Lastplattform die Klippe. Die drei Söldner stiegen aus. Einer blickte mißtrauisch zu ihnen herüber. Stumm hob Alara den Siegelring, der sie als Offizierin der Stadtgarde auszeichnete. Der Söldner, ein dunkelhaariger kleiner Mann, nickte kurz und lächelte entschuldigend, dann folgte er seinen Kameraden.

Schon hatten die Sklaven die Sänfte auf die Lastplattform geschafft. Alara warf einen letzten Blick auf die zahlreichen hölzernen Streben und Pfeiler, von denen die Gischt des Wasserfalls perlte. Unterhalb der Aufzugplattform befand sich eine Wasserwanne, die bei Bedarf gefüllt wurde, um ein Gegengewicht zu schaffen. Starke Seile spannten sich zitternd über dem Abgrund. Noch nie war eines dieser Seile gerissen, und doch behagte es der Commandanta nicht, ihnen ihr Leben anzuvertrauen. Markud winkte ihr von der Plattform zu. Sie biß die Zähne zusammen. Vor ihm gäbe sie sich keine Blöße! Es war an der Zeit, das Heft wieder in die Hand zu nehmen und nicht ihm allein die Initiative zu überlassen.

Sie trat zum äußeren Geländer der Plattform. Markud stand nur ein paar Schritt weiter bei den Sklaven und redete auf den Anführer der Träger ein. Durch das Donnern des Wasserfalls konnte Alara kein Wort verstehen. Sie wandte sich ab und blickte zu den feuchtschimmernden Felsen hinab. Knirschend setzte sich der Schrägaufzug in Bewegung.

Plötzlich spürte sie, wie sich eine Hand auf ihre Schulter legte. Unwillkürlich zuckte sie zusammen. Es gelang ihr gerade noch, sich soweit zu beherrschen, daß sie sich nicht umdrehte.

»Du stehst genau an der Stelle, wo dieser Novadi damals stand!« Markud mußte fast schreien, um das Getöse der Fluten zu übertönen.

»Dieser Novadi hatte einen Namen! Mahmud ibn-Rai!« entgegnete Alara grimmig. Jetzt drehte sie sich doch um. Sie wollte Markud ins Gesicht sehen, wenn von seinen Opfern die Rede war. Doch wie sie erwartet hatte, zeigte er nicht das geringste Anzeichen von Reue.

»So schließt sich nun der Kreis. Hier an diesem Ort begann vor so vielen Jahren unsere Feindschaft. Und nun, da alles zu Ende geht, stehen wir erneut hier.« Er hielt sie noch immer bei der Schulter.

»Die Sklaven werden sicherlich bestätigen, daß ich Selbstmord beging, falls du nun auch mich über das Geländer stößt.«

Markud grinste. »Möglicherweise habe ich genau darüber gerade mit ihnen gesprochen. Ich rate dir, unser Spiel aufzugeben. Es sollte endlich in deinen Dickschädel hineingehen, daß du verloren hast.«

Alara hielt seinem Blick stand, bis Markud die Hand von ihrer Schulter nahm und zum Wasser hinabschaute. Der Schrägaufzug war schon fast am Fuß der Klippe angekommen.

Sie sprachen kein Wort mehr, bis sie wieder in der Sänfte saßen und die Träger sich auf den Weg machten, das letzte Stück bis zum Hafen hinter sich zu bringen.

Schließlich war es Markud, der das Schweigen brach. »Dein Verhalten ist grotesk. Du hast den sicheren Tod vor Augen, und ich habe den Gipfel meiner Macht erreicht … Du kannst nicht mehr siegen. Es ist nicht zu glauben, wie eine einzige Nacht uns so aneinanderketten konnte. Was denkst du – treiben auch die Götter ein Spiel und lachen über uns?«

»*Unser* Spiel«, antwortete Alara schließlich, »können wir nicht aufgeben. Du bist in jener Nacht schuldig geworden, weil du die Wette geboten hast, Markud, und ich, weil ich sie annahm.«

Ein Windstoß wehte den schweren Samtvorhang zur Seite, so daß Alara hinter den Bäumen entlang der Uferpromenade das Meer sehen konnte. Es war so grau wie der Himmel.

»Glaubst du noch immer, ich hätte diesen Salpicio getötet?« fragte Markud.

»Das habe ich niemals geglaubt«, entgegnete die Commandanta gleichgültig. »Da es mir nie gelungen ist, dich eines der Verbrechen zu überführen, die du begangen hast, werde ich dafür sorgen, daß man dich für ein Verbrechen belangt, das du nicht begingst. Du siehst, der Umgang mit dir ist *nicht* ohne Konsequenzen für mein Gerechtigkeitsgefühl geblieben.«

Markud legte den Kopf schief und betrachtete Alara nachdenklich. »Die Möglichkeit, daß du von deinen moralischen Prinzipien abweichen könntest, wäre mir nicht in den Sinn gekommen.« Er lächelte ironisch. »Ich werde mich wohl vor dir in acht nehmen müssen, meine kranke Commandanta.«

Alara zog den Vorhang zur Seite. Sie hatten fast den Hafen erreicht. Über einer Front aus hohen hölzernen Schuppen sah man bereits die Mastspitzen der Schiffe.

»Vielleicht bist du doch gefährlicher, als ich gedacht hätte.« Nun war jeder spöttische Unterton aus seiner Stimme geschwunden.

Wenige Augenblicke später wurde die Sänfte abgesetzt. Alara stieg aus und streckte sich. Keine zehn Schritt entfernt lag eine havenisch getakelte Perlenmeer-Karavelle. Ein wendiger kleiner Zweimaster mit hoch aufragender Vorder- und Achtertrutz. Eine weiße Fahne mit gelben Seerosen, gerahmt von grünem Blätterwerk, wehte am Heck. Das Schiff kam aus Aranien. Alaras Blick wanderte zum Bug, wo in verschnörkelten goldenen Buchstaben *Sturmbraut* stand. Dies war ihr Segler. Eine braungebrannte Frau winkte ihr von der Achtertrutz zu. Wahrscheinlich die Kapitänin.

Markud war an Alaras Seite getreten. »Dies war das letzte Mal, daß wir uns in Freundschaft begegnet sind. Das nächste Mal, wenn ich dich treffe, werde ich dich töten. Vorausgesetzt, du lebst noch lange genug, daß es zu einem weiteren Treffen kommt ...«

»Du irrst dich.« Ein Windstoß wehte Alara das Haar, das sie heute offen trug, wie einen schwarzen Schleier vors Gesicht. »Du wirst keine Gelegenheit mehr haben, eine Waffe gegen mich zu erheben. Keiner kennt dich so wie ich, und so kann auch nur ich es sein, die dich richtet. Ich verurteile dich hiermit zum Tod, Markud. Du wirst den morgigen Sonnenuntergang nicht mehr erleben. Ich habe bereits deinen Henker für dich bestimmt. Er wird dich töten, denn dies bin ich all den Opfern schuldig, die du auf dem Altar deines Hochmuts geschlachtet hast. Es kann keine andere Strafe für dich geben. Gerechtigkeit kann nur noch mit deinem Blut geschrieben werden.«

Markud zuckte beunruhigt mit den Mundwinkeln, doch schon im nächsten Augenblick schien er sich wieder völlig in der Gewalt zu haben. »Du Törin!« flüsterte er heiser.

Die Commandanta drehte sich um und schritt über ein breites Brett an Bord des Schiffes.

»Willkommen!« Die Kapitänin war von der Achtertrutz herabgestiegen und drückte ihr herzlich die Hand. »Wir haben nur noch auf Sie gewartet, Commandanta.« Sie winkte zwei Männern am Kai zu. »Leinen los!« Das Brett wurde zurückgezogen, und man warf schwere Taue an Deck.

»Lauf nur davon und leb in deinen Tagträumen, wenn du dir nicht eingestehen kannst, daß du verloren hast. Alles verloren!« rief Markud wütend.

»Wer ist dieser Mann?« fragte die Kapitänin.

»Ein Toter.«

Rondarion beobachtete von der Festungsmauer aus die aranische Karavelle, die keine hundert Schritt an der Sklaveninsel vorbeisegelte und dann den Bug nach Norden wendete. Alles hätte er dafür gegeben, zusammen mit Ines an Bord dieses Schiffes zu sein! Die Segel der Karavelle blähten sich. Mit gutem Wind trat sie ihre Reise gen Norden an und kreuzte den Weg einer mächtigen schwarzen Trireme. Das Kriegsschiff war zusammen mit zwei anderen Rudergaleeren vor etwas mehr als einer Stunde aus dem Hafen ausgelaufen. Sie hatten im Süden, Norden und Westen der Sklaveninsel Stellung bezogen, und ihre Augen aus gelbem Glas, die dicht über den schnabelartigen Rammspornen lagen, schienen gierig zu der Insel herüberzustarren.

Rondarion wandte sich nach Westen und sah zu der Stadt hinüber. Von den neuen Kranken wußte er, daß die Seuche nicht zurückgegangen war, sondern nur noch schlimmer unter der Bevölkerung wütete. Doch er hatte das Gefühl, daß noch etwas anderes, Bedrohlicheres dort vor sich ging.

Eine vierte Trireme hatte unmittelbar nach der Perlenmeer-Karavelle den Hafen verlassen und hielt nun auf die Anlegestelle der Sklaveninsel zu. Im Schlepp der mächtigen Galeere hingen drei Fischerboote, dicht gedrängt voller Menschen. Der Gardist seufzte. Es waren einfach zu viele! Wie sollten sie mit so vielen Kranken fertig werden? Bald könnte die kleine Festung nicht mehr genug Platz für alle bieten.

Schnell kam die Trireme näher. Das dunkle Wasser schäumte im Taktschlag der schwarzen Ruder. Dann erscholl ein scharfes Kommando an Bord, und die Leinen zu den Booten wurden gekappt. Verwundert beobachtete Rondarion, wie Segel auf den Fischerbooten gehißt wurden und die Menschen zum Teil mit den Händen paddelnd versuchten, gegen die Gezeitenströmung die sichere Anlegestelle zu erreichen.

»Es sieht fast so aus, als wollten die Gesunden diese Insel nicht mehr betreten.«

Rondarion drehte sich überrascht um. Hinter ihm stand Manolo. Er hatte seinen Kameraden nicht kommen gehört. »Was wohl die Bogenschützen dort unten davon halten?« Der Offiziersanwärter deutete zu ihren Wächtern jenseits der Mauer hinüber. Einige von ihnen verfolgten ebenfalls die Vorgänge auf See. »Sieht so aus, als würde man zwischen denen und uns keinen Unterschied mehr machen.« Der Gardist lachte leise. »So schnell kann das gehen.«

»Du meinst, daß jetzt die ganze Insel unter Quarantäne steht?«

»Wie sonst würdest du erklären, was dort geschieht?«

Rondarion zuckte mit den Schultern. »Aber sie hatten doch keinen Kontakt mit uns ... Und was ist mit den übrigen Festungsanlagen auf der Insel, den Soldaten und den Sklaven?«

Manolo deutete auf die Kriegsschiffe. »Ich glaube nicht, daß die dort drüben nur ein Flottenmanöver abhalten. So wie es scheint, ist man nun entschlossen, noch wesentlich strenger darauf zu achten, daß keiner die Insel verläßt.«

Rondarion betrachtete die Triremen. Was Manolo sagte, ließ sich nicht von der Hand weisen. Inzwischen hatten die beiden Boote die Anlegestelle unweit der Festung erreicht. Mit einiger Mühe gelang es den Kranken, die Fischerboote zu vertäuen. Dürre, ausgemergelte Gestalten schleppten sich den Weg zur Festung herauf. Die Bogenschützen wichen vor ihnen zurück, so als hätten sich leibhaftige Dämonen aus dem Meer erhoben. Einer schrie den Kranken mit erhobenen Fäusten wilde Flüche entgegen, als wären sie es, die über sein Schicksal verfügten.

Niedergeschlagen wandte Rondarion sich ab, als ein heller Lichtblitz ihn noch einmal aufblicken ließ. Auf der Klippe dicht neben dem riesigen Raben, den man unterhalb der Stadt des Schweigens aus der steil aufragenden Felswand geschlagen hatte, blitzte ein Lichtpunkt wie von einem Spiegel.

»Die *Basaltfaust* hat uns also noch nicht vergessen«, brummte Manolo, der inzwischen ebenfalls auf die Signale aufmerksam geworden war. »Wie lange mag es wohl noch dauern, bis sie jemanden schicken, der nachsieht, was mit den Kameraden geschehen ist? Ob man annimmt, daß auch sie ein Opfer der Seuche geworden sind und keine Kraft mehr hatten, eine Nachricht zu schicken? Und was werden sie mit Ines anfangen?«

Rondarion wich dem Blick seines Freundes aus. »Ich bin müde. Übernimmst du das Kommando und kümmerst dich um die Neuen?«

»Nicht bevor du mir eine Antwort gegeben hast! Was sollen wir tun, wenn uns eine der Galeeren aus dem Hafen unterhalb der Stadt des Schweigens besuchen kommt? Ich habe dir geholfen … Aber ich bin nicht bereit, mein Leben für dich und diese …«

»Nur heraus damit! Hure, nicht wahr? Das war es doch, was du sagen wolltest!«

»Das tut doch nichts zur Sache«, antwortete der Gardist ausweichend. »Was ich sagen wollte … Wir müssen uns etwas einfallen lassen für euch. Es ist besser, wenn ihr beide von der Insel verschwindet. Dann kann ich sagen, ihr wärt mit den Toten fortgeschafft worden. Auf dem Meeresboden wird keiner mehr nach euch suchen und …«

»Ist schon gut. Ich verstehe«, entgegnete Rondarion enttäuscht.

»Ich habe doch alles für euch getan …«

»Natürlich.« Rondarion fühlte sich unendlich müde. »Übernimmst du nun die Wache?«

Manolo nickte. »Geh nur.«

Mit bleiernen Schritten stieg Rondarion die schmale Steintreppe zum Innenhof der Festung hinab. Es wäre gut, wenn er so bald wie möglich gemeinsam mit Ines denselben Weg nähme wie der Magier. Doch sie beide hätten keine Zauberknospen bei sich … Nichts, das ihnen gestattete, Wasser wie Luft zu atmen. Noch war Ines nicht stark genug, um sich aus eigener Kraft aus einem sinkenden Leichensack befreien zu können. Vor allem für sie würde dieser Fluchtweg also ungleich gefährlicher werden.

Ohne für die Kranken auf dem Hof auch nur einen Blick zu haben, ging der Offizier hinüber zu dem niedrigen Eingang, der zu den Verliesen führte. Ines hatte noch immer dort unten ihr Lager. Rondarion nahm aus der Vorratskammer zwei neue Kerzen mit und machte sich dann an den Abstieg in die Finsternis. Keiner der Kranken kam freiwillig hier herunter. An manchen Stellen perlte Wasser von den rußgeschwärzten Wänden. Fast überall waren die Decken so niedrig, daß man den Kopf einziehen mußte. Ein unbestimmbarer Geruch nach Tod und Verderben schien in der Luft zu hängen. Kein Wunder, daß niemand hier hinabwollte. Es war, als beträte man eine Vorhalle zu Borons dunklem Reich.

Seit seinem letzten Besuch bei Ines war die Kerze neben ihrem Lager nicht einmal halb herabgebrannt. Rondarion beugte sich über die junge Frau. Sie schlief. Er strich ihr zärtlich über die Wangen, die nun nicht mehr ganz so bleich wie in den vergangenen Tagen wirkten. Magister Dronte hatte ein wahres Wunder verbracht! Nach dem Kampf mit dem Ordensritter hatte sie schon mit einem Fuß die Schwelle zum Totenreich überschritten gehabt. Der Magier war ein wesentlich besserer Heiler, als er zugegeben hatte. Natürlich war Ines noch erschöpft, doch die Krankheit und die Verletzungen schienen überwunden zu sein. Sie hatte sehr viel getrunken und zeigte auch wieder Appetit. Viele der Falten in ihrem Gesicht hatten sich geglättet ... Sie würde es schaffen, wenn ihnen nur noch ein paar Tage blieben!

Rondarion fragte sich, wo Dronte jetzt wohl war. Es fröstelte den Gardisten, wenn er an die bevorstehende Flucht dachte. Noch war Ines zu schwach. Wenn er sich vorstellte, wie man sie beide lebendig in die Leichensäcke einnähen würde, um sie dann zu den Toten zu legen, packte ihn die Angst. Das war nicht der Weg, den sie nehmen sollten – doch er sah keine andere Möglichkeit zur Flucht.

Von bösen Vorahnungen gequält, legte er sich neben Ines in das frische Stroh, mit dem der Boden des Kerkers ausgestreut war. Obwohl er todmüde war, vermochte er keinen Schlaf zu finden, und so sah er der Kerze zu, wie sie langsam herabbrannte.

Leise klopfte es an der Tür der Cella. Immuel Florios war so sehr ins Gebet vertieft, daß er es zunächst gar nicht hörte. Erst als der Bote etwas heftiger pochte, hob der verzweifelte Hochgeweihte den Kopf.

»Ich komme.« In den letzten Tagen hatte er kaum geschlafen. Dunkle Ringe malten sich unter seinen Augen ab, und obwohl er sonst sehr viel Wert auf ein gepflegtes Äußeres legte, hatte er sogar aufgehört, sich zu rasieren. Dennoch galt seine ganze Aufmerksamkeit seinem Körper. Ängstlich horchte er in sich hinein und suchte nach Anzeichen für die tödliche Seuche, die er sich möglicherweise bei dieser liederlichen Hafenhure geholt hatte. Seit dem Morgen hatte er leichten Durchfall, und er war auch überzeugt, ein wenig fiebrig zu sein. Schlechte Zeichen!

Eifersüchtig auf alle Gesunden außerhalb seiner Cella, öffnete er das kleine Guckloch in der Tür. »Was willst du?«

Der Novize verbeugte sich ergeben. »Es kommt noch immer keine Antwort von der Sklaveninsel. Der Ordens-Großmeister Delazar läßt anfragen, wie weiter zu verfahren ist.«

Immuel kratzte sich nachdenklich am stoppligen Kinn. Die Wahrscheinlichkeit, daß die kleine Hure noch lebte, war gering. Vielleicht hatte es nun auch den Ordensritter dahingerafft. »Versucht es in der Nacht noch einmal! Wenn der Ritter dann immer noch keine Antwort gibt, soll Delazar selbst entscheiden, wie zu verfahren ist.«

»Wie Ihr befehlt, Eminenz!«

»Nun behellige mich nicht weiter!« Hastig schloß Immuel das Guckloch. Er spürte, wie es in seinem Gedärm rumorte. Eilig ging er zur Nachtschüssel, um sich zu erleichtern. Seine Hände waren plötzlich eiskalt geworden, dennoch war er sich immer noch nicht sicher, ob ihn nun die Seuche oder nur die Angst gepackt hatte. Auf seine Gebete zu Boron hatte er keine Antwort erhalten. Wenn er nur Gewißheit hätte! Aus der Stadt hörte man, daß die Kranken binnen einer einzigen Nacht starben. Seit er sich mit der kleinen Hure amüsiert hatte, waren jedoch schon viele Tage vergangen ... Durfte er also auf seine Errettung hoffen? Was aber hatten der Durchfall und das Frösteln zu bedeuten?

Immuel seufzte. Es blieb nichts zu tun, als den Flug der Raben über der Stadt des Schweigens zu beobachten. Vielleicht sandte ihm Boron ja doch noch ein Zeichen.

14. Kapitel

Markud blickte die Reihe seiner Diener entlang und war zufrieden. Es waren zwölf Männer und Frauen. Sie alle hatten in der Vergangenheit bereits ihre Qualitäten bewiesen und waren froh, endlich losschlagen zu dürfen. Die Maskerade als Diener im Haus eines Kaufmanns hatte den meisten von ihnen nicht gefallen. Es waren Wüstenräuber, Piraten und Schmuggler, Söldnerinnen, Glücksritter und sogar eine Rebellin aus Maraskan.

»Heute ist der Tag gekommen, auf den wir uns in den letzten Wochen vorbereitet haben. Wir werden in die Katakomben unterhalb des Schlunds hinabsteigen und der Unterhändlerin Borbarads das Lebenslicht ausblasen. Wie ihr wißt, hat sie sich mit etlichen Bettlern und anderem lichtscheuen Gesindel umgeben. Wirklich gefährlich sind jedoch die dämonischen Mächte, die sie möglicherweise zu Hilfe rufen wird.« Markud wies auf zwei lange Holzkisten, die das Rabensiegel trugen. »Unsere Waffen sind heute morgen vom Patriarchen selbst gesegnet worden. Sie vermögen nun jeden denkbaren Feind zu verwunden, so daß wir nichts mehr zu fürchten haben als die Furcht selbst. Ihr alle habt Nakandoa während der Feste gesehen. Der Patriarch wünscht ihren Kopf, und sollte es einer von euch schaffen, vor mir an sie heranzukommen, dann schulde ich ihm eine Prämie von fünfhundert Dublonen. Aber vergeßt mir nicht, ihren Kopf mitzunehmen! Wir brauchen einen Beweis für Nakandoas Tod.

Wie besprochen wird jeder von euch sich allein auf den Weg hinauf zum Schlund machen und sich einen Eingang zu den unterirdischen Gewölben suchen. Sobald das Madamal am Himmel erscheint, schlagen wir los. Ein Angriff aus einem Dutzend verschiedener Richtungen wird die Wachen der Magierin verwirren und es uns leichter machen, bis zu ihr vorzudringen. Sobald der nasse Auftrag erledigt ist, ziehen sich alle zur Villa zurück. Ich werde dafür sorgen, daß wir unsere Prämie erhalten, und noch morgen abend auf einem Schiff die Stadt verlassen. Oder legt irgend jemand gesteigerten Wert darauf, in diesem Seuchennest zu bleiben?«

Einige der Männer grinsten, die meisten zeigten jedoch keine Regung. Fast alle hatten schon für Markud gemordet und wären ihm ohne Bedenken bis hinab in die Niederhöllen gefolgt, hätte er es befohlen. Sein Ruf war legendär. Noch niemals war eine seiner Unternehmungen fehlgeschlagen, und wer ihm bedingungslos gehorchte, der wurde schneller reich, als er es sich in seinen kühnsten Träumen ausmalen konnte.

Der falsche Kaufmann lächelte zufrieden. »Das fette Weib hat die Seuche in die Stadt gebracht. Das heißt, wir werden heute zur Abwechslung sogar einmal etwas Gutes tun, wenn wir unsere Klingen ziehen. Erwartet jedoch nicht, daß man uns hinterher als Helden feiert. Gibt es noch Fragen?«

Markud wartete einen Augenblick lang. Als sich keiner meldete, nickte er zufrieden. »Wir sehen uns in den Katakomben. Ich wünsche euch eine gute Jagd, meine Brüder und Schwestern.«

»Markuds Schrift sieht wirklich so aus?« Zweifelnd betrachtete Ilian das Dokument, das ausgerollt vor ihm auf dem Tisch lag.

Die alte Frau nahm ihre Augengläser von der Nase und bedachte ihn mit einem finsteren Blick. »Auch wenn ich dir einen Gefallen schulde und du auf dem besten Weg bist, Offizier in der Stadtgarde zu werden, muß ich mich von dir nicht beleidigen lassen, junger Mann. Ich gelte in dieser Stadt als die Beste meines Faches. Selbst dieser Kaufmann würde glauben, daß der Brief von seiner Hand ist, wenn er es nicht besser wüßte. Was die Schrift betrifft, kannst du dir völlig sicher sein! Ich habe den Kaufvertrag für seine Villa studiert. Er hat dem Text von eigener Hand zwei Absätze hinzugefügt. Das war genug als Vorlage, um seine Schrift zu studieren ... Er scheint mir übrigens ein sehr selbstbewußter Mann mit einem Hang zur Überheblichkeit zu sein. Siehst du diese Unterlängen bei den ...«

»Mich kümmert seine Handschrift nicht weiter. Alles, was ich von dir will, ist ein Dokument, das auch bei einer Untersuchung der Angelegenheit als echt besteht.«

»Das hast du bekommen«, entgegnete die Alte kurz angebunden.

»Und was ist mit dem zweiten Brief?«

Sie lächelte. »Das war in der Tat eine Herausforderung. Wie du wünschtest, gibt es keinen deutlichen Hinweis darauf, wer der Verfasser des Briefes ist und woher das Schreiben kam. Aber ich habe ein Reispapier benutzt, wie es nur auf Maraskan geschöpft wird, und diese Tinte, die bei hellem Licht einen leicht purpurnen Schimmer zeigt, wird nur in Jergan gemischt. Man muß sich ein bißchen mit diesen Dingen auskennen, um solche Spuren zu entdecken. Ich verwette meinen Hintern darauf, daß derjenige, der diese Hinweise findet, anschließend stolz auf seinen Scharfsinn ist und im Traum nicht auf den Gedanken kommt, man habe ihn bewußt in die Irre geführt.«

Ilian nickte zufrieden und griff nach der ledernen Börse an seinem Gürtel. »Gute Arbeit!«

Die Alte schüttelte den Kopf. »Ich will kein Geld.

Die Lage hat sich grundlegend geändert, seit wir dieses kleine Geschäft besprochen haben. Die Seuche … Man sagt, sie rafft die Alten und die Kinder zuerst hinweg. Bring mich hinauf zum Tor hinter der Kommandantur und sorg dafür, daß ich die Stadt verlassen darf. Das ist mir mehr wert als alle Adamanten von den Waldinseln.«

Ilian runzelte verärgert die Stirn. Es wäre nicht gut, wenn man sie beide zusammen am Stadttor sähe. Die Alte schien mißtrauisch zu werden. Sie griff nach den beiden Briefen und rollte sie wieder zusammen.

Der Stadtgardist lächelte. »Hast du deine Sachen schon gepackt? Am besten bringst du sie gleich zum Tor.«

Erleichtert legte die Frau die Briefe auf den Tisch zurück. »Ich hätte mir selbst einen Passierschein gefälscht, wenn noch genug Zeit gewesen wäre, aber so wie die Dinge stehen, kommt es wohl auf jede Stunde an, und ich …«

Ilian nickte zustimmend und griff mit der Rechten unter seinen weiten blauen Umhang.

Gion fluchte herzhaft. Diese nassen Tücher, die er sich wie ein Novadi um den Kopf geschlungen hatte, erstickten ihn halb, und der ölige Qualm des Scheiterhaufens brannte ihm in den Augen. Im Rat der Zwölf mußten alle verrückt geworden sein! Die Befehle, die man heute abend ausgegeben hatte, waren der blanke Wahnsinn.

»Das hier auch?« Daria war mit einer Wiege auf dem Arm aus dem Qualm aufgetaucht.

Der Weibel nickte grimmig. »Alles! Mach sie klein und wirf das Holz ins Feuer!«

Es tat Gion in der Seele weh, mit anzusehen, wie unter den Tritten der Gardistin das dünne, mit feinen Schnitzereien geschmückte Holz splitterte. So eine Verschwendung! Sie führten sich mitten im Frieden und in der Stadt, die sie beschützen sollten, wie plündernde Eroberer auf. Überall auf den Plätzen und Straßenkreuzungen des Brabaker Viertels loderten Scheiterhaufen. Wenn in einem Haus ein Kranker gefunden wurde, wurden alle Möbel und alle Kleider verbrannt, die sich dort befanden. Sogar den Bewohnern riß man die Kleider vom Leib. Sie bekamen statt dessen Büßerhemden, so wie Verurteilte, die zu einem öffentlichen Richtplatz geführt wurden. Welch eine verdrehte Welt! Gion konnte verstehen, wenn man die Kranken aussonderte und aus der Stadt brachte, aber das hier …

Er sah zu dem Ordensritter der *Basaltfaust* hinüber, der die Verbrennung beaufsichtigte. Der Knabe hielt sich offensichtlich für einen harten Burschen. Er trug kurzgeschorenes schwarzes Haar, strotzte nur so vor Kraft, und seine Augen funkelten, als führe der Patriarch selbst diesen heroischen Feldzug gegen Kranke und Sterbende an.

»Was ist, *Gardist?*«

Der Ritter war auf ihn aufmerksam geworden. Gion blickte trotzig zu ihm hinüber. Es wäre besser gewesen zu kuschen, aber man konnte sich nicht immer ducken! »Die rechte Aufgabe für Helden, darauf zu achten, daß das Feuer nicht ausgeht«, brummte der Gardist halblaut.

Der Kerl verließ seinen Posten und kam herüber. Gion verwünschte sich für sein lockeres Mundwerk. Es war sein Schicksal, daß sein Maul immer schneller dabei war als sein Hirn. Deshalb hatte er es nach mehr als zehn Jahren in der Stadtgarde noch nicht weiter als bis zum Weibel gebracht.

»Was sagst du da, du Gassenpinscher?«

Gion setzte sein charmantestes Lächeln auf. Er hatte im Khomkrieg miterlebt, wozu die Ordensritter fähig waren. »Ich meinte, daß es für einen Helden wie Euch doch wahrlich enttäuschend sein muß, keine andere Aufgabe zu haben, als das Feuer zu hüten.«

Der Krieger musterte ihn kalt. »Ich meinte, etwas anderes gehört zu haben … Du hältst dich wohl für sehr schlau, Weibel.«

»Ich?« Gion schüttelte heftig den Kopf. »Nein, Herr. Ich bin vielmehr der Auffassung, daß die Bescheidenheit die edelste Tugend der Dummköpfe ist.« Gion hätte sich die Zunge abbeißen mögen … Schon wieder so ein Spruch!

Der Ordensritter schien sich nicht sicher zu sein, ob er ihm ein Kompliment gemacht hatte oder ihn auf hinterhältige Weise einen Dummkopf geheißen hatte. »Du stehst hier schon viel zu lange herum, Weibel.« Ein böses Lächeln spielte um die Lippen des Kriegers. »Dort drüben in dem zweistöckigen Haus sollen noch ein paar Tote liegen, habe ich gehört. Bring sie her und wirf sie ins Feuer!«

»Jawohl, Herr«, murmelte Gion eisig. Er hatte im Lauf des Tages immer wieder Gerüchte über die Seuche gehört, und in einem Punkt glichen sich alle. Die Toten zu berühren, war nicht gut. Meistens erledigten Geweihte diese Aufgabe. Wütend ballte er die Fäuste und machte sich auf den Weg. Am liebsten hätte er diesem Tropf von einem Ordensritter ins Gesicht gespuckt und ihm die schönen weißen Zähne in den Rachen geschoben … Aber er mußte sich beherrschen. Wer sich mit der *Basaltfaust* anlegte, war ein toter Mann.

Eine Gruppe von vielleicht zwanzig gebeugten Gestalten kam, eskortiert von einigen Söldnern, die Straße herab. Es waren ausschließlich Kinder und Alte. Ein Offizier hatte Gion erklärt, daß Kinder und Alte die ersten seien, die vom blutigen Difar befallen würden, weil der Seuchendämon aus unbekannten Gründen eine Vorliebe für sie habe. Wenn in einem Haus jemand erkrankte, wurden deshalb zuerst die Kinder und die Alten fortgebracht. Zwei Lagerhäuser im Hafen waren geräumt worden, um die vermeintlichen Kranken dort unterzubringen, bis sie in einem Boot auf die Sklaveninsel geschafft wurden. Alle übrigen Bewohner aus den Haushalten wurden zum Trockendock gebracht, wo sich ein weiteres großes Lager befand. Sobald man alle aus einem Haus geholt hatte, sorgten die Gardisten dafür, daß alles verbrannt wurde, was sich darin befand.

Gion verbeugte sich vor dem Borongeweihten, der hinter dem Zug der Verdammten ging. Wie der leibhaftige Tod sah der Geweihte aus, der unter seiner schwarzen Kapuze eine Schädelmaske aus gelb gewordenem Elfenbein trug. Er schwang ein bronzenes Räuchergefäß an einer eisernen Kette, aus dem in dichten Schwaden würzig duftender hellblauer Qualm hervorquoll. Einige der Priester des Totengottes gingen furchtlos zwischen den Kranken umher. Sie betteten sogar die Häupter der Sterbenden in ihren Schoß, so als seien sie sich gewiß, daß Golgari sein Augenmerk noch nicht auf sie gerichtet habe. Der Gardist strich sich über das Gesicht, um zu prüfen, ob das Tuch noch richtig über Lippen und Nase saß. Er hätte einen Jahressold für die Gewißheit gegeben, daß ihn diese gräßliche Krankheit nicht packen würde. Da bekäme er schon lieber ein Schwert in die Rippen, um auf irgendeinem namenlosen Schlachtfeld zu verbluten.

Die Tür zu dem Haus, auf das der Ordensritter gezeigt hatte, war aufgebrochen und hing schief in den Angeln. Zögernd trat Gion ein. Das Erdgeschoß bestand nur aus einem einzigen Raum. Abgesehen von der ausgetretenen Holztreppe, die ins Obergeschoß führte, war der Raum vollkommen leergeräumt. Es roch nach Tod und der Gemüsesuppe, die man in die Feuerstelle geschüttet hatte, bevor der Kessel weggebracht worden war. Der Boden bestand nicht aus gestampftem Lehm, sondern war mit rissigen Holzdielen bedeckt. Für das Brabaker Viertel geradezu üppig, dachte Gion. Wer hier wohl gewohnt hatte?

Der Gardist war schon halb die Stiege hinauf, als er begriff, wer hier gewohnt hatte. Er stieg noch einmal hinunter und untersuchte die Holzdielen. Die Falltür war gut versteckt. Die Fugen waren mit feinem Schmutz gefüllt, so daß man schon zweimal hinsehen mußte, wollte man sie finden. Gion zog seinen Dolch und schob ihn in eine der schmalen Ritzen. Mit der Waffe als Hebel war es leicht, die Falltür zu öffnen. Daß er nicht gleich darauf gekommen war, als er den Boden gesehen hatte ... Er hätte den Arsch darauf verwettet, daß hier ein Fischer gewohnt hatte, der sein Einkommen durch den Handel mit Schmuggelware aufbesserte. Was wohl unter den Dielen zu finden wäre? Ganz gleich, was es war, er würde es jedenfalls nicht zum Scheiterhaufen schleppen.

Vor Aufregung zitterten ihm die Hände, als er die Falltür zur Seite zog. Er fühlte sich fast wie ein Schatzsucher. Vorsichtig beugte er sich über die Öffnung im Boden und blickte in drei bleiche Gesichter. »Beim Barte Efferds«, murmelte er zugleich enttäuscht und überrascht.

»Bitte Herr, verratet uns nicht. Wir sind ganz gewiß nicht krank ...«

In der flachen Erdgrube unter der Falltür hockte eine Frau in mittleren Jahren, die zwei Mädchen in den Armen hielt, die sich dicht an sie drängten.

»Bitte Herr ... Es stimmt, mein Mann ist an der Sieche gestorben, aber wir sind ganz gesund ... Bitte, trennt mich nicht von meinen Kindern. Sie sind das einzige, was mir noch geblieben ist. Ihr wißt doch, was sie mit den Kindern machen, und Ihr seht aus, als hättet ihr ein gutes Herz.«

»Scher dich nicht um mein Herz«, brummte Gion, der noch immer enttäuscht war, statt Schmuggelgut nur einen Haufen Weiber gefunden zu haben. »Es sind Geweihte am Hafen und auf der Sklaveninsel. Sie werden sich um deine Kleinen kümmern ...«

»Und wenn sie gar nicht erst bis zur Sklaveninsel kommen?«

»Red nicht! Komm jetzt aus dem Loch heraus!«

Die Frau zog ein dünnes Fleischmesser aus den Falten ihres Rocks. »Hört mich an! Mein Mann war Fischer! Ich weiß, was auf dem Meer vorgeht! Was glaubst du, weshalb sie alle die kleinen Boote beschlagnahmen und warum heute keines mehr zurückgekommen ist, das zur Sklaveninsel fuhr? Sie schleppen die Alten und die Kinder weit aufs Meer hinaus und verbrennen dort die Fischerboote mit allen, die sich darauf befinden.« Sie zielte mit dem Dolch auf seinen Bauch. »Kommt nur einen Schritt näher, und ich wickle Euch das Gedärm um die Knie!«

Gion legte die Rechte auf den Schwertknauf. Dann dachte er an den Ordensritter der *Basaltfaust* und die sinnlosen Zerstörungen hier im Brabaker Viertel. Vielleicht hatte die Frau ja recht? Gion wußte nicht mehr, was er glauben sollte. Langsam nahm er die Hand von seiner Waffe. »Habt ihr genug zu essen und zu trinken dort unten?«

Die Frau starrte ihn mit großen Augen an.

»Ganz ruhig, ich bin zwar Stadtgardist, aber bestimmt kein Kindermörder. Ich werde euch nichts tun.«

Eines der Mädchen begann leise zu schluchzen. Die Mutter strich ihm sanft über den Kopf und ließ dann das Messer sinken. »Ganz ruhig, mein Liebes. Es wird alles wieder gut.« Die Frau seufzte und bemühte sich um ein Lächeln. »Danke, Herr. Und was das Essen betrifft ... Wir haben genug hier unten, um ein paar Tage durchzuhalten.«

Gion drehte sich um und blickte unsicher zur Tür. Wenn herauskommen sollte, was er hier tat ... Besser nicht daran denken! »Ihr bleibt in eurem Versteck und rührt euch nicht von der Stelle, gleichgültig, was draußen auch passieren mag«, befahl er in harschem Ton. »Ich werde die Falltür wieder schließen und keinem etwas von euch erzählen. Aber im Namen aller Götter, rührt euch nicht vom Fleck!«

»Ja, Herr …« So entschlossen sie eben noch gewesen schien, ihre beiden Töchter mit dem Leben zu verteidigen, so unterwürfig klang sie nun wieder.

Der Weibel schob die Falltür zurück und blickte danach unschlüssig zu der Treppe hinauf. Was tat er nur? Er wußte, welche Strafe darauf stand, Kranke zu verstecken … Ob die Geschichte mit den verbrannten Booten stimmte? Das konnte doch nicht wahr sein! Man würde doch keine Kinder verbrennen! Gion dachte an den Ordenskrieger neben dem Scheiterhaufen auf der Straße, und ihm kamen Zweifel …

»Weibel?« Daria stand in der Tür und blickte ihn besorgt an. »Ist alles in Ordnung?«

Er richtete sich langsam auf und schüttelte den Kopf. »Nein, nichts ist mehr in Ordnung …«

Endlich war er allein! Amir Honak stand an einem der Fenster seines prächtigen Gemachs in der Stadt des Schweigens und blickte hinab auf Al'Anfa. Überall im Brabaker Viertel brannten Feuer. Auch im Schlund war die Seuche ausgebrochen. Vor einer Stunde erst, kurz nach Sonnenuntergang, hatte er die Nachricht erhalten, daß sich die Bettler zusammenrotteten und gegen die Stadtgarde und die Söldner zu Wehr setzten. Bewaffneten Aufruhr in diesem Umfang hatte es in der Stadt schon seit Generationen nicht mehr gegeben! Angeblich hatte sich sogar einer der Bettler zum König ausgerufen.

Der Patriarch wandte sich ab und trat an den großen schwarzen Schreibtisch, auf dem ein altes Buch mit vergilbten Seiten lag. Der Bericht der Marquesa de Ciagra über die göttliche Plage, die einst die Perle des Südens heimgesucht hatte. War die Plage etwa wiedergekehrt, und würde sich nun die Prophezeiung über den Untergang der Stadt erfüllen?

Der Patriarch dachte an die Vorzeichen, mit denen sich die Seuche angekündigt hatte, und vor allem an die Gesandte aus Maraskan. Er war ihr nie gegenübergetreten, doch so, wie Irschan sie geschildert hatte, war sie dem Dämonenmeister völlig ergeben. Sie hatte damit gedroht, eine Seuche in die Stadt zu tragen ... Hätte er den Forderungen Borbarads denn nachgeben sollen? Er fluchte leise. Nun war es zu spät zu jammern. Er hatte einen Weg beschritten, von dem es kein Zurück mehr gab. Irschan hatte versprochen, ihm morgen den Kopf dieser Gesandten zu bringen. Nun mußte man das Übel bei der Wurzel packen! Aber wie sollte man gegen die Seuche ankämpfen? Der Großexekutor hatte empfohlen, die Stadttore verschließen zu lassen und auch den Hafen zu sperren. In seinen Augen war dies der einzige Weg, um zu verhindern, daß die Seuche auch auf andere Städte übergriff. Aber würde ein solcher Befehl nicht für lange Zeit den Handel ruinieren? Wäre es nicht besser, den Hafen offenzuhalten und Fremden gegenüber das Problem herunterzuspielen?

Amir Honak schloß das Buch auf seinem Schreibtisch und ging rastlos in dem großen Zimmer auf und ab. Er hatte das Gefühl, in die Enge getrieben zu sein und die Macht verloren zu haben, über sein Handeln selbst zu bestimmen. Seinen Beratern mochte er bei den Entscheidungen, die zu fällen waren, nicht mehr trauen. Selbst Irschan Perval nicht! Zu sehr waren sie alle in ihre ehrgeizigen Intrigen verstrickt. Nicht zum ersten Mal in seinem Leben wünschte sich der Patriarch, ein so enges Band zu Boron zu haben wie sein Vater.

Amir Honak verharrte. Er mußte Borons Rat einholen! Nur wenn seine Seele frei von allen weltlichen Wirren wäre, wüßte er, was zu tun sei. Klar sah er den Weg vor sich, den er zu beschreiten hatte.

15. Kapitel

Markud drückte sich an die Wand aus verwitterten Ziegeln und betrachtete aufmerksam den Novadi. Sein Gefährte war in eine Falle getreten und von mehreren rostigen Speerspitzen durchbohrt worden. Das Gesicht des toten Kriegers war vor Schreck verzerrt. Wie hatte das geschehen können? Markud kannte den Novadi als einen vorsichtigen Mann, der nicht ohne weiteres in eine Falle getappt wäre.

Der falsche Kaufmann versuchte, die Finsternis hinter der Falle mit Blicken zu durchdringen. Es schien dort eine Grube zu geben. Auch spürte Markud einen leichten Luftzug auf dem Gesicht. Irgendwo lag also ein Ausgang. Vielleicht acht Schritt entfernt leuchtete ein Öllämpchen in einer Mauernische. Nur ein Teil der Gänge und Hallen in diesem unterirdischen Labyrinth war auf diese Art beleuchtet. Die schwachen Flammen vermochten dem Meer der Dunkelheit nie mehr als kleine Inseln aus Licht zu entreißen.

Markud hatte jegliches Zeitgefühl verloren. Es kam ihm so vor, als würde er schon seit Stunden durch längst vergessene Kanäle, baufällige Zisternen und halb verschüttete Gewölbe irren. Jeden Augenblick war er auf der Hut vor den halbverrückten Gefolgsleuten Nakandoas. Was die Zauberin wohl mit ihnen angestellt haben mochte? Der Schlund hatte sich an diesem Abend in einen brodelnden Hexenkessel verwandelt. Die Straßen waren voller Bettler, entlaufener Sklaven und halbverhungerter Tagelöhner. Ein junger

Mann mit einer grotesken Krone aus rotem Mohagoniholz hatte die Verzweifelten mit feurigen Reden dazu aufgepeitscht, sich gegen die Oberen der Stadt zu stellen. Er hatte behauptet, die Boronis hätten die Seuche heraufbeschworen, um alle jene zu vernichten, die sich nicht willenlos ihrer Herrschaft beugen wollten.

Mehrere Kompanien Stadtgardisten und Söldner hatten versucht, Kranke aus dem Viertel herauszuholen, und es war in den engen Gassen und zwischen den zahlreichen ausgebrannten Ruinen zu einer Reihe blutiger Scharmützel gekommen. Ein Teil der Bettler war daraufhin in das Labyrinth geflüchtet, so daß Markud und die Seinen bei ihrer Suche nach Nakandoa auf erheblich mehr Schwierigkeiten gestoßen waren, als der falsche Kaufmann erwartet hatte. Der aufgebrachte Pöbel mißtraute jedem, dessen Gesicht unbekannt war, und so war Markud während seiner Suche schon in etliche Auseinandersetzungen geraten. Zweimal hatte er sogar gegen ausgebildete Söldner kämpfen müssen, die Plätze bewacht hatten, an denen sich das Labyrinth weiter verzweigte. Offensichtlich hatte sich Nakandoa gut darauf vorbereitet, hier unten unerwünschten Besuch zu empfangen.

Markud umfaßte den Griff seines Tuzakmessers noch fester. Es nutzte nichts, noch weiter zu zaudern! Vorsichtig schlich er an dem toten Novadi vorbei und drückte sich dann wieder dicht an die Mauer, um den dunklen Gang zu mustern, der vor ihm lag.

War da nicht ein Geräusch gewesen? Er hielt den Atem an. Ein Stück weiter vorn rieselte Staub von der Decke. Ratten? Markud tat einen vorsichtigen Schritt zurück. Da vorn war etwas. Fast schien es, als wolle sich die Finsternis im Gang zu etwas Körperlichem verdichten.

Der Krieger leckte sich unruhig über die Lippen. Er wurde langsam zu alt für solche Unternehmungen.

Plötzlich leuchteten in der Dunkelheit zwei glühendrote Augen auf. Der Luftzug trug einen schwachen Duft von Schwefel mit sich. Das also hatte den Novadi unaufmerksam werden lassen! Was auch immer da vorn lauern mochte, Markud war sich sicher, daß es *ihn* genau sehen konnte. Die feinen Härchen auf seinen Armen richteten sich auf. Sein Magen begann zu schmerzen. Er sollte hier nicht länger stehenbleiben. Also tat er einen Satz nach vorn, rollte sich über die Schulter ab und war gleich wieder auf den Beinen. Auch die Kreatur hatte sich bewegt. Es schien ein Mensch in einem schwarzen Gewand zu sein.

Markuds Klinge schnellte vor, doch der Kerl parierte den Angriff mit geradezu unheimlicher Geschicklichkeit. Klirrend schlugen die Klingen aufeinander. Der Krieger duckte sich, um einem Peitschenhieb auszuweichen, der nach seiner Kehle gezielt hatte. Zischend fuhren dornengespickte Lederriemen ins Leere.

Markud versuchte es mit einem Ausfall, doch sein Gegner schien jeden Hieb vorauszuahnen. Mit beängstigender Geschicklichkeit parierte er selbst die heimtückischsten Schläge. In seinem ganzen Leben hatte Markud höchstens zwanzig Krieger kennengelernt, die es verstanden hatten, mit zwei Waffen gleichzeitig zu kämpfen, und dieser hier wäre unter ihnen allen gewiß der Meister gewesen.

Nun ging sein unheimlicher Feind zum Angriff über. Mit einer ganzen Serie von Schwerthieben trieb er Markud vor sich her, bis dieser erkannte, worauf der Vermummte hinauswollte. Die Grube! Sie lag nun keine zwei Schritt mehr hinter dem Krieger.

Markud faßte mit der Linken nach der Klinge seines Tuzakmessers, um mit beiden Händen einen Hieb abzublocken, der auf seinen Kopf gezielt hatte. Als die Waffen aufeinanderschlugen, riß der Krieger sein

Schwert zur Seite, um mit der Parierstange die Klinge des Gegners einzufangen und zu binden. Dann versetzte er dem anderen mit dem Schwertknauf einen Stoß in die Magengrube. Es fühlte sich an, als träfe er einen prall gefüllten Mehlsack. Der andere stöhnte nicht einmal! Seine Linke sauste herab, und die Riemen der Peitsche wickelten sich um Markuds rechte Wade. Wie Raubtierkrallen zerrissen die Dornen die Hose des Kriegers und gruben sich in sein Fleisch. Ein Ruck riß Markud von den Beinen. Mit metallischem Knirschen kam das Schwert seines Gegners frei, und die Gestalt in der Kutte führte sogleich einen Rückhandschlag. Statt zu parieren, duckte sich Markud, riß sein Tuzakmesser hoch und trieb es dem Gegner zwischen den Leisten in den Leib.

Die vermummte Gestalt stieß einen gellenden Schrei aus und war im nächsten Augenblick verschwunden. Nichts als beißender Schwefelgeruch war von ihr geblieben.

»Bei Praios!« Mit zitternder Hand schlug der Krieger das Sonnenzeichen. Welches Wesen auch immer er bekämpft haben mochte, aus der Welt der Sterblichen war es gewiß nicht gekommen. Hoffentlich hatte Nakandoa nicht noch mehr von diesen niederhöllischen Geschöpfen gerufen.

Markud spürte, wie ihm etwas warm über die Wange rann. Vorsichtig tastete er nach seiner Stirn. Das Schwert des Dämons hatte ihm die Kopfhaut geritzt. Hätte er sich auch nur einen Fingerbreit weniger tief geduckt, dann … Er biß sich auf die Lippen. Jetzt war nicht der Augenblick, sich über Glück und Schicksal Gedanken zu machen. Er lebte, das war alles, was zählte!

Mit einem Seufzer richtete er sich auf. Die Peitschenstriemen auf seiner Wade brannten wie Feuer. »Praios, ich werde dir einen großen goldenen Leuchter für dein Haus in Gareth spenden, wenn du mich davor bewahrst, noch einmal einem solchen Geschöpf zu begegnen«, murmelte Markud leise.

Leicht hinkend setzte er seinen Weg fort und hielt sich dabei sorgsam außerhalb des Lichtkreises der Öllampe, die nahe der Grube in einer Nische stand. Vorsichtig warf er einen Blick in das Loch. Ein halb verkohlter Balken ragte daraus hervor. Unten war nichts zu erkennen. Ob es hier zu einer tieferen Ebene der Katakomben hinabging? Ein eigenartiger Geruch hing in der Luft. Es duftete nach schwerem Parfüm und zugleich auch nach Echsen. War das die Spur, die er gesucht hatte? War Nakandoa hier gewesen?

Nicht weit von der Grube lag ein zerknülltes Kleid auf dem Boden. Vorsichtig blickte der Krieger in alle Richtungen. Nichts rührte sich. So ging er hinüber und hob das Kleid auf. Es lag vor einem Gerüst aus Balken, das die hohe Decke abzustützen schien.

Seine Finger strichen über den kostbaren Stoff. Das Kleid war aus schwarzer Seide. Markud erinnerte sich, daß Nakandoa einmal ein solches Gewand getragen hatte. Er fluchte leise. War die Magierin entkommen, während der Dämon ihn aufgehalten hatte? Es schien, als habe sie sich in Luft aufgelöst.

Einer der Balken über ihm knirschte leise. Wahrscheinlich war das ganze Gewölbe baufällig. Feiner Staub rieselte von der Decke. Der falsche Kaufmann trat ein Stück zur Seite und sah nach oben. Etwas Dunkles regte sich in der Finsternis. Wachsam hob Markud sein Schwert. Im gleichen Augenblick schien die Dunkelheit lebendig zu werden. Etwas Schwarzes löste sich von den Balken und stürzte auf ihn herab. Er warf sich zur Seite, doch die Kreatur war zu groß, als daß er ihr noch entkommen konnte. Ein peitschender Schwanzhieb traf seinen Arm und prellte ihm die Waffe aus der Hand, die klirrend über den Boden glitt, bis sie dicht am Rand der Grube liegenblieb.

Markud rollte sich seitlich ab, um dem sich windenden Leib der riesigen Schlange zu entgehen, die ihn angegriffen hatte. Das Reptil fauchte ihn an. Er tat einen Satz in Richtung des Schwertes. Sein rechter Arm war noch immer ganz taub von dem Schlag, der ihn getroffen hatte. Er würde die Waffe mit links führen müssen.

Eine Gestalt trat aus der Dunkelheit und setzte den Fuß auf das Schwert. Ein hünenhafter Bettler mit gräßlich entstelltem Gesicht. Der Kerl hob seine Krücke und versetzte Markud einen Schlag. »Die Herrin wünscht, daß du in ihrer Nähe bleibst, Abschaum.«

Der schuppige Leib wand sich um Markuds Bein. Er versuchte, den Kopf der Schlange zu packen, um ihr das Genick zu brechen, als ihn ein weiterer Schlag mit der Krücke traf und ihm fast das Bewußtsein raubte. Er sank zur Seite, während der Schlangenleib sich schon bis zu seiner Hüfte heraufgewunden hatte. Mit der Linken ertastete er einen zerbrochenen Ziegelstein. Seine Hand schloß sich. Aus den Augenwinkeln sah Markud, wie der Bettler zu einem neuerlichen Schlag mit seiner Krücke ausholte. Der Krieger schleuderte den Stein. Mit einem häßlichen Knacken traf das Geschoß mitten ins Gesicht des Angreifers. Ein Strom von Blut schoß aus der Nase des Bettlers. Der Mann taumelte zurück, ruderte plötzlich wild mit den Armen und stürzte in die Grube.

Die Windungen der Schlange zogen sich enger um Markuds Leib. Er stöhnte vor Schmerz. Sein rechter Fuß wurde aus dem Gelenk gedreht. Er versuchte, dem Kopf des Reptils einen Fausthieb zu versetzen, doch es wich ihm mühelos aus. Grelle Lichtpunkte tanzten ihm vor den Augen. Es war vorbei. Selbst wenn er sich aus den Windungen des Schlangenleibs befreien könnte, käme er mit dem ausgerenkten Fuß nicht mehr von hier fort.

Die Schlange rollte ein wenig zur Seite. Er wurde herumgerissen, sein Gesicht in den Staub gedrückt. Seine Finger klammerten sich um den glatten Leib, doch er hatte keine Kraft mehr. Das Ungeheuer hob den Kopf. Die geschlitzten Augen schienen boshaft zu funkeln, so als wisse die Kreatur genau, was sie tat. Geifer tropfte aus den weit geöffneten Kiefern.

Markud kniff die Augen zusammen. Es kam ihm in den Sinn, wie Alara seinen Tod geweissagt hatte. Hatte die Commandanta gewußt, was ihn hier unten erwartete?

Etwas spritzte ihm ins Gesicht. Die Windungen des Schlangenleibes zogen sich noch ein wenig enger. Er stöhnte vor Schmerz. Plötzlich schienen die Muskeln des Ungeheuers zu erschlaffen. Verwundert öffnete der Krieger die Augen, um zu sehen, wie der kopflose Rumpf des Reptils zuckend zu Boden sank. Ein Frauengesicht beugte sich über Markud. »Maylinga?«

Die maraskanische Rebellin lächelte. »Entschuldige, wenn ich mich in deinen Kampf eingemischt habe, aber ich wollte einfach nicht mit ansehen, wie du dem armen Tier die Kehle durchbeißt.«

»Hilf mir aufzustehen«, entgegnete Markud gepreßt. »Und verschone mich mit deinen ...« Der Krieger stieß einen erschrockenen Schrei aus. Nun begann der ganze Leib der Schlange zu zucken und sich zusammenzuziehen.

Die Maraskanerin trat einen Satz zur Seite und hob ihre bluttriefende Waffe. Ihre Augen weiteten sich vor Entsetzen. »Bei den göttlichen Zwillingen!«

Der Körper der Schlange schrumpfte zusammen. Die schwarzen Schuppen wurden heller und verwandelten sich schließlich in schwammige weiße Haut.

Aus der tödlichen Umklammerung befreit, rollte sich Markud zur Seite. Neben ihm lag der Kopf Nakandoas.

»Was … Was geht hier vor?« fragte die Rebellin verstört. »So etwas kann doch nicht …« Sie schüttelte sich. »Das …«

»Steh nicht herum wie der Ochs vor dem Berg«, fluchte Markud. Ihm war gleich, was hier geschah. Er wollte nur eins: so schnell wie möglich von hier fortkommen. »Nimm den Kopf, und dann hilf mir auf. Es ist besser, wenn wir uns davonmachen!«

16. Kapitel

Am frühen Morgen erreichte die Perlenmeer-Karavelle die Zollfestung Imrah und ging dort vor Anker. Alara verließ das Schiff, um von hier aus auf einer schlanken Flußgaleere den Chamir aufwärts zur Königsstadt Mirham zu reisen.

Der Strom war durch die Regenfälle der letzten Tage stark angeschwollen. Träge wälzten sich seine braunen Fluten dem Meerbusen entgegen. Das Flußschiff bot alle nur erdenklichen Bequemlichkeiten. Im Heck war ein Sonnensegel aus blauer Seide aufgespannt. Dort stand auch ein niedriger Tisch, der von drei Ruhebetten umgeben war. Zwei Sklaven hielten sich bereit, um den reichen Reisenden alle Wünsche zu erfüllen. Alara hatte allein hier hinten Platz genommen. Vorn im Bug drängten sich noch einige weniger wohlhabende Passagiere.

Der Kapitän der Flußgaleere bemühte sich zunächst, Alara zu unterhalten, doch bald schon sah er ein, daß der geheimnisvollen Fremden mit der Schlangentätowierung nicht nach banalem Geplauder zumute war. Etwas an dem Mann war der Commandanta merkwürdig vertraut vorgekommen, obwohl sie sicher war, ihm nie zuvor im Leben begegnet zu sein. Eine Weile beobachtete sie ihn, bis sie erkannte, was es war. Er hatte dieselben Augen wie Rondarion. Nur daß er älter war. Vielleicht ein Verwandter?

Von vierundzwanzig Sklaven an langen Rudern vorangetrieben, eilte die Galeere wie ein riesiger Wasserkäfer den Strom hinauf. Alara schlief die meiste Zeit. Zu dieser Jahreszeit gab es nicht mehr so viele Moskitos, und ein leichter Wind vertrieb die stickigen Ausdünstungen des Dschungels.

Während sie wach lag, beobachtete die Offizierin die großen bunten Vögel, die im Geäst der Bäume zu beiden Seiten des Flusses saßen. Ab und zu störte das Kreischen von Affen den eintönigen Rhythmus, mit dem der Schiffstrommler den Takt für die Ruderer vorgab.

Zur Mittagsstunde erreichte die Galeere die Königsstadt, die sich gleich einer riesigen Blüte aus rosenfarbigem Marmor inmitten des Dschungels erhob. Mirham war im Grunde genommen keine richtige Stadt, sondern nur eine Anhäufung von Residenzen, die die reichsten Familien des Südens errichtet hatten, um dem Sitz des Königshauses nahe zu sein. Mirhamionette nannte man den König Damian von Shoy'Rina, der zwar nominell noch der Oberherr Al'Anfas war, in Wahrheit jedoch keinerlei Macht besaß. Die Stadtwachen Mirhams rekrutierten sich ausschließlich aus der Stadtgarde Al'Anfas, und die Politik des Stadtstaates wurde vom Rat der Zwölf bestimmt.

Sie ging den breiten, gepflasterten Uferweg hinauf. Ob die Seuche auch schon bis hierher vorgedrungen war? Vielleicht war es tatsächlich geraten, die Stadt abzuriegeln, wie der Großexekutor befohlen hatte?

Ihr Weg führte sie zur Stellmacherei. Bis zur zweiten Mittagstunde brauchte sie eine Kutsche, die sie zurückbrachte. Bis dahin hätte sie herausgefunden, was sie wissen mußte. Sie war sich ihrer Sache im Grunde sehr sicher, doch sie brauchte noch einen letzten Beweis. Sie dachte daran, wie sie vor Jahren schon einmal in Mirham gewesen war. Damals konnte man beim Stellmacher auch Pferde mieten. Daran hatte sich gewiß nichts geändert.

»Wird es zwischen uns jemals so sein wie zwischen Euch und Salpicio?«

Anatewka schien ihm nicht zuzuhören. Ängstlich starrte sie zur anderen Seite der Straße hinüber, wo die Stadtgardisten eine Frau und zwei Kinder aus dem Haus führten. Dann stießen sie noch einen gefesselten Stadtgardisten heraus. Ilian konnte sich erinnern, den Mann schon einmal gesehen zu haben. Er war nicht sehr groß, von gedrungener Gestalt und trug einen roten Schnauzbart.

»Fräulein Anatewka … Heute werde ich den Mörder Salpicios verhaften.«

Sie drehte sich um und sah ihn mit großen Augen an. »Ihr wißt, wer es getan hat?«

Er leckte sich unruhig über die Lippen. Trotz ihrer Größe wirkte sie plötzlich schwach und zerbrechlich. Ihre Augen waren voller Schmerz. »Ich glaube, es zu wissen.« Er sprach fast flüsternd. »Ich brauche nur noch einen letzten Beweis. Werdet Ihr mir …« Er brachte es nicht fertig, ihr länger ins Gesicht zu sehen. »Wird es zwischen uns jemals so sein wie zwischen Euch und Salpicio?« wiederholte er seine Frage.

Sie antwortete nicht sofort, sondern blickte zum Himmel hinauf. Mit den Regenwolken kam eine frische Brise vom Meer. Der Wind zerzauste ihr Haar. Ihr standen Tränen in den Augen. Den Mund hatte sie zu einer schmalen Linie zusammengepreßt. Sie schien noch eine Spur blasser geworden zu sein. Schließlich nickte sie. »Ja, so wollen wir es halten.« Sie zog das Tuch enger um die Schultern, drehte sich um und kehrte ins Haus zurück, ohne ihm durch eine Geste anzudeuten, ihr zu folgen.

Der Regen begann. Ilian zog den blauen Umhang vor der Brust zusammen. Wie silberne Perlen lagen die Tropfen auf dem Stoff. Es war Zeit!

Er ging quer über den Perlenmarkt, auf dem sich heute keine Händler drängten. Kaum jemand wagte es, sein Haus zu verlassen. Der Wind trieb welkes Laub von den Perainäpfelbäumen, die den Platz umstanden, über das Pflaster aus großen weißen Marmorplatten. Der Herbst hatte die Blätter golden oder aber blutrot gefärbt. Doch Ilian hatte keine Augen dafür. Immer im gleichen Schritt wie ein marschierender Soldat strebte er seinem Ziel entgegen.

Er bog ein wenig nach rechts, um auf den anschließenden Tar-Honak-Platz zu gelangen, wo nun alle Statuen des toten Patriarchen vereint standen, die zu dessen Lebzeiten über die öffentlichen Plätze verteilt gewesen waren. Düster und bedrohlich wirkten sie im grauen Licht des Nachmittags, Mahnmale der Größe, die nun nur noch an Sterblichkeit erinnerten. Ilian kam an einem Scheiterhaufen vorbei, den der Regen fast gelöscht hatte. Einige Soldaten drängten sich um die Glut, während der Wind ihre Mäntel peitschte und den weißen Rauch in zerstiebenden Wirbeln zum Himmel trieb.

Der Platz mündete in eine Straße, die geradewegs auf den Maraskantempel zu führte. Der Regen hatte dunkle Furchen in den bröckelnden Putz des schlecht gepflegten Bauwerks geschnitten. Unter einem Vordach stand eine junge Frau in einem exotischen Holzpanzer, der mit buntem Lack überzogen war. Ihre Blicke folgten Ilian, doch der Stadtgardist beachtete sie nicht und bog nach links ab, überquerte eine Straßenkreuzung und hielt auf das dreigeschossige Gebäude der Großadmiralität zu, dessen Mauern aus Obsidian kristallen im Regen glänzten. Dann folgte er der Mauer der Hafenfestung, bis eine Kompanie Söldner vom Schwarzen Bund des Kor ihn aufhielt, die aus dem großen Tor strömte, um zum Brabaker Viertel zu marschieren.

Das Haar hing Ilian in nassen Strähnen ins Gesicht. Stillstehen zu müssen, beunruhigte ihn. Er wollte es endlich hinter sich bringen! Als die Söldner vorbeigezogen waren, nahm der Gardist seinen Weg wieder auf. Nur ein Stück weit folgte er noch der Hafenmauer und schritt dann zu der Villa hinauf. Seine Hand tastete nach der Balestrina. Er spannte die Waffe und legte einen Bolzen ein.

Das Tor zur Villa Tuzak stand offen. Leise knirschte der Kies unter seinen Schritten, als er auf das hübsche Anwesen zuging. Nirgends waren Wachen zu sehen. Er hatte sich keinen Plan zurechtgelegt. Für einen Augenblick zauderte er. Was sollte er hier ganz allein? Das war Wahnsinn! Hinter ihm knirschte Kies.

Die Kriegerin in dem bunt lackierten Holzpanzer stand mitten auf dem Weg. »Was wollen Sie hier?«

Ilians Arm schnellte unter dem Mantel hervor. Sein Finger krümmte sich. Der Bolzen traf die Frau dicht unter dem Kinn in den Hals. Sie griff nach dem Geschoß. Blut spritzte in schauriger Fontäne aus der Wunde und färbte den weißen Kies rot.

Der Gardist spannte die Waffe erneut. Die Hand der Kriegerin fuhr nun zu dem breiten Schwert an ihrem Gürtel, doch sie brachte es nicht weiter als halb aus der Scheide, dann brach sie in die Knie.

Ilian drehte sich um. Er fand die hohe Tür der Villa unverschlossen. In der Eingangshalle führte eine breite Treppe zum oberen Stockwerk. Dort sang jemand. Suchend blickte sich der Gardist um. Von den Dienern Markuds war nichts zu sehen. Ohne auch nur den Versuch zu machen, leise aufzutreten, stieg er die Treppe hinauf und umrundete die Galerie, bis er vor einer weiteren offenen Tür stand. Markud hatte ihm den Rücken zugedreht und beugte sich über eine offene Kiste, in die er Kleider legte. Noch zwei weitere Reisekisten standen geöffnet in dem Zimmer. Offensichtlich bereitete der Kaufmann sich darauf vor, die Stadt zu verlassen.

»Hast du dir von der Prämie tatsächlich diesen

Hartholzharnisch gekauft?« fragte Markud, ohne sich auch nur umzudrehen.

»Das hat sie«, antwortete Ilian anstelle der Toten.

Der Kaufmann erstarrte mitten in der Bewegung. Die gefalteten Hemden fielen ihm aus der Hand. Ganz langsam drehte er sich um. Er trug einen breiten Verband um die Stirn. »Du?« Er lachte leise. »Dich hat Alara ausgewählt? Dabei siehst du gar nicht aus wie ein Henker!« Er hatte die letzten Worte sehr laut gesprochen.

Aus einer Seitentür trat ein Mann mit einer Armbrust. Ilian riß die Balestrina hoch und schoß. Etwas traf ihn in den linken Arm, und er taumelte nach hinten.

Ein Auge des Armbustschützen hatte sich in ein blutiges Loch verwandelt. Markud tat einen Satz nach vorn, um ein Messer zu ergreifen, das auf einem Tisch lag.

Leise knackend schnappte der Spannbügel der Balestrina zurück. Markud hatte das Messer gepackt, warf sich zu Boden und rollte sich über die Schulter ab, um in Deckung hinter einen hohen Schrankkoffer zu gelangen.

Ilians Arm folgte ruhig der Bewegung. Dann drückte er ab. Der Bolzen traf den Kaufmann in die Schläfe. Im gleichen Augenblick bohrte sich der Dolch bis zum Heft in den Oberschenkel des Gardisten. Verwundert starrte Ilian auf die Waffe. Er hatte nicht einmal gesehen, wie der Schurke den Dolch geworfen hatte. Noch war sein Bein nur taub, doch es würde nicht lange dauern, bis der Schmerz kam. Er zog zwei Briefe aus einer Lederrolle, die an seinem Gürtel befestigt war, und legte sie zwischen die übrigen Papiere auf dem Schreibtisch des Kaufmanns. Dann hinkte er die Treppe hinab. Seine Linke, mit der er sich auf dem Geländer abstützte, hinterließ eine dünne Blutspur.

Jetzt kam der Schmerz. Er mußte es bis hinaus zur Straße schaffen, damit ihn jemand fand!

Rondarion war am Ende seiner Kräfte, als er an diesem Abend die Treppe zu den Kerkern hinabstieg. Mehr als zweihundert Kranke waren heute auf die Insel gebracht worden. Und all die Toten! Heute waren es achtundvierzig gewesen. Am schlimmsten aber war die Tatsache, daß zwei seiner Gardisten erkrankt waren. Fünf der Krieger hatten die Flucht ergriffen, als es sich herumgesprochen hatte, daß Boron die Hand nun auch nach ihnen ausstreckte. Sie hatten sich gemeinsam mit den Bogenschützen, der ehemaligen Bewachung der kleinen Festung, in einem Turm im Nordwesten der Insel verschanzt und drohten, jeden niederzuschießen, der sich ihrer Zuflucht auf mehr als zehn Schritt näherte.

Nun versorgten jene Kranken, die noch ein wenig bei Kräften waren, die Sterbenden. Doch nur die wenigsten waren in der Lage, etwas zu tun. Die Mehrheit der Erkrankten kauerte irgendwo im Schatten der Mauern, starrte teilnahmslos vor sich hin und wartete auf den Tod.

Nur eine Handvoll Helfer war geblieben, um die schweren Wasserfässer und die Lebensmittel, die von den Galeeren zur Insel gebracht wurden, bis zur Festung hinaufzutragen. Selbst beim Kochen hatte Rondarion mithelfen müssen. Er befürchtete, daß das Essen nicht reichen würde, doch wie sich zeigte, hatten die meisten Kranken gar keinen Appetit. Selbst trinken mochten sie kaum, obwohl bei einigen deutlich zu beobachten war, wie ihre Leiber austrockneten. In diesem Zustand war es sinnlos, auf sie einzureden. Er hatte es oft genug versucht. Wenigstens war es Ines den Tag über zusehends besser gegangen. Sie kam jetzt rasch wieder zu Kräften.

Als Rondarion den Kerker betrat, fand er die Zelle hellerleuchtet. Ines hatte zwanzig oder mehr Kerzen aufgestellt und trug ein schönes blaues Kleid. Der Gardist erinnerte sich schwach, das Kleid am Nachmittag bei einer Sterbenden gesehen zu haben. Hinter seinem Rücken schlug er rasch ein Boronszeichen, ließ sich aber nichts von seinem Schrecken anmerken.

Ines hob einen Krug vom Boden auf und schüttete ihm einen Becher Wein ein. »Willkommen, mein Retter.«

Rondarion schüttelte verwundert den Kopf. »Woher hast du das alles?«

Sie lächelte. »Manolo hat mir geholfen. Er hat mir die Kerzen und das Kleid gebracht. Frag mich nicht, wo er den Wein aufgetrieben hat.«

Der Gardist betrachtete das Kleid. »Ja, manchmal ist es besser, nicht zu fragen.« Er nahm den Becher und setzte sich auf den Boden ins Stroh.

»Habe ich etwas falsch gemacht?«

»Nein, nein. Ich bin nur müde ...«

Ines lachte leise und zauste ihm das Haar. »Dagegen weiß ich ein Mittel.«

»Ich glaube, ich ...«

Sie legte einen Finger an die Lippen. »Sag jetzt nichts mehr, mein Ritter. Du hast selbstlos mein Leben gerettet, und ich möchte dich belohnen, so wie holde Damen es mit ihren Helden tun. Doch ich habe alles verloren ... Mir ist nichts mehr zu schenken geblieben außer meiner Liebe. Es ist ein kostbares und sehr zerbrechliches Geschenk. Schon ein falsches Wort kann es zerstören.«

Rondarion schloß sie in die Arme, und sie küßte ihn lang und leidenschaftlich. Mit gewandten Finger half sie ihm, seine Rüstung abzulegen, und als ihre Hände über seinen nackten Rücken fuhren, war es, als zeichneten sie Linien aus Feuer auf seine Haut.

»Immer noch müde?« fragte sie neckend.

Statt zu antworten, lächelte er nur. Sie war so schön! Er wünschte, dieser Augenblick möge nie vergehen.

17. Kapitel

»Was sagst du da?« Irschan konnte einfach nicht glauben, was der Stadtmarschall berichtet hatte. »Ilian Naldor heißt der Mann? Ein Offizier?«

»Nur ein Offiziersanwärter, der unter der Commandanta Alara Olibano in der Garde dient. Er ist ein guter Mann! An seinen Worten kann nicht der geringste Zweifel bestehen. Alle Spuren in der Villa Tuzak weisen darauf hin, daß er angegriffen wurde, als er dem Kaufmann Markud einen Besuch abstattete, um einige Fragen über den letzten Abend zu stellen, den sein Kamerad Salpicio dort verbracht hatte.«

»Salpicio?« Der Großexekutor massierte seine Nasenwurzel zwischen Daumen und Zeigefinger. Er hatte stechende Kopfschmerzen. Seit er sein Amt angetreten hatte, war er kaum zum Schlafen gekommen. »Das ist doch dieser Offizier der Stadtgarde, den man ermordet hat ...«

»So ist es. Doch das ist nicht alles, was dieser Kerl auf dem Kerbholz hat. Wir haben seine Papiere durchgesehen und Beweise dafür gefunden, daß dieser Markud der Mittelsmann eines Agenten Borbarads gewesen sein muß, der sich in der Stadt verborgen hält. Es gibt auch einen Brief, der unzweifelhaft aus Maraskan kommt. In ihm wird Markud befohlen, den Spitzel zu beseitigen, der sich bei ihm eingeschlichen hat. Das war unser Mann Salpicio!« Oboto rieb sich die Nase, bevor er fortfuhr. »Wir haben bei Markud auch eine Akte gefunden, die Salpicio verfaßt hatte. Sie enthielt

Angaben über Markuds Leben und Mutmaßungen über seine Verbrechen. Dieser junge Tor hat versucht, Markud auf eigene Faust zu stellen. Er tat dies übrigens ohne meinen Auftrag. Ich wünschte, der Junge hätte sich mir anvertraut. Aber er war zu ehrgeizig.«

Irschan faltete die Hände und versuchte äußerlich ruhig zu bleiben. Er konnte nicht glauben, daß Markud ihn verraten hatte. Natürlich war der Kerl ein Schurke gewesen, aber er hatte ihm doch den Kopf Nakandoas bringen lassen! »Ich will alle Unterlagen aus der Villa sehen.«

Oboto Florios nickte. »Wie Ihr wünscht. Wenn Ihr gestattet, möchte ich empfehlen, den jungen Offiziersanwärter für seine Entschlossenheit und seinen Einsatz zu befördern. Das wäre ein gutes Vorbild für andere. Er ist ganz allein in die Villa gegangen und …«

»Bring mir diesen Ilian Naldor. Ich bin neugierig, einmal einem wahren Helden gegenüberzustehen.« Irschan konnte noch immer nicht glauben, daß Markud tot war. Nun galt es, das Beste aus der neuen Lage zu machen. Wenn der falsche Kaufmann zu Boron gegangen war, dann konnte er wenigstens niemandem mehr über die Geschäfte berichten, die ihn in die Stadt geführt hatten. Er mußte nur noch überprüfen, ob es bei seinen Briefen ein Schriftstück gab, das darauf hinwies, daß sie beide mehr als nur Nachbarn gewesen waren.

Der Stadtmarschall räusperte sich. »Ilian ist bei dem Kampf in der Villa Tuzak verwundet worden. Ich fürchte, er hat nicht die Kraft …«

Irschan machte eine wegwerfende Handbewegung. »Dann holt eben einen Heiler oder einen Magus, um ihn wieder auf die Beine zu bringen. Und jetzt stiehl mir nicht länger meine Zeit!«

Oboto setzte an, um noch etwas zu sagen, doch als der Großexekutor ihm einen zornigen Blick zuwarf, zog der Stadtmarschall sich schließlich zurück.

Nachdem der Kommandant der Garde gegangen

war, lehnte sich Irschan in seinem bequemen ledergepolsterten Lehnstuhl zurück und schaute zur Decke hinauf. Markud ein Verräter? Das wollte ihm nicht in den Sinn ... Er hatte schon des öfteren Geschäfte mit dem falschen Kaufmann getätigt, und Markud hatte sich dabei stets als zuverlässig erwiesen. Irschan hatte den Verdacht, daß die Stadtgarde einen Sündenbock brauchte ... Dieser Salpicio war am Abend seines Todes auf einem Fest in der Villa Tuzak gewesen. Irschan glaubte sogar, sich an das Gesicht des jungen Mannes zu erinnern ... Da war es naheliegend, Markud den Mord an diesem Spitzel in die Schuhe zu schieben! Wieviel Oboto Florios wohl über die Dinge wußte, die im geheimen in der Villa besprochen worden waren?

Irschan ballte wütend die Fäuste. Für seinen Geschmack hatte die Stadtgarde ihre Nase zu tief in seine Angelegenheiten gesteckt. Und nun sollte er den Kerl, der dafür verantwortlich war, auch noch befördern! Natürlich kam eine solche Brut aus dem Stall der Olibano. Die Commandanta hatte Irschan mit ihrer Neugier und Unbestechlichkeit schon mehrfach im Weg gestanden. Gut, daß sie bald verrecken würde!

Es blieb keine Zeit mehr, sich mit diesen Dingen herumzuärgern. Er mußte Erfolge vorweisen, um seine neue Stellung zu rechtfertigen. Mißmutig blickte der Großexekutor auf den Stapel von Papieren, der sich vor ihm auf dem Schreibtisch türmte.

Endlich nahm er das oberste Blatt in die Hand und überflog die Zeilen. Es war ein Urteil, das er lediglich unterschreiben sollte. Ein Weibel der Stadtgarde war dabei erwischt worden, wie er eine Frau und zwei Kinder versteckt hatte, die aus einem Haus mit Kranken stammten. Oboto Florios, aus dessen Feder das Urteil stammte, schlug vor, den Weibel zu drei Wochen Kerker zu verurteilen und ihm für ein halbes Jahr den Sold zu kürzen.

Noch so ein Rebell aus der Stadtgarde, dachte Irschan wütend. Es war an der Zeit, ein Exempel zu statuieren! Er nahm Feder und Tintenfaß, strich den Absatz mit der Strafe durch, die der Stadtmarschall vorgeschlagen hatte, und fügte statt dessen einen neuen hinzu.

… In Notzeiten wie diesen, die uns allen die allergrößte Disziplin abverlangen, kann Rebellion gegen die Befehle des Rates der Zwölf nicht wie eine Bagatelle behandelt werden. Vielmehr ist eine Befehlsverweigerung, wie sie in diesem Fall vorliegt, als Hochverrat zu betrachten und wie dieser zu bestrafen.

Hiermit verurteile ich kraft der besonderen Befugnisse, die mir zur Wiederherstellung der Ordnung in der Stadt übertragen wurden, Gion, Weibel in der dritten Kompanie der Stadtgarde, zum Tod durch das Schwert. Die Strafe ist noch heute zu vollstrecken!

Irschan Perval,
Großexekutor von Al'Anfa

Es war kaum eine Stunde vor Sonnenuntergang, als die Reisekutsche in Sichtweite des Mirhamer Tors hielt. Näher wagte sich die Kutscherin nicht heran, denn die Gerüchte über die Seuche, die in Al'Anfa wütete, waren schon bis zur Königsstadt gelangt. Nicht einmal in dem großen Gasthaus außerhalb der Stadtmauer wollte sie einkehren. Kaum hatte sie die Münzen bekommen, die Alara ihr noch schuldig war, ließ die Frau die Peitsche über den Köpfen ihrer Pferde knallen und raste davon wie von Dämonen gejagt.

Es war vollkommen windstill und für einen Abend im Boronmond außergewöhnlich schwül. Eine fast greifbare Spannung schien über der Stadt zu liegen. Bestimmt würde es nicht mehr lange dauern, bis ein Unwetter losbrach. Alara blickte nach Osten, doch noch zeigten sich keine Wolken am Horizont. Müde ging die Commandanta dem Stadttor entgegen. Fast eine halbe Meile lag noch vor ihr.

Immer wieder flogen krächzend Raben über sie hinweg. Es war kein gutes Zeichen, wenn die Tiere landeinwärts Schutz suchten!

Schon von weitem winkten ihr die Wachen am Stadttor zu und gaben Zeichen, nicht näher zu kommen. Rings herum auf den Feldern war nicht eine Menschenseele zu sehen. Das Land wirkte wie leergefegt. Eigentlich hätten Sklaven auf den Feldern arbeiten und Reisende die Straße bevölkern sollen. Jetzt nahm sie auch Brandgeruch wahr.

Als sie so nahe ans Tor gelangt war, daß man ihr Gesicht erkennen konnte, hörte man auf zu winken. Alara schmunzelte. Man kannte sie. Es war verrückt, in eine Stadt zurückzukehren, in der eine tödliche Seuche wütete, aber der Gedanke daran, daß der letzte Akt in ihrem tödlichen Spiel nahte, erfüllte sie mit grimmiger Befriedigung.

»Ich wußte gar nicht, daß Ihr die Stadt verlassen habt«, grüßte sie der kommandierende Offizier der Torwache. »Ihr wißt doch, daß ...«

Sie winkte ab. »Den blutigen Difar fürchte ich nicht. Ich habe noch einen Mord zu sühnen.«

Der Offizier sah sie verwundert an. »Noch einen Mord? Euer Adjutant hat doch erst am Morgen den Schurken zur Strecke gebracht, der unseren Kameraden Salpicio tötete. Wißt Ihr das vielleicht noch nicht?«

»Doch ... Schließlich war ich es, die ihn geschickt hat.«

»Famoser Kerl, Euer Adjutant. Ich kenne ihn ganz gut. Ist oft hier durchgekommen. Man erzählt sich die tollsten Dinge über seine Taten heute morgen. Spaziert ganz allein in ein Haus voller Halsabschneider und macht die Kerle alle kalt.«

»Seine besondere Begabung«, bemerkte die Commandanta knapp. Dann stellte sie eine Frage und erhielt die Antwort, die sie erwartet hatte. Freundlich lächelnd hob sie die Hand zum Gruß, um dann weiterzugehen.

Alara passierte die Festungsanlagen des Arsenals, folgte ein Stück weit dem Ufer des Hanfla und überquerte dann die Brücke, die zur Kommandantur führte. Selbst hier ließ sich kaum jemand blicken. Mitten auf dem Hof sah sie die Henkersänfte. Es stand also eine Hinrichtung bevor.

Einer plötzlichen Eingebung folgend, stieg Alara zu den Kellern hinab. In jener Kammer, in der man vor nicht einmal einer Woche Salpicio aufgebahrt hatte, lagen nun drei Leichen, über die schwarze Tücher gezogen waren. Wahrscheinlich mußte noch die Boronpriesterschaft zu Rate gezogen werden, um zu bestimmen, wo und unter welchen Umständen man sie beisetzte.

Alara kniete neben dem linken Leichnam nieder und zog das Tuch zurück. Markuds Gesicht wirkte fremd, wie aus Wachs geschnitten. Seine Augen waren eingesunken und standen noch immer weit offen. Ein blutiges Loch klaffte in seiner Schläfe. Der Hauch eines verächtlichen Lächelns war auf seinen Lippen gefroren, so als verspotte er selbst den Tod. Oder war sie es, auf die sein Spott zielte? In diesem Augenblick begriff sie, daß nun ihrer *beider* Leben zu Ende war. Noch einmal zogen all die Jahre ihrer Jagd an der Commandanta vorbei. Ihm zu trotzen, das war ihr Leben gewesen. Und was blieb nun?

Das Schweigen des Todes sank auf sie, kroch in sie hinein und füllte alles aus, was einst ein Leben gewesen war. Doch im Gegensatz zu ihrem Feind gab es für sie keine Ruhe. Ein einziger Augenblick hatte genügt, um das Feuer zum Erlöschen zu bringen, das mehr als anderthalb Jahrzehnte lang ihr Herz verbrannt hatte.

Alara strich sanft über die Augen des Toten, um sie

zu schließen, und zog dann das Leichentuch wieder hoch. Nur eins blieb noch zu tun. Sie würde Ilian zu sich einladen. Seine Verwundungen würden ihn gewiß nicht von seinem Kommen abhalten. Noch am Tag ihrer Abreise hatte sie alles für heute abend vorbereitet.

Als Amir Honak den Rabentempel verließ, waren seine Knie blutig und seine Beine steif von Krämpfen. Mehr als einen Tag lang hatte er vor dem Bildnis Golgaris gekniet und das Zwiegespräch mit dem Boten Borons gesucht. Ihm war ein wenig schwindelig, als er die Treppe zur Steilklippe hinaufstieg, um in die Stadt des Schweigens zurückzukehren.

Eine kleine Gruppe von Geweihten erwartete ihn dort bereits. »Der Großexekutor hat eine kleine Truhe mit einem abgetrennten Frauenkopf für Euch abgeben lassen, Eure Hochwürdigste Erhabenheit.«

Der Patriarch winkte ab. »Ich weiß.« Plötzlich hielt er inne. Die schwarzen Gestalten in ihren langen Roben verschwammen Amir Honak vor den Augen. An ihrer Stelle sah er Raben. Er schluckte.

»Ruft alle Brüder und Schwestern in der Stadt des Schweigens zusammen. Es war falsch, uns hierher in die Sicherheit der Tempelmauern zurückzuziehen, während nur eine Handvoll der Unseren den Sterbenden Beistand leistete. Boron zürnt uns, weil wir vergessen haben, was unsere Aufgabe ist. Nicht eiserne Strenge, sondern Milde und Barmherzigkeit werden die Seuche bezwingen. Ich wünsche, daß sich binnen einer Stunde alle Geweihten versammelt haben. Wir werden alle gemeinsam in einer großen Prozession in die Stadt hinabziehen.« Er klatschte ungeduldig in die Hände. »Und nun beeilt euch!«

Während sich die Geweihten zurückzogen, blickte der Patriarch auf das Meer. Ein frischer Wind war aufgekommen. Der östliche Himmel glich einer einzigen schwarzen Mauer. Unheil zog herauf!

Es wurde ihm kalt ums Herz, als er all die Raben sah, die auf den Dächern der Tempelstadt hockten. Es waren viel mehr als sonst! Eine einzelne schwarze Feder tanzte im Wind und fiel ihm schließlich vor die Füße. Er mußte an den Bericht der Marquesa Gabriela denken. Wie hatte es dort geheißen?

Als aber die heiligen Raben nackt und sterbend vom Himmel fielen und sich ihr Gefieder wie schwarzer Schnee auf die Stadt legte …

Hatte die Gleichgültigkeit seiner Geweihten den Totengott so sehr erzürnt, daß er nun das letzte Gericht über seine Stadt halten würde? Oder bildete er sich das alles nur ein, geschwächt durch einen Tag ohne Schlaf und Essen? Wieder einmal wünschte sich Amir, ein wenig mehr von den Gaben seines Vaters geerbt zu haben. Tar Honak hätte gewußt, was nun zu tun gewesen wäre! Oder hatte auch er die Zweifel und die Einsamkeit eines Herrschers gekannt?

Gion hatte gerade sein üppiges Mahl beendet. Es war lange her, seit er zum letzten Mal so gut gegessen hatte. Er lächelte traurig. Dieses kleine Festbankett, bei dem er der einzige Gast gewesen war, würde in seinem Leben wohl durch nichts mehr übertroffen werden.

Die niedrige Kerkertür öffnete sich. Der Stadtmarschall zwängte sich durch die Tür. Gion sprang auf und salutierte.

»Laß es gut sein.« Der massige Mann wirkte beklommen. Er betrachtete die Reste des Essens. »War es gut?«

»Jawohl, Herr Stadtmarschall!«

»Rühren!«

Der Gardist stellte sich ein wenig bequemer. Hinter der Tür, die Oboto Florios völlig ausfüllte, hörte er Stimmengemurmel.

»Ich bringe schlechte Nachrichten, Soldat. Ich selbst habe in deiner Sache noch einmal beim Großexekutor vorgesprochen. Doch er hat mein Gesuch zur Begnadigung abgelehnt.«

Gion reckte stolz das Kinn vor. »Ich habe niemals um Gnade gewinselt, und es gibt nichts zu bereuen!«

Oboto atmete tief durch. »Zeig ihnen, daß ein Stadtgardist zu sterben weiß! Gibt es Verwandte, um die sich die Garde kümmern sollte?«

Der rothaarige Krieger schüttelte den Kopf. »Verwandte nicht, aber … Ich meine, wenn ich für dieses Weib, dessen Namen ich nicht einmal kenne, mein Leben lassen soll … Wenn Ihr vielleicht Sie … Helft ihr! Dann hätte alles noch ein bißchen Sinn. Es würde mir den Weg, der vor mir liegt, leichter machen.«

»Ich werde mich darum kümmern, Soldat. Wenn ich mich recht erinnere, steht dir noch mehr als ein Jahressold zu. Sie soll ihn bekommen.«

»Was?« Gion sah seinen Oberkommandierenden überrascht an. »Das muß ein Irrtum sein. Ich meine, ich …«

»Sehe ich aus, als würde ich mich irren?« fragte Oboto milde. »In meinen Augen bist du zu Unrecht verurteilt worden. Deine Tat hat der Garde keine Schande gemacht. Stirb wie ein Mann, und du hast dir den Sold mehr als verdient. Die Ehre der Stadtgarde muß gewahrt werden. Sie warten schon draußen, um dich zu holen. Du kannst einen Becher Boronswein haben. Das macht es leichter …«

»Nein, Herr. Wenn einem nur noch so wenig vom Leben bleibt, dann möchte man auf kein Stück davon verzichten. Ich möchte bei klarem Verstand sein, wenn ich mich auf die Richtbank lege.«

Der Stadtmarschall wirkte verlegen, und es schien, als wisse er nicht, was er mit seinen Händen tun solle. Nach einigen Augenblicken des Schweigens murmelte er schließlich: »Ich muß gehen …«

Nach ihm trat ein Borongeweihter in die Zelle, der Gion kurz auf die Reise über das Nirgendmeer vorbereitete und ihm eine letzte Gelegenheit gab, seine Seele zu erleichtern, die schon bald im Beisein Borons auf der Seelenwaage Rethon liegen würde.

Auf den Geweihten folgten die Henkersknechte. Gion mußte sich entkleiden und das wadenlange Büßerhemd anziehen. Dann legte man ihm eine Wehr an, einen alten Brustpanzer aus der Zeit der Klugen Kaiser. Al'Anfa war die einzige Stadt Aventuriens, in der der Hochgeweihte der Rondra das Amt des Scharfrichters versah. Doch da es den Ordensrittern der Kriegsgöttin nicht gestattet war, gegen Wehrlose das Schwert zu erheben, pflegte man in Al'Anfa schon lange den frevlerischen Brauch, die Todgeweihten zu rüsten, um zumindest den Buchstaben nach der Ordensregel treu zu bleiben.

Nachdem die Henkersknechte sich überzeugt hatten, daß das Haar des Delinquenten kurz genug war, um bei der Hinrichtung nicht zu stören, schaffte man Gion hinaus auf den Hof der Kommandantur. Dort erwartete ihn bereits die Henkerssänfte, ein großer eiserner Käfig, unter dem zwei Tragestangen befestigt waren. Acht seiner alten Kameraden aus der Stadtgarde würden die Sänfte tragen. Gion versteifte sich und ging hocherhobenen Hauptes die Treppen zum Hof hinunter, um in den Käfig zu steigen. Die Gardisten mieden es, ihn anzusehen.

Der Abstieg zum Richtplatz nahe dem alten Hafen dauerte länger als eine Stunde. Er führte quer durch die Stadt über eine Unzahl enger Treppen. Kaum jemand säumte den Weg, um den Verurteilten zu sehen. Und wo sich ein paar Menschen versammelt hatten, war es merkwürdig still.

Ein wenig fühlte sich Gion beleidigt. Die anderen Hinrichtungen, denen er bislang als Wachmann oder Träger der Henkerssänfte beigewohnt hatte, waren samt und sonders kleine Volksfeste gewesen. In Scharen waren die Fanas gekommen, um dem Verurteilten ihre Verwünschungen entgegenzurufen oder ihn anzufeuern, den Kopf nicht zu verlieren. Diesmal jedoch war alles anders. Statt der Menschen waren Hunderte von Raben gekommen. Sie saßen entlang der Straßen auf Fensterbänken, Giebeln und Dachtraufen. Nie zuvor hatte Gion so viele von ihnen gesehen.

Nicht einmal auf dem Richtplatz hatten sich sonderlich viele Zuschauer versammelt. Von dem weiten Platz aus konnte man auf das Meer sehen. Es war schon fast dunkel, als man den Käfig öffnete und Gion herausholte. Kalter Wind fegte vom Meer heran. Der Horizont war ganz von schwarzen Wolken ausgefüllt.

Als Gion den Henker hoch auf dem Gerüst stehen sah, zuckte seine Hand unwillkürlich zur Hüfte, dorthin, wo sonst sein Schwert am Gürtel gehangen hatte. Die Knechte des Blutrichters banden ihm die Arme auf den Rücken und schafften ihn auf das Henkersgerüst. Die große hölzerne Plattform wurde von massiven Balken getragen und war mehr als zwei Schritt hoch, damit man sie von überall auf dem Platz gut sehen konnte. In der Mitte stand eine lange Bank, an der seitlich Lederriemen angebracht waren, um den Verurteilten festzuschnallen. Gleich hinter der Bank stand ein aus frischem Stroh geflochtener Korb.

Der Scharfrichter war ein hochgewachsener, hellhäutiger Mann. Seine Augen waren von blassem Grau, sein Schädel war kahlrasiert. Er trug ein frischpoliertes, silbern schimmerndes Kettenhemd und darüber den weißen Waffenrock mit dem roten Löwinnenwappen, das Gewand eines Ordensritters der Kriegsgöttin.

Als Gion das große Richtschwert erblickte, wurden ihm die Knie weich. Gehetzt sah er sich um. Gleich hinter dem Henkersgerüst standen der Stadtmarschall und neben ihm, umgeben von einigen Rittern der *Basaltfaust,* der Großexekutor, jener Mann, der seinen Tod gefordert hatte. Irschan Perval gähnte. Das Schauspiel schien ihn zu langweilen. Unbändige Wut stieg in Gion auf. Dieser verfluchte Schurke! Die Henkersknechte verstärkten ihren Griff. Es wäre sinnlos, sich gegen sie aufzubäumen.

»Hast du noch etwas zu sagen, Todgeweihter?« fragte der Hochgeweihte mit lauter Stimme. »Möchtest du vielleicht öffentlich um Vergebung bitten für den Hochverrat, den du begangen hast?«

Gion zog die Nase hoch und spuckte dem Geweihten auf das Wappen seines Waffenrocks. »Möge dich Rondras Blitzstrahl beim Scheißen treffen, Eminenz!«

Der Ordensritter schlug ihm mit seinem gepanzerten Handschuh ins Gesicht. »Schnallt den Schurken auf die Bank, damit wir ihn auf dem schnellsten Weg in die Niederhöllen schicken!«

Der Gardist leckte sich über die aufgesprungenen Lippen. Er lächelte, als man ihn niederzerrte. Der Spruch war das bißchen Blut wert gewesen. Nun konnte er getrost seine letzte Reise antreten. Er bedauerte nur, daß er seinen alten Freund Tikian nicht noch einmal wiedergesehen hatte.

Die Henkersknechte zogen die Riemen der Richtbank so stramm, daß sie dem Gardisten tief ins Fleisch schnitten. Er lag mit dem Rücken auf der Bank, so daß er zum Himmel blicken konnte und das Richtschwert das letzte wäre, das er in seinem Leben sähe. Jetzt kreiste ein Schwarm Raben über ihm.

»Ihr müßt euch noch ein wenig gedulden, bis ihr euer Festmahl halten könnt«, murmelte er gepreßt.

Funkelnd fuhr das Zweihandschwert aus blauem Stahl zum Himmel.

»Halt!«

Gion runzelte die Stirn und mühte sich, den Kopf zur Seite zu drehen, um zu sehen, wer dort gerufen hatte. Unruhiges Raunen erhob sich. Der Gardist fluchte. Unmittelbar vor seiner Nase stand einer der Henkersknechte, so daß er lediglich dessen fleckige Lederschürze zu sehen bekam.

»Was hat dieser Mann verbrochen?« fragte die Stimme, die das Richtschwert im Himmel hatte verharren lassen.

»Dieser Mann mit Namen Gion, ein Weibel in der Stadtgarde, hat wider Eure Befehle gehandelt, Eure Hochwürdigste Erhabenheit«, antwortete der Scharfrichter. »Somit ist er ein Hochverräter und hat sein Leben verwirkt.«

»Gegen welche Befehle?«

»Er hat drei Frauen versteckt, die unter einem Dach mit einem Mann lebten, den die Seuche dahingerafft hat. Durch diese Tat hat er das Leben der Gesunden gefährdet.«

»Nein, mit seiner barmherzigen Tat hat er wohlgetan. Mag er sich auch gegen mein Wort gestellt haben, so ist er dennoch kein Verräter, denn ich selbst habe mit meinem Befehl dem Willen Borons zuwidergehandelt und werde dafür noch Buße tun müssen. Der Platz seiner Geweihten ist an der Seite der Sterbenden, und es steht mir nicht zu, jene, die bis zuletzt bei den Kranken ausharrten, für ihre göttergefällige Milde zu strafen.«

Der Henkersknecht war zur Seite getreten, so daß Gion nun endlich sehen konnte, was vor sich ging. Zwischen den Schaulustigen hatte sich eine Gasse gebildet, und der Patriarch erklomm die Stufen des Henkersgerüsts.

»Aber ein Mann, der sich gegen Euer Wort vergangen hat, kann doch nicht ohne Strafe bleiben!« Hinter dem Patriarchen war Irschan Perval aus der Menge aufgetaucht.

»Wer sagt, daß ich ihn nicht strafen werde?« Amir Honak griff nach dem Schwert des Henkers, hob es hoch empor und schlug mit der breiten Seite Gion sanft auf die linke Schulter. »Mit diesem Hieb sind deine Vergehen gesühnt, Gion, Ritter im Orden des Schwarzen Raben und Hauptmann der Stadtgarde.«

Auf dem Platz erhob sich Jubel, doch Gion war ganz

benommen. Kaum spürte er, wie man seine Fesseln löste. Seine Gedanken kreisten um das Urteil des Patriarchen. Womit hatte er das verdient? Als Hauptmann wäre er nur noch selten mit seinen Kameraden draußen auf der Straße ... Und was noch schlimmer war, man würde von ihm erwarten, daß er lesen und schreiben könnte, um all den Papierkram zu erledigen, der anfiel. Fieberhaft überlegte er, wie er sich aus diesem Schlamassel wieder herauswinden konnte. Und dann noch Ordensritter! Mit diesen Heiligen, die nicht einmal wußten, wie man richtig fluchte, hatte er doch nichts gemeinsam!

Er lag noch immer auf der Richtbank, als der Patriarch dem Volk verkündete, daß er zum Tempelhafen aufbrechen wolle, um von dort mit großem Gefolge zur Sklaveninsel zu segeln und sich der Kranken und Sterbenden anzunehmen.

All das kümmerte Gion indessen nicht. Das Urteil des Patriarchen hatte ihn in tiefste Verzweiflung gestürzt. Sein Leben war zerstört!

Manolo drehte seine Runden auf den Wehrgängen der Festung. Das Praiosgestirn war bereits hinter den Horizont gesunken, und es war die Zeit des kurzen Zwielichts vor dem Sieg der Finsternis. Der Hof unter ihm lag so dicht voller Kranker und Sterbender, daß es im schwindenden Licht aussah, als wäre es eine einzige lebendige, sich in Qualen windende Masse.

Von der Stadt her kam noch eine weitere Trireme, die ein Boot schleppte. Es würde die letzte für heute sein. Der junge Offizier wußte nicht, wohin er die Neuen bringen sollte. Und dann zog noch ein Kauca herauf! Wenn die ohnehin schon Geschwächten nach dem Sturm und dem Regen im Freien blieben, dann würde morgen ein einzelnes Fischerboot nicht mehr ausreichen, um die Toten dieser Nacht fortzubringen! Aber was sollte er tun? Mit den paar Leuten, die ihm noch geblieben waren, vermochte er gerade einmal die Toten einzunähen und zur Anlegestelle zu schleppen, um von dort auf dem Rückweg Vorräte für die Festung mitzubringen. An Pflege war nicht zu denken.

Ein wenig eifersüchtig dachte er an Rondarion. Seine Kleine war genesen, und er schien sich gut mit ihr zu unterhalten. Eine Abwechslung dieser Art käme auch mir gelegen, um das Grauen zu vergessen, dachte Manolo. Als Rondarion ihn am Morgen von der Wache abgelöst hatte, glänzten seine Augen, als sei er Rahja selbst begegnet. Den Sold einer ganzen Woche hätte er gegeben, wenn Ines dieses Wunder auch bei ihm vollbracht hätte. Es war doch ihr Geschäft zu unterhalten ... Ob sie es ablehnen würde? Doch selbst wenn sie zustimmte, war es diesem sentimentalen Trottel Rondarion durchaus zuzutrauen, daß er sich wegen der Hure mit ihm schlüge ...

Manolos Blick wanderte über die Bucht. In der Stadt leuchteten weniger Lichter als sonst. Der Menschenauflauf, den es kurz vor Sonnenuntergang auf dem Richtplatz gegeben hatte, schien sich aufgelöst zu haben.

Der Blick des Offiziers wanderte weiter nach Norden und verharrte zwischen den beiden Türmen, die die Einfahrt zum Tempelhafen flankierten. Ein langer Schatten kroch dort hervor. Er kniff die Augen zusammen, um besser sehen zu können. Eine Bireme! Manolo fluchte. Also kamen sie doch noch! Er hatte gleich gewußt, daß die *Basaltfaust* sich nicht damit abfinden würde, daß ihr Kamerad nicht mehr antwortete.

Jetzt war keine Zeit mehr zu verlieren! Rondarion und seine Gespielin mußten verschwinden. Mit etwas Glück würden sie es sicher schaffen, auf das Totenboot zu kommen.

»Es wird alles gut werden«, sagte Rondarion und drückte Ines tröstend die Hand. »Morgen um diese Zeit sind wir weit fort und in Freiheit.«

»Jetzt ist nicht der Augenblick für Rührseligkeiten!« fluchte Manolo. »Händchen halten könnt ihr noch den Rest eures Lebens! Beeilt euch!«

Rondarion küßte seine Geliebte noch einmal, und dann half er seinem Kameraden, ihren Leichensack zuzunähen. Als ihr Gesicht unter dem fleckigen Stoff verschwand, brach ihm fast das Herz. Angst befiel ihn, daß er sie niemals wiedersehen würde.

Heulend pfiff draußen der Wind über die Mauern, und der Sturm hatte gerade erst angefangen. Schon bei ruhiger See wäre es schwer genug gewesen, schwimmend bis zurück zur Küste zu gelangen. Doch jetzt ...

Manolo bemerkte, wie sein Kamerad zitterte, und lächelte ihm aufmunternd zu. »Keine Sorge, ich werde euch beide persönlich zum Boot hinuntertragen. Niemand wird etwas merken.«

»Ich danke dir für alles, was du für uns getan hast. Ohne deine Hilfe wären wir verloren gewesen ... Ich weiß nicht, wie ich dir das jemals vergelten soll.«

»Seht zu, daß ihr nicht erwischt werdet ... Das reicht mir als Lohn. Und nun lieg endlich still, sonst erwische ich dich noch mit der Nadel.« Mit großen Stichen vernähte der Offiziersanwärter den Sack. Als nur noch Rondarions Gesicht zu sehen war, hielt er für einen Augenblick inne. »Leb wohl, Herzensbrecher«, murmelte er mit rauher Stimme. »Wir hatten eine gute Zeit zusammen.«

»Ich werde dich vermissen, Kamerad. Ich ...«

Manolo zog ihm den Stoff über dem Gesicht zusammen und begann wieder zu nähen. Sein Kamerad hatte in den letzten Tagen viel Übung in dieser Arbeit gehabt. Wenige Augenblicke später spürte Rondarion, das er hochgehoben wurde. Manolo legte ihn sich über die Schulter.

Nie war Rondarion der Weg zur Anlegestelle so kurz erschienen.

»Das reicht jetzt! Die anderen holen wir morgen!«

brüllte eine Stimme, die kaum das Sturmgeheul zu übertönen vermochte.

»Nur eine noch! Ich hab keine Lust, deren stinkenden Kadaver bis morgen unter der Nase zu haben! Möchtest du, daß ich Meldung über dich mache?«

»Dann beeil dich«, fluchte der Kapitän. »Der Sturm verwandelt mein Schiff sonst in ein Wrack!«

Rondarion schlug auf etwas Weichem auf. Dann spürte er den Boden unter sich unsicher schwanken. Hoffentlich wartete dieser verdammte Kapitän. Verzweifelt betete der Gardist zu allen Göttern. Vom Deck der Galeere hörte er Flüche. Eine Ewigkeit schien zu vergehen, ohne daß Manolo zurückkehrte. Rondarion umklammerte sein Messer fester. Er würde nicht ohne Ines gehen! Im Zweifelsfall würde er sich befreien und an Land springen, um zu sehen, wo Manolo steckte. Was in Praios Namen mochte nur geschehen sein?

Dann fiel etwas auf seine Beine. Er spürte eine Bewegung. Sie war an Bord. Erleichtert atmete der Offizier auf. Sie waren entkommen! Nun lag ihr Leben in Efferds Hand. Wenn das Meer sie nicht verschlänge, wären sie gerettet!

18. Kapitel

Ilian hatte eine Sänfte mieten müssen, um zu Alara zu kommen. Der Bote, der ihre Einladung brachte, hatte ihn bei Anatewka überrascht. Warum war die Commandanta wieder in der Stadt? Und was zum Henker wollte sie von ihm? Die Nachricht hatte ihm den Abend verdorben, und er hatte sogleich nach einer Sänfte geschickt. In dem Sturm dauerte der Anstieg bis hinauf zu den Silberessen sehr lange, und es herrschte tiefe Nacht, als er Alaras Turm erreichte.

Ihre Tür war unverschlossen, wie immer. Der kurze Gang, der ins Innere führte, war von Kerzen, die in einer Nische brannten, hell erleuchtet. Es roch nach exotischen Gewürzen und schwerem Tabakrauch. Als Ilian in die runde Kammer trat, die das Erdgeschoß ausfüllte, fand er dort zwei Klinen vor, zwischen denen ein niedriger Tisch stand. Das Schreibpult war an eine Wand gerückt worden, um Platz zu schaffen. Während er sich noch verwundert umsah, kam Alara die Treppe herunter.

»Du kommst spät, Ilian«, empfing ihn die Commandanta lächelnd. »Mach es dir bequem!« Sie klatschte in die Hände. »Rustan, komm her und nimm unserem Gast den Umhang ab.«

Auf flinken Füßen eilte ein junger Novadisklave die Treppe herab und half Ilian aus seinem Mantel.

»Ein Fest«, stammelte der Gardist verwirrt. »Ich hatte ja keine Ahnung …«

»Wir haben schließlich einen Sieg zu feiern!« Alara

ließ sich auf einer der Klinen nieder, nahm eine Tabakpfeife vom Tisch und entzündete sie mit einem Holzspan. »Steh nicht herum, als wolltest du Wurzeln schlagen.« Sie blies ihm einen Schwall hellblauen Rauchs ins Gesicht und wies einladend auf die übrigen Pfeifen. »Nimm dir doch eine. Sie sind alle schon gestopft. Bester Mohacca und ein wenig mehr ...« Sie lächelte verschwörerisch.

Viel zu verwundert, um irgend etwas zu sagen, ließ sich Ilian auf dem zweiten Ruhebett nieder. Die Commandanta schob ihm eine Pfeife hinüber, deren Kopf mit drei lachenden Schelmenmasken geschmückt war.

»Was wollen wir trinken? Ich habe einen erstklassigen Roten aus dem Szintotal. Oder bevorzugst du die Weine aus den Goldfelsen?«

»Ich kenne mich mit teuren Weinen nicht so aus«, gestand Ilian.

»Dann nehmen wir eben beide!« Sie klatschte in die Hände. »Den Wein!«

Wieder eilte der junge Sklave die Treppe herunter. Diesmal setzte er vier kostbare Kristallgläser und zwei geöffnete Flaschen auf den Tisch. Im nächsten Augenblick war er schon wieder verschwunden, fast als wäre er ein Dschinn.

Der Rauch, der schwere Kräuterduft und der merkwürdige Empfang, dies alles machte Ilian schwindelig. Vorsichtig nippte er an dem Wein, den Alara ihm eingeschüttet hatte.

»Das Essen ist leider noch nicht ganz fertig. Wir werden uns noch ein wenig gedulden müssen.«

Er schüttelte den Kopf. »Die Pfeifen ... Das kann nicht gut für Euch sein. Ihr seid doch krank!«

»Heute nicht! Heute gilt es zu feiern, daß Salpicios Mörder endlich gestellt wurde.«

In der rauchgeschwängerten Luft schien die Tätowierung auf ihrem Gesicht ein seltsames Eigenleben zu führen. Ilian hatte das Gefühl, daß ihn die Augen der

Schlange immerzu anstarrten. Die Pfeife auf dem Tisch vor ihm war inzwischen erloschen. Wieder klatschte Alara in die Hände. So plötzlich diesmal, daß der junge Gardist unwillkürlich zusammenzuckte.

»Das Spiel kann beginnen!« rief sie mit klarer Stimme. Wie zur Antwort brachte eine Sturmbö den Turm zum Erzittern. Ilian spürte, wie ihm der kalte Schweiß den Rücken hinabrann. Von oben ertönte leises Flötenspiel.

»Was ... Was ist das?«

»Zu einem richtigen Fest gehört auch die rechte Musik.« Die Commandanta klopfte ihre Pfeife aus und zündete sich eine zweite an. »Erinnerst du dich noch an den Abend, als wir die Villa Tuzak besuchten? Jemand spielte Flötenmusik ... Eine wahrhaft begnadete Künstlerin. Ich habe sie ausfindig gemacht und angeheuert, um diesem Abend den richtigen Rahmen zu geben.« Sie zog kräftig an der Pfeife, bis die Glut hell aufleuchtete, und blies Ilian den Rauch ins Gesicht.

»Ihr ... Ihr seid gar nicht krank.« Es war mehr eine Feststellung als eine Frage.

Die Commandanta antwortete nicht. Sie lehnte sich zurück, schloß die Augen und zog genußvoll an der Pfeife. Das Flötenspiel war indessen lauter geworden. Eine eigentümlich ergreifende, traurige Melodie, die auf beklemmende Weise vom Heulen des Sturms begleitet wurde.

Ilian griff nach dem Weinglas und hielt es einen Augenblick lang mit beiden Händen fest umklammert, als wäre es ein rettender Anker in einer Welt, die aus den Fugen geraten war.

»Ich habe mich in der Tat verstellt, Ilian«, sagte die Commandanta leise. »Ich war nie krank!«

In diesem Augenblick erkannte der Gardist, daß er der Offizierin in die Falle gegangen war. Mit eisigem Griff packte ihn das Entsetzen. Er wollte aufspringen, doch seine Beine zitterten und wollten ihm nicht mehr gehorchen.

»Ihr wißt alles?« fragte er. Die Worte mochten ihm kaum über die Lippen kommen.

»Ja, ich habe es immer gewußt.« Sie sah zur Decke hinauf und sprach so gelassen, als würden sie immer noch lediglich über Tabak und Wein plaudern. »Du bist Salpicios Mörder!«

»Ich habe von Anfang an geahnt, daß Ihr es wißt.«

Die Commandanta sah nicht einmal zu ihm hinüber, sondern blickte lediglich den Rauchkringeln nach, die sie zur Decke blies.

»Es gibt Beweise dafür, daß Markud es war. Schriftliche Beweise!« Ilian war entschlossen, sich gegen das Unvermeidliche aufzubäumen.

»Ich habe schon davon gehört ... Von Markud kann ich mir allerdings beim besten Willen nicht vorstellen, daß er solche Dinge einfach hätte herumliegen lassen. Findest du es nicht merkwürdig, daß die begnadetste Fälscherin in unserer Stadt ermordet wurde – einen Tag bevor du deine Beweise gefunden hast?«

»Was wollt Ihr damit andeuten?« Ilian hatte das Gefühl, langsam wieder festen Boden unter die Füße zu bekommen.

»Nichts. Ich kannte die Alte ganz gut. So gut, daß ich sogar weiß, wo sie das Büchlein versteckt hielt, in dem sie die Namen aller ihrer Kunden niederschrieb, nebst einigen Anmerkungen zu den Arbeiten, die sie für sie erledigt hatte. Eine kleine Rückversicherung ... Schließlich lebt man in ihrem Gewerbe nicht ganz ungefährlich.« Alara richtete sich auf der Kline auf und blickte nun endlich zu ihm hinüber. »Was meinst du? Werden wir deinen Namen dort finden?«

Rustan kam mit einem großen Tablett die Treppe herunter und stellte einen gekochten Schweinskopf auf Reis ab. Im Maul des Tiers steckte ein roter Apfel.

»Das allein wird als Beweis nicht genügen«, verteidigte sich der Gardist. »Ich werde behaupten, das Buch sei eine Fälschung.«

Alara beugte sich über den Tisch und stach mit ihrem Messer ein Auge aus dem Schweinskopf, um es sogleich mit einem gierigen Happen zu verschlingen. Nie zuvor hatte Ilian sich ihr gegenüber so wehrlos gefühlt. Sie erschien ihm wie eine bösartige große Schlange. Und er ... er spielte die verängstigte Maus, die zitternd darauf wartete, verschlungen zu werden.

»Glaubst du, ich hätte nur einen Beweis für deine Schuld?« fragte sie schmatzend. »Was hast du mir bei unserem letzten Treffen gleich gesagt? Jedes Verbrechen hinterläßt eine Spur? Deine Spur war nicht zu übersehen! Aber iß doch.« Sie wies auf den Schweinskopf. »Die Augen sind köstlich. Aber vielleicht solltest du es lieber mit dem Apfel versuchen!«

Wie unter einem Zwang streckte Ilian die Hand aus. Der Apfel war durchgeschnitten und zerfiel ihm unter den Fingern. In seinem Fruchtfleisch steckten zwei kleine Pfeilspitzen.

»Begreifst du nun, wie lange du mir deine Tat schon bewiesen hast?«

Wie versteinert blickte der Gardist auf die Pfeilspitzen.

»Es sind die Spitzen von Balestrinabolzen. Die unbeschädigte Spitze stammt aus dem Kadaver des Lioma, den du erschossen hast, um mich zu retten. Während du damals die Gardisten des Viertels suchtest, bin ich noch einmal zurückgekehrt und habe sie aus dem Kadaver herausgeschnitten. Die zweite, etwas verbogene Spitze fand man im Rückgrat Salpicios. Beide zeigen das Siegel der gleichen Pfeilmacherwerkstatt. Du selbst hast mir die Beweise gebracht, die ich benötige, um dich an den Galgen zu bringen. Als du mir mein Leben rettetest, hast du dich verraten!«

Das Flötenspiel jagte mit einer schnellen Folge hoher, dissonanter Töne einem Höhepunkt entgegen.

Ilians Hand schloß sich immer fester um den Apfel, bis ihm der Saft der Frucht zwischen den Fingern hindurchtropfte. »Als ich Euch rettete«, murmelte er betroffen. »Dann habt Ihr gewußt, daß dieses Raubtier durch den Garten streifte.«

»Natürlich. Ich hatte meinen linken Arm mit Stahlschienen gepanzert. Deshalb trug ich das weite Hemd. Im anderen Ärmel war ein Dolch verborgen.«

»Ihr habt mir also eine Falle gestellt.«

»Ja. Und du hast mir brav alle Beweise geliefert, die ich brauchte. Was glaubst du, warum ich in Mirham war? Ich habe dort den Hauptmann deiner Kompanie aufgesucht. Im letzten halben Jahr hast du dir sehr oft frei genommen und warst dann nicht einmal nachts in deiner Kaserne.«

»Das sind wohl die wenigsten Gardisten, die frei haben.«

Alara schnitt ein Stück Fleisch vom Schweinskopf und häufte sich dazu Reis auf den Teller. »Natürlich, doch die anderen findet man dann in den Bordellen und Schenken. Nicht aber dich. Der Stellmacher von Mirham ist ein sehr ordentlicher Geschäftsmann. Auch er hat über jeden seiner Kunden Buch geführt; man überläßt schließlich nicht jedem ein kostbares Reitpferd. Am Nachmittag vor Salpicios Ermordung hast du dir bei ihm ein Pferd ausgeliehen und es am Abend des darauffolgenden Tages wieder abgegeben. Auch der Wachhabende Offizier am Mirhamer Tor kennt dich gut. Schließlich hat er dich oft kommen und gehen sehen. Unter anderem auch an dem Morgen, als man Salpicios Leiche fand. Sogar die Haushälterin, die sich um Salpicios Zimmer kümmerte, kannte dich ... Sie hat mir bestätigt, daß du oft bei ihm ein- und ausgegangen bist.«

Die Commandanta machte eine kurze Pause, um von ihrem Wein zu trinken. »Du hast ihm Freundschaft geheuchelt, und der arglose Kerl ist dir auf den Leim gekrochen. Er hat dich mit seiner Verlobten bekannt gemacht, und ich fürchte, eines Tages hat er dich sogar einen Blick in seine Unterlagen über Markud werfen lassen und in das Geheimnis seiner nächtlichen Besuche in der Villa Tuzak eingeweiht. An diesem Tag hast du beschlossen, Salpicio zu töten und Markud selbst nachzuspüren. Du wußtest, daß du nach der inneren Hierarchie in der Garde sehr wahrscheinlich auf seinen Posten berufen würdest. Und dann kam dir auch noch der Zufall zu Hilfe, weil man Manolo und Rondarion auf die Sklaveninsel abkommandierte. Natürlich hattest du dir auch schon überlegt, daß es ein leichtes sein müßte, Markud den Mord in die Schuhe zu schieben. Nach allem, was du aus der Akte über ihn wußtest, war ihm ein solches Verbrechen durchaus zuzutrauen. Am Nachmittag des letzten Tages, an dem Salpicio noch lebte, hast du dir in der Stellmacherei von Mirham ein Pferd gemietet. Diesmal ein schnelleres und teureres als sonst. Dann bist du nach Al'Anfa gekommen und hast Salpicio auf seinem Heimweg im Brabaker Viertel abgepaßt. Er war sicher überrascht, dich zu sehen. Und im nächsten Augenblick war er tot. Nur ist eine Balestrina eine ungewöhnliche Waffe für einen Straßenräuber. Also hast du ihn in den Hinterhof gezerrt und ihm mit einem Dolch die Kehle durchgeschnitten. Wie ein Opferlamm hast du ihn geschächtet. Du selbst hast mir ja gezeigt, was zu tun war, damit keine Blutflecken auf den kostbaren Mantel gerieten. Dann hast du den Balestrinabolzen aus der Wunde gezogen und auf einen Abfallhaufen geworfen. Daß die Pfeilspitze zurückbliebe, daran hast du nicht gedacht. Eigentlich kein grober Fehler, denn sie ist nur durch einen Zufall gefunden worden. Damit die ganze Sache zunächst wie ein Raubmord aussah, hast du noch Salpicios Geldkatze vom Gürtel geschnitten.

Ein wahrhaft dreistes Räuberstück. Und nun hast du alles, was du wolltest. Du hast Salpicios Posten und wirst vielleicht bald sogar meinen Platz einnehmen, hast seinen Mantel, seinen Erfolg und obendrein noch seine Verlobte!«

Rustan war schon lange nicht mehr die Treppe heruntergekommen. Wäre da nicht das leise Flötenspiel gewesen, hätte man glauben können, sie beide seien allein. Alara saß nun aufrecht auf ihrer Kline. Ihre Augen glänzten kalt und hielten ihn mit unerbittlichem Blick gefangen. Die stickige, rauchgeschwängerte Luft. Flakkernde Kerzen, die groteske Schatten auf die Wände warfen. Der verstümmelte Schweinskopf und die immer unheimlicher werdende Musik. Ilian hatte das Gefühl, in die Fänge einer Dämonin geraten zu sein, die geradewegs aus den Niederhöllen heraufgestiegen war, um seine Seele zu rauben.

»Ihr habt immer nur mit mir gespielt«, bemerkte Ilian schließlich.

Sie nickte. »Das habe ich getan.« Ihre Stimme klang ernst und feierlich, so wie die einer Richterin, die ihr Urteil verkündet. »Ich hatte keine Wahl. Du hast Salpicio ermordet, also *mußtest* du an seine Stelle treten!«

»Ihr wußtet, daß ich Markud töten würde«, murmelte der Gardist, der nur langsam das Ausmaß ihrer Intrige begriff.

»Mein halbes Leben lang habe ich Markud verfolgt. Mit Salpicios Hilfe war ich endlich kurz davor, ihn zu stellen … Und dann kamst du mit deinem lächerlichen Ehrgeiz und hast alles zunichte gemacht! Also mußte ich rasch handeln. Mir blieb keine Zeit mehr. Du hast mich gezwungen, meinen Weg zu verlassen … Ich habe dich zu meiner Waffe gemacht. Habe einen Mörder auf einen Mörder gehetzt, wohl wissend, daß das Recht dabei als erstes auf der Strecke bliebe. Ich machte mein Ziel zu deinem Ziel, und du bist folgsam den Weg gegangen, den ich dir vorzeichnete.«

»Es war ein Alptraum«, murmelte Ilian matt.

»Nicht nur für dich«, entgegnete die Commandanta

kühl. »Keine Stunde verging, da ich nicht Angst gehabt hätte, daß etwas dazwischenkäme, bevor alles zu Ende wäre und ich nicht mehr bestimmen könnte, welchen Ausgang das Spiel nähme. Ich habe dich angelogen und unter Druck gesetzt. In Wahrheit wollte seit dem Begräbnis Salpicios auch der Stadtmarschall Markuds Kopf. Aber für mich war es besser, daß du Angst hattest. Du wußtest, daß man, sobald man nicht mehr Markud nachspürte, fast zwangsläufig auf deine Spur stoßen mußte. Schließlich war sie kaum zu übersehen, wenn man ihr erst einmal folgte. Alles, was ich tat, geschah in der Absicht, dich in die größte Verzweiflung zu treiben. Darum habe ich auch von der Reise nach Mirham erzählt. Du solltest wissen, daß ich auf deiner Spur war. So blieb dir keine andere Wahl mehr, als die Villa Tuzak zu betreten und vollendete Tatsachen zu schaffen, bevor ich zurückkehren konnte.«

»Markuds Diener waren bewaffnet, als hätten auch sie mich erwartet. Im Nebenzimmer befand sich ein Armbrustschütze ...«

»Ich hatte Markud angekündigt, ich würde jemanden schicken, um ihn zu töten.«

»Was?« Ilian ballte in hilfloser Wut die Fäuste. »Und wenn sie mich umgebracht hätten?«

»Dann hätte es einen zweiten Mord an einem Offizier der Stadtgarde gegeben, und diesmal hätte der Mörder gleich festgestanden.«

Der Gardist schluckte. »Ihr habt uns beide also einfach aufeinandergehetzt – wie die Gladiatoren in der Arena.«

»Was glaubst du, warum man mich die Schlange nennt? Ich siege durch List. Gewalt ist die Sache anderer.«

»Ihr habt Euch zur Richterin aufgeschwungen und mich zu Eurem Schwert gemacht?«

»So ist es!« Das Flötenspiel im oberen Stockwerk endete.

»Und weil ich Eurem Willen gefolgt bin und Euch sogar einmal gerettet habe, stehe ich nun als Mörder da. Ich bin der nächste, über den Ihr richten werdet ... Jetzt, da alle meine Ziele in greifbare Nähe gerückt sind. Man will mich befördern. Ich soll das Kommando über die Zollfestung Imrah erhalten und die Schmuggler im Golf von Mirham bekämpfen.«

»Es war *dein* Entschluß, Salpicio zu töten. Damit habe ich nichts zu schaffen.«

Ilian richtete sich drohend auf und griff nach dem Messer, das neben ihm auf dem Tisch lag. Die Commandanta rührte keinen Finger, um sich zu wehren.

»Willst du mich wirklich töten? Und auch Rustan und die Flötenspielerin? Und dann? Oboto Florios weiß, daß ich dich für heute abend eingeladen habe. Willst du auch ihn töten? Ist das alles, was dir einfällt, um deinen Kopf aus der Schlinge zu ziehen?«

Der Gardist zögerte ... Dann ließ er klirrend das Messer in die Stille fallen. »Es hat keinen Sinn mehr«, flüsterte er.

»Für mich ist der Fall Salpicio abgeschlossen«, erklärte die Commandanta. »Es ist alles zu Ende. Eigentlich sollte dies meine große Nacht sein. Die Nacht der Schlange!« Sie lachte bitter. »Ich bin es müde ... Ich habe genug Schurken auf das Henkersgerüst geschickt. Doch einer wie du darf nicht Offizier in der Stadtgarde sein. Ich erwarte, daß Oboto Florios morgen früh ein Schreiben von dir auf seinem Tisch findet, in dem du deinen Dienst quittierst. Welche Gründe du dafür angibst, ist mir gleich. Und dann verlaß die Stadt. Ich will dich nie wieder sehen. Es ist genug! Geh irgendwohin ... Nur weit fort von hier! Und nimm dein verfluchtes Schwert mit! Es hat genug Unglück in diese Stadt gebracht.«

Ilian ließ den Kopf sinken. Langsam ging er zur Tür. Der Sturmwind riß sie ihm aus der Hand und schlug sie donnernd gegen die Wand. Nach ein paar Schritten schon war er eins geworden mit der Finsternis.

Nachdem der Gardist gegangen war, sank Alara erschöpft auf das Ruhebett zurück. Sie hatte es schnell zum Ende bringen müssen. Die Wirkung der Drogen ließ nach. Ihr Atem stockte wieder. Sie wußte, daß es diesmal schlimmer als je zuvor werden würde. Hoffentlich reichte ihr Atem noch, um den Mietsklaven und die Flötenspielerin fortzuschicken. Sie wollte allein sein!

Der Kapitän stemmte sich gemeinsam mit dem Steuermann mit aller Kraft gegen die Ruderpinne, um die Galeere auf Kurs zu halten. Das in den Wellen schlingernde Boot in ihrem Schlepp machte es immer schwerer, das Schiff vernünftig zu manövrieren.

»Diese verdammten Toten werden uns noch alle mit zu Boron nehmen«, fluchte der Steuermann. Sein Kapitän sah zu den Bogenschützen hinüber. In dem Sturmwind gelang es ihnen einfach nicht, ein Feuer zu entfachen, um ihre Pfeile in Brand zu setzen. Es war wie verhext, und sein Steuermann hatte recht. Das Schiff bekam seitliche Drift. Bald würde es querab zu den Wellen liegen, und dann mochte ihnen Efferd gnädig sein! Eine Galeere war kein Schiff, das dazu gebaut war, einem solchen Unwetter zu trotzen. Wenn die Wellen die Ruderbänke überspülten, wäre alles vorbei.

Verzweifelt beobachtete der Kapitän das Seil, das sich zwischen der Galeere und dem großen Fischerboot spannte. Dann faßte er einen Entschluß. »Kommt her!« Er winkte den beiden Bogenschützen.

»Helft ihm an der Ruderpinne!«

Der Kapitän zog den Dolch aus seinem Gürtel und trat zu dem Seil hinüber, das durch einen dicken Eisenring lief. Es war zum Zerreißen gespannt. Ein einziger Schnitt genügte. Von der Last befreit, tat die Galeere einen kurzen Satz nach vorn, so als wäre sie ein feuriger Hengst, dem man die Zügel schießen ließ.

»Der Sturm hat die Leine zerrissen!« brüllte der Kapitän, um den fauchenden Wind zu übertönen. »Ihr seid meine Zeugen!«

Der Steuermann grinste. »Natürlich! Ich hab es genau gesehen. Ich werde jedem erzählen, wie mir das verdammte Seil um die Ohren geflogen ist, als es zerriß.«

Das Schiff gehorchte nun wieder dem Ruder. Sie machten kehrt, um in den schützenden Hafen zu flüchten, bevor der Kauca seine ganze Gewalt entfaltete.

Es hatte einen Ruck getan, und nun tanzte das Boot noch unberechenbarer auf den Wellen. Rondarion war durchnäßt von der Gischt, die über die niedrige Reling spritzte. Ganz gleich, was geschehen mochte, er konnte nicht mehr länger einfach nur daliegen. Sein Messer durchtrennte das Leinen, und er befreite sich aus dem Leichensack.

Was er sah, ließ ihn bis ins Mark erschauern. Die Galeere war verschwunden. Das Boot trieb steuerlos auf den Wellen. So weit das Auge reichte, war kein Land zu sehen. Und im Rumpf schwappte schon knöcheltief das Wasser!

Er kniete nieder, um Ines zu befreien. Wenn kein Wunder geschah, waren sie verloren. Mit einem einzigen Blick begriff das Mädchen den Ernst der Lage. Ihr Onkel war Fischer gewesen und hatte sie als Kind oft mit hinaus aufs Meer genommen. »Wirf die Toten über Bord. Das Boot ist zu schwer beladen!« befahl sie, ohne zu zögern. Selbst griff sie nach einem kleinen Ledereimer, um Wasser aus dem Boot zu schöpfen.

Rondarion begann mit der Arbeit. Etwas zu tun, war gut gegen die Angst, doch als der letzte Leichensack in den Wellen verschwunden war, kehrte die Furcht zurück. Er war nur selten in seinem Leben auf dem Meer gewesen, doch er wußte aus Dutzenden von Erzählungen, was es hieß, in einem Kauca in einem kleinen offenen Boot auf See zu sein. Sie waren schon tot, auch wenn sie jetzt noch atmeten.

Er kniete im Bug nieder und begann zu beten. »Gischthäuptiger Efferd, gnädiger Herrscher der Tiefen, erbarme dich …«

Ines sah ihn an und schüttelte den Kopf. An Land mochte er ein selbstloser Ritter sein, doch an Bord eines Schiffes taugte er nicht viel. Sie lächelte. In ihren Augen machte ihn das noch liebenswerter.

Unermüdlich schöpfte sie Eimer für Eimer über Bord. Diesen Kampf mußte *sie* gewinnen!

19. Kapitel

Als Rondarion erwachte, schaukelte das Boot sanft in den Wellen. Der Himmel war jetzt klar. Nicht eine Wolke war zu sehen. Was gestern geschehen war, schien nichts als ein böser Traum gewesen zu sein.

Er zitterte. Es war kühl. Noch immer stand Wasser im Boot, und er hatte keinen trockenen Faden mehr am Leib. Ines kauerte zusammengesunken im Bug. Sie hielt mit beiden Händen den Ledereimer umklammert.

Vorsichtig stieg der Gardist über die Ruderbänke hinweg und nahm das Mädchen zärtlich in den Arm. Ines zuckte zusammen und schlug die Augen auf. Als sie ihn sah, seufzte sie erleichtert und küßte ihn. Bald jedoch wurde sie unruhig und richtete sich auf.

»Wo sind wir?«

Im Westen lag ein hügeliger Küstenstreifen, in den eine breite Bucht einschnitt. Rondarion beschirmte die Augen, um besser sehen zu können. Plötzlich lachte er laut auf. »Die Götter müssen uns wohlgesonnen sein!«

»Warum?«

»Das dort drüben ist der Golf von Mirham. Wir sind gerettet!«

Ines blickte ihn verständnislos an. »Auch hier weht das Rabenbanner. Wir werden weiter in den Norden müssen, wenn wir vor Verfolgung sicher sein wollen.«

Rondarion schüttelte den Kopf. »Nicht sofort. Irgendwo dort drüben liegt die kleine Zollfeste Imrah. Ich habe dort fast ein halbes Jahr lang gedient und in der Zeit meinem Vetter zu einigen guten Geschäften verholfen.« Der Gardist lächelte schelmisch. »Ihm gehört die schönste Flußgaleere auf dem Chamir, und seine Verbindungen zu den Schmugglern sind besser, als sie es eigentlich sein dürften. Er ist mir noch etwas schuldig. Bei ihm werden wir Unterschlupf finden. Er wird uns auch helfen, fortzukommen ... Wohin willst du gehen?«

Sie schlang ihm die Arme um den Hals und zog ihn zu sich hinab. »Willst du das wirklich jetzt entscheiden?« Ines küßte ihn auf eine Weise, daß er die Kälte sofort vergaß. Und sie hatte recht! Die Zukunft konnte warten. Nun zählte nur noch, daß sie beide gerettet waren und Tod und Krankheit hinter sich gelassen hatten.

Alara lehnte an der kalten Mauer des Turms. Alle Kerzen waren erloschen. Es war stockfinster. Sie wußte nicht, ob es noch Nacht oder schon Tag war. Der Sturm hatte aufgehört, und auch ihr Kampf war zu Ende. Doch ihr Lebenslicht brannte nur noch schwach, und ihr war klar, daß sie noch lange für die letzte Nacht büßen würde.

Sie war zu müde zum Kämpfen. Vielleicht ein Jahr noch, hatte Oros ihr versprochen. Ein Jahr, während sich die erstickende Schlinge um ihren Hals immer enger zöge. Ein Jahr, wenn zum Schluß jeder Atemzug zum keuchenden Kraftakt würde. Sie war immer noch eine Kriegerin. Eine Frau von Ehre! Wenn jemand wie sie zum Tod verurteilt wurde, hatte er das Recht, nicht gehenkt zu werden! Krieger wurden mit dem Schwert gerichtet. So werde auch ich es halten, dachte sie matt.

Leise knarrend öffnete sich die Tür. Ein breiter Streifen goldenen Lichts fiel in den Turm, nur um sofort vom Schatten einer massigen Gestalt verdrängt zu werden. Schwere Schritte ... Klackernd wurde der Vorhang aus Holzperlen zur Seite gezogen.

Ein schwammiges dunkles Gesicht beugte sich über

sie. »Bei den Göttern, nicht auch noch Ihr«, brummte Oboto Florios und schüttelte sie. »Kommt zu Euch, Olibano! Ilian Naldor ist tot!«

»Wie?«

»Er hat sich an dem eisernen Gitterkreuz des Fensters hinter Eurem Schreibtisch erhängt. Dieser verdammte Narr! Er wäre heute gemeinsam mit diesem Einfaltspinsel Gion zum Hauptmann befördert worden. Keiner weiß, warum Naldor das getan hat. Es gibt keinen Brief, nichts ... Er war doch noch letzte Nacht bei Euch ... Wißt Ihr, was ihn dazu getrieben hat?«

Alara war noch immer ganz benommen. Neben ihr lag ein zerbrochenes Glas mit Boronswein. Sie dachte an die vergangene Nacht, den Sturm, das gespenstische Flötenspiel und die Schmerzen. »Die Stunde der Schlange«, flüsterte sie.

»Was sagt Ihr?« Oboto beugte sich noch weiter vor. »Ich habe Euch nicht verstanden.«

Sie hatte nichts anderes erwartet.

Dramatis personae

ALARA OLIBANO = Offizierin im Rang einer Commandanta, befehligt eine kleine Einheit der Stadtgarde, die sich mit besonders brisanten Fällen beschäftigt

AMIR HONAK = der jugendliche Herrscher Al'Anfas und Hochgeweihter der Boronkirche

ANATEWKA = Tochter eines verarmten Handelsherrn und Geliebte des Offiziersanwärters Salpicio

BAL HONAK = Begründer der Honak-Dynastie in Al'Anfa; ein Herrscher, über dessen blutiges Regiment man selbst nach mehr als fünfzig Jahren noch mit Schrecken spricht

BALURA VON MIRHAM = eine der berühmtesten Schmiedinnen Aventuriens

BARDIR = ein in die Jahre gekommener Stadtgardist

BROTOS PALIGAN = Liturgiemeister des alanfanischen Boronkultes und Mitglied im Rat der Zwölf

DAMIAN VON SHOY'RINA = der König von Mirham, eine Marionette alanfanischer Politik

DARIA = eine Stadtgardistin unter dem Kommando des Weibels Gion

DOLGUR KUGRES = Glaubenswahrer des alanfanischen Boronkultes und damit oberste theologische Instanz in Glaubensangelegenheiten; des weiteren Mitglied des Rates der Zwölf

GABRIELA DE CIAGRA = eine Zeitzeugin der großen Sieche von 686 nach Bosparans Fall

GION = Exsöldner, Khomkriegsveteran und nun Weibel bei der Stadtgarde; ein Krieger mit harter Schale und weichem Kern

HATUMA = ein Moha in Diensten der Stadtgarde, der nur

wenig unternimmt, ohne vorher sein Orakel aus Knochenwürfeln befragt zu haben

ILIAN NALDOR = ein Offiziersanwärter der Stadtgarde, der in jeder Hinsicht versucht, die Nachfolge Salpicios anzutreten

IMMUEL FLORIOS = Ordinarius im alanfanischen Boronkult und Mitglied im Rat der Zwölf

INES DE PORTA = eine Hafendirne, die zum Opfer im Intrigenspiel der Mächtigen der Stadt wird

IRSCHAN PERVAL = Magier und Großexekutor im Rat der Zwölf; ein Emporkömmling, der dem Patriarchen die Gunst gewährt, sein Liebhaber zu sein

LUKIAN BORSO = auf den ersten Blick ein harmloser Dichter, der sich bei genauerem Hinsehen als Offiziersanwärter Salpicio entpuppt

MAGISTER DRONTE = ein Zauberer, der bedauert, einmal zu oft käuflich gewesen zu sein

MAHMUD IBN RAI = der Sohn eines Novadischeichs, dem das Schicksal in Gestalt Markuds begegnete

MARKUD = ein Kaufmann, der mehr ist, als er zu sein vorgibt

MANOLO = ein Offiziersanwärter der Stadtgarde, der sich am liebsten aus allem heraushielte und es doch nie schafft

MARCA = eine Stadtgardistin mit losem Mundwerk

MATA AL'SULEM = eine unheimliche Borongeweihte; die Älteste im Rat der Zwölf

MAYLINGA = eine Maraskanerin im Gefolge Markuds

NAKANDOA = Gesandte des Dämonenmeisters Borbarads, die gelegentlich aus ihrer Haut fährt

NARDA CARDAS = Offizierin der Stadtgarde, die schon vor Jahren unter merkwürdigen Umständen zu Tode kam

NAREB EMANO ZORNBRECHT = einer der einflußreichsten Granden Al'Anfas und Mitglied im Rat der Zwölf

OBOTO FLORIOS = Stadtmarschall und damit Oberkommandierender der Stadtgarde von Al'Anfa

ODERIN DU METUANT = Großmeister des Ordens des Schwarzen Raben und der wohl begabteste Truppenführer Al'Anfas; ein Mann von Grundsätzen und Gewissen sowie der Gabe, im Zweifelsfall nicht auf sein Gewissen zu hören

ORLANDO OROS = Medicus an der Arena Al'Anfas, der sich gern mit Grenzgebieten der Heilkunde befaßt

PARDONA = die grausame Herrscherin über ein degeneriertes Elfenvolk im ewigen Eis des hohen Nordens

RONDARION = der lebende Beweis, daß es selbst unter den Offiziersanwärtern der alanfanischen Stadtgarde hoffnungslose Romantiker gibt

RONDRIGO DELAZAR = Ordens-Großmeister der *Basaltfaust;* ein Mann, der es geschafft hat, Götterdienst und Waffendienst unter einen Eisenhut zu bringen

RUSTAN = ein junger Mietsklave und begnadeter Koch

SALIDE = eine maraskanische Hexe, die Alara Olibano mit einem tödlichen Fluch belegt hat

SALPICIO = ein junger Offiziersanwärter der Stadtgarde, der seine große Zukunft schon hinter sich hat

SANAA = die Frau Mahmud ibn Rais

SIRLON SILBERWIND = ein Elf und Orchideenfreund, der darauf wartet, ob sich die große Seuche von 686 nach Bosparans Fall noch einmal wiederholen wird, so wie die Götter es prophezeiten

TIKIAN = ein alter Freund Gions, der durch Abwesenheit glänzt

Glossar
Die Götter und Monate

PRAIOS = Gott der Sonne und des Gesetzes, gilt als der oberste der Zwölfgötter (sein Monat entspricht dem irdischen Juli)

RONDRA = Göttin des Krieges und des Sturmes (ihr Monat entspricht dem irdischen August)

EFFERD = Gott des Wassers, des Windes und der Seefahrt (sein Monat entspricht dem irdischen September)

TRAVIA = Göttin der Gastfreundschaft, des Herdfeuers und der ehelichen Liebe (der ihr geweihte Monat entspricht dem irdischen Oktober)

BORON = Gott des Todes und des Schlafes (sein Monat entspricht dem irdischen November)

HESINDE = Göttin der Gelehrsamkeit, der Künste und der Magie (ihr Monat entspricht dem irdischen Dezember)

FIRUN = Gott des Winters und der Jagd (sein Monat entspricht dem irdischen Januar)

TSA = Göttin der Geburt und der Erneuerung (der ihr geweihte Monat entspricht dem irdischen Februar)

PERAINE = Göttin des Ackerbaus und der Heilkunde (ihr Monat entspricht dem irdischen April)

INGERIMM = Gott des Feuers und des Handwerks (sein Monat entspricht dem irdischen Mai)

RAHJA = Göttin des Weins, des Rausches und der Liebe (der ihr geweihte Monat entspricht dem irdischen Juni)

DIE ZWÖLF = die Gesamtheit der Götter

DER NAMENLOSE = der Widersacher der Zwölfgötter

RASTULLAH = nach dem Glauben der Novadis der Weltenschöpfer und einzige Gott; erschien vor ca. 250 Jahren in

Keft und verkündete 99 Gebote, hat neun Frauen, die z.T. als Schutzpatroninnen gelten

ANGROSCH = der von den Zwergen verwendete Name für Ingerimm, den Gott des Feuers und der Schmiedekunst

KOR = Halbgott, Sohn der Rondra und des Gottdrachens Famerlor, Gott der Söldner, Scharfrichter und Landsknechte, der Gefallen an Blut und Gewalt findet

Maße und Gewichte

Meile = 1 km
Schritt = 1 m
Spann = 20 cm
Finger = 2 cm

Unze = 25 g
Stein = 1 kg
Quader = 1 t

Erklärung Aventurischer Begriffe

ACHTERTRUTZ = achtern gelegene Schiffsaufbauten, die in Höhe und Wehrhaftigkeit an einen Festungsturm erinnern

ADAMANT = tulamidisches Wort für Diamant

ADAMANTENKONVOI = ein großer Schiffskonvoi, der einmal im Jahr von Al'Anfa zu einer Insel im Südmeer fährt, deren genaue Position geheimgehalten wird. Dort gibt es sagenhafte Adamantenvorkommen, die eine der Säulen zu Macht und Reichtum Al'Anfas bilden

AL'ANFA = mächtiger Stadtstaat im tiefen Süden des Kontinents Aventurien; Hauptsitz des Boronkultes und mit etwa 80.000 Einwohnern zweitgrößte Stadt Aventuriens

ANDERGASTER = 1. Bewohner eines winzigen Königreichs in Nordwestaventurien; 2. ein zweihändiges Langschwert von vollen zwei Schritt Länge und damit meist größer als sein Benutzer

ARANIEN = ein reiches, unabhängiges Fürstentum an der aventurischen Ostküste mit einer sehr matriarchalisch geprägten Gesellschaft

Aventurien = Kontinent auf der Welt Dere, erschaffen von Ulrich Kiesow und belebt von einer Unzahl weiterer Autoren

Balestrina = eine kleinere Form der Armbrust

Basaltfaust = ein Ritterorden der Boronkirche, dem man nachsagt, im Gegensatz zum Orden des Schwarzen Raben mehr rondrianisch als religiös geprägt zu sein. Alle Ordensritter sind auf den Patriarchen der Stadt eingeschworen

Beni Novad = nomadischer Stammesverband im Zentrum der Khom, kontrollieren die Oasen Keft und Tarfui; namengebend für den Sammelbegriff Novadi; ihr Sultan Dschadir ben Nasreddin fällt in der ersten Schlacht bei Tarfui

Beschützer = in Al'Anfa gebräuchliche Bezeichnung für Leibwächter

Bireme = kleine Kriegsgaleere mit zwei übereinanderliegenden Ruderreihen

Borbarad = mächtigster Schwarzmagier der aventurischen Geschichte; starb vor ca. 500 Jahren, wurde aber von der finsteren Elfenherrscherin Pardona ins Leben zurückgerufen. Zur Zeit der Handlung des Romans führt er einen blutigen Krieg gegen das Kaiserreich und hat bereits mehrere Provinzen erobert

Bornland = ein im Nordosten Aventuriens gelegener Feudalstaat, mit Handelsinteressen im südlichen Perlenmeer. Die große Handelsflotte brachte dem Königreich in den letzten Jahrhunderten beträchtlichen Reichtum, doch sind zur Zeit durch die Feldzüge des Dämonenmeisters und seiner Vasallen fast alle Handelswege ins Bornland gefährdet

Boroni = umgangssprachliche Bezeichnung für einen Geweihten des Totengottes Boron; manchmal nennt man auch fälschlich weltliche Diener des Totengottes so

Boronswein = ein weißer Saft, aus Vragieswurzeln gewonnen. Boronswein ist eine stark suchterzeugende Droge, die eine wichtige Rolle im alanfanischen Boronskult spielt. Boronswein erzeugt rauschhafte Träume. Der Wurzelsud enthält auch giftige Bestandteile, die sich bei falscher Zubereitung des Saftes tödlich auswirken können

Bosparano = die mittlerweile außer in Kreisen des Klerus, der Magie und der Juristerei nicht mehr gebräuchliche Sprache des Alten Reiches, die heutzutage durch das Garethi abgelöst ist

BOSPARANS FALL = Fixpunkt aventurischer Zeitrechnung (993 vor Hal); mit der Zerstörung Bosparans war der Untergang des Alten Kaiserreichs besiegelt

BRABAKER ROHR = dem Bambus ähnliches Gewächs aus dem Süden Aventuriens

BRABAKER BARACKEN = ein heruntergekommenes Stadtviertel Al'Anfas; in der Nähe des Hafens gelegen

CHAMIR = ein Fluß im südlichen Aventurien

COMMANDANTA = ein alanfanischer Offiziersrang, der dem eines Hauptmanns entspricht

DERE = der Planet, auf dem der Kontinent Aventurien liegt

DUBLONE = alanfanisches Goldstück mit dem doppelten Gewicht eines Dukaten aus dem Neuen Reich; die Kaufkraft entspricht etwa 250 Euro

DUGLUM = auch der Pestbringer genannt; ein mächtiger, siebenfach gehörnter Dämon und Überbringer von Krankheiten

DUGLUMSPEST = sehr seltene Krankheit, die zur völligen Zerstörung des Körpers führt; angeblich verwandeln sich die Erkrankten in Dämonen, weshalb die Duglumspest auch Dämonenfäule genannt wird

ERHABENER = formelle Anrede für einen Hochgeweihten, d. h. einen Priester im Rang eines Tempelvorstehers, Abtes oder Inquisitors

FANA = umgangssprachlich Pöbel, Armer, Kleinbürger

GOLGARI = ein riesiger schwarzer Rabe aus dem Gefolge des Totengottes Boron, der die Seelen der Verstorbenen über das Nirgendmeer ins Totenreich trägt

GÖTTERLAUF = bei den Zwölfgötter-Gläubigen übliche Bezeichnung für das aventurische Jahr

GÖTTERNAMEN = bei den Zwölfgötter-Gläubigen verbreitete Bezeichnung für einen Monat im aventurischen Jahreslauf

GRANDEN = Bezeichnung für die Angehörigen der zehn mächtigsten Familien Al'Anfas

GRANDESSA = weibliches Mitglied einer Grandenfamilie

GUBERNATOR = bezahlter Organisator von Arenaspielen oder aber Verwaltungsoffizier

HALBSPANN = Längenmaß, das zehn Zentimetern entspricht

HAND BORONS = niemals deklarierte, aber allgemein gefürchtete Geheimpolizei Al'Anfas; als Meuchler und Agenten sind sie eines der wichtigsten Werkzeuge bei der Machtausübung des Patriarchen

HESHTHOT = ein niedriger Diener des Erzdämons Blakharaz; eine Kreatur, die in einer wallenden schwarzen Kutte gekleidet erscheint, unter der sich ein Körper aus nichtstofflicher Finsternis zu befinden scheint; ist meist mit Schwert und Peitsche bewaffnet

HYLAILER FEUER = leicht entflammbares und nur durch Ersticken der Flammen zu löschendes Brandöl, das sogar auf Wasser brennt; wird in Hohlgeschossen als Munition für Schiffsgeschütze verwendet

ILMENBLATT = beruhigende, leicht euphorisierende Droge, auch Alphana genannt; als getrocknetes Kraut oder klebrige Harzkrümel erhältlich

IMRAH = alanfanische Zollfestung am Golf von Mirham

IUS MERIDIANA = umfassendes alanfanisches Gesetzeswerk, das sowohl das Hand- und Halsrecht umfaßt als auch allerlei südländische Besonderheiten wie Gesetze über Gifte und Assassinen enthält

KARRACKE = eine Weiterentwicklung der Kogge, hochbordiges Schiff mit mehreren Decks sowie Aufbauten (Kastellen) an Bug und Heck, meist als Dreimaster getakelt

KAUCA = vor allem im Phexmond häufige, sehr schwere Stürme im Süden Aventuriens

KHOM = große Wüste östlich des Alten Reiches

KHUNCHOMER = Krummschwert, benannt nach der Stadt Khunchom

LEVTHAN = Halbgott; der Mannwidder entstammt einer Verbindung der Göttin Rahja mit einem Sterblichen; Levthan wird vor allem unter Hexen verehrt; man huldigt ihm mit ausschweifenden Festen

LIOMA = auch Schattenlöwe, die größte und gefährlichste Raubkatze in den Dschungeln des südlichen Aventurien

MADAMAL = der aventurische Mond

MARBO = Halbgöttin; Tochter des Boron und der Menschenfrau Etilias; ihr ist in Al'Anfa ein eigener Tempel geweiht

MARASKAN = größte Insel im Perlenmeer, nordöstlich der Khom gelegen; der Legende nach verbannte Sultan Bastrabun die Echsenvölker aus Mhanadi, Ongalo und Thalusim nach Maraskan

MENSCHENFRESSERINSEL = bei den Eingeborenen des Perlenmeers Sukkuvelani genannt. Sie ist die größte der Perleninseln und zugleich auch eine der unheimlichsten. Gerüchten zufolge schätzen es die Einheimischen, unvorsichtige Fremde als Hauptgang bei großen Stammesfesten zu servieren

MOHA = 1. von den meisten Aventuriern häufig als Synonym für alle Waldmenschen benutzter Begriff; 2. mit etwa 6000 Angehörigen größter Stamm der Waldmenschen

MOHACCA = der ursprüngliche Name des Pfeifenkrauts; heutzutage die Bezeichnung für einen besonders schweren schwarzen Tabak aus Südaventurien

MOHAGONI = dunkelrotes Edelholz, das ausschließlich in Südaventurien geschlagen wird und zu den Exportgütern Al'Anfas gehört

NIEDERHÖLLEN = allgemein geläufige Bezeichnung für die Gefilde der Dämonen in der siebten Sphäre; hierher geraten die Seelen der Sünder, um sich nach einem Äon der Qual schließlich als Dämon zu manifestieren

NIRGENDMEER = in der Mythologie des Zwölfgötterglaubens die Leere zwischen dem Diesseits und den Hallen Borons, dem Totenreich

NOSTRIA = ein kleines, wie ein Feudalsystem regiertes Königreich im Norden Aventuriens. Nostria ist berühmt für seine Dauerfehde mit dem kleinen Nachbarreich Andergast

NOVADIS = Sammelbegriff für die verschiedenen Stammesverbände in der Khom

ORDEN DES SCHWARZEN RABEN = der zweite Ritterorden der alanfanischen Boronkirche. Seine Krieger sind tief religiös motiviert und fühlen sich mehr der Boronkirche verpflichtet als dem Dienst an einem einzelnen Herrn

OREAL = alanfanische Münze aus einer Kupfer/Gold-Legierung; sie entspricht etwa dem Silbertaler, der im Mittelreich verwandt wird

PATRIARCH = Titel des Oberhauptes des Boronkultes zu Al'Anfa; höchster Geweihter des alanfanischen Ritus

PRAIOSGESTIRN = aventurisch für Sonne

RABENSCHNABEL = Hiebwaffe der Reiterei mit einem hammerförmigen Kopf, der an einem Ende spitz zuläuft

RAT DER ZWÖLF = ein Rat, der sich aus dem Patriarchen, einigen Boronis und Vertretern der Bürger zusammensetzt und über die Geschicke der Stadt Al'Anfa entscheidet

RETHON = die Seelenwaage der zwölfgöttlichen Mythologie, auf der der Totengott Boron abmißt, ob eine Seele in eines der zwölfgöttlichen Paradiese auffahren darf, zur Läuterung in Borons Hallen verbleiben muß oder aber so verderbt ist, daß sie in die Niederhöllen auffliegt

ROTZE = scherzhafter Name für ein torsionsbetriebenes Schiffsgeschütz, das entweder massive Stein- oder Bleikugeln oder aber mit Hylailer Feuer gefüllte Tongefäße verschießt

SAMTHAUCH = Pollen einer seltenen Orchideenart. In geringen Mengen eingeatmet, führt Samthauch zu rauschhaften Träumen; eine Überdosierung ist tödlich

SATINAV = ein mächtiger Halbgott und der Herr über die Zeit

SCHILLING = alanfanische Münze aus einer Kupfer/Gold-Legierung, deren Kaufkraft ungefähr 12 Euro entspricht; auch als Oreal bekannt

SCHIVONE = moderner aventurischer Schiffstyp mit hochgezogenen Bordwänden und mehrstufigen Decksaufbauten (Kastellen) an Bug und Heck; meist als Drei- oder Viermaster getakelt

SCHLUND = Ghetto der Bettler in der Stadt Al'Anfa

SCHRITT = aventurisches Längenmaß, das einem Meter entspricht

SCHWARZER BUND DES KOR = die umfangreichste Söldnertruppe in festen Diensten Al'Anfas

SILBEROREAL = siehe Oreal

SILBERSTECHEN = in unregelmäßigen Abständen in Al'Anfa stattfindendes, halblegales Turnier bekannter Gladiatoren

SIRAL = vorherrschender Nordostwind im südlichen Perlenmeer

TAG DES GROSSEN SCHLAFES = 30. Boron; höchster Feiertag im alanfanischen Ritus des Boron

THERBUNITEN = ein der Peraine geweihter Orden, dessen Aufgabe die Bekämpfung des Elends von Krieg und Seuchen ist; Ordensangehörige sind an ihren grünen Kutten erkenntlich

THORWALER = ein Volk kühner Seefahrer und Piraten, das im Nordwesten Aventuriens lebt und den irdischen Wikingern nicht unähnlich ist

TRAHELIEN = kleines Königreich in den Dschungeln an der Südwestspitze Aventuriens. Trahelien lag vorübergehend mit Al'Anfa im Krieg und wurde dann zu freundlicherer Politik überredet. Zur Zeit lehnt es sich stark an das Horasreich an und hat darin einen mächtigen Verbündeten gegen Al'Anfa gefunden

TRIREME = mit drei übereinanderliegenden Riemenreihen gebauter Galeerentyp; verfügt über Behelfsmasten und wird fast ausschließlich als Kriegsschiff genutzt

TULAMIDEN = aventurische Volksgruppe; Bewohner der Khom und der angrenzenden Gebiete

TULAMIDYA (SELTENER TULAMIDISCH) = Sprache der Tulamiden; verwendet als Schriftzeichen die neunzehn geheiligten Glyphen von Unau

TUZAK = Stadt im Südwesten Maraskans; ehemals Hauptstadt des mittelreichischen Fürstentums Maraskan; liegt auf einem Hochplateau am Meer, mit großem Hafen an der Mündung des nahegelegenen Roab

TUZAKMESSER = Zweihandschwert mit leicht gekrümmter Klinge, das vor allem auf Maraskan gebräuchlich ist

VORDERTRUTZ = die vorderen, bisweilen auch mit Geschützen bestückten Aufbauten eines Schiffes

VRAGIESWURZEL = eine gewundene weißgelbliche Wurzel, aus der durch Einkochen ein milchiger, nach Lakritze duftender Saft gewonnen wird, der ein wesentlicher Bestandteil der Droge Boronswein ist

VISAR = ein Vulkan mit dschungelbewachsenen Hängen, der Al'Anfa überragt; gleichzeitig auch der alte, südaventurische Name des Totengottes Boron

WALDMENSCHEN = Sammelbegriff für die verschiedenen menschlichen Ureinwohner der südlichen Regenwälder und der Waldinseln

WEIBEL = militärischer Rang, ungefähr dem modernen Sergeanten entsprechend

WINDSTAG = in Aventurien allgemein gebräuchlicher Name für den ersten Tag der Woche

YAGANNUSS = etwa faustgroße Nuß mit einer sehr harten Schale. Das aus Yagannüssen gewonnene Öl findet bei der Zubereitung von Schlaftränken Verwendung

ZEDRAKKE = kielloser, tulamidischer Schiffstyp; besonders auffallend sind die großen, aus Binsen geflochtenen und mit Latten versteiften Segel, die von weitem an Drachenflügel erinnern

ZITHABAR = weitverbreitetes Halluzinogen in Form eines grobkörnigen Pulvers oder gehäckselter Blätter; wird meist mit Tabak versetzt geraucht

Das Schwarze Auge

1. Band: Ulrich Kiesow, *Der Scharlatan* · 06/6001
2. Band: Uschi Zietsch, *Túan der Wanderer* · 06/6002
3. Band: Björn Jagnow, *Die Zeit der Gräber* · 06/6003
4. Band: Ina Kramer, *Die Löwin von Neetha* · 06/6004
5. Band: Ina Kramer, *Thalionmels Opfer* · 06/6005
6. Band: Pamela Rumpel, *Feuerodem* · 06/6006
7. Band: Christel Scheja, *Katzenspuren* · 06/6007
8. Band: Uschi Zietsch, *Der Drachenkönig* · 06/6008
9. Band: Ulrich Kiesow (Hrsg.), *Der Göttergleiche* · 06/6009
10. Band: Jörg Raddatz, *Die Legende von Assarbad* · 06/6010
11. Band: Karl-Heinz Witzko, *Treibgut* · 06/6011
12. Band: Bernhard Hennen, *Der Tanz der Rose* · 06/6012
13. Band: Bernhard Hennen, *Die Ränke des Raben* · 06/6013
14. Band: Bernhard Hennen, *Das Reich der Rache* · 06/6014
15. Band: Hans Joachim Alpers, *Hinter der eisernen Maske* · 06/6015
16. Band: Ina Kramer, *Im Farindelwald* · 06/6016
17. Band: Ina Kramer, *Die Suche* · 06/6017
18. Band: Ulrich Kiesow, *Die Gabe der Amazone* · 06/6018
19. Band: Hans Joachim Alpers, *Flucht aus Ghurenia* · 06/6019
20. Band: Karl-Heinz Witzko, *Spuren im Schnee* · 06/6020
21. Band: Lena Falkenhagen, *Schlange und Schwert* · 06/6021
22. Band: Christian Jentzsch, *Der Spieler* · 06/6022
23. Band: Hans Joachim Alpers, *Das letzte Duell* · 06/6023
24. Band: Bernhard Hennen, *Das Gesicht am Fenster* · 06/6024
25. Band: Niels Gaul, *Steppenwind* · 06/6025
26. Band: Hadmar von Wieser, *Der Lichtvogel* · 06/6026
27. Band: Lena Falkenhagen, *Die Boroninsel* · 06/6027
28. Band: Barbara Büchner, *Aus dunkler Tiefe* · 06/6028
29. Band: Lena Falkenhagen, *Kinder der Nacht* · 06/6029
30. Band: Ina Kramer (Hrsg.), *Von Menschen und Monstern* · 06/6030
31. Band: Johan Kerk, *Heldenschwur* · 06/6031
32. Band: Gun-Britt Tödter, *Das letzte Lied* · 06/6032
33. Band: Barbara Büchner, *Das Galgenschloß* · 06/6033
34. Band: Karl-Heinz Witzko, *Tod eines Königs* · 06/6034
35. Band: Hadmar von Wieser, *Der Schwertkönig* · 06/6035
36. Band: Barbara Büchner, *Schatten aus dem Abgrund* · 06/6036
37. Band: Barbara Büchner, *Seelenwanderer* · 06/6037
38. Band: Hadmar von Wieser, *Der Dämonenmeister* · 06/6038
39. Band: Christel Scheja, *Das magische Erbe* · 06/6039
40. Band: Linda Budinger, *Der Geisterwolf* · 06/6040
41. Band: Momo Evers, *Und Altaia brannte* · 06/6041
42. Band: Barbara Büchner, *Blutopfer* · 06/6042

Das Schwarze Auge

43. Band: Lena Falkenhagen, *Die Nebelgeister* · 06/6043
44. Band: Karl-Heinz Witzko, *Die beiden Herrscher* · 06/6044
45. Band: Bernhard Hennen, *Die Nacht der Schlange* · 06/6045
Hardcover
46. Band: Barbara Büchner, *Das Wirtshaus* Zum lachenden Henker · 06/6046
47. Band: Karl-Heinz Witzko, *Die Königslarve* · 06/6047
48. Band: Tobias Frischhut, *Geteiltes Herz* · 06/6048
49. Band: Hadmar von Wieser, *Erde und Eis* · 06/6049
50. Band: Britta Herz (Hrsg.), *Gassengeschichten* · 06/6050
51. Band: Heike Kamaris & Jörg Raddatz, *Sphärenschlüssel* · 06/6051
52. Band: Alexander Huiskes, *Die Hand der Finsternis* · 06/6052
53. Band: Martina Nöth, *Zwergenmaske* · 06/6053
54. Band: Gun-Britt Tödter, *Koboldgeschenk* · 06/6054
55. Band: Heike Kamaris & Jörg Raddatz, *Blutrosen* · 06/6055
56. Band: Ulrich Kiesow, *Das zerbrochene Rad: Dämmerung* · 06/6056
57. Band: Ulrich Kiesow, *Das zerbrochene Rad: Nacht* · 06/6057
58. Band: Jesco von Voss, *Der Letzte wird Inquisitor* · 06/6058
59. Band: Olaf Flatergast, *Druiden-Rache* · 06/6059
60. Band: Alexander Wichert & Christian Thon, *Blakharons Fluch* · 06/6060
61. Band: Karl-Heinz Witzko, *Westwärts, Geschuppte!* · 06/6061
62. Band: Thomas Finn, *Das Greifenopfer* · 06/6062
63. Band: Alexander Lohmann, *Die Mühle der Tränen* · 06/6063
64. Band: Sarah Nick (Hrsg.), *Aufruhr in Aventurien* · 06/6064
65. Band: Thomas Baroli & Volker Weinzheimer, *Lichter Tag* · 06/6065
66. Band: Thomas Baroli & Volker Weinzheimer, *Die Schwärze der Nacht* · 06/6066
67. Band: Alexander Wichert, *Sand und Blut* · 06/6067
68. Band: Alexander Huiskes, *Der geheime Pfad* · 06/6068
69. Band: Markus Tillmanns, *Das Daimonicon* · 06/6069
70. Band: Martina Nöth, *Verborgene Mächte* · 06/6070
71. Band: Martina Nöth, *Die letzte Schlacht* · 06/6071
72. Band: Thomas Plischke, *Fuchsfährten* · 06/6072 (in Vorb.)
73. Band: André Wiesler, *König der Diebe* · 06/6073 (in Vorb.)

Sonderausgabe des 15., 19. und 23. Romans in einem Band:
Hans Joachim Alpers, *Die Piraten des Südmeers* · 06/9185

Sonderausgabe des 12., 13. und 14. Romans in einem Band:
Bernhard Hennen, *Drei Nächte in Fasar* · 06/9197

Sonderausgabe des 24. und 45. Romans in einem Band:
Bernhard Hennen, *Im Schatten des Raben* · 06/9186

Weitere Bände in Vorbereitung